SAMANTHA TOWLE

DURCH DEN STURM

ROMAN

Aus dem Amerikanischen von Julia Becker

amazon crossing

Die Originalausgabe erschien 2013 unter dem Titel
»Wethering the Storm« im Selbstverlag.

Deutsche Erstveröffentlichung bei
AmazonCrossing, Amazon Media E.U. Sàrl
5 Rue Plaetis, L-2338, Luxembourg
April 2015

Umschlaggestaltung: bürosüd° München, www.buerosued.de
Lektorat: Agentur Libelli
Satz: Monika Daimer, www.buch-macher.de

Printed in Germany
By Amazon Distribution GmbH
Amazonstraße 1
04347 Leipzig, Germany

ISBN: 978-1-503-94629-3

www.amazon.com/crossing

Für die von euch, die »Wie ein gewaltiger Sturm« gelesen haben, die es lieben, es ihren Familien und Freunden empfohlen, Reviews geschrieben und mir wunderbare Botschaften geschickt haben …
Das hier ist für jeden einzelnen von euch.

TRU ...

KAPITEL 1

Ich schiebe mir die Sonnenbrille nach oben ins Haar und wende das Gesicht der noch immer heißen Abendsonne zu. Träge lasse ich ein Bein von der Liege baumeln und grabe die Zehen in den weichen weißen Sand. Auf der Liege neben mir hat Jake sich ausgestreckt und hält meine Hand, während er mit Stuart telefoniert.

»Sag ihnen einfach, sie sollen machen, wofür ich sie bezahle. Wenn sie damit ein Problem haben, mach ihnen klar, dass sie nicht unersetzbar sind … Ja, ja. Vollidioten … Oh, weißt du noch, worum ich dich gebeten habe? Hast du gemacht? Gut, danke.«

Jake beendet das Telefonat mit einem Seufzen und wirft das iPhone auf den Beistelltisch.

»Alles okay?«, frage ich und drehe mich zu ihm um.

Gott, er ist so wunderschön. Ich weiß nicht, ob ich mich je daran gewöhnen werde, wie atemberaubend Jake aussieht.

Mit seiner sonnengebräunten Haut, bei der die Sommersprossen auf seiner Nase deutlicher hervortreten, sieht er fast noch umwerfender aus. Richtiggehend lecker.

»Hmm? Ja, alles in Ordnung«, antwortet er ein wenig gedankenverloren. »Manche Leute machen nur einfach nicht das, wofür ich sie bezahle.«

»Möchtest du darüber reden?«

»Nein.« Er führt meine Hand an seinen Mund, fährt mit den Lippen sanft über die Knöchel und drückt einen Kuss auf meinen Ring. »Es gibt viele Dinge, die ich mit dir tun möchte, während wir hier sind, Tru, aber über die Arbeit sprechen gehört nicht dazu.«

Ich ignoriere seinen Wunsch und sage: »Musst du früher nach L. A. zurück, um das Problem aus der Welt zu schaffen?«

Jake dreht sich auf die Seite und sieht mich an. »Nein. Du und ich verbringen hier Zeit miteinander, allein. Nichts und niemand wird mich von dieser Insel und von dir fortbringen. Mein Plan lautet, dich in den nächsten fünf Tagen an meiner Seite zu haben – mit so wenig Kleidung wie möglich, vielleicht auch gar keiner – und den Großteil der Zeit damit zu verbringen, dich in die Besinnungslosigkeit zu vögeln.«

Mir läuft ein Schauer über den Rücken.

Ich liebe es, wenn er so mit mir redet. Obszön und dominant. Das macht mich total scharf.

»Wie romantisch.« Ich verdrehe die Augen.

»Du willst es doch gar nicht anders.«

Mein Blick wird ernst. »Nein, das stimmt.«

Ich beuge mich vor und nehme mir die Wasserflasche vom Tisch. Während ich trinke, lasse ich den Blick über die wunderschöne Landschaft wandern, die sich vor mir erstreckt.

Wir sind auf einer privaten Fidschi-Insel. Genauer gesagt wohnen wir auf Turtle Island, einer der Yasawa-Inseln in Fidschi. Hier wurde »Die blaue Lagune« gedreht. Es ist privat und exklusiv, und auf der gesamten Insel gibt es nur vierzehn Villen, aber wie Jake nun einmal ist, hat er die komplette Insel für eine Woche gemietet. Eine Woche in vollkommener Abgeschiedenheit, nur er und ich. Dave und Ben, Jakes Leibwächter, sind natürlich auch hier, wohnen aber in ihrer eigenen Villa am anderen Ende der Insel. Seit unserer Ankunft habe ich sie kaum gesehen. Abgesehen vom auf der Insel lebenden Personal sind wir hier ganz für uns.

So war es die letzten beiden Tage, und es ist himmlisch. Einfach himmlisch.

Nach der Show im Madison Square Garden, bei der Jake von der Bühne gerannt kam, um mich zu fragen, ob ich ihn heiraten möchte, geriet alles ein wenig aus den Fugen … Na ja, also noch mehr als sonst, denn mit Jake zu leben ist immer verrückt.

Jedenfalls war ich nicht ganz bei Sinnen nach allem, was in dieser Nacht geschehen war, und ich war nicht so schlau, wie ich hätte sein sollen. Ich habe meinen Ring nicht versteckt. Als Jake und ich nach der Show das Hotel betraten, entdeckte ihn ein Vertreter der wartenden Presse, und dann brach die Hölle los.

Die nächsten beiden Tage waren wir im Hotel praktisch eingesperrt. Draußen hatten sich Presse und Fans versammelt und riefen nach uns. Es war ein erstickendes Gefühl. Als Jake vorschlug, für eine Weile das Land zu verlassen, war ich voll und ganz dafür.

Die gesamte Reiseplanung habe ich Jake überlassen. Es war mir egal, wohin wir fuhren, solange wir nur allein waren.

Und wir sind allein.

Ich liebe es, mit ihm hier zu sein. Zum ersten Mal, seit wir zusammengekommen sind, gibt es nur ihn und mich.

Schon klar, gerade habe ich ihm angeboten, nach L. A. zurückzufliegen, aber wenn ich ganz ehrlich bin, war es nur ein halbherziger Vorschlag. Ich will das hier nicht hinter mir lassen – was wir genau hier gerade haben: die vollkommene Abgeschiedenheit und die Freiheit, zu tun, was wir wollen, wann wir es wollen.

Aber ich weiß, dass ihm irgendwas Sorgen macht, das mit der Arbeit zu tun hat. Am Klang seiner Stimme war es deutlich genug zu hören. Ich weiß, dass er selbst jetzt, während er hinaus aufs Meer blickt und sein Finger unruhig auf meine Hand tippt, mit den Gedanken ganz woanders ist.

Es gefällt mir nicht, dass er mir nicht sagt, was es ist. Ich weiß, er tut das nur, um mich nicht damit zu belasten, aber ich möchte es wissen. Ich wünsche mir, dass er alles mit mir teilt. Unsere Leben sind jetzt miteinander verbunden, und ich möchte nicht, dass er solche Dinge weiterhin mit sich selbst ausmacht. Beim letzten Mal hat er dadurch wieder zum Koks gegriffen, und wir haben einander verloren.

Jake ist erst seit ein paar Wochen clean, und ich für meinen Teil möchte, dass es so bleibt.

Ich bin froh, dass er im Augenblick hier ist, fern jeglicher Versuchung. Nun ja, jeglicher Versuchung mit Ausnahme von mir, versteht sich. Allerdings mache ich mir wirklich Sorgen darüber, wie es ihm gehen wird, wenn wir wieder in die echte Welt zurückkehren.

»Lust, zu schwimmen, ehe die Sonne untergeht?« Ich nicke in Richtung des Wassers, das unaufhörlich auf den weißen Sand aufläuft, und beschließe, nicht weiter auf dem Thema herumzureiten. Seine Kommunikationsschwierigkeiten werde ich später ansprechen, wenn er entspannter ist.

Jake fixiert meinen Körper, lässt den Blick über jede einzelne Rundung wandern, was unweigerlich dazu führt, dass sich alle Muskeln in mir anspannen. Besonders die zwischen meinen Beinen.

»Du fragst, ob ich die Chance wahrnehmen möchte, dich nass in dem Bikini zu sehen?« Ein Grinsen umspielt seinen hinreißenden Mund, während er fragend eine Braue hebt.

Ich schaue hinunter auf meinen liebsten und erst jüngst gekauften Bikini. Er ist weiß mit pinkfarbenen Blumen und mit winzigen Strasssteinchen besetzt. Ich habe ihn am Flughafen erstanden. Es war Liebe auf den ersten Blick.

»Wie schaffst du es nur, etwas so Einfaches wie meine Frage, ob wir schwimmen wollen, so zu verdrehen, dass es nach Sex klingt?«, frage ich mit einem Grinsen und erhebe mich von meiner Liege.

Ich nehme die Sonnenbrille vom Kopf und lasse sie auf mein Handtuch fallen. Die Hände in die Hüften gestemmt, schaue ich auf ihn hinab.

Wieder wandert Jakes Blick über meine Kurven. »Wenn du drin vorkommst, geht's bei allem um Sex.«

Er gleitet von seiner Liege, steht mit einer eleganten Bewegung auf und kommt zu mir herüber.

Mit einem Mal sehnt sich mein ganzer Körper nach seiner Berührung. Ich verzehre mich nach ihm.

Von Jake kann ich einfach nicht genug bekommen. Und das möchte ich auch gar nicht. Niemals.

Er drückt sich an mich. Sofort lege ich die Hände auf seinen festen Bauch, taste mit den Fingern über die steinharten Muskeln, während ich hinauf in seine wunderschönen blauen Augen blicke. Augen, in denen ich für immer versinken könnte.

Ein verschmitztes Lächeln umspielt seine Lippen, als zwei große Hände nach unten fassen, sich um meinen Po schließen und mich dazu drängen, ihm die Beine um die Hüften zu schlingen.

Selbstverständlich komme ich seiner unausgesprochenen Aufforderung gerne nach.

Ich lege ihm die Arme um den Hals, grabe die Finger in sein üppiges schwarzes Haar, küsse ihn auf den Mund und spüre augenblicklich seine erwachende Erektion an meinem Unterleib.

»Du wirst hart?« Ich lächle.

»Na ja, du bist eben heiß«, entgegnet er mit einem Schulterzucken.

Er berührt mit den Lippen meinen Hals, und während wir uns auf den kurzen Weg zum Ufer machen, gleitet seine Zungenspitze über meine Haut.

Er watet mit mir ins sonnengewärmte Meer, bis uns das Wasser bis zur Brust reicht.

Mein Haar ist ohnehin schon größtenteils nass, also halte ich mich an Jakes Schultern fest und lehne den Kopf nach hinten, um den Rest auch noch einzutauchen.

Beim Aufrichten treffen sich unsere Blicke wieder. »Womit hab ich dich nur verdient?«, flüstert er. In seinen Augen liegt plötzlich Unsicherheit.

Welche Ängste ihm auch immer gerade durch den Kopf gehen, ich möchte sie zerstreuen, ihm Sicherheit geben.

»Ich stelle mir mit dir genau dieselbe Frage, jeden Tag«, murmle ich. Jake muss unbedingt verstehen, dass ich nichts Besseres bin als er. Er hat seine Fehler, aber ich habe auch welche.

Er atmet auf, schließt für einen kurzen Moment die Augen. Dann beugt er sich vor und küsst mich. Mit seinem Kuss vertreibt er all meine Bedenken.

Ich verliere mich in ihm, öffne den Mund, lasse seine Zunge ein. Mit langsamen, genüsslichen Bewegungen liebkost er meine.

Ich weiß, wohin dieser Kuss führt, und flüstere: »Möchtest du zurück zur Villa gehen?« Ich bin so was von bereit dazu, mit ihm zwischen die Laken zu schlüpfen.

»Nein. Ich will dich genau hier und jetzt.« Der herrische Ton in seiner Stimme deckt sich mit der Bestimmtheit, mit der seine Hände meinen Hintern fester packen, mich ungestüm an ihn ziehen und an seine Erektion pressen.

»Stehst du neuerdings auf Exhibitionismus, Wethers?«

Er lacht aus vollem Hals. »Nein, ich steh nur auf dich. Un-auf-hör-lich.« Mit jeder Silbe drückt er mir einen Kuss auf die Schulter.

Ich spüre seine Zähne über meine Haut streifen. Meine Brustwarzen reagieren, ziehen sich zusammen, und meine Brüste fühlen sich plötzlich ungewohnt schwer in dem Bikini-Oberteil an.

Rasch blicke ich mich um. »Was, wenn uns jemand sieht?«

Jake folgt meinem Blick mit funkelnden Augen. »Wir sind mitten im Nirgendwo. Noch dazu im Meer. Wer zur Hölle sollte uns sehen?«

»Die Leute, die hier arbeiten. Oder Dave. Oder Ben.«

»Dann kriegen sie eine gute Show geboten.«

»Jake!« Ich versetze ihm einen Klaps auf die Schulter.

Er kommt mit dem Gesicht ganz nah an meins, stupst seine Nasenspitze gegen meine. »Die wissen, dass sie sich fernhalten sollen. Wir sind hier draußen ganz allein, Baby.«

Mit der Unbefangenheit, die ich nur in seiner Nähe an den Tag lege, flüstere ich: »Wenn das so ist …« Ich küsse ihn auf den Hals, fahre mit der Zunge über seine Haut, bis zu der Stelle gleich unter dem Ohr, an der er so empfindlich ist. Ich weiß, dass ihn das wahnsinnig macht.

Jake erschauert, und sein Griff um mich wird fester, während er sich mit seinem Unterleib an mir reibt.

Ich schiebe meine Hand abwärts, ins Wasser und schließlich in seine Badehose.

Sofort treffe ich auf seinen seidigen, steinharten Schwanz. Ich gleite mit den Fingern darüber, streichle ihn so, wie er es mag.

Stöhnend sucht Jake mit den Lippen meinen Mund. Er küsst mich, als sei er vollkommen ausgehungert.

Ich finde es großartig, dass Jake anscheinend nie genug von mir kriegt. Seit unserer Ankunft auf der Insel haben wir schon unzählige Male miteinander geschlafen, und er hat mich jedes Mal bis zur Erschöpfung geliebt, aber es ist immer wieder so intensiv wie beim ersten Mal.

Jake streichelt meine Brust, nimmt sie in die Hand. Er zerrt mein Bikini-Oberteil nach unten, entblößt meinen Busen und fährt mit dem Daumen über meine steife Brustwarze. Seine andere Hand ist vollauf damit beschäftigt, sich von hinten einen Weg in mein Bikinihöschen zu bahnen.

Seine Finger finden, was sie suchen, und er gleitet mit einem in mich hinein.

Laut und voller Lust stöhne ich in seinen Mund.

»Scheiße«, keucht er. »Ich kann nicht warten. Ich muss in dir sein. Sofort.«

Es ist so erregend, wenn er fordernd und gierig wird.

Ich löse mich ein Stück von ihm und ziehe ihm mit einer flinken Bewegung die Shorts über die Hüfte, dann schiebe ich mein Bikinihöschen beiseite.

Jake streicht über meine Öffnung und schiebt sich dann ganz langsam ein kleines Stückchen in mich. Normalerweise bereitet er mich mit Fingern und Zunge auf seine Größe vor, damit ich mich entspannen und auf ihn einstellen kann, aber jetzt bin ich durch unsere Freiluftvorstellung so erregt, dass es mir egal ist, ob es wehtut.

Ich will ihn in mir spüren. Offenbar mehr, als ich mich um mich selbst sorge.

Jake geht es genauso, denn seine Hände krallen sich wieder in meinen Hintern, packen zu und ziehen mich an ihn, sodass er in voller Länge in mich eindringt.

»Scheiße«, zische ich zwischen zusammengepressten Zähnen hindurch, als er mich mit der Bewegung weitet und mir lustvollen Schmerz bereitet.

»Alles klar?« Er sucht meinen Blick.

»Ja …« Ich drücke meine Hüfte an ihn, wiege sie hin und her. »Ja, mir geht's gut … großartig.« Ich seufze auf, als ich mich gänzlich dem unglaublichen Gefühl, ihn in mir zu spüren, hingebe.

»Tut mir leid, das war egoistisch … aber … verdammt, Tru«, sagt er heiser. »Ich glaub, ich werd mich nie dran gewöhnen, wie unglaublich du dich anfühlst, wenn ich in dir bin. Du bist so verdammt eng. So verdammt heiß.«

»Ahh«, stöhne ich, als er mit einer Hüftbewegung genau die richtige Stelle in mir trifft.

»Du wirst für mich kommen.« Sein Atem streicht über meine Haut. »Genau hier, mitten im Pazifik. Du wirst meinen Namen schreien, während ich dich zum Orgasmus bringe.« Er leckt mir über die Oberlippe, dann taucht seine Zunge mit jedem Stoß tief in mich ein.

Seine Bewegungen werden schneller, und ich halte mich an ihm fest. Meine Fingernägel drücken sich in seine Haut. Das Wasser zwischen unseren Körpern macht alles nur noch intensiver.

»Ich werde nie genug von dir bekommen, Tru. *Niemals*«, raunt er mir ins Ohr, während er mit harten, zielsicheren Stößen immer wieder in mich dringt.

Genau das stellt er unter Beweis, indem er mich in der Brandung des Pazifiks liebt, während die Sonne untergeht und ihre Reise hinter den Horizont antritt.

* * *

Die Dämmerung ist angebrochen, und Jake und ich liegen zusammen auf dem Himmelbett unseres Domizils.

Es ist eine geschmackvoll eingerichtete, schlichte Villa. Keineswegs protzig. Genau wie wir.

Sie ist offen geschnitten, jeder Raum geht nahtlos in den anderen über. Man fühlt sich hier frei. Eine Freiheit, die Jake normalerweise nicht genießt.

Ich frage mich, ob das einer der Gründe ist, warum er diesen Ort für uns ausgesucht hat.

Das Schlafzimmer ist hell und luftig, die Laken sind schneeweiß. Obwohl dieser Ort vielen Prominenten als Zuflucht dient, ist nichts übertrieben. Es ist dezent.

Es ist perfekt.

Wegen der wahnsinnigen Abendhitze sind wir nicht zugedeckt. Unsere Beine sind ineinandergeschlungen, unsere Körper liegen aneinandergeschmiegt, ganz klebrig vom Meersalz und von dem Sand, der unsere Haut bedeckt. Mein Kopf ruht auf Jakes Brust, und er spielt gedankenverloren mit meinem zerzausten Haar, während er ein Lied summt.

Ich lausche aufmerksam, als er leise den Text singt.

Er klingt wundervoll. Ich liebe es, Jake beim Singen zuzuhören. Besonders a cappella.

»Was für ein Lied singst du da?«, frage ich und hebe den Kopf.

»Unser Lied.«

»Ich wusste gar nicht, dass wir eins haben.« Ich lächle. Jake und ich haben viele Lieder, die uns an unsere Kindheit erinnern, aber keins nur für ihn und mich, das für uns beide als Paar steht.

»Es heißt ›You Started‹, von Ou Est Le Swimming Pool.« Als er meinen verdutzten Blick sieht, fragt er: »Noch nie gehört?«

Ich schüttle den Kopf.

»Und du bezeichnest dich als Musikjournalistin.« Tadelnd schnalzt er mit der Zunge, um mich zu necken. »Die Band kam auch noch aus Großbritannien. Schwache Leistung, Baby.«

»Halt die Klappe.« Ich strecke ihm die Zunge raus.

Blitzartig fängt er sie zwischen Daumen und Zeigefinger und zieht sanft daran, ehe er wieder loslässt.

Ich lege das Kinn auf seine Brust. »Warum ist es denn unser Lied?«

»Weil es von uns handelt«, antwortet er knapp.

»Okay …«, sage ich lang gezogen, weil mir die Erklärung nicht reicht. »Und wann genau hast du beschlossen, dass es unser Lied ist?«

Ich sehe einen Anflug von Traurigkeit über sein Gesicht huschen. Es gefällt mir nicht, wie sich das anfühlt.

»Ich habe es zum ersten Mal in Boston gehört, einen Tag nachdem du mich verlassen hast.« Bei seinen Worten macht sich ein brennender Schmerz in meiner Brust breit, weil sie mich an die Zeit erinnern, in der wir getrennt waren. »Ich saß mit Denny im Auto. Er hatte mich aus dem Hotelzimmer gezerrt, um was zu essen zu holen, und in seinem Wagen lief das Album. Als ich das Lied hörte, war es, als wäre das genau unsere Geschichte, Tru.« Er fixiert mich mit seinem Blick, schaut mir so tief in die Augen, wie nur er es vermag. »Wenn ich zu diesem Zeitpunkt noch nicht wusste, dass ich dich zurückgewinnen musste, dann hat mir das Lied noch klarer gemacht, dass ich …« Er hält inne und atmet laut aus.

»Was klargemacht?«, dränge ich ihn.

»Dass ich um dich kämpfen musste. Dass ich alles tun musste, um dich zurückzubekommen. Selbst wenn es bedeutete, schmutzige Tricks anzuwenden.« Er fährt mir mit seinen rauen Fingerspitzen über die Wange. »Für mich gibt es niemand anderen. Du bist mein Anfang und mein Ende.«

Er greift nach meiner Hand, hält sie an seine und legt unsere Handflächen aneinander.

»Kann ich es mal hören?«, frage ich. Ich bin fast sprachlos vor Rührung. »Hast du es?«

»Ich hab's auf dem Handy. Es ist sogar dein Klingelton«, fügt er hinzu und streckt die Hand nach seinem Telefon aus.

»Warum weiß ich davon nichts?« Ich werfe ihm einen misstrauischen Blick zu.

Er sieht mich an, als wäre ich minderbemittelt. »Weil du normalerweise woanders bist, wenn du mich anrufst.«

»Du bist so ein Depp«, sage ich lachend und schubse ihn.

Grinsend drückt Jake eine Schaltfläche auf dem Bildschirm seines Handys und legt es sich auf die Brust. Wenige Sekunden später höre ich die Klänge des Synthie-Keyboards, mit denen das Lied beginnt.

Der Klang erfüllt unsere Villa. Ansonsten sind nur die Wellen zu hören, die draußen an den Strand spülen, und das Pochen meines schmerzenden Herzens.

Der Sänger setzt ein, und ich bekomme Gänsehaut auf den Armen, als ich aufmerksam jedem einzelnen Wort lausche. Ich verschlinge den Text förmlich. Dann setzt der Refrain ein, und ich kann nicht verhindern, dass meine Augen sich mit Tränen füllen.

Ich weiß genau, wovon Jake redet. Es handelt von uns. Ihm. Mir. Allem. Dem Guten und dem Schlechten.

Der Refrain erklingt zum zweiten Mal, und im Hintergrund sind Geigen zu hören. Ich kann die Tränen nicht länger zurückhalten, sie laufen mir die Wangen hinunter.

»Hey, nicht weinen«, murmelt Jake tröstend und wischt sie mit den Fingern weg.

»Tut mir leid. Ich kann nicht anders. Es ist atemberaubend. Und es handelt tatsächlich von uns. Du hast vollkommen recht.«

»Mit dir … hat mein Leben angefangen«, erklärt Jake und bezieht sich dabei auf den Titel des Liedes. Er fährt mit den Fingern durch mein Haar, umfasst mein Gesicht mit beiden Händen.

»Und mit dir meins«, bringe ich hervor und setze mich auf ihn. Ich presse meine Lippen auf seine.

Seine Hand wandert in meinen Nacken, drückt mich an ihn, während er sanft meine Zunge mit seiner liebkost.

Er saugt meine Unterlippe in seinen Mund, und sein Atem strömt warm über mich hinweg. »Du vervollständigst mich nicht einfach, Tru. Du machst mich zu dem, der ich bin. Du machst mich besser. Ohne dich wäre ich nichts. Nichts. Ich war schon einmal an diesem Punkt, und ich werde nicht dorthin zurückkehren. Ich will dich nie wieder verlieren.«

Seine Worte jagen mir Schauer über den Rücken. »Gut, denn ich gehe nirgendwohin.«

»Bereust du irgendwas?«, fragt er.

»Nein. Ich bin genau da, wo ich sein soll – wo mir bestimmt ist, zu sein.«

Er greift zwischen uns und legt sein Telefon aufs Bett, während sich das Lied dem Ende nähert.

An seine Brust geschmiegt schließe ich die Augen. Ich atme seinen Duft, und er legt die Arme eng um mich.

»Wir haben Pläne fürs Abendessen«, sagt er nach einer Weile und hebt sein Handy hoch, um nach der Uhrzeit zu sehen.

»Haben wir die?«

»Ja, und wir sollten in die Gänge kommen, wenn wir es noch schaffen wollen.«

Jake rollt mich von seiner Brust und steht auf.

»Das Personal wird schon warten, Jake. Es ist ja nicht so, als ob sie ausgebucht wären. Komm zurück ins Bett.« Ich klopfe auf die leere Stelle neben mir.

Ich habe wirklich überhaupt keine Lust, aufzustehen. Lieber bleibe ich hier, eingekuschelt in seinen Duft.

Er reckt die Arme in die Höhe und bietet mir einen Panoramablick auf seinen gesamten prächtigen Körper, bevor er sich herunterbeugt und mir einen züchtigen Kuss auf den Mund gibt.

»Lass mir nur ein einziges Mal meinen Willen«, bittet er, ehe er ins Badezimmer verschwindet und mich grübelnd zurücklässt.

Ihm seinen Willen lassen? Wovon zur Hölle redet er?

Ich höre, wie die Dusche angeht.

»Du hast eine halbe Stunde, um dich fertig zu machen, also setz deinen süßen Hintern in Bewegung«, ruft Jake aus dem Bad.

Er spielt wieder den Boss.

Schnaubend schwinge ich die Beine über die Bettkante und steuere aufs Badezimmer zu, um ihm in der riesigen Doppeldusche Gesellschaft zu leisten.

* * *

»Du siehst toll aus«, bemerkt Jake, als er hinter mich tritt und mir die Arme um die Taille legt.

Ich stehe vor dem großen Badezimmerspiegel und gebe meiner Abendgarderobe den letzten Schliff. Sorgfältig lege ich das Medaillon an, das mir Jake in Paris gekauft hat, und lächle seinem Spiegelbild zu.

»Du auch. Ich liebe es, wie deutlich deine Sommersprossen hervortreten, wenn du in der Sonne warst.«

Er verzieht das Gesicht. »Damit seh ich aus wie vierzehn.«

Ich drehe mich in seiner Umarmung um und fahre mit der Fingerspitze seine Nase entlang. »Nein, damit siehst du *heiß* aus. Heißer als ohnehin schon.« Auf Zehenspitzen drücke ich ihm einen Kuss auf die Nasenspitze.

Ohne meine High Heels habe ich auf Turtle Island ganz schön zu kämpfen, sie fehlen mir sehr. Hier bin ich entweder barfuß oder trage Flipflops, genau wie heute zusammen mit meinem weißen Spaghettiträger-Hängerchen.

Ich trete einen Schritt zurück, lehne mich gegen das Waschbecken und taxiere meinen Mann, der mit seinen abgeschnittenen Jeans-Shorts, dem ärmellosen Pearl-Jam-Shirt und den entblößten Tätowierungen wie der Inbegriff eines Rockstars aussieht. Egal, wo Jake ist, er ist doch immer ein Rockstar.

»Bereit?«, fragt er und richtet mir das Medaillon.

»Ja.«

Jake nimmt meine Hand, verschränkt unsere Finger und führt mich aus dem Badezimmer durch die Villa und hinein in die mondhelle Nacht.

Es ist unbeschreiblich hier. Ich kann jeden einzelnen Stern am Himmel erkennen. Kein Smog, der einem die Sicht nimmt, nur klarer Himmel, so weit das Auge reicht.

Wir gehen Richtung Strand und nehmen den kurzen Pfad zum Haupthaus, in dem sich das Restaurant befindet. Als wir die Abzweigung erreichen, will ich in diese Richtung schwenken, doch Jake hält mich an der Hand zurück. Er schüttelt den Kopf.

Verwundert sehe ich ihn an, lasse mich aber ohne ein Wort von ihm führen.

Als wir die Landzunge umrundet haben, fällt mein Blick auf einen Tisch, der am Strand für uns bereitsteht.

»Abendessen am Strand?« Ich strahle ihn an.

»Nur das Beste für mein Mädchen«, antwortet er und küsst mich auf die Stirn.

An Pfählen, die rund um den Tisch in den Boden gesteckt sind, hängen Laternen. Doch es sind nicht die Laternen, an denen mein Blick hängen bleibt – es sind die Lichter gleich hinter dem Tisch.

Ich lasse Jakes Hand los und laufe zu den Kerzen im Sand.

HEIRATE MICH

Es ist mit Teelichtern geschrieben, die im Sand stehen, inmitten eines Herzens.

Mit rasendem Puls und ein wenig benommen drehe ich mich zu ihm um. »Du bittest mich, deine Frau zu werden?«

Unverwandt blickt er mich an und antwortet: »Genau.«

»Hast du das nicht schon?« Mit einem verwirrten Lächeln halte ich meine linke Hand hoch, an der der wunderschöne Verlobungsring prangt.

Jake kommt zu mir herüber. Ich weiß nicht, warum, aber mein Herz schlägt jetzt noch schneller. Mein Innerstes zieht sich zusammen, fast so, als stelle er die Frage zum ersten Mal.

Er nimmt meine Hände. »Tru, ich hab dich im Madison Square Garden mitten in einer Show hinter der Bühne gefragt, ob du mich heiraten willst. Das war nicht gerade romantisch und beileibe nicht so, wie ich es mir vorgestellt hatte.« Er macht eine bedeutungsvolle Pause und holt tief Luft. »Also stelle ich die Frage nun so, wie ich es immer wollte, auf die richtige Art.«

»Jake, es ist mir egal, wie oder wo du mich gefragt hast … Alles, was zählt, ist, *dass* du gefragt hast.«

Er reibt mit dem Daumen über den Verlobungsring. »Ich möchte, dass du von allem, was ich dir geben kann, das Beste bekommst. Mir geht es hier nicht um Geld, Tru. Ich spreche von Erinnerungen. Unserem gemeinsamen Leben. Ich habe dich gefragt, gleich nachdem wir uns beide durch ein emotionales Tief geschleppt hatten. Nun haben sich die Dinge beruhigt, und zwischen uns ist alles gut …«

»Großartig«, werfe ich ein.

»Großartig.« Er lächelt. »Ich frage dich erneut, damit du dir ganz sicher sein kannst, dass mein Antrag keine spontane Reaktion auf irgendwas war. Du bist alles, was ich will, für immer. Und ich schätze, na ja …« Er senkt den Blick und wird unruhig, dann treffen sich unsere Blicke. »Ich schätze, außerdem möchte ich mir sicher sein können. Ich möchte sichergehen, dass mich zu heiraten genau das ist, was du möchtest. Dass du nicht einfach Ja gesagt hast, weil du dich unter Druck gesetzt gefühlt hast.« Er umklammert meine Hände so fest, dass es beinahe wehtut. »Ein Nein hätte ich in dieser Nacht wohl nicht so einfach akzeptiert, hm?«

»Nein, ich schätze nicht.« Ich lächle, schüttle den Kopf und erinnere mich an Jakes Worte in jener Nacht. »Aber ich bin auch nicht gerade leicht rumzukriegen. Ich hätte nicht Ja gesagt, wenn ich es nicht absolut gewollt hätte. Ich liebe dich. Ich habe dich immer geliebt«, füge ich hinzu und bin selbst von den Tränen überrascht, mit denen sich meine Augen füllen.

»Ich liebe dich auch, Baby.« Er legt mir die Hände an die Wangen und küsst mich zärtlich auf den Mund.

»Ist das denn nun ein Ja?«, fragt er an meinen Lippen.

»Das ist es.« Ich grinse und fühle mich so unglaublich glücklich. »Nun haben wir zwei Heiratsanträge, von denen wir den Kindern irgendwann erzählen können.«

Ich merke, wie er sich versteift. Und zwar nicht auf die gute Weise.

Als ich mich zurücklehne, sehe ich etwas in seinen Augen, das mir Unbehagen bereitet.

Nicht gut. Überhaupt nicht gut.

»Ich meine natürlich nicht, dass wir demnächst Kinder haben werden«, fahre ich hastig fort. »Noch lange nicht. Eine wirklich, wirklich lange Zeit nicht.« *Drei, vier Jahre maximal.*

Jake sagt immer noch nichts, starrt mich weiterhin mit undurchdringlicher Miene an. Doch selbst in dem schwachen Licht bin ich mir sicher, dass er ein wenig blass geworden ist.

Die Frage drängt sich mir nun förmlich auf: »Du möchtest doch Kinder, oder nicht?«

Ich möchte welche. Ein Leben ohne Kinder kann ich mir nicht vorstellen.

Er räuspert sich. »Ich … äh … Na ja, ich weiß nicht.« Er zuckt die Achseln. Es ist eine unbehagliche, ruckartige Bewegung. »Ich meine, ich habe es schlicht noch nie in Erwägung gezogen. Ich schätze, ich hab Kinder einfach nie als Teil meiner Zukunft betrachtet. Das ist eine Investition, an die ich nie gedacht habe.«

Eine Investition? Wann sind Kinder denn bitte zur Ware geworden?

Das ist wirklich nicht gut. Das ist so weit entfernt von gut, wie es nur sein kann.

»Oh«, antworte ich.

Was soll ich sonst sagen? Auf einmal fröstle ich, und das hat nichts mit der Nachtluft zu tun. Ich weiche einen kleinen Schritt von ihm zurück.

»Sieh mal, Tru.« Er hebt den Blick und schaut mich an. »Du weißt, dass ich nicht mit dem besten Vorbild aufgewachsen bin.«

Jakes Vater war ein gewalttätiges, armseliges Exemplar von einem Mann, das für die Art, wie er Jake und seine Mutter behandelt hat, ins Gefängnis gewandert ist.

»Ich habe absolut keine Ahnung, was es bedeutet, Vater zu sein«, fährt er fort. »Und Babys … Herrgott, so was passt einfach nicht wirklich in meine Welt, oder? Ich meine, ich hätte keine Ahnung, wo ich überhaupt anfangen sollte. Musik ist mein Ding. Du und Musik.«

Ich bin mir nicht sicher, ob es mein Gesichtsausdruck oder meine Körpersprache oder der vollkommene Idiot in ihm ist, was ihn in einem Augenblick größtmöglicher Dämlichkeit dazu verleitet, zu sagen: »Aber hey, wenn du Kinder möchtest, sicher, dann werden wir Kinder haben.« Er küsst mich auf die Stirn. »Was auch immer du willst, Süße. Ist keine große Sache. Komm schon, lass uns essen.«

Stumm vor Fassungslosigkeit lasse ich mich von Jake an den Tisch führen und spreche die Worte, die ich sagen möchte, nicht aus. Die, die mir im Hals stecken bleiben und an denen ich zu ersticken drohe.

Ist keine große Sache. Keine große Sache.

Er hat recht, sie ist nicht groß. Sie ist riesig. Elefantös, um genau zu sein, verdammt.

Exakt in diesem Augenblick ist mein Herz durch diese verfluchte, elefantöse Tatsache hindurchgestürzt und rast abwärts, dem Nichts entgegen.

Man bekommt kein Kind mit jemandem, weil es das ist, was der andere will. Um den anderen zufriedenzustellen. Besonders dann nicht, wenn diese Sache – etwas so Bedeutsames wie Kinder bekommen – etwas ist, was man selbst ganz sicher nicht will. Menschen bekommen ein Kind, weil es beide wollen, gemeinsam.

Es ist mit Sicherheit das, was ich mir für die Zukunft wünsche. Bei Jake ist das offensichtlich nicht so.

Wie konnte ich davon nichts wissen?

In meiner Brust macht sich ein Gefühl der Leere breit.

Jake will keine Kinder. Ich schon.

Unsere Haltungen zu diesem Thema sind ganz und gar entgegengesetzt.

Fuck.

Wie konnte innerhalb weniger Minuten aus einem zweiten Heiratsantrag und glückseliger Freude eine möglicherweise leere Zukunft werden?

Zum Teufel mit mir und meiner großen Klappe.

KAPITEL 2

In tiefster Dunkelheit wache ich davon auf, dass es in meinem Magen rumort.

Ich muss mich übergeben.

Die Hand auf den Mund gepresst, springe ich aus dem Bett und renne ins Badezimmer.

Ich schaffe es gerade noch rechtzeitig. Noch während ich den Toilettendeckel hochreiße, übergebe ich mich.

Im nächsten Moment ist Jake an meiner Seite, hält mir mit einer Hand das Haar aus dem Gesicht, während er mir mit der anderen liebevoll den Rücken streichelt.

Als mein Magen leer ist, betätigt Jake die Spülung, während ich den Kopf auf meinen Unterarm sinken lasse und mir Schweiß von Gesicht und Hals tropft.

Jake greift nach einem Haargummi auf dem Waschbeckenrand und bindet mir die Haare zu einem losen Pferdeschwanz zusammen.

Ich höre Wasser laufen und spüre dann ein kaltes Handtuch im Nacken.

»Bist du krank?«

»Ich bin aufgewacht und hatte das Gefühl, mich übergeben zu müssen. Das hab ich dann augenscheinlich auch getan …«, erzähle ich und werde dabei immer leiser.

Jake legt mir die Hand auf die Stirn. »Du fühlst dich echt heiß an.«

»Alles hier fühlt sich echt heiß an«, murmle ich.

»Lass uns zurück ins Bett gehen.« Jake hebt mich auf seine Arme und trägt mich zurück ins Schlafzimmer.

Er legt mich aufs Bett. Sofort klebt meine verschwitzte Haut an den Laken.

Mir ist unglaublich übel, und ich fühle mich richtig krank.

Ich höre, wie Jake durchs Schlafzimmer geht, dann setzt er sich neben mich und hält mir ein Glas Wasser hin.

»Trink einen Schluck. Nur ein ganz bisschen.«

Ich stütze mich auf einen Ellbogen, nehme Jake das Glas aus der Hand und trinke in winzigen Schlückchen.

Gerade als ich das Glas auf den Nachttisch gestellt habe, überkommt mich wieder die Übelkeit.

»Wieder schlecht«, keuche ich und halte mir die Hand vor den Mund.

Im Nu bin ich wieder in Jakes Armen, und er eilt mit mir ins Badezimmer, wo er mich neben der Toilette absetzt, sich neben mich kniet und mir ein weiteres Mal den Rücken reibt, während ich das Wasser rauswürge, das ich soeben getrunken habe.

»Ich rufe einen Arzt«, verkündet er, als ich mich allen Wassers entledigt habe.

Für einen Augenblick verschwindet er, um sein Handy zu holen, dann ist er wieder an meiner Seite. Ich rolle mich in seinem Schoß auf dem Badezimmerboden zusammen und höre zu, wie er Anweisungen ins Telefon blafft, während er mir zärtlich die Strähnen aus dem feuchten Gesicht wischt. Mit jedem Moment fühle ich mich schlechter.

* * *

»Uff«, stöhne ich und blinzle mit noch verschwommener Sicht gegen das Sonnenlicht.

Als ich mich zur Seite rolle, sehe ich, dass Jake in seinen Boxershorts neben mir sitzt, ans Kopfende des Bettes gelehnt, den Laptop auf dem Schoß.

Auf dem Monitor ist eine mit Zahlen gefüllte Tabelle.

Er schließt das Fenster mit der Tabelle, stellt den Laptop aufs Bett und rutscht nach unten, auf meine Augenhöhe.

»Wie fühlst du dich?«, fragt er. Mit einer Hand fährt er mir zärtlich über die Wange und streicht mein Haar nach hinten.

»Als hätte ich die ganze Nacht damit verbracht, mich zu übergeben. Wie spät ist es?«, krächze ich und reibe mir die schmerzenden Augen.

»Ein Uhr mittags.«

»Herrgott, ich hab den ganzen Morgen verschlafen.«

»Das hast du auch gebraucht.«

»Schätze schon. Ich hab solchen Durst«, erwidere ich und drehe den Kopf auf der Suche nach dem Wasserglas, das ich auf das Nachtschränkchen gestellt hatte.

»Ich hab's weggeschüttet«, sagt Jake. »Es war warm. Ich bringe dir frisches.« Ehe er das Bett verlässt, küsst er mich auf die Stirn, dann macht er sich auf den Weg zum Minikühlschrank.

Er öffnet eine Wasserflasche, hilft mir, mich aufzusetzen, und reicht sie mir.

Ich bin immer noch sehr schwach. Mit Gliedmaßen wie aus Gummi lehne ich mich ans Kopfende des Bettes und trinke dankbar das Wasser.

»Der Arzt hat Medikamente dagelassen, die du nehmen sollst, sobald du dich nicht mehr übergibst. Ist dir immer noch schlecht?«

Die Flasche noch am Mund, schüttle ich den Kopf.

Jake greift nach einer Arzneischachtel auf meinem Nachtschränkchen, öffnet sie, drückt zwei Tabletten heraus und reicht sie mir.

Ich stecke sie mir rasch in den Mund und spüle sie ebenso schnell mit Wasser hinunter.

Der widerwärtige Geschmack, den sie auf meiner Zunge hinterlassen, löst einen Würgereiz aus. »Ich hasse Tabletten.«

»Armes Baby«, bedauert er mich.

»Erinnere mich daran, dass ich nie wieder Garnelen esse.«

Puh, allein beim Gedanken daran dreht sich mir der Magen um.

Als der Arzt einige Stunden nach meinem ersten Trip zum Klo mit dem Wasserflugzeug eintraf – Jake hatte ihn unnachgiebig gedrängt, mich sofort zu untersuchen, und ihn damit aus dem Bett geholt –, hat er mich eingehend untersucht und ist zu dem Schluss gekommen, dass ich an einer leichten Lebensmittelvergiftung litt.

Wir haben die Garnelen als Übeltäter ausgemacht. Jake mag keine, und sie waren das Einzige, was nur ich gegessen hatte.

»Soll ich den Koch rausschmeißen?«, fragt er.

Würde ich es für einen Scherz halten, hätte ich Ja gesagt, aber da ich Jake so gut kenne, weiß ich, dass er den Armen tatsächlich entlassen würde. Ich möchte nicht, dass das passiert. Es ist nicht seine Schuld, dass ich eine verdorbene Garnele erwischt habe.

»Nein.« Lächelnd lege ich ihm eine Hand an die Wange.

Für einen kurzen Moment schließt er die Augen und drückt mir einen Kuss aufs Handgelenk. »Möchtest du dich noch etwas ausruhen?«

»Nein, eigentlich will ich mich nur waschen und mir die Zähne putzen. Ich fühle mich siffig.«

»Siffig?« Unter seinen dunklen Wimpern hervor grinst er mich an. »Erfindest du solche Wörter eigentlich einfach?«

»Nein.« Ich strecke ihm die Zunge raus. »Du hast wohl nur vergessen, wie man zu Hause spricht.«

Schmunzelnd steht er auf. »Ich mache die Dusche für dich bereit.«

Er verschwindet im Badezimmer, ich schlürfe unterdessen weiter mein Wasser.

Ich lehne den Kopf nach hinten ans Bettende, schließe die Augen und höre, wie das Wasser im Bad zu rauschen beginnt.

Jake will keine Kinder.

Wie ein Flüstern erklingt es in meinem Geist, völlig aus dem Nichts.

Mein Magen zieht sich zusammen. Damit kann ich mich jetzt nicht befassen. Ich werde später darüber nachdenken.

Allerdings erinnert es mich daran, dass ich die Pille nehmen muss. Für eine Schwangerschaft ist im Augenblick wahrlich nicht der richtige Zeitpunkt. Und wie es aussieht, wird der wohl auch niemals kommen.

Ich beuge mich nach unten, hebe meine Tasche vom Boden auf und hole eine Pille heraus.

Gerade schlucke ich sie herunter, als Jake aus dem Bad zurückkommt, mir die Wasserflasche aus der Hand nimmt und sie beiseitestellt.

»Bereit für die Dusche?«

»Ja.« Zittrig setze ich die Füße auf den Boden, doch ehe ich aufstehen kann, hebt Jake mich wieder auf seine Arme.

»Ich hätte auch laufen können«, merke ich an und schmiege den Kopf an seine Brust.

»Ist doch Quatsch, es zu versuchen, wenn ich da bin und für dich sorgen kann.«

Er geht in die riesige Doppeldusche und setzt mich auf das gemauerte Sims am hinteren Ende.

Im Dampf des heißen Wassers fühle ich mich sofort besser.

Jake reicht mir meine Zahnbürste, auf der sich bereits Zahnpasta befindet. Seine Umsichtigkeit zaubert mir ein Lächeln ins Gesicht. Ich putze mir die Zähne, während er vor mir kniet und sich daranmacht, mir Hose und Slip auszuziehen.

Als ich mit dem Zähneputzen fertig bin, spucke ich ins fließende Wasser aus, spüle die Bürste unter der Dusche ab und lege sie neben mir auf das Sims.

Jake beugt sich vor, greift mein ärmelloses Shirt am Saum und zieht es nach oben. Ich hebe die schweren Arme, damit er es mir über den Kopf streifen kann. Er wirft es neben meine übrigen Sachen auf den Boden.

Ich merke, dass sein Blick über meinen nackten Körper wandert. Mir entgeht auch seine Erektion nicht, als er die Shorts auszieht. Na ja, bei der Größe ist sie auch kaum zu übersehen.

Ich finde es schön, dass ich ihn auch dann antörne, wenn ich krank bin.

»Selbst krank und siffig mache ich dich scharf.« Ich lächle zu ihm hinauf.

»Selbst krank und siffig«, murmelt er, nimmt mein Gesicht in beide Hände, beugt sich herunter und gibt mir einen zarten Kuss auf den Mund.

Dann nimmt er Schwamm und Duschgel und wäscht mich behutsam.

Seine Hände auf meiner Haut zu spüren ist wahnsinnig erregend. Ich wünschte wirklich, ich wäre nicht krank.

»Das wäre so viel leichter, wenn diese Villa eine Badewanne hätte«, sinniere ich, während ich mich an der Vorstellung erfreue, mit ihm zusammen in einer Wanne zu sitzen. »Aber du bist eine großartige Krankenschwester.«

»Ich nutze das nur als Entschuldigung, um dich anzufassen«, antwortet er mit heiserer Stimme.

»Du kannst mich berühren, wann immer du möchtest«, entgegne ich mit todernster Miene.

»Meins«, flüstert er und gleitet mit seiner seifigen Hand zwischen meine Beine, wo er sie liegen lässt.

Mein Körper reagiert sofort. Ich spüre das kribbelnde Verlangen zwischen meinen Beinen. Beim Gedanken daran, ihn zu kosten, läuft mir das Wasser im Mund zusammen. Auch krank verzehre ich mich nach ihm.

Nachdem Jake jeden Zentimeter meiner Haut gereinigt hat, kniet er sich vor mich und sagt: »Ich muss dich abbrausen und dir die Haare waschen, Süße, aber der verdammte Duschkopf ist an der Wand befestigt. Leg die Beine um meine Taille, die Arme um meinen Hals, und halt dich gut fest.«

Obwohl ich wahrscheinlich auch stehen könnte, möchte ich nicht mit ihm diskutieren – außerdem genieße ich es ehrlich gesagt, wie fürsorglich er ist – und tue, was er sagt.

Jake trägt mich nun wie ein Koalajunges und tritt mit mir unter das fließende Wasser.

In seinen Armen fühle ich mich so sicher und geliebt.

Er greift nach der Shampoo-Flasche und wäscht mir das Haar. Es ist ein herrliches Gefühl, seine Finger auf meiner Kopfhaut zu spüren.

»Streck den Kopf nach hinten unters Wasser«, weist er mich an.

Ich tue, wie mir geheißen, und lasse das Wasser mein Haar ausspülen. Ohne erst zu fragen, massiert Jake mir Spülung ins lange Haar. Er weiß, dass ich sie bei meinem dicken Haar brauche.

»Ich liebe dich über alles«, sage ich und blicke in sein makelloses Gesicht. »Danke, dass du dich so gut um mich kümmerst.«

»Dafür musst du mir nicht danken, Baby. Ich möchte mich doch um dich kümmern. Ich liebe dich ja irgendwie auch über alles, weißt du?« Er schenkt mir dieses wundervolle Lächeln, das typisch für ihn ist. Nicht das, das er für die Fans parat hält, die ihn anbeten. Nein, dieses Lächeln ist nur für mich. So wie er. Meiner, ganz allein meiner.

Womit habe ich es nur verdient, diesen großartigen Menschen wieder in meinem Leben zu haben? Für mich ist er der perfekte Mann.

»Tut mir leid, dass ich krank bin und unseren Urlaub ruiniere«, entschuldige ich mich.

»Hey.« Mit einem Finger stupst er mir gegens Kinn. »Du hast ja nicht drum gebeten, krank zu werden. Ich bin hergekommen, um Zeit mit dir allein zu verbringen, krank oder nicht. Und das machen wir doch, stimmt's?«

»Stimmt«, antworte ich lächelnd. »Weißt du ...«, hauche ich und verleihe meiner Stimme eine verführerische Note. »Wenn ich nicht krank wäre, würde ich jetzt auf den Knien vor dir sein und dir so richtig einen blasen.«

Ich spüre die Anspannung in Jake, merke, wie er mich fester an sich drückt. »Und ich wäre so was von dabei. Wenn's dir besser geht?«

»Auf jeden Fall.«

Nach dem Duschen packt er mich in ein weiches Badetuch und trägt mich ins Schlafzimmer. Zärtlich und sorgfältig trocknet er mich ab, zieht mir frische Shorts und ein neues Oberteil an, bevor er mich wieder ins Bett steckt und sich neben mich legt.

Plötzlich überkommt mich die Erschöpfung. Ich rutsche dicht an ihn heran, lege den Kopf auf seine feste Brust und schließe die Augen. Jake legt die Arme um mich, küsst mein feuchtes Haar und flüstert: »Schlaf jetzt, Baby.«

Das mache ich.

* * *

Als ich aufwache, höre ich Jakes verärgert klingende, gedämpfte Stimme.

»Das ist doch ein Witz. Ich kann nicht glauben, dass das überhaupt passiert ist. Wofür bezahlen wir diese Idioten eigentlich? Sollten die so was nicht eigentlich gleich merken? Ich fass es nicht, dass sie das übersehen haben.«

Dann höre ich eine andere männliche Stimme, die ich nicht zuordnen kann.

»Ich weiß. Ich dachte, man könnte sich auf sie verlassen. Sie arbeiten seit Jahren für uns. Haben nie was übersehen. Ich übernehme die volle Verantwortung, Jake. Ich hab sie eingestellt.«

»Nein, es ist nicht deine Schuld, Zane. Das war der Wichser, der seit sechs Monaten die Kohle abgreift. Ich schwöre, wenn ich dieses Arschloch in die Finger kriege …«

Ich lasse den Blick schweifen, sehe, dass es halb acht ist, und kann nicht glauben, wie lange ich geschlafen habe.

Da ich mich viel besser fühle als gestern und herausfinden will, was Jake so wütend macht, steige ich aus dem Bett und gehe ins Wohnzimmer.

Er sitzt am Esstisch und führt mithilfe seines Laptops ein Videotelefonat.

Er sieht auf, mit angespannter Miene und stechend blauen Augen, doch sofort wird sein Blick weich.

Zane redet noch immer. »Der Buchhalter arbeitet noch daran, den genauen Betrag herauszufinden, aber er glaubt, es sind ungefähr fünfhundert. Wenn er sich wieder meldet, setze ich mich umgehend mit dir in Verbindung.«

Ich sehe, wie Jake die Zähne zusammenbeißt. Sein Blick schnellt zurück zum Bildschirm. »Okay, bis dann.«

Er klappt den Laptop zu. »Warum bist du aufgestanden?«, fragt er viel sanfter, als es die Anspannung rund um seine Augen erwarten ließ.

»Ich hab dich vermisst.« Ich gehe zu ihm hinüber.

Er schiebt den Stuhl zurück, damit ich mich auf seinen Schoß setzen kann. Sofort schmiege ich den Kopf an seine Brust. Er riecht so sehr nach Jake – Duschgel, Zigaretten und Minze. Ich hätte nie gedacht, dass ich diese Kombination so sehr mögen könnte, bis ich ihn traf. Aber vor Jake habe ich mir eine Menge Dinge nicht zugetraut.

»Wie fühlst du dich?«, fragt er.

»Besser.«

»Hast du Hunger?«

Ich schüttle den Kopf. Beim Gedanken an Essen wird mir immer noch übel.

»Baby«, er gibt mir einen Kuss auf die Stirn, sein warmer Atem strömt durch mein Haar,»du hast schon eine ganze Weile nichts gegessen. Du solltest es wirklich versuchen. Wie sieht's mit einem Bissen Toast aus?«

Ich lege den Kopf in den Nacken, um ihn anzusehen. »Nervst du mich jetzt so lange, bis ich was esse?«

»Ziemlich wahrscheinlich.«

»Okay«, antworte ich seufzend. »Ich versuch's mit dem Toast.«

Er nimmt sein Handy vom Tisch und ruft das Restaurant an.

* * *

Nachdem wir auf der Terrasse gefrühstückt haben, gehen Jake und ich am Strand spazieren. Das Essen hat mich ein wenig gestärkt.

Ich weiß, dass er immer noch an das Telefonat mit Zane denkt. Beim Frühstück war er auffallend ruhig, so wie auch jetzt.

Ich nehme an, es hat etwas mit dem Label zu tun. Irgendwas geht da vor sich, und ich will wissen, was es ist.

»Erzählst du mir noch, worum es bei deinem Videotelefonat ging?«

Jake drückt meine Hand fester. »War nicht so wichtig.«

»Jake …«, dränge ich.

»Es ist wirklich keine große Sache. Wir reden später darüber. Du erholst dich gerade erst von einer Lebensmittelvergiftung, und wir sind doch im Urlaub.«

Ich bleibe stehen, trete vor ihn und lege ihm die Arme um die Taille.

Mit zurückgelegtem Kopf schaue ich zu ihm auf. »Keine große Sache, ja? Warum hast du dann so verdammt sauer geklungen, als du mit diesem Zane gesprochen hast?«

»So klinge ich immer, wenn ich mit meinen Angestellten rede«, erwidert er grinsend.

»Hör auf damit«, fahre ich ihn an und trete einen Schritt zurück.

Er legt die Stirn in Falten. »Womit?«

»Hör auf, mich auszuschließen, Jake. Ich wünschte, du würdest einfach mit mir reden. Mir erzählen, wenn irgendwas ist. Ich könnte vielleicht sogar helfen.«

Er kommt näher, legt mir die Arme auf die Schultern, fährt mir mit den Fingern durchs Haar. »Ich will dich nicht ausschließen. Ich möchte nur nicht, dass du dir unnötig Sorgen machst. Das ist unnötig, wenn ich alles im Griff habe.«

»Ich mache mir mehr Sorgen, wenn ich nicht weiß, was los ist. Dann stelle ich mir die wildesten Dinge vor.«

»Ich weiß«, antwortet er zärtlich und fährt mir mit dem Daumen über die Wange.

»Weißt du, Jake, ich will einfach nicht …« Ich seufze. »Ich will einfach nicht, dass dir alles zu viel wird und du dann … aus der Spur gerätst und wir wieder da enden, wo wir in Boston waren.«

Er versteift sich. Seine Augen werden dunkler. »Es wird nicht wieder vorkommen. Das habe ich dir doch schon gesagt. Ich verliere dich nicht noch mal. Das kann ich nicht.«

»Ich weiß, und ich glaube wirklich an dich. Ich weiß nur, dass es mir viel besser gehen würde, wenn du offener zu mir wärst, statt mich ständig auszuschließen. Ich weiß, du tust das, weil du glaubst, es wäre besser für mich, aber das Beste für mich bist du – wenn du glücklich und gesund bist.«

Er beugt sich vor, legt mir die Hände an die Wangen und drückt die Stirn gegen meine, schließt die Augen.

Einen Augenblick lang stehe ich reglos da, lausche einfach seinen tiefen, zufriedenen Atemzügen.

Manchmal habe ich das Gefühl, Jake atmet durch mich. Meinetwegen. Als sei ich die Luft, die er zum Atmen braucht. Und ich atme das Wissen ein, dass er zufrieden ist.

»Jemand in der Firma hat Geld veruntreut.«

»Was?« Mit einem Keuchen weiche ich zurück.

Jake seufzt, dann nimmt er meine Hand und zieht mich neben sich in den Sand.

»Seit sechs Monaten unterschlägt jemand Geld. Aber darum geht es nicht, Tru«, erklärt er seufzend. »Das Geld könnte ich verkraften. Es geht um die Tatsache, dass jemand mich verdammt noch mal bestohlen hat. Mein und Jonnys Lebenswerk bestohlen hat.« Er fährt sich durchs Haar. »Es fühlt sich an, als würde jemand auf die Erinnerung an ihn pissen, verstehst du?« Er zuckt die Achseln, dann lässt er die Schultern hängen.

Der Schmerz in seiner Stimme bohrt sich mir ins Herz.

Ich finde es schrecklich, dass jemand Jake das antut, nach allem, was er durchgemacht hat, und ausgerechnet jetzt, wo es ihm etwas besser geht. In mir brennt der Zorn, doch ich verberge ihn. Ich will nicht, dass Jake merkt, wie viel mir das ausmacht. Ich will, dass er weiterredet.

»Ich weiß, Baby«, sage ich, nehme seine Hand und versuche, seinen Schmerz und seine Enttäuschung zu lindern. »Hast du einen Verdacht?«

»Noch nicht«, antwortet er kopfschüttelnd. »Wir bewahren dem Personal gegenüber Stillschweigen, damit wir den Wichser auf frischer Tat ertappen können. Zane kümmert sich darum, also werden wir bald Bescheid wissen. Der Typ könnte Scheiße in einer Mülltonne erschnüffeln.«

»Wer ist Zane?«, frage ich.

Verwirrt sieht er mich an. »Zane Fox. Der Geschäftsführer der Plattenfirma.«

Warum weiß ich das nicht? So was sollte ich wissen. Ich werde diesen Mann bald heiraten und weiß so wenig über seine Firma und seine Mitarbeiter. Diese Erkenntnis fühlt sich beschissen an.

»Wie lange arbeitet Zane schon für dich?« Ich streiche mit den Fingerspitzen über seine rauen, schwieligen Hände.

»Von Anfang an. Jonny und ich haben ihn eingestellt, als wir die Plattenfirma gegründet haben. Das trifft ihn genauso hart wie mich.«

Okay, Notiz an mich selbst: Jakes Mitarbeiter besser kennenlernen. Außer dem, der ihn abzockt. Dem würde ich mit größtem Vergnügen in den Arsch treten.

»Bist du sicher, dass er der Sache ohne dich auf den Grund gehen kann?«

»Ja.« Er gräbt einen Finger in den Sand und zieht eine tiefe Furche.

Allerdings *klingt* er nicht sicher. Ich glaube, es liegt nicht daran, dass er Zane misstrauen würde. Ich denke, es kommt daher, dass er meint, Jonny irgendwie enttäuscht zu haben, weil es überhaupt so weit kommen konnte. Und jetzt ist er nicht dort, um es in Ordnung zu bringen, weil er hier bei mir ist.

Er hatte in letzter Zeit so viel mit mir – mit uns – zu tun, dass er keinen Gedanken an die Arbeit verschwendet hat. Ich weiß, im Augenblick befindet er sich in einem Loyalitätskonflikt zwischen mir und seiner Firma.

Das hasse ich mehr, als ich in Worte fassen kann.

»Wir fliegen zurück nach L. A.«, beschließe ich.

»Nein.« Er klingt resolut.

Ich wechsle die Taktik. Auf der Suche nach besseren Argumenten frage ich: »Wie viel Geld fehlt denn?«

Er antwortet nicht gleich, sondern rutscht hin und her und schaut aufs Meer hinaus. »Mein Buchhalter vermutet, rund fünfhunderttausend Dollar. Ich warte noch auf die genauen Zahlen von Zane, der noch mal mit ihm reden wollte.«

»Fünfhunderttausend beschissene Dollar!«, keuche ich. »Jemand hat dir fünfhunderttausend Dollar gestohlen?«

Wenn ich zuvor schon wütend war, dann koche ich jetzt regelrecht.

Er sieht mich an. »Eigentlich der Firma, aber ja.«

»Wir müssen nach L. A., Jake. Du musst nach Hause und das in Ordnung bringen.«

»Nein, wir sind …«

»Nein«, falle ich ihm entschlossen ins Wort. »Das ist eine Riesensache. Wir reden hier von Betrug. Betrug in deiner Firma. Eine scheißgroße unterschlagene Summe! Seit wann weißt du das?«

»Seit gestern.«

Verärgert sehe ich ihn an. »Dann hättest du es mir gestern schon sagen sollen.«

»Tru, das ist lächerlich, du warst krank. Schau, ich sage es dir doch jetzt, genau wie du es wolltest.« Er zieht meine Hand an die Lippen und küsst sie. »Ich weiß, jetzt machst du dir Sorgen, und genau das wollte ich nicht, aber so ist es nun mal. Wir bleiben auf jeden Fall noch die nächsten drei Tage auf der Insel. Ich mache Urlaub mit meinem Mädchen. Und nein, du hältst mich nicht von meinen Aufgaben in der Firma ab«, wirft er ein und legt mir einen Finger auf die Lippen, als ich den Mund öffnen will, um zu widersprechen. »Ja, es gibt Probleme bei der Plattenfirma. Probleme, um die sich Zane noch ohne Weiteres die drei Tage, bis ich wieder da bin, allein kümmern kann.«

Er sieht mir tief in die Augen, streicht mit der Fingerspitze über meine Unterlippe und zieht sie ganz leicht nach unten.

Ich sehe, wie seine Pupillen sich weiten, und spüre, wie die Stimmung zwischen uns umschlägt.

Meine Brustwarzen werden hart. Ich trage keinen BH unterm Shirt, das kann Jake also nicht verborgen bleiben.

Sein Blick wird noch dunkler, als er zu meinen Brüsten hinunterwandert.

»Wenn du mir helfen willst, Tru, dann schenk mir diese Zeit mit dir«, verlangt er mit rauer Stimme. »Das ist es, was ich jetzt brauche. *Du* bist, was ich jetzt brauche.«

Ich weiß genau, was Jake braucht, und bin mehr als bereit, es ihm zu geben, also schwinge ich mich auf seinen Schoß, setze mich rittlings auf ihn. »Gut«, gestehe ich ihm zu. »Machen wir's auf deine Weise.«

Verführerisch lächelt er mich an und legt seine großen Hände auf meinen Hintern. »Was willst du heute tun?«, fragt er, und seine Stimme trieft nur so vor Sex.

Ich schiebe die Hand zwischen uns und fasse ihm durch die kurze Hose hindurch in den Schritt. »Ich will dich in mir …«

Mehr muss ich nicht sagen. Jake erhebt sich in einer fließenden Bewegung, reißt mich mit hoch und trägt mich in Rekordzeit zurück in die Villa.

Sobald wir drinnen sind, setzt er mich ab und reißt mir das Shirt vom Leib. Und ja, das meine ich wörtlich.

Scheiße, ist der stark. Das ist so unglaublich heiß.

Als Nächstes sind meine Shorts und mein Slip dran. Zum Glück zerreißt er sie nicht, sondern streift sie mir nur in einer schnellen Bewegung ab.

Innerhalb weniger Sekunden bin ich nackt. Nur Jake ist in der Lage, mir zu zeigen, wie sehr er mich liebt, indem er mir die Kleider vom Leib reißt.

Ich liebe es, wie begehrt und gewollt ich mich bei ihm fühle.

»Scheiße, hab ich das … dich … vermisst.« Sekundenlang verschlingt er mich mit seinen Blicken, dann presst er seinen Mund auf meinen. Mit wenigen Schritten sind wir beim Bett, und er wirft mich auf den Rücken.

Seine Lippen wandern über meinen Körper, schließen sich um meine Brustwarze. Als er sie mit der Zunge umkreist, flammt in meinem Innersten Hitze auf, macht mich feucht und gierig, und ich stöhne vor Lust und Verlangen.

Er knabbert daran, dann löst er sich von mir, kniet sich vor dem Bett auf den Boden, packt meine Oberschenkel und zieht mich zu sich.

Ich schnappe nach Luft.

Meine Beine ruhen auf seinen Schultern, und er streicht mit dem Finger über meine Muschi.

»So feucht«, stößt er gepresst hervor.

Ich weiß, was er gleich tun wird, schließe die Augen und lasse meinen Kopf in die Kissen sinken.

»Schau mir zu«, befiehlt er.

Ich hebe den Oberkörper, stütze mich auf die Ellbogen und beobachte ihn.

»Ich will, dass du zusiehst … wie ich dich zum Höhepunkt bringe.«

Darum hat Jake mich noch nie gebeten. Mir ist auch ziemlich egal, wie er auf diese Idee kommt – ich bin nur froh, dass er es getan hat, denn es ist so verdammt sexy. *Er* ist so verdammt sexy.

Ich tue, was er verlangt, bleibe halb aufgerichtet und sehe ihn an.

Ich schaue zu, wie er sich mit der Zunge über die Oberlippe fährt, als könne er mich schon schmecken. Seine leuchtend blauen Augen werden dunkel, als er sich vorbeugt, bis er mich mit dem Mund fast berührt. Dann leckt er sehr langsam über meine empfindsame Knospe, ohne den Blick von mir zu wenden.

»Mmm, so süß«, murmelt er.

Ich bin wie gebannt.

Es macht mich total heiß, zuzusehen, wie er sich so um mich bemüht. Es steigert die Intensität meiner Gefühle in einem Maße, wie ich es nie für möglich gehalten hätte. Es ist wahnsinnig sinnlich, zuzusehen, wie Jake mit seiner Zunge über meine intimsten Stellen fährt. Ich verliere beinahe die Beherrschung, als ich merke, welche Lust das auch ihm bereitet.

Meine Hände krallen sich ins Bettlaken, als er meinen bereits äußerst empfindlichen Kitzler anhaucht, das Gefühl noch intensiviert, mich immer wilder macht.

Ich will ihn jetzt in mir spüren.

Er schiebt einen Finger in mich, während er mich weiter in den Wahnsinn leckt, und meine Muskeln schließen sich um ihn.

»Willst du … meinen Schwanz in dir?«, murmelt er an meiner Haut, und ich spüre die Vibration bis in den Bauch hinein.

»O Gott, ja«, stöhne ich.

Seine blauen Augen flackern, als er in meine schaut, mir diesen vor Sex lodernden Blick zuwirft, dann einen weiteren Finger in mich schiebt und mich mit beiden zu vögeln beginnt. Gleich darauf fährt er fort, mich mit seiner Zunge um den Verstand zu bringen.

»Oh, ja«, hauche ich und umschließe mit der Hand meine Brust, als die Spannung sich immer weiter in mir aufbaut. In Reaktion auf sein lustvolles Zungenspiel zieht mein Innerstes sich zusammen. »Ja, Jake … o bitte … genau da … Heilige Scheiße, ich komme!«, schreie ich unvermittelt.

Es durchfährt mich wie ein Blitzstrahl, und ich bäume mich vom Bett auf. Jake drückt mit der freien Hand meine Hüfte nach unten, zieht den Orgasmus weiter in die Länge, während ich mich unter ihm winde und er mir einen epischen Höhepunkt beschert.

Zwei Tage war ich ohne das hier, ohne ihn, und offenbar war ich bereit. Mehr, als mir klar war.

Als das Gefühl verebbt, sinke ich erschöpft und kraftlos aufs Bett.

Vor meinen orgasmusbenebelten Augen sehe ich Jake das T-Shirt ausziehen und sich an die Shorts fassen.

Mühsam richte ich mich auf, stelle mich auf wackligen Beinen vor ihn und lege die Hand auf seine.

»Lass mich.«

Ständig bereitet Jake mir Lust. Jetzt ist er an der Reihe.

Ich schiebe meine Finger unter das Gummiband seiner Shorts. Langsam ziehe ich sie nach unten, folge dem Kleidungsstück und knie mich hin, während der Stoff auf dem Boden landet. Als ich den Blick auf seinen mächtigen Schwanz richte, schiebt Jake mit dem Fuß die Hose beiseite.

Ohne zu zögern, nehme ich ihn in die Hand, lege die Lippen auf seine Eichel, nehme ihn in den Mund.

»Mein Gott«, stöhnt Jake, und sein Körper zuckt, als er meine Lippen spürt. Er fährt mir mit der Hand ins Haar und hält sich an mir fest. »Deinen Mund zu spüren schafft mich jedes Mal, Tru, du bist so verdammt warm … so weich.«

Er ist so seidig und gleichzeitig so hart, dass ich aufstöhne.

Ich spüre ihn erbeben.

Meine Zunge huscht über die Unterseite, zieht sich leicht zurück, leckt über die Spitze, dann nehme ich ihn wieder in den Mund.

Sein salziger Geschmack ist auf meiner Zunge, und ich nehme ihn tiefer in den Mund, so viel von ihm, wie ich nur kann.

»Tru, dein Mund … so heiß … es macht mich so an, wie du bläst.«

Ich freue mich, dass es ihm gefällt, lege meine Hand auf seinen harten Oberschenkel, entspanne den Unterkiefer, sodass er noch tiefer in mich kommen kann.

»O Scheiße«, stößt er hervor. Er packt auch mit der anderen Hand meinen Kopf, krallt mir die Finger ins Haar und beginnt, mich in den Mund zu vögeln.

»O Gott … Tru … Ah, wir müssen aufhören … Ich … O Gott … Ich komme gleich.« Er will sich zurückziehen, versucht, meiner Zunge zu entwischen. Aber ich will, dass er in meinem Mund kommt. Ich habe seinen Geschmack schon vermisst.

Beharrlich klammere ich mich an seinen Oberschenkel, lasse seinen Schwanz los und packe auch sein anderes Bein, versuche, ihn festzuhalten. Ich will ihn wissen lassen, was ich vorhabe.

»Nein, Baby, du warst krank, ich muss jetzt echt nicht in deinem Mund kommen.«

Ich sehe zu ihm auf.

Sanft schüttelt er den Kopf, streicht mir über die Wange. »Nächstes Mal. Jetzt will ich in deinem wunderschönen Körper kommen.«

Mahnend sauge ich ein letztes Mal an ihm, dann lasse ich mir von ihm aufhelfen.

Seine Augen lodern. Ich weiß, wie schwer es ihm gefallen sein muss, aufzuhören.

Ich lecke mir die Oberlippe. Wie gebannt folgt sein Blick meiner Zunge.

»Wo willst du mich?«, flüstere ich.

Er holt tief Luft. »Beug dich vor, und stütz dich an der Wand ab«, verlangt er im Befehlston.

Ich liebe diesen Befehl und tue mit zitternden Beinen genau das, was er von mir will: Ich beuge mich vor und lege die Hände flach an die Wand neben dem Bett, mehr als bereit.

Ich spüre, wie Jake sich hinter mir bewegt. Mit dem Knie schiebt er meine Beine weiter auseinander, dann spüre ich, wie er gegen meine Öffnung drängt.

»Ich werd dich richtig hart ficken, Baby. Bereit?« Ich muss ihn jetzt nicht sehen, um zu wissen, dass er die Zähne zusammenbeißt und sich kaum noch beherrschen kann.

Begierig dränge ich ihm mein Becken entgegen. »Worauf wartest du?«

Er packt mich an der Hüfte und stößt sich in einer geschmeidigen, ruckartigen Bewegung in mich.

»Scheiße«, bringt er hervor.

Ich stütze mich gegen die Wand, als Jake mich zu sich zieht.

Er gleitet aus mir heraus und dringt lang und hart wieder in mich ein. Ich kann ein lautes Stöhnen nicht unterdrücken.

Er packt mich fester, bis es fast wehtut, hält mich in seinem eisernen Griff, doch es ist mir egal. Ich brauche das. Ich brauche ihn.

»Sprich Spanisch mit mir, Süße«, fordert er gepresst.

Ein Lächeln huscht über meine Lippen. In vollem Bewusstsein, was das mit ihm anstellt, gehorche ich bereitwillig. »*No me jodas más*, Jake. Härter!«

Jake liebt mein puerto-ricanisches Blut, und es macht ihn wahnsinnig, wenn ich Spanisch mit ihm spreche.

Jeglicher Rest von Selbstbeherrschung ist vergessen, und er vögelt mich hart und gnadenlos, wobei er mir ohne Unterlass Dirty Talk zuflüstert. »Gott, Tru, du bist so verdammt sexy mit deinem losen Mundwerk. Du fühlst dich so verdammt eng und heiß an. Ich bin so hart … so tief in dir …«

Ich spüre, wie er in mir noch wächst, diesen ganz bestimmten Punkt berührt, der tief in mir ist. Nur Jake hat ihn je berührt, und ich weiß, gleich ist es wieder so weit.

Er legt seine Hand zwischen meine Beine, reibt meinen Kitzler, treibt mich einem weiteren Orgasmus entgegen.

Meine Muskeln verkrampfen sich und zucken, während sein riesiger Schwanz immer wieder in mich stößt.

»Komm, Tru. Jetzt.«

Mein Körper gehorcht, und ich komme, wie benebelt vor Lust an seiner Dominanz. Mein Innerstes zieht sich um ihn herum zusammen.

Ich spüre ihn erzittern. »Scheiße, Tru!«, schreit er, und ich spüre die Wärme, als er in mir kommt, seine zuckenden Hüften, als er sich in mich rammt, mich mit seinem Samen füllt.

Als er mir alles gegeben hat, streicht Jake mir das Haar zur Seite und schmiegt sich an meinen Rücken, legt die Hände an der Wand über meine.

»Alles gut?«, fragt er leise und drückt mir einen Kuss auf die Schulter, wobei seine Zähne sanft über meine Haut streichen.

»Viel mehr als das.«

Er bewegt die Hüften, und ich spüre in mir, dass er immer noch halb steif ist.

»Bist du noch nicht fertig?« Lächelnd drücke ich mich gegen ihn.

»Ich hab noch nicht mal angefangen. Ich war jetzt zwei Tage nicht in dir.« Er legt mir den Arm um die Taille. Dann gleitet er aus mir heraus, dreht mich zu sich um, reißt mich an sich. »Die Zeit will ich wieder aufholen. Den Rest des Tages will ich in dir verbringen, dich besinnungslos ficken, bis wir beide nicht mehr laufen können.«

»Ist das ein Versprechen?«

»Darauf kannst du deinen süßen Arsch verwetten«, knurrt er, während er mich hochhebt, aufs Bett wirft und sich über mich schiebt.

KAPITEL 3

Ich schaue hinunter auf die Lichter von L. A., als das Flugzeug zur Landung ansetzt.

Neben mir schläft Jake. Ich streiche ihm das Haar aus der Stirn. Im Schlaf sieht er so friedlich aus. Am liebsten würde ich ihn gar nicht wecken, aber wir landen bald.

Ich blicke hinunter auf mein Freundschaftsarmband an seinem Handgelenk. Als ich es zur Seite schiebe, sehe ich, dass die Haut darunter heller ist, weil sie keine Sonne abbekommen hat. Genau wie bei mir. Wir nehmen sie nie ab, haben einander versprochen, die Erinnerung an unsere Freundschaft in Kindertagen immer zu tragen: die Armbänder, die ich vor so vielen Jahren für uns beide gemacht habe.

Kaum zu glauben, dass unser Urlaub vorbei ist. Der schönste Urlaub meines Lebens. Nun sind wir auf dem Weg zurück in die Wirklichkeit.

Na ja, Jakes Wirklichkeit.

Die so fern jeglicher Realität liegt, wie ich es mir nie hätte träumen lassen.

Ein normales Mädchen in einer Welt, die weit abseits der Norm stattfindet.

Ich wünschte, wir hätten auf unbestimmte Zeit auf der Insel bleiben können, denn ich habe das Gefühl, unsere Rückkehr bedeutet, dass einige Dinge bald sehr schnell sehr real werden.

Mit den Fingerspitzen fahre ich Jake übers Ohr, kitzle die empfindliche Haut dahinter. Die Stelle, an der meine Küsse ihn wahnsinnig machen.

Überraschend packt er meine Hand. »Fang nichts an, was du nicht gewinnen kannst«, warnt er mit einem tiefen Knurren, das unglaublich sexy klingt.

»Wer sagt, dass ich nicht gewinnen kann?«

»Ich.«

»Ist das so?«

»Mhm.« Er rückt näher an mich heran, gewährt mir einen Blick in seine traumhaften blauen Augen. »Du vergisst, dass ich ganz genau weiß, wo sich all deine empfindlichsten Stellen befinden, Bennett.«

Mir wird heiß, und ich winde mich. »Ich dachte, du würdest schlafen.«

»Hab ich auch, bis irgendein kleines Luder angefangen hat, mich zu kitzeln.«

Ich lache. »Luder?«

»Ja, das bist du. Ein Luder. Durchtrieben und kokett.«

»Kokett?«, spotte ich.

»Ja, kokett und unwiderstehlich.«

»Und nur für dich bestimmt«, füge ich an.

»Aber so was von nur für mich bestimmt.«

Sein Blick nagelt mich fest, nimmt mich in Besitz, macht mich ihm untertan.

Ich schlucke schwer und verkünde: »Na schön, Python, wir sind zu Hause.« Ein zaghaftes Lächeln legt sich auf meine Lippen.

Zu Hause.

L. A. ist jetzt mein Zuhause. Es fühlt sich komisch an, das zu sagen.

Bei meinem letzten Besuch in L. A. war gerade die Geschichte über Jakes Vater an die Presse gegangen.

Bei der Erinnerung läuft es mir kalt den Rücken hinunter.

Jake setzt sich auf, reckt und streckt sich, dann legt mir er einen Arm um die Schultern und zieht mich zu sich. »Alles klar bei dir?«, fragt er.

»Ja, ich wünschte nur, wir hätten noch länger auf der Insel bleiben können.«

»Ich auch«, murmelt er und legt das Kinn auf meinen Scheitel. »Da fahren wir sehr bald wieder hin.«

»Wir könnten dort unsere Flitterwochen verbringen«, schlage ich vor und werde immer optimistischer, als ich zu ihm aufsehe.

»Das ist eine großartige Idee.« Er lächelt.

»Dann muss ich wohl anfangen, unsere Hochzeit zu planen … Oder wolltest du eine lange Verlobung?« Ich beiße mir auf die Lippe.

»Scheiße, nein! Wir können sofort heiraten, Baby, wenn du das willst. Du musst nur einen Ton sagen, und ich lasse uns nach Vegas fliegen.«

Ich lache. »Meine Mutter würde einen Herzinfarkt kriegen, wenn ich in Vegas heirate, und mein Vater würde dir dafür in den Hintern treten, dass du ihm die Möglichkeit nimmst, sein einziges Kind zum Altar zu führen.«

»Richtig. Von Billy will ich wirklich keinen Tritt in den Hintern.«

»Wo möchtest du denn heiraten? Hier oder in England?«

»Ist mir egal.« Er zuckt die Achseln. »Einfacher wäre wahrscheinlich, es hier zu tun, weil wir hier leben, aber ehrlich gesagt kannst du dir das aussuchen. Wenn du in Manchester heiraten möchtest, ist das für mich in Ordnung. Sag mir einfach, wann und wo, Baby, und ich werde da sein.«

»Darf ich das so verstehen, dass du dich in keiner Weise an den Hochzeitsvorbereitungen beteiligen wirst?«

»Doch, natürlich«, antwortet er grinsend. »Ich werde meinen Junggesellenabschied organisieren. Nein, vergiss es. Den Job hab ich schon Tom versprochen.«

Tom ist Bassist bei The Mighty Storm, einer der engsten Freunde von Jake und allgemein als Frauenheld bekannt. So wie Jake, ehe wir zusammengekommen sind. Aber seine wilde Zeit ist glücklicherweise Geschichte.

»O Gott«, stöhne ich. »Das wird eine wahre Orgie mit Stripperinnen und Nutten, wie bei ›Hangover 2‹.«

Jake lacht. »Ach, sei nicht so, Baby. So schlimm wird es schon nicht werden.«

»Wenn du mit einem Gesichtstattoo auftauchst und mir erzählst, dass du einen Ladyboy gebumst hast, heirate ich dich auf keinen Fall.«

Er starrt mich an. »Kleines, wenn ich dir erzählen muss, dass ich einen Ladyboy gebumst habe, werde ich das aus dem Gefängnis machen müssen.«

»Warum?«

»Weil ich Tom dann so was von umgebracht habe, wenn er das zugelassen hat.«

In unser Gelächter tönt die Stimme des Piloten, der uns über den Lautsprecher bittet, uns anzuschnallen, da die Landung kurz bevorsteht.

* * *

Dave biegt in die Zufahrt zu Jakes Haus ein. Unserem Haus. Ich habe mich noch immer nicht daran gewöhnt, das zu sagen. Auch wenn ich es Jake gegenüber nie erwähnen würde, es fühlt sich einfach nicht wie mein Haus an.

Weil ich dieses Haus, na ja, irgendwie hasse … Okay, hassen ist vielleicht ein bisschen zu viel gesagt.

Ich kann Jakes Haus absolut nicht leiden.

Nur damit wir uns richtig verstehen, es ist wunderschön. Nicht zu protzig. Modern. Es hat drei Schlafzimmer, drei Badezimmer, ein Tonstudio und einen Fitnessraum.

Aber es ist eine Junggesellen-Bude, und das ist das Problem.

In diese Bude hat Jake als Junggeselle unzählige Frauen abgeschleppt.

Gott, allein beim Gedanken daran könnte ich kotzen.

Ich habe noch nie in diesem Haus mit Jake geschlafen. Während unseres kurzen Aufenthalts zwischen den Tourabschnitten war uns nicht gerade nach Sex.

Doch nun wohne ich hier, und Jake wird mit mir schlafen wollen – oft –, und ich weiß jetzt schon, dass ich an die unzähligen anderen Frauen denken werde, die vor mir hier waren. In Jakes Haus. In seinem Bett.

Dem Bett, das ich ab jetzt mit ihm teilen werde.

Ich kann nicht in Worte fassen, wie abscheulich ich diesen Gedanken finde.

Bah.

Ich weiß, dass ich überreagiere, und ich weiß auch, dass Jake mit keiner anderen Frau hier gewohnt hat. Das ist immerhin etwas.

Das ist sein Zuhause, und jetzt auch meins. Ich werde mich daran gewöhnen müssen.

Wie? Ich weiß es nicht genau, denn im Augenblick kommt es mir so vor, als umgäben mich die Erinnerungen an sein altes Leben wie ein mieser Gestank in seinem Haus.

Meinem Haus.

Mist.

Ich muss mir wirklich angewöhnen, es als »mein Haus« zu bezeichnen, sonst wird es Jake auffallen, und ich möchte ihn nicht verärgern. Ich will auf keinen Fall, dass meine Probleme mit seiner Vergangenheit zur Sprache kommen.

»Stellt die Koffer einfach im Flur ab, und fahrt nach Hause«, wendet Jake sich an Dave und Ben, während er die Haustür aufschließt und mich vor sich eintreten lässt.

Ich sehe, dass in der Küche Licht brennt. In der Hoffnung, dass einer meiner Lieblingsmenschen hier ist, verabschiede ich mich von Dave und Ben und gehe geradewegs durch.

»Chica!« Stuart strahlt mich an, als ich durch den Torbogen komme. »Was für ein bezaubernder Anblick. Schau dich an, so braun gebrannt und wunderschön. Was ich nicht alles für einen solchen Teint geben würde.«

»Die Vorzüge einer puerto-ricanischen Mutter.« Ich laufe in seine offenen Arme und küsse ihn auf die Wange. »Ich hab dich vermisst.«

»Was? Du hattest Zeit, mich zu vermissen? Willst du mir etwa sagen, dass die berühmt-berüchtigte Schlange da drüben dich nicht völlig mit Beschlag belegt hat, während ihr weg wart?« Stuart nickt in Jakes Richtung. Der lehnt am Torbogen und beobachtet uns.

Er verzieht keine Miene. Manchmal fällt es mir schwer, Jakes Stimmung einzuschätzen. Lediglich seine Augen können ihn verraten. Dieses Mal jedoch nicht.

»Oh, er hat mich durchaus ganz schön beschäftigt.« Verstohlen lächle ich in Jakes Richtung, und in seinen Augen flackert es.

Ich sehe ihm förmlich an, was er denkt, und werde rot bei den Erinnerungen an das, was wir im Urlaub so getrieben haben.

»Aber trotzdem hatte ich genug Zeit, meinen Lieblingsmann zu vermissen«, füge ich hinzu, während ich mich wieder Stuart zuwende.

»Ich dachte, ich wäre dein Lieblingsmann?«, wirft Jake mit gespielter Entrüstung ein. Er kommt zu uns rüber und setzt sich an den Tresen.

»Stell dich hinten an, Mann. Luder vor Bruder.« Stuart hakt sich bei mir ein.

Ich pruste los und schlage mir die Hand vor den Mund.

Nicht besonders attraktiv, ich weiß. Das passiert einfach manchmal, ganz unerwartet.

»Gott, ich fühle mich wie in einer Folge ›One Tree Hill‹«, beschwert sich Jake.

»Du bist so ein mürrischer Miesepeter, wenn du geflogen bist.« Stuart macht eine abfällige Geste in seine Richtung. »Hattet ihr eine schöne Zeit?«, fragt er mich.

»Es war fantastisch! Nächstes Mal musst du unbedingt mitkommen, Stuart. Es ist unglaublich, du wirst es lieben.«

Jake hebt eine Braue. »Du möchtest, dass Stuart uns in die Flitterwochen begleitet?«

»Oh, stimmt. Okay, dann eben beim übernächsten Mal.« Ich lächle.

»Es ist tatsächlich so schön, dass ihr dort eure Flitterwochen verbringen wollt?«, fragt Stuart mit einem Funkeln in den Augen.

»Tatsächlich.« Ich nicke und lächle bei den Erinnerungen an die Insel.

»Also, habt ihr schon einen Termin?« Stuart lässt mich los und lehnt sich gegen den Tresen.

Ich ziehe die Jacke aus, hänge sie über den Stuhl gegenüber von Jake und schwinge mich darauf. »Noch nicht, aber morgen fang ich mit der Planung an … Na ja, erst mal finde ich raus, wie genau man eine Hochzeit plant, und lege das Datum fest.«

»Wenn du dabei Hilfe brauchst, lass es mich wissen, meine Schöne«, bietet er an.

»Gut möglich, dass ich darauf zurückkomme. Oh, du hast Tee gemacht.« Ich lächle, als ich die Kanne an der Seite bemerke. »Ich liebe dich.« Ich springe vom Barhocker und stoße Stuart mit der Hüfte an.

»Nicht zu sehr, hoffe ich«, beschwert sich Jake und nimmt sich einen Keks aus der Dose auf dem Tresen.

»Keine Sorge, Schatz. Meine Liebe zu Stuart ist rein platonisch. Er ist wie der Bruder, den ich niemals hatte.«

»O Herzchen, das ist so lieb.« Lächelnd erwidert Stuart meinen Schubs mit der Hüfte.

Jake legt die Stirn in Falten. »Ich dachte, in all den Jahren, die wir zusammen aufgewachsen sind, wäre *ich* der Bruder gewesen, den du niemals hattest.«

»Jake, wenn ich dich je als Bruder gesehen hätte, als wir klein waren, hätten wir als Erwachsene niemals Sex gehabt.«

»Eine Schande, dass ich damals nicht wusste, wie du empfindest.« Jakes Züge entspannen sich, und ein lüsternes Lächeln legt sich auf sein Gesicht. »Stell dir nur mal vor, was wir statt der Hausaufgaben alles in deinem Zimmer hätten machen können.«

Ich hebe eine Braue, und mein Slip rutscht beinahe ganz von selbst herunter.

»Ich bin auch noch da«, bemerkt Stuart und bricht damit den Zauber, den Jake um mich wirkt. »Außerdem habe ich unter einer langen Dürreperiode zu leiden, also unterlasst bitte die Anzüglichkeiten. Kommen wir zu den wichtigen Dingen«, fügt er hinzu und reibt sich die Hände. »Nun gebt mir schon mein Geschenk! Ich sterbe vor Neugier!«

»Geschenk?« Verdutzt schaue ich Stuart an, dann Jake, der die Achseln zuckt. Er spielt mit. »Wir hätten dir ein Geschenk mitbringen sollen?«

Ich gieße Tee aus der Kanne in die drei bereitgestellten Tassen und unterdrücke ein Grinsen.

»Hört auf, mich zu verarschen. Kommt schon, Geschenke aus dem Duty-free-Shop sind Teil meines Vertrags. Also her damit.« Er hält die Hand auf und krümmt ungeduldig die Finger.

Ich stelle den Teekessel ab und beiße mir theatralisch auf die Lippe. »Es tut mir wirklich leid, Stuart. Mir war nicht klar, dass wir dir irgendwas mitbringen sollten.«

Ich sehe zu, wie das Funkeln in seinen Augen erlischt und er ein trauriges Gesicht macht. »Oh, schon in Ordnung, Süße, mach dir keine Gedanken ...«

»Ich meine, ich wusste nicht, dass Geschenke Teil deines Vertrags sind, also ist es wahrscheinlich ein äußerst glücklicher Umstand, dass ich dir diese Oliver-Peoples-Sonnenbrille besorgt hab«, fahre ich fort, beuge mich nach vorn und ziehe sie aus meiner Jackentasche.

Stuart wollte schon lange so eine, aber das Modell war überall ausverkauft – ich wusste nicht einmal, dass Sonnenbrillen ausverkauft sein können –, also hab ich Jake gebeten, seine Verbindungen spielen zu lassen und direkt beim Designer eine zu bestellen, was er selbstverständlich getan hat. Die Vorzüge, die es mit sich bringt, Jake zu sein. Am Flughafen von L. A. lag sie für mich bereit.

»Ach du Scheiße!«, platzt es aus Stuart heraus. »Wie hast du ...? Völlig egal. Du bist der absolute Hammer!«

Er hebt mich hoch, wirbelt mich durch die Luft und setzt mich dann wieder ab. Im nächsten Moment pflückt er mir die Sonnenbrille aus der Hand und setzt sie auf.

»Wie seh ich aus?«

»Klasse. Steht dir unheimlich gut. Weißt du, wenn du die anhast, siehst du ein bisschen aus wie dieses Model. Dieser Brite, David Gandy.«

»Eher wie Gandhi«, stichelt Jake.

Ich kann mich nicht beherrschen und lache laut auf.

»Ach, sei still!«, entgegnet Stuart und bewundert sein Spiegelbild in der Ofentür. »Du bist doch bloß neidisch, weil du so was Scharfes nicht tragen kannst.«

»Äh, hallo, 2012 von der breiten Öffentlichkeit Amerikas zum heißesten Typen des Jahres gekürt.«

»Ich glaube, die haben für die Schlange gestimmt, nicht für dich.« Stuart feixt bei dem Spitznamen für Jakes riesiges … Gemächt. Das, das er regelmäßig bei mir zum Einsatz bringt.

»Also, Chica, dieser David Gandy … Ist der heiß?«

Ich nicke begeistert. »Aber so was von.«

»Ähem.« Jake räuspert sich laut.

»Aber nicht so heiß wie du, Baby.«

»Auf keinen Fall«, murmelt Jake.

»Nun denn, ich gehe jetzt ins Bett, ergötze mich für den Rest der Nacht an meinem Spiegelbild und suche nach Bildern von diesem heißen Gandy-Typen.«

Stuart nimmt seine Teetasse und verlässt winkend die Küche. »Schön, dass ihr wieder da seid«, sagt er zu uns beiden.

»Schön, wieder hier zu sein.« *So ganz wahr ist das nicht.* »Schlaf gut«, rufe ich ihm hinterher.

»Du auch, Chica.«

»Weißt du …«, setzt Jake an, während er Milch in die beiden verbleibenden Tassen gießt. Er nimmt eine und stellt sie vor mir ab. »Stuart ist der einzige Mann, bei dem ich es toleriere, wenn er dich begrapscht. Und das auch nur, weil man schwuler nicht sein kann.«

»Stuart begrapscht mich nicht.« Ich lache, nippe an meinem Tee und setze die Tasse ab. »Er hat nur gern Körperkontakt. Ich mag solche Leute«, fahre ich fort und stelle mich zwischen seine Beine.

»Ist das so? Also, wenn irgendein Mann dich jemals dort berührt«, er streicht mit dem Finger über meine Lippen, »reiße ich ihm den Arsch auf.«

»Und was ist hiermit?« Ich zeige auf meine Brüste.

»Dann muss er ganz sicher ins Krankenhaus«, antwortet er, und sein Blick klebt an meiner Oberweite.

»Und was ist damit?« Ich zeige auf das V zwischen meinen Schenkeln.

»Komplett und total tot. Du gehörst mir, Tru.« Er hebt meinen Rock an und legt die Hand genau an die Stelle, auf die ich gerade gezeigt habe. »Niemand außer mir fasst dich an.«

Er drückt den Finger in meinen Slip. In mich.

Mir wird heiß, als ob sich ein loderndes Feuer in meinem Körper ausbreitet.

Er hat hier drinnen andere Frauen gevögelt.

Ich trete einen Schritt zurück, lasse seine Hand ins Leere fallen.

»Was ist los?« Verwundert schaut er mich an.

»Nichts …« Ich blicke mich um, suche nach einer Ausrede. »Es ist nur … Stuart könnte zurückkommen.«

Ob er wohl jemals Sex in der Küche hatte? Wahrscheinlich. So, wie ich Jake kenne, hat er es in jedem Raum dieses Hauses getrieben.

Allein beim Gedanken daran dreht sich mir der Magen um.

Ich balle die Hand zur Faust, meine Nägel bohren sich in die Haut.

»Der kommt nicht wieder.« Jake fasst mich am T-Shirt und zieht mich wieder zu sich heran.

Er küsst meinen Hals, seine andere Hand packt meinen Hintern, zieht mich noch näher.

Verdammt, er ist hart. Aber Jake ist eigentlich immer hart.

Ich schließe die Augen und versuche, mich fallen zu lassen. Spüre, wie er sich an mich drückt. Seinen harten Körper. Seinen männlichen Duft.

Doch vor meinem inneren Auge sehe ich das immer gleiche Bild von Jake mit einer anderen Frau. Er tut genau das, was er gerade mit mir macht, genau hier, aber mit ihr.

Ich winde mich aus seinem Griff.

Seufzend blickt er mich mit seinen jetzt dunkleren Augen an. »Okay, was zur Hölle ist los?«

»Nichts«, antworte ich piepsig, mit der Stimme einer Lügnerin.

»Tru?«

Ich senke den Blick. »Ich …« Zögernd beiße ich mir auf die Lippe.

»Du was?« Besonders erfreut klingt er nicht.

»Es fühlt sich einfach komisch an, in deinem Haus Sex zu haben.«

»Du meinst unser Haus.« Er hebt eine Braue. »Und warum? Weil Stuart hier wohnt?«

»Nein. Wegen all der Frauen, die du hier drinnen gevögelt hast.« Okay, das kam nicht ganz wie geplant heraus.

Ich schaue auf, unsere Blicke treffen sich, und ich beiße mir fest auf die Lippe.

Jakes Gesicht ist wie versteinert.

Mir fällt auf, dass er nicht abstreitet, es hier mit anderen Frauen getrieben zu haben.

Natürlich ist mir klar, dass es ziemlich unwahrscheinlich war, aber irgendwie hatte ich gehofft, dass er vielleicht doch nie eine Frau mit hierhergebracht hat.

Blöd, was?

Seufzend fährt er sich mit der Hand durchs Haar.

Ich entferne mich weiter von ihm, vergrößere den Abstand zwischen uns und lehne mich an den Tresen. »Wie viele Frauen hattest du hier drinnen?«

»Möchtest du wirklich, dass ich diese Frage beantworte?«, fragt er mit bohrendem Blick zurück und wartet.

Ich schaue weg, fixiere die Wand. Fummle am Saum meines T-Shirts.

Möchte ich das wirklich wissen?

Meine masochistische Seite möchte das. Gott sei Dank gewinnt der Selbsterhaltungstrieb.

»Nein«, antworte ich und schüttle den Kopf.

Ich stoße mich vom Tresen ab und mache mich auf den Weg aus der Küche. Auf einmal möchte ich einfach nur ins Bett und diese Unterhaltung hinter mir lassen.

»Wo gehst du hin?«

Ich bleibe im Durchgang stehen und drehe mich um. »Ins Bett. Es ist okay, Jake. Ich verstehe, wie es bei dir früher gelaufen ist, wirklich … irgendwie.« Ich fahre mir mit den Fingern durchs Haar. »Und ich weiß, dass du nichts daran ändern kannst, ganz egal, wie sehr ich mir das vielleicht wünsche. Aber ich kann auch nicht so tun, als ob mir das absolut nichts ausmacht … mich nichts angeht.« Ich deute mit dem Zeigefinger zum Fenster. »Da draußen kann ich damit umgehen, meistens jedenfalls … Aber hier drinnen, in unserem Zuhause … Zu wissen, dass du … mit Hunderten von Frauen hier …« Ich versuche, die Bilder zu verdrängen, bei denen mir jedes Mal schlecht wird.

»Es waren nicht Hunderte.«

»Was?«

»Ich habe nicht Hunderte Frauen mit hergebracht.«

»Danke für die Klarstellung.« Meine Stimme klingt härter als gewollt. »Ganz egal, wie viele es waren, es war mehr als eine, und das reicht, um diese Gefühle in mir zu wecken. Ich brauch einfach ein wenig Zeit, um herauszufinden, wie ich das hinkriege – hier zu sein, es zu wissen. Und glaub nicht, dass ich dich wegen deiner Vergangenheit bestrafen will, denn das ist nicht der Fall. Es sind nur meine Eifersucht und meine Unsicherheit, die an diesem Punkt die

Oberhand gewinnen. Gib mir einfach Zeit, um mich damit zu arrangieren, okay?«

Ich sehe, wie seine Hände sich in die Stuhllehne krallen. Dass die Knöchel weiß geworden sind, weil er so fest zudrückt. Er sieht aus, als müsste er sich mit aller Kraft davon abhalten, zu mir rüberzukommen. Ich kann sein Bedürfnis, mich anzufassen, förmlich riechen, es fast auf der Haut spüren.

Ich sehne mich ebenfalls nach ihm. Aber zuerst muss ich die Bilder in meinem Kopf loswerden.

»Okay«, seufzt er geschlagen. »Ich komm auch gleich ins Bett.«

Ich lasse ihn allein, gehe die Treppe hinauf, mache mich bettfertig und putze mir die Zähne. Als ich aus dem Bad komme, fehlt von Jake noch immer jede Spur.

Ich mache das Licht aus, lege mich hin und schlafe zum ersten Mal seit sehr langer Zeit ohne Jake an meiner Seite ein.

KAPITEL 4

»Du kannst auch ganz bestimmt nichts sehen?«, fragt Jake zum zehnten Mal.

»Ich schwöre es.« Ich seufze, ein wenig genervt und ziemlich blind.

Derzeit sitze ich auf dem Beifahrersitz von Jakes geliebtem Aston Martin DBS alias »das James-Bond-Auto«.

Jake fährt, und mir sind die Augen verbunden.

Jawohl, die Augen verbunden.

Er hat aus dem Seidenschal, den ich umhatte, eine Augenbinde improvisiert.

Warum?

Weil Jake eine Überraschung für mich hat. Eine Überraschung, für die ich offensichtlich verbundene Augen brauche.

Seit fünf Tagen sind wir nun wieder in L. A.

Jake hat den Großteil der Zeit in der Firma verbracht und gemeinsam mit den Buchhaltern versucht, der Unterschlagung auf den Grund zu gehen. Es wurden definitiv fünfhunderttausend Dollar gestohlen, aber sie haben nach wie vor keine Ahnung, von wem.

Das nimmt all seine Zeit in Anspruch. Er kommt buchstäblich heim, wenn ich ins Bett gehe, und ist schon wieder weg, wenn ich aufwache.

Ob ich mir Sorgen über den Stress mache, den ihm das bereitet?

Absolut.

Ob ich nach Indizien dafür Ausschau halte, dass er wieder Drogen nimmt?

Definitiv.

Es ist mir zuwider, aber er ist noch nicht lange clean. Es wäre dumm von mir, mir keine Sorgen zu machen. Ich will nicht, dass wir das Ganze noch einmal durchmachen müssen.

Es geht nicht darum, dass ich ihm nicht vertrauen würde – das tue ich. Ich weiß nur, wie leicht man abrutschen kann. Ich habe ihn schon einmal dabei beobachtet, ohne es wirklich zu sehen, und es ging zu schnell zu weit.

Das werde ich nicht noch einmal zulassen.

Ob ich in den WC-Spülkästen im Haus und anderen typischen Verstecken nach Drogen gesucht habe?

Ja.

Ich weiß, es ist schrecklich, ihm so nachzuspionieren, und ich weiß, es würde ihn verdammt wütend machen, wenn er es wüsste. Aber wenn Jakes Leben auf dem Spiel steht, gibt es nichts Wichtigeres.

Ich weiß, dass er am ersten Tag nach unserer Rückkehr bei einem Treffen mit seinem Drogenberater war, und vorletzte Nacht habe ich ihn spät mit jemandem telefonieren hören, von dem ich glaube, dass er sein Sponsor ist.

Natürlich fällt es ihm immer noch schwer, vor allem jetzt, wo er wieder in der realen Welt ist, umgeben von Versuchungen. Ich bin nur froh, dass er sich professionelle Hilfe gesucht hat.

Ich werde für ihn da sein, auf welche Art auch immer er mich braucht.

Im Grunde meines Herzens glaube ich nicht, dass Jake je wieder Drogen nehmen wird. Ich habe gesehen, was es ihm das letzte Mal angetan hat, als wir uns deswegen zerstritten haben.

Es hat ihn fast umgebracht.

Aber es kann auch nicht schaden, wenn ich die Augen offen halte.

Natürlich frage ich ihn, wie es ihm geht. Aber direkt nach seinen Fortschritten im Entzug habe ich ihn noch nie gefragt, denn ich weiß, wenn er mit mir reden will, wird er es tun.

In der vergangenen Woche habe ich ihn wie verrückt vermisst. Aber diese Zeit ohne einander hat auch ihre Vorteile. Jetzt, wo ich aus dem Urlaub zurück bin, muss ich wieder arbeiten, und darüber bin ich froh, selbst wenn es von zu Hause aus geschieht. Ich konnte weiter an Jakes Biografie arbeiten, außerdem habe ich an meiner Kolumne für *Etiquette* geschrieben.

Etiquette ist die Zeitschrift, für die ich arbeite. Vicky, meine Chefin und gute Freundin, ist der einzige Grund, warum Jake und ich uns wieder begegnet sind. Sie hat ein Exklusiv-Interview mit Jake an Land gezogen und mich darauf angesetzt.

Die Arbeit hat mir wirklich gefehlt, und obendrein rede ich auf diese Weise zwangsläufig mit Vicky. Was toll ist, denn auch sie habe ich furchtbar vermisst.

Ich kann nur sagen, Gott sei gepriesen für Skype.

Auch zu Hause habe ich angerufen. Skype ist für meine Eltern allerdings offenbar einfach zu kompliziert.

Aber vor allem fehlt mir Simone.

Ich bin es gewohnt, sie täglich zu sehen, und es wird noch eine Weile dauern, mich daran zu gewöhnen, dass ich nicht mehr mit ihr zusammen in London lebe.

Könnte sein, dass ich sie in den letzten Tagen mehrfach angerufen habe. Möglicherweise habe ich dabei auch ein paarmal geweint.

Ich bin so froh, wenigstens Stuart zu haben, meinen einzigen Freund in L. A. Außer Jake natürlich.

Der Nachteil daran, dass Jake diese Woche nicht da ist – abgesehen vom Naheliegenden? Die Tatsache, dass wir seit jener Nacht nicht über das Thema »kein Sex in diesem Haus« geredet haben. Genau wie wir auf der Insel nie weiter über das Thema »keine Kinder« geredet haben.

Jake und ich scheinen wirklich gut darin zu sein, Dinge zu ignorieren und Diskussionen über wichtige Fragen aus dem Weg zu gehen.

Ich überlege, ob er unter anderem deshalb diese Woche so viel Zeit in der Firma verbracht hat.

So lange am Stück haben Jake und ich es noch nie ohne Sex ausgehalten, seit wir zusammen sind. Inzwischen sind wir von »mehrmals am Tag« auf der Insel bei »gar nicht« gelandet.

Ich weiß, das liegt an mir, aber langsam mache ich mir Sorgen, denn Jake ist ein sexuell sehr aktiver Mann.

Für Jake ist Sex so wichtig wie das Atmen, und die Tatsache, dass er nicht einmal versucht, mit mir zu schlafen, bereitet mir große Sorgen. Ich habe Angst, dass er sich anderswo umschaut, wenn er es nicht von mir bekommt. Vielleicht hat er das auch schon.

»Du weißt, dass uns die Polizei anhalten könnte. Womöglich denken die, du entführst mich, wenn ich hier so mit verbundenen Augen sitze«, merke ich an.

»Die Scheiben sind getönt, Süße.«

»Natürlich.«

Ich verschränke die Arme vor der Brust und höre Jake leise lachen.

»Tja, so wie du rast, werden wir wahrscheinlich wegen zu schnellen Fahrens angehalten. Welche Ausrede hast du dann parat?«

»Dass meine Verlobte leicht pervers ist und drauf abfährt, wenn ich sie mit verbundenen Augen durch die Gegend kutschiere. Dann und nur dann lässt sie sich von mir knattern.«

»Jake!«

»Oder dass wir auf SM stehen und du meine Sub bist. Dass ich es brauche, dich so zu sehen.« Ich spüre, wie er die Hand auf mein Bein legt und seine rauen Fingerspitzen über die Haut unmittelbar oberhalb meines Knies streicheln.

Zum ersten Mal seit fünf Tagen berührt er mich auf so intime Weise. Mein Puls rast, und mein ganzer Körper reagiert.

»Ist dir klar, wie hart ich gerade bin, einfach weil ich dich da in diesen verdammt heißen Stiefeln, dem kurzen Rock … und mit verbundenen Augen sitzen sehe?«

Heilige Scheiße.

»Und was hast du vor?« Meine Stimme klingt plötzlich ganz von allein rauchig.

»Ich werde dafür sorgen, dass du sehr bald nackt bist, nur noch diesen Schal um die Augen trägst und deine Beine in diesen Fick-mich-Stiefeln um meine Hüfte schlingst.«

Heilige Scheiße!

Ich frage mich, ob er ein Hotel ansteuert, damit wir dort Sex haben können.

Bei der Vorstellung von Jake nackt und in mir schmelze ich dahin. Ich muss ein Stöhnen unterdrücken.

Seine Hand verlässt mein Bein, und ich höre das Ticken des Blinkers. Wir biegen ab. Dann hält er an, fährt das Fenster herunter und spricht mit jemandem. Einem Mann.

Ich sitze hier mit verbundenen Augen, und Jake spricht mit irgendeinem Typen.

Wo zum Teufel bringt er mich hin?

»Schön, Sie wiederzusehen, Mr Wethers. Ich mache Ihnen auf.«

»Danke.«

Ich höre Jakes Fenster hochfahren, und der Wagen bewegt sich langsam vorwärts.

In meinem Kopf formt sich ein Gedanke.

O mein Gott, was, wenn er mich in irgendeinen SM-Club bringt?

Er hat gerade über SM geredet und gesagt, ich würde bald nackt sein und nur noch diesen Schal und die Stiefel tragen.

Heilige Muttergottes, verdammte Scheiße.

Auf so etwas stehe ich gar nicht. Ich bin der absolute Blümchen-Sex-Typ. Klar, ein bisschen Dirty Talk. Vielleicht würde ich mich auch von Jake fesseln lassen … gegen einen Versuch hätte ich überhaupt nichts einzuwenden. Aber kein richtig perverser Kram.

Ehrlich gesagt hätte ich auch nicht gedacht, dass er auf so etwas steht. Ich weiß, er ist im Schlafzimmer ein wenig dominant, was ich echt sexy finde, aber ich wäre nie auf die Idee gekommen, er könnte etwas für Peitschen und Ketten übrighaben.

Vielleicht ist das noch so eine Sache, die ich nicht von ihm wusste.

Verdammt.

»Wohin fahren wir?« Meine Stimme klingt kleinlaut.

»In etwa zwei Minuten wirst du es wissen. Glaubst du, du kannst es noch so lange aushalten?«

»Bringst du mich in einen Swingerclub?«, platze ich heraus.

Ich höre unterdrücktes Lachen. »Soll ich dich in einen Swingerclub bringen?« Neben mir spüre ich seinen Körper vor Lachen beben.

»O Gott, nein!«

»Gut, denn ich möchte dich mit niemandem teilen.« Er nimmt meine Hand und haucht mir einen Kuss auf die Knöchel. »Ich hab dir doch schon gesagt, Tru, du gehörst mir und nur mir.«

Jake hält den Wagen an und schaltet den Motor aus.

Er lässt meine Hand los und weist mich an: »Warte hier, ich helfe dir aus dem Auto.«

Ich tue, was er mir sagt, und warte, bis er ausgestiegen ist und mir die Tür öffnet.

Er nimmt meine Hände und hilft mir heraus. Dann legt er den Arm um mich und setzt sich in Bewegung.

»So, bleib genau hier stehen«, sagt er und dirigiert mich irgendwohin. »Bereit?« Ich spüre seinen warmen Atem im Gesicht.

»Bereit.«

Eigentlich bin ich das nicht. Ich mache mir beinahe ins Höschen, so gespannt bin ich auf das, was ich gleich sehen werde.

Ich hasse Überraschungen. Warum zum Teufel muss er mich unbedingt ständig überraschen?

Gott, was ist, wenn mir nicht gefällt, was er mir zeigen will?

Scheiße.

Jakes Hände greifen um meinen Kopf, und er löst den Knoten, der den Schal hält.

Langsam zieht er mir den Stoff von den Augen, entfernt ihn dann ganz und tritt beiseite.

Ich blinzle hektisch, damit meine Augen sich wieder an die helle Sonne gewöhnen.

Dann sehe ich ein Haus.

Ungefähr fünfzehn Meter vor mir steht ein Riesenhaus.

Es ist einstöckig. Beton, Stuck und Holz – eine unglaublich schöne Kombination. Es ist modern, es ist unglaublich, und es ist Liebe auf den ersten Blick.

Wenn ich ein Haus heiraten könnte, dann wäre es dieses, und ich würde Minihaus-Babys mit ihm machen.

»Was ist das?«, frage ich und sehe Jake an.

Ich stelle fest, dass sein Blick auf mir ruht. Ein ängstlicher Blick. »Ein Haus.« Er lächelt zögerlich. »Unsers, wenn du willst.«

Ich wende mich ihm zu. »Du hast ein Haus gekauft?«

»Ich habe *uns* ein Haus gekauft. Ich habe ein Gebot abgegeben, das akzeptiert wurde. Aber wenn es dir nicht gefällt, ziehe ich es zurück, und wir suchen uns was anderes.«

»Nein.« Wieder sehe ich das Haus an. »Es ist nur …«

»Tru, ehrlich, wenn es dir nicht gefällt, macht das nichts.«

»Ich liebe es.« Erneut drehe ich mich zu ihm. »Ich liebe es wirklich. Nun, zumindest das, was ich bisher gesehen habe, aber nach dem Äußeren zu urteilen … wow. Echt wow. Aber … es ist einfach … Ich vermute, das war nicht billig.« Ich lächle scheu. Das Lächeln fühlt sich seltsam und ungelenk an.

Normale Paare kaufen sich ein Haus und teilen sich den Kredit. Jake kauft ein Haus einfach so. Eines, das, wie ich schätze, Millionen von Dollars kostet.

Zu dem ich nichts werde beisteuern können.

»Nenn es Geburtstagsgeschenk Nummer fünf.«

Mir entfährt ein fassungsloses Lachen. Seit wir wieder ins Leben des jeweils anderen getreten sind, hat Jake mir schon einige besondere Geschenke gemacht, um die verpassten Geburtstage in den zwölf Jahren wiedergutzumachen, die wir getrennt gewesen waren. »Das ist selbst für dich ein ziemlich extravagantes Geburtstagsgeschenk.«

»Wenn du willst, kannst du es auch als zwei Geburtstagsgeschenke verbuchen.« Er kommt näher und streicht mir das Haar hinters Ohr.

»Das sind eher hundert auf einmal. Wow, Jake. Ich bin einfach … sprachlos. Vollkommen sprachlos. Ich wünschte nur, ich könnte etwas dazu beitragen.«

Er runzelt die Stirn. »Was meinst du damit?«

Ich senke den Blick und kicke mit der Fußspitze gegen den Asphalt. »Na ja … Du weißt schon, andere Leute nehmen einen Kredit auf und zahlen ein Haus je zur Hälfte. So einen Beitrag meine ich.«

Er hebt mein Kinn an und sagt leise: »Wir sind keine normalen Leute, Tru. Ich hab's dir doch schon auf der Insel gesagt: Ich will, dass du von allem das Beste hast. Das hier gehört dazu. Ich will, dass wir ein gemeinsames Zuhause haben.«

Ich weiß, warum er dieses Haus gekauft hat. Weil ich mich in seinem so unwohl fühle. Jake hat für eine Unsumme Geld ein neues Haus gekauft, und zwar nur meinetwegen. Als ob er im Augenblick nicht schon genug um die Ohren hätte.

Ich bin so ein selbstsüchtiges Biest.

»Jake … Tut mir leid.« Ich senke den Blick noch weiter. »Ich weiß, warum du dieses Haus gekauft hast, und ich wollte nicht, dass du dein Zuhause für ein brandneues aufgeben musst.«

»Sieh mich an.« Sein Ton duldet keinen Widerspruch, und ich schaue ihm in die Augen. »Es muss dir nicht leidtun. Ich hatte ein Haus, Tru. Ein Zuhause war das nie. Du bist mein Zuhause. Ich will, dass du glücklich bist, und du warst dort nicht glücklich. Wenn ich ganz ehrlich bin, kann ich dir daraus nicht einmal einen Vorwurf machen. Gott, wäre ich an deiner Stelle, ich würde die Wände hochgehen, wenn ich ständig in einem Haus wohnen müsste, das du mit …« Er verstummt. Er sagt den Namen nicht. Das muss er auch nicht. Ich weiß, er meint Will.

Will, den Mann, dem ich das Herz gebrochen habe, als ich mich auf eine Affäre mit Jake eingelassen habe. Will, den ich für Jake verlassen habe. Aber das hat mich nicht daran gehindert, am Anfang zwischen den beiden hin- und herzupendeln. Das tut mir so furchtbar leid.

Ich hasse den Schmerz darüber, den ich noch immer in Jakes Augen sehe. Es ist wie ein Schlag in die Magengrube. Eine Erinnerung daran, wie schlecht ich mit alldem umgegangen bin. Wie sehr ich ihm wehgetan habe.

»Du hast uns ein brandneues Haus gekauft, um wieder mit mir Sex haben zu können?« Lächelnd versuche ich, die Stimmung aufzulockern. »Dir ist schon klar, dass ein Hotelzimmer um einiges billiger gewesen wäre.«

Er fährt mir mit dem Finger über die Wange. »Süße, ich würde alles geben, was ich habe, um es wieder mit dir zu treiben.« Er erwidert mein Lächeln mit seinem sexy Grinsen, und ich weiß, er hat sich wieder eingekriegt.

»Nun, es ist eine verdammt schöne zukünftige Rammelbude.« Ich nicke in Richtung des Hauses.

»Tru.« Er umfasst mein Gesicht, hält es mit beiden Händen. »Ich will dich in jedem einzelnen Zimmer dieses Hauses lieben. Aber es geht nicht nur darum. Ich will, dass wir von vorn anfangen. Das ist ein Neubau. Erst vor ein paar Monaten ist alles fertig geworden. Niemand hat je darin gelebt. Wir können es mit Erinnerungen füllen.«

Ich habe Tränen in den Augen, und eine entkommt, rinnt mir über die Wange und tropft auf Jakes Hand.

»Du weinst – gut oder schlecht?«

»Gut«, erwidere ich, als er die Träne wegwischt. »Wirklich, wirklich gut.«

Jake lächelt, und das ist so schön, dass es mir einen Stich ins Herz versetzt.

Ich lege ihm die Arme um den Hals und stelle mich auf die Zehenspitzen, um sein Gesicht erreichen zu können. Sanft küsse ich ihn auf die Lippen.

»Ich liebe dich«, flüstere ich in seinen Mund.

»Ich liebe dich auch, Baby. Komm jetzt«, sagt er, lässt mich los und klingt plötzlich aufgeregt. »Zeit für die Schlossführung.«

Er öffnet die große hölzerne Eingangstür, und wir schauen in ein weitläufiges Wohnzimmer mit hohen Decken.

Mir gegenüber sehe ich bodentiefe Fenster, die sich über die gesamte Rückwand erstrecken und den Blick auf das Panorama von L. A. freigeben.

Heilige Scheiße, es ist atemberaubend.

»Mein Gott«, flüstere ich und trete ein, ohne den Blick von dieser Aussicht wenden zu können.

»Wie findest du es?«, fragt Jake neben mir.

Ich schließe den Mund, auf der Suche nach Worten. Endlich bringe ich heraus: »Es ist umwerfend.«

»Nachts ist die Aussicht spektakulär«, verrät Jake, der durch den Raum in Richtung Fenster geht.

Während ich ihm wie benommen folge, versuche ich, das Zimmer auf mich wirken zu lassen. Es ist fertig eingerichtet und mit zwei großen hellgrauen Sofas sowie einem Glastisch ausgestattet. An den Wänden hängt moderne Kunst. Außerdem gibt es einen offenen Kamin – einen der trendigen Art, mit künstlicher Flamme.

»Die Möbel stehen nur zu Besichtigungszwecken hier«, erklärt Jake, als könne er meine Gedanken lesen. »Du kannst das Haus so ausstatten, wie du willst.«

»Wie *wir* wollen«, korrigiere ich ihn.

»Richtig.« Er lächelt.

»Das hier ist mit das Beste.« Neugierig beobachte ich, wie er ein Paneel an der Wand neben dem Fenster öffnet. Er drückt einen Knopf, und die riesige Glasfront gleitet zur Seite, gibt den Weg aus dem Wohnzimmer auf die Terrasse frei.

Mir klappt die Kinnlade runter.

»Heilige Scheiße«, flüstere ich und gehe hindurch. »Das ist der Wahnsinn.«

»Nicht wahr?« Jake grinst wie ein kleiner Junge mit einem neuen Spielzeug.

Mein Blick gleitet über den weitläufigen Außenbereich und bleibt am Swimmingpool hängen. Er ist riesig, so groß wie ein Becken im Schwimmbad, jedoch viel, viel schöner.

Ich komme näher und entdecke, dass es ein Infinity-Pool ist.

Danach wende ich mich der Sitzecke zu, die aus einem L-förmigen Korbsofa mit dicken weißen Kissen besteht und in deren Mitte eine prächtige Feuerstelle wartet.

Erneut schweift mein Blick über L. A. »Wo sind wir in etwa?«

»In den Hills.«

Mir fallen fast die Augen aus dem Kopf. »Hollywood Hills?«

»Genau die.«

»Heilige Scheiße.«

Ich kann nicht aufhören, »Heilige Scheiße« zu sagen. Wenn es in meinem Leben je einen »Heilige Scheiße«-Moment gab, dann ist es dieser.

Ich bin in einem Haus in den Hollywood Hills. Einem gigantischen Haus, das Jake für uns kaufen will.

Vielleicht bekomme ich eine Panikattacke. Oder ich falle in Ohnmacht. Oder beides.

Heilige Muttergottes.

Mit Immobilien kenne ich mich nicht wirklich aus, aber diese hier kostet ganz sicher sehr viel mehr als Jakes Haus in Pacific Palisades.

Ich frage mich, wer wohl nebenan wohnt.

»Für wie viel wird dieses Haus verkauft?«

Jake lehnt sich gegen die Sitzecke. Einen langen Augenblick mustert er mich vorsichtig, ehe er antwortet. »Dreißig.«

Halt suchend greife ich nach dem Tisch, da ich schätze, dass er nicht dreißigtausend meint.

»Dreißig Millionen Dollar!« Meine Stimme hat ihre schrillste Tonlage erreicht. Ich rechne jeden Moment damit, dass irgendwo eine Scheibe zerspringt.

Mir war ja bewusst, dass Jake reich ist, aber heilige Scheiße.

Heilige verfluchte Scheiße!

»Ich weiß, das klingt nach viel Geld ... Okay, es ist viel Geld«, fügt er angesichts meines entsetzt verzerrten Gesichts hinzu. »Aber es ist ja nicht so, als könnte ich mir das nicht leisten. Außerdem habe ich nicht vor, noch einmal mit dir umzuziehen. Ich wollte, dass wir das bestmögliche Haus haben, ausgestattet mit allem, was wir jetzt und in Zukunft brauchen. Es gibt kein besseres.«

Zukunft. Kinder? Kinder, die er nicht will.

Diesen herzzerreißenden Gedanken schlucke ich hinunter und frage stattdessen: »Wie viele Schlafzimmer?«

»Fünf.«

»Fünf! Großer Gott, Jake! Für diesen Preis sollte es mindestens fünfzig haben!«

Lachend kommt er zu mir herüber, legt mir die Arme um die Hüften und zieht mich an sich.

»Baby, der Preis ist gerechtfertigt, glaub mir. Die ganze Gegend ist eine bewachte Wohnanlage. Das Haus ist von Sicherheitszäunen umgeben. Der Typ, den du vorhin gehört hast, ist nur für dieses Anwesen zuständig. Es wird rund um die Uhr überwacht.«

»Um die Massen weiblicher Fans abzufangen?«

»Ich dachte da eher daran, die Massen von Verehrern von meinem Mädchen fernzuhalten.« Er drückt mich fester an sich. »Es ist ein tolles Haus, Baby. Eine tolle Nachbarschaft. Es hat einen riesigen Garten«, fährt er fort und deutet mit dem Kopf nach rechts. »Am anderen Ende steht ein Gästehaus mit zwei Schlafzimmern, in dem Stuart wohnen wird.«

»Stuart wird nicht mehr mit uns zusammenwohnen?«, schmolle ich.

»Nun, wir haben darüber geredet, Baby, und gemeinsam entschieden, dass es Zeit wird, dass er auszieht und auf eigenen Füßen steht. Er ist erwachsen und bereit, sich der Welt zu stellen. Irgendwann müssen wir ihn gehen lassen. Wir können ihn nicht für immer hierbehalten.«

Todernst sieht Jake mich an. Er verarscht mich.

»Du bist ein Idiot.«

»Gleich und Gleich gesellt sich gern.«

»Das ist wahr.« Ich lächle ihn an.

Er reibt seine Nase an meiner – Eskimo-Kuss. »Ich dachte nur, es wäre gut, wenn wir etwas Privatsphäre hätten, und Stuart ebenfalls. Außerdem laufe ich dann nicht länger Gefahr, ihn beim Rummachen mit einem Kerl zu erwischen.«

»Gib's zu, im Grunde gefällt es dir.«

»Was? Stuart beim Rummachen mit einem Kerl zu erwischen?«

Mit zusammengepressten Lippen unterdrücke ich ein Lächeln und nicke.

»Nichts könnte meinen Ständer so schnell erschlaffen lassen wie das, glaub mir, Kleines. Ich bevorzuge es, wenn die Person, mit der ich zusammen bin, weich und warm ist.« Er streichelt mir über den Arm. »Ich möchte in ihr versinken können.«

»So wie in mir?« Mit den Fingernägeln kratze ich über die Jeans, die seinen knackigen Hintern bedeckt.

»Genau wie in dir.«

Jake neigt seinen Kopf zu mir herunter und küsst mich sanft.

»Wird er dir fehlen?«, frage ich.

»Reden wir noch von Stuart?«

»Ich hab nur Angst, er könnte denken, dass ich ihn durch meine Anwesenheit verdränge.«

»Kleines, er arbeitet für mich. Und es ist ja auch nicht so, als würde er weit weg ziehen.«

»Ich weiß, dass er für dich arbeitet, aber er ist auch dein Freund. Ihr lebt schon so lange zusammen. Ihr seid wie Joey und Chandler – außer dass du wahrscheinlich Joey gewesen wärst und Chandler nie schwul war. O Gott, würde mich das zu Monica oder zu Rachel machen?«

»Wovon zur Hölle redest du?« Er lacht.

»Friends.«

»Ich muss diese Serie sehen, oder? Damit ich überhaupt verstehe, wovon du die Hälfte der Zeit redest.«

»Ja, Pervy Perverson, das musst du. Ehrlich gesagt verstehe ich auch nicht, wieso du das nicht bereits getan hast. Ich kaufe die erste Staffel auf Blu-ray, dann gucken wir das zusammen.«

»Ich kann's kaum erwarten.«

»Sarkasmus steht dir nicht, Wethers.«

»Nein, aber dein um mich geschlungener Körper schon.«

»Später«, wehre ich ab und trete grinsend einen Schritt zurück. »Jetzt musst du mir nämlich erst mal den Rest des Hauses zeigen.«

* * *

Eine halbe Stunde später ist die Tour durch mein neues Zuhause beendet. Jake und ich sind wieder im Wohnzimmer und schauen auf L. A. hinab.

Auf meiner Führung hat sich gezeigt, dass es hier einen Fitnessraum, ein Kino, ein Büro, einen Weinkeller, eine Bibliothek und ein Spielzimmer gibt sowie einen weiteren

Bereich für Gäste mit zwei Zimmern, die Jake zu einem Studio umbauen will. Abgesehen davon besitzt dieses Haus die größte Küche, die ich je gesehen habe, einen separaten Hauswirtschaftsraum, ein Esszimmer und natürlich die fünf Schlafzimmer, die jeweils ein eigenes Bad haben.

Es ist so riesig, dass ich ernsthaft fürchte, mich zu verlaufen. Außerdem habe ich keine Ahnung, wie zur Hölle ich diesen Palast sauber halten soll. Das allein wird ein Vollzeitjob sein.

Neben dem Wohnbereich ist das größte Schlafzimmer mein Lieblingsraum. Abgesehen von den offensichtlichen Gründen besitzt es die gleiche atemberaubende Aussicht und die gleichen bodentiefen Fenster wie das Wohnzimmer.

»Also … soll ich bei meinem Angebot bleiben?«, fragt Jake, tritt hinter mich und legt seine Wange an meine, während er mich in die Arme nimmt.

Ich stelle mir vor, wie Jake und ich spät in der Nacht hier stehen, seine Arme um mich geschlungen, während wir auf L. A. hinabblicken.

Mich überkommt eine solch intensive Welle der Zufriedenheit, dass ich mit absoluter Sicherheit weiß: Dieses Haus will ich zu unserem Zuhause machen.

»Ja«, antworte ich und kann die Freude in meiner Stimme nicht unterdrücken. »Du musst unbedingt zusagen.«

»Na, da hab ich ja Glück gehabt!«, entgegnet er. Seine Hand gleitet unter mein Top, hinauf zu meiner Brust. Unter seiner Berührung, die ich in den letzten Tagen so sehr vermisst habe, stöhne ich auf. »Kann ich dich dann jetzt in unserem neuen Zuhause lieben?« Heiß streift sein Atem über mein Ohr.

Ich schlucke und hauche ein »Ja«.

Sofort wirbelt Jake mich herum, und unsere Münder treffen aufeinander, beide mit der gleichen hungrigen Gier.

»Ich kann nicht warten«, presst er hervor. »Ich muss jetzt in dir sein.«

Bei dem Befehlston und der Dringlichkeit in seiner Stimme werde ich ganz feucht.

»Ich dachte, du nimmst mich mit verbundenen Augen und in Stiefeln?«, flüstere ich ihm zu.

Er stöhnt auf. »Nächstes Mal. Jetzt muss ich es einfach nur dringend mit dir treiben.«

»Wo?«

Jakes Blick fällt aufs Sofa, einen Augenblick später bin ich dort. Innerhalb kürzester Zeit bin ich meinen Rock und meine Unterwäsche los.

Jake hat kaum seine Hose ausgezogen, als er auch schon in mich eindringt.

»Du bist aber gierig!« Schwer atmend hebe ich die Hüften.

»Und ob ich das bin. Verflucht, Tru, ich werde nie wieder eine so lange Sexpause einlegen.«

Ich weiß, dass es eine blöde Frage ist, aber ich muss sie einfach stellen. »Wieso hast du mich nicht angerührt?«, sage ich leise.

Verwirrt sieht er zu mir herab. »Ich wollte dir gegenüber respektvoll sein. Ich wusste, wie es dir im Hinblick auf mein Haus ging.«

Ich nicke, bin erleichtert, dass dies der Grund war, und liebe ihn sogar noch mehr dafür.

»Es war wirklich verflucht schwierig, die Hände von dir zu lassen. Was denkst du, wieso ich die Bude hier so schnell gekauft habe?«

Sein Grinsen bringt mich zum Kichern und versetzt mich zurück ins Hier und Jetzt und zum Gefühl von ihm in mir.

Mit festem Griff packt er mich an der Hüfte, kniet sich hin und zieht mich dabei mit sich, um tiefer in mich eindringen zu können.

»Wenigstens hab ich die Stiefel noch an.« Ich streife ihm mit den Absätzen meiner Stiefeletten über den Rücken.

»Scheiße«, ächzt er, während er in mich stößt. »Du bringst mich noch ins Grab.«

»Vielleicht sollten wir lieber aufhören. Ich will schließlich nicht, dass du mir wegstirbst.«

»Kommt überhaupt nicht infrage«, stöhnt er, während er noch tiefer in mich eindringt. »Du gehst nirgendwohin, bis wir beide gekommen sind.«

»Jawohl, Sir.«

»Sag das noch mal auf Spanisch.«

»Sir?«

»Ja«, presst er hervor.

»*Sí, señor*«, flüstere ich. »*No me jodas, por favor.*«

»Ich liebe dich so unglaublich, Tru, so verdammt unglaublich.«

Es überwältigt mich, wie sehr er mich begehrt, was ich allein mit Worten bei ihm anrichten kann, und dass er die Kontrolle über meinen ganzen Körper übernehmen kann. Und über mein Herz. Ich gehöre voll und ganz ihm. Es macht mich sprachlos.

»*Te quiero*«, hauche ich.

Er zittert, und ein tiefer Laut entfährt ihm. »Sprich weiter Spanisch mit mir, Süße«, stöhnt er. Begierig auf den Orgasmus dringt er immer tiefer in mich ein und vernachlässigt mich dabei keineswegs. Er drückt seine Finger an meinen Kitzler und stößt seinen Schwanz gegen jenen göttlichen Punkt in mir.

Völlig in ihm versunken, im Bedürfnis, ihn zu befriedigen, flüstere ich ihm Dinge auf Spanisch ins Ohr, die ich mich sonst nie zu sagen trauen würde. Dann erbebt mein Körper unter einem Orgasmus und bringt Jake fast um den Verstand.

Fasziniert beobachte ich, wie er den Kopf in den Nacken wirft und seine Muskeln sich anspannen. Laut stöhnend stößt er die Hüften ruckartig vor und zurück, als er schließlich kommt.

Anschließend sackt er erschöpft auf mir zusammen. Er streicht mir die Haare aus dem Gesicht, küsst mich sanft auf den Mund und legt seinen Kopf neben meinen.

Ich wende ihm das Gesicht zu. »Das Wohnzimmer wäre also eingeweiht. Jetzt liegen nur noch sechzehn weitere Räume vor uns, exklusive der Badezimmer, natürlich.«

»Also ich kann noch ein paar Runden«, antwortet er grinsend. »Wo als Nächstes?«

KAPITEL 5

Heute ziehen wir um.

Wir lassen Jakes altes Haus hinter uns, es steht jetzt zum Verkauf.

Seit zwei Wochen sind wir nun wieder in L. A., und allmählich gefällt es mir ziemlich gut.

Simone und London vermisse ich jedoch noch immer wie verrückt. Am meisten fehlt mir unser Mädelsabend am Freitag.

Hier bin ich ununterbrochen von Männern umgeben, womit Mädelsabende ein Ding der Unmöglichkeit sind.

Ich sollte wirklich versuchen, neue Freundinnen zu finden. Es ist bloß nicht so leicht, neue weibliche Bekanntschaften zu machen, wenn man die Freundin von Jake Wethers ist.

Die Hälfte der Frauen hier hasst mich, weil sie mit Jake ins Bett will. Die andere Hälfte hasst mich, weil sie mit ihm im Bett war und noch mal will.

In L. A. bin ich also zurzeit nicht gerade beliebt bei meinem eigenen Geschlecht. Na ja, im Grunde weltweit, schätze ich – schließlich bin ich diejenige, die Jake vom Markt genommen hat.

Da liegt also mein Problem.

Obwohl ich London von ganzem Herzen vermisse, hat L. A. einen großen Vorteil: das Shopping.

Stuart hat mir bei einem Bummel die besten Geschäfte hier gezeigt. Wenn man den Mann mit einer Kreditkarte auf Klamotten loslässt, wird er zum Wahnsinnigen. Deshalb stiftet er mich immer dazu an, viel zu viel zu kaufen. Stuart kann man nur sehr schwer etwas abschlagen. In dieser Hinsicht ist er in etwa so wie Jake.

Durch die vielen Einkäufe bin ich nah dran, meine Kreditkarten zu überziehen. Aber es ist alles sein Geld wert. Besonders die neue Unterwäsche von Agent Provocateur – die hat sich schon allein wegen Jakes Gesichtsausdruck letzte Nacht bezahlt gemacht.

Die Vorführung meiner neuen Dessous ist in einen Sexmarathon ausgeartet. Mein selbst auferlegtes Sexverbot in seinem Haus habe ich angesichts unseres Auszugs aufgehoben.

Außerdem habe ich ein Zerreiß-Verbot für die neue Unterwäsche ausgesprochen. Nach anfänglicher Enttäuschung hat Jake sie mir dann doch auf die altmodische Art ausgezogen, tatsächlich sogar ziemlich langsam. Sobald er einmal im Rhythmus war, hat er sich alles andere als beschwert.

Die letzte Woche haben Jake und ich außerdem damit verbracht, Möbel zu kaufen. Ich habe jede Sekunde genossen.

Ganz oben auf der Liste: ein neues Bett.

Da Jake darauf bestanden hat, haben wir ein speziell angefertigtes Parnian-Bett gekauft, das heute geliefert wird.

Es ist natürlich wunderschön und unheimlich bequem, aber anfangs habe ich tatsächlich noch versucht, ihn davon zu überzeugen, dass eins von IKEA vollkommen ausreichend wäre. So viel Geld für ein Bett kam mir einfach viel zu viel vor. Mir ist bewusst, dass Geld für Jake keine Rolle spielt, doch es wird noch ein bisschen dauern, bis ich mich daran gewöhne. Jakes Argument war, dass er schließlich die meiste Zeit dort auf den Knien verbringen und mich zum Kommen bringen würde, also wolle er auch das bestmögliche Bett kaufen. Ich liebe seine Direktheit. Was könnte man dagegen schon einzuwenden haben?

Zwischen dem ganzen Spaß, dem Ausgeben von Unmengen von Geld und meiner Arbeit habe ich angefangen, unsere Hochzeit zu planen. Irgendwie. Jedenfalls habe ich Brautmagazine gekauft und mir Hochzeitskleider angesehen.

Für mich ist das der beste Start in die Vorbereitung.

Ich habe mich noch immer nicht entschieden, ob wir hier oder zu Hause in Großbritannien heiraten werden. Mum ist natürlich für Großbritannien, aber ich bin mir einfach nicht sicher.

Dafür haben Jake und ich uns aber bereits auf ein Datum geeinigt.

Am einundzwanzigsten Juli 2013 werde ich Mrs Jake Wethers.

Trudy Wethers.

Das ist so seltsam. Und ich kann es verdammt noch mal kaum erwarten!

Den einundzwanzigsten Juli haben wir ausgesucht, weil ich Jake an diesem Tag interviewt habe. Genau ein Jahr nachdem wir wieder in das Leben des anderen getreten sind, werden wir heiraten. Ich kann immer noch nicht fassen, wie viel in so kurzer Zeit passiert ist.

Also bleiben mir noch etwas mehr als neun Monate zur Planung unserer Hochzeit.

Das ist viel Zeit. Denke ich. Ich weiß es nicht. Ich habe noch nie eine Hochzeit geplant. Um ehrlich zu sein, bereitet es mir Kopfschmerzen, wenn ich an die vielen Dinge denke, um die ich mich noch kümmern muss.

Jake hat vorgeschlagen, einen Hochzeitsplaner zu engagieren, aber ich bin mir nicht sicher, ob ich möchte, dass ein

Fremder meine Hochzeit organisiert. Ich finde, das ist etwas, was ich zusammen mit meiner Mum und meinen Freundinnen tun sollte.

Ehrlich gesagt habe ich aber schon heimlich darüber nachgedacht, Jakes Angebot anzunehmen, in Vegas zu heiraten.

Das Einzige, was mich daran hindert, ist die Tatsache, dass meine Mutter ziemlich wahrscheinlich nie wieder mit mir reden würde, wenn ich mich von einem Kerl im Elvis-Kostüm trauen lasse.

Wo wir gerade von großen Neuigkeiten sprechen – Jake und Zane, den ich noch immer nicht kennengelernt habe, sind dem Dieb auf die Schliche gekommen.

Es war der A-&-R-Manager. Ich kenne ihn nicht persönlich. Sein Name ist Scott Speed.

Scott war, genau wie Zane, von Anfang an dabei.

Es hat sich herausgestellt, dass er spielsüchtig ist und dadurch einen Berg Schulden angehäuft hat. Das Geld hat er gestohlen, um die nicht allzu netten Menschen zu bezahlen, denen er welches schuldete.

Das war jedenfalls seine Entschuldigung dafür.

In meinen Augen gibt es keine Entschuldigung fürs Stehlen.

Ich habe miterlebt, was das mit Jake angestellt hat, und das ist der eigentliche Grund, warum es mich so unheimlich wütend macht. Ich verstehe, dass Scott tief in der Scheiße saß, aber dafür gibt es andere Lösungen.

Jake hat sogar gesagt, er hätte Scott mit seinen Schulden und seiner Sucht geholfen, wäre er nur ehrlich gewesen und hätte ihm davon erzählt.

Wenn jemand weiß, wie es ist, süchtig zu sein, dann ist das Jake.

Das Schlimmste für ihn war, dass er keine andere Wahl hatte, als es der Polizei zu melden. Scott steht mittlerweile unter Anklage wegen Betrug.

Es ist traurig, aber Jake waren die Hände gebunden. Scott hatte eine schwere Straftat begangen. Wenn Jake sie nicht gemeldet hätte, wäre er selbst in Schwierigkeiten geraten.

Immerhin hat es er geschafft, dass das Ganze nicht an die Öffentlichkeit gelangt ist. Das Letzte, was das Label braucht, ist negative Publicity.

Das haben wir jedoch alles hinter uns gelassen. Heute beginnen wir unser neues Leben, zusammen in unserem gigantischen neuen Haus.

Unserem gigantischen Dreißig-Millionen-Dollar-Haus in den Hollywood Hills.

Ich komme immer noch nicht darüber hinweg, wie viel dieses Haus wert ist. Oder dass ich in einem so wundervollen Haus in Hollywood leben werde.

Das fühlt sich alles noch etwas unwirklich an.

Gerade stehe ich vor diesem großartigen Haus, in diesem unwirklichen Moment, und komme mir ein wenig überflüssig vor.

Unter Stuarts Aufsicht bringen die Angestellten des Umzugsunternehmens all unser Hab und Gut nach drinnen. Im Augenblick habe ich nichts zu tun und auch nicht die geringste Ahnung, wo Jake ist.

Vor einer Minute war er noch hier, doch jetzt ist er verschwunden und hat mich hier stehen lassen. Ich komme mir vor wie bestellt und nicht abgeholt.

Das meiste Zeug in den Umzugskisten gehört Jake. Das wenige, was ich besitze, hat Simone freundlicherweise verpackt und von London hierher verschifft. Es sind Klamotten, Schuhe, Make-up, Accessoires, Handtaschen, Fotos und Erinnerungsstücke, die ich über die Jahre gesammelt habe.

Viel ist es nicht. Es macht mich ein wenig traurig, dass ich so wenige Andenken an mein Leben in London besitze.

Ich suche mir meinen Weg zwischen den Möbelpackern hindurch und gehe durch die Eingangstür und das Wohnzimmer hinaus zum Sitzbereich auf der Terrasse, wo es still ist.

Dankbar, dass ich Jeans-Shorts trage, ziehe ich meine Keilabsatzschuhe aus und setze mich an die Kante des Infinity-Pools. Ich lasse die Beine im Wasser baumeln und den Blick über die Skyline schweifen.

Plötzlich überkommt mich eine Woge von Heimweh, und ich wähle Simones Nummer.

»Hey, Süße!«, tönt es aufgeweckt aus dem Hörer.

Mir steckt ein Kloß im Hals, als ich Simones Stimme und im Hintergrund London höre.

»Hey«, antworte ich mit belegter Stimme.

»Wie geht der Umzug voran?«

»Ach, du weißt ja, wie das ist.«

»Aufgeregt klingst du ja nicht gerade. Ich würde verdammt noch mal Luftsprünge machen, wenn ich in dieses Haus ziehen würde!«

Letzte Woche habe ich Simone Fotos gemailt, und sie war, sagen wir mal … überaus begeistert, was noch untertrieben ist. Sie hat ins Telefon geschrien – lange und ausgiebig.

»Vielleicht kauft Denny dir auch eins«, lenke ich das Gespräch von mir auf sie und ihren Freund.

»O ja, ganz bestimmt!« Sie lacht.

Denny ist der Schlagzeuger von TMS und einer von Jakes engsten Freunden. Er und Simone haben sich kennengelernt, als ich mit der Band auf Tour war. Seitdem sind sie zusammen und führen eine erfolgreiche Fernbeziehung.

Wie lange diese Beziehung noch eine Fernbeziehung bleiben wird, weiß ich nicht.

Ich kann mir nicht vorstellen, dass Simone in nächster Zeit ihren Job aufgeben und hierherkommen wird. Aus rein egoistischer Sicht würde ich mir das jedoch wünschen. Und

Denny hat hier natürlich Verpflichtungen der Band gegenüber.

»Ich wünschte, du würdest hier wohnen, dann könnten wir uns wie früher jeden Tag sehen«, murmle ich.

»Geht mir genauso.«

»Wieso ziehst du nicht einfach her?«, frage ich. »Zieh zu Denny.«

»Tru, zuallererst bin ich mir nicht mal sicher, ob Denny überhaupt mit mir zusammenwohnen will. Er hat nie irgendwas dergleichen erwähnt.«

»Ich wette, er will. Er ist verrückt nach dir.«

»Ja«, seufzt sie. »Aber ich liebe auch meinen Job. Im Moment bin ich so erfolgreich, da wäre es verrückt, das alles wegzuwerfen.«

»Ich schätze schon«, seufze ich.

Und das, obwohl ich so ziemlich ans andere Ende der Welt gezogen bin, um bei dem Mann zu sein, den ich liebe. Aber schließlich handelt es sich bei diesem Mann ja auch um Jake. Den einen, den ich schon immer geliebt habe. Außerdem musste ich auch nicht meinen Job aufgeben. Glücklicherweise habe ich die beste Chefin der Welt, die mich von einem anderen Kontinent aus arbeiten lässt.

Gott sei gepriesen für Vicky – und die moderne Kommunikationstechnologie.

»Wieso rufst du mich eigentlich mitten in deinem Umzug an? Ihr zieht doch noch um, oder?«

»Ja, genau in diesem Augenblick. Ich werde hier nur nicht wirklich … gebraucht. Die Möbelpacker räumen die Sachen ein, und Stuart passt auf, dass alles ordnungsgemäß abläuft. Das macht mir auch nichts aus, diese Art Aufgaben sind schließlich sein Job. Ich denke, ich hab einfach nur …« Erneut seufze ich und schwenke die Beine durchs Wasser. »Vergiss es, das ist albern.«

»Kein Umzug wie bei uns normalen Leuten, was, Süße?«

»Nein.« Ich liebe es, dass Simone und ich uns blind verstehen. Sie weiß, was ich meine, ohne dass ich es aussprechen muss.

»Weißt du noch, wie wir in unsere Wohnung gezogen sind?«, frage ich sie. Die Erinnerung daran amüsiert mich. »Wir haben zu zweit alle Möbel und Umzugskisten geschleppt. Und, o mein Gott! Dieser verfluchte gemietete Transporter, der ständig liegen geblieben ist!«

»Das Scheißding ist andauernd abgesoffen!«

»An unserem ersten Abend in der Wohnung haben wir uns indisches Essen liefern lassen und es direkt aus den Pappschachteln mit Plastikgabeln gegessen. Den Wein haben wir auch direkt aus der Flasche getrunken, weil wir zu faul waren, das Geschirr auszupacken!« Jetzt muss ich wirklich lachen.

»Mann, was haben wir immer gelacht zusammen!«, kichert Simone etwas atemlos.

»Seitdem hat sich viel verändert«, sinniere ich. Mein Lachen erstirbt, und ich starre aufs Wasser.

»Zum Guten«, fügt sie hinzu. Eigentlich klingt es eher nach einer Frage.

Sie hat Jake sehr gern, aber er ist nun mal, wer er ist, und hat seine Probleme. Ich weiß, dass Simone sich um mich sorgt.

»Eindeutig zum Guten.« Der Gedanke an Jake zaubert mir sofort ein Lächeln auf die Lippen.

Hinter mir höre ich Geräusche. Ich drehe mich um und sehe Jake, der auf mich zukommt.

»Mein verschwundener Verlobter ist wieder aufgetaucht«, sage ich zu Simone. »Ich ruf dich später noch mal an, wenn der Umzug vorbei ist, okay?«

»Okay, Süße, bis später.«

»Simone?«, fragt Jake und setzt sich auf eine Sesselkante.

»Ja.« Ich nicke und stecke mir das Handy in die Hosentasche.

»Was machst du hier draußen ganz allein?«, fragt er.

Ich wende den Blick ab und zucke die Schultern. »Ich lasse den Ausblick auf mich wirken.«

»Wunderschön.«

Als ich mich ihm wieder zuwende, ruht sein Blick auf mir.

»Komm mit«, fordert er mich auf und steht auf. »Ich will dir was zeigen.«

* * *

Jake öffnet die Tür der Bibliothek, und wir treten ein.

In der Mitte des Zimmers steht ein Klavier. Ein atemberaubend schöner Flügel.

»Ist das ein Bösendorfer?«, frage ich und trete zaghaft einen Schritt vor.

Einen Bösendorfer zu besitzen war mein größter Traum, als ich noch Klavier gespielt habe. Das wusste Jake.

»Es ist ein Bösendorfer 290 Imperial«, bestätigt er zärtlich hinter mir.

»Wow, er ist wunderschön.« Ich fahre mit den Fingerspitzen über die polierte Oberfläche.

»Er gehört dir.«

Ich trete einen Schritt zurück.

»Ich dachte mir, du könntest wieder anfangen zu spielen.«

»Nein … Ich, ähm …« Ich schüttle den Kopf. »Ich hab schon seit Ewigkeiten nicht am Klavier gesessen, Jake.«

»Dein Dad hat gesagt, du hast damit aufgehört, als ich gegangen bin.«

Das hat er gesagt?

»Mein Dad redet zu viel.«

»Wieso, Tru?«

»Keine Ahnung.« Ich zucke mit den Schultern. »So ist er eben.«

»Nein.« Jake lächelt und kommt auf mich zu. »Nicht, wieso dein Dad zu viel redet. Wieso hast du mit dem Spielen aufgehört, als ich weggezogen bin?«

Unvermittelt überkommen mich all die Emotionen von damals. All der angestaute Schmerz, den ich die ganzen Jahre mit mir herumgetragen habe, dringt an die Oberfläche und prickelt unter meiner Haut. Mein Mund verselbstständigt sich.

»Weil du mir dadurch das Herz gebrochen hast, Jake. Als du dann vollkommen den Kontakt abgebrochen hast, ist das, was von meinem Herzen übrig war, zersplittert. Musik war immer unser gemeinsames Ding, und es hat zu weh getan, ohne dich zu spielen. Und eines Tages, kurz nachdem du gegangen warst, konnte ich einfach nicht mehr die Tasten berühren. Als du gegangen bist … ist die Musik wohl mit dir gegangen.«

Jake nimmt mich in den Arm und drückt mich fest an sich. »Scheiße, Tru«, sagt er mit belegter Stimme. »Es tut mir so leid, dass ich dich verlassen habe.«

»Du warst vierzehn Jahre alt. Ist ja nicht so, als hättest du eine Wahl gehabt.«

Ich kämpfe gegen die Tränen an. Ein falsches Wort von ihm, und ich bekomme einen Heulkrampf wie ein Teenie.

»Nein, aber ich hätte mich melden können. Ich hätte mich melden *sollen*. Damals war ich ein selbstsüchtiges Arschloch – und so verdammt wütend. Vor lauter Schmerz hab ich nicht gemerkt, dass ich dich verliere. Ich hab nie daran gedacht, wie du dich fühlen würdest, wenn ich dich ausschließe. Ich hätte sofort zu dir zurückkehren sollen, als ich alt genug war, von zu Hause auszuziehen, und an jedem Tag danach.«

»Wenn du das getan hättest, dann hätte es The Mighty Storm nie gegeben. Alles hat seinen Grund, Jake.«

»Ich wünschte nur, dass dieser Grund nicht zwölf Jahre ohne dich bedeutet hätte. Ich hasse es wie die Pest, dass du meinetwegen aufgehört hast, Musik zu machen. Das will ich dir zurückgeben. Ich will, dass du wieder damit anfängst, Tru.«

»Ich weiß nicht.« Ich schüttle den Kopf und löse mich aus seiner innigen Umarmung. »Es ist so lange her, dass ich gespielt habe. Vielleicht habe ich es längst verlernt.«

»Das kannst du nicht verlernen. Mag sein, dass du etwas eingerostet bist, aber es steckt noch immer in dir. Du bist eine fantastische Musikerin, Tru. Ein Talent, wie du es besitzt, verschwindet nicht einfach von selbst.«

Ich blicke zu ihm auf.

»Magst du es versuchen, für mich? *Bitte.*«

Wie soll ich da Nein sagen? Besonders bei diesem Dackelblick.

»Okay«, gebe ich nach.

Für dieses Lächeln würde ich beinahe alles tun.

Ich setze mich auf den Klavierhocker und halte meine eingerosteten Finger über die Tasten.

»Ich weiß nicht, was ich spielen soll«, sage ich. Ich fühle mich verlegen und ziehe die Hände zurück.

»Ich hab dir Noten besorgt«, antwortet Jake und holt einige Hefte aus einem Regal. »Nur für den Fall, dass du sie brauchst«, fügt er hinzu und reicht sie mir.

»Sind auch Lieder von dir dabei?« Ich schaue auf die Titel.

»Nein.« Grinsend lehnt er sich an den Flügel. »Das habe ich überprüft, bevor ich sie gekauft hab.«

»Was, wenn ich aber eins deiner Lieder spielen möchte?«

»Dann bringe ich es dir bei. Spiel mir zuerst eins aus diesen hier vor.«

Ich sehe die Hefte durch und wähle das mit moderner Musik.

Als ich das erste Lied aufschlage, lache ich beinahe los. Mein Adele-Klingelton.

Ich frage mich, ob er wusste, dass dieser Song hier drin ist.

Sorgfältig platziere ich das Buch auf dem Notenständer des Flügels, gehe es durch und versuche, meine Erinnerung aufzufrischen.

Es überrascht mich selbst, mit welcher Leichtigkeit ich die Noten lese.

Jake hatte recht damit, dass ich es nicht verlernt haben würde.

Ich lege meine linke Hand auf die Tasten und blicke noch einmal auf das Blatt: vier Schläge lang c-Moll, dann zwei Schläge lang g-Moll in der rechten Hand und danach b- und g-Moll.

Okay, tief Luft holen … Los geht's.

Scheiße, ich spiele … und es fühlt sich überraschend gut an. Sogar großartig.

Einen kurzen Augenblick lang schließe ich die Augen und spüre nur noch die Tasten unter meinen Fingern. In diesem kurzen Moment fängt Jake an zu singen, und ich fühle mich zurückversetzt in die Vergangenheit.

Als ich die Augen öffne, lächelt er mich an. An seiner Miene ist eine Glückseligkeit abzulesen, die ich dort seit zwölf langen Jahren nicht mehr gesehen habe. Wenn er mich so ansieht, versinke ich noch tiefer in der Musik. Es fühlt sich an, als hätte ich nie aufgehört zu spielen.

* * *

»Ich nehme ein Bad«, rufe ich über den langen Flur zu Jake ins Wohnzimmer.

»Willst du was zu essen, wenn du aus der Badewanne kommst?«, fragt er.

»Kochst du etwa?«

»Ich bestell uns was, Schlaumeier.«

Mit einem unterdrückten Lachen antworte ich: »Wenn das so ist: ja, bitte!«

Ich gehe durch unser Schlafzimmer ins Bad und drehe die Hähne unserer brandneuen, jungfräulichen Badewanne auf.

In der Schublade, in der meine Hygieneartikel gelandet sind, finde ich das Badesalz und schütte etwas davon ins laufende Wasser.

Die Möbelpacker haben ihre Arbeit schon vor einigen Stunden beendet und sind gegangen.

Stuart ist in seiner neuen Bleibe und richtet sich ein. Jake und ich haben das Haus also für uns.

Mit Jake allein zu sein ist eine große Sache für mich, da es nicht oft vorkommt. Nun, da wir zusammenwohnen, wird es viel mehr T-&-J-Zeit geben.

Der Gedanke macht mich unglaublich glücklich.

Ich drehe den Wasserhahn zu, stelle die Musikanlage im Bad an und entscheide mich für das neue Album der Killers, mit dem ich zurzeit eine Liaison habe – besonders mit dem Song »Miss Atomic Bomb«. Ich ziehe mich aus und werfe meine Sachen in den Wäschekorb. Dann stecke ich mir das Haar zu einem lockeren Knoten hoch und begebe mich in die Badewanne.

Der Duft des Bads und die Hitze hüllen mich ein.

Ich bin im Himmel.

Ich schließe die Augen und lehne den Kopf zurück.

* * *

Ich schrecke aus dem Schlaf hoch. Ein Blick auf die Uhr verrät mir, dass ich etwas über eine halbe Stunde geschlafen habe. Da das Essen mittlerweile da sein wird – und ich auch mehr als bereit bin, wenn man meinem knurrenden Magen glaubt –, lasse ich das Wasser ab und steige aus der Wanne.

Ich hülle mich in ein flauschiges Badetuch, schalte die Musik aus und gehe ins Schlafzimmer, um mich umzuziehen.

Rasch schlüpfe ich in meine liebste Jogginghose und mein TMS-T-Shirt von der Europatour.

Als ich auf den Flur trete, vernehme ich Musik. Jake hört unser Lied, »You Started«.

Ich gehe ins Wohnzimmer, wo er bereits auf mich wartet.

Lächelnd erhebt er sich. Ich sehe mich im Raum um.

Es kribbelt unter meiner Haut. Das Gefühl dringt mir bis ins Herz.

Auf dem Couchtisch warten offene Pappschachteln mit indischem Essen. Weder Teller noch Besteck, nur Plastikgabeln. Eine Weinflasche steht geöffnet daneben. Keine Gläser.

Überall im Raum verteilt liegen leere Umzugskartons.

»Habe ich es einigermaßen getroffen?«, fragt er und legt den Kopf schief.

»Du hast gehört, was ich zu Simone gesagt hab?«

Er zuckt mit den Schultern. »Ich weiß, dass mein Leben etwas anders ist, als du es gewohnt bist. Da du keinen normalen Umzugstag bekommen hast, dachte ich mir, ich verschaffe dir wenigstens einen normalen ersten Abend in unserem neuen Zuhause.«

»Und die Kisten?«

»Fürs Ambiente.« Er lächelt, und seine Augen funkeln in der Beleuchtung des Zimmers. »Funktioniert es?«

»Definitiv.«

»Hast du Hunger?«

»Sehr.«

Doch nun habe ich weniger Appetit auf das Essen als auf ihn.

»Willst du das neue Bett ausprobieren?«, schlage ich vor.

»Auf jeden Fall.«

Ehe ich michs versehe, stürzt Jake sich auf mich, hebt mich hoch und trägt mich in unser Schlafzimmer, wo er mich aufs Bett legt.

Auf seine Hände gestützt beugt er sich über mich.

»Ich liebe dich«, flüstere ich ihm im Dunkeln zu. »Danke für das im Wohnzimmer. Und für den Flügel. Danke für all die wundervollen Dinge, die du für mich tust.«

Einen langen Moment hält er inne und blickt mit regloser Miene auf mich herab. Ich frage mich, was in ihm vorgeht.

»Es gibt nichts, was ich nicht für dich tun würde, Tru. Ich würde *alles* tun, damit du glücklich bist. Meine Liebe für dich … ist grenzenlos. Es gibt nichts vor oder nach dir, für mich gibt es nur dich.«

Vor lauter Rührung muss ich schlucken.

Ich hebe die Hand und streichle seine Wange. »Lass das dein Ehegelübde sein, wenn wir heiraten.«

Er nickt, beugt sich herunter und gibt mir einen sanften Kuss.

Ihm entfährt ein Seufzen. »Ich weiß, dass ich nicht die beste Wahl für dich bin.« Ich spüre seine Lippen auf meinem Mund. »Ich weiß, dass ich viel Mist baue, aber ich verspreche dir, dass ich alles in meiner Macht Stehende tun werde, um dich glücklich zu machen.«

»Du machst mich schon die ganze Zeit glücklich. Bist du es auch?«

Er hebt den Kopf und sieht mich mit seinen dunklen Augen an. »So glücklich, wie ich es nie zu hoffen gewagt hätte.«

Dann schließt er die Augen. Es sieht beinahe so aus, als hätte er Schmerzen. Als wäre es tatsächlich schmerzhaft, was er für mich empfindet. Ich verstehe das, denn ich spüre es ebenfalls.

»Jake?«

Er öffnet die Augen.

»Liebe mich.«

Und er kommt meiner Bitte nach. Er liebt mich, als sei dieser Abend der Anfang. Als hätte unser gemeinsames Leben endlich begonnen.

KAPITEL 6

Ich bin kurz davor, den Kopf gegen den Bildschirm meines Laptops zu schlagen, als Adeles Stimme ertönt.

Jakes Name leuchtet auf meinem Handydisplay auf, und lächelnd nehme ich den Hörer ab. »Hey, Baby.«

»Wie geht's dir?«

»Nicht gut. Es ist unglaublich schwer, über dich zu schreiben, weißt du das?«

»Aber es ist unglaublich leicht, mich zu lieben.«

»Na ja, schon, aber auch nur, weil du einen großen Willy hast«, scherze ich.

»Schwanz, Baby. Nenn ihn Schwanz. Ich lasse mich auch auf ›Schlange‹ ein, aber nicht ›Willy‹. Willy geht ganz und gar nicht.«

»Du übertreibst! Das ist ein guter alter englischer Begriff, oder hast du die etwa alle schon vergessen?«

»Nein, aber diesen vergesse ich gern.«

Im Hintergrund höre ich Stimmen.

»Ist jemand bei dir?«

»Ich bin mit den Jungs im Studio. Zane ist hier.«

»Hast du etwa gerade vor versammelter Mannschaft Penis, Schwanz und Willy gesagt?«, stöhne ich.

Er muss laut lachen. »Die haben schon Schlimmeres von mir gehört, Baby, glaub mir.«

»Hmm«, murmle ich mit hochroten Wangen. Jake mag keine Probleme damit haben, vor seinen Freunden über Sex zu reden, ich hingegen schon.

»Jedenfalls rufe ich an, weil Zane es geschafft hat, Vintage einen Gig als Vorband von Raine an Land zu ziehen. Deren eigentliche Vorband hat in letzter Sekunde abgesagt. Ich hab mich gefragt, ob du gern hingehen würdest?«

Raine ist eine extrem erfolgreiche Indie-Band mit einer äußerst großen regionalen Fangemeinde. Vintage war die Vorband von TMS im Madison Square Garden, sie hatten im Vorfeld einen Radiowettbewerb gewonnen. Ich liebe ihren Sound und habe Jake gegenüber erwähnt, dass ich denke, sie haben das gewisse Etwas. Er hat sich ein paar ihrer Lieder angehört – bei der Show war er aus verschiedenen Gründen nicht dazu gekommen –, und sie haben ihm gefallen. Also hat er Zane nach New York geschickt, während wir im Urlaub waren, damit er sie sich mal anhört.

Zane war beeindruckt und hat ihnen sofort angeboten, sie unter Vertrag zu nehmen. Sie haben eingewilligt und nehmen gerade hier in L. A. ihr erstes Album auf.

Ich freue mich, dass Jake auf meinen Rat gehört hat, dass ihm meine Meinung wichtig ist.

»Du fragst, ob ich mir eine Live-Band ansehen möchte, zu der ich dir geraten habe? Hmm, lass mich überlegen …«

»Soll ich dich um sieben abholen?«, fragt er mit einem leisen Lachen.

»Kommst du vorher nicht nach Hause?«

»Nein, es läuft hier gerade super, und wir schreiben neue Songs. Duschen und mich umziehen kann ich auch hier im Studio. Danach hol ich dich ab.«

»Wenn ich so darüber nachdenke … Ich frage einfach Dave, ob er mich zur Show bringt, dann treffen wir uns dort. Er wird sowieso mitkommen, oder?«

Obwohl der Hype um Jake in L. A. nicht so groß ist, dass die Fans ihm überallhin folgen, sind immer entweder Dave oder Ben dabei, wenn wir ausgehen. Auch wenn ich das Gefühl habe, dass sie eher meinetwegen mitkommen. Ich glaube, Jake sorgt sich um meine Sicherheit.

»Ja, okay, gute Idee«, willigt er ein.

Jake sagt mir, wo das Konzert stattfindet, ich notiere die Adresse und lege auf. Einige Minuten lang starre ich noch auf den Computerbildschirm und klappe den Laptop dann seufzend zu. Ich begebe mich in Richtung meines begehbaren Kleiderschranks, um mir ein Outfit für heute Abend auszusuchen.

* * *

Ich sitze auf der Rückbank des Autos, während Dave uns zum Auftritt fährt, der in einem angesagten Club in Downtown L. A. stattfindet.

Ich nehme einen Taschenspiegel aus meiner Clutch und überprüfe Frisur und Make-up. Heute habe ich mich für offene, lockige Haare, dunkle Smokey Eyes und pinken Lipgloss entschieden. Das Make-up sollte zu meinem Outfit passen. Ich trage meinen neuen knielangen Lederrock und ein schulterfreies Seiden-Krepp-Oberteil. Da es durchsichtig ist, habe ich mich gegen meine neuen Spitzendessous und für einen weißen BH mit dezentem Muster entschieden, der die wichtigsten Stellen bedeckt. Ich trage meine neuen Louboutins: schwarze Peeptoes mit nietenbesetzten Absätzen. Sie sehen wahnsinnig sexy aus. Ich bin mir sicher, dass sie Jake gefallen werden.

Dave biegt auf den Privatparkplatz des Clubs ab. Ein Stück weiter entdecke ich Jakes Aston Martin.

Ich steige aus dem Auto und folge Dave zu der Metalltür, die den Hintereingang des Clubs verschließt.

Er klopft einige Male mit der Faust dagegen.

Ein stämmiger Typ öffnet die Tür und begrüßt Dave, als ob sie sich gut kennen würden.

Höflich lässt Dave mir den Vortritt, aber drinnen warte ich und lasse ihn vorgehen.

Er führt mich einen Flur entlang, geht durch eine Tür, dann noch eine, und dann sind wir im Club.

Links von mir wird gerade die Bühne aufgebaut und alles für Vintage vorbereitet, die in weniger als einer Stunde spielen werden. Ein DJ legt Musik auf, und es befinden sich bereits Leute auf der Tanzfläche.

Jake steht an der Bar, trinkt ein Bier und sieht so umwerfend aus wie gewohnt. Er trägt sein blaues Led-Zeppelin-T-Shirt mit der Aufschrift »The Song Remains the Same«, ausgebleichte, zerrissene Röhrenjeans und schwarze Biker-Stiefel.

Er sieht verdammt heiß aus, und er gehört ganz allein mir.

Etwas abseits der Bar steht Ben mit etwas in der Hand, das wie ein Softdrink aussieht. Dave schließt sich ihm an.

An der Bar bei Jake steht ein blonder Typ – ein sehr gut aussehender blonder Typ. Er scheint in etwa die gleiche Körpergröße zu haben wie Jake und trägt ein weißes Oxford-Hemd, das er voll ausfüllt, sowie eine stahlgraue Hose. Sein Aussehen verströmt eine kultivierte Raffinesse, das genaue Gegenteil von Jakes Rockstar-Image.

Jake strahlt, als er mich entdeckt. Dann mustert er mich, und seine Stirn legt sich in Falten.

O nein. Er hasst mein Outfit.

Sofort bin ich verunsichert, klemme mir die Clutch unter den Arm, glätte den Rock mit den Händen und gehe etwas schneller auf ihn zu.

»Hey«, begrüße ich ihn.

Er lässt eine Hand um meine Taille gleiten, zieht mich an sich und küsst mich.

»Dir gefällt mein Outfit nicht«, flüstere ich in seinen Mund.

»Nein, es gefällt mir nur nicht, dass jeder Kerl hier deinen Busen sehen kann«, knurrt er und küsst mich erneut, bevor er mich loslässt.

Scheiße. Ich dachte, ich sähe gut aus. Wohl eher nicht.

Er dreht sich zu dem Mann neben ihm und stellt ihn vor: »Tru, das ist Zane. Er ist der Geschäftsführer des Labels. Zane, das ist die zukünftige Mrs Wethers.«

Zane lächelt und blickt mich aus feurigen braunen Augen an. »Schön, Sie endlich kennenzulernen, Tru.« Er streckt mir die Hand entgegen. »Ich habe viel von Ihnen gehört.«

Er nimmt meine Hand und küsst sie.

»Ich hoffe, er hat größtenteils Gutes von mir erzählt«, sage ich mit plötzlich trockenem Mund und blicke in Jakes Richtung.

»Ausschließlich Gutes.« Zane lächelt und lässt meine Hand los. »Sie sind genauso schön, wie er gesagt hat.«

Anscheinend nur nicht in diesem Outfit.

Zane ist äußerst charmant. Jedoch nicht auf die schleimige Art. Eher auf die »Ich habe viel Erfahrung darin, Frauen ins Bett zu kriegen, und sie verlassen es überaus befriedigt«-Art. Er strahlt ein unglaubliches Selbstbewusstsein und puren Sex-Appeal aus. Genau wie Jake.

»Wo zur Hölle warst du, Arschgesicht?«, ruft Jake über mich hinweg.

Als ich mich umdrehe, sehe ich Tom auf uns zuschlendern.

»Nirgends. Hey, Tru«, begrüßt er mich und wendet sich mir zu. »Nettes Top.« Sein Blick wandert in mein Dekolleté und verweilt dort länger als nötig.

»Hör auf, meiner Verlobten auf die Titten zu starren«, knurrt Jake.

Scheiße. Vielen Dank auch, Tom.

»Hey, ich bin auch nur ein Mann …«, protestiert er, »und sie sind nicht gerade versteckt, was erwartest du also von mir? Scharfer Vorbau, Tru, *echt* scharf. Ich bin froh, dass du sie heute Abend nicht versteckst. Die solltest du öfter zeigen.«

»Soll ich dir die Nase brechen?«, sagt Jake halb im Scherz.

Das hoffe ich jedenfalls.

Schützend halte ich mir die Clutch vor die Brust und frage: »Hast du sonst keine Probleme, Tom? Willst du dich nicht lieber nach der nächsten Tussi umsehen, die du abschleppst, anstatt etwas anzustarren, das du nie bekommen wirst?«

»Autsch!« Tom greift sich theatralisch mit der Hand an die Brust.

»Sie gefallen mir mit jeder Sekunde besser, Tru.« Zane grinst mich an. »Was möchten Sie trinken?«

»Ich kümmere mich um die Getränke«, geht Jake dazwischen. »Das Übliche, Baby?«

»Ja, bitte.«

»Tom, willst du ein Bier?«

Ich blende die Jungs aus und sehe mich im Club um. Es ist ein netter Laden. Ein wenig runtergerockt, aber definitiv ein Ort, an dem ich zu Hause in London abgehangen hätte. Mir fällt auf, dass man uns anstarrt – vor allem Jake. Na ja, nur Jake. Die meisten besitzen nicht mal den Anstand, wegzusehen, wenn sie bemerken, dass ich sie dabei erwischt habe, wie sie meinen zukünftigen Ehemann anglotzen.

Super.

»Danke«, sage ich, als Jake mir meine Margarita reicht.

»Also hat sie dir einen Korb gegeben?«, fragt Zane an Tom gerichtet.

»Nein.«

»Die Tatsache, dass du hier bei uns bist, nachdem du dein Glück bei ihr versucht hast, beweist aber das Gegenteil, Mann«, entgegnet Jake grinsend.

»Ich hab nie gesagt, ich hätte mein Glück bei ihr versucht. Ich hab mich als Stütze angeboten.«

Jake lacht. »Die einzige Stütze, die du ihr angeboten hast, war doch garantiert die Wand.«

»Was höre ich da?«, mische ich mich ein und nehme einen Schluck von meinem Drink. »Tom wurde von einer Frau abgewiesen?« In gespieltem Schock sehe ich Tom an.

»O ja«, antwortet Jake mit vergnügt funkelnden Augen. »Er hat versucht, Lyla rumzukriegen. Ganz das schlaue Mädchen, das sie ist, hat sie ihn gepflegt abblitzen lassen.«

Lyla ist die unglaublich hübsche Leadsängerin von Vintage und anscheinend auch tatsächlich ein kluges Mädchen.

»Halt die Klappe, Blödmann, sie hat mich nicht abblitzen lassen. Dafür hätte ich ja erst mal was versuchen müssen. Nicht, dass das je passieren würde – die Frauen können mir einfach nicht widerstehen.«

»Wow, Mann, in all den Jahren, die ich dich kenne, hat noch nie eine Nein zu dir gesagt.« Jake ignoriert Toms Ausweichversuche. »Warte, bis Denny das hört«, lacht er. »Ich glaube, ich rufe ihn jetzt gleich an.« Er greift nach seinem Handy.

»Verdammt noch mal!«, blafft Tom und nimmt sein Bier.

Zane tätschelt ihm den Rücken, ohne eine Miene zu verziehen. »Mach dir nichts draus, Mann, das passiert den Besten. Mir nicht, aber ich fühle mit dir.« Dann bricht er in Gelächter aus.

»Ich mag Lyla«, werfe ich ein. *Das ist die Rache für deinen blöden Kommentar vorhin.* »Sie scheint ein tolles Mädchen zu sein. Sehr attraktiv. Schade für dich, Tom, so einen Korb zu bekommen.« Ich grinse ihn frech an.

»Meine Fresse! Ihr nervt gewaltig. Bei der hab ich's gar nicht erst probiert. Ich bemüh mich nicht um Frauen. Das hab ich nicht nötig. Es gibt unzählige, die die Sache selbst in die Hand nehmen.« Mit dem Kinn deutet er zu einigen Gafferinnen hinüber. »In diesem Sinne – bis später, ihr Pisser. Tru«, sagt er und starrt mir direkt auf den Busen, »es war mir wie immer ein Vergnügen. Ich hoffe, ich seh dich bald wieder in diesem Top.«

»Fick dich, Tom«, fährt Jake ihn an.

Grinsend zwinkert Tom ihm zu und verschwindet in Richtung der wartenden Mädels.

Ich brauche eine Verschnaufpause und frage Jake: »Wo ist die Toilette?«

»Durch den Torbogen.« Mein Blick folgt seinem Zeigefinger.

Ich stelle meinen Drink auf der Bar ab, gebe ihm einen Kuss und gehe los.

Gerade habe ich mich in meiner Kabine zum Pinkeln niedergelassen, als jemand lachend hereinkommt.

»O mein Gott, hast du gesehen, was die anhat?«

»Ich weiß, sie sieht aus wie 'ne Nutte. Ein durchsichtiges Top! Und dieser Rock erst. Ich dachte, Lederröcke wären schon seit ›Pretty Woman‹ aus der Mode.«

Ich blicke an mir hinab auf den Lederrock, der gerade auf meinen Oberschenkeln sitzt, und mein Gesicht fängt an zu kribbeln.

»Er ist so was von eine Nummer zu groß für sie. Wie zur Hölle hat sie es geschafft, ihm den Klunker aus dem Kreuz zu leiern? Ich werd's nie verstehen. Definitiv nicht mit ihrem potthässlichen Gesicht. Vielleicht hat sie 'ne verzauberte Muschi!« Sie lacht laut über ihren eigenen Witz.

Ich spiele mit dem Verlobungsring an meinem Finger.

»Ich hab gehört, sie sind zusammen aufgewachsen«, sagt das andere Mädchen, »und dass er sie anscheinend wirklich sehr liebt. Hat er schon immer. Sie ist die Liebe seines Lebens, und deswegen hat er sich auch nie wirklich auf eine andere eingelassen. Das hört man jedenfalls.«

»Ja, ja, meinetwegen. Aber wir reden hier über Jake Wethers. Im Augenblick steht er vielleicht auf die englische Schlampe, aber in ein paar Wochen ist die Schnee von gestern.«

»Meinst du?«

»Ja. Wenn Jake sesshaft wird, dann sicher nicht mit einer wie der.«

»Mit dir?« Die Zweite kichert.

»Schließlich ist er immer wieder bei mir angekommen, oder etwa nicht? Er hat gesagt, ich war der beste Fick, den er je hatte. Aus seinem Mund ist das ein großes Kompliment. Ich wette, er würde auch jetzt nicht Nein sagen.«

»Glaubst du? Angeblich macht er im Moment einen auf monogam. Er sieht nie auch nur eine andere an. Letztens hat er Cherie Walters abblitzen lassen und soll dabei nicht allzu freundlich gewesen sein.«

»Tja, zu mir konnte Jake noch nie Nein sagen. Besonders nicht, als ich ihm auf Knien in seinem Büro einen geblasen habe.«

Ich muss mich gleich übergeben.

»Ich wusste ja, dass du mit ihm gevögelt hast, aber ihm in seinem Büro einen geblasen? Erstklassig!« Sie lacht.

»Eines Tages hab ich bei ihm in der Firma vorbeigeschaut und hatte unter dem Trenchcoat nur meine Unterwäsche an. Ich hab ihm den Schwanz gelutscht, während er am Schreibtisch saß. Dann hat er mich auf der Tischplatte fast besinnungslos gefickt.«

O Gott. Ich schließe die Augen und lege den Kopf in die Hände.

»Du bist so ein böses Mädchen«, kichert die andere.

»Vielleicht biete ich ihm jetzt gleich meine Dienste an, wenn das britische Flittchen nicht da ist.« Ich höre, wie sie kurz mit den Lippen schmatzt und der Verschluss einer Tasche klickt. »Ich bin sicher, er ist für einen Quickie im Hinterzimmer zu haben. Wenn nicht, besuche ich ihn vielleicht morgen beim Label.«

Klickend entfernen sich Absätze, dann schließt sich die Tür mit einem Knall.

Ich zittere am ganzen Körper. Mein Kopf kribbelt. Wieso bin ich nicht rausgestürmt und habe mich bemerkbar gemacht?

Jetzt geht sie zu Jake und bietet sich ihm an, während ich hier wie die letzte Idiotin mit meiner Unterhose um die Knöchel sitze.

Heiße Tränen brennen in meinen Augen.

Nicht weinen. Wag es verdammt noch mal ja nicht, zu weinen, Trudy Bennett, nicht wegen ein paar widerwärtiger Schlampen.

In Zeiten wie diesen wünschte ich, Simone wäre hier. Sie wäre da rausmarschiert und hätte diesen Weibern eine verpasst.

Normalerweise hätte ich den Mund aufgemacht.

Aber ich weiß, wieso ich es nicht getan habe.

Was hätte ich denn schon sagen können? *Ja, Jake war ein Hurenbock der schlimmsten Art, aber so ist er nicht mehr!*

Sie hätten sich totgelacht.

Ehrlich gesagt hat ein Teil von mir Angst, dass es noch immer in ihm steckt. Dass ich ihm eines Tages nicht mehr genug bin.

Ich dränge die Tränen zurück. Mein Gesicht brennt vor Scham über meine Feigheit. Ich betätige die Spülung, mache mich wieder zurecht und gehe zurück in den Club.

Als ich aus dem Durchgang komme, entdecke ich, dass Jake noch immer an der Bar sitzt. Zane ist nirgends zu sehen, und Jake spricht nun mit einer umwerfenden Blondine mit endlos langen Beinen und knappem Minirock.

Mir kommt die Galle hoch, begleitet von rasender Wut.

Ich bin kurz davor, hinzugehen und dem blonden Flittchen einen Vortrag zu halten, dass sie sich verpissen soll, als jemand hinter mir meinen Namen ruft.

Ich drehe mich um und erblicke einen meiner alten Journalistenfreunde aus England, Jefferson Dunn. Ich hatte gehört, dass er in Amerika ist, um für ein Magazin zu arbeiten.

Obwohl ich ziemlich aufgebracht bin, freue ich mich, jemanden von zu Hause zu sehen.

»Jefferson!« Ich strahle.

»Trudy Bennett«, wiederholt er lächelnd. »Sieh dich an. Verdammt, wie geht's dir?« Er umarmt mich. Sofort bemerke ich seine durchdringende Alkoholfahne.

»Mir geht's gut. Sogar großartig, danke der Nachfrage. Wie geht es dir?«, gebe ich zurück und löse mich aus seiner Umarmung.

»Mir geht's super, erst recht, da ich dich jetzt sehe. Ich hab gehört, dass du hierhergezogen bist – ausgerechnet mit Jake Wethers.«

»Ja.« Ich zucke leicht die Achseln und behalte mein Lächeln bei.

Ich will jetzt wirklich nicht über Jake sprechen.

»Wo ist der Rockstar?«, fragt Jefferson und sieht sich um. »Ich würde ihn liebend gerne kennenlernen.«

Ich will ihm Jake jetzt nicht zeigen, der mit einer großen Blondine an der Bar sitzt – nicht Jefferson, der immer auf der Suche nach Tratsch ist. Also sage ich: »Oh, der hat zu tun. Geschäfte, du weißt schon.«

»Sicher … Dann musst du mich ihm wohl später vorstellen.« Er nimmt einen Schluck von seinem Drink, anscheinend

Whiskey. »Was führt dich heute Abend hierher?«, erkundigt er sich.

»Die Vorband ist bei Jakes Label unter Vertrag. Und selbst?«

»Die Arbeit. Ich schreibe einen Artikel über Raine.«

»Ach so, cool.« Ich verlagere das Gewicht von einem Bein aufs andere.

Ich will zu Jake und der Blondine rübergehen, die – soweit ich es über Jeffersons Schulter hinweg sehen kann – sich schamlos an Jake ranmacht. Ich will jedoch Jefferson gegenüber nicht unfreundlich rüberkommen.

»Wenn Jake gerade zu tun hat, dann leiste ich dir doch Gesellschaft, bis er fertig ist, oder? Willst du tanzen?« Er nickt in Richtung Tanzfläche. Ich sehe, wie seine Augen zu meinem Dekolleté gleiten.

Dieses verfluchte Top fliegt in den Müll, wenn ich zu Hause bin.

»Ähm …«

Ich möchte wirklich nicht tanzen. Ehrlich gesagt würde ich am liebsten nach Hause gehen.

Stattdessen genehmige ich mir noch einen Blick über Jeffersons Schulter auf Jake. Er sagt etwas zu der Blondine, sie wirft den Kopf in den Nacken, lacht und legt ihm die Hand auf die Brust.

Ich muss an Paris und die Rothaarige denken – die Rothaarige, die Jake vor meinen Augen geküsst hat, aus Rache dafür, dass ich nicht mit Will Schluss gemacht hatte, nachdem er mich angefleht hatte, es zu tun.

Eine Woge der Eifersucht erfüllt meinen Körper. Ich beiße die Zähne zusammen.

»Weißt du, was? Ich würde liebend gerne tanzen«, presse ich heraus.

Scheiß auf Jake und seine Blondine … und all seine verfluchten Eroberungen.

Ich nehme den Riemen aus meiner Clutch und hänge sie mir über die Schulter. Jefferson kippt seinen Drink runter und reicht mir die Hand. Und schon lasse ich mich von ihm durch die Menge in die Mitte der Tanzfläche führen.

Zuerst tanzen wir getrennt voneinander, doch kurz darauf kommt Jefferson mir näher.

»Du siehst heute Abend bezaubernd aus«, flüstert er mir ins Ohr. »Andererseits tust du das immer.«

Sein Arm legt sich um meine Hüfte.

Scheiße.

Ich versteife mich in seiner Umarmung.

Jake wird nicht sehr erfreut sein, das zu sehen.

Aber ist das nicht der Sinn und Zweck des Ganzen?

»Danke, du auch.« Ich will mich von ihm lösen, doch er hält mich fest und tanzt weiter, die Hüften dicht vor meinen.

Würg.

Er ist nicht mal ein guter Tänzer.

Ich versuche, nicht zusammenzuzucken bei seinen seltsamen Hüftbewegungen, und kneife die Augen zusammen, während ich fieberhaft überlege, wie ich aus dieser Situation wieder herauskomme.

Manchmal bin ich wirklich eine verfluchte Idiotin.

Ich befinde mich mit der Mr-Bean-Version von »Saturday Night Fever« auf der Tanzfläche, in einem dürftigen Versuch, Jake eifersüchtig zu machen. Währenddessen hat er wahrscheinlich keinen Schimmer davon, vögelt die blonde Schlampe im Hinterzimmer und kümmert sich einen Dreck um mich.

Mir ist schlecht. Ich will mich einfach nur betrinken und Jake und seiner Hure die Scheiße aus dem Leib prügeln. Ich weiß nur noch nicht, in welcher Reihenfolge.

Gerade will ich mich aus Jeffersons Griff winden und mich entschuldigen, als er plötzlich von mir weggerissen wird.

Ein ziemlich wütend aussehender Jake starrt auf mich herab, und ein sehr verwirrter Jefferson versucht, sich das Hemd glatt zu ziehen.

»Was zum Teufel!«, brüllt Jefferson. Als er realisiert, dass es Jake war, der ihn von mir weggezogen hat, wird sein Gesichtsausdruck ehrfürchtig.

»Ich dachte, du wärst auf der Toilette«, sagt Jake zu mir und ignoriert Jefferson. Er klingt tierisch angepisst.

Mit gestrafften Schultern antworte ich: »Das war ich auch. Dann hab ich mich entschieden zu tanzen.«

»Und warum bist du nicht erst zu mir gekommen?«

»Wieso? Brauche ich neuerdings deine Erlaubnis zum Tanzen?« Wütend funkle ich ihn an. »Außerdem sahst du sehr *beschäftigt* aus.«

»Für dich bin ich nie zu beschäftigt. Das solltest du eigentlich wissen.« Seine Stimme klingt alles andere als freundlich.

In diesem Moment schaltet sich Jefferson ein.

»Ich wollte wirklich nicht respektlos sein«, beteuert er. »Ich kenne Tru schon seit Jahren. Wir haben uns in London kennengelernt.«

Jake versteift sich. Er dreht sich zu Jefferson um und sieht auf ihn hinab. »Du wolltest nicht respektlos sein und begrapschst mein Mädchen?«

Abwehrend hebt Jefferson die Hand. »Wir haben nur getanzt.« Doch sein Lächeln sagt etwas vollkommen anderes.

Ich versteife mich ebenfalls.

Jakes Gesichtsausdruck wird hart. Eine Sekunde lang sorge ich mich, dass er etwas Dummes tun wird.

»Wir gehen.« Jake packt mich am Arm und zieht mich weg.

»Hey, Mann, bleib locker.« Jefferson legt ihm eine Hand auf die Schulter.

Augenblicklich weiß ich, dass er einen Fehler begangen hat.

In Windeseile ergreift Jake ihn beim Arm, verdreht ihn, sodass Jefferson sich krümmt. Dann schubst er ihn weg, dass er praktisch über die Tanzfläche schlittert.

Die Menge weicht rasch aus und sieht zu, wie Jefferson zu Boden geht.

Sofort stehen Dave und Ben neben uns. Ben hebt Jefferson von der Tanzfläche auf und stellt ihn auf die Füße.

»Ich hab nur mit ihr getanzt!«, schreit Jefferson. Er hat eindeutig nicht gelernt, wann man besser die Klappe halten sollte.

Dann sehe ich ein halbes Lächeln auf seinem Gesicht, als würde er es tatsächlich drauf anlegen, Jake zu provozieren. »Wir sind alte Freunde.«

»Ihr *wart* Freunde«, entgegnet Jake hart und kalt. Er macht einen Schritt auf Jefferson zu. »Das ist vorbei. Behalt deine verdammten Hände gefälligst bei dir. Wenn ich dich noch einmal in ihrer Nähe erwische, wirst du nicht mehr aufstehen können.«

Jeffersons Lippen verzerren sich zu einem Grinsen. »Ist das eine Drohung?«

Zähneknirschend ballt Jake die Hände zu Fäusten. »Eher ein Versprechen.«

Dave stellt sich zwischen die beiden, wofür ich mehr als dankbar bin.

»Lass es«, drängt er und drückt gegen Jakes Arm.

Ich trete ein paar Schritte zurück. Ich will hier raus.

Jake geht ebenfalls einen Schritt zurück, als Jefferson plötzlich sagt: »Ruf mich an, Tru.«

Jake bewegt sich blitzschnell. Zum Glück ist Dave schneller und hält ihn fest, bevor er größeren Schaden anrichten kann. Ich habe mit eigenen Augen gesehen, wozu Jake in der Lage ist, wenn er die Geduld verliert. Außerdem kann jemand wie Jake es sich nicht leisten, Typen in Clubs zu verprügeln.

Besonders nicht Journalisten.

Da ich nicht länger Teil der Szene sein will, die ich verursacht habe, drehe ich mich mit gesenktem Kopf um und suche mir schnell einen Weg durch die Menge in Richtung Ausgang.

Nahe der Tür holt Jake mich ein.

Er packt mich am Arm und wirbelt mich herum. »Wohin gehst du?« Er klingt wütend und außer Atem.

»Nach Hause«, antworte ich barsch. Ich bin noch immer sauer, dass er mit der Blondine geflirtet hat, und wegen des Gesprächs, das ich auf der Toilette mit anhören musste. Und wegen der Szene mit Jefferson. Ich weiß, dass meine Gründe, mit Jefferson zu tanzen, falsch waren. Allerdings hätte Jake nicht gleich so heftig reagieren müssen – er hat eine Szene daraus gemacht.

Ich will mich aus seinem Griff lösen, habe aber keine Chance.

»Was zum Teufel ist mit dir los?«, fragt Jake mich wütend.

»Mit mir? Was zum Teufel ist mit *dir* los? Ich hab nur mit ihm getanzt, verdammt noch mal!«

»Getanzt?« Er lacht laut auf. »Es sah aus, als hätte er vor, dich gleich an Ort und Stelle zu ficken. Außerdem hast du ihn auch nicht gerade weggeschubst.«

»Fahr zur Hölle, Jake! Gerade du musst dein verfluchtes Maul aufreißen, nachdem ich mir den ganzen Abend ansehen durfte, wie die Nutten sich dir an den Hals werfen! Und dann muss ich auch noch ein Gespräch darüber mit anhören, wie eine deiner Huren dir in deinem Büro einen geblasen hat. Ach ja, und dann hast du es auch noch auf deinem Schreibtisch mit ihr getrieben!«

Jake sieht verwirrt aus. In Verbindung mit seiner Wut wirkt es richtiggehend beängstigend.

»Auf der Toilette hab ich das volle Programm mitgekriegt, alles, was du vor meiner Zeit getrieben hast. Sie wussten nicht, dass ich da war«, füge ich zur Verdeutlichung hinzu. »Dafür konnte ich mir anhören, dass ich nicht gut genug für dich bin und dass sie morgen zum Label gehen und dir ihre Dienste anbieten will.«

»Wer?«, fragt er mit harter Stimme.

»Hast du so viele in deinem Büro gevögelt, dass du nicht weißt, wer es sein könnte?«

»Ja.« Seine Stimme ist tief, kalt und zerreißt mir das Herz.

»Du machst mich krank!«, schreie ich. Mir steigen Tränen in die Augen. »Was ist mit der Blondine? Ist das auch eins von deinen Bürohäschen? Oder hast du die nur im Haus flachgelegt?«

Jetzt sieht er wieder verwirrt aus.

»Die Blonde an der Bar, mit der du geflirtet hast! Hast du die auch gebumst?«

»Ich hab nicht mir ihr geflirtet. Das war Dina. Sie arbeitet für mich. Sie ist die Managerin von Vintage.«

»Du hast meine Frage nicht beantwortet.«

»Muss ich das?«

»Ja!«, schreie ich ihn an. Mittlerweile ist mir egal, wer mich hört. »Ich will wissen, ob du es mit der auch getrieben hast!«

Seine Augen verdunkeln sich. »Nein, habe ich nicht.«

»Dann also nur mit jeder anderen in L. A.«

Er tritt einen Schritt zurück und lehnt sich gegen die Wand. »Als wir zusammengekommen sind, wusstest du, wie ich mein Leben bisher gelebt habe, Tru. Tu jetzt nicht so, als wäre das plötzlich eine Überraschung für dich.« Heftig reibt er sich übers Gesicht. »Wirst du je darüber hinwegkommen?«, fragt er. Seine Stimme ist sanfter, aber dennoch ernst.

Meine Wut nimmt ab.

Ich schlinge mir die Arme um den Oberkörper. »Ich weiß es nicht.« Kopfschüttelnd schaue ich zu Boden. Nach einem kurzen Augenblick frage ich: »Wenn ich das nicht kann, wo stehen wir dann?«

»Genau dort, wo wir sind, nur müssen wir einen Weg finden, wie du mit meinen Fehlern aus der Vergangenheit umgehen kannst.« Er macht einen Schritt auf mich zu. »Ich habe dir nie einen Grund gegeben, meine Treue anzuzweifeln.«

»Abgesehen von der Kleinen, die ich in Boston in deinem Bett gefunden habe.«

Scheiße.

Das hätte ich nicht sagen sollen, doch jetzt ist es zu spät. Ich weiß, dass ich gerade einen schweren Fehler begangen habe.

Sein Gesicht verdunkelt sich, und ich weiche zurück.

»Ich denke, von uns beiden bin ich derjenige, der mehr Grund zur Sorge hat. Du hattest kein Problem, von Wills Bett in meines zu hüpfen. Wer sagt mir, dass du mir nicht genau das Gleiche antust?«

Es fühlt sich an, als hätte er mir ins Gesicht geschlagen. Fest. Mehrmals. Immer und immer wieder.

Mein Gesicht brennt, und meine Augen prickeln. Ich kann die Tränen nicht zurückhalten.

Ohne ein weiteres Wort oder einen weiteren Blick stürme ich in Richtung Ausgang.

»Es tut mir leid.« Er hält mich von hinten fest, umarmt mich und presst dabei seine Brust an meinen Rücken. Seine Lippen sind an meinem Ohr. Wie versteinert bleibe ich stehen.

»Es tut mir so leid. Ich hätte das nicht sagen sollen. Ich hab's nicht so gemeint.« Er seufzt, und ich spüre seinen Atem auf mir, der meine kühle Haut wärmt. »Dich zu sehen, wie du mit ihm tanzt, und dann auch noch ausgerechnet zu diesem Lied.«

Sofort geht meine Aufmerksamkeit zu dem Song, der sich gerade dem Ende zuneigt – Beyoncés »Sweet Dreams«.

Zu diesem Song haben Jake und ich im Club in Kopenhagen getanzt. In dieser Nacht hat alles angefangen.

Habe ich unbewusst absichtlich zu diesem Song getanzt, um ihn zu verletzen?

»Ich will nach Hause«, murmle ich. Ich schäme mich unheimlich. Und in diesem Moment bin ich mir nicht sicher, welches Zuhause ich meine.

Sein Körper versteift sich. »Ich bring dich heim«, sagt er und lässt mich los.

KAPITEL 7

Wir sind schon seit einer Weile unterwegs. Ohne ein Wort miteinander zu wechseln, nur die Musik aus dem Radio ist zu hören. Jake fährt nicht in Richtung unseres Hauses. Schon seit Längerem will ich ihn fragen, wo er mich hinbringt, doch ich will nicht diejenige sein, die das Schweigen bricht.

Ich hasse es, wenn wir so streiten.

Nicht mal den Auftritt von Vintage konnten wir uns ansehen. Oder uns von Zane verabschieden. Ich wette, er hält uns für vollkommen verrückt.

In vielerlei Hinsicht sind wir das auch.

Jake biegt in eine Allee ein und wählt eine Nummer auf seinem Handy, das in der Halterung der Freisprechanlage befestigt ist. Daves Stimme erfüllt das Auto. »Ist alles in Ordnung?«

»Warte oben, und stell sicher, dass niemand hier runter kommt.«

Jake legt auf.

Ich habe nicht einmal bemerkt, dass Dave uns gefolgt ist. Es ergibt jedoch Sinn, er ist schließlich immer einen Schritt hinter Jake.

Wir erreichen eine Lichtung auf einer Klippe, die uns einen Panoramablick auf L. A. bietet. Sogar besser als die Aussicht zu Hause.

All die funkelnden, glitzernden Lichter der Stadt der Engel liegen vor uns. Oder eher: Jakes Stadt der Sünde.

Eine Stadt, bei der ich mir nicht vollkommen sicher bin, ob ich hierhergehöre.

Jake stellt den Motor aus, lässt die Musik jedoch an.

»Ich komme hierher, wenn ich nachdenken muss«, erklärt er, ohne mich anzusehen.

»Musst du jetzt nachdenken?«, frage ich und drehe den Kopf in seine Richtung. Mein Herz schlägt unheimlich schnell.

Im Dunkeln erwidert er meinen Blick. »Nein, aber wir müssen reden.«

Ohne ein weiteres Wort steigt er aus dem Auto, und ich folge ihm.

Wir treffen uns an der Motorhaube, an die er sich lehnt. Er schlägt die Beine übereinander und verschränkt die Arme vor der Brust.

Mit etwas Abstand stelle ich mich neben ihn. Dem Abstand, den unser Streit verursacht hat. »Was im Club passiert ist, wird morgen in den Nachrichten sein.« Es ist keine Frage – ich kenne die Antwort bereits.

»Ja.«

Scheiße.

»Außerdem bin ich mir sicher, dass die Polizei mich ebenfalls bald anruft.«

Das erweckt meine Aufmerksamkeit. »Wieso?«

»Weil er mich wegen Körperverletzung anzeigen wird.«

»Aber du hast ihn doch gar nicht geschlagen.«

»Nein, aber ich habe ihn zu Boden gestoßen.«

Jefferson war hinter einer Story her. Deshalb hat er Jake provoziert. Es ist meine Schuld. Wahrscheinlich hat er mich deswegen gefragt, ob ich mit ihm tanzen will. Ich bin so eine dumme Kuh.

»Es tut mir leid«, flüstere ich. »Was wirst du tun?«

»Ihn bezahlen, damit er die Klage fallen lässt.«

»Ernsthaft?« Ich starre ihn mit offenem Mund an.

»Geld kann alles aus der Welt schaffen, Tru.«

»Bis auf unsere Probleme.« Ich seufze.

»Ja, bis auf das.« Er stützt sich mit den Armen auf dem Auto ab.

Ich will ihn berühren, ihn umarmen – es bringt mich fast um, es nicht zu tun –, aber im Moment fühle ich mich dazu nicht in der Lage, und ich bin mir nicht ganz sicher, wieso.

»Warum sind wir nicht nach Hause gefahren?«, frage ich zaghaft.

»Weil ich will, dass unser Haus voller glücklicher Erinnerungen ist, nicht voller Erinnerungen an Streit. Ich bin in einem Haus aufgewachsen, in dem Auseinandersetzungen an der Tagesordnung waren. Glaub mir, so was klebt an den Wänden wie Kleister, verdammt. Das will ich nicht.« Er fährt sich mit den Händen durch die Haare und seufzt.

»Ich dachte, dass es dir die Situation erleichtern würde, wenn wir in das neue Haus ziehen. Aber diese gesamte Stadt ist gespickt mit all den verdammten Fehlern, die ich begangen habe, bevor ich dich zurückbekommen habe.« Er gestikuliert in Richtung der Lichter unter uns. »Ich weiß nicht, was ich tun könnte, um es dir leichter zu machen, außer L. A. zu verlassen.«

Er klingt hoffnungslos. Niedergeschlagen. Ich hasse es, ihn so zu hören.

Nach den Ereignissen des heutigen Abends würde ich L. A. jedoch liebend gern verlassen – wegziehen von Jakes Vergangenheit, zusammen nach England zurückkehren und uns dort ein gemeinsames Leben aufbauen. Doch er hat hier seinen Lebensmittelpunkt, und ich kann nicht verlangen, dass er den aufgibt.

»Das weiß ich auch nicht«, murmle ich und kaue auf meinem Daumennagel herum.

»Ich will dich nicht wegen der Person verlieren, die ich einmal war.« Seine Stimme ist kaum mehr als ein Flüstern.

»Ich will dich auch nicht verlieren.«

Ohne mich anzusehen, greift er nach meiner Hand. Er nimmt sie in seine und verschränkt unsere Finger ineinander.

Meine Haut fühlt sich unter seiner Berührung heiß an.

»Die Ironie des Ganzen«, sagt er, »ist, dass wir beide eifersüchtig sind, weil wir einander so sehr lieben. Mensch, Tru, als ich gesehen habe, wie dieser Typ dich angefasst hat, ist es mit mir durchgegangen. Allein die Vorstellung, dass ein anderer Mann dir nahe ist und dich berührt … Das treibt mich verflucht noch mal in den Wahnsinn. Das ist nicht vernünftig, ich weiß. Aber so ist es nun mal, und ich kann es nicht ändern.«

»Genauso wenig, wie ich ändern kann, dass ich mich jedes Mal, wenn wir ausgehen, im Raum umsehe und mich frage, mit welcher der Frauen du Sex hattest – oder ob es nicht sogar alle anwesenden waren.« Ich atme tief durch. Allein die Worte auszusprechen tut mir schon weh. »Ehrlich gesagt weiß ich nicht, was man dagegen tun kann«, füge ich leise hinzu.

Jake stößt sich vom Auto ab und geht zum Rand der Klippe.

Ich starre seine Silhouette an. In diesem Moment sieht Jake einsam aus.

Ich frage mich, was in seinem Kopf vor sich geht.

O Gott, ich hoffe, er denkt nicht, dass Schluss zu machen die einzige Lösung für uns ist. Ich weiß, er hat gerade erst gesagt, dass er mich nicht verlieren will, aber was, wenn ihm das alles einfach zu viel wird? Was, wenn er denkt, es geht nicht anders?

Wir können uns nicht trennen. Das darf nicht sein.

»Wie geht es weiter?« Meine Stimme ist zaghaft, da ich weiß, dass wir an einem Scheideweg stehen. Einem, den ich nicht habe kommen sehen.

Der Schmerz in meiner Brust ist unerträglich. Ich fühle mich, als würde ich jeden Moment darunter zusammenbrechen, dass meine größte Angst wahr wird.

Wenn er sagt, dass es das mit uns war, dann werde ich ihn auf Knien anflehen.

Jake dreht sich zu mir um. Seine Miene zeugt von Entschlossenheit. »Nun, eine Trennung kommt gar nicht infrage, falls es das ist, was du denkst.«

Ich schüttle den Kopf. Tränen lassen mir die Sicht verschwimmen.

Er kommt zu mir, nimmt mein Gesicht in seine Hände, sieht mich an und flüstert: »Ich lass dich nicht gehen, *niemals.* Ich weiß, dass ich regelmäßig Scheiße baue, aber das mit uns vergeige ich nicht.«

»Du baust nicht regelmäßig Scheiße.«

»Heute Abend habe ich einen Fehler gemacht.«

Was? O Gott. Nein.

Ich will es nicht wissen. Ich will es nicht wissen.

»Hast du das?« Ich schlucke.

»Ja, einen verflucht großen. Ich hab dir nicht gesagt, wie unfassbar wunderschön du aussiehst, als ich dich gesehen habe. Ich war zu verdammt besorgt, dass andere Männer dich anglotzen, also hab ich den Mund aufgemacht, ohne nachzudenken. Meinetwegen warst du unsicher, statt dich so wunderschön zu fühlen, wie du bist.« Er streichelt mir mit dem Daumen über die Wange.

Ich stoße den Atem aus, den ich angehalten hatte.

»Es tut mir leid, dass ich heute so eine Zicke war«, flüstere ich und wende den Blick von ihm ab. »Diese Frauen so über dich reden zu hören hat mich völlig aus der Bahn geworfen.

Dann bin ich von der Toilette gekommen und hab dich mit Dina sprechen sehen. Ich war so aufgewühlt. Ich schätze, ich hab mit Jefferson getanzt, um dir eins auszuwischen.« Ich beiße mir auf die Lippe und sehe ihn an. »Es tut mir leid, wirklich.«

Er gibt mir einen Kuss auf die Stirn. »Ich wünschte, ich könnte all diese Jahre ungeschehen machen, damit du das nicht durchstehen müsstest«, sagt er. Sein warmer Atem auf meiner Haut beruhigt mich. »Aber ich schwöre, dass ich nicht mehr dieser Mensch bin. Ich gehöre dir, wie niemandem zuvor. Ich bin dein, auf die einzige Art, die wirklich wichtig ist.« Er nimmt meine Hand und hält sie an sein Herz. »Das hältst du in deiner Hand. Du bist die einzige Frau, der es je gehört hat und der es je gehören wird. Ich bin dein, Tru.«

»Ich bin auch dein. Ganz und gar.«

Jake sieht auf mich herab und dann auf meine Lippen. Plötzlich spüre ich ein Knistern zwischen uns. Als ob die Wut dieser Nacht auflodern würde, um sich in rasende sexuelle Spannung umzuwandeln. Ich weiß nicht, wer den ersten Schritt macht, doch plötzlich küssen wir uns, wie wir es nie zuvor getan haben.

Es ist unkontrolliert und heftig. Keine Zärtlichkeit. Es ist hart, als würden wir uns nacheinander verzehren.

Jake legt mir eine Hand in den Nacken. Mit dem Daumen an meinem Hals schiebt er meinen Kopf weiter nach hinten, um besser an meine Lippen zu kommen. Seine Zunge taucht tief in meinen Mund. Ich liebe es.

Ich klettere praktisch auf ihn drauf, um ihm noch näher zu sein. Meine Hände sind überall.

Sein Mund wandert abwärts, meinen Hals entlang, und knabbert dabei an mir. Ich stöhne und reibe mich an seiner Erektion. Ich will ihn unbedingt.

Seine Hand folgt den Umrissen meines BHs unter dem durchscheinenden Stoff meines Oberteils.

Ich greife ihm in den Schritt. Stöhnend drückt er sich an meine Hand.

Als ich gerade seinen Reißverschluss öffnen will, tritt er einen Schritt zurück.

Mein Herz klopft wie wild und springt mir fast aus der Brust, als er sagt: »Zieh dich aus, Süße, und setz dich auf die Motorhaube.«

Unsere Blicke treffen sich, und ich verliere mich in ihm. Wir sind im Freien, und Jake will auf der Motorhaube seines Autos Sex mit mir haben.

Ich kann es kaum erwarten.

In seiner Nähe verliere ich alle Hemmungen. Es gibt nichts, was ich nicht tun würde, wenn ich bei ihm bin. Oder was ich nicht für ihn täte.

Ich ziehe mir das Top über den Kopf und lasse es auf das Auto fallen. Dann mache ich meinen Rock auf und schiebe ihn mir von den Hüften.

Ich beobachte, wie Jake mir zusieht. Ich liebe es, wie seine Augen jeden einzelnen Millimeter meiner nackten Haut verschlingen, den ich ihm offenbare.

Niemand hat mich je zuvor so angesehen, wie er es tut. Als ob ich der einzige Mensch auf der Welt wäre. Als ob mich zu haben – und in mir zu sein – das Einzige wäre, was ihm je wichtig sein wird.

Ich trete aus meinem Rock und werfe ihn ebenfalls aufs Auto.

Gerade will ich mir die Schuhe ausziehen, als Jake mit rauer Stimme sagt: »Lass die High Heels an.«

Ich trete zurück und setze mich mit nacktem Hintern auf die Motorhaube. Meine Absätze stelle ich auf der Stoßstange ab. Der Lack unter mir ist warm von der Hitze des Motors.

Da ich nun näher am Auto bin, erkenne ich das Lied, das gerade im Radio kommt: »Pour Some Sugar on Me« von Def Leppard.

Jake bemerkt das Lied offensichtlich auch, denn er legt den Kopf schief und lächelt. Dieser Blick macht mich total heiß.

Heilige Scheiße.

Jake kommt auf mich zu und zieht sich dabei das T-Shirt aus. Er wirft es hinter sich und geht an mir vorbei.

Ich folge ihm mit meinem Blick, während er sich durch das offene Fenster lehnt.

Die Musik wird lauter.

Dann ist er zurück, tritt zwischen meine Beine und lehnt sich an meine Brust. Er greift mir über die Schulter und tastet nach irgendetwas, dann fühle ich die Seide meines Tops über meine Haut gleiten.

»Vertraust du mir?«, flüstert er mir zu.

Mein Körper erbebt, da ich weiß, worauf er hinauswill.

Langsam nicke ich, kann meinen Blick nicht von seinem losreißen.

Ich beobachte Jake dabei, wie er mein Seidentop zu einem Strang dreht. Er legt es mir über die Augen und knotet es an meinem Hinterkopf zusammen.

»Leg dich hin«, verlangt er heiser.

Ich tue, was er sagt. Vor Aufregung zittere ich am ganzen Leib.

Wir sind im Freien. Dave steht oben am Weg und gibt den Wachmann. Mein eigenes Top dient mir als Augenbinde, und gleich wird Jake mich auf seinem Aston Martin zu »Pour Some Sugar on Me« vögeln.

Er ist so unglaublich heiß.

Jake küsst mich auf den Mund, und dann spüre ich, wie er mit seinem Körper an mir hinabgleitet.

Alles, was ich höre, ist Joe Elliotts raue Stimme in meinem Ohr. Ich spüre das Schlagzeug und die E-Gitarre auf meiner Haut vibrieren – und Jakes Mund auf mir.

Er befreit meinen Busen aus dem BH, leckt mit der Zunge über eine meiner Brustspitzen und saugt daran.

Ich spüre es zwischen meinen Beinen, als gäbe es eine direkte Verbindung zwischen den beiden Stellen an meinem Körper. Ich fahre ihm mit den Fingern durch das dichte Haar, fasse hinein.

Jake wiederholt das Spiel mit meiner linken Brust, während er die rechte streichelt, fast bis zur Schmerzgrenze an der Spitze zupft – ein lustvoller Schmerz.

Im Dunkeln ist es sogar noch herrlicher. Nur zu fühlen, nicht zu sehen. Und es ist verdammt erregend.

Jake küsst sich an meinem Bauch nach unten. Ich spüre seine Zunge und seinen heißen Atem auf meiner wahnsinnig empfindlichen Haut, an meinem Nabel. Dann ziehen seine Finger die Linie zwischen meiner Unterhose und meiner Haut nach.

»Ist das ein neuer Slip?«, fragt er.

»Nein.« Ich schüttle den Kopf.

Er zerreißt ihn, und ich schwöre bei Gott, dass ich dabei seine Zähne auf mir spüre.

Hat er meine Unterwäsche gerade mit den Zähnen zerrissen?

O Gott, ist das scharf!

Ich glaube nicht, dass ich je so erregt war wie jetzt.

Gerade will ich aufspringen, ihm die Klamotten vom Leib reißen und es bis zur Besinnungslosigkeit mit ihm treiben, da spüre ich einen seiner Finger zwischen meinen Beinen. Er drückt mich mit einer Hand auf dem Bauch zurück, schiebt einen Finger in mich, streichelt mich sanft.

»So heiß«, murmelt er.

Absolut. Außerdem sehne ich mich so sehr danach, genau da seine Zunge zu spüren, dass ich mich innerlich dafür wappne, ihn darum anzuflehen, wenn er sie nicht in den nächsten fünf Minuten dorthin bewegt.

Er zieht seinen Finger aus mir. Kurzzeitig keinen Körperkontakt zu haben tut beinahe weh.

Dann ist seine Zunge da, und ich sehe Sterne hinter meinen Augenlidern.

»Ah«, stöhne ich, als mich die Lust überkommt, und unter dem vertrauten Gefühl entspanne ich mich.

Gemächlich kommt Jakes Finger in mich, während er mich in den Wahnsinn treibt. Dann kommt ein weiterer Finger dazu, der mich dehnt und mich für ihn bereit macht.

Das hier wird sehr schnell vorbei sein. Es ist einfach so wahnsinnig erotisch, dass ich es nicht hinauszögern kann.

»O Gott, Jake … Gleich … gleich …«

Ich zittere am ganzen Körper. Das Gefühl wird immer intensiver. Jakes Finger bewegen sich schneller, rein und raus. Gnadenlos bringt seine Zunge mich der vollkommenen Glückseligkeit immer näher.

Meine Fingernägel rutschen über den Lack des Autos, auf der Suche nach etwas, woran ich mich festhalten kann. Ich bin schweißgebadet. Mein Körper bäumt sich auf vor qualvoller Lust, die Jake mir verschafft.

»Komm jetzt«, befiehlt er mir.

Ein Lecken, ein Streicheln, und …

»Verdammt, Jake!«, schreie ich seinen Namen, als ein atemberaubender Orgasmus mich fast vom Auto hebt.

Nach einigen langen Augenblicken intensiver Wonne komme ich auf den Boden zurück. Meine Glieder fühlen sich an wie Gummi, vollkommen entspannt. Unser Streit ist so gut wie vergessen.

Ich höre, wie Jake seinen Reißverschluss öffnet.

Dieses Geräusch liebe ich.

Er drängt sich zwischen meine Beine und spreizt sie mit seinen Hüften weiter. Ich spüre den Stoff seiner Hose an meinen Schenkeln. Es gefällt mir, dass er nicht die Geduld hat, sie sich ganz auszuziehen. Er will mich so unbedingt, dass er sich gerade genug Zeit nimmt, seinen Schwanz aus der Hose zu holen.

Er zieht mir die Augenbinde runter. Mit leuchtenden Augen und zusammengebissenen Zähnen sieht er auf mich herab und sagt: »Ich nehm dich hart ran, Baby. Genau das will ich jetzt. Bist du bereit?«

An seinen zusammengebissenen Zähnen und der Dunkelheit in seinen Augen erkenne ich, dass er sich kaum noch beherrschen kann. Das Einzige, was er im Sinn hat, ist das Verlangen zu kommen. Mich zu vögeln, bis er alles gegeben hat.

»Ich bin so was von bereit«, keuche ich.

Jake rammt sich in mich.

Als ich spüre, wie er mich ausfüllt, wie nur er es kann, schreie ich auf.

»Jesus«, stöhnt er und hält kurz inne.

Er packt mich an den Hüften, gräbt die Finger in meine Haut, und dann bewegt er sich hart und schnell. Immer wieder stößt er in mich.

Jake stöhnt lauter. Mit jedem Atemzug steigt mir der Duft unseres hemmungslosen Sex in die Nase und treibt mich auf einen neuen Orgasmus zu.

Mit unheimlicher Kraft bringt er mich an die Schwelle zu meinem zweiten Höhepunkt.

»Du gehörst mir. Sag es, Tru.«

»Ich gehöre dir«, schreie ich.

»Und das wirst du auch immer«, stöhnt er. »Scheiße, du bist so verflucht sexy, so heiß … Ich brauche … Ich muss …«

Ich weiß, was er braucht.

»*Córrete para mí, cariño!*«, sage ich im Befehlston.

Jake flucht, und dann spüre ich, wie seine herrliche Hitze sich in mir ergießt.

Im nächsten Augenblick komme ich zum Orgasmus.

Jake lehnt sich – noch immer in mir – über mich und legt sich auf mich. Unsere schweißnassen Körper kleben aneinander. Sanft küsst er mich auf die Lippen.

»Tut mir leid, dass ich so ein eifersüchtiger Arsch war«, sagt er.

»Waren diese Orgasmen Teil der Entschuldigung?«

»Hat es funktioniert?«

»Oh, absolut.« Ich lächle. »Mir tut es auch leid, dass ich eifersüchtig war.«

»Alles längst vergessen, oder?«

»Genau. Schätze, wir geben ein tolles Paar ab. Ein tolles eifersüchtiges Paar.«

»Das beste eifersüchtige Paar überhaupt«, murmelt er und drückt mich fest.

Nach einem kurzen Moment gleitet er aus mir heraus, und ich richte mich auf. Mein Haar ist zerzaust, und ich muss aussehen wie jemand, der gehörig rangenommen wurde.

»Jetzt konntest du endlich das mit der Augenbinde durchziehen.« Ich grinse.

»Ich hab dir doch gesagt, dass du pervers bist.« Er schmunzelt.

»Ich? Du hast auf mich abgefärbt!«, protestiere ich und werfe sein T-Shirt nach ihm.

Lachend fängt er es auf und zieht es an.

Während ich in mein nun leicht zerknittertes Top schlüpfe, füge ich hinzu: »Wo wir gerade dabei sind … Ich hätte nichts dagegen, das noch mal zu machen. Vielleicht willst du mich ja auch mal festbinden.« Ich beiße mir auf die Lippe.

Jake atmet tief ein. Seine Augen sind so dunkel wie nie zuvor.

Er nimmt meinen Rock und drückt ihn mir in die Hand.

»Zieh dich an«, drängt er.

»Was ist los?« Ich sehe mich um und rechne schon damit, jemanden auf uns zukommen zu sehen. Vielleicht Dave.

»Gar nichts, alles super. Du hast mir gerade grünes Licht gegeben, dich festzubinden und dann zu knallen, Süße. Das will ich schon seit sehr langer Zeit. Jetzt möchte ich einfach nach Hause in unser Bett, damit ich dich fesseln und wieder rannehmen kann, ehe du es dir anders überlegst.«

Ich hüpfe von der Motorhaube, ziehe meinen Rock an und gehe zur Beifahrerseite.

Als ich die Tür öffne, werfe ich ihm über das Dach hinweg einen Blick zu. »Mach dir keine Sorgen, Baby, ich ändere meine Meinung nicht. Ich will das auch schon seit Langem.«

»Wieso zum Teufel hast du das nicht schon früher gesagt?« Er grinst, springt ins Auto und startet den Motor.

In Rekordzeit fährt uns Jake nach Hause. Bevor ich michs versehe, bin ich nackt, meine Handgelenke sind mit einem meiner Seidenschals ans Bett gebunden, und Jake lässt unser beider Fantasie wahr werden.

JAKE ...

KAPITEL 8

»Machen wir für heute Schluss. Ich denke nicht, dass wir noch was schaffen.«

»Ja«, gähnt Denny hinterm Schlagzeug und reckt sich. »Mir dröhnt der Kopf.«

»Ihr seid solche Schlappschwänze, ihr habt null Kondition«, meldet Tom sich zu Wort und schlägt die Saiten seines Basses an.

»Bist du fertig?«, frage ich Smith.

Smith ist der Leadgitarrist, den wir als inoffiziellen Ersatz für Jonny an Bord geholt haben – Jonny, mein bester Freund und Bandkollege, der vor eineinhalb Jahren bei einem Autounfall ums Leben kam.

»Ja.« Sein Blick huscht zur Uhr. »Ich muss sowieso nach Hause.«

»Nach Hause zum Frauchen«, macht sich Tom grinsend über ihn lustig. »Ich wollte vorschlagen, dass wir uns zusammen noch ein Bierchen genehmigen.«

»Geht nicht.« Smith zieht das Kabel seiner Gitarre aus dem Verstärker und stellt sie in den Ständer. »Meine Eltern sind für ein paar Tage aus Tennessee angereist, und wir gehen mit ihnen essen.«

Tom zuckt die Achseln und dreht sich dann zu mir und Denny um. »Was ist mit euch zwei Saftsäcken? Lust auf 'nen Drink?«

»Sicher«, sage ich und nicke. »Lass mich nur Tru anrufen.« Ich hole mein Handy aus der hinteren Hosentasche.

»Fragst du sie etwa um Erlaubnis? Dir ist schon bewusst, dass dich das offiziell zu einer größeren Pussy als Loverboy da drüben macht.« Er nickt in Dennys Richtung.

»Ja, aber Simone ist in London. Das zu überbieten ist wirklich nicht schwer. Und nein, ich frage nicht um Erlaubnis, Arschgeige. Das nennt man Beziehung.«

»Ich hätte nie gedacht, dass ich den Tag erleben würde, an dem Jake Wethers sich einer Frau beugt.« Immer noch grinsend verstaut Tom seinen Bass im Koffer.

»Das ist Liebe, Mann. Eines Tages erwischt es dich auch noch«, prophezeit ihm Smith.

»Ganz sicher nicht!«

»Smith«, schaltet Denny sich ein, »abgesehen von der Tatsache, dass keine Frau blöd genug ist, sich auf was Festes mit Tom einzulassen – denkst du wirklich, dass er sich je damit zufriedengeben wird, seinen Schwanz sein Leben lang in ein und dieselbe Tussi zu stecken?«

»Auch wieder wahr.« Smith grinst Tom an. »Ich nehm's zurück.«

»Allerdings! Von mir ist genug für alle da. Wieso sollte man all diesen Frauen das Vergnügen namens Tom verwehren? Ich bin überaus großzügig und stelle mich gern zur Verfügung. Seit die Schlange nicht mehr auf dem Markt ist, hat sich die Nachfrage nach mir verdoppelt. Jetzt, da er sich festgelegt hat, muss doch jemand die Mädels bei Laune halten.« Anzüglich fasst er sich in den Schritt.

Ich muss lachen. »Gern geschehen, Mann.«

Tom hält inne und sieht mich an, als wäre ich ein verdammtes Rätsel, aus dem er nicht schlau wird. »Ernsthaft, Alter. Tru muss unglaublich im Bett sein, wenn du noch immer nicht das Interesse an ihr verloren hast. Entweder das, oder es ist ihr Vorbau. Das ist es, nicht wahr? Es muss ihr Vorbau sein.« Mit den Händen formt er Brüste nach. »Ich hab noch nie so ein Riesenpaar echte Titten gesehen. Die würden auch meine Aufmerksamkeit eine ganze Weile fesseln. Nicht so lang wie deine, aber Scheiße … Sitzt du den ganzen Tag da und starrst sie an? Das würde ich jedenfalls tun.«

»Du bist ja wie besessen!« Denny lacht und trommelt auf seinem Schlagzeug herum.

»Ich weiß gute Titten zu schätzen, und Tru hat gute Titten. Außerdem gefällt es mir, den Pussyhelden da drüben aufzuziehen.«

Ich schätze, er spielt auf meinen mürrischen Gesichtsausdruck an. Ich werfe ihm einen vielsagenden Blick zu und schalte die Verstärker aus. »Wenn du weiterhin so über den Vorbau von meinem Mädchen sprichst, wirst du verflucht noch mal einen schweineteuren Kieferchirurgen brauchen, nachdem ich dir all deine Zähne ausgeschlagen hab.«

Der Scheißkerl bringt mich unheimlich auf die Palme, wenn er so über Tru spricht. Er hat recht – sie hat tolle Brüste –, aber ich will nicht, dass er darüber spricht. Er ist der Einzige, dem ich solche Kommentare so lange durchgehen lasse. Jeden anderen hätte ich bereits k. o. geschlagen.

»Werd nicht gleich sauer, ich mach doch nur Witze.« Tom klopft mir auf die Schulter.

»Denny, hast du Lust auf ein Bier?«

»Ich hab eh nichts Besseres vor.« Er klettert hinter seinem Drumkit hervor.

»Ich bin weg. Bis später, ihr Irren«, verabschiedet sich Smith und geht zur Tür. »Ach, Jake«, fügt er hinzu, als er sich umdreht, »meine bessere Hälfte lässt fragen, ob du und Tru am Freitag mit uns zu Abend essen wollt, wenn meine Eltern abgereist sind.«

»Klingt gut. Ich bespreche das mit Tru und geb dir Bescheid.«

»Gut, ich bin weg. Bis morgen.«

Ich bin froh, dass Smiths Frau vorgeschlagen hat, zusammen auszugehen. Ich weiß, dass Tru es zwar nie sagen würde, aber Simone fehlt ihr, und sie sehnt sich nach weiblicher Gesellschaft. Ich glaube, mit Carly würde sie sich gut verstehen, das ist eine coole Frau.

»Ich ruf Tru an. Wir treffen uns in ein paar Minuten am Auto, ihr Idioten.«

Ich mache mich auf den Weg aus dem Studio zu meinem Büro und wähle währenddessen Trus Nummer.

»Hey, Baby«, begrüßt sie mich zärtlich.

Mein Gott, sie klingt so verdammt sexy. Ich liebe ihre Stimme. Besonders, wenn sie meinen Namen schreit, während ich in ihr bin.

»Hey, Hübsche. Bevor ich's vergesse – Smiths Frau hat uns eingeladen, am Freitag mit den beiden essen zu gehen. Hast du Lust?«

»Klingt gut. Ich bin dabei. Wann kommst du nach Hause?« Sie hat ihren sexy Tonfall drauf, und Lust durchzuckt mich. »Ich hab Cookies-and-Cream-Eis gekauft und mir gedacht, wir könnten es mit ins Bett nehmen, wenn du nach Hause kommst. Vielleicht könntest du es ja … direkt von meiner Haut essen. Du kannst mir auch die Augenbinde anlegen, wenn du magst.«

Wenn ich mag. Ist das ihr Ernst? In diesem Moment will ich nichts mehr als das.

Mein Schwanz reagiert sofort auf den Gedanken. Als ich im Büro ankomme, mache ich die Tür hinter mir zu und rücke ihn zurecht.

»Scheiße, Baby, jetzt hab ich 'nen Ständer.«

»Das war der Plan.« Ich kann ihr lüsternes Lächeln praktisch hören.

»Gut, dass ich allein bin.«

»Das auch«, sagt sie kichernd. »Also, wann kommst du her?«

Ich starre auf meinen harten Penis hinunter und bin hin- und hergerissen zwischen ihr und den Jungs. Seufzend werfe ich den Kopf in den Nacken. Tom wird ewig darauf rumreiten, wenn ich ihnen absage, um nach Hause zu meinem Mädchen zu fahren. »Deshalb hab ich angerufen. Gerade habe ich mit den Jungs ausgemacht, dass wir noch ein Bier trinken gehen.«

»Oh.«

Laut und deutlich höre ich ihre Enttäuschung. Es versetzt mir einen Stich ins Herz.

»Wenn ich nicht mitgehe, zieht Tom mich bis in alle Ewigkeit damit auf«, erkläre ich.

»Ist schon okay, Baby, ich versteh das. Du solltest mit den Jungs ausgehen. Ich nehme ohnehin zu viel von deiner Zeit in Anspruch. Ich bin nur ein bisschen enttäuscht, dass ich noch etwas länger warten muss, bis ich dich sehe, das ist alles.«

»Ich will, dass du all meine Zeit beanspruchst.«

Durch die Leitung höre ich ihren Atem. »Ich auch. Geh, und hab Spaß mit den Jungs. Ich warte hier auf dich.«

»Mit der Eiscreme?«

»Aber sicher.«

Ich lächle. »Was machst du, während ich weg bin?« Ich hasse es, sie mir so ganz allein vorzustellen.

»Vielleicht rufe ich Stuart an und frage ihn, ob er Lust hat, einen Film zu gucken.«

»Anrufen? Er lebt praktisch einen Steinwurf von uns weg, du faules Stück.«

Sie kichert. Ich liebe diesen Klang so sehr.

»Ich bin faul und stolz drauf! Was soll ich sagen?«

»Dass du mich liebst.«

»Ich liebe dich«, haucht sie. Ich spüre es bis in die letzte Zelle, fast so, als wären ihre hübschen kleinen Hände überall auf mir.

»Ich liebe dich mehr.«

»Das ist unmöglich.«

»Ach ja?« Ich lächle. »Nachher zeig ich dir ganz genau, wie sehr ich dich liebe.«

Ein Klopfen an der Tür erschreckt mich fast zu Tode, dann erklingt Toms laute Stimme. »Komm schon, Alter! Hör auf, mit Tru zu turteln, und beweg deinen lahmen Arsch ins Auto. Ich will verdammt noch mal 'nen Drink!«

Lachend schüttle ich den Kopf und sage: »Ich muss gehen, Baby, die Jungs warten. Bis später.«

Ich lege auf. Als ich beim Auto ankomme, sitzen Tom und Denny bereits wartend auf dem Rücksitz.

»Wohin soll's gehen?«, fragt Dave und fährt vom Parkplatz.

Ich sehe über meine Schulter zu Tom und Denny.

»Déjà Vu, Mann, ist doch klar!« Tom grinst.

»Vergiss es, Alter! Ich gehe nicht in einen Stripclub. Wenn Tru das herausfindet, krieg ich mächtig Ärger.«

Tom verdreht die Augen. »Okay, dann ins Crazy Girls.«

»Ich sagte: keine Stripclubs!«

»Das ist kein Stripclub. Es ist ein respektables Etablissement.«

»Es ist eine Bikini-Bar.«

»Genau. Titten und Arsch sind bedeckt. Darüber kann Tru sich nicht aufregen.«

»Auf keinen Fall.« Ich schüttle den Kopf.

»Hör auf, so 'ne Pussy zu sein!«, schreit Tom. »Hast du überhaupt irgendwo da drin noch einen Schwanz?« Er nickt in Richtung meiner Hose.

»Ich seh das genau wie Jake, Alter«, mischt Denny sich ein. »Keine Stripclubs oder Bikini-Bars«, fügt er hinzu, als Tom erneut den Mund öffnet. »Lasst uns einfach in einen ganz normalen Club gehen.«

»Verdammt noch mal! Was seid ihr für langweilige Idioten! Von ihm bin ich diese Scheiße ja gewohnt«, er nickt in Dennys

Richtung, »aber du, Mann«, sagt er zu mir, »von dir bin ich echt enttäuscht. Ich hab meinen Partner verloren. Genauso gut könnte ich mit Stuart ausgehen. Als Nächstes sagt ihr noch, wir sollen in eine Schwulenbar gehen, weil's da keine Weiber gibt.«

»Eigentlich gibt es in Schwulenbars meist mehr Frauen als in normalen Bars«, entgegnet Denny.

Toms Augen leuchten.

»Kommt nicht infrage!«, lasse ich ihn gar nicht erst zu Wort kommen. »Wir gehen nicht in eine Schwulenbar.«

Ich wende mich an Dave und sage: »Bring uns zum Graphics.«

* * *

Dave hält vor dem Graphics, steigt mit uns aus und gibt dem Parkservice den Autoschlüssel.

Das Graphics ist ein Promi-Treff, der früher einer unserer Lieblingsclubs war. Besonders von Jonny. Ich habe viele Erinnerungen an diesen Ort.

Gute und schlechte.

»Mr Wethers, das ist aber eine ganze Weile her. Schön, Sie zu sehen«, begrüßt uns der Mann am Empfang, als wir durch den Eingang kommen. »Sie hätten anrufen sollen, dann hätten wir Ihnen Ihre Nische reserviert.«

»Es war eine spontane Entscheidung.«

»Lassen Sie mich sehen, was ich tun kann.« Dann murmelt er hektisch in sein Headset.

Ich hasse das. Früher war es cool, wenn diese Idioten sich überschlagen haben, um mich zufriedenzustellen, aber das hat sich sehr schnell gegeben.

Jetzt wünschte ich, ich könnte in einem Club auftauchen, ohne vorher mein Erscheinen anzukündigen, damit es nicht gleich ein verfluchtes Riesending wird, wenn ich das nicht tue.

»Machen Sie sich keinen Kopf«, bitte ich ihn, als ich ihn weiter in sein Headset sprechen sehe. »Geben Sie uns einfach irgendeinen Platz. Die Jungs und ich wollen nur in Ruhe was trinken.«

Verunsichert sieht er mich an und nickt dann. »Okay, wir haben nun einen Tisch für Sie. Bitte folgen Sie mir.«

Wir folgen ihm durch den Club in den VIP-Bereich.

Im Laufen nicke ich einigen Leuten zu, die ich kenne.

Ich setze mich, und eine Sekunde später erscheint die Kellnerin an unserem Tisch.

Sie besteht praktisch nur aus Busen und Arsch. Die Outfits hier überlassen wenig der Fantasie, das hatte ich vergessen.

Ich habe diesen Scheiß mal gemocht, habe es geliebt, Frauen zu sehen, die in einen Hauch von Nichts gekleidet waren.

Nun, da ich mit Tru zusammen bin, törnt es mich genauso an, sie in Jeans und T-Shirt zu sehen, wie in diesen sexy Miniröcken, die sie manchmal trägt.

In meinen Augen sieht sie immer heiß aus.

Ich bestelle uns eine Runde Bier und mache es mir auf meinem Platz bequem.

Während ich mit den Fingern auf den Tisch trommle und mir wünsche, ich hätte noch eine geraucht, bevor wir reingegangen sind, sehe ich Jase Collins auf unseren Tisch zukommen.

Jase Collins. Kleiner Fisch im Musikbusiness. Hai in der Drogenszene. Vor langer Zeit einer meiner Stamm-Dealer.

Scheiße.

»Ist ja eine ganze Weile her«, begrüßt er mich und lehnt sich an unseren Tisch.

»Nicht lang genug«, erwidere ich trocken.

Er lacht.

Denkt er, ich mache Witze, oder was? Verfluchter Idiot.

»Tom, Denny.« Er nickt ihnen zu.

Sie würdigen ihn mit nicht mehr als einem mürrischen Laut in seine Richtung.

Ich muss ein Lächeln unterdrücken. Zu sagen, sie würden ihn nicht mögen, wäre noch untertrieben. Er ist ein eingebildeter kleiner Mistkerl, der mir früher das beste Koks auf dem Markt beschafft hat.

Doch das gehört der Vergangenheit an.

Jetzt gerade will ich den Pisser so weit weg von mir haben wie nur möglich. Allein zu wissen, was er in seiner Tasche hat, bereitet mir so großes Unbehagen, als würde jemand Tausende Nadeln in meine Haut stechen.

Ich blicke in Daves Richtung. Von der Bar aus beobachtet er Jase mit Adleraugen.

Als unsere Blicke sich treffen, nickt er mir stumm zu. Wenn ich Jase schnell loswerden muss, kümmert Dave sich für mich darum.

Die Kellnerin erscheint mit unserem Bier und stellt es an Jase vorbei auf den Tisch.

»Danke«, sage ich und konzentriere mich wieder auf Jase. »Was kann ich für dich tun, Jase?«, frage ich und komme gleich auf den Punkt. Es macht keinen Sinn, um den heißen Brei herumzureden und meine Zeit an ein Stück Scheiße wie ihn zu verschwenden.

»Hab gehört, du willst heiraten. Wollte dir gratulieren.«

»Angekommen. Danke.«

Für einen langen Augenblick sieht er mich an. Dann stützt er sich mit der Hand auf den Stuhl, beugt sich zu mir runter und flüstert mir ins Ohr: »Der Boss vermisst es, mit dir Geschäfte zu machen. Ich hab richtig guten Scheiß dabei heute Abend, genau nach deinem Geschmack.«

Ich schiebe ihn von mir. »Kein Interesse.«

»Bist du dir sicher?« Er grinst. Es ist ein eingebildetes Grinsen. Eines, das ich ihm aus dem Gesicht wischen will.

»Wie nie zuvor. Verpisst du dich jetzt mal? Ich versuche gerade, mit meinen Kumpels einen Männerabend zu verbringen.« Ich greife nach meinem Bier. Während ich trinke, lasse ich ihn nicht aus den Augen.

»Ich hab ein Foto von deiner Kleinen in der Zeitung gesehen. Trudy Bennett, stimmt's? Da hast du dir ja 'ne richtige britische Schönheit angelacht, Jake. Hab gehört, sie ist mittlerweile hergezogen.«

Ich knalle mein Bier auf den Tisch und fahre so heftig hoch, dass ich gegen die Tischplatte krache und Jase durch die Wucht des Stoßes ins Stolpern gerät. Sofort sind auch Tom und Denny auf den Beinen.

Dave kommt auf uns zu, doch ich hebe die Hand und gebe ihm zu verstehen, dass ich die Situation im Griff habe.

»Sprich nicht über sie, Arschloch. Dein Mund ist nicht mal annähernd sauber genug, um ihren Namen auszusprechen.«

»Ich wollte nicht respektlos sein«, behauptet er mit einem breiten Grinsen und weicht zurück. »Wollte dir nur mitteilen, dass ich deine Kleine hübsch finde. Echt hübsch.«

»Ich weiß genau, was du versuchst, Arschloch. Ich glaube, du hast vergessen, mit wem du sprichst.«

Ich umrunde den Tisch und gehe auf ihn zu. »Du weißt, wozu ich fähig bin. Leg dich nicht mit mir an«, zische ich. »Vergiss, dass du je ihren Namen gehört, geschweige denn ihr Gesicht gesehen hast. Ist das verdammt noch mal klar?«

»So was von klar.« Er hebt die Hände und tritt den Rückzug an. »Wie schon gesagt – ich wollte nicht respektlos sein, Jake. Schönen Abend noch.«

Ich blicke ihm nach und sehe zu, wie er gemächlich in der Menge verschwindet. Mein Körper bebt vor Wut.

»Alles okay, Kumpel?«, fragt Denny, als ich mich wieder hinsetze.

Ich schüttle den Kopf und nehme einen Schluck von meinem Bier.

Innerlich glühe ich. Jase Collins, die kleine Ratte, droht mir mit meinem Mädchen. Beschissener Bastard. Dem reiße ich den Kopf ab.

Tru. Sie ist allein zu Hause.

Ich winke Dave zu mir.

»Schick Ben zum Haus, um ein Auge auf Tru zu haben«, bitte ich ihn leise.

»Hat er sie bedroht?«

»Nein, er ist nur ein cleverer Bastard. Aber ich gehe kein Risiko ein, wenn es um sie geht.«

»Ich informiere sofort Ben. Und dann sage ich dem Sicherheitsdienst, sie sollen die Augen offen halten.«

Ich hole mein Handy raus und will sie anrufen, doch dann entscheide ich mich dagegen. Ich will ihr keine Angst einjagen.

»Sag Bescheid, wenn Ben beim Haus ist«, weise ich Dave an, bevor er den Anruf macht.

»Hat der Pisser Tru gedroht?«, fragt Tom mich.

»Nein, er hat bloß den eingebildeten Mistkerl gegeben.« Doch trotz meiner Worte verspüre ich Sorge. Ich weiß, dass es eine leere Drohung war, aber Angst macht es mir dennoch.

»Ich hasse diesen kleinen Scheißkerl. Den hättest du schon vor Jahren verprügeln sollen, Mann. Verdammt – du solltest ihn jetzt verprügeln.«

»Wenn er Tru noch ein einziges Mal erwähnt, werde ich das. Mieser Wichser«, entgegne ich und nehme einen weiteren Schluck von meinem Bier.

Der große Nachteil meiner früheren Drogensucht ist, dass ich Abschaum wie Jase Collins kenne.

Ich bin wirklich froh, dass Denny und Tom nie mit der Scheiße in Berührung gekommen sind. Trotz unseres Lebensstils und der Menschen, die uns umgeben, haben sie es geschafft, keine Drogen zu nehmen. Im College haben sie auch mal einen Joint geraucht, klar, aber mit dem härteren Stoff haben sie gar nicht erst angefangen. Das ist besonders erstaunlich, wenn man bedenkt, wie Jonny und ich es früher haben krachen lassen.

Gut, dass es bei ihnen nicht so weit gekommen ist. Das Zeug hat mich kaputtgemacht. Das würde ich keinem von ihnen wünschen.

Als ich an meinem Tiefpunkt angelangt war, haben sie versucht, einzugreifen. Damals war jedoch die einzige Hilfe, die ich wollte, die von Abschaum wie Jase Collins und seinesgleichen, die mich mit genau dem versorgen konnten, was ich brauchte.

An diesen Punkt will ich nie wieder zurück.

Ich habe Glück, dass Tom und Denny bei mir geblieben sind. Ein noch größeres Glück ist es allerdings, Tru wieder in meinem Leben zu wissen.

Ich kippe mein Bier herunter und merke, dass ich heute noch mehr Alkohol vertragen könnte, deshalb winke ich die Kellnerin zu mir.

Mir fällt auf, dass es diesmal eine andere ist. Ihre Titten sind sogar noch größer – und genauso falsch wie ihr blondes Haar. Da sie sie mir praktisch ins Gesicht hält, als sie sich über den Tisch beugt, um die Gläser abzuräumen, bekomme ich einen ziemlich genauen Eindruck davon.

Ich versuche, sie zu ignorieren, so gut ich kann, wende meinen Blick ab und bestelle: »Eine Flasche Jack und noch 'ne Runde Bier für uns.«

»Kommt sofort, Jungs«, antwortet sie in breitem Südstaatenakzent.

Sie stützt sich auf dem Tisch ab, um sich auf meine Augenhöhe zu begeben, schenkt mir einen »Fick mich auf der Stelle«-Blick und presst ihre roten Lippen zusammen. Dann dreht sie sich um, sorgsam darauf bedacht, dass ich einen guten Blick auf ihren Arsch habe, und stelzt langsam weg.

»Jack? So wünsch ich mir das!« Tom haut mit der Faust auf den Tisch und lenkt damit meine Aufmerksamkeit auf sich. »Willst du dich besaufen?«

»Zum Teufel, ja!« Nach Jase Collins' Besuch bin ich noch immer aufgedreht und nervös und brauche etwas, das mich runterbringt.

Es gibt nur drei Dinge, die mich beruhigen können – Alkohol, Zigaretten und Sex.

Da mir zwei dieser Dinge gerade nicht zur Verfügung stehen, bediene ich mich der einzigen Alternative im Überfluss.

Die Kellnerin erscheint und stellt unsere Getränke ab.

Ich muss laut lachen, als ich merke, dass Tom auf ihr Top starrt – wenn man das überhaupt noch als Top bezeichnen kann. Es ist eher ein Fetzen Stoff, das ihre Brüste äußerst notdürftig bedeckt.

Er zuckt nur mit den Schultern und grinst mich an.

Bevor sie wieder verschwindet, klemmt sie sich das Tablett unter den Arm und streicht mir mit den Fingerspitzen über den Bizeps.

Das macht mich wütend. Ich werfe ihr einen alles andere als begeisterten Blick zu.

Offenbar deutet sie ihn falsch, denn sie lächelt und starrt mir ungeniert auf den Schritt. Bevor sie geht, leckt sie sich genüsslich die Lippen.

»Verflucht, ich liebe die Outfits hier«, jubelt Tom, während er ihr hinterhersieht. »Und die Mädchen darin.«

»Outfits?« Lachend deutet Denny auf die Röcke, die so breit wie Gürtel sind, und die zerschnittenen Tanktops. »Welche verdammten Outfits?«

»Eben.« Tom grinst.

Früher dachte ich wie Tom. Das war einer von vielen Gründen, weshalb ich so gern hergekommen bin. Die Kellnerinnen sind immer knapp bekleidet und die meisten von ihnen unglaublich leicht zu haben.

Sie unterscheiden sich nicht von Groupies. Alle wollen sie an einen prominenten Schwanz rankommen, in der Hoffnung, es könnte mehr dabei für sie herausspringen. Dass sie die Tanktops gegen Designerklamotten eintauschen und über den roten Teppich stolzieren können.

Die Realität sieht jedoch anders aus. Ganz anders. Die meisten Männer, die hierherkommen, haben zu Hause eine Frau sitzen und sind nur auf der Suche nach einer unkomplizierten Nummer zwischendurch. Ohne Verpflichtungen.

Genau wie ich damals, bis auf die Tatsache, dass ich keine Freundin hatte, die irgendwo auf mich wartete.

Wenn ich früher in L. A. flachgelegt werden und mich zudröhnen wollte, war das Graphics der beste Ort dafür.

Ehrlich gesagt weiß ich nicht, wieso ich vorgeschlagen habe, heute Abend herzukommen.

»Die ist scharf auf einen Fick.« Tom nickt in Richtung der blonden Kellnerin, die unseren Tisch fixiert. Besser gesagt: mich.

Ich hebe mein Bier und sage: »Darauf kann sie so scharf sein, wie sie will. Tatsache ist, dass es nicht dazu kommen wird.«

»Ach nein?« Tom zieht eine Augenbraue hoch.

»Nein.«

»Ich muss schon sagen, du bist Tru echt treu. Das könnte ich nicht.«

»Weil du sie nicht hast.«

Als Tru wieder in mein Leben getreten ist, war es nicht so, dass ich kein Interesse mehr an anderen Frauen gezeigt hätte, weil ich Angst hatte, sie zu verlieren. Es ist ganz einfach: Ich *hatte* kein Interesse mehr an anderen Frauen. Ich bin nur an ihr interessiert. Lange Zeit war das seltsam für mich, doch nun ergibt es einfach Sinn.

Sie ist alles, was ich will.

Niemand versteht mich so, wie sie es tut. Ich liebe sie mehr, als ich es mir je hätte träumen lassen.

Seit Tru sich mir in dem Hotelzimmer in Kopenhagen das erste Mal hingegeben hat, dreht Sex sich für mich um Liebe. Das soll sich auch nie ändern.

Natürlich bin ich immer noch ein Kerl. Ich weiß einen heißen Körper zu schätzen, wenn ich ihn sehe. Der Unterschied ist, dass ich jetzt kein Bedürfnis mehr habe, ihn anzufassen.

Heute Abend will ich mir einfach nur ein paar Drinks mit den Jungs genehmigen, dann nach Hause zu Tru gehen, mit ihr ins Bett steigen, sie in die Arme nehmen und sie küssen, bis ich kaum noch atmen kann.

Das und Eiscreme von ihrem verflucht heißen Körper lecken.

Natürlich spreche ich nichts davon laut aus. Tom würde mich zum Arzt schicken.

Dave kommt zu mir herüber. »Es ist alles in Ordnung. Ben ist beim Haus, und Stuart sieht sich dort mit ihr einen Film an. Es geht ihr gut, kein Grund zur Sorge.«

Ich entspanne mich. Kurzzeitig hatte ich sogar in Betracht gezogen, den Abend vorzeitig zu beenden, doch dann würde sie ahnen, dass etwas nicht stimmt. Sie ist blitzgescheit. Außerdem brauche ich ehrlich gesagt einen Männerabend.

Ich nehme mein Handy und schicke ihr eine kurze SMS, während die beiden anderen sich die Mäuler zerreißen.

Kann's kaum erwarten, dich nachher zu sehen, Kleines. Halt die Eiscreme bereit. x

Einige Sekunden später vibriert es:

Das ist nicht alles, was ich für dich bereithalte. ;)

Verdammt. Ich grinse in mich hinein und tippe als Antwort:

Du machst mich schon wieder hart.

Die Antwort von ihr:

Heb das für mich auf, ich kümmere mich später darum. x

Ich werfe einen schnellen Blick auf die Jungs und antworte dann:

Ich liebe dich so unfassbar. x

Sekunden später antwortet sie:

Ich liebe dich auch, Baby. x

»Hör auf, Tru zu schreiben, oder ich werf dein beschissenes Handy aus dem Fenster«, droht Tom.

»Okay.« Ich schiebe es zurück in meine Hosentasche.

»Was macht Tru heute Abend?«, fragt Denny.

»Sie sieht sich mit Stuart zu Hause einen Film an. Ihr fehlen Simone und die Mädelsabende.«

»Simone hat neulich auch gesagt, wie sehr sie Tru vermisst. Sie versucht, sich in ungefähr einem Monat ein paar Wochen freizunehmen, um zu Besuch zu kommen. Sag's aber nicht Tru. Sie will sie überraschen.«

»Ich verrate kein Wort.« Erneut nehme ich einen Schluck von meinem Bier und bemerke, dass es fast leer ist. Scheiße, das ging aber schnell.

Ich stelle die Jack-Gläser, die die Kellnerin gebracht hat, in einer Reihe auf und gieße uns Whiskey ein.

Während ich die Drinks verteile, sagt Tom: »Ist 'ne ganze Weile her, dass wir zusammen weg waren.«

Er klingt so unglaublich nostalgisch. Augenblicklich spüre ich die Leere, die von dem freien Platz in dieser Nische ausgeht.

Jonny.

»Ja, schon eine Weile her. Zu lang.« Ich starre in mein Glas. »Erinnert ihr euch noch, dass wir jede Nacht zusammen weg waren, als Jonny noch da war?«, frage ich und blicke auf.

Es überrascht mich selbst, als ich bemerke, dass es nicht mehr so schmerzt wie vor einem Jahr, seinen Namen auszusprechen. Es gab einen Punkt, da konnte ich einen Satz nicht einmal zu Ende bringen, wenn sein Name darin vorkam.

»Ja.« Tom lacht leise. »Jonny hat uns damals keine Pause gegönnt. Wir waren jede Nacht unterwegs, hatten Spaß mit Frauen und haben gesoffen. Deswegen sind wir jetzt so trinkfest. Wir haben vom Besten gelernt.«

»Du bist noch immer nicht trinkfest«, lacht Denny ihn aus.

»Fresse! Dich könnte ich jederzeit unter den Tisch trinken!«

»Zeig, was du draufhast«, fordert Denny ihn heraus.

»Du bist so was von geliefert.« Tom winkt die blonde Kellnerin herüber.

Jetzt geht's los.

»Könnten wir drei Sambuca, Zucker und eine Reihe Tequila haben? Und immer schön nachliefern, bis ich Stopp sage«, verordnet Tom der Kellnerin.

»Na klar, Süßer. Kann ich euch sonst noch was Gutes tun?« Sie dreht sich zu mir, beugt sich herunter, legt mir die Hand auf die Schulter und flüstert mir ins Ohr: »Vielleicht dir, mit meinem Körper, *noch mal*?«

Noch mal? Scheiße, ich hab sie schon mal gevogelt?

Ich betrachte ihr Gesicht. Keine Erinnerung daran.

Ganz sicher bin ich mir nicht, ob ich deshalb nun erleichtert sein oder Angst haben sollte.

Die Wahrheit ist, dass ich womöglich nicht einmal die Hälfte der Frauen wiedererkennen würde, mit denen ich es getrieben habe.

Um mich zu erinnern, hätte es mich interessieren müssen, und das hat es nie.

Eine nach der anderen. Diese Mädchen waren nur namenlose Gesichter für mich.

Bis Tru kam.

Sie hat alles verändert. Sie hat *mich* verändert.

»Sorry«, entgegne ich und ducke mich unter ihrer Hand weg. »Wenn du nach 'ner schnellen Nummer suchst, bin ich nicht der Richtige. Ich bin verlobt.«

»Hab ich gehört.« Sie fährt sich mit der Zunge über die Unterlippe und beißt darauf. »Aber noch bist du nicht verheiratet, Jake, also bist du theoretisch noch Single. Ich bin mehr als gewillt, es dir zu besorgen, ohne deinem Mädchen was zu verraten. Ich will, dass du meine Pause mit mir verbringst, damit ich mich mit dem Mund nützlich machen kann. Eine kleine Erinnerung an das, was ich kann.« Erneut rückt sie näher und flüstert: »Ich blase so gut, dass du dir wünschen wirst, ich würde nie aufhören.«

Nichts. Nicht einmal ein Zucken in meinem Schwanz.

Vor meiner jetzigen Zeit mit Tru hätte ich nicht gezögert. Ich hätte die Kellnerin unter den Tisch geschoben und mir an Ort und Stelle einen blasen lassen.

Jetzt ist mir einfach nur nach Lachen zumute.

Ich ringe mit mir, mich nicht wie ein Mistkerl aufzuführen und die Gefühle der Tussi nicht zu verletzen, obwohl ich stark versucht bin, ihr zu sagen, dass sie so unvergesslich wohl nicht gewesen sein kann. Stattdessen lache ich und sage: »Ich bin alles andere als Single, Süße. Mein Mädchen besorgt's mir gut genug. Mehr als genug, sie ist der Wahnsinn. Der kannst du nicht das Wasser reichen – nichts für ungut. Wenn du flachgelegt werden willst, musst du dich woanders umsehen. Wie ich schon sagte, ich bin nicht der Richtige dafür.«

Ihr Blick brennt beinahe ein Loch in mich.

Okay, vielleicht war ich nicht so nett, wie ich hätte sein können.

»Hey, Süße, wenn du vögeln willst, springe ich gerne ein«, schaltet Tom sich ein und zieht ihre Aufmerksamkeit auf sich.

Sie wendet sich von mir ab und konzentriert sich auf ihn.

Beinahe seufze ich vor Erleichterung, sie und ihr billiges Parfum los zu sein.

»Jake ist gebunden, angekettet, aber ich bin so frei wie ein Vogel«, versichert Tom ihr.

»Tom Carter, richtig?«, fragt sie, richtet sich auf und streckt die Brust raus.

»Genau der.«

»Ich hab viel Gutes über dich gehört.« Sie mustert ihn, und ihr Blick wandert nach unten. »Ein paar von den Mädels waren bei dir zu Hause, stimmt's?«

»Stimmt.« Er grinst.

»Ich mach jetzt Pause.« Sie neigt den Kopf und bedeutet ihm, ihr zu folgen.

»Jungs, in einer halben Stunde bin ich zurück.«

Tom steht auf und nimmt die Kellnerin bei der Hand. Ich blicke ihm hinterher, wie er sie durch die Menge führt.

Lachend schüttle ich den Kopf.

»Flittchen«, wie Tru sagen würde.

Wenigstens hat Tom etwas Spaß. Ich würde ja behaupten, dass er keinerlei Schamgefühl besitzt, doch andererseits gab es eine Zeit, in der ich genau das Gleiche getan hätte. Eigentlich sollte ich ihm danken, dass er ihren notgeilen Blick von mir direkt auf sich gelenkt hat.

»Ach Scheiße, Tom verpisst sich aufs Klo, und unser Nachschub an Shots hat sich erledigt«, beschwert sich Denny.

»Wir haben den Jack«, erinnere ich ihn und hebe die Flasche hoch. Dann schenke ich uns einen weiteren ein.

»In ein paar Tagen geht's für dich also nach London?«

»Ja, und ich kann es verflucht noch mal kaum erwarten.« Denny macht es sich in seinem Sitz bequem und lehnt seinen Kopf an die Lehne, während er trinkt. »Es fühlt sich an, als wäre es Ewigkeiten her, dass ich Simone gesehen habe. Nun, es ist auch Ewigkeiten her«, fügt er hinzu.

»Ich weiß nicht, wie du das schaffst. Ich könnte nicht von Tru getrennt sein, wie du es von Simone bist. Nur eine Nacht ohne sie macht mich schon fertig.«

Mit Denny kann ich so reden, ohne dass er mir gleich die Eier abreißt, denn er weiß, wovon ich spreche. Tom wird es jedoch nie verstehen.

»Es ist wirklich verdammt hart«, antwortet er. »Aber so ist es nun mal im Moment. Ihre Arbeit ist dort und meine hier.«

»Kann sie nicht hierher versetzt werden?«

»Nee.« Er schüttelt den Kopf. »Ihre Firma hat hier keine Zweigstelle. Das würde bedeuten, dass sie sich einen neuen Job suchen müsste, und ich weiß, wie sehr sie die Arbeit dort liebt.«

»Du willst aber, dass sie herzieht, oder?«

Er nimmt einen weiteren großen Schluck und stellt sein Glas auf den Tisch, dann nimmt er es wieder hoch. Vorgebeugt sitzt er da und schwenkt den Whiskey herum.

»Ja, das tue ich.«

»Dann sag ihr das.« Ich schenke mir nach und frage Denny mit einer Geste, ob er ebenfalls noch etwas möchte.

Er nickt.

»Ich hab Tru gesagt, was ich empfinde, und sie gefragt, ob sie bei mir einziehen will, und das hat sie getan. Du hast nichts zu verlieren, wenn du Simone fragst.«

»Ich schätze nicht.« Er zuckt die Achseln. »Ich rede mit ihr darüber, wenn ich sie sehe.« Er kippt seinen Drink hinunter. »Scheiß drauf, ich betrinke mich.« Er verlangt nach einer Kellnerin und gibt eine weitere Bestellung Shots für uns auf. »Hey, was ist da neulich Nacht in dem Club passiert? Zane hat gesagt, du hast einen Typen verprügelt.«

»Ein Arschloch, das Tru aus London kennt, hatte seine Hände überall auf ihr, also hab ich ihm eine verpasst. Ich wünschte, ich hätte noch viel mehr als das getan, wenn ich ehrlich bin.«

Zum Beispiel ihm die beschissene Nase gebrochen. Der Mistkerl hat Klage wegen Körperverletzung eingereicht, wie ich geahnt hatte. Dann hat mich sein Anwalt kontaktiert.

Ich habe meinem Anwalt das Okay gegeben, ihn auszubezahlen. Auf Ärger mit Arschlöchern wie dem kann ich verzichten.

Ehrlich gesagt ist es jeden Cent wert, solange er dafür die Hände von Tru lässt.

»Klingt, als hätte er es verdient«, meint Denny.

»Und ob er das hat.«

Als Denny und ich gerade unsere erste Runde Tequila hinter uns haben, kommt Tom zurück.

»Mann, das ging aber schnell«, bemerke ich, als er sich in seinem Sessel niederlässt. »Fünfzehn Minuten – das muss wohl dein neuer Rekord sein.«

»Es war lang genug. Nur ein schneller Blowjob, dann hab ich sie gevögelt und war mehr als bereit zu kommen. Nicht unbedingt der beste Blowjob aller Zeiten – oder auch nur die beste Nummer. Die wurde schon ein paarmal zu oft geritten, also hab ich mir einfach Maxine Halliday vorgestellt und bin in null Komma nichts gekommen.«

»Maxine Halliday vom College?«, frage ich grinsend.

Sie war verdammt heiß und ein Mädchen, das ich nie flachgelegt habe – und das nur, weil Tom sie gevögelt hat. Damals haben wir noch nicht geteilt.

Nicht, dass ich jetzt teilen würde. Niemand außer mir fasst mein Mädchen an.

»Genau die. Mann, erinnerst du dich noch an sie? Sie war unfassbar heiß. Ich hab sie überall auf dem Campus genagelt. Einmal hab ich sie sogar während einer Vorlesung mit meiner Hand befriedigt.«

»Danke für die Veranschaulichung«, bemerkt Denny.

»Gerne.« Tom klopft ihm auf die Schulter. »Sei nett zu mir, ich hab mich geopfert und die Kellnerin gebumst. Sie wollte nicht von Jake lassen, also hab ich ihre Aufmerksamkeit auf mich gelenkt. Dafür wär jetzt auch mal ein Dankeschön fällig.« Tom sieht in meine Richtung. »Beispielsweise in Form einer Flasche des teuersten Champagners hier, und dabei bin ich noch großzügig.«

»Du willst, dass ich dir eine teure Flasche Champagner dafür kaufe, dass du eine billige Kellnerin auf dem Klo gebumst hast?«

»Allerdings«, antwortet er grinsend.

Lachend schüttle ich den Kopf. Ich kenne diesen Typen bereits seit fast zehn Jahren, und doch überrascht er mich noch.

»Ich weiß nicht, wie du das fertigbringst«, staunt Denny.

»Denny, hast du schon so lange keinen Sex mehr gehabt, dass du vergessen hast, wie man das macht?« Tom nimmt einen Schluck Whiskey. »Muss ich die Kellnerin holen, die ich gerade gebumst hab, damit sie dir die Grundlagen beibringt?«

»Du erinnerst dich daran, dass ich eine Freundin habe? Außerdem hast du mir eben noch erzählt, dass die Kellnerin gar nicht mal so gut war. Was zur Hölle soll sie mir dann beibringen?«

»Ach, schlecht war sie auch nicht. Ich hatte schon Schlechtere. Und außerdem bist du in einer Fernbeziehung. Dein Schwanz braucht tägliche Beschäftigung, und das nicht nur durch deine Hand. Lass mich diese Tussi holen …« Denny hält Toms Hand fest, mit der er die Aufmerksamkeit der Kellnerin zu erregen versucht.

»Ernsthaft, Mann, weitergereichte Tussis sind nicht mein Ding.« Denny schüttelt den Kopf und grinst ihn an. »Außerdem bin ich mir ziemlich sicher, dass sie mit dir genug für den heutigen Abend hatte.«

»Wahrscheinlich. Das war die beste Nummer ihres Lebens.« Er grinst selbstgefällig. »Auch wenn's für mich nur mittelprächtig war.«

»Sie hatte also die beste Zeit ihres Lebens – in fünfzehn Minuten?« Ich ziehe eine Augenbraue hoch und nehme meinen Tequila.

»Jep. Mein Schwanz hat magische Kräfte.«

»Vielleicht solltest du dir ›Rubbel die Wunderlampe‹ über dein Ding tätowieren lassen.« Denny grinst und kippt seinen zweiten Kurzen runter.

Toms Gesicht hellt sich auf.

Diesen Blick habe ich schon einmal gesehen. Das letzte Mal, als Tom so einen Ausdruck in den Augen hatte, bin ich mit drei Stripperinnen im Bett gelandet.

»Das war ein Scherz!« Denny hebt protestierend die Hand.

»Das ist wahrscheinlich deine beste Idee, seit du vorgeschlagen hast, ich soll mir ein Zungenpiercing stechen lassen.«

»Das war ebenfalls ein Scherz!«

»Nein, das war eine verdammt brillante Idee, Denny! Die Frauen lieben es, besonders wenn ich sie lecke. Also, ich bin auf jeden Fall dabei bei dem Tattoo. Kommt, wir hauen hier ab, suchen uns eine Tattoobude, lassen uns tätowieren und ziehen dann weiter zum nächsten Club.« Tom ext seine zwei Tequila und knallt die Gläser auf den Tisch.

Ich kippe meine ebenfalls runter.

»Ich lass mir nicht noch ein Tattoo stechen«, warnt Denny und erhebt sich.

»Komm schon«, rede ich auf ihn ein und lege ihm den Arm um die Schultern. »Ich bin auch dabei.«

»Du lässt dir noch eins machen?«

»Jep.«

Und ich weiß auch ganz genau, was.

Ich stehe auf, schmeiße ein paar Hunderter auf den Tisch und gebe Dave zu verstehen, dass wir gehen. Die Flasche Jack nehme ich mit.

Wir steigen ins Auto. »Wohin soll's gehen?«, fragt Dave.

»Shamrock.«

»Wir lassen uns tätowieren«, erklärt Tom von der Rückbank aus. »Ich lass mir ›Rubbel die Wunderlampe‹ über den Schwanz stechen.«

Dave zieht die Augenbrauen hoch.

»Frag nicht«, rate ich ihm und schüttle lachend den Kopf.

»Das hatte ich auch nicht vor.« Dave biegt auf die Hauptstraße ein und fährt in Richtung Sunset Boulevard.

* * *

»Ach Scheiße! Meine Jeans scheuert die ganze Zeit drüber. Das tut weh wie Sau!«

»Dann solltest du endlich mal lernen, Unterwäsche zu tragen, du Penner«, entgegnet Denny. Tom sitzt auf der Rückbank und rückt sich die Hose über seinem neuen Tattoo zurecht.

»Niemals! Ich sperre doch meine Bestie nicht ein. Vielleicht sollte ich die Jeans ausziehen.« Er fasst nach unten, um sie aufzuknöpfen.

»Wag es ja nicht!«, schreit Denny. »Ich werde ganz sicher nicht neben deinem nackten Arsch sitzen!«

»Aber ich hab Schmerzen«, jammert Tom.

»Pech! Du packst deinen Schwanz nicht aus, solange ich hier neben dir sitze.«

»Sei nicht albern. Ist ja nicht so, als würde ich versuchen, dich zu ficken. Jedenfalls nicht, solange du nicht lieb darum bittest.« Er lacht.

»Können wir Plätze tauschen?«, fragt mich Denny.

»Vergiss es! Er gehört ganz dir. Ich kann immer noch nicht fassen, dass du dir das über den Schwanz hast stechen lassen«, sage ich zu Tom. »Du bist offiziell ein verdammter Idiot, weißt du das?«

»Ach, die Frauen werden es lieben!« Er grinst. »Egal. Wieso lässt du uns nicht dein Tattoo sehen, Schlappschwanz?«

»Weil es nicht für eure Augen bestimmt ist, Schwachkopf.«

»Ach du Scheiße! Du hast dir doch nicht etwa ›Trus Toyboy‹ tätowieren lassen, oder?«

Denny prustet vor Lachen.

»Nein, hab ich nicht, du Penner!« Sogar ich kann den rechtfertigenden Ton in meiner Stimme hören.

»Klar hast du das!«, widerspricht Tom und lehnt sich nach vorne. »Du hast dich mit dem Namen deiner Tussi gebrandmarkt.«

»Hast du das wirklich?«, fragt Denny.

»Kann sein«, antworte ich schulterzuckend.

»Ab sofort ist dir offiziell nicht mehr zu helfen.« Tom seufzt, fällt in seinen Sitz zurück und öffnet sich die Hose, um die Gaze über seinem Tattoo freizulegen. Er nimmt einen Schluck vom verbleibenden Jack. Das meiste davon haben wir im Tattoostudio getrunken. »Du verwandelst dich in eine Frau. Als Nächstes fängst du noch an zu backen!«

»Fresse! Nur weil ich mir den Namen meiner Kleinen hab stechen lassen, heißt das nicht, dass ich ihr Schoßhund bin. Ich liebe sie einfach.«

Ich muss wirklich betrunken sein, wenn ich so etwas vor Tom zugebe.

»O Gott. Halt mir die Haare, Denny, während ich kotze.« Tom steckt sich einen Finger in den Mund und reibt sich mit der anderen Hand den rasierten Kopf.

Sogar ich kann mir ein Lachen nicht verkneifen.

»Sei nicht so streng mit ihm. Wir müssen alle eines Tages erwachsen werden und uns verlieben, Tom.«

»Ich nicht. Ich vögle bis an mein Lebensende jede Nacht eine andere Muschi.«

»Bald wird's dich schwer erwischen, Mann, und dann wird dir Hören und Sehen vergehen«, prophezeit Denny.

Wie recht er hat. Nur dass Tru mich schon vor langer Zeit erwischt hat. Ich habe zu viel Zeit damit verschwendet, herumzuvögeln, bevor ich versucht habe, sie zurückzugewinnen.

»Wohin jetzt?«, fragt Tom.

»Nach Hause.«

»Spinnst du? Es ist noch früh, und ich brauche mehr Alkohol, um den Schmerz zu betäuben. Den vom Tattoo und den über die Tatsache, dass meine beiden Jungs zahm geworden sind.«

Ich blicke zu Dave und sage: »Fahr uns zur nächsten ordentlichen Bar, die du siehst.«

* * *

Ich trete ins Haus und versuche dabei, leise zu sein, um Tru nicht aufzuwecken. Es ist stockdunkel.

Wankend begebe ich mich in Richtung Schlafzimmer und ziehe dabei mit Rücksicht auf mein neues Tattoo mein T-Shirt aus. Ich schmeiße das Shirt zur Seite, stolpere ins Schlafzimmer und strenge mich an, keinen Laut von mir zu geben. Als ich mein Mädchen schlafend im Bett erblicke, bleibe ich wie angewurzelt stehen.

Sie trägt das Nachthemd aus Seide – rosa mit Spitze –, das ich so mag. Die Laken sind zurückgeschlagen, und das Nachthemd ist hochgerutscht.

Sie ist so wahnsinnig schön. Und sie sieht verdammt sexy aus.

Ihr Haar ist zerzaust und auf dem Kissen ausgebreitet. Weite Teile ihrer olivfarbenen Haut sind freigelegt, als würde sie nur auf mich warten.

Mein Schwanz wird sofort hart.

Ich muss sie schmecken, muss in ihr sein. Es widerstrebt mir, sie zu wecken, jedoch nicht genug, um es nicht doch zu tun. Mein Ständer ist ungefähr so groß wie Texas und geht nirgendwohin, ehe mein Mädchen sich ihm nicht gewidmet hat.

Sie liebt Mitternachtssex, und in letzter Zeit ist sie ziemlich spitz. Mehr als sonst. Nicht, dass ich mich beschwere. Wenn Tru gierig auf die Schlange ist, werde ich mich ganz sicher nicht beschweren.

Ich entledige mich meiner Jeans und meiner Boxershorts, lasse sie einfach fallen und klettere am Fußende aufs Bett.

Von ihrem Knöchel aufwärts streichle ich ihre zarte Haut, bis hinauf zu den Oberschenkeln.

Sie seufzt genießerisch und dreht sich auf den Rücken. »Hey, Baby«, begrüßt sie mich verschlafen.

Beim Klang ihrer Stimme wird mein Schwanz noch härter.

Sie hat mich voll und ganz im Griff.

»Hey«, antworte ich, küsse ihre Schulter, necke sie mit meinen Zähnen und lasse meine Hand weiter nach oben wandern.

»Hattest du Spaß heute Nacht?«, murmelt sie. Ich kann den Sex in ihrer Stimme hören. Sie ist so empfänglich, immer bereit für mich.

»Mhm«, entgegne ich.

Meine Finger ertasten ihre Muschi – feucht und bereit. Keine Unterwäsche. Zum Teufel, sie ist so verdammt heiß.

»Und sie ist gerade um einiges besser geworden«, flüstere ich ihr ins Ohr.

Sie hält die Luft an, als mein Daumen über ihren Kitzler reibt.

Ich schiebe einen Finger in sie, während ich ihre geschwollene Knospe weiter bearbeite.

Sie ist so eng. So, wie sie sich windet, sehnt sie sich danach, von mir gevögelt zu werden. Ungefähr so sehr, wie ich mich danach sehne, sie zu vögeln.

»Ich hab dich vermisst«, flüstert sie. Ihre Hand greift nach meinem Glied.

»Scheiße.« Ich zucke zusammen, als ihre Finger über meinen Bauch streichen und das Gazepflaster berühren.

»Was ist das?«, fragt sie und klingt besorgt. Sie setzt sich auf und macht die Nachttischlampe an.

Ihr Blick fällt auf meinen Bauch. »Was zum Teufel ist passiert?« Sie reißt die Augen auf. »Bist du in eine Schlägerei geraten? Gütiger Himmel, Jake.« Sie lehnt sich weiter vor, um es näher zu betrachten. Sie streckt die Finger aus und will es berühren.

»Nein, Baby, nichts dergleichen. Mach dir keine Sorgen.«

Scheiße, jetzt bin ich richtig nervös. Was, wenn sie mich wegen des Tattoos für einen beschissenen Idioten hält?

Sie runzelt die Stirn und sagt: »Du hast einen Verband auf dem Bauch und sagst, ich soll mir keine Sorgen machen?«

»Ich hab ein neues Tattoo.« Ich lächle verlegen.

»Ehrlich?« Sie sieht verwundert aus. »Du hast nie gesagt, dass du darüber nachdenkst, dir noch eins stechen zu lassen.«

Ich zucke die Achseln. »Ich hab eine Weile darüber nachgedacht, dich damit zu überraschen. Dass es heute Nacht passiert ist, war eher ein spontaner Entschluss.«

»Du hast dir betrunken ein Tattoo stechen lassen?« Sie zieht die Brauen hoch.

Mein Gott, sie sieht so verdammt sexy aus. Zerzaust fällt ihr das Haar über die Schultern. Der Träger ihres Nachthemds hängt herunter, und ihre Brüste fallen fast heraus – als würden sie darum betteln, dass ich sie befreie und verwöhne.

Gerade will ich sie aufs Bett schmeißen und besinnungslos vögeln, als sie bittet: »Kann ich es sehen?«

Ich zögere.

Sie blickt mich an.

»Wirst du etwa rot, Jake Wethers?« Sie berührt meine Wange mit ihren Fingern.

»Nein«, wehre ich ab.

Und ob ich das werde. Mein Gesicht ist so rot wie eine Tomate. Himmel! Was macht sie mit mir?

»Wieso willst du es mir nicht zeigen?«, fragt sie sanft.

»Das will ich schon. Es ist nur … Ich weiß, dass ich eventuell vorher mit dir darüber hätte reden sollen, aber in dem Moment dachte ich einfach, es ist eine gute Idee.«

»Jake?«

»Ja?«

»Kannst du mal aufhören zu reden und mir einfach das verdammte Tattoo zeigen? Jetzt bin ich total neugierig.«

Ich halte die Luft an und hebe eine Ecke des Verbands an. Vorsichtig ziehe ich ihn ab und lege das Tattoo frei.

Ich höre, wie sie scharf einatmet, und riskiere einen Blick auf ihr Gesicht.

Sie hat sich eine Hand vor den Mund geschlagen, ihre Augen sind weit aufgerissen, und ihr entfährt ein leises Lachen.

»Du hast dir meinen Namen tätowieren lassen?«

»Irgendwie schon«, gestehe ich ein, verziehe das Gesicht und sehe auf das Tattoo hinab.

Tru Love

In geschwungener Schrift zieht sich das Tattoo über meinen Bauch. O Gott, ich bin so ein Idiot.

»Du hasst es. Es ist blöd, ich weiß.«

»Nein.« Sie legt mir die Hände an die Wangen. »Ich liebe es. Ich liebe dich. Jake Wethers, du bist der süßeste Mann, den ich je kennengelernt habe.«

»Ich will nicht süß sein«, knurre ich. »Ich will hart und heiß sein.«

»Oh, das bist du definitiv auch.«

Sie küsst mich, zuerst sanft, dann heftiger. Ich öffne die Lippen und lasse ihre flinke kleine Zunge in meinen Mund.

Gierig greife ich ihr ins Haar und ziehe sie zu mir.

»Kannst du noch … rummachen?«, fragt sie.

»Kleines.« Ich packe sie fest am Arsch. »Es braucht mehr als ein Tattoo, um mich davon abzuhalten. Dafür müsste ich schon tot sein.«

Sie kichert, und es kribbelt bis in mein pulsierendes Glied.

»Ich sollte wohl oben sein. Wir wollen ja nicht, dass du Schmerzen hast, oder?«

Ich starre auf sie hinab. Sie beißt sich auf die herrlich vollen Lippen, und ich verspüre das Bedürfnis, sie selbst zu beißen – und noch viel mehr. Dann schubst sie mich aufs Bett und setzt sich rittlings auf mich.

Ich spüre ihre feuchte Muschi an meinem Schwanz, und es fühlt sich so unendlich gut an. Sie verlagert ihr Gewicht und beginnt, sich an mir zu reiben.

»Großer Gott«, stöhne ich. »Du bist so verflucht sexy. Wenn du so weitermachst, ist es sofort vorbei.«

»So geht das aber nicht«, tadelt sie und wird langsamer. »Soll ich die Eiscreme holen?«

»Später, Baby.« Ich sabbere praktisch. »Jetzt muss ich einfach nur in dir sein.«

Sie schenkt mir ihr erotisches Lächeln und kniet sich hin. Dann fasst sie meinen Schwanz und platziert ihn an ihrem Eingang.

Mit einem leisen Seufzer rutscht sie auf mich. Ich schwöre, dass ich für einen kurzen Moment in einer Art Nirwana bin.

So etwas wie sie habe ich nie zuvor gespürt. Ich werde mich nie daran gewöhnen, wie atemberaubend gut sie sich um mich herum anfühlt. Sie ist wie für mich gemacht.

Ich sehe sie an und beobachte, wie sie sich das Nachthemd über den Kopf zieht. Ihr langes Haar hängt an ihrem Körper herunter. Sie sieht so wunderschön aus, und ich frage mich, womit ich das verdient habe.

Sie ist das Mädchen meiner Träume – mehr als das.

Sie blickt auf mein Tattoo und grinst. »›Tru Love‹, hm?«

»Verdammt richtig«, stöhne ich. »Wirst du jetzt meinen Schwanz verwöhnen, Kleines, bevor ich hier noch sterbe?«

Sie grinst, erhebt sich auf die Knie und gleitet dann wieder auf mich herunter.

»Du weißt, dass ich es gerne langsam mag, aber jetzt will ich, dass du mich schnell und hart reitest, denn du siehst viel zu heiß aus, um noch zu warten.«

Sie sieht sich nach etwas um, auf dem sie sich abstützen kann, also biete ich ihr meine Hände an.

Wir verschränken die Finger ineinander, und mein Mädchen bewegt sich auf und ab. Unbarmherzig reitet sie mich, und ich stehe kurz vor dem Orgasmus. Doch ich will, dass sie zuerst kommt.

Sie befreit eine Hand und stützt sich damit auf meiner Brust ab.

Ich biete ihr zwei Finger an, die sie in ihren hübschen kleinen Mund nimmt und daran saugt. Dann bewege ich die zwei Finger zu ihrem Kitzler und verwöhne sie.

Sie muss genauso angetörnt sein wie ich, denn weniger als eine Minute später fühle ich, wie sie sich um meine Erektion krampft. Dann schreit sie etwas auf Spanisch, und ich kann es nicht mehr hinauszögern. Ich komme in ihr, während sie sich immer heftiger um mich zusammenzieht.

Als sie fertig ist, sinkt sie nach vorn. Sie legt ihren Kopf auf meine Brust, hält ihren Rücken aber gekrümmt, um mein Tattoo nicht zu berühren.

Nach einem Augenblick erhebt sie sich. Mein Schwanz rutscht aus ihr und fällt schwer auf meinen Bauch.

Scheiße, ich habe sie gebraucht.

Tru knipst die Lampe aus und kuschelt sich an meine Seite.

Ich lege die Arme um sie und ziehe sie näher an mich. Sanft streichle ich ihr den Rücken.

Sie küsst mich auf die Brust und sagt: »Ich kann nicht glauben, dass du dir ›Tru Love‹ auf den Bauch hast tätowieren lassen.«

»Es könnte schlimmer sein«, entgegne ich. »Tom hat sich ›Rubbel die Wunderlampe‹ direkt über den Schwanz stechen lassen.«

Sie lacht laut auf, legt den Kopf in den Nacken und sieht mich an. »Du machst Witze, oder?«

»Nein. Ich wünschte nur, ich wäre morgen früh bei ihm, wenn er wieder nüchtern ist, und könnte seinen Gesichtsausdruck sehen.«

»Und Denny? Was hat er sich stechen lassen?«

»Der hat gekniffen.«

»Und wie kommt's, dass du dir was Sinnvolles hast stechen lassen?«

»Ich bin im Gegensatz zu Tom trinkfest, Baby.«

Erneut legt sie den Kopf auf meine Schulter und bewegt ihre Finger um das Tattoo herum. Dann flüstert sie: »Ich liebe es, Jake.«

»Ich liebe dich, Baby.«

Mehr, als du je wissen wirst.

TRU ...

KAPITEL 9

»Tee oder Kaffee?«, rufe ich Jake zu, der unter der Dusche steht.

»Kaffee«, ruft er zurück.

Ich steige aus dem Bett und werfe einen kurzen Blick durch die Fenster auf das morgendliche L. A. Ein weiterer herrlicher Tag. Abgesehen vom Shopping habe ich noch einen Vorteil am Leben hier entdeckt – die Sonne scheint fast immer, sogar im November.

Ich gehe in die Küche, löffle etwas Kaffee in die Maschine, fülle sie mit Wasser und schalte sie an.

Dann nehme ich mir einen Schokokeks aus dem Glas, um ihn zu knabbern, während ich gegen den Tresen gelehnt auf den Kaffee warte.

Auf dem Tresen neben dem Waschbecken sehe ich einen Stapel Pizzakartons, die ich Jake noch zu entsorgen gebeten hatte, gestern Abend, nachdem die Jungs gegangen waren. Er ist so ein Faulpelz.

Tom, Denny und Stuart waren zum Abendessen bei uns. Na ja, es so zu sagen ist etwas beschönigend.

Wir haben Pizza bestellt und sie im Wohnzimmer gegessen, während die Jungs Football geschaut haben. Wie erwartet wurde ich zugunsten des Fernsehers ignoriert und habe mir schließlich den Laptop geschnappt, mich am Tisch niedergelassen und per Skype mit Simone telefoniert, bis Denny dazwischengefunkt hat.

Er fliegt nach London, um sie zu sehen. Ich wünschte, ich könnte mitkommen. Ich habe bereits darüber nachgedacht, Jake zu fragen, wann er sich freinehmen kann, damit ich meine Familie in London besuchen und Vicky und Simone sehen kann. Allerdings weiß ich, dass er im Moment sehr beschäftigt ist. Er verbringt viel Zeit im Studio und nimmt neue Sachen auf, was natürlich toll ist.

Das ist ihr erstes Album ohne Jonny.

Jake scheint damit ganz gut klarzukommen. Falls nicht, dann überspielt er es wirklich gut.

Ich nehme die Kartons und gehe durch den Hauswirtschaftsraum zur Seitentür raus.

Warme kalifornische Luft empfängt mich.

Vielleicht nehme ich mir den Laptop mit nach draußen und arbeite heute auf der Veranda. In drei Tagen muss meine Kolumne fertig sein, und mir ist noch nichts eingefallen. Immer auf den letzten Drücker, so bin ich.

Ich zerkleinere die Schachteln, stopfe sie in die Mülltonne und gehe wieder zurück ins Haus.

Als ich in die Küche komme, ist der Kaffee gerade fertig. Ich nehme zwei Tassen aus dem Schrank und greife nach der Milch im Kühlschrank.

Mir fällt auf, dass es eine Weile her ist, dass ich Milch gekauft habe, also überprüfe ich das Mindesthaltbarkeitsdatum: dritter November.

Ein Blick auf den Kalender an der Wand: zweiter November. *Heute geht's schon noch.*

Ich drehe den Deckel ab und will mir gerade Milch einschenken, als es mir dämmert.

Ich stelle die Milch ab, trete einen Schritt zurück und blicke erneut auf den Kalender.

Heute ist der Zweite. Auf dem Kalender steht im Feld für den Dritten: »Pille nehmen«. Das soll mich daran erinnern, nach der allmonatlichen Pause wieder anzufangen.

Der Pause, in der ich meine Periode habe.

Die Periode, die nicht gekommen ist.

Ich trete vom Kalender zurück.

Scheiße.

Mir zieht sich die Brust zusammen. Mein Kopf dröhnt.

Nein, alles wird gut. Ich hatte nur viel Druck in letzter Zeit und war gestresst. Daran liegt es. Deshalb habe ich sie nicht bekommen.

Ich gehe zurück zum Tresen und will mir Milch einschenken, aber meine Hand zittert so sehr, dass ich sie wieder abstellen muss.

Das Zittern setzt sich fort in meinen gesamten Körper. Mein Herz klopft so schnell, dass mir der Puls in den Ohren pocht.

Ich stütze meine Hände auf den Tresen, schließe die Augen und atme tief durch.

Meine Periode ist noch nie zu spät gekommen. Nie. Dank der Pille laufe ich wie ein Uhrwerk.

Ich kann nicht schwanger sein.

Es geht nicht.

Jake will keine Kinder.

Als hätte er meine Gedanken gehört, kommt er in diesem Augenblick in die Küche spaziert.

»Kann ich den Kaffee mitnehmen, Baby? Zane hat gerade angerufen. Er braucht meine Hilfe im Label.«

»Sicher.« Ich zwinge meinen Körper zum Funktionieren, greife nach einem Thermobecher und fülle ihn mit Kaffee und Milch. Krampfhaft versuche ich, das Zittern meiner Hand zu unterdrücken.

Als ich mich umdrehe, sitzt Jake auf einem Stuhl und liest etwas auf seinem Handy.

Ich betrachte ihn eine Weile.

Ich kann nicht schwanger sein. Das darf nicht passieren. Die Dinge laufen so gut zwischen uns. Wenn ich schwanger bin, wird uns das auseinanderbringen.

Man kann kein Baby miteinander bekommen, wenn nur einer es haben will.

Er sieht mich an und erwischt mich, wie ich ihn anstarre. Ein sexy Lächeln macht sich auf seinem Gesicht breit. »Gefällt dir die Aussicht?«

Ich erzwinge ein Lächeln und gehe auf ihn zu. »Immer.« Dann stelle ich den Becher vor ihm auf dem Tresen ab.

Er ergreift meine zurückweichende Hand und zieht mich an sich.

Zärtlich reibt er seine Lippen an meinem Hals und murmelt: »Ich liebe meinen Geruch auf dir.«

Wir hatten heute Morgen gleich nach dem Aufwachen Sex. Wir haben immer Sex. Und ich bin schwanger. Vielleicht. Womöglich.

Scheiße.

»Ich muss duschen.«

»Na, danke.« Er schmunzelt.

»Nein, so war das nicht gemeint.«

»Ich weiß, was du gemeint hast«, antwortet er und hebt den Kopf, um mir in die Augen zu schauen.

Plötzlich fühle ich mich entblößt. Was, wenn er es in meinen Augen sehen kann? Ich schließe sie und küsse ihn.

Wenn er es herausfindet, werde ich ihn verlieren.

Keine Panik, solange du dir nicht sicher bist.

Jakes Hände wandern über meinen Körper, und sein Kuss wird intensiver. Ich spüre seine Erektion durch seine Jeans.

Rasch nehme ich seine Hand von meinem Hintern, unterbreche den Kuss und erinnere ihn: »Ich dachte, du müsstest dringend zum Label.«

»Dich brauche ich dringender«, versichert er mir heiser. Er presst mir die Lippen auf den Hals und lässt die Hände direkt zu meinen Brüsten gleiten.

Ich kann jetzt keinen Sex haben. Alles außer Sex.

»Du hattest mich erst vor einer halben Stunde. Außerdem … wartet Zane nicht auf dich?«

Er hält inne und sieht mir in die Augen.

Ich verweigere Jake nie Sex. Niemals. Er wird wissen, dass etwas nicht stimmt. In diesem Augenblick habe ich jedoch ganz andere Sorgen.

»Überanstrenge ich dich?«, fragt er sanft und streichelt mir mit den Fingern übers Kinn.

»Nein, mir geht's gut.« Ich lächle. »Ich mag es, dass du mich so rannimmst. Ich versuche nur, die Vernünftigere von uns beiden zu sein, und du musst zur Arbeit.«

Unter dem Vorwand, mir meinen Kaffee zu holen, schlüpfe ich aus seinen Armen. In Wahrheit wird mir schon beim Gedanken daran, ihn zu trinken, schlecht. Mein Magen rumort vor Angst.

Ich halte den Becher in den Händen und lehne ihn gegen meine Brust.

Jake steht auf und greift sich seinen Thermobecher. »Denk dran, heute Abend sind wir mit Smith und Carly zum Essen verabredet.«

Mist. Das ist das Letzte, was ich heute Abend tun will. Nicht mit dem, was mir im Kopf herumschwirrt.

»Sicher.« Ich lächle. »Ich freu mich.«

»Ich glaube, mit Carly wirst du dich gut verstehen. Wär doch schön, wenn du hier ein paar Freundinnen fändest, oder?«

»Stimmt«, bestätige ich und lächle erneut.

Dieses Lächeln fühlt sich so aufgesetzt an, dass ich mir sicher bin, meine Haut reißt gleich unter der Anspannung.

»Ich hab mich in den letzten Tagen mit Tom und Denny beraten«, erzählt Jake und läuft um den Tresen. »Darüber, ob wir Smith anbieten wollen, ein festes Mitglied von TMS zu werden.«

»Wirklich?«, sage ich und bin ehrlich überrascht. Ich hätte nie gedacht, dass Jake das in Betracht ziehen würde. Das freut mich wirklich.

»Er kann natürlich nie ein Ersatz für Jonny sein. Aber Tom und Denny sind einverstanden. Er ist ein toller Typ, der gut zu uns passt, und ich würde ihn echt ungern an eine andere Band verlieren.«

»Versucht jemand, ihn abzuwerben?«

»Nicht dass ich wüsste, aber er macht sich gerade einen Namen im Musikbusiness, also ist es nur eine Frage der Zeit, bis das passiert. Was hältst du davon?«

Er will meine Meinung hören. Das liebe ich.

Ich gehe auf ihn zu, lege ihm die Arme um die Hüften und sage: »Ich glaube, das ist eine brillante Idee. Smith wird ganz aus dem Häuschen sein, wenn du ihn fragst.«

Er streicht mir das Haar hinters Ohr. »Denkst du nicht, dass ich Jonny dadurch verrate?«

Als ich sehe, wie sich seine Mundwinkel nach unten biegen, schmerzt es in meiner Brust.

Ich schüttle den Kopf. »Nein, tue ich nicht. Genauso wenig denke ich, dass Jonny das so sehen würde. Du tust das, was das Beste für die Band ist. TMS hat Jonny alles bedeutet. Er würde wollen, dass ihr Jungs weitermacht und das tut, was ihr für richtig haltet.«

Er schließt die Augen und küsst mich auf die Stirn. »Dann werde ich heute wohl mit ihm reden«, sagt er.

»Also feiern wir heute Abend?«

»Wenn er Ja sagt.«

»Er wird Ja sagen.«

Mit sanftem Griff ums Kinn hebt er meinen Kopf an und küsst mich.

»Um sieben bin ich wieder da, also fang rechtzeitig an. Ich weiß, wie lang du brauchst, wenn du dich ausgehfein machst.«

Ich nehme all meine Kraft zusammen und werfe ihm einen sprechenden Blick zu.

Er lacht. Als er zur Tür geht, sieht er mich über seine Schulter hinweg noch einmal an. »Bis später. Ich liebe dich, Kleines.«

»Ich liebe dich auch.«

Als er weg ist, sinke ich gegen den Tresen und muss mich festhalten.

Was tue ich, wenn ich schwanger bin? Eine Abtreibung kommt für mich nicht infrage. Aber Jake wird das Baby nicht wollen. Nur meinetwegen wird er sagen, dass er es doch tut. Oder vielleicht auch nicht. Vielleicht realisiert er, dass er wirklich auf gar keinen Fall ein Baby will, und verlässt mich.

O Gott.

Ich muss wissen, ob ich schwanger bin. Heute. Jetzt. Diese »Was wäre, wenn«-Gedanken halte ich nicht länger aus.

Ich bin so nervös, dass ich nicht einmal dusche. Hastig ziehe ich mir eine Jeans und ein T-Shirt über.

Ich schnappe mir meine Sonnenbrille und eine von Jakes Baseballkappen und setze beides auf. Damit sehe ich aus wie ein Vollidiot, aber ich will nicht dabei erkannt werden, wie ich einen Schwangerschaftstest kaufe.

Leider werde ich in letzter Zeit oft als Jakes Verlobte erkannt.

Ich greife nach meinem Handy, meiner Handtasche und dem Schlüssel für Jakes anderes Auto, den Vanquish, und mache mich auf den Weg zur Garage.

Als ich das Tor erreiche, spricht mich unser hauseigener Security-Mann Henry an, ob ich auf meinem Ausflug Begleitung wünsche.

»Ich drehe nur eine Runde. Hab 'ne Schreibblockade«, antworte ich. »Vielleicht hilft mir das, den Kopf frei zu bekommen.«

Auf keinen Fall will ich auf diesem Ausflug einen Sicherheitsmann dabeihaben.

»Klingt nach einer guten Idee«, sagt er lächelnd.

»Ich habe mein Handy bei mir, falls mich jemand braucht.«

»Okay. Gute Fahrt, Miss Bennett.« Henry öffnet das Tor und lässt mich raus.

Ich habe ihm schon unzählige Male gesagt, dass er mich Tru nennen kann. Trotzdem spricht er mich jedes Mal mit Miss Bennett an.

Auf der Straße fahre ich zum Ausgang der Wohnanlage.

Ich muss eine Apotheke finden. Eine, die nicht allzu nah ist. Hier wohnen zu viele Leute, die wir kennen.

Ich drücke auf dem eingebauten Navi herum, doch leider fehlt die Funktion »Hier ist Ihre örtliche Anlaufstelle für Schwangerschaftstests«. Also entschließe ich mich dazu, so lange herumzufahren, bis ich eine entdecke.

Letzten Endes dauert es fünfundvierzig Minuten, bis ich eine Apotheke finde, die weit genug weg ist.

Blitzschnell bin ich wieder draußen, glücklicherweise unerkannt, um dreißig Dollar leichter und drei Schwangerschaftstests reicher. Einen, um es herauszufinden. Einen, um sicherzugehen. Noch einen, um ganz sicherzugehen.

Ich werfe die Tüte auf den Beifahrersitz, starte den Motor und gebe die Adresse von zu Hause ins Navi ein.

Die gesamte Fahrt über wird mir jedes Mal schlecht, wenn ich einen Blick auf die Tüte neben mir werfe.

Sobald ich sicher wieder im Haus angekommen bin, gehe ich schnurstracks ins Badezimmer, die Tüte an meine Brust gepresst, als wäre sie eine Bombe, die gleich hochgeht.

Das ist wahrscheinlich eine ziemlich passende Beschreibung, denn wenn ich schwanger bin, rechne ich mit einer gewaltigen Explosion.

Ich schließe die Tür hinter mir, klappe den Toilettendeckel runter und setze mich hin.

Dann nehme ich einen Test aus der Tüte.

Ich schlucke einen riesigen Kloß im Hals herunter und starre den Test an.

Meine Zukunft mit Jake hängt davon ab, was dieses Ding sagt.

O Gott.

Angst breitet sich in mir aus wie Gift.

Tief durchatmen. Es wird alles gut.

Mit zitternden Fingern öffne ich die Schachtel. Ich überfliege die Anleitung, danke Gott, dass ich gerade aufs Klo muss, und mache den Test.

Anleitungsgemäß verschließe ich den Test mit dem dazugehörigen Deckel und lege ihn auf die Toilette.

Ich wasche mir die Hände und knie mich dann direkt vors Klo auf den Boden.

Ich nehme die Anleitung in die Hand und lese sie erneut.

Okay, das ist einfach. Ich muss drei Minuten warten, und wenn ich schwanger bin, steht da: »Schwanger«.

Wenn ich es nicht bin: »Nicht schwanger«.

Einfach, oder?

Nun, nein, nicht wenn ich schwanger bin. Dann wird es so weit entfernt von »einfach« sein, dass es nicht einmal ein Wort dafür gibt.

Wie kann meine gesamte Zukunft davon abhängen, was ein kleines Stück Plastik mir sagt?

Es sollte bedeutender sein als das, finde ich. Besonders wenn ich tatsächlich schwanger bin. Etwas so Wunderschönes und Lebensveränderndes hat einen größeren Moment verdient, als allein auf dem Badezimmerboden zu sitzen und darauf zu warten, dass ein kleines Stück Plastik mir die Zukunft verrät.

Wie werde ich es Jake sagen?

Ich habe absolut keine Ahnung, wie ich das Thema ansprechen soll.

Ich schließe die Augen. *Denk jetzt nicht daran. Denk darüber nach, wenn du es weißt.*

Wie viel Zeit ist vergangen? *Zwei Minuten*, denke ich. Ich hätte mein Handy mitnehmen sollen, dann hätte ich eine Stoppuhr stellen können.

Soll ich nachsehen? Es könnte schon so weit sein.

Schon erhebe ich mich auf die Knie, um nachzusehen, doch die Angst lässt mich geradewegs wieder zurücksinken.

Ich kann das nicht.

Verzweifelt vergrabe ich den Kopf in den Händen.

Ich habe so eine verfluchte Angst. Ich weiß, dass ich es herausfinden muss, aber ich will es einfach nicht wissen.

Nein. Komm schon, Tru. Stell dich nicht so an.

Ich atme tief durch und nehme an, dass die drei Minuten um sind. Langsam schließe ich die Augen und stehe auf.

Okay, öffne einfach die Augen. Eins … zwei … drei …

Ich reiße die Augen auf.

Schwanger

Scheiße.

KAPITEL 10

Auf einer Liege am Pool hänge ich meinen quälenden Gedanken nach, als ich Jake sagen höre: »Ich dachte, du machst dich fürs Abendessen fertig?«

Sofort macht sich Anspannung in mir breit. Ich drehe mich um und sehe ihn an der Wand lehnen und mich beobachten.

Er sieht so schön aus. So schön, dass es wehtut. Mir wird die Brust eng – so sehr, dass es mir fast den Atem nimmt. Als würde ich nie wieder Luft holen können.

»Tut mir leid, ich hab die Zeit aus den Augen verloren«, murmle ich.

»Schaust du dir L. A. an?«, fragt er lächelnd und nickt in Richtung des Panoramas.

»So was in der Art.« Ich stehe auf.

»Hey, ist alles in Ordnung?«, fragt er und mustert mich, während ich mich ihm nähere.

Nein, ich bin schwanger und trage dein Kind in mir, Jake.

»Alles okay«, höre ich mich sagen.

»So siehst du aber nicht aus.« Er versucht, Blickkontakt herzustellen. »Du siehst aus … Hast du geweint?«, fragt er und richtet sich auf. »Ist was passiert?«

Ja. Ich bin schwanger.

»Nein, mir geht's gut. Ich hab nur gerade eine dieser ›In Afrika verhungern Kinder‹-Werbungen gesehen, und am Schluss sind mir einfach die Tränen gekommen«, erwidere ich.

Er dreht den Kopf zum schwarzen Fernsehbildschirm.

»Du solltest diesen Organisationen etwas spenden«, schlage ich vor, im Versuch, seinen wachen Geist abzulenken.

»Das tue ich bereits.«

Warum weiß ich nichts davon? Manchmal kommt es mir so vor, als wüsste ich alles und nichts über Jake.

Er schaut mir direkt in die Augen. Er wirkt nervös. Schüchtern. Ich mag den schüchternen Jake.

»Du bist wirklich wunderbar, weißt du das?« Mit den Fingerspitzen streiche ich ihm sanft über die Wange. »Diese überwältigende, fürsorgliche Seite an dir solltest du aller Welt zeigen.«

»Baby, die kriegst nur du zu sehen.«

Liebe und Angst überwältigen mich. Ich spüre, wie sie sich auf meiner Miene abzeichnen, und umarme ihn, presse ihn an mich, schmiege mein Gesicht an seine Brust.

Jake hält mich genauso besitzergreifend fest und legt die Wange an mein Haar. »Ist auch ganz bestimmt alles in Ordnung?«, murmelt er.

Ich nicke nur, denn ich habe Angst, mich nicht mehr beherrschen zu können, wenn ich etwas sage.

»Ich hasse die Vorstellung, dass du hier draußen ganz allein geweint hast. Ich hasse die Vorstellung, dass du überhaupt weinen musst. Keine traurigen Werbespots mehr für dich, klar?«

Ich schlucke den Schmerz hinunter, der wie eine Welle über mir zusammenzuschlagen droht. »Nein.« Sachte schüttle ich den Kopf.

»Ich hab heute mit Smith gesprochen«, erzählt er und streichelt mir den Rücken.

»Und?« Ich lehne mich zurück, schaue ihm in die Augen.

Er erwidert meinen Blick, und ich sehe, wie in seinen Augen etwas vor sich geht, dann verkündet er lächelnd: »Er ist dabei.«

Ich weiß, dass ihn das freut. Aber er ist auch in einem inneren Zwiespalt, fühlt sich schuldig wegen Jonny.

Ich möchte ihn trösten, aber ich fürchte, wenn ich nur einen Augenblick länger in seinen Armen bleibe, breche ich zusammen. Dafür ist gerade jetzt, wo wir noch nicht einmal wissen, wo wir zu Abend essen, nicht der richtige Moment. Für dieses Gespräch brauchen wir Zeit, da ist es nicht mit einem schnellen »Übrigens, Jake, ich bin schwanger. Lass uns essen gehen« getan.

Später. Ich werde es ihm später sagen.

Ich löse mich aus seiner Umarmung. »Dann mach ich mich wohl mal lieber fürs Abendessen zurecht.«

Als ich gerade gehen will, greift er nach meiner Hand. »Tru, du würdest mir sagen, wenn dich irgendetwas anderes bedrückt, stimmt's?«

»Natürlich«, antworte ich und schlucke angesichts der Lüge.

Ich drücke seine Hand, zwinge mich, zu lächeln, und gehe ins Wohnzimmer, wobei ich Jakes Blick die ganze Zeit auf meinem Rücken spüre.

* * *

»Was ist los, Baby?«, fragt Jake.

Baby.

Ich bin schwanger.

O Gott.

Im Laufe des Abends bin ich immer unruhiger und ängstlicher geworden. Es war schwer genug, mit meinem Wissen allein zu sein. Aber Jake die Wahrheit zu verheimlichen, während er direkt neben mir sitzt, bringt mich schier um.

Es fühlt sich an, als würde ich ihn jede Sekunde, die ich ihn in Unwissenheit über meine Schwangerschaft lasse, belügen.

Langsam habe ich das Gefühl, jetzt jeden Augenblick einfach damit herausplatzen zu müssen. Ich muss mich konzentrieren!

Ich werde es Jake sagen, ich muss nur den richtigen Augenblick erwischen, und gerade ist nicht der richtige Augenblick.

Ich blicke auf und sehe den Kellner an unserem Tisch stehen. »Oh, äh, ich hätte gern die Pilzravioli.«

»Möchten Sie Wein zum Essen?«, fragt der Kellner Jake.

»Welchen Wein, Süße?«, fragt Jake.

Scheiße. Ich kann keinen Alkohol trinken. Jetzt, da ich schwanger bin.

Ich trinke aber immer etwas, wenn wir auswärts essen. Wenn ich Nein sage, weiß er, dass etwas nicht stimmt.

Andererseits darf man doch gelegentlich ein Glas Wein trinken, wenn man schwanger ist, oder?

Aus Angst davor, Nein zu sagen und mich damit zu verraten, wehre ich ab: »Smith sollte den Wein aussuchen. Schließlich feiern wir, dass er nun Teil der Band ist. Ich bin wirklich froh, dass du jetzt offiziell zu TMS gehörst.«

»Ich auch.« Smith lächelt. »Was den Wein angeht, ist mir alles recht, was viel Alkohol hat«, wendet er sich an Jake.

»Dann nehmen wir eine Flasche Montrachet«, beschließt Jake.

»Gute Wahl.« Der Kellner nimmt die Speisekarten entgegen und geht.

»Tolles Kleid«, bemerkt Carly über den Tisch hinweg.

»Danke.« Ich trage das gemusterte Jersey-Kleid von Pucci, das ich mir bei einer meiner Einkaufstouren mit Stuart gegönnt habe. Er hat es für mich ausgesucht. Sein Geschmack ist erstaunlich. Ich sollte es besser noch ein paarmal tragen, solange es noch passt.

Ich bin schwanger. Ich muss es Jake sagen.

Verdammt.

»Deins ist aber auch nicht schlecht.« Ich ringe mir ein Lächeln ab.

Tatsächlich gefällt mir ihr Kleid, nur muss ich mir an diesem Abend jedes Lächeln abringen.

Carly trägt das Night-Bird-Kleid von Marc Jacobs, um das ich noch vor einer Woche herumgeschlichen bin. Es ist großartig. Aber Stuart hat es mir ausgeredet. Er hat gesagt, darin sähen meine Brüste gequetschter aus als die Skyline von New York.

Wenn ich es so an Carly sehe, muss ich zugeben, er hatte recht. Sie hat etwas weniger Oberweite als ich, und ihr passt es wie angegossen.

O Gott, wachsen die Brüste einer Frau nicht in der Schwangerschaft? Meine Güte, die sind doch so schon groß genug.

Ich schaue hinüber zu Carly mit ihrem schönen blonden Haar, dem goldenen Teint und der schlanken Figur und erinnere mich, dass ich als Heranwachsende immer so aussehen wollte. Ich habe es gehasst, das exotisch wirkende Mädchen in einem Meer von Blondinen mit blauen Augen zu sein. Jetzt mag ich mich, und zwar vor allem wegen Jake.

Wegen der Art, wie er mich ansieht. Wie er mich mit Blicken verschlingt.

Aber nicht mehr lange, denn dann bin ich fett und aufgequollen, und Jake wird mich nicht mehr wollen.

Ich werde ihn verlieren. Er wird mich für eine dünne, blonde Göttin verlassen, die ihm keine Kinder anhängt.

Panik erfasst mich.

»Und du schreibst, Tru?«, fragt Carly.

»So gut wie keine andere.« Jake lächelt, legt den Arm auf meine Rückenlehne und lässt die Finger leicht auf meiner Schulter ruhen.

Ich erstarre unter seiner Berührung. Zum Glück scheint er es nicht zu bemerken.

Ich reiße mich zusammen und sage: »So weit würde ich nicht gehen, aber ja, ich schreibe für eine Zeitschrift. Derzeit sitze ich an einem Buch.«

»Stimmt, du hast die Band ja auf der Tour begleitet und schreibst die Bandbiografie. Das muss irgendwie cool sein, über den Typen zu schreiben, mit dem man zusammen ist. Wahrscheinlich darfst du nur nicht vergessen, die schlechten Angewohnheiten wegzulassen, etwa dass er die Klobrille oben lässt oder nasse Handtücher auf dem Bett vergisst.« Sie wirft Smith einen vielsagenden Blick zu.

»Ich versuche ja, daran zu denken.« Smith hebt entschuldigend die Hände. »Es entfällt mir nur dann und wann.«

»Eher jeden verdammten Tag«, widerspricht sie lachend. »In sechs Jahren Ehe habe ich ihn so oft daran erinnert, dass es schon fast peinlich ist, und der Mann kann immer noch sein Handtuch nicht aufhängen! Ich könnte schwören, das macht er nur, um mich in den Wahnsinn zu treiben.«

»Du kennst mich doch, Schatz, ich liebe es, dich in den Wahnsinn zu treiben.« Smith legt den Arm um sie. Er zieht sie an sich und küsst sie auf den Scheitel. Kichernd schubst Carly ihn weg und beschwert sich, dass er ihre Frisur durcheinandergebracht hat.

Sie lieben einander so offensichtlich, dass es ansteckend ist. Ich hoffe, Jake und ich werden nach sechs Jahren Ehe noch genauso verliebt ineinander sein.

Der Gedanke verselbstständigt sich und tut mir weh, denn ich weiß, wenn ich Jake sage, dass ich schwanger bin, werden wir wahrscheinlich keine sechs Minuten mehr zusammen sein.

Besonders, wenn ich ihm sage, dass ich das Kind bekommen werde.

»Ich verwende nur die Notizen von der Tour«, antworte ich. »Also werden Jakes schlechte Angewohnheiten, wie zum Beispiel, dass er nie seinen stinkenden Aschenbecher ausleert und ihn einfach draußen auf der Terrasse stehen lässt, sicher nicht vorkommen.« Ich werfe ihm einen Blick zu.

»Du machst ihn einfach so viel besser sauber, als ich es je könnte, Kleines«, beteuert er und sieht mich mit großen Augen an.

Der Blick trifft mich mitten ins Herz, ein stechender Schmerz, der mir den Atem nimmt.

»Klar, das zieht immer.« Ich werfe ihm einen gespielt strengen Blick zu und zwinge mich, meine Rolle weiterzuspielen.

Jake schenkt mir sein typisches sexy Lächeln, mit dem er bei mir mit allem durchkommt, während er sich zu mir beugt und mich auf die Wange küsst. Meine Haut brennt noch lange an der Stelle, nachdem seine Lippen sie verlassen haben.

»Womit verdienst du dein Geld, Carly?«, frage ich und konzentriere mich auf sie.

»Ich bin Innenarchitektin.«

»Die verdammt noch mal beste Innenarchitektin in ganz Kalifornien«, verkündet Smith stolz.

»Bist du selbstständig?«, frage ich.

»Ja.« Sie lächelt. »Eine kleine Firma, aber ich komme zurecht.«

»Wir sind gerade umgezogen, und ich könnte wirklich Hilfe beim Einrichten gebrauchen. Wenn du nicht zu beschäftigt bist, würde ich dich liebend gern engagieren. Ich weiß gar nicht, wo ich anfangen soll. Das ist dir doch recht, oder?«, frage ich Jake.

Warum schmiede ich Einrichtungspläne?

Ich schätze, wir werden ein Kinderzimmer brauchen …

Was zum Teufel tue ich denn da? Ich werde ganz rührselig, obwohl ich noch nicht einmal sich bin, ob Jake dieses Kind überhaupt will. Er wird es *nicht* wollen, das weiß ich einfach. Nur zu gut erinnere ich mich noch an seinen Blick, als das Thema auf der Insel zur Sprache kam.

»Klar. Ich finde, das ist eine super Idee«, antwortet Jake und ruft mich damit in die Gegenwart zurück.

»Dann wäre es mir eine Freude«, erklärt Carly strahlend. »Wie wär's, wenn ich euch am Montag besuche, und dann legen wir los?«

»Klingt toll, ich kann's kaum erwarten.« *Das heißt, wenn ich dann noch dort wohne.* Erneut zwinge ich mich zu lächeln.

»Ihr seid also seit sechs Jahren verheiratet«, wechsle ich das Thema.

»Ja, und seit zehn Jahren zusammen«, antwortet Carly. »Wir sind ein klassisches Highschool-Pärchen.«

»Vielleicht ist ›klassisch‹ ein wenig übertrieben, Schatz. Ich war der langweilige Emo, der auf Grunge stand, und sie war die heiße Cheerleaderin«, erklärt Smith. »Fünf Jahre habe ich gebraucht, bis sie mich bemerkt hat. Aber als ich dann ihre Aufmerksamkeit besaß, hab ich sie mit meinem Witz und meinem Charme betört, und seither sind wir zusammen.«

»Es war seine Beharrlichkeit«, erzählt sie lachend. »Ich fand, ein Typ, der so lange durchhält, muss echtes Stehvermögen besitzen.«

»Es waren also meine Beharrlichkeit und mein Stehvermögen, nicht mein heißer Körper und mein Charme?« Smith tut schockiert.

»Nein, die sind der Grund, warum ich dich schließlich geheiratet habe.« Sie grinst ihn an.

Wenn ich mir die beiden so anschaue, wird mir ganz warm ums Herz, und ich spüre, wie Jake unter dem Tisch meine Hand nimmt. Als ich ihn anlächle, erwidert er mein Lächeln, aber irgendetwas ist seltsam.

Vielleicht liegt es aber auch nur daran, dass meine Paranoia wieder mal zuschlägt.

»Habt ihr schon einen Hochzeitstermin festgemacht?«, fragt Carly.

»Einundzwanzigster Juli«, kommt mir Jake zuvor.

»Wie laufen die Planungen?«, fragt sie mich.

»Langsam«, gestehe ich und verziehe das Gesicht. »Ich hab einfach keine Ahnung, wie man so was angeht. Bis jetzt hab ich ein paar Hochzeitszeitschriften, ein paar potenzielle Kleider und eine vorläufige Gästeliste.«

»Nun, ich hab schon einmal eine Hochzeit geplant, wenn du also Hilfe brauchst, lass es mich wissen.«

»Darauf komme ich vielleicht zurück«, antworte ich mit einem Lächeln.

»Innenarchitektin und Hochzeitsplanerin der Extraklasse stets zu Diensten«, scherzt sie mit einer ausholenden Geste.

Ich lache.

Es fällt mir leicht, zu lachen, denn für einen Augenblick habe ich vergessen, dass ich schwanger bin. Dann fällt mir wieder ein, dass in mir unser Kind heranwächst, und meine Stimmung rauscht in den Keller.

Der Kellner kommt mit dem Wein, und in diesem Augenblick streicht Jake mir das Haar zurück und legt meine Halsbeuge frei. Er beugt sich herüber und flüstert mir ins Ohr: »Du siehst so sexy aus. Wenn ich könnte, würde ich dich auf der Stelle auf diesem Tisch nehmen. Esstisch, später, daheim?« Er weicht zurück und starrt mich mit seinen dunklen Augen an.

Stumm nicke ich und ringe mir ein weiteres Lächeln ab.

Er küsst mich sanft auf die Lippen und lehnt sich zurück, dann beginnt er ein Gespräch mit Smith.

Er will heute Nacht Sex.

Natürlich. Wir haben jede Nacht Sex, und jeden Morgen auch.

Aber ich kann nicht. Nicht, solange ich ständig *daran* denken muss.

Ich werde es ihm sagen müssen, bevor wir zu Hause sind.

Verdammt.

* * *

Wir haben uns von Carly und Smith verabschiedet und sind gerade eingestiegen, als ich herausplatze: »Wir müssen reden. Über etwas, worüber wir nicht zu Hause sprechen können.«

Er lässt den Wagen nicht an, sondern wendet mir den Kopf zu, in seinem Gesicht steht eine Myriade Fragen.

»Warum nicht?«

Ich weiß, wie wichtig es Jake ist, dass wir daheim nicht streiten, und ich habe das Gefühl, dass dies kein fröhliches Gespräch wird.

»So ist es einfach«, antworte ich. »Können wir irgendwo in Ruhe reden?«

»›So ist es einfach‹?« Er runzelt die Stirn. »Hältst du das wirklich für eine Antwort, Tru?«

»Ich will darüber nicht im Auto reden, Jake.« Ich schlinge schützend die Arme um mich.

»Aber daheim willst du auch nicht darüber reden. Ich würde also sagen, wir können genauso gut hier reden.« Er wendet sich mir zu, winkelt ein Bein an.

Ich schüttle den Kopf und starre aus dem Beifahrerfenster. Vor Angst durchläuft mich ein Zittern, und die Worte bleiben mir im Hals stecken.

»War das vorhin schon dein Problem? Hast du deswegen geweint? Ist es das, was ich den ganzen Abend unter der Oberfläche brodeln gespürt habe?«

Ich merke, wie sich meine Augen mit Tränen füllen.

»Kriege ich jetzt verdammt noch mal eine Antwort?«, verlangt er zu wissen. Sein Tonfall ist so scharf, dass ich mich ihm unwillkürlich zuwende.

»Willst du mich verlassen?« In seinem Gesicht liegt purer Schmerz. Es ist wie eine Ohrfeige.

»Nein«, protestiere ich hastig. »Wie kommst du denn darauf?«

»Weil du im Augenblick so schaust, Tru. Du siehst aus, als ob du trauerst. Als hättest du etwas Großes verloren. Alle

Menschen, die du liebst, sind wohlauf, also kann es sich eigentlich nur um den Tod unserer Beziehung handeln.«

»Nein, Jake, nein.« Ich schüttle den Kopf. Eine Träne rinnt mir über die Wange, und ich wische sie weg. »Ich würde dich nie verlassen. *Nie*. Aber … du verlässt mich vielleicht, wenn du gehört hast, was ich dir zu sagen habe.« Meine Hände verkrampfen sich in meinem Schoß.

Eine Mischung aus Zorn und Schmerz huscht über sein Gesicht, verhärtet seine schönen Züge.

Einen Herzschlag später sagt er: »Hast du …« Er hält inne. Wendet sich von mir ab, umklammert das Steuerrad und starrt durch die Windschutzscheibe. Als er spricht, ist seine Stimme ganz leise, herzzerreißend leise. »Was du mir sagen musst … wenn es kaputtmacht, was wir haben, diese Liebe zwischen uns, dann sag es mir nicht. Ich will es nicht wissen. Ich will dich, Tru, und alles, was mir auch nur eine Sekunde ein anderes Gefühl geben könnte … sag es mir einfach nicht.«

Mein Herz zerspringt in eine Million winziger Splitter. Ich weiß, was er denkt. Ich hasse es, dass er auf diese Idee kommt.

»Ich bin schwanger.« Die Worte entschlüpfen mir einfach. Für einen Augenblick fühlt es sich an, als habe jemand alle Luft aus dem Wagen gesogen. Die Welt bleibt stehen. Ich warte. Darauf, dass er etwas sagt. Irgendetwas.

Aber er schweigt.

Als er den Wagen anlässt und anfährt, auf die Straße einbiegt, spüre ich, wie mir meine Welt entgleitet, wie es mir den Boden unter den Füßen wegzieht.

Eine Träne fällt. Viele weitere wollen ihr folgen, doch ich halte sie zurück. Die eine, die entkommen ist, wische ich diskret weg. Dann starre ich aus dem Fenster.

* * *

Unser Heimweg dauert lange fünfzehn Minuten. Wir schweigen beide die ganze Zeit.

Ich spüre, wie sich eine Kluft zwischen uns öffnet, die mit jeder Minute weiter wird, bis genauso gut noch immer zwölf Jahre und ein Ozean zwischen uns liegen könnten.

Jake fährt in die Einfahrt. Ich steige aus und knalle die Tür zu.

Während ich auf die Eingangstür zugehe, angle ich den Schlüssel aus meiner Handtasche. Mit verkrampften Fingern schiebe ich ihn ins Schloss und schließe auf.

Auch diese Tür knalle ich zu. Ich bin wütend und verletzt, weil er nichts gesagt hat. Das kann er ruhig wissen.

Ich gehe einen Schritt hinein, da höre ich, wie er rückwärts aus der Einfahrt setzt.

Hastig reiße ich die Tür auf und sehe gerade noch seine Rücklichter, die sich rasend schnell entfernen.

Es tut so weh, dass meine Beine unter mir nachgeben. Ich sacke gegen die Wand, presse die Hand an die Brust. Ich bin zerrissen. Zerstört. Vernichtet.

Er ist gegangen.

Heiße Tränen brennen in meinen Augen.

Nicht weinen, Tru. Reiß dich zusammen.

Ich presse die Hände gegen die Augen, unterdrücke meine Tränen.

Angeblich liebt er mich doch. So sehr, dass er es nicht wissen wollte, als er dachte, ich hätte ihn betrogen.

Aber wenn ich ihm sage, dass ich schwanger bin, macht er einen Abgang, als stünde sein Arsch in Flammen, ohne auch nur ein Wort zu sagen.

Bastard. Mieser Bastard.

Dann werde ich wütend. Richtig stinkwütend.

Gut, er will dieses Kind nicht. Dann will ich auch ihn nicht, diesen jämmerlichen Wicht.

Ich marschiere in unser Schlafzimmer, schnappe mir eine von Jakes Reisetaschen und ein paar Jeans, T-Shirts, Pyjamas und Unterwäsche. Achtlos stopfe ich alles hinein.

Dann hole ich meinen Reisepass aus dem Tresor in unserem begehbaren Kleiderschrank. Aus meiner Handtasche nehme ich mein iPhone.

Ich brauche ein Taxi.

Eine schnelle Internetrecherche nach ortsansässigen Taxiunternehmen mithilfe meines Handys, dann rufe ich das erstbeste an.

Das Taxi wird in fünfzehn Minuten da sein, sagt man mir.

Ich gehe in die Eingangshalle, hebe das Telefon ab und rufe am Haupttor an, um Bescheid zu sagen, dass gleich ein Taxi kommt.

Aufbruchbereit stehe ich einen Augenblick da, die Reisetasche zu meinen Füßen, die Handtasche umgehängt.

Ganz sicher bin ich mir nicht, ob es richtig ist, was ich da gerade tue.

Ich drehe meinen Verlobungsring am Finger, dann halte ich inne, hebe die Hand, betrachte ihn.

Trudy Bennett, ich liebe dich mehr, als ich es je mit einem Songtext oder irgendwelchen Worten ausdrücken könnte. Das habe ich schon immer getan und werde es immer tun. Willst du mich heiraten?

Eine Träne rinnt mir über die Wange, und ich streife den Ring ab.

Schleppenden Schrittes gehe ich in unser Schlafzimmer und lege ihn auf Jakes Kopfkissen.

Dann kehre ich direkt in die Eingangshalle zurück, schnappe mir die Reisetasche, hänge sie mir über die Schulter und trete in die warme kalifornische Nacht hinaus.

Ich schließe die Tür ab und eile die lange Einfahrt hinunter, den Schlüssel in der Hand.

Jackson, einer der Nachtwächter, springt aus seiner Loge, als er mich kommen sieht.

»Ms Bennett, ist alles in Ordnung?« Ich sehe, wie sein Blick zu der Reisetasche über meiner Schulter wandert.

»Könnten Sie den Jake geben, wenn er zurückkommt, bitte?« Ich reiche ihm den Schlüssel.

Er sieht ihn an, dann blickt er mir wieder ins Gesicht. »Sind Sie sicher, dass Sie ihn nicht behalten wollen?«

»Ja.« Ich nicke. »Ich brauche ihn nicht mehr.«

Zögernd nimmt er ihn entgegen.

Als ich aufs Tor zugehe, erinnert er mich: »Wenn Sie irgendwohin müssen, kann Parker Sie fahren.« Er zeigt mit dem Daumen über seine Schulter auf Parker, den anderen Wachmann, der an der Tür steht und uns beobachtet.

»Nein, schon gut. Danke. Ich hab ein Taxi gerufen.« In diesem Augenblick fährt es vor.

»Auf Wiedersehen, Jackson. Auf Wiedersehen, Parker.« Ich winke ihnen kurz zu.

Jackson lächelt mich traurig an, während Parker das Tor öffnet und mich hinauslässt.

Ohne einen Blick zurück steige ich ins Taxi und stelle meine Tasche neben mich.

»Wohin?«, fragt der Fahrer.

»Zum Flughafen, bitte.«

JAKE ...

KAPITEL 11

»Ich bin schwanger.«

Tru ist schwanger. Von mir.

Aber sie nimmt doch die Pille. Wie kann sie dann schwanger sein?

Gütiger Himmel. Sie ist schwanger. Mit meinem Kind.

Ich kann nicht Vater werden. Dazu tauge ich nicht.

Als ich eine Zigarette aus der Schachtel ziehe, merke ich, dass meine Hände zittern.

Ich balle sie zu Fäusten, versuche, sie still zu halten. Die Zigarette klemme ich mir zwischen die Lippen und zünde sie an. Dann nehme ich einen langen Zug.

Ich lasse das Fenster herunter, blase den Rauch hinaus in die Nacht und starre auf L. A.

Als ich das letzte Mal hier war, habe ich es Tru auf der Motorhaube besorgt, dieses Mal habe ich gerade eben erfahren, dass ich Vater werde.

Verdammt.

Ich bin mir ganz sicher, dass Tru das Baby bekommen will. Eine Abtreibung kommt für sie nicht infrage.

Jetzt fühle ich mich wie der mieseste Dreckskerl, weil ich auch nur daran gedacht habe. Es in Erwägung gezogen habe, etwas auszulöschen, das ein Teil von Tru und mir ist.

Aber was zum Teufel weiß ich denn darüber, was es heißt, Vater zu sein? Nichts. Ich habe absolut keine Ahnung. Als Kind hatte ich nicht gerade den besten Lehrmeister. Zum Schluss mag ich zwar Dale gehabt haben, der sicherlich ein guter Mann ist, aber bis dahin hatte Paul schon so großen Schaden angerichtet, dass es nicht wiedergutzumachen war.

Er hat mich kaputtgemacht. Ich kann unmöglich ein Kind so fertigmachen wie er mich. Nicht mein eigen Fleisch und Blut. Das würde ich mir nie verzeihen.

Ich nehme noch einen Zug, stemme die Ellbogen aufs Lenkrad und vergrabe mein Gesicht in den Händen.

»Du bist ein verfluchter Nichtsnutz, Jake … Kannst du nicht ein Mal was richtig machen? … Du kommst nach deiner Mutter, bist genauso unfähig … Ich wünschte, du wärst nie geboren, ich wollte mir nie ein Kind ans Bein binden – vor allem kein so *jämmerliches Stück Scheiße wie dich … Du wirst es nie zu etwas bringen … Warum zum Teufel heulst du denn? Junge, wenn du nicht aufhörst zu flennen, dann gebe ich dir verdammt noch mal einen Grund dafür …*«

Ich schlage mir mit den Handflächen gegen die Stirn und versuche, seine gottverdammte Stimme aus meinem Kopf zu bannen.

Er ist tot, und doch ist er weiterhin da, drangsaliert mich, macht mich immer noch fertig.

Mit irgendetwas muss ich den Scheißkerl übertönen.

Ich mache die Anlage an, suche in der Datenbank nach Linkin Park und drücke bei »Numb« auf die Play-Taste. Ich drehe so weit auf, bis das Lied ganz von mir Besitz ergreift.

Wenn ich den Kopf frei kriegen will, höre ich immer diesen Song. Mein Drogenberater hat mir geraten, etwas zu finden, das mir einen Fokus gibt, wenn ich das Gefühl habe, dass mir alles entgleitet. Musik ist mein Leben, abgesehen von Tru, also habe ich dieses Lied gewählt.

Ich weiß, es mag seltsam anmuten, dass ausgerechnet »Numb« mich beruhigt, aber es funktioniert. Das Lied bringt mich runter.

Schon merke ich, wie meine Wut und mein Frust weniger werden.

Meine Gefühlslage entspricht im Augenblick genau dem Titel des Liedes: betäubt. Ich will nicht nachdenken. Will nicht fühlen. Denn wenn ich es tue, werde ich das Auto wenden und in die falsche Richtung fahren, geradewegs zu einem Dealer.

Ich lehne mich im Sitz zurück, nehme einen weiteren langen Zug von meiner Zigarette und klopfe die Asche durch das geöffnete Fenster ab.

Ich werde Vater.

Ich habe keine Ahnung, wie man ein guter Vater ist. Und das möchte ich sein … für Tru. Für sie möchte ich in allen Belangen gut sein. Aber ich weiß nicht, ob ich das kann. Mit Sicherheit versaue ich es, so wie alles.

Die Vorstellung, bei etwas so Wichtigem zu versagen, wie ein Kind großzuziehen, macht mir unaussprechliche Angst.

Ich darf nicht so sein wie er. Ich darf kein Paul sein. Aber das war ich für eine sehr lange Zeit.

Gegen eine Frau oder ein Kind würde ich nie die Hand erheben. Niemals. Aber was, wenn wir ein Kind hätten, etwas in mir durchbrennt oder so was und ich mich in ein Monster verwandeln würde, wie er eines war? Man kann ein Kind nicht nur mit Fäusten verletzen und brechen. Worte können genauso verdammt schlimmen Schaden anrichten.

Das weiß ich nur zu gut.

Ich bin ihm so ähnlich. Viel zu ähnlich. Wer sagt mir, dass ich mich nicht in ein Riesenarschloch verwandle, wie Paul Wethers eins war, wenn mein Kind erst auf der Welt ist?

In beruflicher Hinsicht mag ich Erfolg haben, aber hinter dieser Fassade bin ich ganz schön kaputt. Tru hält mich zusammen, und was habe ich ihr gerade angetan? Sie ist mein Leben. Sie hat mir erzählt, dass sie schwanger ist, und ich bin einfach verschwunden, habe sie alleingelassen.

Was für ein Mann tut so etwas? Nur ein mieser Feigling.

Mein Gott, als sie mir gesagt hat, dass sie schwanger ist, klang sie so verängstigt. Ich konnte es an ihrer Stimme hören.

Fast, als hätte sie gewusst, wie ich reagieren würde. Dass ich wegrennen, es versauen würde.

Habe ich das nicht wunderbar hingekriegt?

Auch wenn das keine Entschuldigung ist: Ich habe einfach Panik bekommen. Als sie sagte, sie sei schwanger, ist bei mir eine Sicherung durchgebrannt, und ich konnte nicht mehr klar denken. Die gesamte Heimfahrt über habe ich mich wie ein Roboter gefühlt.

Ich konnte weder denken noch mich konzentrieren oder sonst irgendetwas tun.

Mein einziger Gedanke: *Fahr, Jake.*

Fahr nach Hause, Jake.

Weiter kam ich nicht. Als sie ausstieg, wusste ich, dass sie wütend und verletzt war, aber ich blieb wie erstarrt sitzen.

Ich sagte mir, ich müsse aussteigen, ihr folgen, mit ihr sprechen, aber ich konnte mich einfach nicht bewegen.

Im nächsten Augenblick hatte ich den Rückwärtsgang eingelegt, vollführte ein rasantes Wendemanöver und fuhr davon.

Ich war einfach so verdammt erschrocken. Das bin ich auch jetzt noch.

Tru trägt mein Kind unter dem Herzen, und ich habe sie beide alleingelassen, bin abgehauen.

Ich bin wie er, sein Vermächtnis. Damit hat er genau das bekommen, was er wollte. Er wollte, dass ich genauso, nein, noch viel schlimmer verkorkst bin als er.

Nun denn, Glückwunsch, Dad. Du hast wirklich ganze Arbeit geleistet.

Ein letztes Mal ziehe ich an meiner Zigarette und schnippe den Stummel zum Fenster raus.

Ich werde nie gut genug sein für Tru oder das Baby. Auch wenn ich es mir wünsche.

Dass das Baby perfekt und wunderschön sein wird, weiß ich, weil Tru beides ist. Es wird nach ihr kommen, das muss es einfach. Ich möchte nicht, dass das Kind auch nur das kleinste bisschen von meinen beschissenen Genen erbt.

Unser Baby.

Wir bekommen ein Baby. In diesem Augenblick wächst es in ihr heran. Ein klitzekleines Baby, das Tru und ich gemacht haben. Es muss winzig sein, ein ganz kleines Herz haben, das in seiner Brust schlägt.

Sein Leben lang wird es Schutz brauchen.

Ich werde es beschützen müssen.

Ich werde Vater.

Bei dem Gedanken macht mein eigenes Herz unverhofft einen kleinen Satz. Aus den Tiefen meiner gebrochenen, kaputten Seele dringt ein zarter Hoffnungsschimmer.

Dann trifft mich die Erkenntnis wie eine Faust ins Gesicht.

Ich hab's komplett versaut. Das wird sie mir nie verzeihen.

Verdammt.

Ich muss zurück, mit ihr reden, sie anflehen, mir zu vergeben. Muss ihr sagen, dass ich mich von nun an im Griff habe. Dass ich es irgendwie hinkriege. Ich werde herausfinden, wie ich unserem Kind ein guter Vater sein kann. Damit ich der Mann sein kann, den sie in mir sieht. Für sie werde ich alles tun.

Ich darf Tru nicht verlieren. Sie ist der Grund meines Daseins. Sie bedeutet mir alles.

Und dasselbe möchte ich für unser Kind sein.

Als ich gerade das Auto anlassen will, klingelt mein Handy.

Ich werfe einen Blick aufs Display und sehe, dass es der Sicherheitsdienst ist.

Tru.

Scheiße, nein.

»Was ist los?«

»Mr Wethers. Jackson hier. Ich, äh, ich dachte, Sie wüssten vielleicht gern, dass Ms Bennett gerade in einem Taxi davongefahren ist. Sie hatte Gepäck bei sich, und sie, äh, hat den Schlüssel dagelassen, damit ich ihn Ihnen gebe.«

Mir rutscht das Herz in die Hose.

Gütiger Himmel, nein.

»Sie haben sie einfach so gehen lassen?«, frage ich mit zusammengebissenen Zähnen.

»Es tut mir leid, Sir. Ich habe versucht, mit ihr zu reden, angeboten, sie zu fahren – wohin auch immer –, aber sie wollte einfach nicht.«

So ist Tru. Unvorstellbar stur.

»Wissen Sie, wohin sie gefahren ist?«, frage ich mit trockenem Mund.

»Nein, Sir.«

»Finden Sie es heraus.«

»Wie?«

»Haben Sie gesehen, welches Taxiunternehmen sie abgeholt hat?«

»Ja.«

»Dann rufen Sie verdammt noch mal da an, und finden Sie heraus, wohin der Fahrer sie bringt! Wie lange ist sie schon weg?« Ich fahre mir mit der Hand durchs Haar.

»Das Taxi ist vor weniger als einer Minute losgefahren.«

»Rufen Sie sofort da an. Danach geben Sie mir umgehend Bescheid.«

Ich lege auf.

Sie ist gegangen. Dafür bin ganz allein ich verantwortlich. Ich habe es so unsagbar gründlich versaut.

Verfluchter Idiot. Ich bin so ein absoluter, verfluchter Idiot.

Ich muss das in Ordnung bringen, sie nach Hause holen. Sie beide nach Hause holen.

Mit einem Druck auf die Kurzwahltaste versuche ich, Tru anzurufen.

Es klingelt.

Nimm ab, Baby, bitte.

Nach dreimal Klingeln werde ich zur Mailbox weitergeleitet.

Sie hat mich weggedrückt.

Verdammt.

Ich drücke auf die Wahlwiederholung.

Mailbox.

Scheiße. Scheiße. Scheiße.

Ich warte auf den Piepton, um eine Nachricht zu hinterlassen: »Kleines, es tut mir so leid. Ich hab's versaut, das weiß ich, aber bitte geh nicht. Bitte ruf mich zurück. Wir können darüber reden, wir finden eine Lösung. Ich hätte nicht weglaufen, dich nicht so zurücklassen dürfen. Ich hab einfach Panik bekommen. Ich bin nicht so stark wie du, Baby. Das ist keine Entschuldigung, das weiß ich, aber bitte geh nicht.« Ich atme aus. »Ich … liebe dich doch so sehr.«

Ich merke, wie mir die Tränen kommen, und lege auf, ehe ich anfange zu weinen.

Angespannt hole ich noch eine Zigarette aus der Schachtel, mache sie an und starre auf mein Handy.

Ruf mich zurück, Baby, bitte.

Eine Minute später klingelt es wieder, aber es ist nicht Tru, sondern der Wachmann.

»Wohin fährt sie?«, frage ich barsch.

»Zum Flughafen, Sir.«

Verdammt.

In dem verzweifelten Versuch, den Flughafen rechtzeitig zu erreichen und die einzige Frau, die ich je geliebt habe, davon abzubringen, mich mitsamt unserem ungeborenen Kind zu verlassen, schalte ich blitzschnell auf Drive, wende und trete das Gaspedal durch.

TRU ...

KAPITEL 12

Unvermittelt erklingt aus meiner Tasche Adele. Hastig durchwühle ich die einzelnen Fächer auf der Suche nach meinem Handy.

Jake.

Als ich auf seinen Namen im Display starre, klopft mein Herz wie verrückt.

Er hat mich verlassen. Ist einfach weggefahren und hat mich verlassen.

Schmerz, Zurückweisung und Erniedrigung ballen sich in mir zusammen und bohren sich direkt in mein Herz.

Ich weise seinen Anruf ab und schalte das Telefon aus.

»Wann sind wir am Flughafen?«, frage ich den Fahrer.

»In ungefähr fünfzehn Minuten.«

Ich lehne mich im Sitz zurück. Ich weiß nicht mal, wann der nächste Flug nach Großbritannien geht, so weit habe ich nicht geplant. Nichts von alledem war geplant.

Ich werde wohl einfach am Flughafen warten müssen, bis ich in den nächsten Flieger steigen kann, der mich von diesem gottverdammten Ort wegbringt.

Dass Jake negativ auf die Schwangerschaft reagiert, habe ich erwartet. Ich habe mit einem Streit gerechnet. Was ich nicht habe kommen sehen, war sein Schweigen in dem

Augenblick, in dem ich es ihm gesagt habe, und dass er dann sofort davongefahren ist, als ich ausgestiegen war.

Allein der Gedanke versetzt mir einen Stich ins Herz. Ich verschränke die Arme, versuche so, den Schmerz zu unterdrücken.

»Schönes Haus, aus dem Sie da gekommen sind«, bemerkt der Fahrer.

»Ja«, antworte ich knapp. Ich möchte mich nicht in ein Gespräch verwickeln lassen.

»Die kosten ganz schön Knete, solche Häuser. Wohnen Sie da?«

Durch den Rückspiegel wirft er mir immer wieder Blicke zu.

O Gott, hoffentlich erkennt er mich nicht.

»Nein, ich war nur zu Besuch.« Ich drehe den Kopf weg, um aus dem Fenster zu starren und ihn wissen zu lassen, dass ich nicht in der Stimmung für eine Unterhaltung bin.

Glücklicherweise versteht er die Geste.

Fünfzehn Minuten später sehe ich das große Schild, das den Flughafen von L. A. ankündigt. Ich bin mehr als bereit, aus dem Taxi auszusteigen und diese gottverdammte Stadt zu verlassen.

Ich möchte einfach nur nach Hause zu Mum und Daddy.

O Gott, ich will mir gar nicht vorstellen, wie meine Mutter reagieren wird, wenn ich erzähle, dass ich schwanger bin und Jake das Kind nicht will. Dad wird ausrasten. Wahrscheinlich fliegt er hierher, nur um Jake einen Tritt in den Hintern zu verpassen, dass er bis nach Timbuktu fliegt.

Mist.

Das ist alles so ein verdammter Mist.

»Wie viel?«, frage ich, als der Fahrer am Gehsteig hält.

»Fünfundsiebzig Dollar.«

Mein lieber Schwan. Ich bin mir sicher, dass er mich übers Ohr haut, kann mich aber nicht dazu aufraffen, mich deswegen mit ihm anzulegen.

Ich ziehe zwei Fünfziger aus dem Portemonnaie und sage, dass er den Rest behalten kann. Ich weiß, dass der Mistkerl mich ohnehin abzieht, aber ich will einfach nur raus aus dem Taxi und nicht noch hier rumsitzen und auf das Wechselgeld warten.

Beim Aussteigen gerate ich auf meinen High Heels ins Wanken, die Reisetasche auf der einen und die Handtasche auf der anderen Schulter sind etwas viel.

Ich schaue zum Eingang und hole tief Luft.

Den Tragegurt über die Schulter gezogen, mache ich mich auf den Weg Richtung Tür.

Plötzlich höre ich Autoreifen quietschen. Als ich mich umdrehe, sehe ich das James-Bond-Auto mitten auf der Straße zum Stehen kommen. Die Tür fliegt auf, und Jake springt heraus.

Wild hupend müssen andere Autos um seinen verlassenen Wagen herummanövrieren, aber er scheint sich nicht darum zu scheren.

Ich sehe, wie er die Umgebung absucht, dann entdeckt er mich, deshalb drehe ich mich schnell um und eile zum Eingang.

»Tru, warte!«, ruft er.

»Verpiss dich!«, schreie ich zurück.

Ich sehe, dass Leute stehen bleiben, um zu glotzen, und werde sofort puterrot.

Von der Seite höre ich jemanden rufen: »Hey, Mann, Sie können doch Ihr Auto nicht da stehen lassen!«

Im nächsten Moment steht Jake vor mir und hält mich an den Armen fest. »Warte doch. Es tut mir leid, Tru. Es tut mir so verdammt leid. Geh nicht. *Bitte* hör dir an, was ich zu sagen habe.«

»Mich interessiert nicht im Geringsten, was du zu sagen hast!«, brülle ich.

Okay, vielleicht ist es mir auch egal, dass wir im Augenblick beobachtet werden. Ich schätze, ich bin zu verletzt und zu wütend, um mir darüber Gedanken zu machen.

Mir kommen die Tränen, aber ich weigere mich zu weinen. »Ich hab dich schon sehr gut verstanden.«

»Ich hab's versaut. Ich hab Panik bekommen und bin weggerannt, das hätte ich nicht tun sollen. Es tut mir leid. So unendlich leid.« Er schüttelt den Kopf, sieht nach unten und atmet aus. Als er ihn wieder hebt, treffen sich unsere Blicke. »Das ist zwar keine Entschuldigung, Tru, aber ich wusste einfach nicht, was ich sagen oder tun sollte. Ich konnte nicht klar denken. Es tut mir so leid, Baby.«

»Nenn mich nicht so!«, schreie ich ihn an, denn seine Worte treffen einen empfindlichen Nerv. »Ich bin nicht dein verfluchtes Baby!«

»Doch, das bist du.« Seine Stimme ist so tief, so eindringlich, dass ich nichts anderes tun kann, als ihn anzustarren. »Du wirst immer mein sein, Tru. Immer.«

»Hey, Mann, haben Sie nicht gehört? Ich hab gesagt, Sie können Ihr Auto nicht einfach da stehen lassen!«

Ich löse den Blick von Jake und sehe einen Flughafenangestellten auf uns zukommen. Junger Typ, in den frühen Zwanzigern.

Verärgert fixiert er Jake und bleibt dann abrupt stehen. »Hey, sind Sie nicht … Jake Wethers?« Mit verengten Augen sieht er ihn an. »Heilige Scheiße – das sind Sie! Sie sind es wirklich! Hey, das ist Jake Wethers!«, ruft er den Leuten um uns herum wild gestikulierend zu, womit er die gesamte Aufmerksamkeit auf uns lenkt.

Wir sind allein hier draußen, ohne Dave und Ben, umgeben von ungefähr zwanzig Leuten, die Jake nun erkannt haben.

Mist.

Ich spüre, wie die Anspannung in Jake wächst, als er die Hände immer fester um meine Arme schließt. Er wendet den Blick von mir ab und sagt zu dem Typen: »Der bin ich nicht.«

»Doch«, antwortet er und tritt näher. »Ich würde Sie überall erkennen! Ich hab jeden Ihrer Auftritte gesehen, Mann, hab all Ihre Alben. Ich bin einer Ihrer größten Fans! Ich steh total auf Ihre Musik! Echt unglaublich, dass Sie hier sind! Warten Sie, bis Marie davon erfährt! Meine Freundin – sie findet Sie fast genauso cool wie ich! Als Jonny gestorben ist, hat sie wochenlang geweint. O Mann, ich brauch unbedingt ein Autogramm und ein Bild mit Ihnen.« Er kommt noch näher und greift in seine Tasche.

Ich kann nicht fassen, dass ein übereifriger Fan von Jake uns mitten in einem Streit unterbricht, weil er ein Autogramm und ein Foto will.

Um uns herum vernehme ich das Gemurmel der Leute, deren Stimmen vor Aufregung jetzt höher klingen, und merke an meinem Puls, dass ich unruhig werde.

Gleich werden sie auf uns losstürmen.

»Wir verschwinden, *sofort*«, insistiert Jake leise, aber mit fester Stimme und starrt auf mich herab.

Ich nicke einmal, und Jake nimmt meine Hand. Blitzschnell begeben wir uns zu seinem Wagen.

Schon höre ich, wie uns Leute folgen und uns nachrufen.

»Nicht weggehen, Mann!«

»Unterschreib auf meinem T-Shirt!«

»Kann ich ein Foto mit dir machen?«

»Ich will dir meine Nummer geben!«

Jake öffnet die Beifahrertür und schubst mich praktisch ins Auto, dann wirft er sie zu. Nervös beobachte ich, wie er versucht, auf die Fahrerseite zu gelangen, während die Leute ihn begrapschen. Jake stößt die Umstehenden aus dem Weg, plötzlich sind es viel mehr als eben noch.

Selbst wenn Jake stehen bleiben und Autogramme geben wollte – die Leute sind jetzt viel zu aufgeregt, es sind viel zu viele, und die Sache gerät außer Kontrolle.

Ein Mensch allein ist vernünftig. Eine Menschenmenge ist einfach durchgeknallt.

Ich zittere, so sehr ängstigt mich das Gedränge ums Auto herum, und ich fühle mich eingesperrt.

Dann ist Jake im Wagen. Er lässt den Motor warnend aufheulen und fährt an, bringt uns da weg.

Noch immer zitternd sehe ich, wie er zum Telefon greift. Er nutzt nicht die Freisprechanlage, sondern fährt mit dem Handy am Ohr.

Das tut er sonst nie.

»Es hat einen Vorfall am Flughafen gegeben … Ich erzähl's dir später … Nein, wir sind in eine Menschenmenge geraten … Ja, wir hatten Streit, und die Leute haben es mitbekommen. Das kommt sicher in die Nachrichten, bieg das zurecht, so gut du kannst … Es geht ihr gut, es geht uns beiden gut … Nein, ich werde nicht verfolgt … Ich fahre jetzt heim … Gut.« Er legt auf. »Geht's dir gut?«, fragt er.

Ich nicke.

»Lauf nie wieder so vor mir weg. Ich weiß, du bist sauer auf mich, aber das war dämlich.«

Ich werde wütend. Mit einem schrillen Lachen fahre ich zu ihm herum. »Machst du Witze?«

»Sehe ich so aus?« Der Blick, den er mir zuwirft, ist so vorwurfsvoll, dass ich zusammenzucke. »Du hättest da draußen verletzt werden können«, stellt er leise fest. Ich bin mir nicht sicher, aber ich glaube, ihn zittern zu sehen.

Dann werde ich wieder wütend.

Ich wäre gar nicht am Flughafen gewesen, wenn er sich nicht verpisst hätte. Das ist alles seine verdammte Schuld!

Angewidert sehe ich ihn an. »Als ob dir das was ausgemacht hätte. Das ist alles deine Schuld!«

Mit einer Hand am Steuerrad dreht er den Kopf und blickt mich so zornig an, dass ich fürchte, unter der Wucht dieses Blickes in tausend Einzelteile zu zersplittern. »Du glaubst, es wäre mir egal, wenn dir was passiert?« Aufgebracht beißt er die Zähne zusammen.

Ich erwidere seinen Blick und nicke.

Sein Gesichtsausdruck wird immer angespannter. An seinem Hals sehe ich eine Ader pulsieren. Ich glaube, so wütend habe ich ihn noch nie gesehen – und er ist wütend auf mich. Der dreiste Idiot.

Das regt mich nur noch mehr auf. »Lass mich sofort aussteigen«, verlange ich mit zusammengebissenen Zähnen.

»Nein.«

»Hast du gerade Nein gesagt?«

»Klang so.«

»›Klang so‹? Was soll das denn?«, schäume ich. »Was glaubst du eigentlich, wer zum Teufel du bist? Du bist ein arroganter Mistkerl, Jake Wethers! Ich bin keine deiner Angestellten, die du herumkommandieren kannst! Gott, du bist so ein riesiges Mega-Arschloch!«

Offenbar bin ich wieder dreizehn.

»Das hatte ich verdient«, sagt er. Tatsächlich sieht es aus, als müsse er ein Lächeln unterdrücken, was mich nur noch mehr auf die Palme bringt. »Aber ich kann dich nicht aussteigen lassen, Tru. Das wäre zu gefährlich.«

»Was willst du denn machen? Mich entführen?«

»Wenn es sein muss.«

Er klingt so ernst, dass ich mir nicht ganz sicher bin, ob er es scherzhaft meint.

»Ich hasse dich so sehr«, zische ich.

Scheiße, wo kam das denn her?

Über sein Gesicht huscht ein verletzter Ausdruck. Das fühlt sich nicht gut an. Ich komme mir vor wie das letzte Miststück.

»Auch das hatte ich verdient.« Er fährt sich mit der Hand durchs Haar. »Hör zu, lass mich dich einfach sicher nach Hause fahren. Dann schenk mir zehn Minuten, hör dir an, was ich zu sagen habe, und wenn du dann immer noch wegwillst, lasse ich dich mit dem Jet bringen, wohin auch immer du willst. Du kannst da draußen nicht einfach so ohne Sicherheitspersonal unterwegs sein. Es ist zu gefährlich … für dich und das Baby.«

Als er das Baby erwähnt, hole ich scharf Luft. Mir kommen die Tränen, dann schluchze ich auf. Ich presse die Hand vor den Mund.

»Tru …« Er streckt die Hand aus, um mich zu berühren.

Ich weiche zurück. »Fass mich nicht an«, flüstere ich unter Tränen.

»Es tut mir so leid …«

»Hör auf damit«, fahre ich ihn an. »Ich brauche weder dein beschissenes Mitleid noch dein Verständnis. Lass mich einfach in Ruhe.«

Ich streife die Schuhe ab und ziehe die Füße auf den Sitz hoch, schlinge die Arme um meine Beine, lege den Kopf auf die Knie und starre aus dem Fenster.

Er atmet leise aus, spricht mich aber kein weiteres Mal an.

Im Hintergrund höre ich ein Lied von Linkin Park ausklingen. Als Nächstes kommt Snow Patrols »Make This Go on Forever«.

Bastard.

Mieser Bastard.

Ich hasse es, wenn er das tut. Er vermittelt mir seine Botschaft mithilfe von Musik. Um meine Aufmerksamkeit zu erringen, wenn ich ihm nicht zuhören will.

Aber im Augenblick erinnert er mich nur daran, wie sehr er mir wehgetan hat. Wie sehr er mir immer noch wehtut.

Ich spiele seine Spielchen nicht mit, und zuhören werde ich ganz bestimmt auch nicht.

Er kann sich verpissen.

Ich hebe den müden Kopf, löse einen Arm von meinen Beinen, strecke die Hand aus und drehe die Musik aus.

Dann nehme ich meine Position wieder ein und verbringe den Rest der langen, stummen Fahrt mit dem Versuch, den Schmerz auszublenden, der mich zu zermalmen droht.

Jake fährt in unsere Einfahrt und schaltet den Motor aus, sodass nur noch die Armaturenbeleuchtung Licht in der Dunkelheit spendet.

»Bist du bereit, mir zuzuhören, oder brauchst du noch Zeit?«, fragt er leise.

Ich hebe erschöpft den Kopf und starre ihn an.

Er wirkt mitgenommen und gequält. Ich hasse es, ihn so zu sehen. Aber mir geht es gerade genauso.

»Ich höre«, flüstere ich und stelle die Füße auf den Boden, bin mir aber nicht ganz sicher, ob ich tatsächlich hören will, was er zu sagen hat.

Er wendet sich mir zu. »Es tut mir so leid, dass ich vorhin weggefahren bin und dich alleingelassen habe.« Seine Stimme klingt sanft und zögernd. »Das war grausam und dumm. Tru, du musst wissen, dass ich dir nie absichtlich wehtun würde.« Er reibt sich energisch das Gesicht und fährt sich mit den Fingern durchs Haar. »Mein Gott, der Gedanke, dir wehzutun – das Wissen, dass ich dir wehgetan habe –, das ist wie ein Messerstich ins Herz. Glaub mir, wenn ich die Zeit zurückdrehen könnte, würde dieser Abend ganz anders laufen.«

Überrascht blicke ich auf. »Inwiefern?«

Er schaut auf seine Hände hinunter, und als er spricht, bricht mir die Wärme in seiner Stimme fast das Herz. »Zunächst mal würde ich dir sagen, dass ich dich liebe und außer dir nichts für mich von Bedeutung ist. Aber ich habe Angst. Furchtbare Angst. Gott, Tru, als du mir gesagt hast, dass du schwanger bist, ist meine eigene Kindheit vor meinen Augen vorbeigezogen.« Er holt tief Luft. »Deshalb bin ich weggerannt: wegen meiner eigenen Ängste, nicht, weil ich dich oder das Baby nicht will.«

Er will das Kind?

»Wovor hast du so eine Heidenangst?«, frage ich leise.

»Davor, als Vater zu versagen. Es zu versauen. Alles kaputtzumachen. Dass ich unser Kind genauso verkorkse, wie es mein Vater mit mir gemacht hat.«

Gerade will ich etwas sagen, ihm widersprechen, ihm versichern, dass er nicht verkorkst ist, dass er nicht Paul ist und es niemals sein könnte, als er schon weiterspricht.

»Aber als ich da saß und über all den Dreck nachgedacht habe, ist mir etwas klar geworden.«

»Nämlich?« Ich bin auf die Kante meines Sitzes gerutscht.

»Dass ich dich habe«, sagt er schlicht. »Mit dir kann ich es schaffen, weil du mir Kraft gibst, Tru. Deinetwegen will ich ein besserer Mensch werden, ein guter Vater für unser Kind. Der beste. Außerdem will ich mich den Rest meines Lebens nur um euch beide kümmern.« Ich höre, wie seine Stimme bricht, ehe er leiser fortfährt: »Ich will nicht er sein, Tru. Ich will nicht, dass unser Kind so aufwächst, wie ich es musste, und das allein wird verhindern, dass ich versage. Ihr beide werdet das.«

Ich sehe Tränen auf seinen Wangen, und mir bricht das Herz.

Schluchzend löse ich meinen Sicherheitsgurt und klettere auf seinen Schoß.

Er umarmt mich ganz fest und vergräbt sein Gesicht an meinem Hals. »Es tut mir so leid. Bitte verzeih mir, dass ich weggelaufen bin.«

»Ich verzeihe dir. Natürlich verzeihe ich dir. Es tut mir leid, dass ich gesagt habe, ich würde dich hassen. Das stimmt nicht. Das könnte ich niemals. Ich war nur so verletzt.«

»Momentan hätte ich es verdient, dass du mich hasst, aber es würde mich total fertigmachen.«

Er hebt den Kopf, sieht mich an, und sein eindringlicher Blick trifft mich mitten ins Herz.

Mit den Fingerspitzen wische ich seine Tränen weg und küsse jeden Zentimeter seines Gesichts, ganz langsam, bis unsere Lippen sich finden.

»Geh nie wieder weg«, haucht er.

»Woher wusstest du, dass ich am Flughafen bin?«

Er richtet sich auf und legt den Kopf in den Nacken. »Jackson hat mich angerufen und mir gesagt, dass du ein Taxi genommen hattest, also hab ich ihn bei der Zentrale nachfragen lassen, um herauszufinden, wohin du unterwegs warst.«

Einfallsreich wie immer. Typisch Jake.

Ich berühre sein Gesicht, streiche ihm durchs Haar und spiele sacht mit den ebenholzfarbenen Strähnen, und zufrieden schließt er die Augen.

Als ich ihn so sehe, wünsche ich mir plötzlich, dass unser Kind genau aussieht wie sein Vater. Ich hoffe, es hat irgendwann Jakes schönes Gesicht, die wundervollen blauen Augen und meinen Teint. Aber nicht meinen puerto-ricanischen Riesenhintern.

Dann kommen mir wieder Zweifel. Was, wenn er seine Meinung ändert, wenn das Kind erst einmal auf der Welt ist? Ich glaube, ich könnte es nicht ertragen, wenn er dann wegginge.

»Jake«, murmle ich. Er öffnet die Augen. »Bist du vollkommen sicher, dass du das willst? Das Kind, meine ich.«

»Ja.« Er betrachtet meinen Bauch. »Dieses Kind wird alles in sich vereinen, was ich je im Leben geliebt habe.«

»Jetzt werde ich fett«, murmele ich.

»Nein, nur noch erotischer.« Er nähert sich mir wieder, legt die Arme eng um mich und reibt seine Nasenspitze an meiner. »Wie könnte ich etwas nicht wollen, das Trudy Wethers' DNS hat?«

»Noch heiße ich Bennett.« Ich grinse. »Du hast noch keine anständige Frau aus mir gemacht.«

»Bist du bereit für einen Flug nach Vegas?«

»Eine Spontanhochzeit. Da wären meine Eltern aber stolz.« Ich lache.

»Wie sollen wir weiter vorgehen?«, fragt er. »Sollen wir es vorziehen?«

»Dann hätte ich nur ein paar Wochen Zeit zu planen. Warum warten wir nicht einfach bis nach der Geburt?«

Ich sehe, wie er im Kopf schnell nachrechnet. »Dann könnten wir nicht am 21. Juli heiraten. Ist dir das egal?«

»Bald hab ich einen kleinen Jake. Natürlich ist mir das egal.«

»Oder eine kleine Tru«, wendet er ein. Dann verändert sich sein Gesichtsausdruck plötzlich. »Scheiße, ein Mädchen. Womöglich müssen wir sie einschließen, Tru.«

Ich verziehe das Gesicht. »Warum?«

»Wenn sie auch nur annähernd so aussieht wie du, werde ich eines Tages alle Hände voll damit zu tun haben, ihr notgeile Teenager vom Hals zu halten – darum. Wahrscheinlich lande ich im Knast, weil ich einen von ihnen erschlage, den ich beim Begrapschen meiner Kleinen erwische.« Ihn durchläuft ein gespieltes Schaudern.

Ich lache. »Hoffentlich wird nicht aus unserem Sohn, wenn wir denn einen kriegen, einer dieser notgeilen Teenager …

Gott bewahre, vielleicht wird er sogar so wie du. Sonst taucht noch bei uns der Vater irgendeines Mädchens auf, um ihm den Arsch aufzureißen.«

»Dann lande ich im Knast, weil ich dem Vater die Fresse poliere – Scheiße, aus der Nummer kommen wir nicht mehr raus, Süße«, ächzt er und lässt den Kopf gegen die Nackenstütze sacken. »Ich bin dazu verdammt, hinter Gittern zu enden.«

Leise lachend tröste ich ihn: »Keine Sorge, Schatz, wir finden schon einen Weg, dir das Gefängnis zu ersparen.« Ich küsse ihn auf die Nasenspitze, dann öffne ich die Tür, um auszusteigen und ins Bett zu gehen.

Unterwegs hole ich mir aus der Küche noch ein Glas Wasser.

Lächelnd und eine Million Mal glücklicher als beim letzten Mal, als ich hier war, gehe ich in unser Schlafzimmer, wo Jake noch voll bekleidet auf der Bettkante sitzt und etwas in seiner Hand anstarrt.

Er sieht unglücklich aus.

»Du wolltest mich wirklich verlassen«, flüstert er.

Ich sehe meinen Verlobungsring in seiner Hand.

Scheiße.

Mein Gesicht brennt vor Scham, als ich erkenne, wie überstürzt ich ihn abgestreift habe.

»Es tut mir leid.« Ich gehe einen Schritt auf ihn zu. »Ich war wütend und dachte, du wolltest das Kind nicht haben. Ich dachte, wir hätten keine Zukunft mehr.«

Jake erhebt sich. Er kommt zu mir herüber, nimmt mir das Glas aus der Hand und stellt es auf den Nachttisch.

Dann nimmt er meine linke Hand. »Ich kann dir nicht versprechen, dass ich nicht wieder Scheiße bauen werde, Tru. Ich bin schon so oft gescheitert. Aber du sollst wissen, dass ich euch beide wirklich will, sogar sehr.« Er steckt mir den Ring an den Finger. »Ich werde euch immer wollen.«

Ich lege ihm die Hände an die Wangen, ziehe ihn zu mir herunter und küsse ihn sanft auf den Mund.

Er hebt mich hoch und trägt mich zum Bett. Nachdem er das Licht ausgemacht hat, legt er sich neben mich, zieht mich an sich und nimmt mich fest in den Arm.

Wir sind beide noch angezogen, aber ich spüre, dass Jake gerade keinen Millimeter von mir weichen will, und das Gleiche gilt für mich.

Im Dunkeln legt er mir die Hand auf den Bauch, und raue Finger streichen über den Stoff meines Kleides. »Ich liebe dich«, flüstert er.

Zum ersten Mal, seit wir zusammen sind, weiß ich, dass das nicht nur mir gilt. Das weckt einen Funken Hoffnung in mir, dass vielleicht, ganz vielleicht, doch noch alles gut wird.

KAPITEL 13

Als ich in Jakes Armen erwache, trage ich noch immer das Kleid vom Vorabend.

»Hey«, sagt er leise neben mir.

Ich drehe den Kopf und blicke ihm direkt in die blauen Augen.

Seine Haare sind vom Schlaf ganz zerzaust, aber seine Augen sind hellwach. Er hat nachgedacht.

Nicht gut.

»Wie lange bist du schon wach?«, frage ich zögerlich.

»Noch nicht lang.« Er streicht mir eine Locke aus der Stirn.

Für einen Augenblick schweigen wir.

Nach letzter Nacht weiß ich nicht, was ich sagen soll, und Jake geht es genauso.

»Geht es dir gut?«, bricht er die Stille zwischen uns.

Warum sollte es das nicht tun?

»Ja«, antworte ich nickend und schlucke.

Dir auch?

Jake schließt die Augen und atmet aus.

Woran denkt er? Ich habe Angst, ihn zu fragen. Fürchte, er könnte seine Meinung über das Baby geändert haben.

Ich sehe ihn an und warte. Er öffnet die Augen, legt eine Hand an mein Gesicht und küsst mich.

Innig. Leidenschaftlich. Ehrfürchtig.

Dieser Kuss sagt mehr als Worte, zeugt von Versprechen, von Liebe. Tiefer Liebe. Jener Liebe, die uns seit fast drei Jahrzehnten verbindet.

»Wir bekommen ein Kind«, sage ich, als Jake sich von mir löst.

»Ja.« Er sieht mir in die Augen.

»Du wirst Vater.« Ich weiß nicht, was gerade in ihm vorgeht. Er hat sich mir immer noch nicht ganz geöffnet.

Hinter seinem Lächeln verbirgt sich Anspannung. Ich kann die Angst in seinen Augen sehen, die er noch vor einem Moment versteckt gehalten hat.

Sie versetzt mir einen Stich ins Herz. In mir erblüht ein schrecklicher, verzehrender Schmerz.

»Jake, ist alles … in Ordnung?«

»Ja, ich bin nur ein wenig …«

»Überwältigt. Verängstigt. Nicht bereit. Du hast deine Meinung geändert«, platzt es aus mir heraus.

Verwundert schaut er mich an, dann wird sein Blick sicherer, nachdrücklich. »Eher vollkommen bereit. Glücklich. Ich möchte unser Kind mehr als alles andere.« Mit einer Hand berührt er meinen Bauch, und erleichtert atme ich aus. »Ich mach mir nur Sorgen«, gesteht er leise, während sein Blick an mir vorbei in die Ferne schweift.

Mein Bauch verspannt sich unter seiner Berührung. »Worüber?«

»Dass es dem Baby nicht gut gehen könnte.«

»Es geht ihm gut.« Ich entspanne mich und lege eine Hand auf seine, drücke sie auf meinen Bauch.

»Ich möchte, dass du heute zum Arzt gehst, Tru.«

»Eigentlich wollte ich das am Montag tun.«

»Es muss heute sein«, beharrt er mit gepresster Stimme. »Ich sage Stuart, er soll einen Termin machen.«

Er richtet sich auf, wendet sich von mir ab, stellt die Füße auf den Boden. Ich folge ihm und setze mich neben ihn. Dann wende ich mich ihm zu, lege ein Bein über seinen Schoß, das andere hinter seinen Rücken und halte ihn damit gefangen.

»Warum die Eile?«, frage ich und schaue ihm mit schief gelegtem Kopf in die Augen.

Seufzend erwidert er einen kurzen Augenblick lang meinen Blick, dann wendet er sich ab. »Tru, ich habe die letzten acht Jahre Drogen genommen – in den letzten drei sogar täglich.«

»Aber du bist doch mittlerweile clean«, werfe ich ein.

»Vor etwas mehr als fünf Wochen aber noch nicht. Auch wenn ich keine Drogen genommen hab, als du schwanger geworden bist, könnte das Zeug trotzdem noch in mir gewesen sein, und …« Er holt scharf Luft, fährt sich mit der Hand durchs Haar und senkt den Blick. »Ich will einfach sicher sein können, dass es dem Baby gut geht, dass die Drogen keinen Einfluss genommen oder bleibende Schäden verursacht haben.« In seiner Stimme liegt Schmerz.

Verdammt. Daran hatte ich nicht gedacht. Wenn Jake sich Sorgen macht, muss ich es auch tun. Er macht sich nie unnötig Sorgen.

Ängstlich, aber entschlossen, positiv zu denken, verkünde ich: »Ich bin sicher, dass es dem Baby gut geht.«

Er holt tief Luft. »Das glaube ich erst, wenn ich es von einem Arzt höre. Ich muss es noch heute wissen, Tru. Erst dann kann ich mich entspannen und mit dir freuen.«

Ich nehme seine Hand, verschränke unsere Finger. »Okay«, lenke ich ein und fahre ihm mit der Hand durch das weiche, dunkle Haar.

Er greift nach dem Telefon auf seinem Nachttisch und sagt: »Ich rufe Stuart an, damit er einen Termin beim besten Schwangerschaftsarzt der Stadt macht.«

Ich lege meine Hand auf seine und halte ihn zurück. »Die heißen Gynäkologen, Schatz. Glaubst du nicht, wir sollten es zuerst meinen Eltern und deiner Mutter und Dale erzählen, ehe wir Stuart sagen, dass wir ein Kind erwarten?«

»Doch, aber das machen wir erst, wenn wir wissen, dass alles in Ordnung ist. Ich kenne keinen guten Gynäkologen. Du?«

Ich schüttle den Kopf.

»Dann also doch Stuart.«

»Woher soll denn Stuart einen Gynäkologen kennen? Er mag ja schwul sein, aber soweit ich weiß, ist ihm noch nicht auf magische Weise eine Gebärmutter gewachsen.«

Das zaubert ein Lächeln auf Jakes Lippen. Ein kleines zwar, aber es ist ein Anfang.

»Es gibt nichts, was Stuart nicht entweder weiß oder herausfinden kann, Klugscheißerin. Deshalb bezahle ich ihn so gut.«

Ich lasse ihn los und gebe mich geschlagen: »Okay, aber, na ja … Sag ihm nicht, dass ich schwanger bin. Behaupte, ich hätte Frauenprobleme.«

Abgesehen davon, dass ich es meinen Eltern zuerst erzählen möchte, will ich auch nicht, dass jemand von der Schwangerschaft weiß, bis wir sicher sein können, dass alles in Ordnung ist.

Sorgen mache ich mir erst, seit Jake das Thema angesprochen hat. Aber jetzt … jetzt habe ich schreckliche Angst, dass mit dem Kind etwas nicht stimmen könnte.

* * *

Drei Stunden später sitzen Jake und ich im Sprechzimmer von Dr. Suzanne Kline, Ärztin der Reichen und Schönen und eine der besten Gynäkologinnen, die für Geld zu kriegen sind.

Die Arzthelferin hat uns ins Sprechzimmer geführt. Sie wirkte nicht besonders glücklich, an einem Samstag arbeiten zu müssen, aber sobald sie Jake hinter mir hereinkommen sah, hat sie gestrahlt wie ein Weihnachtsbaum.

Sie bat uns, Platz zu nehmen, bot uns Getränke an und versicherte uns, Dr. Kline würde in Kürze zu uns stoßen.

Das ist das schönste Arztsprechzimmer, in dem ich je war.

Es ist hell und großzügig, ganz in Creme- und Beigetönen gehalten. Ich sitze auf dem bequemsten Lederstuhl aller Zeiten vor einem riesigen Mahagoni-Schreibtisch, der aussieht, als würde er mehr kosten, als ich in einem Jahr verdiene. In einer Ecke steht ein Sofa, das unserem ähnelt, und überall hängen Bilder von Babys. Ich schätze, von berühmten Babys.

Mein Kind wird berühmt sein.

Mist. Das war mir bisher nicht klar. Manchmal vergesse ich, dass Jake ein Promi ist. Obwohl ich es täglich unter die Nase gerieben bekomme, ist er für mich immer noch Jake Wethers, mein bester Freund, der Junge von nebenan.

Unser Kind wird berühmt sein, einfach weil sein Vater es ist.

Im Gegensatz zu mir wird es keine Chance auf eine normale Kindheit haben.

Es wird umgeben von Leibwächtern aufwachsen, und wir werden uns ständig Sorgen um seine Sicherheit machen.

Darüber werde ich mit Jake reden müssen. Ich will, dass unser Kind so normal wie möglich groß wird. Ich weiß, dass er dasselbe will, also werden wir nur einen Weg finden müssen, es umzusetzen.

Jake hat seit unserer Ankunft keinen Augenblick still gesessen. Ich spüre die Nervosität und Anspannung, die von ihm ausgehen, beinahe körperlich. So aufgeregt habe ich ihn noch nie gesehen. Es macht mich ganz fertig.

Sacht lege ich ihm die Hand auf den Oberschenkel, damit er aufhört, mit dem Bein zu zappeln.

Er lächelt mich verkrampft an.

»Alles wird gut«, besänftige ich ihn und versuche, überzeugend zu klingen, auch wenn ich selbst nicht recht daran glaube. Meine Zweifel wachsen mit jeder Minute.

»Das hoffe ich«, murmelt er. »Ich hoffe es wirklich.« Er nimmt meine Hand, führt sie an die Lippen und haucht mir einen Kuss auf die Knöchel.

Dann tritt endlich Dr. Kline ein.

Man stelle sich eine Ärztin vor, die man auf keinen Fall im selben Raum wie seinen scharfen, ehemals frauenverschleißenden Rockstar-Freund sehen möchte. Genau so sieht Dr. Suzanne Kline aus.

Sie ist groß, Anfang dreißig, würde ich sagen, und trägt ihr langes, blondes Haar als glatten Pferdeschwanz. Sie steckt in einer Jeans mit hohem Bund, die an jemandem, der mehr wiegt als ein Strohhalm, furchtbar ausgesehen hätte, und hat die perfekt sitzende hochgeschlossene weiße Bluse in die Hose gesteckt. So etwas wie sperrende Knopflöcher kennt sie nicht.

Sie sieht einfach großartig aus. Es ist Hass auf den ersten Blick.

Ich muss Stuart unbedingt einen Riesenarschtritt verpassen, wenn wir nach Hause kommen.

Mag ja sein, dass sie die beste Frauenärztin in L. A. ist, aber ich wäre auch mit der zweitbesten zufrieden gewesen, vielleicht sogar mit der drittbesten, solange sie nur nicht so ausgesehen hätten.

»Entschuldigen Sie die Verspätung«, sagt sie und kommt quer durch den Raum auf uns zu.

Sie reicht mir die Hand, ich sehe ihre perfekt manikürten Nägel und zucke beim Gedanken an meinen abgeblätterten roten Nagellack zusammen.

»Ich bin Dr. Suzanne Kline«, stellt sie sich vor. »Nennen Sie mich einfach Suzanne.«

»Trudy Bennett«, erwidere ich und bin versucht, hinterherzuschieben: *Aber nennen Sie mich einfach Ms Bennett.* Ich muss mir auf die Zunge beißen.

Als Nächstes wendet sie sich Jake zu und schüttelt ihm ebenfalls die Hand. »Jake Wethers«, sagt er.

»Ich weiß, wer Sie sind, Mr Wethers.« Sie verzieht die Lippen zu einem schiefen Lächeln, das ein wenig scheu wirkt, und ich sehe, dass ihre Augen unter seiner Musterung groß geworden sind. In diesem Moment sieht sie aus wie eines seiner Groupies.

Ich hasse seine Wirkung auf Frauen. Sie ist eine kluge, erfolgreiche Ärztin, die regelmäßig mit Stars zu tun hat, aber ein Blick und eine Berührung von Jake, und sie ist wieder ein Teenager.

Ich könnte kotzen.

»Jake, bitte«, korrigiert er sie, und es klingt so glatt, dass ich das Bedürfnis habe, ihm eine Kopfnuss zu verpassen.

Er lässt ihre Hand los und nimmt sofort wieder meine, zieht sie auf seinen Schoß.

Mir ist danach, selbstgefällig zu grinsen, aber ich lasse es. Ich weiß, ich reagiere irrational. Ich weiß auch, Jake hat nur Augen für mich – aber es passt mir nicht, wie sie ihn ansieht. Rasch werfe ich einen Blick auf ihre linke Hand, während sie um den Schreibtisch herumgeht.

Sie trägt einen Ehering. Aber wann hat die unbedeutende Nebensache, einen Ehemann zu haben, eine Frau je daran gehindert, Jake an die Wäsche zu wollen?

»Bitte entschuldigen Sie meinen Aufzug«, sagt sie mit ihrem sexy amerikanischen Akzent und deutet auf ihre Kleidung, während sie sich setzt. »Ich komme direkt vom Brunch mit meiner Familie.«

»Tut uns leid, dass wir Sie dabei gestört haben«, erwidert Jake. »Aber ich wollte, dass Tru heute noch zu einem Arzt geht.«

»Kein Problem. Was stimmt denn nicht, Tru?« Sie beugt sich in ihrem Stuhl vor.

Ich verkrampfe mich ein wenig, als sie ihre blauen Augen forschend auf mich richtet. »Nun, ich, äh, ich habe einen Schwangerschaftstest gemacht – drei, genauer gesagt –, und sie waren alle, äh, positiv.« Ich habe keine Ahnung, warum, aber ich bin puterrot, und mir ist furchtbar heiß.

»Das sind doch gute Nachrichten … für Sie beide?«, fragt sie vorsichtig und schaut zwischen Jake und mir hin und her.

»Sehr gute Nachrichten.« Jake lächelt mich an und drückt meine Hand. »Ungeplant, aber sehr gewollt.«

Mein Herz schmilzt.

»Das höre ich gern.« Sie schenkt uns ein strahlend weißes Hollywood-Lächeln. Wenn das überhaupt möglich ist, sieht sie damit noch toller aus.

Widerlich.

»Herzlichen Glückwunsch«, setzt sie hinzu.

»Danke«, antwortet Jake.

Ich kann nicht antworten, denn ich habe zu sehr an der Tatsache zu knabbern, dass ich fett wie eine Tonne sein werde, während meine Frauenärztin eine glamouröse Powerfrau ist. Eine Glamazone.

Dr. Glamazone.

So etwas sollte wirklich verboten sein. So schöne Frauen sollten nicht Gynäkologinnen werden dürfen.

Ich glaube, ich trete Stuart gleich zweimal in den Arsch, nur damit es sich lohnt. Hiermit ist er offiziell von meiner Geschenkeliste für Weihnachten gestrichen.

Soeben hat er Jake eine schöne, kluge Glamazone vorgesetzt, die sich bestens auskennt mit weiblichen Geschlechtsteilen – mit männlichen wahrscheinlich auch – und deshalb eine Granate im Bett sein wird. Ich hingegen werde bald zur fetten Tru, die sexuell nichts mehr zu bieten hat.

»Dem dringenden Wunsch, mich heute zu sprechen, entnehme ich, dass die Schwangerschaft Ihnen Sorgen bereitet.« Dr. Glamazones Worte sind eine Feststellung, keine Frage, und das stört meine zickigen Gedanken.

»Ja.« Jake beugt sich vor, ohne meine Hand loszulassen. »Es ist allgemein bekannt, dass ich Drogen genommen habe und auf Entzug war.« Ich spüre, wie er sich verkrampft, deshalb lege ich ihm die freie Hand aufs Knie. Er wirft mir einen raschen Blick zu und fährt fort: »Weniger bekannt ist, dass ich vor etwas mehr als sieben Wochen einen Rückfall hatte.«

»Nehmen Sie immer noch Drogen?«, fragt sie.

»Nein.« Er schüttelt vehement den Kopf. »Es waren zwei Wochen, dann habe ich aufgehört und bin jetzt seit fünf Wochen clean.«

»Was haben Sie genommen?«

»Koks.«

»Ich entnehme dem, dass Sie befürchten, bei der Zeugung könnten sich noch Drogen in Ihrem Stoffwechsel befunden haben?«

»Ja.« Er umklammert meine Hand so fest, dass es fast wehtut, aber ich lasse mir nichts anmerken. Ich bin ebenso gespannt wie er, was sie zu sagen hat.

Aufmerksam beobachte ich Dr. Glamazone, versuche, ihre Reaktion auf Jakes Frage abzuschätzen, doch ihr Gesicht bleibt völlig ausdruckslos.

Pokerface. Wetten, dass sie gebotoxt hat?

Sie lehnt sich im Stuhl zurück, legt die Ellbogen auf die Armlehnen und die Fingerspitzen aneinander.

»Ich verstehe Ihre Besorgnis, Jake, aber es gibt wirklich nichts zu befürchten. Es gibt zahlreiche Untersuchungen über die möglichen Nebenwirkungen von Drogenmissbrauch auf Sperma, und bisher liegen keine Beweise dafür vor, dass Drogen langfristige Auswirkungen auf die pränatale Entwicklung haben können.«

Neben mir spüre ich, wie Jake sich entspannt, und mir geht es genauso. Es ist eine solche Erleichterung, das zu hören.

»Die einzige bekannte Nebenwirkung ist eine signifikante Abnahme der Spermienzahl«, fährt Dr. Glamazone fort, »die manchmal zur Zeugungsunfähigkeit führt – ein Problem, das bei Ihnen offenbar nicht vorliegt.« Sie lächelt ihm vielsagend zu, was mich wieder auf die Palme bringt.

Ich weiß, sie ist Ärztin, aber sie sollte wirklich nicht so über die Potenz meines Kerls sprechen.

Ich räuspere mich und sehe sie mit hochgezogener Braue an.

Nach einem kurzen Blick zu mir fängt sie sich und erklärt Jake: »Die meisten Probleme bei der pränatalen Entwicklung, die durch Drogen verursacht werden, entstehen durch eine Sucht der Mutter. Wenn eine Schwangere Drogen nimmt, gelangen diese über die Plazenta auch in den Stoffwechsel des Kindes. Dann treten Probleme wie Missbildungen und chronische Erkrankungen auf.«

Oh, du Schlampe.

Ich brauche unbedingt eine neue Frauenärztin.

»Ich habe noch nie im Leben Drogen genommen«, halte ich fest, vermutlich ein wenig zu laut. Meine Fingernägel bohren sich so fest in Jakes Hand, dass ich ihn leise zischen höre. »Ich rauche nicht mal Zigaretten, von Joints ganz zu schweigen!«

»Das höre ich wirklich gern, Tru.« Sie lächelt freundlich.

Jetzt will ich sie nur noch ohrfeigen. Fest. Mehrfach.

Mein Gott, was ist denn nur los mit mir? Kommt das von der Schwangerschaft? Oder war ich schon immer so eifersüchtig?

Ich schätze, eifersüchtig bin ich nur, wenn es um Jake geht.

Er streicht mir mit der Daumenkuppe über die Handfläche.

Schon klar, er versucht, mich zu beruhigen, aber im Moment bin ich einfach aufgebracht und will mich nicht beruhigen.

»Ich hab noch die Pille genommen, als ich schwanger geworden bin«, platze ich heraus.

Scheiße, wie konnte ich das vergessen? Wie zum Teufel ist es mir eigentlich gelungen, trotz Pille schwanger zu werden? In all den Jahren hat sie mich noch nie im Stich gelassen.

»Sie sind trotz Pille schwanger geworden?«, fragt Dr. Glamazone und hebt die perfekt gezupften Augenbrauen.

Glaubt sie, ich lüge? Oder wollte Jake das Baby anhängen?

Glaubt er das auch?

Ich werfe ihm einen raschen Seitenblick zu, doch er betrachtet mit undurchdringlichem Gesichtsausdruck Dr. Glamazone.

Ich wünschte, ich wüsste, was er gerade denkt.

»Ja, ich nehme die Pille schon sehr lange, und sie hat mich noch nie im Stich gelassen – offensichtlich«, murmle ich, was nicht besonders hilfreich ist.

Ich kaue am Daumennagel meiner freien Hand, und das war es dann endgültig mit dem Nagellack.

»Haben Sie irgendwann im letzten Monat eine Pille vergessen?«, fragt Dr. Glamazone.

»Nein.« Mir steigt die Hitze in die Wangen, als hätte ich Schuldgefühle. Ich hasse das. »Ich vergesse sie nie. Ich nehme sie immer um dieselbe Uhrzeit.«

»Haben Sie in letzter Zeit andere Medikamente genommen?«

»Ja«, schaltet Jake sich ein. Er zieht meine Hand von meinem Mund weg und hindert mich am Nägelkauen. »Im

Urlaub vor ein paar Wochen war Tru krank. Sie hatte eine Lebensmittelvergiftung, und der Arzt hat ihr etwas verschrieben.«

»Hat er Sie auf Wechselwirkungen mit Verhütungsmitteln hingewiesen?«, fragt sie.

»Nein«, antwortet Jake erneut, ehe ich etwas sagen kann. »Tru war damals zu krank, um Fragen zu stellen oder zu beantworten, also habe ich das übernommen, und ich wäre offen gestanden gar nicht auf die Idee gekommen, den Arzt das zu fragen. Das war also mein Fehler.«

Ich spüre, dass sein letzter Satz mir gegolten hat.

»Du hast keinen Fehler gemacht«, flüstere ich ihm zu. »Ich bin froh, dass ich schwanger bin.«

Er lächelt. Dieses besondere, nur mir vorbehaltene Lächeln.

Dr. Glamazone unterbricht unseren privaten Moment: »Die Medikamente, die Sie genommen haben, dürften zusammen mit dem Erbrechen die verhütende Wirkung außer Kraft gesetzt haben. Darauf hätte Sie der verschreibende Arzt hinweisen müssen.«

»Kann es meinem Kind schaden, dass ich während der ersten Zeit der Schwangerschaft die Pille genommen habe?«, frage ich sie, um dieses Gespräch in eine andere Richtung zu lenken.

Jake und ich scheinen dem Kind beide keinen idealen Start ins Leben beschert zu haben.

Sie lächelt, und diesmal wirkt es echt. »Das passiert vielen Frauen, deshalb denke ich nicht, dass es irgendwelche Auswirkungen haben wird. Um Sie beide zu beruhigen, kann ich jetzt eine Ultraschalluntersuchung vornehmen und mir das Kind ansehen, um sicherzustellen, dass alles in Ordnung ist.«

Eine Ultraschalluntersuchung? Jetzt? Ich werde gleich mein Kind sehen? Mir hüpft fast das Herz aus der Brust.

Dabei entgeht mir nicht, wie Jake meine Hand umklammert.

Ich riskiere einen Seitenblick, doch seine Miene ist reglos. Eine Maske. Die, die er trägt, wenn er nicht will, dass die Leute – vor allem ich – wissen, was er denkt.

Dr. Glamazone steht auf, geht um ihren Schreibtisch herum an uns vorbei und fragt: »Wann war der erste Tag Ihrer letzte Periode, Tru?«

Ich denke zurück, drehe mich auf dem Stuhl um und sage: »Ich glaube, am dritten Oktober.«

»Gut, würden Sie sich untenrum frei machen und Platz nehmen?« Sie zeigt auf eine steril aussehende Liege am anderen Ende des Raumes, auf die sie zugeht. »Sie können sich damit zudecken.« Sie legt ein Tuch darauf.

Mit flatternden Nerven tue ich, was sie sagt, und lasse Jake auf seinem Stuhl zurück. Dr. Glamazone zieht den Vorhang zu, um mir ein wenig Privatsphäre zu verschaffen.

Erst als ich mich hingelegt habe, frage ich mich, warum zum Teufel ich mein Höschen ausziehen musste, wenn sie einen Ultraschall am Bauch machen möchte. Das ergibt nur Sinn, wenn sie zuerst innere Untersuchungen vornimmt.

O Gott, sie wird mich in Jakes Beisein vaginal untersuchen. Ich weiß, dass er alles von mir kennt, aber ich möchte wirklich nicht, dass er hier ist, während die Ärztin sich an meinen intimsten Stellen zu schaffen macht. Ich frage mich, ob ich ihn bitten kann, zu gehen, ohne ihn damit zu kränken.

»Bereit?«, fragt Dr. Glamazone hinter dem Vorhang.

»Ja«, antworte ich mit leicht gequält klingender Stimme.

Sie zieht den Vorhang ein Stück beiseite und tritt an die Liege. Jake folgt ihr.

Er scheint sich unwohl zu fühlen. Dann sehe ich, wie sein Blick sofort zur unteren Hälfte meines Körpers gleitet, die vom Laken bedeckt ist, und ein sexy Lächeln zeichnet sich auf seinem Gesicht ab.

Niemand außer Jake würde irgendetwas an dieser Situation erotisch finden. Er ist so ein Perversling. Zugleich gefällt es mir, dass ich ihn so heiß machen kann, egal unter welchen Umständen.

Ich nehme seine Hand und lächle zu ihm auf. Mit den Lippen forme ich die Worte: *Pervy Perverson.*

In seinen Augen funkelt es, und er grinst mit zusammengepressten Lippen. Er wirft einen Blick zu Dr. Glamazone, die mit dem Rücken zu uns steht und etwas aus einem Schrank holt. Seine Lippen formen die Worte: *Du siehst so verdammt sexy aus.* Mit dem Finger fährt er meine Kinnlinie nach.

Ich verdrehe die Augen und erwidere tonlos: *Ja, klar.*

Ein weiterer Blick zur Ärztin, dann sagt er stumm und mit festem, ernstem Gesichtsausdruck: *O doch. Immer.*

Ich lächle ihn an, dann taucht Dr. Glamazone neben mir auf.

»So, Trudy«, beginnt sie, während sie an einem Monitor herumfummelt, den sie neben mich gezogen hat. »Weil wir uns noch in einer so frühen Phase Ihrer Schwangerschaft befinden, werde ich einen transvaginalen Ultraschall machen.«

»Einen was?«

»Einen transvaginalen Ultraschall. Ich werde das hier in Sie einführen.« Sie hebt etwas, das für mich fast aussieht wie ein Pürierstab. »Dann können wir Ihr Baby sehen. Es ist eine ganz normale Sonografie, nur, dass es im Körperinneren aufgenommen wird.«

»Sie wollen *das* in mich reinstecken?« Mir stockt für einen Augenblick der Atem.

»Keine Sorge, es völlig ungefährlich und tut nicht weh.«

Besorgt sehe ich Jake an. Er lächelt und streicht mir das Haar aus der Stirn, aber ich erkenne an seinen Augen, dass selbst er leicht beunruhigt ist.

»Ist schon gut«, tröstet er mich. »Wenn sie das macht, können wir unser Kind sehen.«

Na ja, er hat leicht reden. Er bekommt kein so ein Ding in sich reingeschoben. Natürlich will ich unser Kind sehen und weiß, dass nichts passieren kann, aber verdammt noch mal, das Ding sieht aus, als könne man sich damit ganz schön wehtun.

»Üblicherweise würde ich bei der ersten Untersuchung eine ganz normale Sonografie machen«, erklärt Dr. Glamazone, »aber das geht erst ab der zwölften Woche. Da Sie noch nicht so weit sind, würde man das Kind nicht sehen. Nur so werde ich überprüfen können, ob der Fötus gesund ist.«

Ich schätze, dann bleibt mir keine andere Wahl.

Sie zieht ein Paar Latexhandschuhe aus einer Schachtel und streift sie über.

»Keine Sorge, Tru. Gleich können Sie Ihr Baby auf diesem Bildschirm hier sehen.« Sie nickt in Richtung des Monitors neben mir.

»Okay.« Ich schlucke.

Ich werde gleich mein Baby sehen. Wow. Jetzt wird es real.

»Wenn Sie bitte die Knie anwinkeln würden? Prima. Jetzt einfach entspannen«, sagt Dr. Glamazone und legt eine Hand auf mein Knie, als sie beginnt, das gottverdammte Ding in mich hineinzuschieben.

Ich zucke zurück, schneide eine Grimasse und drücke Jakes Hand.

Oh, na gut, so schlimm ist es eigentlich gar nicht.

»Na also«, verkündet Dr. Glamazone. »Dieser winzige Punkt hier ist Ihr Kind.«

Ich öffne die Augen und sehe einen kleinen Fleck auf dem Bildschirm.

Mein Baby. Unser Baby.

Mein Herz macht einen riesigen Satz, und mir kommen die Tränen.

Ich merke, wie Jake meine Hand immer fester drückt, und als ich ihn ansehe, ist sein Blick starr auf den Bildschirm gerichtet. Seine Augen glitzern, und sein Blick ist fast ehrfürchtig. Mein Herz bebt, hebt sich und springt mir dann fast aus der Brust.

»Jake?«, flüstere ich.

Er begegnet meinem Blick, und als wir einander ansehen, macht sich ein herzergreifendes Lächeln auf seinem Gesicht breit. Ein Lächeln, an das ich mich mein Leben lang erinnern werde.

Er beugt sich zu mir herunter und küsst mich auf die Stirn.

»Danke«, flüstert er, und es zerreißt mich schier.

Aus meinem Augenwinkel läuft eine Träne, und ich wische sie beiläufig weg.

»Das sieht doch alles ganz hervorragend aus«, sagt Dr. Glamazone, die auf den Bildschirm schaut, mit der Maus herumfährt und kleine Markierungen rings um mein winziges Baby setzt. »Wir haben einen schönen, starken Herzschlag. Das Kind wächst gut, ich würde sagen, Sie sind jetzt etwa in der sechsten Woche.«

Während ich das winzige Baby anstarre, erfüllen mich alle möglichen Gefühle, die ich noch überhaupt nicht einordnen kann. Ich kann sie nicht einmal annähernd in Worte fassen.

Dann zieht Dr. Glamazone den Stab aus mir heraus, und mein winziges Baby ist nicht mehr zu sehen.

»Ich mache Ihnen ein paar Ausdrucke«, versichert sie Jake und mir lächelnd – ich schätze, wegen der Enttäuschung in unser beider Gesichter.

Jake setzt sich, damit ich mich in Ruhe anziehen kann, während die Ärztin die Bilder unseres Kindes ausdruckt.

Glücklich und aufgeregt mache ich mich wieder zurecht. Wir bekommen ein Kind. Ein richtiges, echtes Kind.

Natürlich war mir das seit den Schwangerschaftstests klar, aber es war immer noch irgendwie surreal. Unser Baby auf dem Bildschirm zu sehen hat es auf bestmögliche Weise real gemacht.

Ich schlüpfe wieder in meine Schuhe und setze mich neben Jake.

Er nimmt meine Hand und verschränkt die Finger mit meinen. Dann küsst er mir den Handrücken.

Die Liebe und die intensiven Emotionen zwischen uns sind jetzt geradezu greifbar. Ich kann es kaum erwarten, mit ihm allein zu sein und über unsere Zukunft mit unserem Kind zu sprechen.

»Ich stelle Ihnen ein Rezept für pränatale Vitaminpräparate aus«, erklärt Dr. Glamazone und kritzelt etwas auf einen Rezeptblock. »Mit meiner Sprechstundenhilfe können Sie einen Termin für Ihre nächste Untersuchung vereinbaren, da machen wir dann ein Blutbild.«

Sie reißt das Rezept vom Block und gibt es mir. »Vergessen Sie die Bilder von Ihrem Baby nicht«, setzt sie hinzu und überreicht mir einen weißen Umschlag.

Mein Baby. Ich werde Mutter.

Ich nehme das als Stichwort zum Aufbruch und erhebe mich. »Danke, Dr. Kline. Und danke, dass wir an Ihrem freien Tag herkommen durften.«

»Gerne. Wenn Sie noch Fragen haben, zögern Sie nicht, mich anzurufen.«

»Ich habe eine Frage«, wirft Jake ein, der noch mit ausgestreckten Beinen auf seinem Stuhl sitzt.

Ich erstarre und sehe ihn an.

»Sex«, sagt er zu der Ärztin.

»Sex?«, wiederholt Dr. Glamazone.

Sex?

»Ja, Sex. Können Tru und ich während der Schwangerschaft miteinander schlafen? Oder ist das gefährlich für das Kind?«

Sie lächelt. Ich auch. Beinahe kichere ich sogar los. In diesem Augenblick finde ich ihn so verdammt süß.

»Es ist absolut ungefährlich«, versichert Dr. Glamazone ihm mit einem Nicken. »Sie können weiter ein gesundes, aktives Sexualleben haben, und zwar während der gesamten Schwangerschaft.«

Jake kratzt sich an der Stirn. »Ja, ich weiß, dass Leute üblicherweise während der Schwangerschaft Sex haben, aber ich, äh … Na ja, ich hab …« Er fährt sich mit der Hand durchs Haar, und ich muss über seine Hilflosigkeit lächeln und frage mich, worauf er nur hinauswill.

»Die Sache ist die, ich hab einen riesigen Penis«, bringt er schließlich heraus und sieht Dr. Glamazone unverwandt an.

Ich pruste los und schlage mir dann schnell die Hand vor den Mund.

Schockiert begegnet Dr. Glamazone seinem Blick. Daraus kann ich ihr keinen Vorwurf machen. Soeben hat Jake Wethers in ihrem Sprechzimmer »Penis« gesagt. Genau genommen sogar: »Ich habe einen riesigen Penis.«

Mein versauter, tätowierter, sexy Rockstar hat gerade »Penis« gesagt. Das klingt irgendwie total falsch.

Wieder lache ich los.

Jake wendet mir den Kopf zu und schaut mich genervt an. Gut, er findet es nicht lustig.

»Tut mir leid«, sage ich und nehme die Hand vom Mund. »Ich hab dich nur noch nie dieses Wort benutzen hören.« Mir entfährt ein weiteres Prusten. »Schon gut, ich bin ja schon still«, füge ich hinzu, als sein Gesicht noch finsterer wird. Ich presse die Lippen aufeinander und verbeiße mir mein Grinsen. Das ist gar nicht so einfach.

»Verstehen Sie, ich will damit nur sagen …« Jake fährt sich wieder mit der Hand durchs Haar. »Ich bin besser bestückt als die meisten anderen Männer. *Viel* besser. Ich will einfach wissen, ob ich dem Baby wehtun kann, wenn Tru und ich Sex haben.«

Ich sehe Dr. Glamazone an, die überallhin sieht, nur nicht zu Jake. Ich weiß, sie versucht verzweifelt, ihm nicht zwischen die Beine zu schauen. Ehrlich gesagt kann ich ihr auch daraus keinen Vorwurf machen. Ich wäre auch vor Neugier gestorben.

Sie räuspert sich. »Äh, Jake, dem Kind kann beim Verkehr nichts passieren. Wirklich. Es ist sehr gut geschützt. Sie können ihm nicht wehtun, egal wie gut Sie … äh, bestückt sind.« Jetzt sieht sie so peinlich berührt aus, dass sie mir regelrecht leidtut.

Trotzdem will ich immer noch lachen. Ich beiße mir fest auf die Lippe.

Schließlich sehe ich, wie sich Jakes Gesicht entspannt. »Cool, das ist echt gut zu wissen«, sagt er und steht auf.

Er klingt, als hätte er gerade über das Wetter gesprochen, nicht über seinen riesigen Penis.

Penis.

Erneut muss ich ein Lachen unterdrücken, und Jake sieht mich abermals genervt an.

Wenn wir hier rauskommen, kriege ich bestimmt einen Riesenärger.

KAPITEL 14

»Kannst du jetzt verdammt noch mal aufhören zu lachen?«, grummelt Jake.

Er findet es nicht witzig, dass ich auch nach zehn Minuten immer noch über den Penisspruch lache.

»Ich lach doch gar nicht.« Ich sauge meine Unterlippe zwischen die Zähne und starre aus dem Beifahrerfenster.

»Natürlich nicht«, murmelt er. »Schau mich an.«

Ich versuche, einen neutralen Gesichtsausdruck hinzubekommen, ehe ich mich ihm zuwende, aber es misslingt. Stattdessen schneide ich ihm eine Grimasse.

»Und wie du lachst.« Er schaut finster.

»Tut mir leid.« Mir entwischt ein Lachen. Ich versuche, es mit einem Husten zu überspielen. »Ich kann einfach nicht glauben, dass ausgerechnet du ›Penis‹ gesagt hast.«

»Wie hätte ich ihn denn sonst nennen sollen?«, presst er hervor.

»Es wäre mir lieber gewesen, wenn du ihn dieser heißen Ärztin gegenüber gar nicht erwähnt hättest.«

Er wirft mir einen Blick zu, der so viel heißt wie »Fang gar nicht erst damit an«. Jake biegt links ab, in die Hills, heimwärts.

»Schau«, seufzt er. »Ich wollte nur sichergehen, dass ich unserem Baby nicht wehtue, wenn wir miteinander schlafen.

Was ich, wie du weißt, öfter mit dir tun möchte – am liebsten mehrmals täglich.« Seiner Hand wandert meinen Oberschenkel empor, und ich erbebe, sehne mich plötzlich nach seiner Berührung. Ich will ihn in mir spüren.

»Zu der Ärztin konnte ich ja wohl schlecht sagen: ›Ich habe einen Riesenschwanz‹«, setzt er hinzu. Wieder muss ich lachen.

»Das krieg ich jetzt bis an mein Lebensende aufs Brot geschmiert, oder?«, knurrt er und greift nach dem Schalthebel.

»Nein.« Ich werfe ihm einen belustigten Blick zu.

»Du wirst das allen erzählen, die wir kennen, oder?«

»Nicht allen. Vielleicht nur Stuart und Simone – und meinem Vater.«

Dad findet das sicher urkomisch. Er hat denselben schrägen Sinn für Humor wie ich.

»Wenn du Billy sagst, dass ich zu der Ärztin ›Penis‹ gesagt habe, werde ich ihm genau erzählen, was du mit diesem scharfen, versauten Mund mit meinem ›Penis‹ anstellst.«

»Das würdest du nicht wagen«, keuche ich.

»Lass dich überraschen.« Er verengt provozierend die Augen.

»Du bist so was von kindisch«, beschwere ich mich.

»Sagt die Frau, die die letzten zehn Minuten über das Wort ›Penis‹ gelacht hat.«

Penis.

Ich sehe ihn an. Ich grinse. Dann lächelt Jake, und wir lachen beide laut, und das fühlt sich herrlich an. Einen Augenblick lang ist es, als wären wir wieder die sorglosen Teenager von früher.

Wir lachen noch immer, als Jake vor unserem Tor ankommt und Henry uns einlässt.

Das Auto lassen wir in der Einfahrt stehen und gehen ins Haus. Ich schüttle die Schuhe ab und lasse mich aufs Sofa fallen.

Sofort ziehe ich den Umschlag mit den Babybildern aus meiner Tasche. Ich kann es kaum erwarten, sie mir noch einmal anzuschauen, aber ich wollte warten, bis wir zu Hause sind, damit wir sie in Ruhe zusammen betrachten können.

Noch eine glückliche Erinnerung für unser neues Haus.

Jake setzt sich neben mich und nimmt meine Füße auf den Schoß. »Darf ich?« Er deutet auf den Umschlag.

Wortlos überreiche ich ihn ihm und sehe zu, wie er die Bilder herausnimmt.

Ich rutsche näher an ihn heran, bis ich direkt neben ihm sitze, den Oberschenkel gegen seinen gepresst. Jake legt den Arm um mich, und ich lehne meine Schultern an seine Brust, während wir beide das Schwarz-Weiß-Bild von unserem Baby anstarren. Unserem winzigen, winzigen Kind.

Jake ist ganz ruhig. Nichts als sein leiser Atem ist zu hören. Verstohlen sehe ich ihm ins Gesicht, und die Gefühle, die ich dort lese, überwältigen mich.

»Es ist wirklich unseres«, flüstert er, und seine Fingerspitze berührt das Bild. Seine Stimme ist so sanft.

»Es ist wirklich unseres«, wiederhole ich mit brechender Stimme.

»Wer hätte gedacht, dass ich zu etwas so Perfektem beitragen kann?« Jake wirft mir unter seinen langen Wimpern einen Blick zu. »Danke.« Das ist das zweite Mal, dass er mir an diesem Tag gedankt hat. Diesmal muss ich ihn fragen, warum.

»Dafür, dass du mit mir zusammen bist. Dass du mir eine Chance gibst, mein Leben auf die Reihe zu bekommen. Nur mit dir konnte ich je eine Chance auf eine Familie haben. Du bedeutest mir alles, und mit unserem Kind hast du mir noch so viel mehr gegeben.«

Er wendet mir das Gesicht zu, und ich küsse ihn sanft auf den Mund.

Zärtlich legt er die Arme um mich, zieht mich an sich und presst mir die Lippen auf die Stirn.

Ich liebe es, Jake so zu spüren. Zufrieden und mit sich selbst im Reinen.

Mit den Fingern zeichne ich die detailreichen Tätowierungen auf seinem Arm nach. »Das Leben ist schön, hm?«, murmle ich.

»Das Leben ist toll.« Ich spüre an meiner Stirn, wie er lächelt.

»Bist du hungrig?«, frage ich.

»Ich könnte was zu essen vertragen. Sollen wir was bestellen?«

Ich rücke von ihm ab, damit ich sein Gesicht sehen kann. »Wir könnten übrigens durchaus auch ab und zu mal selbst kochen«, necke ich ihn.

»Hast du Lust, zu kochen?«

Zu bequem, in diesem Augenblick auch nur darüber nachzudenken, mich zu bewegen, schüttle ich den Kopf.

»Dann also bestellen.« Er lacht mit seiner tiefen Stimme in sich hinein. Seine Brust vibriert unter dem Klang. »Worauf hast du Lust?«

»Caesar-Salat mit Hähnchen, Parmesan und einem knusprigen Brötchen.«

»Also keine besonderen Wünsche«, zieht er mich auf.

»He, ich esse hier für zwei, ja?«

Lächelnd zückt Jake sein Handy und bestellt beim örtlichen Deli meinen Salat und für sich gegrilltes Käse-Sandwich.

Während er telefoniert, wandern meine Gedanken zu dem Ultraschall und dem Gefühl, das ich hatte, als ich unser Kind gesehen habe. Dann denke ich an Dr. Kline und daran, wie attraktiv sie ist. Ich frage mich, ob Jake sie gut aussehend findet. Ehe ich das zu Ende denken kann, platze ich – typisch Tru – hervor: »Dr. Kline ist echt hübsch.«

Er schiebt sein Handy wieder in die Tasche. »Ist mir nicht aufgefallen.«

Ich verdrehe die Augen. »Klar.«

Jake nimmt meine Beine von seinem Schoß. Er beugt sich über mich, drängt mich auf den Rücken und stützt sich links und rechts von mir ab, sodass sein Becken hart gegen meinen Schritt drückt. »Ist mir nicht aufgefallen«, wiederholt er. »Wenn du im Zimmer bist, Süße, sehe ich nur dich.«

Mir rieselt es warm über den Rücken, und kribbelnde Begierde breitet sich in mir aus.

»Ich werde fett werden«, schmolle ich.

»Nein, mein Baby wird in dir heranwachsen, und im Augenblick kann ich mir nichts Erregenderes vorstellen.«

Jake küsst mich langsam und genüsslich. Ich öffne stöhnend die Lippen, und seine Zunge dringt ein, streichelt meine.

In diesem Augenblick hätte ich Jake am liebsten in mir, aber gleich wird unser Mittagessen geliefert, und eine leise Stimme in meinem Hinterkopf erinnert mich ständig daran, meine Eltern anzurufen und ihnen von dem Baby zu erzählen. Vor allem meiner Mutter. Ich frage mich, wie sie es aufnehmen wird. Mir ist schon klar, welche Sorgen sie sich wegen meiner Beziehung zu Jake und meines Umzugs hierher macht. Vor allem, nachdem wir erst so kurz zusammen sind. Dann die Verlobung und dazu die Probleme, die Jake hatte – die *wir* hatten. Ich fürchte, das könnte zu viel für sie sein.

»Apropos Baby«, bringe ich heraus, während er mit der Zunge über meine Unterlippe fährt.

»Baby? Ich dachte, wir wären eher in Richtung dessen unterwegs, womit man Babys produziert.« Er schiebt die Hand unter mein Top, zieht meinen BH zur Seite und drückt sanft meine Brustwarze.

Instinktiv reagiert mein Körper, hebt sich seiner Bewegung entgegen.

»Ich muss meine Eltern anrufen und ihnen von dem Kind erzählen«, beharre ich atemlos.

»Gleich«, stöhnt er und reibt seine Erektion an mir. Die Naht seiner Jeans drückt gegen meinen pulsierenden Kitzler.

»Ich kann meine Eltern nicht anrufen, wenn wir unmittelbar vorher miteinander geschlafen haben.«

»Dann ruf sie heute Abend an. Das heißt, wenn ich bis dahin mit dir fertig bin«, raunt er und knabbert an meinem Ohrläppchen. »Ich sehne mich nach dir.«

Am liebsten würde ich ihn sein Versprechen wahr machen lassen, aber die Sorge überwiegt, und so lege ich die Hände an seine Brust. »Ich will dich auch, Jake, aber erst muss ich sie anrufen.«

Er unterbricht seinen Angriff auf mein Ohrläppchen, zieht sich zurück und sieht mir in die Augen. »Du machst dir Sorgen, dass sie sich vielleicht nicht über das Baby freuen, stimmt's?«

Ich beiße mir auf die Lippe und schüttle den Kopf.

Er setzt sich auf die Hacken zurück, starrt auf mich herab, und ich sehe, wie sein Blick sich verfinstert. »Moment, lass mich das noch mal anders sagen: Du machst dir Sorgen, es könnte Eva nicht passen, dass du ein Kind von mir bekommst.«

Ich seufze und fahre mir mit den Händen durchs Haar.

»Du weißt, dass meine Mutter findet, wir sind zu schnell zusammengezogen. Sie macht sich Sorgen um mich – große –, und durch meinen Vater hat sie dieses Leben kennengelernt. Sie hat ebenfalls ein Kind mit einem Musiker gehabt, ständig auf Tour und …« Ich verstumme und ringe nach Worten. »Wahrscheinlich mache ich mir einfach nur Sorgen, dass sie …«

»Was? Will, dass du nach England zurückkommst? Dass sie dich vor die Wahl stellt?« Er runzelt die Stirn.

»Nein. Ich weiß nicht.« Ich setze mich mit einem Achselzucken auf und lege die Arme um seine Taille, die Wange an seine Brust. »Ich will einfach nicht, dass sie sauer auf mich ist.«

»Tru.« Er legt mir die Hände auf die Schultern und beugt sich zu mir herunter. Seine Miene ist weicher geworden. »Du hast gerade selbst gesagt, dass sie dieses Leben kennt.« Er schiebt mir das Haar hinter die Ohren. »Aber denk dran, wir sind finanziell weit besser abgesichert, als die beiden es damals waren. Ich bin nicht bloß irgendein Sänger in irgendeiner Band.«

»Aber wenn sie sich erst was in den Kopf gesetzt hat, ist es schwer, sie umzustimmen, Jake.«

»Das erinnert mich an jemanden, den ich gut kenne«, kontert er mit einem Lächeln. »Na los, rufen wir sie an, damit du beruhigt bist, und dann bringe ich dich um den Verstand.«

Er zückt wieder sein Handy, wählt die Festnetznummer meiner Eltern, stellt es auf Lautsprecher und legt es auf den Couchtisch vor uns.

»Hallo«, erklingt die tiefe Stimme meines Vaters. Allein sie zu hören lässt mein Herz schneller schlagen.

»Hey, Daddy.«

»Kleines!« Ich sehe sein breites, strahlendes Lächeln fast vor mir. Er fehlt mir so. »Wie geht es dir?«

»Gut. Äh, ist Mum da?« Ich schlucke.

»Ja, soll ich sie mal holen? Reicht dir dein alter Herr inzwischen nicht mehr als Gesprächspartner?«, neckt er.

»Eigentlich muss ich mit euch beiden sprechen. Kannst du das Telefon laut stellen?«

»Ist alles in Ordnung, Schatz?«

»Ja, Daddy. Ich – *wir* – haben euch was zu erzählen.«

»Na schön, lass mich deine Mutter holen.«

Ich werfe Jake einen Blick zu und versuche verzweifelt, nicht ganz so nervös zu sein.

Jake streichelt mir über den Rücken. »Keine Sorge, alles wird gut«, flüstert er.

»Tru, ist alles in Ordnung?« Der besorgte Tonfall meiner Mutter.

»Ja, es ist alles in Ordnung. Mehr als in Ordnung eigentlich.« Ich befeuchte mir die trockenen Lippen. »Ist Dad noch da?«

»Ich bin hier«, meldet er sich.

»Gut. Jake ist auch hier, und, äh, wir haben euch was zu erzählen. Wir kriegen, äh … wir kriegen ein Kind.«

Es herrscht vollkommene Stille. Wirklich lange.

Dann höre ich meinen Vater.

»Das sind ja tolle Neuigkeiten, Süße. Wirklich, wirklich tolle Neuigkeiten. Nicht wahr, Eva?« Ich sehe regelrecht vor mir, wie er meine Mutter mit dem Ellbogen anstößt, damit sie antwortet.

»*Cómo pudiste permitir que esto suceda?*«

Mein Gesicht wird heiß und kribbelt.

»*Que esto suceda?* Wie ich das zulassen konnte, Mum?«, wiederhole ich auf Englisch, weil ich nicht möchte, dass Jake einen Teil des Gesprächs nicht mitbekommt. »Ich habe gar nichts zugelassen. Wir haben das nicht geplant. Aber es ist passiert, und wir sind beide sehr froh darüber. Ich hatte gehofft, ihr würdet euch auch freuen.«

»Das tun wir doch«, beharrt mein Vater.

»Mum?«, hake ich nach.

»Wirst du die Band aufgeben, Jake?«, fragt sie ihn direkt.

»Nein, wird er nicht«, sage ich, ehe er antworten kann.

Sie seufzt laut. »Er wird also touren, und du wirst allein mit dem Kind daheim in Amerika sitzen.«

»Nein«, wirft Jake ein, ehe ich erneut etwas sagen kann.

Wahrscheinlich ist das auch gut so, denn inzwischen bin ich stinksauer.

»Wir haben das noch nicht bis ins Detail geplant, Eva, aber Tru wird nicht mit dem Kind allein zu Hause sitzen. Ich werde im Leben unseres Kindes eine große Rolle spielen. Auf keinen Fall werde ich zulassen, dass mein Kind so aufwächst wie ich.« Die Härte seines Tonfalls überrascht mich, aber ich kann ihm keinen Vorwurf daraus machen. »Ich kann deine Sorge nachvollziehen, wirklich, aber so wird es nicht sein. Ich werde immer für die beiden da sein. Macht euch bitte keine Sorgen, du und Billy.«

Für einen angespannten Augenblick schweigt meine Mutter.

»Freu dich doch bitte für uns, Mum. Das ist nicht wie mit dir und Dad auf Tour. Jake führt ein anderes Leben …«

»Ja, er ist eine größere Nummer, als dein Vater je war. Jake ist viel beschäftigt und ständig gefragt, sein Leben ist enorm stressig. Schau dir an, was das letzte Mal passiert ist, als es für ihn schwierig wurde. Er ist wieder bei den Drogen gelandet, und du hast dieses Mädchen in seinem Bett gefunden. Er hat dir das Herz gebrochen.«

»Mum!«, rufe ich, empört, dass sie das wieder aufwärmt.

»Das reicht jetzt, Eva«, schaltet mein Vater sich ein. »Du weißt, was passiert ist.«

Ein weiterer Moment angespannter Stille, in dem mir die Tränen über die Wangen rinnen.

»Ich weiß, ich habe damals Mist gebaut und Tru enttäuscht«, bricht Jake das Schweigen. »Glaub mir, niemand weiß das besser als ich.« Seine Stimme ist heiser, und es tut mir weh, ihn so zu hören. »Aber das kommt nie wieder vor. Ich weiß, was ich zu verlieren habe. Ich liebe Tru sehr. Sie bedeutet mir alles, und ich will ebenso wie ihr, dass sie glücklich ist.«

Ich strecke die Hand aus und streichle ihm die Wange.

Dann wende ich mich wieder dem Telefon zu. »Ich dachte, gerade du würdest das verstehen, Mum.« Ich wische mir die Tränen aus dem Gesicht. »Würdest auf meiner Seite sein und uns mit dem Kind unterstützen.«

Ich höre sie scharf Luft holen. »Ich bin auf deiner Seite, Tru. Immer.«

»Dann freu dich für mich … für uns. Du wirst Oma, und Dad wird Opa.«

Diesmal ist der Augenblick der Stille sanft, nicht verstimmt. Da weiß ich, jetzt hab ich sie.

»Wie weit bist du?«, fragt sie mit leicht zitternder Stimme.

»Sechste Woche.« Meine Lippen verziehen sich zu einem Lächeln. »Ich habe Bilder. Ich könnte euch eins mailen.«

»Das wäre toll.«

»Gut«, sage ich, um das Gespräch zu beenden. »Gleich nachher scanne ich eins ein und schicke es euch rüber.«

»Tru.« Sie zögert. »Ich freue mich für dich … für euch.«

Mir kommen die Tränen. »Danke, Mum. Ich hab dich lieb.«

»Ich dich auch«, antwortet meine Mutter.

»He, was ist mit mir?«, ruft mein Vater aus dem Hintergrund.

Ich muss lachen, trotz Kloß im Hals. »Dich hab ich auch lieb, Daddy.«

»Oh, und pass auf, dass Jake nicht in deiner Nähe raucht, solange du schwanger bist«, schiebt meine Mutter noch nach, »und du musst anfangen, Schwangerschaftsvitamine einzunehmen. Kein Koffein, keine Meeresfrüchte …«

»Ich hab das im Griff, Mum.« Ich lächle. »Keine Sorge.«

»Gut, dann sehen wir uns bald.«

Wir verabschieden uns, und Jake legt auf. Ich lasse mich aufs Sofa fallen.

»Teufel auch, das war anstrengend«, murmle ich und massiere mir den schmerzenden Kopf.

Jake streckt sich neben mir aus. »Du kannst ihr keinen Vorwurf machen. Sie macht sich Sorgen, weil sie dich liebt, und das kann ich nachvollziehen. Aus ihrer Sicht bin ich nicht gerade aus dem Holz geschnitzt, aus dem man ideale Ehemänner oder Väter macht.«

»Nun, da irrt sie sich.« Ich wende ihm das Gesicht zu und fahre mit dem Finger über seine vollen Lippen.

»Mag sein, aber das muss ich ihr erst mal beweisen.«

»Du musst niemandem etwas beweisen.«

»Doch. Deinen Eltern. Ich will, dass sie davon überzeugt sind, dass ich mich um euch beide kümmern kann.« Er streicht über meinen Bauch.

»Mein Vater vertraut dir. Er hält große Stücke auf dich.«

»Er mag mich, Tru. Wir kommen gut miteinander aus. Aber Vertrauen? Ich weiß nicht. Vor allem, wenn es um sein kleines Mädchen geht.«

»Nun, ich traue dir, und das ist alles, was zählt.« Ich nehme seine Hand, führe sie von meinem Bauch zu meinem Mund und küsse sie. »Willst du deine Mutter und Dale anrufen?«

Er schüttelt grinsend den Kopf. »Nein, ich glaube, nach diesem Telefonat brauchen wir erst mal eine Pause.«

»Meinst du, Susie wird genauso schwierig sein wie meine Mutter?«

»Nein, aber im Augenblick kann ich nur daran denken, dich auszuziehen und zu Ende zu bringen, was wir vorhin angefangen haben. Ich muss dringend in dir sein, nachdem ich gehört habe, wie wild du werden kannst, wenn du so wütend Spanisch sprichst.«

Lachend protestiere ich: »Das Essen kommt sicher gleich.«

»Das hat Zeit«, entgegnet er, packt mich bei den Beinen und zieht mich halb von der Couch. Er kniet sich zwischen meine Oberschenkel und macht sich daran, mich von Jeans und Höschen zu befreien, während ich mein Top und den BH abstreife.

Jake zieht sein T-Shirt aus, und dann sind wir endlich Haut an Haut, als er seine Brust gegen meine presst.

Begierig schiebe ich ihm die Finger ins Haar und ziehe seinen Mund zu meinem. Ich lege ihm ein Bein um die Hüfte, während seine Hand an meinem Oberschenkel abwärtsgleitet, meinen Hintern umfasst und er mich küsst, als sei er völlig ausgehungert nach mir. Tief und hart stößt er mir die Zunge in den Mund. Er nimmt meine Hände, führt sie über meinen Kopf, presst sie gegen das Polster.

Ich reibe mein Becken an ihm und stöhne in seinen Mund.

Es klingelt.

»Scheiße«, knurrt er dumpf. »Kann man sich hier nicht mal einen Augenblick in Ruhe mit seinem Mädchen beschäftigen?« Er steht auf, um die Tür zu öffnen.

Ich will mich aufsetzen, um mich wieder anzuziehen. »Rühr dich ja nicht von der Stelle«, befiehlt er. »Wenn ich wiederkomme, will ich dich genau so vorfinden.«

»Wie denn genau?«, frage ich, stütze die Arme auf die Rückenlehne des Sofas und lege das Kinn darauf, um ihn ansehen zu können. Mein Gott, in diesem Augenblick sieht er so ungeheuer scharf aus. Durchtrainierte Bauchmuskeln bis hinab zu seiner tief sitzenden Jeans. Darüber erstreckt sich »meine Tätowierung«. Seine Erektion ist durch seine Jeans so deutlich sichtbar, als wolle sie den Stoff sprengen, um endlich in mich zu gelangen.

»Nackt und bereit, geliebt zu werden«, grinst er im Rückwärtsgehen.

»*Sí, señor.*« Ich salutiere.

Er stöhnt auf, fasst durch die Jeans hindurch seinen Schwanz, dann dreht er sich um und geht zur Tür.

Ich lege mich aufs Sofa, damit, wer immer an der Tür ist, mich hier nicht nackt sitzen sieht.

Ich höre, wie die Tür sich öffnet, dann erklingt Henrys Stimme. Die Tür schließt sich, und ich setze mich auf, als Jake gerade wieder ins Wohnzimmer kommt, eine Tüte mit unserem Mittagessen in der Hand.

»Möchtest du jetzt essen?«, fragt er scherzhaft.

Ich schüttle den Kopf. »Ich will, dass du deinen Knackarsch hier rüberschiebst und deinen riesigen Penis bei mir zum Einsatz bringst.« Mühsam verbeiße ich mir ein Grinsen.

Jake stellt die Tüte mit dem Essen auf das Beistelltischchen und kommt auf mich zu wie ein Panther, der sich an seine Beute heranpirscht.

»Mit dem absolut größten Vergnügen«, antwortet er, springt über die Rückenlehne der Couch, landet zwischen meinen Beinen, kniet nieder und kommt sofort zur Sache.

KAPITEL 15

Ich betrachte die Weihnachtsdekorationen, die das Restaurant um mich herum zieren, und wie jedes Jahr zu dieser Zeit ergreifen Aufregung und Vorfreude von mir Besitz. Dieses Mal allerdings noch um ein Vielfaches stärker als sonst, denn dieses Weihnachten wird seit Jahren das erste sein, das Jake und ich zusammen verbringen, und das erste überhaupt als Paar. Als Paar, das ein Kind erwartet.

Wir bekommen ein Kind! Ich bin deswegen immer noch völlig aus dem Häuschen.

Außerdem hat Jake am dreiundzwanzigsten Dezember Geburtstag. Er wird ehrwürdige siebenundzwanzig Jahre alt. Neben Weihnachten feiern wir auch diesen Anlass zum ersten Mal seit zwölf Jahren miteinander, daher tue ich alles dafür, dass es gut wird.

Aus diesem Grund bin ich heute auch mit Stuart und Carly zum Abendessen verabredet: Wir planen eine Überraschungsparty für Jake.

Natürlich habe ich in Erwägung gezogen, seinen Geburtstag in vertrauter Zweisamkeit zu feiern, aber uns besuchen an Weihnachten so viele Leute, dass es mir angemessener schien, diesen Tag mit all unseren Liebsten zu verbringen.

Seit ich ihre Firma beauftragt habe, die Inneneinrichtung unseres Hauses zu übernehmen, ist Carly eine richtig enge Freundin geworden. Sie leistet unglaublich gute Arbeit. Das Haus ist erst zur Hälfte fertig, aber Carly hat mir Gott sei Dank versichert, dass rechtzeitig vor Weihnachten alles bereit sein wird. Ich kann mir nichts Schlimmeres vorstellen, als das Haus voller Menschen zu haben, aber nur zur Hälfte möbliert.

Zum Fest werden uns meine Eltern besuchen. Ich freue mich so darauf, sie zu sehen – das letzte Mal ist schon viel zu lange her.

Auch Simone kommt her. Sie wird bei Denny wohnen, aber am Weihnachtsabend sind sie zum Abendessen bei uns.

Außerdem erwarten wir Tom und Zane. Letzterer steht seiner Familie in New York anscheinend nicht besonders nahe, darum habe ich Jake gebeten, ihn einzuladen. Ich ertrage den Gedanken nicht, dass jemand Weihnachten allein verbringen muss, schon gar nicht Menschen, die mir etwas bedeuten.

Smith und Carly habe ich ebenso eingeladen, aber die fahren nach Jakes Party in ihre Heimat Tennessee.

Selbstverständlich werden auch Jakes Mutter Susie und sein Stiefvater Dale anwesend sein.

Jake weiß nichts von alledem. Er glaubt, dass unsere Gäste erst Heiligabend zu uns kommen.

Es wird schön sein, Susie wiederzusehen. Seit Pauls Beerdigung in Manchester haben wir uns nicht mehr getroffen. Dale habe ich seit meinem fünfzehnten Lebensjahr nicht mehr gesehen.

Susie war überglücklich, als wir sie anriefen und ihr von der Schwangerschaft erzählten. Ihre Reaktion war das absolute Gegenteil von der meiner Mutter.

Ich glaube, sie ist erleichtert und froh darüber, dass Jake endlich zur Ruhe kommt. Dass er sein Glück gefunden hat.

Alle anderen waren von unseren Neuigkeiten ebenso begeistert. Stuart ist vor Freude vollkommen ausgeflippt. Simone ist auch total ausgerastet. Aber Vickys Reaktion hat mich am meisten berührt. Als ich ihr sagte, dass ich schwanger bin, hat sie vor Glück geweint. Ich habe mit ihr über Skype gesprochen und konnte sehen, dass die Tränen und ihre Rührung echt waren. Daraufhin musste ich natürlich auch weinen.

Ich habe Vicky viel zu verdanken. Wenn sie mir nicht das Interview mit Jake verschafft hätte, wären wir nicht zusammen. Ich verdanke ihr alles.

Ich hatte gehofft, dass Vicky an Weihnachten auch vorbeikommen würde, aber sie hatte bereits Pläne mit ihrer Familie gemacht. Doch ich werde dafür sorgen, dass ich sie sehr bald sehen kann.

»Wir veranstalten also wirklich eine Geburtstagsfeier bei Pizza Hut?« Stuart verzieht das Gesicht.

»Sei nicht so versnobt«, rüge ich ihn lachend. »Pizza Hut hat für Jake und mich eine besondere Bedeutung.«

»Ach ja, die träumerischen Teenager-Jahre.« Theatralisch greift er sich an die Brust, um mich aufzuziehen.

»Wovon redest du?«, fragt Carly.

»Das war unsere Tradition, als Jake und ich jünger waren. Unsere Geburtstage wurden immer bei Pizza Hut gefeiert. Als wir wieder in Kontakt gekommen sind, hat Jake mich zuallererst zum Abendessen bei Pizza Hut eingeladen.«

»Er hat das ganze Ding für sie gemietet«, fügt Stuart an. »Das war echt süß. Ich war wirklich beeindruckt von ihm.« Er lächelt mich an und zwinkert mir verstohlen zu.

»Hast du ihm schon ein Geschenk ausgesucht?«, fragt Stuart und schneidet sein Steak an.

»Ja.« Ich lächle stolz und beiße in eine Spargelstange.

Ich wusste nicht, was ich Jake kaufen sollte. Was soll man denn jemandem schenken, der schon alles hat?

Dann ist mir Jakes alte Gitarre wieder eingefallen, die erste, die er je besaß. Mein Vater hatte sie ihm gekauft.

Als Jake in die Staaten zog, ließ er die Gitarre zurück, und mein Vater hat sie all die Jahre behalten. Sicher verstaut lag sie in der Garage, also habe ich meinen Vater gebeten, sie zu finden und wieder in Schuss bringen zu lassen.

Er schickt sie diese Woche ab, und wenn sie ankommt, lasse ich noch die Rückwand für Jake verzieren.

Ich finde wirklich, allein die Tatsache, dass mir das eingefallen ist, ist dreizehn Geburtstagsgeschenke wert.

»Ist denn die Gästeliste so weit vollständig?«, frage ich mit einem Blick auf mein Tablet und greife nach meinem Wasser.

»Eigentlich musst du noch eine Begleitperson eintragen … bei mir«, antwortet Stuart verlegen.

Ich stelle das Glas wieder ab, ohne einen Schluck getrunken zu haben. »Eine Begleitperson.« Ich lächle. »Könnte es sich dabei um den mysteriösen Unbekannten handeln, den du seit einer Weile vor uns verheimlichst?«

»Ja, und er ist nicht mysteriös. Du weißt, wie er heißt.«

»Der heiße Dr. Josh!«, rufen Carly und ich gleichzeitig. »Und doch, das ist er«, füge ich hinzu. »Du hast niemanden auch nur einen Blick erhaschen lassen, von einem Treffen ganz zu schweigen.«

»Weil ich nicht wollte, dass ihr ihn verscheucht. Er ist schüchtern.« Er schiebt sich einen Happen Steak in den Mund.

»Aber er kommt zur Party?«

Stuart kaut und lächelt. »Ja.«

»Juhu!« Ich klatsche in die Hände.

Dieser Typ bedeutet Stuart etwas, das verrät mir die Art, wie er über ihn spricht. Ich kann es kaum erwarten, denjenigen zu treffen, der Stuart dieses entzückende Lächeln auf die Lippen zaubert.

Ich kritzle den heißen Dr. Josh auf die Liste und unterstreiche ihn.

»Kommen deine Eltern zur Party?«, fragt Carly.

»Ja.« Ich presse die Lippen aufeinander.

»Kommt Eva langsam damit klar, dass du ein Kind mit Jake bekommst?«

Carly hat in letzter Zeit immer ein offenes Ohr für mich, wenn ich Frust ablassen muss. Auch wenn Mum die Tatsache akzeptiert hat, dass Jake und ich ein Baby bekommen, und sich darauf freut, Oma zu werden, begegnet sie Jake noch immer ein wenig unterkühlt. Außerdem weiß ich, dass sie möchte, dass ich zurückkomme und das Kind in England zur Welt bringe.

»Fast«, antworte ich mit einem Nicken und nehme das Wasserglas wieder in die Hand. »Ich glaube, der Weihnachtsbesuch wird ein Übriges tun. Jake wird Mum für sich einnehmen, davon bin ich überzeugt.«

Na gut, vielleicht nicht überzeugt – aber ich hoffe es.

Mum kann einfach nicht über Jakes Vergangenheit hinwegsehen. Dabei bin ich auch nicht gerade perfekt. Sie hat keine Ahnung, wie sehr ich Jake verletzt habe, als ich zwischen ihm und Will schwankte, und wie sehr er um mich gekämpft hat. Wie sehr er mich liebt.

Ganz egal, wie oft ich ihr sage, dass Jake und ich einander so sehr verletzt haben, dass es für ein ganzes Leben reicht – dass er mir nie wieder so wehtun wird –, sie beharrt auf ihrem Standpunkt.

Mum braucht manchmal eine ganze Weile, ehe sie ihre Meinung revidiert.

Tief im Inneren weiß ich, dass sie erkennt, wie sehr Jake mich liebt, aber sie macht sich Sorgen, dass er es versaut und ich am Ende vollkommen verzweifelt und tief verletzt allein dastehe.

Darüber mache ich mir überhaupt keine Sorgen. Ich kenne Jake. Ich weiß, wie viel es ihm bedeutet, dass wir zusammen sind. Dass wir ein Kind miteinander bekommen.

Ich hoffe, an Weihnachten wird sie das auch verstehen. Dann ist alles gut, und sie wird sich in puncto Jake entspannen.

»Ich muss vor deiner Mutter den Hut ziehen, Schöne«, bemerkt Stuart. »Sie ist die einzige Frau, die ich kenne, bei der es Jake nicht gelingt, dass sie ihm nach fünf Sekunden hörig ist. Nicht nur das: Ich glaube sogar, er hat Angst vor ihr. Ich glaube, ich bin zum ersten Mal in meinem Leben in eine Frau verliebt«, sinniert er und stößt mich leise lachend mit dem Ellbogen an.

»So ist sie eben«, seufze ich und stelle das Glas auf den Tisch. »Eine Frau, mit der man rechnen muss.«

Ich hoffe nur, sie kriegt sich bald ein. Aber das wird sie. Glaube ich.

* * *

Nach dem Abendessen setzt Dave zuerst Carly zu Hause ab, bevor er Stuart und mich zurückbringt. Dave ist neuerdings mein persönlicher Bodyguard. Jetzt, da ich schwanger bin, ist Jake übervorsichtig geworden, was meine Sicherheit angeht, und Dave muss immer an meiner Seite sein.

Um genau zu sein, kann ich kaum auf die Toilette gehen, ohne dass er mich bewacht. Es ist wirklich gut, dass ich Dave mag, denn in den letzten Wochen verbringe ich mehr Zeit mit ihm als mit Jake.

Als die Nachricht von meiner Schwangerschaft an die Öffentlichkeit gelangt ist, hat Jake die Sicherheitsvorkehrungen hochgefahren. Von einigen leicht übereifrigen Fans von ihm habe ich sogar Hass-Briefe bekommen.

Sie glauben, ich würde mit dem Kind versuchen, ihm sein Leben als Rockstar auszutreiben. Ihn in einen Familienmenschen verwandeln, um ihn von seiner Musik abzubringen.

Ja, manche Leute sind wirklich so verrückt.

Im Großen und Ganzen war die Reaktion der Öffentlichkeit aber wirklich positiv. Ich glaube, die normalen, geistig gesunden Leute freuen sich, dass Jake und ich glücklich sind. Ich könnte mich nicht mehr darüber freuen, diejenige zu sein, die ihn an diesen Punkt in seinem Leben gebracht hat.

Jake nimmt nun also immer Ben mit, und Dave ist mein ständiger Begleiter.

Wir biegen in die Einfahrt, ich steige aus dem Wagen und wünsche ihm eine gute Nacht.

Stuart begleitet mich zur Haustür, gibt mir zum Abschied einen Kuss auf die Wange und geht ums Haus zu seiner Wohnung. Erst als ich sicher im Inneren angekommen bin, höre ich Dave wieder losfahren. Was seinen Job angeht, ist er wirklich durch und durch zuverlässig. Und bis auf Weiteres bin ich Daves Job.

Im Haus ist alles dunkel.

Ich mache gar nicht erst das Licht an, sondern begebe mich direkt ins Schlafzimmer und bin überzeugt, dass Jake schon im Bett ist.

Doch als ich eintrete, finde ich es leer vor.

Er war auch nicht draußen rauchen, denn das hätte ich gesehen, als ich durchs Wohnzimmer gegangen bin. Ich frage mich, ob er in seinem Studio ist.

Ich lege meine Tasche auf den Frisiertisch, streife mir die High Heels von den Füßen und mache mich auf die Suche nach ihm.

Als ich den Flur entlanglaufe, höre ich das Klavier in der Bibliothek.

Die Tür ist angelehnt.

Ich stoße sie auf und sehe, dass es auch hier dunkel ist, nur der Mond scheint durch die Fenster.

Jake sitzt in nichts als schwarzen Schlafanzughosen an meinem Klavier und spielt ein Lied, das ich nicht kenne.

Er sieht einsam aus.

Ich lausche der Melodie, die er ganz leise singt, kann aber die Worte nicht verstehen. Es klingt wunderschön.

»Im Dunkeln spielt er Klavier«, bemerke ich an den Türrahmen gelehnt.

Sofort hört er auf zu spielen und wirft einen Blick über die Schulter.

»Hey.« Er lächelt. Aber selbst von hier aus kann ich sehen, dass etwas nicht stimmt.

Er dreht sich weg, und die ersten Töne des Refrains von Brenda Russells Klassiker »Piano in the Dark« erklingen.

Es ist das Lieblingslied meiner Mutter.

Ich habe so viele Kindheitserinnerungen daran. Ich weiß noch, wie ich Mum dabei zugehört habe, wenn sie beim Abspielen der Platte mitsang, während sie in der Küche das Abendessen zubereitete. Ich frage mich, ob Jake sich daran erinnert.

Ich liebe es, wie Musik es vermag, Erinnerungen zu wecken.

Und dass sie Jake und mich auch jetzt noch verbindet. Sie ist unser Medium, unsere Art, miteinander zu sprechen.

Jake spielt weiter, während ich über den Parkettboden zu ihm gehe.

Ich streiche ihm mit den Fingern über den Nacken, fahre ihm durchs Haar, küsse seine Schläfe, bevor ich mich mit den Ellbogen aufs Klavier stütze.

Es spielt keine Rolle, wo wir sind oder was er singt, Jakes Stimme hat eine unglaubliche Wirkung auf mich. Ihm zuzuhören ist purer, heißer Sex. Seine Stimme berührt etwas in mir, das ich vorher nicht kannte. Dieser Teil von mir gehört ihm. Er wird immer nur ihm gehören.

Zu beobachten, wie seine Finger über die Tasten gleiten, löst ein unbändiges Verlangen nach seiner Berührung in mir aus.

Ich drücke die Schenkel aneinander.

»Jake …« Ich gleite mit der Fingerspitze über die glatte Oberfläche des Klaviers. »Wirst du je ein Lied über uns schreiben? Über mich?«

Er hört auf zu spielen und starrt mich an. »Jeder Song, den ich je geschrieben habe, hat auf seine Weise von dir gehandelt.«

Überrascht schaue ich ihn an. »Wirklich?«

Sein Blick ruht auf mir. »Was glaubst du, wie ich über Liebe schreiben konnte, Tru? Du warst der einzige Mensch, den ich je geliebt habe. Immer, wenn in einem dieser Lieder von Liebe die Rede war, kam sie von dir … war es wegen dir. Jede Zeile über Verlust resultierte daraus, dass ich dich verloren hatte. Wenn du sie dir anhörst, wirst du es merken. Es überrascht mich, dass dir das noch nicht aufgefallen ist.«

Er schaut wieder auf die Tasten und klimpert ein wenig. Mich beschleicht das Gefühl, er ist enttäuscht darüber, dass ich das nicht wusste.

Ich werde unruhig. »Ich schätze, wenn ich deine Musik gehört hab, bin ich davon ausgegangen, ich wäre dir egal.«

Ich drehe mich um, lehne den Rücken ans Klavier und starre in den dunklen Raum.

»Ich hasse es, dass du das gedacht hast.« Seine Stimme hinter mir klingt sanft. »Genau das Gegenteil war der Fall.«

Ich drehe mich wieder um, möchte diese Unterhaltung im Keim ersticken und sage daher: »Ich mochte das Lied, das du vorhin gespielt hast. Ist das neu?«

Er nickt.

»Darf ich es hören?«

Für einen langen Moment schaut er mich regungslos an, dann schüttelt er den Kopf. »Es ist noch nicht fertig. Sobald es so weit ist, spiele ich es dir vor.«

»In Ordnung.« Mit dem Zeigefinger berühre ich sein Gesicht. Ich zeichne seinen Wangenknochen nach, fahre über seine Nase, dann bis zur Braue.

Jake schließt die Augen und atmet ruhig. Dann greift er nach oben und umfasst mein Handgelenk. Er zieht mich zu sich heran, bringt mich zwischen sich und das Klavier.

Stumm lehnt er die Stirn an meinen Bauch. Ich streiche ihm mit den Fingern durchs Haar, halte ihn fest. Heiß spüre ich seinen Atem durch den dünnen Stoff meines Shirts.

Etwas beschäftigt ihn. Ich habe es schon vorhin an seinem Lächeln gesehen, aber jetzt bin ich mir ganz sicher.

Die Anspannung in seinen Schultern verrät es mir. Ich spüre es mit jedem seiner tiefen Atemzüge.

»Wie war dein Abend?«, fragt er, und seine Stimme klingt an meinem Shirt gedämpft.

»Gut, wir hatten Spaß. Und deiner?«

Er hebt die Schultern. »Ganz normal.«

»Was ist los, Schatz?« Ich massiere ihm die verkrampften Schultern.

Er hebt den Kopf, starrt in der Dunkelheit zu mir herauf und umfasst meine Taille.

Ohne ein Wort zu sagen, hebt er mich hoch und setzt mich auf den Flügel. Die Tasten klimpern, als ich die Füße auf ihnen abstelle.

Er beugt sich zu mir vor und birgt das Gesicht an meinem Hals. »Ich möchte nicht darüber reden.« Sein schwerer Atem überrascht mich. »Ich muss einfach in dir sein, Tru. Tief in dir drin.«

Seine Worte lassen mich erbeben. Was auch immer ihn gerade belastet, ich weiß, dass er es vergessen muss, in mir.

Er schiebt mir den Rock hoch, stöhnt beim Anblick meiner halterlosen Strümpfe und zeichnet den Rand des einen nach. Dann drückt er mir entschlossen die Beine auseinander, packt mich am Hintern und zieht mich zu sich, küsst mich.

Er will mich so sehr, dass es mir den Atem nimmt. Ich spüre, wie er seine Erektion an meinen Körper drückt, seine Zunge gierig in meinen Mund dringt. Es raubt mir fast die Sinne.

Er greift nach meiner Bluse, reißt sie auseinander. Die Knöpfe springen in alle Richtungen, verteilen sich über das gesamte Klavier und kullern von dort auf den Boden.

Er zieht mir die Bluse über die Arme. Ich übernehme, ziehe sie ganz aus und werfe sie beiseite.

Seine Hände gleiten über meine Brüste, fahren die Umrisse des BHs nach. Er streicht mit dem Finger über meine Brustspitze. Unter seiner zarten Berührung seufze ich auf.

Er zieht die Hand weg, aber nur um sich seiner Schlafanzughose zu entledigen und seiner Erektion Raum zu geben.

Mit brennendem Blick drückt er sie durch den dünnen Stoff an meine Muschi. In seinen Augen liegt ein Schmerz, den ich nicht verstehe.

»Jake …«, flüstere ich, aber er unterbricht mich, presst seine Lippen auf meine. Mit einem Ruck zerreißt er meinen Slip und stößt sich gierig in mich.

Bei seinem plötzlichen Eindringen schreie ich vor Lust auf. Er umklammert meine Hüften, hält mich in der Position, in der er mich haben will, und vögelt mich. Sein Mund ist an meinem Hals, seine Zähne beißen in meine Haut, dann leckt er beschwichtigend über die Stelle.

Mit jedem harten Stoß geben die Tasten des Klaviers einen frustrierten, chaotischen Akkord von sich. Ich spüre, wie er immer tiefer in mich drängt, während meine Lustschreie von den Wänden der Bibliothek widerhallen.

»Lehn dich zurück«, sagt er mir rau ins Ohr.

Auf seinen Befehl hin strecke ich meinen nackten Rücken auf dem kalten Klavier aus. Ich spüre die kühle Oberfläche kaum, denn Jake hat mich vollkommen in seinen Bann gezogen. Ich sehe die Gier, das unbändige Verlangen nach mir, die ihn in diesem Moment zu verzehren drohen. Es gibt nur ihn und mich. Wir sind losgelöst vom Rest der Welt, niemand kann zu uns durchdringen.

Ich weiß, dass es genau das ist, was er gerade braucht.

Jake hebt meine Beine höher, zieht mich noch näher an sich heran, und als er die Stelle in mir trifft, die nur er erreicht, erfasst ein Orgasmus meinen Körper.

Doch Jake ist noch nicht fertig, denn er jagt noch immer seinem eigenen Höhepunkt nach, nimmt mich, hart und ohne Gnade. Er beißt die Zähne zusammen, seine Kiefermuskeln treten hervor, in seinen Augen brennt die Gier. Das Mondlicht taucht seine Umrisse in einen scharfen Kontrast, und in diesem Augenblick sieht er so sexy aus wie nie zuvor.

Als er so weit ist, wirft er den Kopf in den Nacken, das Gesicht verzerrt. Seine Hüften treffen auf meine, und seine Erektion pulsiert in mir. Ich komme ein zweites Mal und schließe mich hilflos zuckend eng um seinen Schwanz.

»Verdammt«, keucht er, als meine Muskeln sich um ihn wieder entspannen und wir beide nach Luft ringen.

Er lässt sich nach vorn sinken, bis sein Oberkörper auf mir ruht. Erschöpft legt er den Kopf auf meine Brüste und verweilt noch in mir.

Ich streiche ihm mit dem Finger übers Ohr, lausche seiner flachen Atmung, spüre die Frustration, die noch immer in ihm ist, als sei es meine eigene.

»Rede mit mir«, murmle ich.

Er hebt den Kopf, legt mir das Kinn auf die Brust und sieht mir regungslos in die Augen.

»Lass uns ins Bett gehen.« Er steht auf und gleitet vorsichtig aus mir heraus.

Jake reicht mir die Hand und hilft mir vom Flügel. Er lässt meine Hand nicht mehr los, bis wir im Schlafzimmer sind.

Ich entledige mich der verbleibenden Kleidung – meines BHs, des Rocks und der Strümpfe –, hole ein T-Shirt von Jake aus dem Schrank und ziehe es an.

Als ich fertig bin, ist er schon im Bett, also krieche ich unter die Decke und kuschle mich an seinen warmen, muskulösen Körper.

Er atmet schwer aus, und ich spüre seinen Atem auf meiner Haut.

»Jonnys Mutter hat angerufen, als du weg warst.«

Das ist es also, was an ihm nagt. Deshalb hat er mich gerade voller Verzweiflung auf dem Klavier gevögelt.

Ich drehe ihm den Kopf zu. »Was wollte sie?«

Er reibt sich mit der Hand übers Haar, starrt nach oben auf die dunkle Decke. »Sie hat die Pressemitteilung über Smiths Bandeintritt gesehen.«

»Oh.«

In der Dunkelheit treffen sich unsere Blicke. »Ich hatte sie nicht angerufen, ihr nicht gesagt, dass das passiert.«

»Wie hat sie es aufgenommen?«

»Sie hat geschrien. Geweint. Sie ist verletzt, zu Recht. Ich hab's verbockt. Ihr hätte ich es als Erstes sagen müssen. Ich hab nicht nachgedacht, und das kotzt mich so an. Ich fühle mich wie ein gottverdammter Idiot.« Er schüttelt den Kopf. »Sie hat mich als herzlos und egoistisch beschimpft.«

»Nein, Jake, nein …«

»Sie hat recht. Das bin ich. Aber was sie dann gesagt hat …« Er ringt nach Luft. »Sie sagte, ich würde Jonny ersetzen. Dass ich ihn vergessen hätte. Dass Smiths Eintritt bedeuten würde, Jonny aus der Band zu löschen – dass ich so tue, als hätte er nie existiert. Sie hat gesagt, Jonny hätte das nie getan, wenn ich gestorben wäre. Und sie hat recht. Das hätte er nicht.«

»Das ist vollkommener Blödsinn.« Ich richte mich auf, um ihn beim Sprechen ansehen zu können. »Sie ist im Unrecht.«

Ich bebe vor Wut. Natürlich hat sie ihren Sohn verloren und trauert um ihn, aber sie hat kein Recht, Jake so wehzutun.

»Das glaube ich nicht, Tru.« Er schüttelt wieder den Kopf und sieht weg. »Aber ich habe ihn nicht vergessen.«

Als er mich wieder ansieht, spricht er ganz leise weiter. »Wie auch? Aber ich war in letzter Zeit so glücklich wegen dir und dem Baby … Als ich Smith gebeten hab, fest bei der Band einzusteigen, war das eine rein geschäftliche Entscheidung. Ich wollte niemanden verletzen. Am wenigsten Jonnys Eltern. Aber ich hätte sie anrufen müssen.«

Ich setze mich auf, schlinge ihm die Beine um die Taille, lege ihm die Hände an die Wangen und zwinge ihn, mich anzuschauen. Ich kann die Qual in seinen Augen glitzern sehen, und es bereitet mir fast körperliche Schmerzen.

»Hör mir gut zu, Jake Wethers. Du trägst keinen Funken Bösartigkeit in dir. Ja, es war ein Fehler, nicht anzurufen, aber selbst wenn du es getan hättest, wäre ihre Reaktion wahrscheinlich ebenso ausgefallen. Sie hat ihren Sohn verloren und ist noch immer wütend und verletzt deswegen. Aber es stimmt nicht, dass du Jonny zu ersetzen versuchst. Das tust du nicht. Wenn du ihn vergessen hättest, würdest du die Einnahmen aus der Show nächste Woche bei Smiths offizieller Einführung als Bandmitglied nicht einer Stiftung spenden, die Unfallopfern und ihren Familien hilft, oder? Du tust lediglich, was gut für die Band ist. Jonny hätte das so gewollt, und an deiner Stelle hätte er genau das Gleiche getan.«

Jake atmet tief ein. Er schließt die Augen und schüttelt leicht den Kopf.

Ich weiß, dass ich nicht zu ihm durchdringe. Meine Worte werden nicht reichen, um es wiedergutzumachen. Es wird ihn auffressen. So ist Jake. Der Jake, den nur ich kenne.

»Warum fährst du nicht zu ihr? Es ist immer besser, persönlich mit jemandem zu reden, als übers Telefon. Manchmal muss man dem Menschen ins Gesicht sehen können, weißt du?«

»Sie ist in New York.«

»Das sind mit dem Flugzeug nur ein paar Stunden.«

»Sechs. Und ich hab morgen Termine.«

»Verleg sie. Dass du zu ihr kommst, wird ihr zeigen, dass er dir nicht egal ist. Wenn du möchtest, komme ich mit. Wir können uns ein Hotelzimmer mieten und ein wenig Zeit mit seinen Eltern verbringen.«

»Das würdest du für mich tun?«

Überrascht blicke ich auf ihn hinunter. »Ich würde alles für dich tun, Jake. Hast du das immer noch nicht verstanden?«

Er legt mir die Hände auf den Bauch und führt sie dann zu meiner Taille. »Ich liebe dich so unglaublich, Tru.«

»Ich weiß.« Ich lasse mich gegen ihn sinken und liebe das Gefühl, wie seine Arme sich um mich legen, mich an ihn drücken. »Ich liebe dich auch.« Ich drücke ihm einen Kuss auf den Bizeps. »Wir fliegen also morgen nach New York?«

»Wir fliegen morgen nach New York.«

KAPITEL 16

Ich stehe mit Stuart, Carly und Dave am Bühnenrand hinter den Vorhängen des Wiltern Theatre in West L. A. Die Jungs spielen bereits. Es ist ihr Begrüßungsauftritt für Smith.

Sie haben sich für ein kleines Konzert mit nur zweitausend Fans entschieden. Die Eintrittskarten waren teuer, deshalb sind an diesem Abend nur hartgesottene TMS-Fans anwesend. Es sind auch etliche Promis darunter. Ja, ein paar davon beeindrucken mich schon.

Alle Einnahmen des Abends werden für einen guten Zweck gespendet, für die Opfer von Verkehrsunfällen. Jake ist es wichtig, diese Sache zu unterstützen, weil Jonny so ums Leben gekommen ist.

Ich glaube, er braucht das, um damit klarzukommen, dass Smith jetzt fest zu TMS gehört.

Vor einer Woche waren wir in New York, um Jonnys Eltern zu besuchen, Lyn und Bob. Ich bin so froh, dass wir das gemacht haben.

Jake hat sich mit Lyn ausgesöhnt. Dieses Gespräch war lange überfällig, und sie haben es beide gebraucht.

Ich habe in der Küche mit Bob geplaudert, während Jake und Lyn sich im Wohnzimmer ausgesprochen haben. Was für ein netter Mann. Er hat mir die Zeit mit Geschichten über Jakes und Jonnys Teenagerstreiche vertrieben. Sie waren schlimme Jungs mit einem guten Herzen. Genau das ist Jake immer noch.

Im Übrigen kocht Bob den besten Tee der Welt und hat mich dazu mit Lyns selbstgebackenen Keksen gefüttert. Ich habe ernsthaft noch nie so gute Kekse gegessen.

Nach dem Besuch bei Lyn und Bob waren Jake und ich auf meinen Vorschlag hin an Jonnys Grab auf dem Woodlawn-Friedhof.

Anfangs hat Jake gezögert, aber ich wusste, er musste da hin. Das letzte Mal war er bei der Beerdigung dort gewesen.

Ich habe Jake eine Weile mit Jonny allein gelassen und bin spazieren gegangen. Es ist schön dort. Friedlich, wie man es sich für so einen Ort wünscht.

Nach dem Besuch war Jakes Erleichterung spürbar. Er wirkte freier, und ich wusste, es war richtig gewesen, ihn zum Hingehen zu ermutigen.

Wir sind noch ein paar Tage in New York geblieben, haben geshoppt und sind essen gegangen. Es war entspannend, ich habe jeden Augenblick unseres Aufenthalts genossen. Andererseits wäre ich mit Jake auch auf einer Müllhalde glücklich gewesen.

Das einzig Dumme an unserer Reise war, dass Susie und Dale im Urlaub waren, sonst hätten wir sie besuchen können. Vielleicht war es aber auch besser so. Ich glaube, mehr als der Besuch bei Lyn und Bob wäre für Jake zu viel auf einmal gewesen.

Jake hat schon lange Probleme mit seiner Mutter, und das ist mein nächstes Ziel – ihm zu helfen, die zu klären. Ich hoffe, das ergibt sich an Weihnachten. Ich will, dass alles in Ordnung ist, bis das Baby auf die Welt kommt.

Da dies ein besonderes Konzert ist, spielen die Jungs ein paar noch unveröffentlichte Stücke vom neuen Album, das im nächsten Herbst herauskommen soll. Ich weiß, was ein neues Album bedeutet: eine Tournee.

Im Juli soll unser Baby auf die Welt kommen.

Ich will nicht, dass Jake die Veröffentlichung des Albums verschiebt. Hier geht es nicht nur um ihn, mich und unser Leben. Es geht auch um Tom, Denny und Smith. Wir werden uns etwas einfallen lassen müssen. Aber irgendetwas sagt mir, dass ich im nächsten Jahr mit einem Baby auf Tournee gehen werde.

Im Augenblick denke ich nicht darüber nach. Ich genieße einfach das Hier und Jetzt.

Momentan ist das Leben einfach wunderbar.

Ich lasse den Blick über den vollgestopften Zuschauerraum schweifen und sehe, wie das Publikum mitsingt, als Jake eines ihrer neueren Stücke spielt, »Revved«.

Die Menge ist total aufgedreht. Auf der Bühne spielen die Jungs sich auf großartige Weise die Bälle zu. Jake ist stimmlich in Topform. Tom bearbeitet den Bass, als wolle er jeden Augenblick mit ihm ins Bett steigen. Denny brennt am Schlagzeug, und Smith ist entspannt. Endlich kommt seine großartige Südstaaten-Bühnenpersönlichkeit zum Vorschein.

Smith hat seinen Platz in ihrer Mitte gefunden, und das freut mich so für ihn. Er hat es verdient.

An Carlys Gesichtsausdruck sehe ich, wie stolz sie ist.

Ich wende mich wieder zur Bühne, um Jake beim Singen zuzusehen. Er verströmt puren Sex, die Hände am Mikro, und seine Lippen formen die Worte, als wolle er mit jeder einzelnen Silbe schlafen. Mir wird allein vom Zusehen das Höschen feucht.

Und er gehört mir. Dieser unglaublich talentierte, schöne Mann gehört nur mir.

Ich streiche mir über den Bauch und flüstere dem Baby zu: »Hörst du das? Das ist dein Daddy, der da oben singt.«

Als ich den Blick wieder hebe, beobachtet mich Stuart lächelnd.

Er legt mir den Arm um die Schultern und zieht mich an seine Seite. »Er macht das gut, hm?«, sagt er mit einem Nicken in Jakes Richtung.

»Ja«, stimme ich lächelnd zu. »Heute Abend steht er in Flammen.«

Ich kann es kaum erwarten, ihm später die Kleider vom Leib zu reißen.

Seit ich schwanger bin, läuft meine Libido auf Hochtouren. Wir hatten schon an allen möglichen Orten Sex. Wann immer und wo immer wir können.

»Ich meinte nicht auf der Bühne«, entgegnet Stuart. »Das ist der einzige Ort, wo man sich auf Jake schon immer verlassen konnte. Ich meinte mit dem Baby. Bis vor Kurzem hätte ich mir Jake nie als Vater vorstellen können. Aber das war vor deiner Zeit. Er hat schon glücklich auf mich gewirkt, als du wieder in sein Leben getreten bist, aber seit du schwanger bist, ist er so was von überglücklich …«

»Du meinst, wie du mit Josh.« Ich stupse ihn in die Rippen.

»Genau.« Er drückt mir einen Kuss auf den Scheitel. »Jake hat eine Heimat gefunden, und ich glaube …« Er schaut ein wenig verlegen. »Na ja, ich glaube, ich habe meine vielleicht auch gefunden, Chica.«

Mir geht das Herz auf. »So ernst, ja?«

»Ich glaube schon.«

Ich umarme und drücke ihn.

Ich kann es kaum abwarten, Dr. Josh auf Jakes Party kennenzulernen. Darauf freue ich mich fast so sehr wie auf die Party selbst.

»Dein Typ wird verlangt, Schöne.« Stuart nimmt den Arm von meinen Schultern und stößt mich mit der Hüfte an.

Ich wende den Blick wieder von Stuart, und als ich nach vorn schaue, sehe ich Jake auf mich zukommen, die Gitarre auf dem Rücken, die Hand nach mir ausgestreckt. Er bedeutet mir, zu ihm zu kommen.

Kommt nicht infrage. Nicht in einer Million Jahre werde ich vor zweitausend Leuten auf die Bühne treten.

Ich schüttle entschlossen den Kopf.

Seine hellblauen Augen verengen sich, eindringlich schaut er mich an.

Den Blick kenne ich. Üblicherweise bedeutet er, dass Jake kriegen wird, was er will.

Ich löse mich von Stuart und trete einen Schritt zurück, mache mich bereit, schnell abzuhauen, doch Stuart legt mir die Hand ins Kreuz und schiebt mich sanft auf Jake zu.

Mit einem Blick drohe ich Stuart stumm: »Na warte.« Er lacht nur.

Jake legt mir den Arm fest um die Hüfte und schiebt mich in Richtung Bühne.

»Was hast du vor?«, zische ich ihm ins Ohr und verliere auf den hohen Absätzen fast den Halt.

»Ich will mit meinem Mädchen angeben«, antwortet er und lächelt auf mich herab.

Ich bebe am ganzen Körper und wage es nicht, all die Leute anzusehen. Unglaublich, dass er mich auf die Bühne gezerrt hat. Ich werde ihn so was von umbringen.

Jake nimmt das Mikro und wendet sich ans Publikum. »Ich bin sicher, ihr kennt alle meine Freundin, Tru.« Er deutet auf mich, und aus dem Publikum erklingen Pfiffe und Zwischenrufe. Mir zittern die Knie. »Begrüß das beste Publikum in L. A., Baby.« Erwartungsvoll sieht er mich an.

Als ich merke, dass ich aus der Nummer nicht mehr herauskomme, hebe ich die Hand, winke zweitausend Fremden zu wie eine komplette Idiotin und murmle ins Mikro: »Hallo.«

Jubelschreie und Pfiffe erheben sich aus der Menge, und ich werde puterrot.

Er ist ja so was von tot, wenn er heimkommt.

Jake schnappt sich das Mikro wieder und eröffnet den Leuten: »Als Nächstes kommt noch ein Stück vom neuen Album. Angesichts der Tatsache, dass ich den Song über mein Mädchen geschrieben habe, fand ich, sie sollte hier auf der Bühne sein, wenn ich ihn das erste Mal singe.«

Ruckartig wende ich ihm den Kopf zu.

Er hat ein Lied über mich geschrieben?

Jake schaut mir in die Augen, aber ich kann seinen Blick nicht deuten.

Plötzlich fühle ich mich seltsam unwohl.

Er hat wegen meiner Worte in jener Nacht am Klavier ein Lied für mich geschrieben. Weil ich in keinem seiner anderen Lieder Worte für mich gehört hatte.

Ich weiß nicht, ob ich ihn dafür küssen soll oder weinen, weil er aus Mitleid ein Lied für mich geschrieben hat.

Aus dem Augenwinkel sehe ich, wie ein paar Roadies ein kleines Klavier auf die Bühne schaffen. Jake führt mich dorthin und gibt seine Gitarre ab. Die Klavierbank ist groß genug für uns beide, und Jake zieht mich neben sich. Zum Glück sitzt er wenigstens vor mir, sodass ich mich ein wenig hinter seinem Körper verstecken kann.

Ich schaue zu Denny am Schlagzeug hinüber, und er lächelt wissend.

»Dich erledige ich gleich nach Jake und Stuart«, verspreche ich ihm mit Blicken.

Denny lacht in sich hinein und schüttelt den Kopf.

Ich sehe wieder Jake an, der sich in diesem Augenblick über das am Klavier befestigte Mikro beugt und mit seiner heiseren sexy Stimme ankündigt: »Okay, das Stück heißt ›Everything Is You‹ …« Sein Blick trifft mich. »Das hier ist nur für dich, Baby.«

Jake streicht über die Tasten und beginnt, eine sanfte Melodie zu spielen …

I saw her there, standing twenty feet away, feeling like
we were still an ocean apart,
But there was no turning back, she had to be mine,
Knew she'd be mine,
I brought her in, chased her for a while, until she broke down,
Tell me you're mine, that you'll always be mine.

Take that chance with me,
I'll let you down, I know,
But I'll fix it too, because everything is you,
Everything is you.

She made her way to my bed, already soul deep inside me,
»It's always been you,« I said. »The only one on my mind,«
But still I got wild, I broke the rule,
She left, taking everything with her.

Take that chance with me,
I'll let you down, I know,
But I'll fix it too, because everything is you,
Everything is you.

Like a beggar I pleaded for my home,
Words were the only way I knew how,
Lighting the sky with pink, she turned back and smiled,
I got you, baby, always mine, take me home.

Everything is you,
No matter where we are, with you by my side,
I can walk these weak white-lined streets blind,

You're my guide. My everything.
Now with that new beating heart inside,
you've given me eternity,
Forever is now. And everything is you.

Es ist das Stück, das er in jener Nacht am Klavier gespielt hat.

Er hat es nicht wegen meiner Worte geschrieben. Er hatte es schon fertig.

Deshalb wollte er es in jener Nacht nicht für mich spielen. Er wollte mich überraschen.

Keine Sekunde lasse ich ihn aus den Augen, und er sieht mich fast das gesamte Lied über an.

Ich beiße mir auf die zitternde Unterlippe, habe Tränen in den Augen. Die ganze Zeit über fühlt es sich an, als wären Jake und ich allein im Saal.

Für mich gibt es nur ihn. Ich sehe nichts als ihn, schon seit ich vor so vielen Monaten dieses Hotelzimmer betreten habe.

Das Lied hat mich so tief berührt, dass ich sein Gesicht in die Hände nehme, sobald seine Finger sich von den Tasten heben. Ungeachtet dessen, wo wir sind, ziehe ich ihn an mich und küsse ihn mit jeder Faser meines Wesens.

Jake legt mir die Hand in den Nacken, seine Finger spielen mit meinem Haar, seine Zunge bewegt sich in meinem Mund, und er erwidert meinen Kuss mit allem, was er zu geben hat.

Vage registriere ich die Pfiffe und den Jubel ringsum, aber es ist mir egal. Mich interessiert nur Jake. Mein wundervoller, zärtlicher, schöner Jake.

Langsam kommen wir wieder zu uns. Wir lösen uns voneinander, ohne den Blickkontakt zu unterbrechen, und Jakes Lippen umspielt dieses verdammt heiße Lächeln. Ich weiß genau, was er denkt. Ich weiß auch genau, was er jetzt mit mir täte, wenn all die Leute nicht da wären.

»Du hast ein Lied für mich geschrieben«, flüstere ich.

Er nickt. »Schon vor einer Weile. Aber vor Kurzem habe ich es noch einmal umgeschrieben.«

Das Baby. Die Zeile am Ende.

Now with that new beating heart inside,
you've given me eternity.
Jetzt, wo ein neues Herz in dir schlägt,
hast du mir die Ewigkeit geschenkt.

Mein eigenes Herz fließt beinahe über vor Freude.

So glücklich wie mit Jake war ich nie zuvor. Dieses Gefühl will ich niemals verlieren.

Er wendet sich wieder dem Mikrofon zu und kommentiert mit dekadenter, sexy Stimme: »Ich glaube, das Lied gefällt ihr. Was meint ihr?«

Grinsend und mit funkelnden Augen nickt er in meine Richtung, und das Publikum tobt.

Ich schenke ihm ein strahlendes Lächeln. Im Augenblick will ich nur, dass er das Stück noch einmal spielt.

Jake steht auf und reicht mir die Hand. »Verbeug dich vor deinem Publikum, Baby.«

Ich trete neben ihn und mache einen kleinen Knicks, und das Publikum johlt noch lauter.

Sogar Tom höre ich pfeifen und jubeln. Ich schaue zu ihm hinüber, sehe ihn lächeln.

Ich wusste doch, dass irgendwo tief in diesem Schürzenjäger ein Romantiker steckt.

Ich grinse ihn an, und statt mir wie sonst einen sarkastischen Blick oder einen entsprechenden Kommentar zuzuwerfen, zwinkert er mir lächelnd zu.

Als ich mich umdrehe, um die Bühne zu verlassen, hält mich Jake an der Hand fest und flüstert mir ins Ohr: »Jedes Wort in diesem Lied ist ernst gemeint. Das weißt du, oder?«

Ich lehne mich ein wenig zurück und sehe ihm in die Augen. »Ich weiß.«

Und ich weiß es wirklich. Ganz sicher und ohne jeden Zweifel weiß ich, wie tief seine Gefühle für mich sind. Mit diesem Lied ist jegliche verbliebene Unsicherheit, die ich vielleicht hinsichtlich Jakes Gefühlen noch hatte, verschwunden.

Er schmiegt seine Wange an meine, und ich schließe die Augen, genieße es, ihn zu spüren. Sein ganz besonderer Duft macht mich schwindlig.

»Nach dem Auftritt direkt in die Limousine, Süße«, murmelt er, und sein Atem streicht heiß über meine Haut. Ich habe am ganzen Körper Gänsehaut. »Ich will dich, darin, darauf, überall und auf jede nur erdenkliche Weise.«

Ich trete zurück und antworte: »Dann also bis nachher in der Limousine.« Mit einem sexy Lächeln eile ich von der Bühne, selbstsicherer, als ich es für möglich gehalten hätte, um auf mein Sexdate in der Limousine mit meinem unglaublich gut aussehenden, heißen Jake zu warten.

KAPITEL 17

»Schwörst du, dass du nichts siehst?«

»Ich kann nicht glauben, dass du mir die Augen verbunden hast«, beklagt sich Jake.

»Jetzt weißt du mal, wie das ist«, flüstere ich ihm ins Ohr.

Er erschauert spürbar.

Ich streiche an seinen Armen abwärts, nehme seine Hände und führe ihn weiter, gehe rückwärts auf die Tür zu.

Um nach hinten fassen zu können, muss ich eine seiner Hände loslassen. Ich ergreife die Klinke, öffne die Tür, führe ihn hindurch.

»So.« Direkt vor ihm bleibe ich stehen und hole tief Luft. »Ich wollte dir das Geschenk geben, ehe wir essen gehen, weil ich es den ganzen Tag schon kaum erwarten kann und es jetzt einfach nicht mehr länger aushalte.«

Das stimmt nur teilweise. Unter anderem wollte ich es ihm auch jetzt geben, weil wir bis spät auf der Überraschungsparty sein werden.

»Ich bin sicher, es wird mir gefallen, Tru«, behauptet er.

Mit schief gelegtem Kopf frage ich: »Woher willst du das wissen?« Gesehen haben kann er es nicht, weil ich es gerade erst aus seinem Versteck geholt und hier deponiert habe.

Aufmerksam mustere ich sein Gesicht, um sicherzugehen, dass er nicht durch die Augenbinde spähen kann.

Als ich mich ihm nähere, streift sein warmer Atem meine Haut, und ich stehe in Flammen. Er riecht so unsagbar göttlich, dass ich den Drang verspüre, ihn zu küssen.

Ohne Vorwarnung packt er mein Gesicht und kommt mir zuvor. Ich verschmelze mit ihm, umschlinge seine Taille.

An meinen Lippen flüstert er: »Ich weiß es, weil ich dich kenne. Ich werde alles lieben, was du mir schenkst, weil es von dir kommt.«

»Schmeichler.«

»Aber so was von. Krieg ich jetzt mein Geschenk?«

»Na gut, Mr Ungeduld«, lenke ich lachend ein.

Ich nehme ihm die Augenbinde ab und trete neben ihn, beobachte mit Schmetterlingen im Bauch, wie er sein unmittelbar vor uns stehendes Geschenk betrachtet.

Er tritt näher. »Ist das … Ist das meine alte Strat?«, fragt er ganz leise und dreht sich zu mir um.

Ich nicke.

»Wie?« Ihm steht der Mund offen. »Ich … Ich dachte, die gibt es schon lange nicht mehr. Ich meine, nach …«

»Mein Vater hat sie all die Jahre aufbewahrt.« Ich befeuchte mir die Lippen. »Du weißt doch, wie er ist. Er konnte sich noch nie von einer Gitarre trennen.«

»Ich … Ich …« Er schaut wieder die Gitarre an. Dann wendet er sich mir zu, und ich kann ihm die Emotionen am Gesicht ablesen. Es nimmt mir den Atem. »Meine Mom hat nicht erlaubt, dass ich sie mitnehme …« Er erzählt mir die Geschichte, die ich schon kenne. »Alles war schon nach New York verschifft, und ich dachte, ich könnte sie im Flugzeug mitnehmen, aber Mom hat gesagt, das geht nicht, und ich müsste sie dalassen …«

»Ich erinnere mich.« Ich beiße mir auf die Lippe.

Er lässt mich stehen, geht zu der Gitarre auf ihrem neuen Ständer und hockt sich davor.

Ich gehe hinüber und knie mich neben ihn.

»Sie war leicht beschädigt«, erkläre ich. »Über die Jahre war sie in der Garage meiner Eltern, in ihrem Koffer. Aber es war Feuchtigkeit hineingelangt, weißt du, also habe ich meinen Vater gebeten, sie restaurieren zu lassen und neu zu besaiten. Dann hat er sie mir geschickt, und dann …« Nervös kaue ich weiter auf meiner Lippe herum. »Nun, ich hab sie ein bisschen verzieren lassen.« Ich deute auf das Bandlogo von The Mighty Storm auf der Vorderseite. »Ich hoffe, das ist dir recht.«

Jake streicht über das Emblem. »Es ist mir mehr als recht.« Seine Stimme klingt erstickt, so voller Emotionen ist sie.

Ihn so zu hören bereitet mir eine Gänsehaut.

»Ich habe noch eine weitere Ergänzung vorgenommen.« Vorsichtig nehme ich die Gitarre aus dem Ständer. Ich lege sie Jake auf die Knie und drehe sie um, damit ich ihm die Inschrift auf der Rückseite zeigen kann.

~ Liebe ist nur ein Wort, bis jemand kommt,
der es mit Sinn erfüllt ~
Jake & Tru
31. August 1989
21. Juli 2012

»Das erste Datum ist …«

»Der Tag, an dem ihr neben uns eingezogen seid«, vollendet er meinen Satz. »Das zweite ist der Tag, an dem wir uns bei dem Interview wieder getroffen haben.« Er sieht mir in die Augen, und die Intensität seines Blickes trifft mich, brandmarkt mich mit der Liebe, von der ich weiß, dass er sie für mich empfindet.

»Ich dachte, wir könnten jedes wichtige Datum in unserer Beziehung darauf festhalten. Als Nächstes kommt vielleicht der Geburtstag unseres Kindes.« Ich streiche über meinen Bauch. »Dann unser Hochzeitstag.«

Jake schaut auf die Gitarre hinunter und fährt mit dem Zeigefinger über die Gravur.

»Das Zitat ist aus *Aleph* von Paulo Coelho.« Ich zeige auf das zerlesene Exemplar auf meinem Nachttisch. »Er hat auch *Der Alchimist* geschrieben. Erinnerst du dich noch, wie wir das in der Schule im Englischunterricht lesen mussten?«

»Ja«, bestätigt er nickend. »Wir haben gemeinsam ein Referat darüber gehalten, und dank dir habe ich eine Eins bekommen.« Er zwinkert, dann dreht er die Gitarre richtig herum und beginnt zu spielen.

»DRs?«, fragt er und meint die Saiten.

»Du kennst doch meinen Vater – für ihn ist das Beste gerade gut genug.«

»Ich spiele keine anderen«, erzählt er, den Blick auf die Gitarre gerichtet, und schlägt die Akkorde von »Honky Tonk Women« von den Rolling Stones an. »Dein Vater war mein musikalisches Vorbild, Tru. Ich habe jedem seiner Worte gelauscht und alles verinnerlicht, weil er sich einfach auskennt.«

»Ihm fehlt das Spielen. Er unterrichtet gern, aber eigentlich mag er es lieber etwas aktiver. Als er uns auf der Tour in Spanien besucht hat und den Tag vor dem Konzert mit dir verbringen konnte, das war großartig für ihn. Er redet seither von nichts anderem mehr.«

»Meine besten Kindheitserinnerungen bestehen aus dir, dieser Gitarre und deinem Vater …« Gedankenverloren beginnt er, leise den Text zu singen, dann hält er inne. »Glaubst du, er wäre daran interessiert, mitzukommen, wenn ich dann irgendwann wieder toure?«

Ich strahle, und mir wird ganz warm ums Herz. »Ich glaube, er wäre begeistert. Meine Mutter weniger«, bemerke ich lachend. »Aber wenn du meinen Vater das fragst, flippt er vor Begeisterung aus.« Ich strecke die Hand aus und berühre ihn am Arm.

Er lächelt. »Ich rede Heiligabend mit ihm darüber.« Immer noch auf den Knien, stellt er die Gitarre wieder auf den Ständer, zieht mich dann rittlings auf seinen Schoß und legt mir die Arme um die Taille. »Danke für die Gitarre. Das ist das schönste Geschenk meines Lebens.«

»Wirklich?«

»Wirklich.«

»Das freut mich.« Ich erwidere sein Lächeln. »Herzlichen Glückwunsch zum Geburtstag, Liebster.« Ich drücke ihm einen Kuss auf den Mundwinkel.

»Ich liebe dich.« Er dreht den Kopf, bedeckt meine Lippen mit seinen und küsst mich. »Mehr, als ich sagen kann.«

»Ich liebe dich auch«, flüstere ich und fahre ihm durchs Haar. »Deshalb dachte ich … Wenn wir später im Bett sind und nachdem du mich auf deine einzigartig schmutzige Weise benutzt hast, könntest du mir ein paar der alten Stücke von früher darauf vorspielen.«

Ein anzügliches Grinsen breitet sich in seinem Gesicht aus und lässt ihn nur noch mehr zum Anbeißen aussehen. »Du weißt schon, dass ich dich mit ein paar von den Stücken, die ich als Teenager gespielt habe, verführen wollte.«

Ich lache. »Du hast versucht, mich mit ›Honky Tonk Women‹ zu verführen?«

»Damit vielleicht nicht.« Er fährt mir mit den Fingern über das Rückgrat. Ich erbebe unter seiner Berührung. »Aber definitiv mit ›Touch Me‹.«

Wieder muss ich lachen. »Und ich dachte, du stehst einfach auf Jim Morrison.«

»Nur auf dich, Baby. Immer nur auf dich.« Sein Gesicht wird ernst. »Weißt du, damals habe ich davon geträumt, dass mein Leben so aussehen würde, genau so wie jetzt mit dir. Ich wollte dich heiraten. Mit dir alt werden. Als wir getrennt wurden …«, er zuckt die Achseln, »da habe ich gedacht, dieser Traum sei für immer aus … Ich bin so froh über diese zweite Chance.«

»Ich auch.« Ich hebe die Hand und zeichne mit der Fingerspitze seine Brauen nach, fahre über seinen Nasenrücken. Mit einem leisen Seufzen schließt er die Augen. Ich beuge mich ein klein wenig vor und küsse ihn sanft auf die Lippen. »Zeit für Geburtstagsgeschenk Nummer zwei.«

Ruckartig öffnet Jake die Augen. »Ich kriege noch ein Geschenk?«

»Klar, du Quatschkopf.« Ich erhebe mich und gehe zu meiner Frisierkommode hinüber, um das Päckchen zu holen. Dann gehe ich zum Bett, auf dem er jetzt sitzt und auf mich wartet.

Ich setze mich neben ihn und sehe ihn an. »Das ist von mir und dem Baby.« Ich gebe ihm das Geschenk.

Jake nimmt es, löst das blaue Band und öffnet den Deckel der Schachtel. Vorsichtig entnimmt er ihr das kleinere Schächtelchen und öffnet es.

Er lächelt. »Du hast mir eine Rolex gekauft.«

»Wir haben dir eine Rolex gekauft«, korrigiere ich und nicke in Richtung meines Bauchs. »Es ist eine alte von 1985. Da ich ohnehin auf der Suche nach Erinnerungsstücken war, dachte ich, ich besorge dir etwas aus deinem Geburtsjahr.«

»Sie ist wunderschön.«

»Findest du wirklich?«

»Ja.« Er beugt sich vor und flüstert meinem Bauch zu: »Danke.« Dann küsst er durch meine Haut hindurch das Baby.

Gerührt von seinen Gefühlen und am Rande der Tränen versuche ich, die Situation ein wenig aufzulockern. »He, es war nicht allein die Idee des Babys. Ich bin von Pontius zu Pilatus gelaufen, um die Uhr zu finden.« Ich grinse.

»Sie meint es nicht so«, versichert er meinem Bauch ernst. »Ich weiß, das war ganz allein deine Idee.«

»Du bist ein Spinner!«, schimpfe ich lachend und schiebe seinen Kopf weg.

»Ich führe nur ein kleines Privatgespräch mit meinem Kind.« Lächelnd setzt er sich auf.

Dann nimmt er die Uhr aus der Schachtel.

»Die hab ich auch gravieren lassen. Ich war thematisch ein wenig fixiert.« Ich verkneife mir ein Lächeln.

Er sieht mich merkwürdig an, nimmt die Uhr aus der Schachtel und dreht sie um.

Everything is You
J. W.
2012

»Für das Lied«, erkläre ich.

Er nickt stumm und starrt auf die Uhr hinunter.

»Ich meine, wenn du die Gravur scheiße findest oder übertrieben, kann ich sie sicher entfernen lassen …«

»Ich finde das alles großartig.« Er legt mir den Finger auf die Lippen. »Die Uhr. Die Gravur. Die Gitarre. Dich. Ich liebe dich mehr, als ich je für möglich gehalten hätte, Tru.«

Mein Herz rast. Ich nehme seine Hand, die auf meinem Mund liegt, und küsse seinen Finger. »Ich weiß, ich hab dir kein Haus gekauft …« Ich lächle leicht. »Aber ich hatte gehofft, diese Geschenke könnten die letzten zwölf versäumten Geburtstage wiedergutmachen, genau wie du es bei mir geschafft hast.«

»Sie übertreffen alles. Aber wie ich dir schon in Paris gesagt habe, ich habe all meine zwölf Geschenke in dem Augenblick bekommen, als du eingewilligt hast, mit mir zusammen zu sein.«

Ich verschränke meine Finger mit seinen, und wir halten Händchen. Dann sehe ich auf die Uhr. »Wir müssen los.«

»Wohin?«

»Das wirst du schon sehen.« Verheißungsvoll lächle ich ihn an und stehe auf.

»Warte«, hält Jake mich zurück. Er legt seine Uhr ab, die wahrscheinlich zehnmal so viel gekostet hat – und streift die Rolex über. Vor Glück will mir schier das Herz zerspringen.

»Jetzt bin ich so weit.« Er steht auf, nimmt wieder meine Hand, und ich führe ihn aus dem Schlafzimmer.

* * *

»Du hast Dave heute Abend freigegeben?« Das scheint ihm nicht zu passen.

Ich fahre aus der Auffahrt und winke Jackson zum Abschied. »Ja.«

Er seufzt laut.

»Jake, ich bin mit dir unterwegs. Mir wird schon nichts passieren. Ich wünschte, du könntest dich in dem Punkt etwas mehr entspannen.«

Dave wartet mit den anderen auf der Party. Es kam gar nicht infrage, dass er oder Ben heute Abend Dienst haben.

Sie sind Gäste bei Jakes Party, genau wie alle anderen. Sie mögen für ihn arbeiten, aber sie sind auch seine Freunde. Manchmal sind sie sogar eher Familienmitglieder. Sie bringen beide ihre Frauen mit, und ich freue mich schon darauf, sie kennenzulernen.

»Wenn es um deine Sicherheit oder die unseres Kindes geht, werde ich mich niemals entspannen.«

Er klingt sauer. Ich will nicht, dass er sich ausgerechnet heute Abend aufregt.

»Ich weiß. Tut mir leid.« Ich schlage einen sanfteren Ton an. »In Zukunft frage ich dich bei solchen Sachen vorher, ja?« Rasch werfe ich ihm einen großäugigen Blick zu.

»Schau mich nicht so an«, sagt er und versucht, sauer zu bleiben, aber ich sehe, dass er schon aufgibt.

»Wie denn?« Ich sehe ihn noch einmal genauso an.

»Das weißt du ganz genau. Mit diesem bezaubernden Rehblick. Von dem du glaubst, er befreit dich aus jeder Klemme.«

Grinsend richte ich den Blick auf die Straße und entgegne: »Das tut er ja auch.«

»Genau das ist das Problem«, murmelt er. Er streckt die Hand nach dem iPod aus und beginnt, daran herumzufummeln.

»Kannst du was spielen, was wir früher immer zusammen gehört haben?« Nach unserem Trip in die Vergangenheit ist mir ein wenig nostalgisch zumute.

Jake scrollt durch die Playlists, dann höre ich »Touch Me« von den Doors.

Ich kann ein Lachen nicht unterdrücken. »Läutest du den Abend so ein, wie du ihn fortzusetzen gedenkst, Wethers?«

»Aber so was von.« Er schenkt mir dieses verdammt heiße Grinsen, und ich fange an, auf meinem Sitz herumzurutschen. Am liebsten würde ich sofort rechts ranfahren und tun, was wir nach dem Auftritt im Wiltern auf der Motorhaube getan haben. Aber irgendwie kann ich mich beherrschen und gebe Gas, Richtung Innenstadt, zu Pizza Hut.

Ich sehe sein Strahlen, als ich auf den Parkplatz des Pizza Hut einbiege.

»Ich habe meine alte Strat wieder, eine Vintage-Rolex am Handgelenk, und jetzt gehe ich mit meiner scharfen Freundin bei Pizza Hut essen. Kann dieser Geburtstag überhaupt noch besser werden?«

Ich schalte den Motor aus und flüstere: »Ich hoffe es.«

Mit Schmetterlingen im Bauch steige ich aus, schließe ab und verstaue die Schlüssel in meiner Handtasche.

Jake kommt um die Motorhaube herum zu mir.

Er sieht die dunklen Fenster des Gebäudes und sagt: »Süße, das sieht aus, als hätten sie zu. Keine Sorge, wir können woanders hingehen.«

Er wendet sich wieder dem Auto zu.

»Nein, lass uns mal hingehen.« Ich nehme seine Hand und führe ihn zur Tür. »Es wird schon offen sein. Pizza Hut hat nie zu. Vielleicht ist nur das Licht ausgefallen oder so.«

»Pizza Hut im Dunkeln … Damit kann ich arbeiten«, höre ich ihn hinter mir sagen, und seine Stimme trieft vor Sex.

Ich widerstehe dem Drang, mich umzudrehen, denn ich weiß, dann würde mein Gesichtsausdruck mich vermutlich verraten.

Ich öffne die Tür und führe Jake hinein. »Hallo?«, rufe ich, um Stuart am Lichtschalter das Stichwort zu geben.

Plötzlich ist alles hell erleuchtet, und wir sind umgeben von unseren Freunden und unserer Familie, die alle »Überraschung!« rufen.

Jakes Gesichtsausdruck ist erstaunlich. Es sieht überwältigt und überrascht aus, vor allem aber glücklich.

So unglaublich glücklich.

Das Wunder einer Überraschungsparty.

Ich werfe ihm die Arme um den Hals und schmiege mich an ihn. »Herzlichen Glückwunsch zum Geburtstag, Baby«, flüstere ich ihm ins Ohr.

»Du hast eine Überraschungsparty für mich organisiert?« Er legt mir den Arm um die Taille. »Bei Pizza Hut?«

»Ja.« Ich lege den Kopf in den Nacken und sehe ihm ins Gesicht. »Mit Stuarts und Carlys Hilfe. Gefällt es dir?«

»Ja, und wie.« Er küsst mich auf die Lippen.

Ich sehe, wie sein Blick sich hebt, dann lässt er mich los. Als ich mich umdrehe, sehe ich Susie und Dale näher kommen.

Dale sieht aus wie früher, nur grauer.

»Herzlichen Glückwunsch zum Geburtstag, Süßer.« Susie küsst Jake auf die Wange. »Tru, du siehst heute Abend wunderbar aus.« Sie beugt sich vor, umarmt mich und gibt auch mir einen Wangenkuss.

»Danke, du auch.« Ich deute auf ihr knielanges schwarzes Kleid, das ihr wie angegossen passt.

»Dale, du erinnerst dich an Trudy?«

»Aber ja. Schön, dich wiederzusehen.« Er lächelt mich an. Dann wendet er sich an Jake und schlägt ihm auf den Rücken. »Herzlichen Glückwunsch zum Geburtstag, mein Sohn.«

Neben mir spüre ich Jake erstarren. Ich weiß, Dale hat nichts Böses im Schilde geführt, als er den Begriff »mein Sohn« benutzt hat, aber für Jake muss es seltsam klingen.

Tief erleichtert atme ich aus, als ich meine Eltern auf uns zukommen sehe.

»Daddy!«, rufe ich strahlend und löse mich von Jake, um ihn stürmisch zu umarmen. »Mum!« Ich strecke einen Arm aus und ziehe sie mit in die Umarmung.

»Hey, Kleines«, sagt mein Vater und drückt mich fest.

»Wie geht es dir?«, fragt meine Mutter.

Das fragt sie ständig, seit sie weiß, dass ich schwanger bin.

»Gut, Mum.«

»Keine Morgenübelkeit?«

»Nein.«

»Erschöpfung?«

»Ich bin ein bisschen müde, aber es geht mir gut.« Ich lächle.

»Da hast du wirklich Glück. Mir war ständig hundeelend, als ich mit dir schwanger war.« Sie streicht mir eine Haarsträhne hinters Ohr. »Hat Jake aufgehört zu rauchen?«

Der hört seinen Namen und wendet sich uns zu.

»Nein, Mum, hat er nicht, aber er raucht nicht in meiner Nähe.«

»Passivrauchen kann dem Baby schaden.«

»Mum …«, warne ich.

»Schön, dich zu sehen, Billy«, begrüßt Jake meinen Vater. »Eva.«

»Herzlichen Glückwunsch zum Geburtstag«, gratuliert meine Mutter und lächelt Jake beinahe an.

»Ja, herzlichen Glückwunsch zum Geburtstag, mein Sohn«, setzt mein Vater hinzu und legt einen Arm um Jake.

Bei Dad scheint es Jake nichts auszumachen, Sohn genannt zu werden, fällt mir auf.

»Gefällt dir die Gitarre?«, fragt mein Vater.

»Ja. Danke, dass du sie all die Jahre aufbewahrt hast.«

»Ich konnte mich noch nie von einer Gitarre trennen«, gesteht mein Vater. »Wir haben auch ein Geschenk für dich. Es ist nichts Großes …«

»Danke«, sagt Jake.

Dad winkt ab. »Es ist da drüben bei den anderen Geschenken.«

»Mein und Dales Geschenk ist auch da drüben«, erzählt Susie und deutet auf den Tisch. »Möchtest es aufmachen?«

»Später.«

»Ja, klar«, erwidert Susie, aber ich sehe die Enttäuschung in ihrem Blick.

Er ist immer noch sauer, weil sie erst auf meinen Anruf hin zu Pauls Beerdigung gekommen ist. Diesen Bruch muss ich kitten, und zwar schnell.

»Na los, geh, und mach das Geschenk von deiner Mum auf.« Ich stoße ihn mit der Hüfte an.

Jake starrt auf mich herab, schenkt mir einen alles andere als beeindruckten Blick und wendet sich dann an seine Mutter. »Na schön.«

Ich sehe Jake nach, der Susie und Dale zum Geschenketisch folgt.

Mit einem stummen Blick fragt meine Mutter mich: »Was ist denn da los?« Ich zucke die Achseln.

»Ich gehe mal rüber zu Simone. Bis gleich.«

Ich lasse meine Eltern stehen und renne regelrecht zu Simone.

Seit New York habe ich sie nicht mehr gesehen.

Sie steht bei Denny und Tom. Denny hat ihr den Arm um die Taille gelegt, und ich schwöre, ich habe ihn seit Monaten nicht mehr so glücklich gesehen.

Sie strahlt, als sie mich kommen sieht.

»Sieh dich nur mal an, schwanger und wunderschön!« Überschwänglich umarmt sie mich.

»Noch kein Babybauch.« Ich tätschle meinen flachen Leib. »Aber nicht mehr lange, und ich bin dick und rund wie eine Bowlingkugel.«

»Ich fasse es immer noch nicht. Ich kann's kaum erwarten, Tante Simone zu werden!«

»Ich weiß!« Ich strahle sie an. »Es ist so schön, dich zu sehen, und in diesem Kleid siehst du so verdammt gut aus.« Ich deute auf ihr tiefpurpurnes Seidenkleid.

»Ach, das alte Ding? Das hab ich in letzter Minute noch übergestreift.« Sie zwinkert.

Ich kenne Simone. Sie wird Stunden gebraucht haben, um sich fertig zu machen, und sich etwa zehnmal umgezogen haben, ehe sie sich für dieses Kleid entschieden hat.

»Ich bin so froh, dass du da bist. Ich hab dich wirklich vermisst.« Erneut umarme ich sie. Ich könnte heulen vor Freude, dass sie gekommen ist.

»Ich dich auch«, erwidert sie und klingt genauso emotional.

»Ich unterbreche diese Wiedervereinigung zweier Schönheiten ja nur äußerst ungern«, ertönt Stuarts Stimme von hinter mir, »aber ich brauche mal ganz schnell dringend die Gastgeberin.«

»Stehst du seit Neuestem nicht mehr auf Schwänze?«, fragt Tom grinsend.

»Nein. Ich habe den jämmerlichen Zustand gesehen, in dem sich deiner befindet, und mir geschworen, nie mehr *die Wunderlampe zu reiben*.«

Denny verschluckt sich an seinem Drink und hustet los. Fürsorglich klopft Simone ihm auf den Rücken.

»Geht schon«, bringt Denny hervor und wischt sich den Mund ab.

»He, verspotte nicht die geniale Einfachheit meiner Tätowierung«, beschwert Tom sich bei Stuart.

»Bitte sag mir, dass darauf noch keine reingefallen ist.«

»Darauf reingefallen? Drüber hergefallen«, entgegnet Tom frech.

»Mein Kind hört den Müll, den ihr hier redet.« Ich lege die Hände auf meinen Bauch. »Ich will nicht, dass ihr Haufen Perverslinge es verderbt. Vor allem du nicht«, werfe ich spitz in Toms Richtung.

Er verdreht die Augen. »Zum einen reden wir hier über Jake Wethers' Baby. Seine Verdorbenheit liegt also quasi in der Familie. Zum Zweiten ist es ein TMS-Baby und zukünftiger

Rockstar. Spätestens als Teenager verderben wir es sowieso. Früh übt sich …«

»Du wirst mit meinem Kind gar nichts üben. Was, wenn es ein Mädchen wird? Ich will nicht, dass du meine Tochter mit Geschichten von deinen perversen Eskapaden verdirbst.«

»Du bekommst sowieso kein Mädchen«, lässt sich Stuart von neben mir vernehmen.

»Warum nicht?«

»Weil wir, wie das Schmusekätzchen da drüben schon richtig erwähnt hat, hier über Jake reden. Sein Testosteron-Spiegel ist so hoch, dass du definitiv einen Jungen bekommen wirst, meine Schöne.«

Darüber denke ich einen Augenblick nach. Einen Jungen. Einen kleinen Jake. Das klingt gut.

»Was wolltest du eigentlich von mir?«, frage ich Stuart und wende mich von den anderen ab.

»Ich wollte nur nachfragen, ob alles in Ordnung ist.« Er hat sich bei der Deko beherrscht, weil er weiß, dass Jake es nicht mag, wenn es zu aufwendig wird. Es sind nur ein paar Laternen, Ballons und Wimpel aufgehängt.

»Ich finde, du hast das toll gemacht. Danke.« Ich stelle mich auf die Zehenspitzen und küsse ihn auf die Wange.

»Gern.« Er winkt ab. »Der Kuchen steht für später in der Küche bereit, Getränke gibt's vom Fass, und die Pizzen kommen gleich.«

»Was täte ich nur ohne dich?«

»Dein Leben würde vor die Hunde gehen.«

»Was bedeutet, dass du nie kündigen darfst. Du musst es für immer mit uns aushalten.« Ich hake mich bei ihm unter.

»Ist mir recht. Inzwischen hab ich mich ziemlich an euch gewöhnt.«

»Du bist so süß.« Ich drücke seinen Arm. »Apropos süß … Verzeihung, ich meine heiß: Ist Dr. Josh schon da?«

»Ja. Möchtest du ihn kennenlernen?«

»Ob ich ihn kennenlernen möchte?« Ich werfe ihm einen vielsagenden Blick zu. »Darauf warte ich doch schon eine Ewigkeit. Bring mich zu deinem heißen Kerl.« Ich mache eine entsprechende Geste.

»Genau deshalb habe ich ihn dir noch nicht vorgestellt.« Frech grinst er mich an.

»Ich werde mich beherrschen. Um deinetwillen. Ich werde nicht über ihn herfallen, *versprochen.*« Feierlich hebe ich die Hand zum Schwur.

Dann nehme ich das Versprechen fast augenblicklich wieder zurück, als Stuart mich zu einem ultraheißen Typen führt.

Der ist mal so richtig scharf. Blond, markantes Kinn, dunkelgrüne Augen, goldener Teint. Er trägt Jeans und ein schmal geschnittenes schwarzes Hemd.

Heilige Scheiße. Er ist rattenscharf.

Jetzt weiß ich, warum Stuart ihn den heißen Dr. Josh nennt.

»Josh, das ist Tru. Tru, mach den Mund zu, und sag Josh Hallo.«

Mir wird klar, dass ich Josh mit weit offenem Mund anstarre, und schnell schließe ich ihn und werde puterrot.

»Hallo, Tru, wie schön, dich kennenzulernen.« Josh lächelt.

Heilige Scheiße, er hat auch noch Grübchen.

Warum sind alle Schwulen so rattenscharf? Ich weiß noch, dass ich bei meiner ersten Begegnung mit Stuart beinahe einen Herzinfarkt gekriegt hätte. Vielleicht macht die Tatsache, dass sie schwul sind, sie auch noch heißer?

Nein, sie sind einfach richtig heiße Typen. Stuart und Josh zusammen sehen aus wie einer Armani-Anzeige entstiegen.

»Hallo, Josh.« Ich lächle und reiße mich zusammen. »Schön, dich kennenzulernen – und ich habe nicht gestarrt.«

Ich verpasse Stuart einen Ellbogenstoß. »Ich habe nur Joshs, äh … Hemd bewundert. Wirklich hübsch.«

Josh schaut auf sein schlichtes, schwarzes Hemd hinunter. »Danke.« Er grinst.

Von hinten umarmt mich jemand, dann küsst Jake mich auf die Wange.

»Hey, Baby.« Ich wende ihm den Kopf zu. »Jake, das ist Josh, Stuarts neuer Freund, der ein schwarzes Hemd trägt.«

Jake verzieht bei meiner Vorstellung keine Miene. Er lässt mich mit einem Arm los und schüttelt Josh die Hand. »Schön, dich endlich kennenzulernen, Mann. Stuart redet dauernd von dir.«

Ich sehe, wie Stuart tief errötet und Jake wütend anstarrt.

»Entschuldigt uns einen Augenblick«, bittet Jake. »Ich muss euch mein Mädchen mal für eine Weile entführen.«

Jake nimmt meine Hand und zieht mich durch das Restaurant in eine leere Nische im hinteren Bereich, wo uns niemand sieht.

Er bedeutet mir, mich zu setzen, und ich tue es.

»Alles in Ordnung?«, frage ich, als Jake sich neben mir niederlässt, doch statt mir zu antworten, nimmt er mein Gesicht in die Hände, drückt sich an mich, drängt mich mit dem Rücken an die Wand und küsst mich.

Ich öffne die Lippen, und Jakes Zunge schnellt vor, findet meine. Gierig küsst er mich.

Als verzehre er sich nach mir. Ich lege ihm die Arme um den Hals, kralle die Finger in sein Haar.

»Wofür war das denn?«, frage ich atemlos, als er sich endlich zurückzieht.

»Ich habe mir den Geburtstagswunsch erfüllt, den ich schon immer hatte.«

Ich runzle die Stirn.

Als er meinen verwirrten Gesichtsausdruck sieht, fährt er fort: »Ich wollte immer schon, bei jedem Geburtstagsessen bei Pizza Hut, in einer Sitznische mit dir knutschen, hatte aber nie die Eier dazu. Gerade eben habe ich es wahr gemacht.«

Leicht sprachlos starre ich ihn an. Selbst als er aufsteht und mir die Hand hinstreckt, weiß ich noch nicht, was ich sagen soll.

»Komm, meine Schöne. Es gibt Pizza, und wir müssen uns um unsere Gäste kümmern.«

Ich nehme seine Hand, stehe auf und sage: »Du bist absolut umwerfend, weißt du das?«

»O ja, definitiv.« Er zwinkert mir zu und geht vor, sodass ich einen guten Blick auf seinen äußerst umwerfenden Hintern habe.

Das ist er wirklich – und ich bin wirklich die glücklichste Frau der Welt.

FÜNF MONATE SPÄTER

KAPITEL 18

»Komm wieder ins Bett.«

»Ich kann nicht«, rufe ich zu Jake ins Schlafzimmer hinüber. »In einer halben Stunde hole ich Simone ab.«

»Du meinst, Dave holt sie ab, und du sitzt einfach nur im Auto und siehst wunderbar aus.«

»Ja, Chef«, murre ich leise und gönne meinen Wimpern eine letzte Schicht Wimperntusche. Ich stecke die Bürste wieder hinein, drehe die Kappe zu und lasse die Mascara in mein Schminktäschchen fallen.

Keine Ahnung, warum ich mich überhaupt schminke. Das Make-up wird sich im Spa ohnehin wieder verabschieden.

In Unterwäsche verlasse ich das Badezimmer und lege mir die Ohrringe an. »In Wahrheit wird mein Schatten Simone abholen, während mein fetter Arsch im Auto sitzen bleibt.«

»Du bist nicht fett, du bist schwanger. Eine heiße, sexy Schwangere. Komm her.« Lockend krümmt er den Zeigefinger.

Ich gehe zu Jake, der in Boxershorts auf der Bettkante sitzt, und stelle mich zwischen seine Beine.

Zärtlich legt er seine Hände auf beide Seiten meines gewölbten Bauches und küsst ihn.

Dann legt er den Kopf in den Nacken, schaut zu mir auf, und ich streichle sein Gesicht.

»Bleib heute bei mir zu Hause«, murmelt er.

»Geht nicht. Simone und ich haben diesen Tag im Spa schon vor Ewigkeiten gebucht, und in wenigen Tagen fliegt sie nach London zurück. Abgesehen davon bist du doch heute im Studio.«

Er dreht den Kopf zur Seite, schmiegt seine Wange an meinen Babybauch und seufzt.

Ich fahre ihm durchs Haar, das vom Schlaf noch ganz zerzaust ist. »Was ist los?«

»Nichts.«

»Jake …«, sage ich in einem Ton, der ihn dazu bewegen soll, mich anzusehen.

»Weiß nicht«, antwortet er achselzuckend. »Ich habe einfach ein komisches Gefühl.«

»Was für ein Gefühl?« Ich setze mich neben ihn aufs Bett.

Was ich an seinen Augen ablesen kann, gefällt mir nicht.

Mein Herz macht einen Satz und treibt meinen Puls in die Höhe.

Dann zieht Jake mich blitzartig aufs Bett und umschlingt meine Beine mit seinen. Er fixiert meine Arme über meinem Kopf auf dem Bett und küsst mich. Sofort wirkt er entspannter.

»Ich habe einfach das Gefühl, du solltest mit mir im Bett bleiben.« Er leckt mir über die Unterlippe. »Du schmeckst nach Minze«, murmelt er.

»Was Zahnpasta nicht alles vermag.« Ich zwicke ihn mit den Zähnen in die Lippe. Ich kann es gar nicht haben, wenn er Dinge vor mir verheimlicht.

»Da ist jemand aber ganz schön bissig heute Morgen.«

»Jemand anderer dafür ganz schön ausweichend.«

Der Blick seiner strahlend blauen Augen brennt sich in meine braunen.

»Ich bin nicht ausweichend.« Es klingt beherrscht, wohlüberlegt, aber unwirsch. »Ich wollte nur den Tag mit dir im Bett verbringen. Aber vielleicht solltest du gehen, ehe wir in einen Streit geraten, den wir beide nicht wollen.«

»Tut mir leid«, seufze ich. »So wollte ich nicht rüberkommen. Ich bin einfach nur müde. Das Baby ist ganz schön zappelig. Ich hab schon so lange keine Nacht mehr durchgeschlafen.«

Er lässt meine Arme los und rutscht hinunter zu meinem Bauch. »Lass deine Mom schlafen«, befiehlt er. »Wenn sie launisch und müde ist, lässt sie Daddy nicht ran.«

»Jake! Sprich mit dem Kind nicht über Sex!«

»Stör uns nicht, Schöne. Das ist ein Gespräch zwischen Vater und Sohn«, neckt er.

Er schaut unter seinen langen, schwarzen Wimpern hervor zu mir auf. So einfach ist die Gefahr eines Streits gebannt.

»Du bist dir so sicher, dass wir einen Jungen bekommen.« Ich streiche ihm mit der Fingerspitze über die Wange.

Bei der Ultraschalluntersuchung im fünften Monat war das Geschlecht des Kindes nicht zu erkennen. Also haben wir uns geeinigt, bis zur Geburt zu warten.

»Süße, das Baby hält dich die ganze Nacht wach, es muss ein Junge sein.« Er zwinkert.

»Du bist unverbesserlich!«, protestiere ich kichernd.

»So, wie du es magst«, haucht er über meine Haut. Er schiebt die Hände unter meinen Rücken, hebt mich ein Stück an, fährt mit der Zunge am Rand meines BHs entlang und küsst mich.

Ein kribbelndes Gefühl breitet sich in meinem ganzen Körper aus. Dann tritt das Baby fest zu.

Ich zucke zusammen.

Manchmal tut es wirklich so weh, dass ich schon fast mit blauen Flecken rechne. Ich glaube, ich trage einen Mini-Hulk im Bauch.

»Alles in Ordnung?«, fragt Jake besorgt.

»Ja, alles okay, das Baby tritt nur.« Ich nehme seine Hand und lege sie auf die Stelle, die unser kleiner Ninja anvisiert.

Er streicht mit der Hand über meinen Bauch, legt die Wange an meine Brust und singt leise »Don't Cry« von Guns N' Roses.

Unser Nachwuchs hat eine Vorliebe für alte Rocksongs. Nur die beruhigen ihn.

Ihn. Sogar mich hat Jake schon so weit, daran zu glauben.

Ich habe versucht, das Kind mit Jakes Musik zu beruhigen, wenn er nicht da war, aber das hat unser Baby nie von seinen gelegentlichen Tret-Marathons abgehalten. Die kann offenbar nur Jake unterbrechen, indem er Klassiker singt.

Was uns einige interessante Abende beschert hat.

Jake macht eine richtige Show daraus, trägt Lederhosen und spielt seine alte Strat-Gitarre – wenn Jake etwas macht, macht er es richtig. Am Ende haben wir immer wirklich heißen Sex.

Wie liegen beieinander, bis Jake fertig gesungen hat. Da das Kind sich jetzt beruhigt hat, stehe ich auf und ziehe mich an.

Als Jake hereinkommt, stehe ich im Ankleidezimmer und binde mir das schwarze Mutterschafts-Wickelkleid zusammen.

Er zieht seine schwarze Schlafanzughose an, dann stellt er sich hinter mich und legt mir die Arme um den Bauch.

Sanft liebkost er meinen Hals. »Was möchtest du frühstücken?«

»Cornflakes.«

»Okay.« Mit einem Kuss auf meinen Hals und einem Klaps auf meinen Po verschwindet er in Richtung Küche.

Ich schlüpfe in silberne Ballerinas, schnappe mir die schwarze Céline-Nano-Tasche, die Jake mir zu Weihnachten geschenkt hat, und hänge sie mir über die Schulter.

Aus dem Badezimmer hole ich noch einen Lippenstift, lege ihn in die Tasche, nehme das Handy vom Nachttisch und gehe in die Küche.

Als ich dort ankomme, sitzen Jake, Stuart und Dave am Tresen.

Ach, meine Männer.

Mein Liebster. Mein bester Freund. Mein Bodyguard. Es fehlt nur mein Vater, dann wären alle wichtigen Männer in meinem Leben versammelt.

Stuart kaut an seinem Toast, Dave nippt an einem Kaffee, und Jake isst Cocoa Krispies. Neben ihnen steht eine zweite Schale Frühstücksflocken für mich bereit.

Cocoa Krispies, das amerikanische Äquivalent zu den britischen Coco Pops. Für mich werden es immer Coco Pops bleiben.

Die einzig Wahren. Die Besten.

Ich stelle meine Tasche ab und setze mich auf den Stuhl neben Jake. Für einen flüchtigen Kuss beuge ich mich zu ihm, aber er zieht mich an sich und küsst mich innig.

Er schmeckt nach Coco Pops. Unsagbar lecker.

Auch wenn wir Publikum haben, zwischen meinen Beinen macht sich unweigerlich Hitze breit.

»Bitte«, stöhnt Stuart. »Keine Zungen beim Frühstück.« Mit hochrotem Kopf reiße ich mich von Jake los und wende mich meinen Coco Pops zu.

»Wann kommt Josh wieder?« Ich stecke mir einen Löffel voll in den Mund.

Als die Schokolade auf meine Geschmacksknospen trifft, entfährt mir ein leiser genießerischer Laut.

Jakes Hand gleitet meinen Oberschenkel hinunter und drückt meine Beine auseinander. Ich sehe ihn an und beobachte, wie er sich das Gemächt in der Hose zurechtrückt. Lüstern grinst er mich an, und ich beiße mir auf die Lippe.

»Heute Nachmittag«, antwortet Stuart und unterbricht damit unseren magischen Moment. »Aber erst muss er noch ins Krankenhaus, deshalb sehe ich ihn nicht vor heute Abend.«

Josh war die letzten fünf Tage auf einem Ärztekongress. Er und Stuart waren zum ersten Mal für längere Zeit getrennt, und Stuart vermisst ihn unheimlich. Ich weiß das, weil er es mir seit Joshs Abreise jeden Tag erzählt hat.

»Das bedeutet also, dass du endlich mal wieder gute Laune hast«, kommentiert Jake.

»So mies gelaunt war ich doch gar nicht«, protestiert Stuart.

»Doch.« Ich lächle und hebe Coco Pops auf den Löffel.

»Du musst nachher mit zum Label kommen«, sagt Jake zu Stuart. »Da gibt's einiges zu tun für dich.«

»Klar, kein Problem«, murmelt Stuart und beißt von seinem Toast ab. »Dann bin ich bis heute Abend wenigstens beschäftigt.«

Ich werfe einen Blick auf die Wanduhr und sehe, dass ich in zehn Minuten mit Simone verabredet bin.

Hastig schaufle ich mir die übrigen Coco Pops in den Mund und stelle meine Schale in die Spülmaschine.

»Fertig?«, frage ich Dave.

»Jap.« Er nimmt einen letzten Schluck Kaffee und geht zum Waschbecken, um die Tasse auszuspülen.

Ich nehme meine Tasche und gebe Jake einen Kuss auf die Wange. »Ich bin so gegen halb fünf zu Hause, verwöhnt und wohlduftend.«

»Du duftest immer gut.« Einen langen Augenblick verharrt sein Blick auf mir.

»Was?« Ich lächle.

»Nichts.« Er schüttelt den Kopf und sieht weg. »Hab einen schönen Tag.« Er drückt mir einen Kuss auf die Lippen.

»Wir sehen uns um halb fünf. Heute Abend bleiben wir zu Hause. Ist Essen bestellen und einen Film schauen für dich in Ordnung?«

»Klingt super.« Noch einmal küsse ich ihn kurz.

»Ich liebe dich«, sagt er, als ich mich auf den Weg mache.

Ich drehe mich im Gehen um, lächle und sage: »Ich liebe dich mehr.«

»Unmöglich.« Er grinst, und sein Blick haftet an mir. Doch irgendetwas daran beunruhigt mich, genau wie zuvor im Schlafzimmer.

Er richtet den Blick von mir auf Dave. »Pass gut auf mein Mädchen auf.«

Dave sieht ihn seltsam an. »Das mache ich immer, Jake.«

Dann hält er mir die Tür auf, und wir steigen beide in meinen schwarzen BMW X5. Auch den habe ich zu Weihnachten von Jake bekommen.

Allerdings komme ich nie dazu, ihn zu fahren, weil Dave mich überallhin kutschiert. In den letzten fünf Monaten saß ich nur zweimal am Steuer. Aber ich schwöre, ich fahre mit diesem Auto überallhin, wenn das Baby erst einmal auf der Welt ist. Dave kann sich dann einfach auf den Rücksitz setzen, so wie ich es momentan immer tue.

Ich klettere auf meinen gewohnten Platz hinter dem Beifahrersitz, schnalle mich an und justiere den Gurt um meinen Bauch.

Dave lässt den Motor an und macht sich auf den Weg zu Dennys Haus, wo wir Simone abholen.

»Kannst du bitte Musik anmachen?«, frage ich Dave.

»Irgendetwas Bestimmtes?«

»Nein.« Ich schüttle den Kopf.

Dave schaltet sich durch das Radioprogramm und kommt dabei auf einen Sender, der gerade Meat Loafs »You Took the Words Right Out of My Mouth« spielt.

Ich klatsche in die Hände und sage: »Das! Lass das laufen!« Lauthals singe ich mit.

Schmunzelnd dreht Dave die Lautstärke hoch. Ich bin der festen Überzeugung, dass er das nur tut, um mich zu übertönen.

Ein paar Minuten später halten wir vor Dennys Haus, und Simone wartet bereits vor der Tür.

Dave steigt aus und hält ihr die Tür auf.

Sie bedankt sich, setzt sich neben mich und nimmt die Sonnenbrille ab.

»Du siehst müde aus«, stellt sie fest.

»Ist das eine Umschreibung für ›Tru, du siehst echt scheiße aus‹?«

»Nein.« Sie gibt mir einen Klaps auf den Oberschenkel. »Es ist eine Umschreibung für ›Du siehst müde aus‹. Die Schwangerschaft macht dich ganz schön fertig, was?«

»Jap«, seufze ich. »Am Anfang war es gar kein Problem, aber jetzt wird das Kind immer größer, und ich fühle mich die ganze Zeit unwohl. Dazu kommt, dass das Baby nachts so aktiv wird, dass ich kaum Schlaf bekomme und ziemlich unleidlich bin.« Zu meiner Überraschung merke ich, wie mir die Tränen kommen.

Ich hole tief Luft und dränge sie weg.

»Dann ist ein Tag im Spa genau das Richtige für dich. Du wirst dich viel besser fühlen, wenn du erst mal ein bisschen verwöhnt worden bist.«

»Das hoffe ich«, antworte ich, als Dave uns auf den Weg zum Four Seasons Spa bringt.

* * *

Als wir ankommen, beuge ich mich nach vorn zu Dave und sage: »Du kannst uns hier rauslassen. Ich rufe dich an, wenn wir abgeholt werden wollen.«

Er dreht sich nach hinten um und scheint von der Idee nicht sonderlich begeistert zu sein. »Ich sollte euch hineinbegleiten.«

»Dave, es ist ein Spa, in dem die ganze Zeit Promis verkehren, und ich bin nicht mal wirklich einer …«

»Du trägst nur das Kind von einem im Bauch«, wirft Simone ein.

Mit einem Blick gebe ich ihr zu verstehen, dass das nicht unbedingt hilfreich war.

Lachend öffnet Simone die Tür und springt aus dem Auto.

»Mach dir einfach einen schönen Tag, und ich rufe an, wenn wir dich brauchen.«

»Ich werde hier draußen im Auto warten.«

»Ich bin bis vier Uhr da drin.« Ich verziehe das Gesicht. »Du kannst doch nicht sechs Stunden im Auto auf mich warten. Das ist … einfach total seltsam.«

»Tru, es ist mein Job, auf dich aufzupassen. Glaub mir, sechs Stunden vor einem Spa auf dich zu warten ist nichts im Vergleich zu anderen Dingen, die ich schon getan habe.«

Mir kommt ein Gedanke. Ich frage mich, ob er sich auf Dinge bezieht, die er in der Vergangenheit für Jake getan hat. Oder weswegen er auf Jake warten musste. Doch das sind Dinge, die ich definitiv nicht wissen möchte.

»Eigentlich dürfte ich dich gar nicht allein lassen. Also warte ich entweder hier draußen, oder ich komme mit rein und setze mich in den Wartebereich, oder noch schlimmer, in die Behandlungskabine.«

Ich runzle die Stirn. »Gut«, schnaube ich und rutsche auf dem Rücksitz Richtung Tür, »bleib hier sitzen, wenn es unbedingt sein muss.« Als ich die Beine bereits aus dem Auto geschwungen habe, verharre ich kurz und frage: »Soll ich dir was zu essen rausschicken?«

»Nein, ich bin vorbereitet.« Er zeigt auf eine Thermoskanne auf dem Beifahrersitz. »Wenn du mich brauchst, ruf mich bitte umgehend an«, erinnert er mich, kurz bevor ich die Tür schließe.

»Ja, Chef«, grummle ich.

Ich könnte schwören, dass er lacht, als ich die Tür zumache.

Ich beobachte, wie er den Wagen auf einen freien Parkplatz mit Sicht auf den Eingang stellt. Dann hake ich mich bei Simone unter, und wir gehen in Richtung Tür.

»Das war offensichtlich kein Scherz, als du gesagt hast, er würde dich wortwörtlich überallhin begleiten.«

»Nein«, seufze ich.

»Auf Anordnung von Jake?«

»Wessen sonst?«, murmle ich, als der Pförtner uns einlässt.

* * *

Ich bin im Himmel.

Im Spa-Himmel.

Im Augenblick genieße ich die womöglich beste Gesichtsbehandlung meines Lebens.

Es ist Nachmittag. Bis jetzt hatte ich eine Massage und eine Pediküre, außerdem haben wir zu Mittag gegessen. Nach der Gesichtsbehandlung steht eine Maniküre auf dem Plan.

Simone hat es sich auf der Liege neben mir bequem gemacht und bekommt ebenfalls eine Gesichtsbehandlung.

»Das Buch wird also nächste Woche veröffentlicht?«, fragt Simone.

»Ja.«

»Ich wär' so gerne dabei.«

»Das fände ich auch toll.«

Vor zwei Monaten habe ich Jakes Biografie fertiggestellt, danach war sie beim Lektor, dann wieder bei mir. Dann wieder beim Lektor.

Das ging eine Weile so weiter, bis wir uns auf eine endgültige Fassung geeinigt hatten.

Auszüge davon wurden bereits in der *Etiquette* veröffentlicht. Vicky sagt, die Verkäufe sind um zehn Prozent gestiegen, was unglaublich viel ist.

»Kommt Vicky denn zur Buchpräsentation?«

»Ja«, bestätige ich strahlend.

Die Präsentation findet in New York statt, denn dort sitzt der Verlag, deshalb fliegen Jake und ich rüber. Vor Ort treffen wir Vicky, und hinterher kommt sie mit uns nach L. A., um ein paar Tage mit mir zu verbringen.

Ich kann es kaum erwarten.

Schon seit ich aus London weggezogen bin, habe ich sie nicht mehr gesehen. Natürlich haben wir über Skype telefoniert, aber das ist nicht dasselbe.

Für ihren Besuch haben wir geplant, extrem viel shoppen zu gehen.

»Du musst deinen Hintern wirklich mal wieder nach London bewegen«, sagt Simone. »Du warst schon viel zu lange nicht mehr zu Hause.«

»Ich weiß«, stimme ich seufzend zu. »Ich vermisse es.«

»London vermisst dich auch. Vielleicht könnt ihr nach der Geburt des Kindes mal einen Urlaub dort verbringen.«

»Weißt du, was?«, sage ich, beflügelt von dem Gedanken. »Genau das sollten wir machen. Ich könnte meinen Junggesellinnenabschied in London feiern. Die meisten meiner Freundinnen wohnen dort, und ich bin sicher, Carly und Stuart würden dafür rüberfliegen.«

Jake und ich haben die Hochzeit auf Dezember verschoben. Es wird keine sommerliche Zeremonie, wie wir ursprünglich geplant hatten, aber wir wollen beide nicht bis zum nächsten Jahr warten. Ich möchte nichts mehr, als Jakes Frau werden. Bis Dezember habe ich gerade so genug Zeit, mein altes Gewicht wieder zu erreichen.

»Wenn wir schon bei London sind«, setzt Simone in gedämpftem Tonfall an, »letzte Woche habe ich Will gesehen.«

Mein Herz setzt einen Schlag aus.

Ich drehe ihr das Gesicht zu und entgleite damit den Händen der Kosmetikerin. »Ach ja?« Meine Stimme klingt zittrig und verrät mich.

Ich habe lange nicht an Will gedacht. Das habe ich nicht zugelassen.

Es erinnert mich zu sehr daran, wie sehr ich ihn verletzt habe und wie es zwischen uns war, als wir uns das letzte Mal gesehen haben.

»Mhm.« Sie nickt und beobachtet mich aufmerksam.

Mit Mühe gelingt es mir, einen neutralen Gesichtsausdruck aufzusetzen. »Warum erzählst du mir das gerade jetzt?«

»Weil es die erste passende Gelegenheit ist. Sonst ist immer jemand in deiner Nähe.«

Jake.

»Wie geht's ihm? Hat er, äh, nach mir gefragt?« Meine Miene mag ich ja im Griff haben, aber mein Mund ist entschlossen, mich zu verraten.

»Möchtest du das wirklich wissen?«

Ich zögere.

Möchte ich?

»Ja.«

»Nein. Er hat dich gar nicht erwähnt. Aber das wäre auch seltsam gewesen, weil … Na ja, er war nicht allein, als ich ihn getroffen hab, Tru.«

»Oh.« Pause. »Er ist in einer Beziehung?« *Natürlich ist er das. Will ist ein gut aussehender Kerl. Er ist klug und fürsorglich. Ein echt guter Fang.*

»Ja.«

Ist es falsch, dass ich einen Anflug von Eifersucht verspüre?

Ich schaue zur Decke. Mit knirschenden Zähnen ringe ich mir ein Lächeln ab. »Das sind doch tolle Neuigkeiten. Ich freue mich wirklich für ihn.«

»Nein, tust du nicht. Aber ich weiß, was du meinst. Du bist froh, dass es ihm gut geht. Trotzdem versetzt es dir einen Stich, auch wenn es dich deiner Meinung nach überhaupt nicht tangieren dürfte.«

Es ist großartig, wie gut Simone mich kennt. Gott, ich vermisse es, sie jeden Tag sehen zu können. Es wird schlimm, wenn sie demnächst wieder weg ist.

Noch einmal drehe ich mich zu ihr. »Ich würde sagen, das trifft es ziemlich genau.« Ich beiße mir auf die Lippe und stelle dann die nächste Frage: »Kennen wir sie?«

Simone lächelt sanft. »Nein.«

Das macht es besser. Wenn wir sie kennen würden, wäre es irgendwie seltsam. Okay, noch seltsamer.

»Sie schien echt nett zu sein, Tru«, fügt Simone hinzu. »Er sah glücklich aus.«

Genau das habe ich mir für Will gewünscht. Ich wollte, dass er mit einer Frau glücklich wird, die ihn verdient.

»Es freut mich wirklich sehr, dass er glücklich ist.« Ich lächle. »Und das meine ich ehrlich.«

»Das weiß ich.« Simone wendet ihr Gesicht wieder der wartenden Kosmetikerin zu.

»Wie sieht sie aus?« Ich muss diese Frage einfach stellen. Meine Neugier siegt, wie immer.

»Sie ist das genaue Gegenteil von dir. Blond, kleine Oberweite, groß.«

»Blondiert, flachbrüstig, schlaksig. Ich muss mich revidieren, sie ist nicht gut genug für ihn.«

»Miststück.« Mit funkelnden Augen wirft Simone mir einen schalkhaften Blick zu.

»Hast du was anderes erwartet?«, frage ich grinsend.

»Nein.« Sie feixt, und wir fangen beide an zu lachen.

* * *

Als wir das Four Seasons verlassen, steht Dave neben dem Wagen.

»Hattet ihr einen schönen Tag?«, fragt er, als er uns die Tür aufhält. Ich lasse Simone zuerst einsteigen.

»Wir hatten einen großartigen Tag«, antworte ich strahlend. »Wie ist es dir ergangen?«

»Nun ja, das Kuchensortiment und der frische Kaffee, die mir gebracht wurden, haben auf jeden Fall geholfen. Danke, Tru. Du bist eine ganz besondere Frau, weißt du das?«

»Und du bist ein besonderer Kerl, Dave. Nicht viele Männer würden sechs Stunden auf einem Parkplatz auf mich warten.« Ich lächle und klopfe ihm voller Wertschätzung auf den Arm.

Er grinst. »Jake würde es auch tun.«

»Ja, aber der ist auch genauso verrückt wie du!«

Lachend hilft er mir ins Auto und schließt die Tür.

Als Dave auf dem Fahrersitz Platz nimmt, schließe ich gerade meinen Sicherheitsgurt.

Er wirft einen Blick über die Schulter. »Zu Denny, um Simone abzusetzen, dann geradewegs nach Hause?«, fragt er vorsichtshalber.

»Ja.«

Ich streife mir die Schuhe von den Füßen, fühle mich dank des Wellnesstags rundum wohl und mache es mir in meinem Sitz bequem.

Nach einem Augenblick nehme ich die Musik wahr, die Dave angemacht hat. Es ist Pearl Jam.

»Oh, ist das das Backspacer-Album?«, frage ich.

»Wie kannst du anhand eines Liedes wissen, welches Album da läuft?« Er wirft mir durch den Rückspiegel einen kurzen Blick zu. »Du bist mir ein bisschen unheimlich, Tru. Das weißt du schon, oder?«, bemerkt er schmunzelnd.

»Es ist eine Gabe.« Ich nicke grinsend. »Du bist also ein Pearl-Jam-Fan, Dave. Wie konnte mir das entgehen? Sieben Monate lang fahre ich praktisch jeden Tag mit dir herum, und erst jetzt offenbarst du mir deinen exzellenten Musikgeschmack.«

»Ich warte immer mindestens sieben Monate, ehe ich jemanden an meinem exzellenten Musikgeschmack teilhaben lasse«, entgegnet er mit einem Grinsen.

Ich lockere meinen Gurt und beuge mich zu ihm vor.

»Kannst du zu ›Just Breathe‹ springen? Das ist mein absolutes Lieblingslied von denen. Oh, und dreh es richtig auf.«

»Ich wusste, es muss eine tiefere Bedeutung haben, warum ich dich mag.« Er zwinkert.

An einer roten Ampel hält er und nutzt die Gelegenheit, zum gewünschten Song zu springen. Als er bei »Just Breathe« ankommt, dreht er den Sound richtig laut auf. Einen Moment sitze ich reglos da, die Arme auf den Beifahrersitz gestützt, und lausche der wunderschönen Gitarrenmelodie, die das Auto erfüllt.

Das Baby versetzt mir einen sanften Tritt. Ich reibe mit der Hand über meinen Bauch.

Ein sanfter Tritt, das ist neu.

»Du magst das Lied, hm?«, murmle ich. »Wenn wir zu Hause sind, bitte ich Daddy, es für dich zu singen.«

Die Ampel schaltet auf Grün und Dave auf Drive.

Ich lehne mich zurück, zurre mir den Gurt wieder über den Bauch und singe mit. Simone tut es mir nach. Ich nehme ihre Hand und drücke sie. Sie lächelt. Dann hören wir Dave vorne ebenfalls mitsingen.

Simone kichert, und ich singe weiter, lächelnd ob seines Baritons.

Das Leben ist schön.

Das Leben ist wirklich schön.

Viel besser kann es wahrscheinlich nicht werden, oder?

Im Augenwinkel sehe ich etwas von rechts kommen. Lächelnd und singend drehe ich den Kopf zum Fenster.

Dann sehe ich es.

Das Lächeln weicht aus meinem Gesicht.

Man sagt, in dem Augenblick, in dem man weiß, dass man gleich stirbt, zieht das ganze Leben an einem vorbei.

Mein Leben zieht tatsächlich an mir vorbei. Aber es ist nicht die Vergangenheit, sondern die Zukunft, von der ich glaubte, dass sie auf mich wartet.

Mein Baby zur Welt bringen. Es aufwachsen sehen. Jake heiraten. Mit ihm alt werden. Mit ihm leben, ihn lieben. Sie beide lieben, bis ich alt bin und bereit zu sterben.

Das sehe ich in den Millisekunden, in denen das Auto auf uns zurast.

Meine Zeit ist noch nicht gekommen. Bitte rette mein Baby.

Ich schaue dem Fahrer direkt in die Augen. Er blickt mich beinahe … entschuldigend an. Schützend halte ich mir die Hände vor den Bauch, und dann …

JAKE ...

KAPITEL 19

Letzte Nacht hatte ich einen furchtbaren Albtraum.

Das glaube ich zumindest, jedenfalls bin ich heute Morgen mit einem ganz seltsamen Gefühl aufgewacht. Wie von drohendem Unheil.

Seither habe ich es nicht abschütteln können.

Ich bin ja so was von bereit, diesen beschissenen Tag abzuschließen und heimzufahren zu meinem Mädchen.

Ich habe nicht mehr mit Tru gesprochen, seit sie ins Spa aufgebrochen ist. Ich wollte sie nicht stören, aber normalerweise rufe ich sie tagsüber mindestens einmal an.

Was soll ich sagen – ich brauche meine Dosis Tru.

Jetzt, wo sie auf dem Heimweg sein sollte, werde ich sie anrufen, um herauszufinden, was sie zu Abend essen will.

Während ich den Verstärker ausschalte, ziehe ich mein Handy aus der Gesäßtasche und drücke die Schnellwahltaste für ihre Nummer.

Mailbox.

Seltsam. Sie hat das Handy nie aus.

Vielleicht musste sie es im Spa ausmachen und hat vergessen, es wieder einzuschalten.

Ich höre Katy Perrys Gesang durchs Studio schallen. Stuarts blöder Klingelton. Manchmal ist er wirklich der Inbegriff von schwul.

Ich stöpsle die Gitarre aus und stelle sie auf den Ständer.

»Hey, Süßer … was? … Warte, was? … O Gott, *nein.*«

Bei diesem »Nein« halte ich inne und wende mich ihm zu, denn er klingt … Nun, er klingt genau wie damals bei Jonnys Tod.

Meine Kopfhaut prickelt, und mir gefriert das Blut in den Adern.

Plötzlich ist die Luft im Raum irgendwie verändert. Dieses verdammte Scheißgefühl, das ich schon den ganzen Tag habe, bringt mich völlig durcheinander.

»Wann? … Sind sie …? Sie ist … O Gott, nein … Nein.« Stuarts Stimme ist nur noch ein Flüstern. Er dreht sich um und sieht mir in die Augen.

Da weiß ich es. Ich weiß es einfach.

Scheiße, nein.

»Wir kommen sofort.« Wie in Zeitlupe sehe ich, wie Stuart das Handy vom Ohr rutscht.

»Stuart, was ist?« Denny kommt um sein Schlagzeug herum.

Stuart sieht Denny an, dann gleich wieder mich.

Hör auf, mich anzuschauen.

»Das war Josh.« Seine Lippen zittern. »Er wollte gerade das Krankenhaus verlassen, als …« Seine Stimme bricht, er räuspert sich und fährt fort: »Drei Leute in die Notaufnahme kamen. Autounfall. Es sind Simone, Dave und … Tru.«

Tru. Autounfall.

Nein. Gott, nein.

Denny schlägt sich die Hand vor den Mund. »Ist Simone …?« Er klingt ängstlich.

Ich habe ebenfalls Angst. Furchtbare Angst.

Ich bekomme keine Luft. Mein Herz rast. Es tut schrecklich weh.

Tom und Smith sind zu Stuart getreten.

Der sieht wieder Denny an. »Josh hat gesagt, Simone ist angeschlagen, aber sie wird wieder gesund. Dave auch, aber …«

Erneut sieht er mir in die Augen. »Jake …« Er kommt auf mich zu.

»*Nein.*« Ich weiche zurück und stoße gegen die Gitarre.

Ich will das nicht hören. Ich will es nicht wissen.

Ich schüttle den Kopf. Wieder versuche ich, zurückzuweichen, mich von Stuart zu entfernen, aber ich kann nirgends hin.

»Es tut mir so leid.« Wie betäubt sehe ich zu, wie er sich eine Träne aus dem Gesicht wischt. »Das andere Auto ist ihnen in die Beifahrerseite gefahren. Tru hat den Aufprall voll abbekommen. Josh hat gesagt, sie wird gerade operiert. Wir müssen ins Krankenhaus.«

Ich schließe die Augen.

»Das Baby?« Die Worte kommen einfach so aus meinem Mund. Ich habe nicht das Gefühl, als hätte ich sie gesagt.

»Ich weiß nicht. Tut mir leid. Wir müssen los. Josh wartet in der Notaufnahme auf uns. Er wird uns zu ihnen bringen.«

Die Wände des Raumes scheinen auf mich zuzurasen. Ich bekomme keine Luft.

Als wäre ich unter Wasser.

Als würde ich ertrinken. Ich ertrinke.

Heute Morgen hatte ich sie noch in den Armen. Ich hätte sie festhalten sollen, sie nicht gehen lassen sollen, niemals.

Ich darf sie nicht verlieren. Das darf nicht sein.

Scheiße, tut das weh. So sehr. Zu sehr.

»Jake …«, sagt Stuart.

Ich hebe den Kopf. »Ich darf sie nicht verlieren.« *Ich kann nicht atmen. Ich bekomme keine Luft.* »Nicht sie. Jeden anderen, aber nicht sie.«

Ich sehe ihm in die Augen.

»Ich weiß.« Wieder fließt eine Träne. Er wischt sie weg. Aber die Tränen kommen weiter.

Ich will weinen. *Ich* will schreien. Irgendetwas. Egal, Hauptsache, ich werde diesen furchtbaren Schmerz in der Brust los.

Aber nichts geschieht.

»Komm, fahren wir ins Krankenhaus. Dort werden wir mehr erfahren.« Stuart drängt zum Aufbruch, doch da geben meine Beine nach.

Er fängt mich auf, legt mir einen Arm um die Schultern. »Ich hab dich.« Seine Stimme bricht. »Ich hab dich, Jake. Das wird schon wieder. Sie werden beide durchkommen.«

Durchkommen. Sie werden beide durchkommen.

* * *

Ich sitze in einem Auto. Meinem Auto, glaube ich. Stuart fährt.

Auto.

Unfall.

Tru.

Ich kriege keine Luft.

Der Schmerz in meiner Brust ist unerträglich.

Ich weiß nicht, was ich tun soll.

Aber ich sollte etwas tun. Ich muss sie beschützen, sie beide beschützen.

»Ich war nicht da. Ich hätte da sein sollen«, würge ich hervor. Ich weiß, dass ich es bin, der da spricht, aber es klingt nicht wie meine Stimme.

»Es wird alles wieder gut, Mann.« Tom packt über meine Rückenlehne hinweg meine Schulter.

Es fühlt sich an, als müsse er mich festhalten. Als hätte er den Eindruck, ich könnte jeden Augenblick die Kontrolle verlieren.

Ich will die Kontrolle verlieren. Aber ich werde dieses grässliche, übelkeiterregende Gefühl in der Brust nicht los. Es hängt dort fest, verbrennt mich von innen.

»Tru wird wieder gesund«, fährt Tom fort. »Sie ist eine Kämpfernatur. Sie schafft das.«

»Was ist mit dem Kind … meinem Kind?« Ich ersticke fast an den Worten.

Toms Schweigen spricht Bände.

»Alles wird gut, Jake.« Er drückt meine Schulter.

Da ist es wieder. Dieses Wort – gut.

Aber das will ich nicht hören. Ich will das alles nicht hören. Will nicht hier sein. Will das Wort *gut* nicht mehr hören.

Ich will daheim sein, mit Tru, und ihren schönen Körper in den Armen halten. Ich will ihre Haut an meiner spüren.

Will, dass ihr Atem sich mit meinem mischt, wenn sie mich auf ihre sanfte Art und Weise küsst.

Ich will sie lachen hören. Will sie lächeln sehen.

Ich will spüren, wie mein Baby strampelt.

Ich will … sie.

Wieder schließe ich die Augen.

* * *

Ich bin im Krankenhaus. Ich höre Stuart reden. Überall sind Leute.

Weiß überall.

Weiße Wände. Weiße Kittel.

Wo ist Tru?

»Jake …«

Ich drehe mich um. Es ist Josh. Er sieht bedrückt aus. Voller Mitgefühl.

Ich will kein Mitgefühl. Ich will Tru.

»Jake …«, wiederholt er. »Es tut mir so leid …« Ich höre seine Stimme brechen.

Stuart legt Josh die Hand auf den Arm. Ich sehe Joshs Blick zu der Hand wandern.

Er sieht wieder mich an, und dann klingt er plötzlich sehr geschäftsmäßig. Wie ein Arzt, der schlechte Neuigkeiten überbringen muss. »Tru ist im OP. Man hat mir bisher nur gesagt, dass sie bei dem Unfall eine schwere Kopfverletzung erlitten hat. Dr. Kimble, einer der Chirurgen, kommt gleich raus, um mit dir zu sprechen. Wenn du bitte mitkommen würdest …«

Schwere Kopfverletzung.

Ich bewege mich. In einen Fahrstuhl. Aufwärts.

Mit einem *Ping* öffnen sich die Türen. Dann ist es, als würde ich aufwachen. Ich begreife, wo ich bin. Warum bin ich hier?

Tru. Auto. Unfall.

Scheiße, nein.

Nein. Nein. Nein. Nein. Nein. Nein.

Nein!

Ich renne aus dem Fahrstuhl, haste den Gang entlang. Ich bin mir nicht sicher, wo ich hinlaufe.

Ich muss sie einfach finden.

OP. Josh hat OP gesagt.

Ich höre Stimmen, die mir nachrufen, aber ich kann nicht stehen bleiben.

Tru.

Ich muss sie finden.

Wo bist du, Baby?

Ich laufe nicht mehr. Warum laufe ich nicht mehr?

Arme umfangen mich, halten mich fest, hindern mich am Weitergehen.

Ich will nicht, dass sie mich berühren. Ich will Tru. Ich will nur Tru.

»Warte mal, ganz ruhig, Jake. Wir sind da. Wir müssen da rein.« Mit Toms Hilfe schiebt Stuart mich durch eine Tür in einen Raum.

Einen weißen Raum.

Dieses Drecksweiß ist überall.

Dann sitze ich auf einem Stuhl.

Ich will nicht sitzen.

Ich stehe auf.

Alle stehen mit auf.

Stuart. Tom. Smith. Josh.

»Wo ist Denny?« *Bin ich es, der da redet?*

»Unten in der Notaufnahme bei Simone und Dave«, antwortet Stuart. »Warum setzt du dich nicht, Jake?«

Ich schüttle den Kopf.

Ich kann nicht sitzen, während Tru … was? Operiert wird? Während sie … stirbt?

Stirbt.

Wird sie sterben?

Wird mein Baby auch sterben?

Werde ich sie beide verlieren? Werden sie beide sterben wie Jonny?

Warum geschieht das?

Es tut weh. Es tut so verdammt weh. Es fühlt sich an, als wäre mein Brustkorb weit aufgebrochen und als würde mir langsam das Leben ausgesaugt.

Die Tür öffnet sich. Ein Mann in einem weißen Kittel kommt auf mich zu.

Weiß.

Mitgefühl.

Nein.

Ich will kein Mitgefühl. Ich will nicht hier sein. Ich muss hier raus. Ich muss Tru finden.

Ich will sie einfach nur anfassen. Sie festhalten. Sie nie mehr loslassen.

»Mr Wethers, ich bin Dr. Kimble.«

Ich erstarre.

»Tru … Wo ist sie?«

Der Doktor faltet die Hände vor der Brust, fast wie zum Gebet, weist so mit den Fingerspitzen auf mich.

Das gefällt mir nicht. Am liebsten würde ich seine verdammten Hände wegschlagen.

»Trudy ist noch im OP.« Er klingt wie Josh vorhin – geschäftsmäßig. »Sie hat eine äußerst schwere Kopfverletzung erlitten …«

Schon wieder diese Worte. Aber er hat »äußerst« gesagt. Josh hat nicht »äußerst« gesagt.

Das ist schlimmer. *»Äußerst«* ist schlimmer.

O Gott, nein.

»… Massive Blutungen im Kopf … Druck aufs Gehirn … Schwellung … Baby … Geburt …«

Baby.

Ich sehe dem Arzt in die Augen. »Was?« Es ist wieder meine Stimme, aber sie klingt noch immer nicht nach mir.

Dr. Kimble tritt unbehaglich von einem Bein auf das andere. »Wir mussten eine Entscheidung treffen, Mr Wethers. Wir durften keine Zeit vergeuden. Das Baby war in großer Gefahr. Sein Puls wurde rasant schwächer. Wir hatten keine andere Wahl, als einen Notkaiserschnitt vorzunehmen.«

Meine Hand krallt sich in mein Hemd, meine Finger wollen sich in mein Brustbein graben, versuchen, die Qual loszuwerden, den brennenden Schmerz in mir.

»Aber sie war erst in der neunundzwanzigsten Woche …« *Ich kriege keine Luft.*

»Dem Baby geht es gut.« Er nickt langsam. »Er hat ein paar Schwierigkeiten, selbstständig zu atmen, aber Atembeschwerden sind bei Frühchen sehr verbreitet, und da können wir helfen. Er reagiert sehr gut.«

»Er?« Eine Träne rollt mir über die Wange.

»Ja, Sie haben einen Sohn.«

Einen Sohn.

Wir haben einen Sohn, und Tru weiß nichts davon. Sie muss es erfahren. Ich muss sie sehen, es ihr sagen.

»Wo ist er?«

»Er wird gleich auf die Frühchen-Station verlegt.«

»Tru … Wird sie … Ist sie …?«

Er verschränkt die Arme vor der Brust. »Einige der besten Chirurgen der Welt kümmern sich gerade um sie, und sie tun alles für sie, was sie können.«

»Ist sie …« Mühsam ringe ich nach Luft. »Wird sie … *durchkommen*?«

Da ist dieser Blick in seinen Augen, von dem er glaubt, er hätte ihn gut verborgen, aber ich sehe ihn genau.

»Die Ärzte tun alles in ihrer Macht Stehende, um ihr dabei zu helfen, Mr Wethers.«

Genau in diesem Augenblick werden meine schlimmsten Befürchtungen real.

Sie könnte sterben.

Ich könnte Tru verlieren, ohne einen Weg zurück zu ihr.

Sie verlieren. Für immer.

O Gott, nein.

Nein. Nein. Nein. Nein. Nein. Nein. Nein. Nein.

Ich presse mir die Faust gegen die Stirn. »Sie glauben nicht, dass sie durchkommt.«

Wieder tritt er von einem Bein auf das andere und weicht meinem Blick aus. »Es ist noch zu früh, um eine genaue Prognose …«

»Reden Sie keinen Scheiß! Sagen Sie mir einfach die verdammte Wahrheit! Wird sie sterben?«

»Jake …« Tom berührt mich an der Schulter, aber ich schüttle seine Hand ab.

Mein Atem geht schwer, und alles in mir ist von Furcht getrieben.

Suchend starre ich dem Arzt ins Gesicht.

Ich muss es wissen. Ich muss wissen, ob ich alles verlieren werde. Den einzigen Menschen verlieren werde, der mir je etwas bedeutet hat.

Im Augenblick kann nur er mir diese Frage beantworten.

Er atmet aus und gesteht leise: »Im Augenblick stehen Trudys Überlebenschancen bestenfalls fünfzig zu fünfzig. Wenn sie aus der Narkose aufwacht …« Er unterbricht sich, und in seiner Miene steht Mitgefühl. »Falls sie aufwacht …«

Falls.

»Wir haben keine Ahnung, wie schwer ihr Gehirn geschädigt ist.«

»*Nein* …«

Ich erinnere mich nicht, gefallen zu sein. Ich weiß nur, dass ich auf dem Boden liege. Tom hält mich im Arm.

Ich weine.

* * *

Es sind noch mehr Leute gekommen. Mehr Weiß. Mehr Gerede. Dann sind sie weg.

Stille. Lähmende Stille.

Ich bin noch immer auf dem Boden, lehne aber mittlerweile an einer Wand. Tom und Stuart sitzen neben mir.

Ich höre, wie die Tür sich ein weiteres Mal öffnet. Als ich den umnebelten Blick hebe, sehe ich Josh auf den Gang hinausschlüpfen, um mit einer Frau in einem weißen Kittel zu sprechen.

Noch mehr von dem Drecksweiß.

Ich schließe die Augen und lasse meinen Hinterkopf gegen die Wand sacken.

»Jake …« Stuarts Stimme zwingt mich, die Augen zu öffnen. Ausdruckslos starre ich ihn an. »Wir müssen Trus Eltern anrufen. Sie müssen wissen, was passiert ist. Bald wird die Presse von Trus Unfall Wind bekommen, wenn sie das nicht schon längst hat, und Trus Eltern dürfen das nicht aus dem Fernsehen erfahren.«

Mir bleibt fast das Herz stehen.

Billy und Eva.

Ich kann nicht.

Ich schüttle den Kopf. »Ich glaube, ich kann nicht …«

»Ich rufe sie an. Ich sorge dafür, dass sie mit der ersten Maschine herkommen.« Er berührt kurz meinen Arm und steht dann auf. »Soll ich auch deine Mom anrufen?«

Meine Mom? Will ich, dass sie herkommt?

Ich nicke.

»Ich hole mir was zu trinken.« Smith steht auf. »Jake, soll ich dir was mitbringen?«

Tru.

Ich schüttle den Kopf.

»Tom?«

»Schwarzen Kaffee.«

Die Tür schlägt hinter Stuart und Smith zu.

Dann bin ich mit Tom allein – und mit der Stille. Noch mehr beschissene, lähmende Stille.

»Was, wenn sie stirbt?«

Tom wendet mir den Kopf zu und schaut mir in die Augen. »Tru ist eine Kämpfernatur, Jake. Sie tritt mir jeden Tag in den Arsch. Die kommt durch.«

»Aber was, wenn …«

»Vergiss das. Tu dir das nicht an.«

Der Raum verschwimmt vor meinen Augen. »Ich weiß nicht, was ich tun soll. Was ich denken soll. Was ich sagen soll.« Ich berge das Gesicht in den Händen und hole bebend Luft.

Eine Träne rinnt mir zwischen den Fingern hindurch und tropft zu Boden.

Ich höre Tom gepresst Luft holen. »Denk nicht an die schlimmen Sachen, Jake. Denk an die guten. Denk an den Augenblick, in dem du deinen Jungen in den Armen halten wirst. Denk an den Augenblick, in dem du Tru diesen Ring an den Finger steckst, weil sie endlich blöd genug ist, dich jämmerlichen Arsch zu heiraten. Denk an all die scheißwunderbaren Dinge, die ihr drei zusammen machen werdet, und während du an all diese tollen Dinge denkst, bete ich zu dem alten Herrn im Himmel. Ich verspreche ihm, mein Leben gründlich umzukrempeln, wenn du dafür das alles kriegst. Das kriegst, was du verdient hast.«

Ich spüre Toms Hand auf meiner Schulter. Er drückt sie.

Ich weine heftiger.

* * *

Wie lange dauert das schon? Stunden … Tage … Minuten.

Meine Augen brennen. Ich habe Kopfschmerzen.

Wieder höre ich die Tür auf- und zugehen. Es ist Josh.

Er kommt herüber und setzt sich neben mich.

»Ich habe gerade mit Dr. Fuller gesprochen. Sie ist die Spezialistin für frühkindliche Medizin, die sich um deinen Sohn kümmert. Sie sagt, es geht ihm gut, Jake, echt gut. Wenn du so weit bist, kannst du raufgehen und ihn besuchen.«

Ich wende den Kopf und sehe ihn verständnislos an.

Ihn besuchen gehen. Ohne Tru.

Aber …

Ich sollte ihn nicht ohne Tru besuchen gehen.

Ich kann hier nicht weg. Ich muss wissen, wie es um Tru steht.

Ich kann nicht. Ich … kann einfach nicht.

»Ich bringe dich zu ihm hoch und warte draußen. Sobald ich etwas von Tru höre, komme ich rein und hole dich, versprochen«, sagt Josh, als hätte er meine Gedanken gelesen.

»Ich …« Ich schüttle den Kopf. »Ich glaube nicht, dass ich das kann.«

Josh zieht die Knie hoch, legt die Arme darauf und verschränkt die Hände. Erst nach einer langen Pause spricht er wieder. Ich höre ganz klar, worauf er hinauswill. »Ich weiß, du hast das Gefühl, wenn du diesen Raum verlässt, lässt du Tru im Stich, aber im Augenblick kannst du nichts für sie tun, Jake, egal wo du bist. Dein Sohn dagegen … braucht dich. Er braucht einen von euch.«

Einen von uns.

Ich schließe die Augen.

Er ist da oben ganz allein. Er muss so verwirrt und verängstigt sein. Er braucht mich.

»Gut …«, stimme ich zu und öffne die Augen. »Gut.«

* * *

»Dein Sohn ist da drin.« Josh deutet auf die geschlossene Tür uns gegenüber. »Eine Schwester ist bei ihm, und ich werde hier draußen auf dich warten.« Er zeigt auf drei nebeneinanderstehende Plastikstühle.

Ich wende mich der Tür zu und starre sie lange an.

Dann hole ich tief Luft, fahre mir mit der Hand durchs Haar und gehe darauf zu.

Ich zittere, und je näher ich komme, desto schlimmer wird es.

Er ist da drin. Direkt hinter dieser Tür.

Ich greife nach der Klinke. Schließe die Finger darum, drücke sie und öffne langsam die Tür.

Der Raum liegt im Halbdunkel. Das einzige Geräusch ist das Piepen einer Maschine.

Die Krankenschwester steht mit dem Rücken zu mir, doch als ich eintrete, wendet sie sich um und lächelt mich an.

»Mr Wethers?«

»Ja.« Meine Stimme ist heiser.

»Er ist gleich da drüben. Er erwartet Sie.« Freundlich lächelt sie mich an.

Ich wende mich nach rechts und sehe einen Brutkasten. Darin ist mein Sohn.

Mein Sohn.

Wegen all der Schläuche, die ihn umgeben, kann ich ihn nicht gut sehen, aber er wirkt klein. So furchtbar klein.

Zerbrechlich. Hauchzart.

Mein Herz rast.

Ich will zu ihm gehen, ertappe mich aber dabei, wie ich einen Schritt zurückweiche.

Ich glaube, ich kann ihm nicht helfen. Ich sollte nicht hier sein. Es war ein Fehler, hier heraufzukommen.

Gerade will ich mich abwenden, als die Schwester neben mich tritt. »Keine Angst wegen all der Schläuche. Sie helfen ihm nur atmen, bis er es allein kann. Warum sagen Sie ihm nicht Hallo?«, drängt sie sanft.

Ausdruckslos starre ich auf sie hinab.

Mein Mund ist trocken. Mein Puls hämmert so, dass mir das Blut in den Ohren rauscht.

Tru sollte hier sein. Wir sollten ihn zusammen besuchen. So sollte es nicht sein.

Das ist falsch.

Ich unterdrücke die Tränen, die mir in der Kehle brennen.

Irgendwie gelingt es mir, einen Schritt auf den Inkubator zuzugehen. Dann noch einen. Bis ich davorstehe.

Ich starre durch das Glas auf ihn hinunter.

Er sieht genau aus wie Tru. Ihr Ebenbild. Auf jede nur denkbare Weise vollkommen.

Und es tut auf jede nur denkbare Weise weh.

Aus der Nähe wirkt er noch winziger. Ein Schlauch klebt an seiner kleinen Nase, und auf dem Kopf hat er ein Strickmützchen.

»Wie viel wiegt er?«, frage ich.

»Eintausendeinhundertundfünf Gramm.«

Mir wir das Herz schwer. Eintausendeinhundertundfünf Gramm. Mein Gott, er wiegt etwa so viel wie eine Packung Zucker.

Ich greife nach ihm, ehe es mir überhaupt bewusst wird. Dann halte ich inne und balle die Fäuste.

»Sie können ihn berühren«, ermutigt mich die Schwester. »Machen Sie sich nur vorher hiermit die Hände sauber.«

Sie kommt herüber und drückt mir ein Desinfektionsmittel in die Hand. Sorgfältig massiere ich mir das kalte Gel in die Hände.

»Ich lasse Sie einen Augenblick allein.«

»Wird er durchkommen?« Meine Worte klingen gequält.

»Er ist eine Kämpfernatur. Der kommt schon klar.« Sie berührt kurz meinen Arm, dann ist sie fort, und ich bin mit ihm allein.

Mit meinem Sohn.

Ich knie nieder, sodass mein Gesicht auf einer Höhe mit ihm ist. Sein kleines Gesichtchen ist mir zugewandt.

Er hat Trus volle Lippen.

Ich schiebe meine zitternde Hand in den Inkubator, lege die Handfläche flach auf die Matratze, strecke meinen kleinen Finger nach seiner winzigen Hand aus und berühre ihn.

So etwas habe ich noch nie gefühlt.

Liebe.

Sie ist anders als die Liebe, die ich für Tru empfinde. Aber genauso stark. Es ist das allumfassende Bedürfnis, ihn für immer zu beschützen. Ihn vor jedem Schmerz zu bewahren. Wie dem Schmerz, den ich jetzt gerade empfinde.

Mir kommen die Tränen.

Sanft streichle ich seine Hand, und er schließt seine Finger um meinen, hält sich an mir fest.

Er braucht mich.

Salzige Tränen rinnen mir über die Wangen in den Mund.

Ich presse die Lippen aufeinander, lehne die Stirn gegen den Inkubator.

»Es tut mir so leid, dass ich nicht da war …«, flüstere ich. »So unendlich leid.«

KAPITEL 20

»Jake.«

Als ich Joshs Stimme höre, weiche ich zurück, bringe Distanz zwischen mich und den Inkubator. Mich und meinen Sohn. Blinzelnd sehe ich zu Josh auf.

Tru.

Ganz langsam ziehe ich den Finger aus der Umklammerung meines Sohnes und stehe auf. Meine Beine sind steif geworden und schmerzen. Ebenso wie mein Herz.

»Tru ist raus aus dem OP. Sie wird gerade in ihr Zimmer verlegt. Du kannst jetzt zu ihr.«

»Ist sie …?« Für einen kurzen Moment stockt mir das Herz. Ich schlucke die Angst hinunter. »Ist sie *in Ordnung*?«

Josh reibt sich das Gesicht. »Ich weiß nur, dass sie die Blutungen unter Kontrolle gebracht haben und dass es ihnen gelungen ist, den Hirndruck zu reduzieren. Das Gewebe ist allerdings noch sehr geschwollen. Dr. Kish, der Neurochirurg, der die Operation geleitet hat, wartet unten auf dich. Er möchte mit dir sprechen, ehe du zu ihr gehst.«

Um mich vorzubereiten.

Wie ein Schauer rieselt die Angst durch meinen ganzen Körper.

Ich sehe, wie Josh den Blick zum Inkubator wendet. Er geht einen Schritt darauf zu. »Er ist wunderschön, Jake. Wirklich wunderschön.«

Genau wie seine Mutter.

Ich nicke. »Danke.«

»Sollen wir?«, fragt Josh und macht eine Geste in Richtung Tür.

Zögerlich gehe ich einen Schritt darauf zu.

In mir herrscht absolutes Gefühlschaos. Vor allem habe ich Angst, bin aber trotzdem hin- und hergerissen.

Ich muss Tru wirklich unbedingt sehen, aber gleichzeitig möchte ich meinen Sohn nicht allein lassen.

Josh merkt offensichtlich, in welchem Zwiespalt ich mich befinde, und sagt: »Stuart wartet vor der Tür. Er möchte mit dir reden, bevor du zu Tru gehst. Soll er bei eurem Baby bleiben, solange du bei ihr bist?«

»Ja«, stoße ich hervor und schließe kurz die Augen. Wenn ich meinen Sohn irgendjemandem anvertraue, dann Stuart.

Ich drehe mich um, stecke die Hand noch einmal in den Inkubator und berühre ganz vorsichtig den winzigen Arm meines Sohnes. »Ich bin bald zurück.«

Ich werfe ihm einen letzten Blick zu, dann gehe ich hinter Josh aus dem Zimmer.

Als ich die Tür hinter mir schließe, sehe ich Stuart an der Wand lehnen. Seine Augen sind rot und verquollen.

Er stößt sich ab und kommt zu mir. »Wie geht es ihm?«

»Er ist … wohlauf.« Ich stecke die Hände in die Hosentaschen.

Perfekt. Wunderschön. Ganz wie seine Mutter.

»Nach wem kommt er?«

»Nach Tru.« Es schmerzt unheimlich, auch nur darüber zu sprechen. Ich merke, wie mir die Tränen kommen, und schließe die Augen. Ich hätte nie geglaubt, dass es mir eines

Tages wehtun würde, ihren Namen zu sagen. »Er sieht genauso aus wie seine Mutter – wunderschön.«

Ich höre, wie Stuart der Atem stockt.

Als ich die Augen öffne, sehe ich gerade noch, wie er sich eine Träne aus dem Gesicht wischt.

»Trus Eltern sind mittlerweile auf dem Weg zum Flughafen. Ich habe mich um alles gekümmert. Sie fliegen mit einem Privatjet und werden morgen früh hier sein.«

»Danke.« Ich fahre mir mit der Hand durchs Haar. »Wie haben sie es aufgenommen?«

Stuart schüttelt den Kopf.

Das genügt mir als Antwort. Ich weiß genau, wie sie es aufgenommen haben. Ich habe genau dasselbe empfunden, als Stuart es mir erzählt hat.

Verzweiflung. Vollkommene Verzweiflung.

»Ich habe mit deiner Mutter telefoniert. Für sie und Dale habe ich ebenfalls einen Privatflug arrangiert. Sie kommen nach der Landung direkt hierher.«

»Okay. Danke.« Ich schlucke schwer. »Wie geht es dir?«, frage ich ihn. »Ich weiß, wie viel dir Tru bedeutet.«

»Ich …« Er hebt die Schultern ein Stück und beißt sich auf die Lippe. »Ihr seid meine Familie.« Er wischt sich noch eine Träne aus dem Gesicht. »Ich bin hier, wenn du mich brauchst, ganz egal wofür.«

Josh, der offenbar ein Talent hat, in solchen Situationen den richtigen Moment zu finden, kommt zu uns und legt Stuart die Hand auf die Schulter. »Ich bringe Jake jetzt zu Tru. Ich habe ihm gesagt, dass du solange bei dem Kleinen bleibst.« Mit dem Kopf deutet er auf die Tür hinter mir.

»Ich möchte nicht, dass er allein ist«, füge ich mit nun wieder rauer Stimme hinzu.

»Natürlich«, stimmt Stuart nickend zu. »Nichts lieber als das.«

Josh setzt sich in Bewegung, und ich folge ihm.

Im nächsten Moment bleibe ich noch einmal stehen, drehe mich um und sage: »Stuart?«

Er hält in der Tür inne. »Ja?«

Ich gehe wieder einen Schritt auf ihn zu. »Halt seine Hand. Er mag es, seine Hand um einen Finger zu schließen.«

Er lächelt leicht. »Gut, dann mache ich das.«

»Und Stuart.« Erneut lenke ich seine Aufmerksamkeit auf mich. »Du musst dir die Hände mit Desinfektionsmittel reinigen, bevor du ihn anfasst. Um ihn keimfrei zu halten, du weißt schon.«

»Desinfektionsmittel. Verstanden.« Er nickt. »Ich werde gut auf ihn aufpassen, Jake.«

»Das weiß ich.«

Ich folge Josh den Flur entlang bis zu den Fahrstühlen. Mein Herz schlägt wie verrückt. Ich habe schreckliche Angst davor, Tru zu sehen.

In den letzten Stunden wollte ich nichts sehnlicher, jetzt bin ich so nah dran. Und fürchte mich zu Tode.

Wir treten in den Fahrstuhl. Josh drückt den Knopf, der uns nach unten in die richtige Etage bringt.

Die Türen schließen sich.

»Jake, ich möchte, dass du auf das Treffen mit Tru vorbereitet bist. Sie wird nicht …«

»Sprich es nicht aus. Ich weiß. Aber … sag es nicht.« Ich verschränke die Arme vor dem Körper, versuche, den Schmerz in meiner Brust zurückzudrängen.

Josh nickt und starrt ins Leere.

Der Aufzug kommt zum Stehen, die Türen öffnen sich, ich folge Josh hinaus.

Mit jedem Schritt wachsen meine Angst und Panik davor, wie Tru jetzt aussieht.

Am Ende des Flurs gehen wir nach rechts in einen weiteren Flur, der mit Ausnahme eines Mannes leer ist. Er sitzt da und füllt etwas auf einem Clipboard aus.

Als wir näher kommen, lässt er es sinken, steht auf und schiebt sich die Brille ein Stück hoch.

Er macht einen leicht weltfernen Eindruck, hat blaue Stoffhosen und ein T-Shirt mit V-Ausschnitt an. Wenigstens trägt er keinen weißen Kittel.

Es ist OP-Kleidung.

Hat er darin Tru operiert?

Als sich ungewollt Bilder vor meinem geistigen Auge formen, wird mir schlecht.

»Josh.« Der Mann nickt ihm zu.

»Lucas, das ist Jake Wethers, Trudys Verlobter. Jake, das ist Dr. Lucas Kish.«

»Schön, Sie kennenzulernen, Jake.«

Ich nicke nur.

Ich bringe es einfach nicht über mich, ihm die Hand zu schütteln und den verfluchten Satz »Schön, Sie kennenzulernen« zu sagen, weil es das mal wirklich überhaupt nicht ist.

Auf ihn kann ich sehr gut verzichten, und genauso wenig will ich, dass Tru hier ist.

»Gut, dann …« Er steckt die Hände in die Hosentaschen. »Dr. Kimble hat Sie vorhin ja bereits darüber informiert, dass Trudy sich beim Aufprall sehr schwere Verletzungen am Kopf zugezogen hat.«

Unter dem Schmerz, den diese Worte mit sich bringen, zucke ich zusammen.

»Beim Zusammenstoß ist sie mit dem Kopf gegen den Seitenholm geprallt, auf Höhe des rechten Stirnlappens. Dieser Teil des Gehirns ist für die Emotionen zuständig, und sie hat sich dort eine schwere Schädelprellung zugezogen. Sie hatte innere Blutungen und eine Hirnschwellung. Wir haben die Blutungen gestillt und den Druck verringert. Trudy hat bei dem Unfall jedoch noch weitere Verletzungen erlitten. Ihr Schlüsselbein ist ebenso wie ihr rechter Arm gebrochen, ihre Hand gequetscht …«

Gebrochen. Gequetscht.

»… allerdings bereitet uns die Kopfverletzung die größten Sorgen.«

Mit aller Kraft versuche ich, meine Gefühle weit in mein Innerstes zu verbannen, um mich auf das zu konzentrieren, was er mir sagt. Doch mein Blick schweift immer wieder zur Tür links von ihm, hinter der Tru liegt.

Ich hole tief Luft und zwinge mich, die Frage zu stellen, vor deren Antwort ich am meisten Angst habe. »Wird sie es schaffen?«

Dr. Kish zieht die Hände aus den Hosentaschen, verschränkt sie und holt tief Luft. Ich sehe seinen Blick über den Boden gleiten, ehe er mich anschaut.

Die Anspannung in mir ist beinahe unerträglich.

»Das werden die nächsten vierundzwanzig Stunden zeigen. Ihre Vitalfunktionen sind stabil, aber schwach. Sie liegt im Koma, und wir mussten sie an ein Beatmungsgerät anschließen. Wenn Sie einwilligen, würde ich die Maschine gerne in den nächsten vierundzwanzig bis achtundzwanzig Stunden entfernen, um zu überprüfen, ob Trudy selbstständig atmet. Wenn das der Fall ist, stehen die Zeichen gut.«

Ich schlucke schwer. »Und … wenn nicht?«

Er sieht mich eindringlich an. »Eins nach dem anderen. Die nächsten Tage sind entscheidend. Ich verspreche Ihnen, dass wir alles in unserer Macht Stehende tun, damit sie das durchsteht und mit Ihnen und Ihrem Sohn nach Hause gehen kann.«

Ich greife mir an die Brust, drücke den Schmerz wieder ins Innere. »Besteht die Gefahr, dass sie einen dauerhaften

Gehirnschaden davontragen wird?« Mein Mund ist unglaublich trocken.

Dr. Kish nimmt seine Brille ab und reibt sich die Augen. »Das ist möglich, ja. Das werden wir aber erst erfahren, wenn sie aufwacht. Glücklicherweise ist die linke Hälfte ihres Gehirns unverletzt. Ansonsten hätte unter anderem das Sprachzentrum beeinträchtigt sein können. Wir sollten dankbar sein, dass das nicht der Fall ist.«

Ich verkrampfe innerlich und balle die Fäuste. »Ich wüsste nicht, wofür ich im Augenblick dankbar sein sollte.« Mein Ton ist kalt, klingt bissig.

Auf einmal sieht Dr. Kish beunruhigt aus. »Selbstverständlich nicht. Ich wollte nicht … Es tut mir leid.«

»Jake.« Josh legt mir eine Hand auf den Arm, aber ich kann mich nicht beruhigen. »Lucas wollte dich nicht provozieren. Er versucht nur, dir auch die positiven Aspekte darzulegen. Er ist einer der besten Neurochirurgen der USA. Du kannst ihm vertrauen. Er wird alles in seiner Macht Stehende tun, um Tru da durchzuhelfen.«

Ich sehe Josh an, dann Dr. Kish. Mühsam schlucke ich den Kloß in meinem Hals hinunter. »Sie müssen sie da durchbringen … Sie ist alles für mich.«

Verständnisvoll blickt er mich an und nickt. »Sie haben mein Wort, Jake.«

»Gut, ich …« Ich reibe mir übers Gesicht. »Kann ich …? Ich möchte zu ihr.«

Dr. Kish tritt näher. »Das können Sie, aber ich möchte Sie vorwarnen. Trudy wird ganz anders aussehen. Sie hat zahlreiche Blutergüsse im Gesicht, und ihre Augen sind leicht geöffnet, was einem den Eindruck vermittelt, dass sie wach ist. Das liegt an der Hirnschwellung, durch den Druck öffnen sich die Lider …«

»In Ordnung.« Ich falle ihm ins Wort, um mir nicht noch mehr anhören zu müssen. »Ich muss unbedingt zu ihr.«

Ich lasse die beiden einfach stehen und gehe zur Tür.

Dann halte ich inne.

Als mir klar wird, dass ich diese Frage noch gar nicht gestellt habe, drehe ich mich zu ihnen um: »Wie ist der Unfall passiert?«

Josh wirft Dr. Kish einen Blick zu, dann sieht er mich wieder an. »Der Unfallverursacher war betrunken. Er hat eine rote Ampel überfahren und Trudys Wagen seitlich gerammt.«

Ungeahnte Wut macht sich in mir breit, bohrt sich wie Nägel in meinen Kopf. Ich beiße die Zähne zusammen und balle die Fäuste. »Hat er überlebt? Der Fahrer?«

Langsam schüttelt Josh den Kopf. »Nein, er ist beim Aufprall ums Leben gekommen.«

»Gut.« Denn sonst hätte ich ihn mit bloßen Händen umgebracht.

Ich wende mich wieder der Tür zu, Tru, hole tief Luft, drücke dann die Türklinke hinunter und gehe zögernd ins Zimmer.

Tru.

Großer Gott, nein.

Ohne Gnade gräbt der Schmerz mir seine Krallen in die Brust.

Nichts und niemand hätte mich darauf vorbereiten können.

Sie sieht vollkommen zerstört aus, hat kaum Ähnlichkeit mit der Tru, die ich kenne.

Plötzlich scheint alles in Zeitlupe abzulaufen, als ob ich mich durch Wasser bewege, während ich den Anblick in mich aufnehme.

Sie ist kreidebleich. Um den Kopf hat sie einen weißen Wundverband, eine Kompresse liegt vorne auf der rechten Seite an, und ich erkenne, dass ihr wunderschönes Haar an dieser Stelle wegrasiert wurde.

Ihr rechter Arm steckt bis zur Schulter in einem Gips. Um ihre Hand ist ein Verband gewickelt. Ihr Gesicht ist geschwollen und voller Blutergüsse. Ihre Augen sind leicht geöffnet, wie Dr. Kish gesagt hat. Sie sieht aus, als sei sie wach, aber ich weiß, dass das nicht stimmt.

Ich wünsche mir nichts mehr, als dass sie aufwacht. Dafür würde ich alles geben.

Als ich all die Schläuche sehe, an die sie angeschlossen ist, beginnt meine Haut zu prickeln, und mir wird schwindlig.

Die Maschinen, die sie am Leben erhalten, geben in regelmäßigen Abständen einen Piepton von sich, der in meinem Geist widerhallt.

Großer Gott, nein, Baby.

Erinnerungen rauschen mir durch den Kopf …

Wie ich sie nach all den Jahren in dem Hotelzimmer wiedersehe … Tru, wie sie unter mir liegt … Wie wir das erste Mal miteinander schlafen, ich mich in ihr bewege … Wie ich ihr meine Liebe gestehe … Unser Tanz am Eiffelturm … Wie sie meinen Heiratsantrag annimmt … Wir gemeinsam auf der Insel … Ihr Gesicht, als ich ihr unser neues Zuhause zeige … Wie sie mir erzählt, dass sie schwanger ist … Der Augenblick, in dem wir zum ersten Mal unser Baby auf dem Bildschirm sehen …

Mit schnellen Schritten durchquere ich den Raum und falle neben ihr auf die Knie. Hart treffen sie auf dem kalten Fliesenboden auf. Ich spüre den Schmerz kaum.

Ich nehme ihre Hand, schmiege mein Gesicht daran. Atme ihren Duft ein, muss ihr einfach nahe sein.

Ich brauche sie. Aber das macht den Schmerz nur noch um ein Vielfaches größer.

Tränen brennen auf meinen Wangen.

»Verlass mich nicht, Tru.« Ich schlucke, versuche, den Schmerz zu unterdrücken, als Tränen von meinem Kinn auf das Bett tropfen. »Ich brauch dich so sehr. *Wir* brauchen dich. Wir haben einen Sohn, Tru, und er ist einfach perfekt und wunderschön. Er sieht genauso aus wie du. Ich liebe ihn über alles. Verlass mich nicht, Baby, ich flehe dich an …« Ich schließe die Augen. »Bitte komm zurück zu mir.«

KAPITEL 21

Ich gehe im Foyer des kleinen Krankenhausflügels auf und ab, in dem Tru und mein Sohn jetzt liegen. Sicherheitsbeamte flankieren die Tür hinter mir.

Wie befürchtet kampiert mittlerweile draußen die Presse.

Man lässt mir nicht einmal Raum, zuerst für mich selbst mit alldem fertigzuwerden. Die Nachrichten sind voll davon – von dem Unfall, Trus Zustand und den Umständen der Geburt meines Sohnes.

Vor ein paar Stunden ist es einem Reporter gelungen, sich Zutritt zum Krankenhaus zu verschaffen. Er wollte ein Bild von Tru im Krankenbett machen.

Was für ein krankes Arschloch tut so was?

Wenn er auch nur in ihre Nähe gekommen wäre, ich hätte ihn auf der Stelle umgebracht.

Stattdessen wurde der Typ noch auf dem Korridor geschnappt.

Dave hält vor Trus Zimmer Wache, seit sie ihn entlassen haben. Trotz seines gebrochenen Arms hat er den Reporter rausgeworfen. Das habe ich zumindest gehört. Selbst habe ich es nicht gesehen, denn ich war zu diesem Zeitpunkt gerade bei meinem Sohn. Ich hasse es, dass ich nicht für sie da war.

Um Trus und meines Sohnes Sicherheit zu gewährleisten, habe ich sie in einen Privatflügel verlegen lassen. Ihre Zimmer liegen nebeneinander, Dave sitzt vor Trus Tür und ein Wachmann vor der meines Sohnes. Sicherheitsbeamte bewachen die Ein- und Ausgänge.

Ich habe noch nicht mit Dave über den Unfall oder den Vorfall mit dem Reporter gesprochen. Wir haben noch gar nicht geredet.

Denny hat mir vorhin in einem kurzen Gespräch gesagt, Dave gebe sich an dem Unfall die Schuld.

Es war nicht seine Schuld.

Habe ich ihm das gesagt?

Nein.

Warum nicht?

Ich bin mir nicht ganz sicher.

Warum gehe ich jetzt hier vor den Aufzügen auf und ab und bin nicht bei Tru?

Weil Billy und Eva auf dem Weg zu uns herauf sind.

Vor dieser Begegnung habe ich furchtbare Angst.

Ich habe noch nicht mit ihnen gesprochen. Ben hat sie am Flughafen abgeholt und direkt hergebracht.

Ich habe nicht mit ihnen gesprochen, weil ich nicht weiß, was ich sagen soll.

Soll ich mich entschuldigen?

Schließlich tut es mir leid. Ganz schrecklich leid.

Es tut mir leid, dass ich Tru nicht überreden konnte, an jenem Morgen bei mir zu Hause zu bleiben. Es tut mir leid, dass ich sie nicht wie versprochen beschützt habe. Es tut mir leid, dass ich sie nach L. A. geholt habe.

Wenn ich Tru nicht überredet hätte, hierher umzuziehen, wäre das nicht passiert.

Wir hätten nach Großbritannien ziehen sollen. Dann würde sie jetzt nicht in diesem Krankenbett um ihr Leben kämpfen.

Um ihr Leben kämpfen.

Ich will auch kämpfen. Ich will diesen verdammten Schmerz aus mir herausprügeln.

Ich will das Arschloch zu Brei schlagen, das sich betrunken hat, dann in sein Auto gestiegen ist und eine rote Ampel überfahren hat. Damit hat er unser aller Leben unwiderruflich verändert. Mir tut es leid, dass der Typ tot ist, denn ich hätte ihn lieber selbst umbringen wollen. Für das, was er meinem Mädchen angetan hat, will ich diesen Drecksack wieder und wieder töten.

Es fühlt sich an, als hätte ich nicht mehr geatmet, seit ich sie gesehen habe. All diese Schläuche kamen aus ihrem Körper, und das Geräusch der Beatmungsmaschine war das einzige Anzeichen dafür, dass sie noch lebt.

Ich vermisse sie so schrecklich.

Mir fehlt ihre Stimme. Ihr Lächeln. Dieser besondere Blick in ihren wunderschönen braunen Augen.

Wenn sie stirbt … wenn ich sie verliere … Ich glaube, dann bin ich am Ende.

Wie lebt man weiter, wenn einem das Leben weggestorben ist?

Das Licht der Stockwerksanzeige des Aufzugs verrät mir, dass Trus Eltern gleich da sein werden.

Mir wird der Mund trocken, und meine Hände zittern. Ich spreize die Finger.

Die Tür gleitet auf. Zuerst erblicke ich Eva.

Bisher war mir nicht klar, wie sehr Tru ihrer Mutter ähnelt.

Als ich Eva sehe, deren Augen vor Angst und Seelenqual groß sind und die dabei aussieht wie Tru, ist es, als würde mir jemand ein Messer im Herzen umdrehen.

Unsere Blicke treffen sich, und Tränen steigen ihr in die Augen. »Oh, Jake.« Ihre Stimme bricht. Sie eilt auf mich zu, umarmt mich und weint in mein T-Shirt.

Ich versuche, mich zu beherrschen, doch dann ist Billy da. Er legt einen Arm um Eva, den anderen um mich, und ich breche zusammen.

Nach einer Weile wische ich mir mit dem Ärmel das Gesicht ab. Ich brauche etwas Luft zum Atmen und muss mich sammeln, deshalb trete ich einen Schritt zurück. »Soll ich euch zu Tru bringen?«, frage ich mit heiserer Stimme.

Eva trocknet sich die Augen mit einem Papiertaschentuch und antwortet gleichzeitig mit Billy: »Ja.«

Auf dem Weg zu Trus Zimmer bin ich erleichtert, dass mir dieser kurze Gang die Möglichkeit verschafft, mich wieder zu sammeln.

Billy und Eva um Tru weinen zu hören war, als vereinten sich unsere gebrochenen Herzen.

Mit gebrochenen Herzen kenne ich mich aus. Ich weiß, wie es sich angefühlt hat, als Tru mich verließ, weil ich wieder mit den Drogen angefangen habe.

Aber das hier … Es ist, als stürbe mein Herz langsam und ringe dabei um den Treibstoff, den es braucht, um weiter zu schlagen. *Tru.* Ohne jeden Zweifel weiß ich, dass ich mit ihr sterben werde, wenn ich sie verliere.

Als wir uns Trus Zimmer nähern, steht Dave auf.

Im Augenblick ist er der Einzige hier. Alle anderen habe ich ins Hotel auf der anderen Straßenseite geschickt.

Ich wollte sie hier nicht haben.

Meine Begründung war, dass Billy und Eva sicher mit Tru allein sein wollten. Aber ehrlich gesagt habe ich Simones ständiges Weinen einfach nicht mehr ausgehalten. Genauso wenig wie Stuarts besorgte Blicke. Sogar Tom macht mich wahnsinnig. Ständig sieht er mich an, als rechne er jeden Augenblick damit, dass ich zusammenklappe. Ich weiß, was er denkt.

Das, was sie alle denken.

Sie machen sich Sorgen, ich könnte tun, was ich immer tue, wenn es hart auf hart kommt – direkt zum nächsten Dealer rennen.

Diesmal nicht.

Es ist alles schon schlimm genug, auch ohne dass ich mich wie der Feigling benehme, der ich bin, und versuche, den Schmerz mit Koks zu betäuben.

Ich wusste, es würde noch viel schwerer werden, sobald Billy und Eva da sind.

Mir war nur nicht klar, wie viel schwerer.

»Mr und Mrs Bennett, das mit Tru tut mir so leid.« Mir fällt auf, dass Dave ihnen nicht in die Augen schauen kann.

Ich sehe, wie Evas Blicke über Daves Verletzungen schweifen und dann an seinem Gesicht hängen bleiben. »Dave, Sie waren mit Tru … zusammen im Auto?«

Ernst nickt er und schaut zu Boden. »Ja. Ich bin gefahren.«

»War sie … nach dem Unfall *wach*?«

Die Angst krallt sich in meine Haut. Diese Frage habe ich nie gestellt, weil ich Angst vor der Antwort hatte. Dass Tru Schmerzen gehabt haben könnte, ist ein Gedanke, den ich nicht ertrage und der mich innerlich in Stücke reißt

Dave sieht zuerst mich, dann Eva an. »Nein.« Er schüttelt den Kopf. »Sie ist nicht aufgewacht.«

Billy und ich atmen gleichzeitig geräuschvoll auf. Als ich ihn ansehe, wird mir bewusst, wie schlecht er aussieht.

Unrasiert, zerknittert, still. Nicht der Billy, den ich kenne.

Sie ist sein kleines Mädchen. Das hier bringt ihn um.

Wir müssen das hinter uns bringen. Sie müssen Tru sehen.

Ich gehe vor ihnen her zur Tür, und sie folgen mir.

Bei Trus Anblick reagieren sie nicht anders als ich.

Es tut so schrecklich weh, ihren Schmerz zu hören. Zu sehen, wie sie an Trus Bett schluchzen.

Es ist lähmend.

Aufs Neue fühle ich mich wie ein Ertrinkender. Ich kämpfe gegen die Flut an, habe aber keine Möglichkeit, an die Oberfläche zu gelangen. All die Emotionen, die in diesem Raum hängen, sind erstickend. Ich weiß, ich muss hier raus.

Leise schlüpfe ich aus dem Zimmer, lasse sie allein.

Wie benebelt und mit schmerzendem Kopf lasse ich mich neben Dave fallen.

Lange sitzen wir schweigend nebeneinander.

»Es ist nicht deine Schuld«, bringe ich schließlich hervor. Ich hole tief Luft, dann sehe ich ihn an. »Du hast zweifellos alles getan, um sie zu beschützen. Ich weiß, was für ein Mensch du bist.«

Dave wendet sich mir zu und schaut mir kurz ins Gesicht. Er nickt langsam, dann senkt er rasch wieder den Blick. Mir entgeht nicht, dass ihm Tränen in die Augen steigen.

Bald darauf öffnet sich die Tür zu Trus Zimmer, und Billy und Eva kommen heraus.

»Können wir zu ihm?«, fragt Billy.

»Natürlich.« Ich stehe auf und gehe voraus zum Zimmer ihres Enkels – meines Sohnes.

Ich öffne die Tür. Die Schwester sitzt lesend auf einem Stuhl neben seinem Inkubator.

Als wir eintreten, klappt sie ihr Buch zu und steht auf. »Ich lasse Sie einen Augenblick mit ihm allein«, sagt sie und geht hinaus.

Es ist so still in diesem Zimmer. Das einzige Geräusch ist das Piepsen der Maschinen.

Ich gehe hinüber und starre auf meinen schlafenden Jungen hinab. Jedes Mal, wenn ich ihn ansehe, empfinde ich die gleiche schwierige Kombination aus Liebe und Herzschmerz.

Als ich mich umdrehe, sehe ich Billy und Eva noch immer an der Tür stehen.

»Er schläft«, berichte ich leise.

Billy bewegt sich zuerst. Er kommt zum Inkubator herüber und tritt neben mich.

Ich höre, wie ihm der Atem stockt. Er schaut Eva an und stellt fest: »Er sieht genauso aus wie Tru.«

Fest beiße ich mir auf die zitternde Lippe, um die Gefühle in den Griff zu bekommen, deren Ansturm ich spüre. Ich schmecke Blut.

Als Eva herüberkommt, trete ich zurück, damit sie mehr Platz haben.

Ich weiß, warum sie gezögert haben, ihn sich anzusehen, nachdem sie hereingekommen waren. Sie fürchten, er könnte alles sein, was ihnen von Tru geblieben ist.

Ich weiß das, weil ich genau davor auch so eine Riesenangst habe.

Eva legt behutsam die Hand auf den Deckel des Inkubators und wendet sich mir zu. »Hat er schon einen Namen?«

»Nein.« Ich schüttle den Kopf. »Wir konnten uns auf keinen einigen.«

Tru und ich haben uns so oft über Kindernamen gestritten. Jetzt scheint das alles so irrelevant. Ich würde alles dafür geben, wenn sie hier bei mir wäre und unserem Sohn einen Namen gäbe.

»Ich will ihm erst einen Namen geben, wenn Tru aufwacht.« Ich räuspere mich. »Ich will, dass sie den Namen aussucht.«

Eva nickt. »Ich glaube, das wird ihr gefallen, Jake.« Sie schaut wieder hinab auf meinen Jungen. »Für den Augenblick, mein kleiner Schatz«, sagt sie lächelnd zu ihm, »und bis deine Mama aufwacht, bist du Baby Wethers-Bennett.«

KAPITEL 22

»Also in der Musikwelt«, ich beginne, die Musikzeitschrift durchzublättern, die Dave mir mitgebracht hat, »gibt es absolut nichts Vermeldenswertes.«

Ich schließe die Zeitschrift und werfe sie neben meinem Stuhl auf den Boden, wo sie mit einem lauten Klatschen aufschlägt.

Dann lehne ich mich zurück, strecke die schmerzenden Beine aus und fahre mir mit den Fingern durchs Haar. »Was ist sonst so los? Genau, Vicky fliegt heute heim. Sie ist geblieben, solange sie konnte, Süße, aber sie muss zurück zu ihrer Zeitschrift und sie am Laufen halten, damit du noch einen Job hast, wenn du wieder zu dir kommst. Nicht, dass du arbeiten müsstest, aber ich weiß, wie sehr du deinen Job magst. Oh, und mach dir keine Sorgen um die Buchvorstellung. Der Verlag hat gemeint, die kann stattfinden, wann immer wir wollen, an der Front gibt es also keine Probleme …« Ich hole tief Luft, verstumme und starre Tru an.

Seit vier Tagen sind ihre Augen geschlossen.

Als die Schwellung ihres Gehirns nachließ, haben ihre Augen sich auf natürliche Weise geschlossen, und jetzt sieht es einfach aus, als würde sie schlafen. Mein schönes Dornröschen.

Die gute Nachricht ist, dass sie selbstständig atmet. Kish hat ihre Atmung in den ersten paar Tagen beobachtet – wie viel davon aus eigener Kraft und wie viel mit Hilfe geschah. Sie hat mit jeder Stunde mehr selbstständig geatmet, und bei neunzig Prozent hat Kish das Beatmungsgerät abgeschaltet.

Er hat mir versichert, das sei ein sehr gutes Zeichen für ihre Genesung.

Ich will ja Hoffnung haben. Aber gleichzeitig fürchte ich mich davor.

Also habe ich diese vier Tage lang genau wie die drei davor hier gesessen und gewartet, dass sie die Augen aufschlägt und mir sagt, ich soll aufhören, sie mit dem Quatsch, den ich von mir gebe, zu Tode zu langweilen.

Denn mehr tue ich nicht. Ich sitze hier und rede mit Tru, warte darauf, dass sie aufwacht.

Abgesehen von den regelmäßigen Besuchen bei meinem Sohn weiche ich nicht von ihrer Seite. Meinem Sohn, der noch immer darauf wartet, dass seine Mutter aufwacht und ihm einen Namen gibt.

Ich beuge mich vor und nehme ihre weiche, warme Hand in meine. Ihre Hand, die nicht darauf reagiert.

»Unser Junge wartet immer noch auf einen Namen, Tru, deshalb musst du bald mal deine schönen Augen aufschlagen, damit du ihm einen aussuchen kannst. Es kann sogar einer von diesen furchtbaren Namen sein, die du vorgeschlagen hast, als wir uns damals darüber unterhalten haben – weißt du noch, Süße? Was hattest du noch vorgeschlagen? Skip? Scheiße noch mal, Skip Wethers!« Kopfschüttelnd lache ich auf.

Der Klang hallt durch den Raum und trifft mich schmerzhaft in die Brust.

Ich schließe die Augen, lege den Kopf in den Nacken und seufze lang gezogen gegen die Decke.

Die Decke, die jeden Abend mein letzter Anblick ist.

Seit dem Tag des Unfalls habe ich dieses Krankenhaus nicht mehr verlassen.

Wenn es mir gelingt, einzuschlafen, dann neben Tru in einem Bett, das man mir hier hereingestellt hat. Wenn ich esse, dann hier drinnen bei ihr.

Ich habe Angst, mich zu weit von diesem Raum zu entfernen, falls sie aufwacht. Ich muss hier sein, wenn sie die Augen aufschlägt. Ich muss das Erste sein, was sie sieht.

Sie muss wissen, dass ich für sie da bin, dass ich immer für sie da sein werde.

Also warte ich hier. In einem Krankenhaus, umgeben von Medikamenten.

Drogen.

Will ich eine Line?

Ja. So schrecklich dringend.

Ich will, dass die Furcht und der Schmerz, die mich auffressen, verschwinden.

Ich hasse es so, dass ich Drogen will.

Ich hasse es, dass ich hier sitze und mir überlege, mich zuzudröhnen, während mein Mädchen in diesem Bett liegt und versucht, sich ins Leben zurückzukämpfen.

Das ist wirklich armselig von mir.

Wie kann ich in so einem Augenblick über Drogen nachdenken?

Weil ich ein jämmerlicher Bastard bin, und das hasse ich.

Aber das ist mein Leben. Der Süchtige wird immer ein Teil von mir sein.

Nur bin ich eisern entschlossen, Tru nicht sehen zu lassen, wie viel von dem Süchtigen noch in mir ist. Sie wird es niemals erfahren.

Das könnte ich nicht ertragen.

Derzeit bin ich clean, und so soll es auch bleiben … Aber ich spüre, wie meine Entschlossenheit bröckelt.

Nur zwei Dinge halten mich davon ab, mir eine Line zu ziehen.

Zum einen mein Sohn.

Nicht, weil ich verflucht noch mal der Vater des Jahres wäre. Obwohl ich das gern wäre.

Nein, weil er zurzeit nur mich hat. Ich weiß besser als jeder andere, wie es ist, von seinem heruntergekommenen, drogenabhängigen Vater im Stich gelassen zu werden. Ich werde nicht so sein.

Zum anderen Tru.

Ich habe etwas versprochen, und ich werde alles in meiner Macht Stehende tun, um dieses Versprechen zu halten. Ich will, dass sie mich nie wieder so ansieht wie an dem Morgen, an dem sie mich mit diesem Mädchen im Bett erwischt hat.

Das hält mich davon ab, zum miesesten Abschaum der Erde zu werden. Aber ich weiß nicht, wie lange ich das noch durchhalte.

Ich stehe auf und gehe zum Fenster hinüber.

Unter mir liegt die geschäftige Stadt, als sei nichts geschehen. Aber es ist nichts mehr wie vorher.

Meine Welt ist stehen geblieben.

Es fühlt sich ungerecht an, dass das Leben der anderen weitergeht, während meins zum Stillstand gekommen ist.

Ich hebe den Blick zum Sonnenuntergang.

Bald wird wieder ein Tag vorbei sein. Ein weiterer Tag ohne Tru.

Ein weiterer Tag ohne den Klang ihrer Stimme, ohne ihr Lächeln. Mein Gott, mir fehlt ihr wunderschönes Lächeln. Ihr Lachen.

Vor allem fehlt mir ihre Berührung.

Das Gefühl, sie in den Armen zu halten, ihre warme Haut an meiner.

Ich schließe die Augen ganz fest und lege die Stirn ans Glas. »Sieben Tage, Baby …«, seufze ich. »Sieben beschissene Tage ohne dich. Ich muss einfach …« Dumpf schlage ich den Kopf gegen das Fenster. »Du musst zu mir zurückkommen, Tru. Ich schaffe das nicht ohne dich. Ich brauche dich so sehr. Mein Gott, Baby, ohne dich drehe ich durch.« Ich wende den Kopf zur Seite, öffne die Augen und betrachte ihren reglosen Körper.

In mir kocht eine brodelnde Woge von unkontrollierbarer Wut und Frustration hoch.

»Bist du sauer auf mich, weil ich nicht da war, als der Unfall passiert ist? Kommst du deshalb nicht zurück? Bestrafst du mich, Tru?« Ich stoße mich vom Fenster ab, und meine Muskeln spannen sich an, als ich mich ihr zuwende. »Verdammt, Tru, bitte tu mir das nicht an. Ich ertrage diese Stille nicht. Dich nicht bei mir zu haben … bringt mich um.«

Ich lasse den Kopf hängen. Tränen brennen in meinen Augen.

Grob reibe ich mir das Gesicht.

Wieder rast dieses Gefühl der Hilflosigkeit durch meine Adern.

Ich reiße den Kopf hoch. »Verdammt, Tru!« Ich weiß, ich schreie, aber im Augenblick ist mir das egal. »Mach verdammt noch mal die Augen auf, und tritt mir in den Arsch, weil ich dich im Stich gelassen habe! Gott weiß, ich hab's verdient. Das sieht dir nicht ähnlich, Tru. Du gibst niemals auf!«

Mit langen Schritten erreiche ich in Sekunden ihr Bett und stütze mich darauf ab.

Ich rage über ihr auf und starre ihr ins Gesicht. All mein Wollen, meine Wut und meine Frustration pulsieren unter meiner Haut.

»Verdammt, Tru! Wach auf!« Unverwandt starre ich ihr ins Gesicht, versuche, sie mit reiner Willenskraft dazu zu bringen, die Augen zu öffnen, als könnte ich das allein mit meinem Schmerz und meinem Sehnen erreichen.

Meine Finger krallen sich ins Bettzeug.

»Scheiße, wir brauchen dich! *Ich* brauche dich!«

Wieder trifft mich der Schmerz. Scharf und unverhofft.

Keuchend atme ich aus und weiche von ihr zurück, gehe durch den Raum.

Ein Teil von mir will sich umdrehen und hinausgehen, das Krankenhaus verlassen und den nächstbesten Dealer aufsuchen.

Nein.

Ich werde nicht schwach werden. Nicht jetzt. Das geht nicht.

Ich muss einfach einen Weg finden, sie zurückzuholen.

Ich zwinge mich zur Konzentration und gehe auf und ab.

Sie kann mich hören. Das weiß ich. Sie ist noch da drin. Ich muss nur darauf kommen, was sie zurückholen wird.

Ich bleibe stehen und wende mich ihr wieder zu. »Ich weiß, du kannst mich hören, Tru. Ich weiß, du hörst mir zu.«

Dann kommt mir die Idee.

Ich ziehe mein Handy aus der Tasche, rufe meine Playlists auf und beginne zu suchen.

Jeden Tag habe ich ihr Musik vorgespielt. Lieder, von denen ich weiß, dass sie sie liebt, Songs, mit denen wir aufgewachsen sind, Stücke von mir … das Lied, das ich für sie geschrieben habe.

Ich singe sogar für sie. Aber kein Lied hat sie erreicht, also greife ich jetzt zum letzten Mittel.

Ich werde das eine Lied spielen, von dem sie wollte, dass ich es aus meinem Repertoire streiche. Sie muss mich hören, und dies ist das letzte Ass, das ich im Ärmel habe.

Sie muss wissen, wie verzweifelt ich bin.

Dass ich verzweifelter bin als in der Nacht, in der ich es ihr im Madison Square Garden vorgesungen habe. Damals wusste ich wenigstens, dass sie auf der Welt war, lebend und voller Energie.

Jetzt ist sie … nichts.

Ich wähle die Live-Version von »Hurt« von Nine Inch Nails aus, hoffe wider besseres Wissen, dass sie die Gefühle wecken wird, die Tru empfinden muss. Ich drücke die Wiedergabetaste und stelle das Stück auf Endlosschleife. Dann schließe ich die Augen zu einem stummen Gebet, während das Stück anfängt und den gesamten Raum erfüllt.

Ich öffne die Augen und lege mich vorsichtig neben sie aufs Bett, platziere das Handy zwischen uns, während Trent Reznor singt und mich an eine schwere Zeit erinnert, zu der ich jetzt nur zu gerne zurückkehren würde.

Ich liege neben ihr, halte ihre Hand und flehe mein Mädchen stumm an, zu mir zurückzukommen.

* * *

»Jake?«

Ich spüre eine Hand auf meinem Haar, sanft streichelnde Finger.

Mein Herz macht einen Satz.

Tru.

Ich reiße die Augen auf.

Nein.

Mein Herz bricht.

Tru schläft noch neben mir.

Ich drehe leicht den Kopf und sehe meine Mutter über mir stehen.

»Hallo, Liebes.« Sie lächelt auf mich herab. Ein vorsichtiges Lächeln. Ein Lächeln, das ich in letzter Zeit häufig von ihr sehe. Es gefällt mir nicht.

»Mom?« Ich reibe mir mit den Handballen die Augen. »Wie spät ist es?«

»Kurz nach acht.«

»Wo sind Eva und Billy?« Ich nehme mein Handy, stelle »Hurt« ab, setze mich auf und schwinge die Beine aus dem Bett.

»Nebenan mit deinem wunderschönen Sohn.« Sie zieht sich einen Stuhl heran und setzt sich neben das Bett. »Hast du heute schon etwas gegessen?«

Ich denke nach. Ich kann mich nicht erinnern, wann ich das letzte Mal etwas gegessen habe.

Ich zucke die Achseln.

Mit einem leisen Seufzen greift sie nach meiner Hand.

Ich erstarre.

Das ist nicht die Art von Beziehung, die wir haben. Meine Mutter ist nicht der Kuscheltyp. Früher, ja, als ich ein Kind war, aber nach jener Nacht, in der Paul Wethers für uns beide alles irreparabel kaputtgemacht hat, entstand eine unsichtbare Mauer zwischen uns, die uns seither trennt.

Das letzte Mal habe ich meine Mutter bei der Beerdigung meines Vaters berührt, und das war das erste Mal seit langer Zeit. Ich weiß, sie hat es allein aus ihrem schlechten Gewissen heraus getan.

Vielleicht ist es auch diesmal das schlechte Gewissen.

»Jake, du musst etwas essen«, erinnert sie mich ruhig. »Auf dich achtgeben. Nie verlässt du dieses Zimmer.«

»Doch.« Mein Blick ist ebenso scharf wie mein Tonfall.

Ich bin wirklich nicht in Stimmung für so was. Meine letzte Hoffnung, Tru zu erreichen, hat sich zerschlagen, und deshalb bin ich gerade ziemlich am Ende. Das Letzte, was ich jetzt brauche, sind Vorhaltungen von meiner Mutter.

Sie schüttelt den Kopf. »Nein, Jake, du verlässt diesen Raum, um nach nebenan zu deinem Sohn zu gehen. Du duschst da drin.« Sie deutet mit dem Kopf auf das Badezimmer. »Essen sehen habe ich dich auch nur hier drin, und das war nicht oft. Ich kann nicht glauben, dass ich das sage, wo du doch weißt, wie sehr ich es verabscheue, aber du rauchst nicht einmal mehr, weil du dann dieses Zimmer verlassen müsstest. Glaub mir, ich bin froh, dass du nicht mehr rauchst, aber ganz ehrlich, wenn eine Zigarette dich für zehn Minuten aus diesem Zimmer rauskriegen würde, ich würde dich dazu ermutigen.«

»Warum?« Unsanft entziehe ich ihr meine Hand.

Sie sieht mir in die Augen. »Was soll das heißen, warum?«

Abrupt stehe ich auf, sodass ich sie weit überrage. »Warum interessiert es dich überhaupt, was ich tue?«

Ich sehe den Schmerz in ihren Augen, aber sie verbirgt ihn rasch. Sie schiebt den Stuhl zurück und erhebt sich ebenfalls.

»Weil du mein Sohn bist und ich dich liebe. Du hattest vielleicht in den letzten fünfzehn Jahren nicht diesen Eindruck …«

»Achtzehn. Es waren achtzehn Jahre, *Mom.*« Die Verachtung in meiner Stimme überrascht mich selbst.

Was ist bloß los mit mir?

Ich gehe um sie herum und reibe mir den plötzlich schmerzenden Kopf.

»Ich habe dich enttäuscht, das weiß ich«, gesteht sie leise. »Aber ich habe keinen Augenblick aufgehört, dich zu lieben.«

Als ich ihre Stimme brechen höre, sehe ich, dass sie weint.

Ich habe meine Mutter schon sehr lange nicht mehr weinen sehen. Das letzte Mal war in *jener* Nacht.

Es weckt einen Schmerz tief in meiner Brust. Einen, der dort seit achtzehn Jahren schlummert.

»Ich kann das jetzt nicht.« Ich weiche vor ihr zurück.

»Ich weiß.« Sie zückt ein Taschentuch und trocknet sich die Augen. »Ich möchte nur, dass du weißt, wie leid es mir tut, dass ich dich so zurückgestoßen habe.« Sie fährt sich mit den Fingern durch das perfekt frisierte Haar. »Ich konnte einfach nicht ertragen, was du meinetwegen erdulden musstest. Der Blick in deinen Augen in jener Nacht … So etwas wollte ich nie wieder sehen.«

»Also hast du mich weggestoßen?«

Ich will sie anbrüllen. Ihr sagen, dass wir darüber jetzt nicht reden werden. Aber ich bringe keinen Ton heraus.

»Jake, ich habe erst gemerkt, dass ich dich wegstoße, als es schon zu spät war. Ich war so darauf versessen, dir nach allem, was du mit deinem Vater durchmachen musstest, ein besseres Leben zu bieten. Durch die Stelle in Dales Firma habe ich versucht, genug zu verdienen, um mit dir aus Manchester weggehen zu können, ehe dein Vater aus dem Gefängnis kam. Aber ich hatte Schulden. Dein Vater hatte ohne mein Wissen eine zweite Hypothek auf das Haus aufgenommen, und als er ins Gefängnis ging, musste ich die Raten allein bezahlen. Ich wollte alles regeln und mit dir zusammen weggehen, ehe er zurückkommen würde.«

»Aber ich wollte nicht weg.« Ich schaue hinüber zu Tru. »Du hast mich nur nie nach meiner Meinung gefragt, oder, Mom? Du hast einfach getan, was dir in den Kram gepasst hat.« Dann dämmert es mir. »Deshalb hast du Dale geheiratet, oder? Du wusstest von seiner bevorstehenden Versetzung nach New York.«

Der Blick in ihren Augen verrät mir alles, was ich wissen muss.

»Du hast mich von Tru weggerissen«, sage ich und deute auf sie. »Von dem einzigen Menschen, den ich je geliebt habe. Für mich ist nichts besser geworden, Mom. Nur schlimmer. Ja, ich habe Jonny getroffen und die Band gegründet, aber dabei habe ich mich bloß in Dad verwandelt, und du hast einfach tatenlos zugesehen.« Ich weiß, ich werde immer lauter, aber es ist mir egal. »Wäre ich die ganze Zeit bei Tru gewesen, dann wäre das nie passiert. Sie hätte verhindert, dass ich auf die schiefe Bahn gerate. *Nichts* von alldem wäre passiert.« Wütend mache ich eine große Geste, die den ganzen Raum umfasst.

Ich weiß, ich bin ungerecht, aber das ist mir total egal. Ich will ihr wehtun.

»Ich habe getan, was das Beste für dich war.« Sie streckt die Hand nach mir aus, aber ich zucke zurück.

»Nein. Du hast wie immer getan, was das Beste für *dich* war.«

Grob reiße ich die Tür auf, trete auf den Gang, atme tief durch und versuche, mein Gleichgewicht zu finden. Ich werfe sie hinter mir ins Schloss und lasse meine Mutter mit Tru allein.

Mein Körper vibriert vor Zorn.

Dave ist aufgesprungen und sieht mich an. Ich schätze, er hat alles gehört.

»Ich brauche frische Luft. Pass für mich auf Tru auf.«

Er nickt knapp und betritt Trus Zimmer, während ich an ihm vorbeigehe.

Gerade habe ich den Ausgang erreicht, als Dave meinen Namen ruft.

Wie in Zeitlupe drehe ich mich um, fange seinen Blick auf.

Da weiß ich es.

Ich glaube, ich habe mich nie zuvor so schnell bewegt.

Ich stürme durch die Tür, stoße Dave und meine Mutter beiseite.

Die Monitore, an denen Tru hängt, piepen laut und übertönen meinen rasenden Herzschlag.

Ich falle neben ihrem Bett auf die Knie und schaue ihr direkt in die offenen Augen.

»Tru?« Beinahe ersticke ich an dem Wort, habe größte Mühe, es zu artikulieren. Ich strecke die zitternde Hand aus, will sie berühren, habe dann aber zu viel Angst davor. »Tru, Baby, ich bin hier.«

Meiner Mutter und Dave, die in der Tür stehen, brülle ich zu: »Den Arzt!«

Dave geht, meine Mutter bleibt zurück.

»Hol Eva und Billy!«, befehle ich ihr. Ich bin überrascht, dass sie den Lärm noch nicht gehört haben.

Eilig verlässt meine Mutter das Zimmer.

Mit Tränen in den Augen wende ich mich wieder Tru zu, berühre ihr Gesicht sanft mit den Fingerspitzen.

»Ich bin hier, Süße. Ich hab auf dich gewartet. Mein Gott, Baby, ich hab dich so vermisst.«

Sie blinzelt. Einmal. Zweimal.

Ich erwidere ihren Blick, mein Herz bleibt stehen, und ich halte den Atem an, während ich darauf warte, dass ihr Blick sich klärt.

Angst kriecht in mein erstarrtes Herz.

Ich habe so schreckliche Angst, dass dies nicht dieselbe Tru ist. Dass sie mich nicht erkennt. Oder Schlimmeres.

Kish hat mich gewarnt, dass sie unter Gedächtnisverlust leiden könnte. Oder dass ihr Gehirn vielleicht irreparablen Schaden genommen hat.

Egal. Wen auch immer ich da vor mir habe, ich werde sie nehmen. Ich nehme jede Version von Tru, die ich kriegen kann.

Sie öffnet den Mund, aber ich höre nur einen leichten Lufthauch entweichen.

»Psst, versuch nicht, zu sprechen, Süße.« Ich streiche ihr das Haar aus der Stirn. »Ganz ruhig. Es ist alles in Ordnung.«

Ich beobachte ihre Augen, warte. Warte verzweifelt auf ein Zeichen, dass dies meine Tru ist.

Sie schließt die Augen, und ich sehe eine Träne aus einem ihrer Augenwinkel rinnen.

Mein Herz implodiert.

Als ihre Augen sich wieder öffnen, treffen sich unsere Blicke, und in ihrem sehe ich Trus Feuer, bekomme mit, wie sie mich erkennt, und weiß, sie ist wieder da.

Ich habe mein Mädchen wieder.

TRU ...

KAPITEL 23

Jake, ich weiß, dass du da bist, ich kann dich hören.

Warum antwortet er mir nicht? Mit wem spricht er? Warum klingt er so wütend?

Ich brauche …

Jake?

Ich kann kaum einen klaren Gedanken fassen. Ich muss unbedingt die Augen öffnen, aber …

»Hurt«. Ich höre »Hurt« …

Wie lange bin ich schon wach? Ist das Jake, der da schreit? Wen schreit er an?

Gott, tut mir der Kopf weh. Eigentlich sogar mein ganzer Körper.

Ich versuche, den Mund zu öffnen, um zu sprechen – um ihm zu sagen, er soll aufhören zu brüllen –, aber meine Lippen fühlen sich an wie zusammengeklebt, und mein Hals brennt furchtbar. Ich bin so durstig.

Ich gebe das Sprechen auf und versuche, mich zu bewegen … aber es geht nicht. Es fühlt sich an, als würden Gewichte an mir hängen.

Mir tut alles weh. Was ist denn nur los? Irgendwas ist anders. Irgendwas stimmt nicht. Mit mir.

O Gott, was geschieht mit mir?

Jake, du musst mir helfen!

Ich höre das Knallen einer Tür.

Nein! Geh nicht! Bitte geh nicht!

Verflucht!

Ich muss in die Gänge kommen.

Mit aller Kraft konzentriere ich mich darauf, die linke Hand zu bewegen. Durch meinen rechten Arm pocht ein grausamer Schmerz, damit wage ich keinen Versuch.

Ich habe Angst.

Nein, es ist alles in Ordnung, Tru. Bleib einfach ruhig, dann wird alles gut.

Vielleicht bin ich einfach nur krank? Ja, das muss es sein. Ich habe bestimmt eine dieser wirklich schlimmen 24-Stunden-Grippen oder so. Gott, ich hoffe, ich habe das Baby in mir nicht angesteckt.

Ich muss nur irgendeinen Körperteil bewegen, dann wird auch alles andere klappen, und ich kann zu Jake. Wenn ich bei Jake bin, wird es mir besser gehen.

Ich konzentriere mich auf meinen Zeigefinger, merke, wie er sich bewegt.

Gott sei Dank.

Mit wachsender Zuversicht versuche ich, meine übrigen Finger zu bewegen.

Geht doch.

Ich spreize sie, bewege meine linke Hand, und der Arm bewegt sich mit.

So, jetzt muss ich nur noch aufstehen. Wenn ich vielleicht …

»Trudy?«

Was?

Wer ist das? Susie? Warum ist sie hier?

Unter großer Anstrengung hebe ich die schweren Lider.

Es ist neblig. Dunkel. Nichts kann ich klar erkennen.

Dann höre ich aufgeregte Stimmen. Wieder schreit jemand.

Dave?

Dann Jake … Ich höre Jake. Er ist wieder da.

Gott sei Dank.

»Tru?« Er klingt so ängstlich. »Tru, Baby, ich bin hier.«

Warum klingt er so schrecklich ängstlich?

Ich beginne, mich zu fürchten. Warum lassen meine verdammten Augen mich im Stich? Verflucht noch mal!

Dann höre ich wieder Jake, er ruft: »Den Arzt!«

Arzt? Wo zum Teufel bin ich?

»Hol Eva und Billy!«

Meine Eltern?

Ich spüre seine Berührung auf meinem Gesicht. »Ich bin hier, Süße. Ich hab auf dich gewartet. Mein Gott, Baby, ich hab dich so vermisst.«

Er hat mich vermisst?

Als Jake meine Haut berührt, lassen meine Sorgen schlagartig nach. Ich schwöre, der Mann hat heilende Hände.

Verzweifelt blinzle ich, versuche, ihn durch den Nebel hindurch wahrzunehmen. Es scheint ewig zu dauern, bis ich scharf sehen kann.

Dann erkenne ich sein schönes Gesicht.

Er sieht todmüde aus. Als hätte er seit Tagen nicht geschlafen. Vor allem aber sieht er aus, als hätte er Angst. Ich kann es deutlich in seinen Augen sehen.

Das letzte Mal, als ich Jake so gesehen habe, war, als ich ihn mit diesem Mädchen im Bett erwischt habe. Weil er Angst hatte, mich zu verlieren.

O Gott, was ist passiert, Baby?

Ich muss mit ihm sprechen.

Mit letzter Kraft öffne ich den Mund.

Ich versuche, die Worte zu formen, aber mein Hals scheint nur aus Schmerzen zu bestehen, und es kommt nur ein Lufthauch heraus.

»Psst, versuch nicht, zu sprechen, Süße.« Liebevoll sieht er mich an und streicht mir das Haar aus dem Gesicht. »Ganz ruhig. Es ist alles in Ordnung.«

Ist es nicht. Hier ist gar nichts in Ordnung.

Ich schließe die Lider und spüre eine Träne der Frustration aus meinem Augenwinkel über die Schläfe rinnen.

Als ich die Augen wieder öffne und Jakes Blick erwidere, sehe ich darin so etwas wie einen Hoffnungsschimmer.

Dann wird der Kopfschmerz schlimmer. Meine Lider werden schwer. Ich kann kaum die Augen offen halten …

* * *

Wie lang bin ich schon wach? O Gott, mein Schädel dröhnt furchtbar.

Ich bewege die Zunge. Im Augenblick ist schon das anstrengend, und in meinem Mund ist ein Geschmack wie am Morgen nach einem wirklich schlimmen Besäufnis.

Was zum Teufel ist bloß los mit mir?

Ich krame in meinen Erinnerungen, aber mir fällt nicht viel ein, dafür werden meine Kopfschmerzen noch schlimmer. Ich erinnere mich, dass ich gestern Morgen mit Jake im Bett war … unter der Dusche … dass Jake mich gebeten hat, daheimzubleiben. Dann … nichts.

Wenn ich es nicht besser wüsste, würde ich annehmen, dies sei der schlimmste Kater aller Zeiten, aber das kann nicht sein – ich bin schwanger.

Nun, ich weiß vielleicht nicht, warum ich mich so beschissen fühle, aber ich weiß ganz genau, dass ich unbedingt einen Schluck Wasser brauche.

Mit größter Mühe zwinge ich mich, die verklebten Augen zu öffnen.

Es dauert einen Augenblick, bis ich mich an das Licht gewöhnt habe.

Deckenplatten. Ich sehe Deckenplatten. Die wirklich schreckliche Sorte, wie man sie in Büros findet. Wie nennt man die noch mal – Asbestdeckenplatten?

Warum sollte ich irgendwo sein, wo es die gibt? Wo zum Teufel bin ich nur?

Vorsichtig hole ich Luft. Mein Hals brennt wieder.

Jake.

Jake ist da. Ich kann ihn ganz in der Nähe riechen.

Mit großer Mühe drehe ich den Kopf. Scheiße, tut das weh. Jake sitzt neben mir auf einem Stuhl.

»Hey, Baby.« Er streckt den Arm aus, streichelt mein Gesicht und legt mir die Hand an die Wange.

Mir fällt eine gewisse Zögerlichkeit an ihm auf.

»W…Wo …« Gott, es tut so weh, auch nur dieses eine Wort zu sagen. In meinem Schädel dröhnt es, das Pochen fängt wieder an. Ich reiße mich zusammen und vollende meinen Satz: »… bin ich?«

Jake kommt näher. Er beugt sich über mich und küsst die Hand, die er hält, dann hebt er den Kopf und sieht mich an. »Du bist im Krankenhaus, Süße.«

Im Krankenhaus? Warum? Geht es dem Baby gut?

»Ba…by?«, hauche ich heiser. Ich versuche, mich aufzusetzen.

»Nicht.« Sanft drückt Jake mich wieder zurück.

Nicht, dass ich weit gekommen wäre. In dem Augenblick, als ich den Kopf zu heben versuchte, ist der Schmerz darin explodiert. »Versuch nicht, aufzustehen.«

Mein Blick wandert an Jake vorbei hinunter zu meinem Bauch.

Mir bleibt fast das Herz stehen.

Wo mein Babybauch war, ist jetzt eine ebene, leere Fläche.

O Gott, nein! Nein, nein, nein, nein, nein! Wo ist mein Baby?

Ich will schreien, weinen, mich irgendwie äußern … aber es geht nicht.

Ich habe das Kind verloren.

Nein.

Die Qual ist unerträglich.

Ohne auf das Hämmern zu achten, schüttle ich den Kopf. Tränen fließen, ausgelöst von meinem Schmerz.

Jake nimmt mein Gesicht in die Hände und hält mich fest. Er starrt mir in die Augen.

»Unserem Baby geht es gut, Tru. Ich schwöre es.« Er klingt so überzeugt. Ich erwidere seinen Blick, und meine Ängste lassen nach.

Jake würde mich nicht belügen.

Aber wenn es dem Baby gut geht, warum bin ich dann nicht mehr schwanger?

Heißt das … mein Kind ist auf der Welt?

Jake streichelt mir zärtlich übers Haar, sieht mich an wie so oft – als sei ich für ihn das Kostbarste auf der Welt. Nur noch intensiver diesmal. »Jetzt ist alles gut, Tru. Du bist wieder da, jetzt kommt alles wieder in Ordnung.« In diesem Augenblick bin ich mir nicht ganz sicher, ob er das mir oder sich beteuert.

Jake beugt sich zu mir herab und küsst meine Tränen weg. Sein sanfter Atem auf meiner Haut und die Wärme seiner Nähe sind wie Balsam auf Wunden, von denen ich noch gar nicht wusste, dass ich sie hatte.

Er weicht zurück, sieht mir in die Augen, ohne mein Gesicht loszulassen. »Du hattest einen Autounfall, Süße.«

Sofort kommen Erinnerungsbruchstücke wieder hoch. Ich war mit Simone im Spa … Dave hat den ganzen Tag auf dem Parkplatz auf uns gewartet … Ich habe ihn damit aufgezogen … Wir sind gemeinsam heimgefahren und haben dabei Pearl Jam gehört … »Just Breathe« … dann … nichts mehr.

Simone. Dave.

Es muss mein Gesichtsausdruck sein, der Jake veranlasst, mir zu erzählen: »Simone und Dave geht es gut. Der Aufprall war auf der Beifahrerseite. Deiner Seite.« Als er das sagt, klingt es, als habe er körperliche Schmerzen. Jake streicht mir mit den Fingerspitzen das Haar hinter die Ohren. »Es ging dir nicht gut. Ich dachte, ich würde dich verlieren …« Seine Stimme bricht, ihm kommen die Tränen.

Langsam und unter großer Anstrengung hebe ich die unverletzte Hand und berühre sein Gesicht. »Es geht mir … gut«, versichere ich ihm.

Er hebt meine Hand an sein Gesicht und drückt einen Kuss auf die Handfläche.

Eine Träne fällt aus seinem Auge auf meine Wange. Ich spüre regelrecht den Schmerz, für den sie steht.

»Du hast dir bei dem Unfall eine wirklich schwere Kopfverletzung zugezogen.« Sein Blick huscht zu meiner Stirn. »Du hattest eine OP. Unser Baby war in Gefahr. Die Ärzte mussten einen Notkaiserschnitt vornehmen, Tru. Er war auf der Welt, noch bevor ich im Krankenhaus angekommen bin.«

Er.

Beruhigt von seinen Worten beobachte ich ihn. »Wir haben einen Sohn, Tru. Er ist wunderschön.«

Einen Sohn. Wir haben einen Sohn.

»Es geht ihm wirklich gut. Er atmet jetzt selbstständig. Dafür hat er eine Weile gebraucht, aber vor ein paar Tagen haben sie ihn vom Beatmungsgerät genommen, und er macht das toll. Mein Gott, er ist so unglaublich, Tru. Er wird jetzt jeden Tag kräftiger. Man hat mir gesagt, in ungefähr einer Woche sollte er in der Lage sein, aus einem Fläschchen zu trinken.«

Wieder kommen mir die Tränen. Vor lauter Glück diesmal. Im Moment zählt für mich nur, dass mein Baby auf der Welt und gesund ist.

Dann wird mir klar, dass ich nicht nur einen Tag bewusstlos war. Nach allem, was Jake zu mir gesagt hat, nach dem zu urteilen, wie er redet und wie er mich ansieht … Ich war länger als nur einen Tag weg.

Ich befeuchte mir die Lippen, öffne den Mund und frage: »Wie … lang?«

Er senkt den Blick. »Du hast sieben Tage im Koma gelegen.«

Scharf schnappe ich nach Luft, woraufhin mein Hals wieder zu brennen beginnt.

Sieben Tage. Und die ganze Zeit über war mein Sohn hier ohne mich.

»Vor zwei Tagen bist du zum ersten Mal aufgewacht. Aber zwischendurch hast du immer wieder das Bewusstsein verloren. Kish hat gesagt, das sei ganz normal – oh, Dr. Kish. Das ist der Arzt, der sich um dich gekümmert hat«, erklärt er auf meinen fragenden Blick hin. »Das erste Mal bist du nur für ein paar Minuten aufgewacht, hast aber nichts gesagt. In den letzten zwei Tagen warst du immer wieder kurz bei Bewusstsein. Manchmal hast du die Augen nur für ein paar Sekunden aufgemacht. Manchmal für Minuten. Du hast sogar ein paar unzusammenhängende Wörter gemurmelt. Aber dies ist das erste Mal, dass du wirklich mit mir sprichst. So lange warst du bisher noch nie wach, ich nehme also an, das ist ein gutes Zeichen.« Er lächelt, aber es ist nicht das typische Jake-Lächeln. Es wirkt gezwungen.

»Ich hab dich nicht aus den Augen gelassen, Tru. Ich war die ganze Zeit hier. Nur um nach unserem Jungen zu sehen, bin ich immer wieder kurz weg. Er ist gleich nebenan.« Jake neigt den Kopf nach rechts.

Er ist gleich da drüben. Nur eine Wand trennt mich von meinem Sohn.

»Ich möchte … ihn sehen«, bringe ich heraus.

»Ich weiß, Süße.« Er streichelt mir mit dem Daumen über die Wange. »Aber ich glaube, jetzt, wo du richtig wach bist, sollte ich Kish holen, damit er dich untersucht. Deine Eltern – ich sollte sie anrufen und sie wissen lassen, dass du jetzt richtig wach bist. Sie warten drüben im Hotel. Sie werden dich sehen wollen.«

Ich möchte meinen Sohn sehen.

»Nein.« Ich schüttle den Kopf. Scheiße, tut das weh. »Ich will … ihn.«

Jake lächelt, und diesmal ist es ein echtes, grundehrliches Jake-Lächeln. Das, das nur mir vorbehalten ist, und ich bin unendlich froh, es jetzt zu sehen.

»Gut«, gibt er nach. »Wie könnte ich dir etwas abschlagen? Ich gehe ihn holen und bringe ihn her.«

Jake beugt sich vor und drückt mir sanft die Lippen auf den Mund. »Ich hab dich so vermisst«, flüstert er.

Dann geht er aus dem Zimmer und lässt mich allein.

Sofort überfällt mich die Stille.

Ich hatte einen Autounfall, der dazu geführt hat, dass mein Sohn zur Welt gekommen ist, während ich bewusstlos war.

Ich habe seine Geburt verpasst. Genau wie die erste Woche seines Lebens.

Ich habe diese wichtigen ersten Augenblicke nicht mitbekommen. Die, in denen sich ein Band zwischen einer Mutter und ihrem Kind formt und umgekehrt. Man hat sie mir genommen. Ich werde sie nie zurückbekommen.

Was, wenn dieses Band sich nun nicht mehr entwickeln wird? Was, wenn er mich ablehnt?

Er begreift nicht, warum ich zu Beginn seines Lebens nicht für ihn da gewesen bin. Für ihn werde ich eine Fremde sein.

Wir kennen einander nicht.

Was soll ich sagen? Was soll ich tun?

Ich weiß, er ist nur ein Baby und wird nicht verstehen, was ich sage, aber diese ersten Augenblicke zwischen uns sind jetzt entscheidend, und ich liege in einem Bett, kann mich kaum bewegen, und jedes Wort tut mir weh.

Ich hasse es, dass ich nicht für ihn da war. Dass ich meinem Sohn so zum ersten Mal begegnen muss.

So hatte ich mir das nicht vorgestellt.

Ich hatte mir ausgemalt, wie man mir mein Baby in die Arme legt und ich es halte. Wie ich es Jake reiche, damit er es zum ersten Mal in den Arm nehmen kann. Wie ich beobachte, wie Jake seine ersten Augenblicke mit unserem Sohn verbringt.

Nicht, dass man mein Kind aus mir herausholt, während ich bewusstlos bin und Jake auf dem Weg ins Krankenhaus ist.

Der Verlust dessen, was ich hätte haben sollen, überwältigt mich. In meinem Kopf entstehen Bilder von dem, was geschehen ist, und wieder füllen meine Augen sich mit Tränen.

Mein Sohn ist allein auf die Welt gekommen, umgeben von Fremden.

Ich bin bloß dankbar, dass Jake seither die ganze Zeit bei ihm war.

Aber es bricht mir das Herz, dass Jake damit allein fertigwerden musste – dass er sich ganz allein um mich kümmern und gleichzeitig Vater werden musste.

Ich kann mir nicht vorstellen, wie es Jake gegangen sein muss, als er gehört hat, was geschehen war. Ich an seiner Stelle wäre gestorben.

Ich bin felsenfest davon überzeugt, dass zwischen Jake und unserem Sohn ein solches Band entstanden ist, und darüber bin ich sehr glücklich. Ich habe nur Angst, dass es für mich zu spät ist, dass er mich möglicherweise nicht akzeptieren wird.

Ich habe keine Ahnung, wie ich damit fertigwerden würde.

Statt mich darauf zu freuen, meinen Sohn zum ersten Mal zu sehen, habe ich nun schreckliche Angst.

Ich höre, wie die Tür sich öffnet, dann quietschen Räder, und es erklingen Schritte von zwei Paar Füßen.

Ich beginne zu zittern, mein Herz rast.

Ängstlich schließe ich die Augen.

Ich glaube, ich kann das nicht.

»Stellen Sie ihn neben das Bett«, höre ich Jake sagen.

Die quietschenden Räder kommen immer näher. Dann verstummen sie, und ich höre, wie jemand einen Stecker in die Steckdose steckt, einen Schalter umlegt und eine Maschine leise zu summen beginnt.

»Rufen Sie mich, wenn Sie Hilfe dabei brauchen, ihn wieder zurückzubringen«, höre ich eine Frauenstimme sagen. Dann schließt sich die Tür.

Ich spüre, wie die Matratze sich senkt, als Jake sich neben meine Beine setzt. »Tru.« Seine Stimme ist sanft. »Bist du wach?«

Ich weiß, ich wollte, dass er das Baby holt, aber jetzt habe ich Angst. Ich zögere, denke kurz darüber nach, mich schlafend zu stellen, und verachte mich sofort für den Gedanken.

Ich nicke.

»Mach die Augen auf.« Seine Stimme ist immer noch sanft, doch jetzt liegt ein leiser Kommandoton darin.

Ich hole Luft, es brennt, dann flüstere ich: »Ich habe … Angst.«

Jakes leises Seufzen dringt an mein Ohr. Er nimmt meine Hand, ich umschließe seine. »Ich weiß, Baby …« An seinem

Tonfall höre ich, dass er aus Erfahrung spricht. »Aber ich verspreche dir, Tru, nur einen Blick … Mehr braucht es nicht. Vertrau mir.«

Also vertraue ich ihm. Ich öffne die Augen und drehe den Kopf zur Seite. Da liegt er, in einem Inkubator neben meinem Bett. Ich sehe ihn an, und es ist Liebe auf den ersten Blick.

Er ist wunderschön. Das Schönste, was ich je gesehen habe.

Ich kann mich nicht daran erinnern, jemanden je so geliebt zu haben. Die Liebe ist genauso tief wie die, die ich für Jake empfinde, aber sie ist ganz anders.

Es ist die Liebe einer Mutter.

Gott, ich erkenne so viel von Jake in ihm wieder.

Er hat dieselbe Furche auf der Stirn wie Jake, wenn er schläft.

All meine Bedenken, mich nicht mit ihm verbunden zu fühlen, sind wie weggeblasen. Ich liebe ihn schlicht aus tiefstem Herzen. In diesem Moment fange ich an zu weinen.

Jake drückt meine Hand. »He, nicht weinen. Es geht ihm gut da drin, wirklich. Es soll ihn einfach nur warm halten.«

Jake denkt, ich weine, weil ich mir wegen des Inkubators Sorgen mache. Der beunruhigt mich natürlich, aber er ist nicht der Grund für meine Tränen. Ich weine vor Glück.

»Berühr ihn doch mal«, schlägt Jake vor. »Dann geht es dir vielleicht besser. Mir hat das sehr geholfen, als ich ihn das erste Mal gesehen hab.«

Ich löse meine Hand aus der von Jake, doch er sagt: »Warte.«

Er lässt mich los und verschwindet im Bad.

Da erst bemerke ich die Schläuche, die an meinem Arm kleben. Ich schaue an ihnen hoch und sehe, dass sie zu unterschiedlichen Beuteln am Tropf führen.

Ich blicke zu meinem rechten Arm und entdecke den Gips, der ihn umhüllt. Meine Hand ist geschwollen und verbunden.

Jake hat gesagt, ich habe mir bei dem Unfall eine Kopfverletzung zugezogen.

Mit der gesunden Hand ertaste ich einen dicken Verband an meinem Kopf.

»Ich muss dir nur schnell die Hand sauber machen, ehe du ihn berührst«, erklärt Jake, als er mit einem Gel aus dem Bad zurückkehrt.

Ich lächle ihn an. Er klingt so verantwortungsvoll. So, wie mein Vater jetzt auch klingen würde.

Das liegt daran, dass er Vater geworden ist. Er hatte über eine Woche Zeit, sich in die Rolle einzufinden.

Heute ist mein erster Tag als Mutter.

Ich unterdrücke eine neue Tränenflut, werfe Jake einen flüchtigen Blick zu und beobachte ihn dabei, wie er etwas Gel aus der Tube drückt und in seinen Händen verreibt. Dann setzt er sich wieder aufs Bett, nimmt meine Hand und reibt sie ebenfalls sanft mit dem Gel ein.

Es ist kalt, aber Jakes Hände wärmen mich.

»Du kannst loslegen.« Lächelnd fährt er ein letztes Mal über meine Hand.

Ich ziehe sie zurück und schiebe sie langsam durch das Loch in den Inkubator, während ich den Blick nicht von meinem kleinen Jungen wende.

Als meine Fingerspitzen die weiche, flaumige Haut seiner winzigen Hand berühren, erfüllt das intensive Gefühl meinen ganzen Körper, geht mir mitten ins Herz.

Er ist vollkommen.

Ich könnte für immer so mit ihm hier liegen.

Ich möchte so viel über ihn wissen, aber ich glaube nicht, dass mein Hals das aushält, also stelle ich Jake nur die wichtigste Frage.

»Name?«

Jake schüttelt den Kopf und lächelt sanft. »Ich habe ihm noch keinen Namen gegeben, sondern auf dich gewartet. Dir allein gebührt die Ehre, Tru.«

Mein Herz macht einen Satz.

Ich starre meinen Sohn an, denke an all die Namen, die ich mir überlegt hatte … die Jake sämtlich abscheulich fand.

»Mag er noch immer … Rocksongs?«, frage ich krächzend.

Jake schmunzelt. »Ja, ich singe ihm oft vor – die alten Klassiker. Ich glaube, wir haben da einen Mini-Rockstar zum Sohn.«

Lächelnd schüttle ich den Kopf. Ein Rockstar braucht ja wohl auch einen Rockstar-Namen, stimmt's? Ein Lächeln legt sich auf meine Lippen. »Ich hab's.«

Jake wirft mir einen skeptischen Blick zu, und in seinen Augen funkelt Erheiterung. »Es ist ein verrückter Name, stimmt's?«

»Nein«, antworte ich mit krächzender Stimme und sehe ihn dabei beleidigt an. »Ich dachte an …« Ich halte inne, schlucke das Brennen hinunter. »Jonathan Jacob.«

Jakes Gesichtsausdruck ist wundervoll.

»Du gibst ihm Jonnys Namen?« Mir entgeht nicht, dass er dabei vor Rührung schlucken muss.

»Und deinen.«

Jake beugt sich zu mir herunter und gibt mir zärtlich einen Kuss auf die Lippen. »Ich liebe ihn. Ich liebe dich.«

»Lieb dich«, flüstere ich.

Plötzlich umschließt unser Sohn meinen kleinen Finger, mit dem ich ihn die ganze Zeit zärtlich gestreichelt habe, mit seiner Hand. Dafür, dass er so winzig klein ist, hat er ganz schön Kraft.

Überrascht lache ich auf und sehe ihn wieder an.

»Das macht er oft. Er mag es, sich an einem Finger festzuhalten«, erzählt mir Jake, der unterdessen die Innenseite meines Armes streichelt. »Ich glaube, sein Name gefällt ihm.«

»Ja?« Ich lächle.

»Ja …« Jake kommt um das Bett herum, zieht die Schuhe aus und klettert vorsichtig zu mir auf die Matratze. Er legt sich seitlich neben mich, lässt den Kopf auf das Kissen sinken und flüstert mir ins Ohr: »Ich hab dich unsagbar vermisst.«

Sein Atem kitzelt auf meiner Haut.

Ich drehe ihm das Gesicht zu, und er beugt sich vor und küsst mich sanft.

Dann wende ich mich wieder meinem Sohn zu. Es fällt mir schwer, von ihm abzulassen.

Jake legt den Arm auf meine Taille. »Er sieht aus wie du.«

»Nein, wie du.« *So wunderschön wie du, Jake.*

Er lacht leise. »Nein, er sieht absolut so aus wie du. Das finden die anderen auch.«

Das finden die anderen auch.

Alle haben vor mir mein Baby gesehen. Eine tiefe Traurigkeit macht sich in meinem Herzen breit.

Um sie zu überspielen, schüttle ich den Kopf als Zeichen des Widerspruchs.

Jake lächelt, dann drückt er mir einen Kuss auf die Stelle zwischen Hals und Schulterblatt. Es kribbelt in meinem ganzen Körper, selbst die schmerzenden Körperteile prickeln vor Entzücken.

»Er hat deine Lippen und deinen Teint«, sagt Jake zwischen zwei Küssen ganz dicht an meiner Haut.

»Das … wird noch lange … so gehen«, bringe ich heraus. Ich werfe ihm einen kurzen Blick zu.

»Für immer«, antwortet er, und ich weiß, dass er damit nicht unsere Meinungsverschiedenheit meint. Er birgt das Gesicht an meinem Hals und holt bebend Luft. »Ich liebe dich so sehr, Tru. Danke, dass du zu mir zurückgekommen bist.«

Ich drücke die Wange an seinen Kopf. »Das … werde ich immer.«

Er hält mich noch fester. So bleiben wir eine ganze Weile liegen.

Jake hält mich fest, und ich halte unseren Sohn.

Wir drei gehören zusammen, und nichts und niemand wird uns je wieder trennen.

KAPITEL 24

Der Unfall ist jetzt drei Monate her. Vor drei Monaten kam mein wunderschöner Sohn JJ auf die Welt.

Den Namen Jonathan Jacob haben wir nur einen Tag verwendet, danach hat Jake ihn zu JJ abgekürzt, und so nennt ihn seither jeder.

Ich habe etwas mehr als zwei Monate im Krankenhaus gelegen. Zuerst musste ich im Bett bleiben, damit mein Körper heilen konnte.

Als mein Arm und meine Hand wieder in Ordnung waren, hatte ich täglich Physiotherapie-Stunden.

Außerdem kam auf Anraten Dr. Kishs zweimal die Woche ein Therapeut. Ich konnte mich zwar nicht an den Unfall erinnern, aber Dr. Kish meinte, dass ich ein schweres Trauma dabei erlitten hätte und die Erinnerungen an das Geschehene tief in meinem Unterbewusstsein steckten. Er glaubte, es würde mir helfen, mit jemandem über den Unfall zu sprechen.

Er hatte recht.

Mein Leben wurde zu einer emotionalen Achterbahn. An einem Tag war ich die Königin der Welt, überglücklich, am Leben zu sein, weil mir klar war, dass ich hätte sterben können. Am nächsten Tag war ich voller Zorn. Zorn, dass mir das passiert war, dass ich die Geburt meines Sohnes verpasst hatte.

Dann kamen die Depressionen.

Ich wollte eigentlich immer positiv denken und glücklich sein, doch wenn die Schwärze mich überfiel, konnte ich nichts dagegen tun.

Jake war in der ganzen Zeit immer für mich da.

Als man mir den Kopfverband abnahm, habe ich bitterlich geweint. Die Narbe war rot und auffällig. Sie begann ein paar Zentimeter hinter dem Haaransatz und verlief quer über meine Schädeldecke. Ich hatte eine große kahle Stelle, wo man mir das Haar für die OP rasiert hatte.

Ich fühlte mich furchtbar hässlich.

Als ich das Jake sagte, nahm er mich in den Arm.

»Wir machen es einfach zu einem Trend, Süße. Ich kann mir auch eine Stelle am Kopf kahl rasieren.«

»Das würde dir überhaupt nicht stehen«, antwortete ich mit einem Lächeln und Tränen in den Augen.

»Nein, da hast du wahrscheinlich recht. Aber dir steht es.« Er nahm mein Gesicht in beide Hände, wischte die Tränen mit den Daumen weg und drückte seine Nasenspitze an meine. »Dir steht alles, Tru. Ich finde dich auch jetzt wunderschön. Ich finde dich immer wunderschön.«

Jake wusste, wie viel es mir ausmachte, deshalb ließ er, sobald die Narbe fast verheilt war und ein paar Haare nachgewachsen waren, eine Friseurin ins Krankenhaus kommen. Sie hat mir Extensions eingeflochten, und als sie fertig war, sah man die Narbe nur noch, wenn man danach suchte.

Jake hat alles in seiner Macht Stehende getan, um mir zu helfen, wieder die Frau zu werden, die ich vor dem Unfall war. Durch seine Hilfe habe ich es fast geschafft.

Ich schlafe nicht besonders gut. Mich plagen Albträume. Ich muss mit schrecklichem Kopfweh fertigwerden, dazu mit Schmerzen, die durch meinen rechten Arm zucken, und meine rechte Hand ist nicht mehr so stark wie früher. Aber ich habe Glück, dass ich noch lebe, und das versuche ich mir jeden Tag aufs Neue vor Augen zu führen. Dazu braucht es nicht viel, ich sehe einfach Jake und JJ an und weiß, wie gut es mir geht. Weiß, dass ich allen Grund habe, dankbar zu sein, weil ich die beiden habe.

Seit Jake ihn im Krankenhaus zu mir gebracht hat, habe ich keine Nacht von JJ getrennt verbracht.

Jake ließ JJ in mein Zimmer verlegen. Natürlich blieb er selbst auch da.

Und so wurde es unser zweites Zuhause. Ich habe sogar meinen Geburtstag dort verbracht.

Es war ja nicht so, als hätte ich draußen feiern gehen können, also hat Jake dafür gesorgt, dass wir mit Mum, Dad, Simone, Denny, Stuart, Josh, Smith und Carly im Krankenhaus eine kleine Party veranstalten konnten. Sogar Susie und Dale waren da. Tom hat nur gefehlt, weil er auf Reisen war.

Jake ließ Pizza von Pizza Hut liefern und hat mir sieben Geschenke gekauft, um den Rest der zwölf fehlenden aufzuholen, und dann noch ein weiteres zu meinem tatsächlichen Geburtstag.

Die sieben Geschenke waren ein Bettelarmband. Das Armband war eins, die anderen sechs hingen als Anhänger daran.

Jeder hat eine Bedeutung für uns – ein Stück Pizza, ein kleiner Eiffelturm, eine Gitarre, ein Cupcake, ein Klavier und eine Schriftrolle mit der Aufschrift »Beste Freunde«.

Mein eigentliches Geburtstagsgeschenk waren zu meinem Medaillon passende Diamantohrringe von Tiffany.

Er hat sich über diese Geschenke so viele Gedanken gemacht. Aber so ist Jake. Wenn es um mich geht, denkt er über alles genau nach.

Das einzig Unschöne an meiner Party war die Spannung zwischen Jake und Susie. Den anderen ist sie nicht aufgefallen – mir schon.

Als alle wieder weg waren, fragte ich ihn, was los sei.

Er erzählte mir von ihrer Diskussion unmittelbar vor meinem Erwachen aus dem Koma. Als er »Diskussion« sagte, wusste ich, es war ein Streit.

Es tut mir im Herzen weh, zu hören, was sie einander an den Kopf geworfen haben. Ich habe Jake gesagt, dass er eine tragfähige Beziehung zu Susie aufbauen muss, weil sie JJs Großmutter ist. Kinder sind klug. JJ wird, wenn er größer ist, die Spannung zwischen ihnen spüren, deshalb müssen sie sich so schnell wie möglich aussprechen.

Ich weiß, Jake hat noch nicht mit Susie geredet, aber er wird es tun, jetzt, da ich wieder auf den Beinen bin. Dafür werde ich sorgen.

Mir ist egal, was er sagt. Er braucht seine Mutter.

Nun, da ich selbst eine bin, ist mir das noch klarer.

Am Anfang war es schwierig, dass ich für JJ nicht tun konnte, was eine Mutter für ihr Kind tun sollte. Etwa seine Windeln wechseln, ihn baden und ihn trösten, wenn er geweint hat.

Ich fühlte mich nutzlos, und das hat mich total frustriert.

Stattdessen musste ich zusehen, wie Jake all das machte, aber er achtete darauf, mich so gut wie möglich einzubeziehen, und wenn ich ehrlich bin, habe ich es geliebt, ihn dabei zu beobachten.

Er ist so süß im Umgang mit JJ. Er behandelt ihn wie etwas unendlich Kostbares, und egal wie oft ich Jake sage, er soll JJ nicht auf seinem Arm einschlafen lassen, sondern ihn in seine Wiege legen, er tut es trotzdem.

Unser Junge hat Jake um den Finger gewickelt, und das wärmt mir das Herz.

Jake ist alles, was ein Vater sein sollte, und mehr. Ich wusste, dass das in ihm steckt, und eines Nachts im Krankenhaus habe ich es ihm gesagt.

»Du machst das wirklich gut«, sagte ich, während JJ quengelte, als Jake ihn zum ersten Mal richtig badete.

Ich konnte nicht helfen – mein Arm war noch in Gips –, also saß ich neben der Baby-Badewanne und sah nur zu.

»Ich weiß nicht.« Rasch warf er mir einen leicht panischen Blick zu. »Ich glaube, ich mache irgendwas falsch. Seit ich angefangen habe, ihn zu baden, weint er ununterbrochen.«

»Du machst alles richtig. Das ist einfach nur neu für ihn. Er lässt dich ziemlich lautstark wissen, dass er sich nicht sicher ist, was er von dieser Baderei halten soll.« Ich lächelte ihn aufmunternd an.

»Ja, und die Lautstärke hat er eindeutig von dir.«

»Ha!«, rief ich lachend aus und zeigte ihm den Mittelfinger.

»Hast du mir gerade den Stinkefinger gezeigt?«, fragte er, ohne eine Miene zu verziehen, und spülte mit Wasser aus dem Schwamm die Seife aus JJs Haar.

»Sah ganz so aus.« Ich grinste.

»Das hast du ja noch nie getan. Was ist nur aus meinem süßen kleinen Mädchen geworden?«

Ich stand auf, schnappte mir JJs Handtuch und gab es Jake. »Ich weiß nicht, ob ich je süß war.«

»Natürlich. Das bist du immer noch.« Er beugte sich zu mir herüber und küsste mich auf die Lippen. »Natürlich nur, wenn du mir nicht gerade den Stinkefinger zeigst.«

Ich trat zurück, und meine Lippen kribbelten noch von dem Kuss. »Das muss daran liegen, dass ich so viel Zeit mit Rockstars verbringe, die ganz schlimme Umgangsformen haben.«

»Falls dir das noch nicht aufgefallen sein sollte, ich fluche kaum noch. Zumindest nicht, wenn JJ in der Nähe ist«, korrigierte er sich grinsend, während er ihn in das Handtuch wickelte.

»Ist mir aufgefallen.« Ich lächelte und setzte mich aufs Bett.

Mir ist in letzter Zeit vieles an Jake aufgefallen. Er raucht kaum noch. Ich glaube, bald hört er ganz auf. Er flucht nicht, wenn JJ in der Nähe ist, also nie.

Jake hatte immer alles rings um sich im Griff, ohne je entspannt zu sein … Jetzt ist er es.

Er füllt seine Vaterrolle perfekt aus, und es ist ihm nicht einmal aufgefallen.

In stummer Faszination sah ich zu, wie Jake unseren Sohn sorgfältig abtrocknete, ihn eincremte, damit seine Haut nicht zu trocken wurde, und ihm dann eine Windel anzog. Am Ende streifte er ihm den süßen blauen Strampler über, den meine Mutter für ihn gekauft hatte.

Dann brachte er mir JJ und das Fläschchen, das er unmittelbar vor dem Bad in den Flaschenwärmer gestellt hatte, und legte ihn neben mir auf das Bett, damit ich ihn füttern konnte.

Wie gesagt, er ist ein vollkommener Vater.

Jake setzte sich zu uns, und schweigend sahen wir zu, wie JJ seine Milch trank. Es dauerte nicht lange – er hat einen gesunden Appetit. Dann, etwa zehn Sekunden später, schlief er mit vollem Bauch ein.

Jake nahm ihn vorsichtig hoch und legte ihn in seine Wiege neben dem Bett. Dann schaltete er das Licht aus und legte sich neben mich.

Das war einer meiner liebsten Augenblicke eines jeden Tages. Natürlich liebe ich jede Minute, die ich mit JJ verbringe, aber ebenso liebte ich diesen stillen Augenblick in der Nacht, wenn Jake und ich allein im Dunkeln nebeneinanderlagen.

»Du machst das so gut mit ihm«, flüsterte ich. »Du bist ein großartiger Vater.«

»Nur deinetwegen.«

»Nein.« Ich wandte mich ihm zu. »Das kannst du ganz allein, Jake, und es wird langsam Zeit, dass du dir das klarmachst. Du bist für unseren Sohn alles, was ein Vater sein sollte, und mehr. JJ hat Glück, dass er dich hat.«

Er umarmte mich und drückte mir einen sanften Kuss auf die Schulter. »Ich schätze, ich mache das ganz gut. Aber der Glückliche bin ich, glaub mir.«

Seit dem Augenblick meines Erwachens war Jake keine Sekunde von JJ und mir getrennt. Er gibt alles für uns.

Das Label hat er Zane überlassen. Was er tun konnte, hat er im Krankenhaus oder daheim erledigt, als man mich endlich entlassen hat.

Die Jungs haben die Arbeit am Album unterbrochen, aber ich will, dass sie sich bald wieder daranmachen. Eine Welt ohne die Musik von TMS wäre nicht dasselbe.

Tom ist sogar eingesprungen, als sich Dina, die Managerin von Vintage, beim Skifahren das Bein gebrochen hat, als sie gerade eine sechswöchige Tournee durch Amerika antreten wollten. Deshalb konnte er nicht zu meinem Geburtstag kommen.

Damals hatte meine Rekonvaleszenz gerade begonnen, und es bereitete Jake einen Riesenstress, einen neuen Manager für Vintage zu finden, dem er vertrauen konnte. Da bot ihm Tom seine Dienste an.

Er hatte zwar noch nie eine Band gemanagt, dafür aber sein halbes Leben auf Tour verbracht.

Jake hielt das für eine großartige Idee. Zuerst dachte ich, das sei nur ein weiterer Versuch von Tom, an Lyla heranzukommen, aber Jake sagte, er wolle wirklich helfen. Sofort fühlte ich mich schlecht, weil ich so etwas gedacht hatte.

Ganz ehrlich, Tom hat sich sehr verändert, seit er von der Tournee mit Vintage zurück ist. Eigentlich sogar schon vorher.

Es ist, als hätte sich etwas in ihm gewandelt. Der neue Tom macht mich fertig. Er spricht kaum noch über Sex oder die Frauen, mit denen er geschlafen hat. Dennoch gelingt es ihm, Witze über meine Brüste zu reißen, um Jake zu ärgern, von daher weiß ich, dass dankenswerterweise irgendwo in ihm noch ein Rest vom alten Tom übrig ist.

Ich hätte nie gedacht, dass ich das einmal sagen würde, aber der alte Tom würde mir fehlen, wenn er sich komplett verändert hätte. Dass er noch immer Witze über die Größe meiner Brüste macht, ist tröstlich. Seltsamer Gedanke, was?

Aber ich bin ein wenig abgeschweift – na gut, weit abgeschweift.

Ich bin jetzt seit drei Wochen aus dem Krankenhaus raus, und wir haben uns an das Leben daheim mit JJ gewöhnt, auch wenn ich mich im Augenblick nicht wirklich zu Hause fühle. Ich bin in meinem alten Zuhause, meinem ersten, im gegenwärtig angenehm warmen Manchester.

Jake, JJ, Stuart, Dave, Ben und ich sind vor ein paar Tagen angereist. Jake hat hier zu tun. Es hängt mit dem Label zusammen, aber genauer hat er es nicht verraten. Ich habe keine Ahnung, was gerade in Manchester anstehen sollte.

Jake wollte nicht von JJ und mir getrennt sein, also sind wir mitgekommen. Nicht dass das großer Überredungskünste bedurft hätte. Ich bin auch nicht gern von Jake getrennt und hätte jede Entschuldigung genutzt, um herzukommen, solange das bedeutet, dass ich mehr Zeit mit meiner Familie verbringen kann.

Meine Eltern sind nach Hause zurückgeflogen, sobald ich aus dem Krankenhaus entlassen wurde. Sie hatten beide sehr lange nicht gearbeitet und mussten zurück zu ihren Jobs.

Ich hatte mich so daran gewöhnt, sie jeden Tag zu sehen, dass ich sie seit ihrer Abreise sehr vermisse.

Aber eine Person, die ich nicht mehr vermissen muss, ist Simone.

Am Tag nach meinem Erwachen aus dem Koma kamen Stuart und sie mich besuchen, und Simone hatte Neuigkeiten.

Abrupt kam Simone in mein Zimmer geplatzt, dicht gefolgt von Stuart. Sie sah mich nur ein einziges Mal an und brach in Tränen aus.

»So schlecht sehe ich nun auch wieder nicht aus, oder?«, scherzte ich, obwohl ich wusste, dass ich in der Tat furchtbar aussah.

»Nein … ich …«, schluchzte sie.

»Simone, mir geht es gut, ehrlich«, versicherte ich ihr.

Sie stolperte durchs Zimmer, wischte sich die Tränen ab und setzte sich aufs Bett, dann umarmte sie mich vorsichtig. »Ich dachte, ich hätte dich verloren«, brachte sie mit verstopfter Nase heraus.

Ich spürte, wie ihre Tränen mein Nachthemd durchweichten, und ihr Gewicht drückte schmerzhaft auf meine Kaiserschnittnarbe. Ich sagte nichts. Sie musste mich umarmen, und ich brauchte ihre Umarmung.

»So leicht wirst du mich nicht los«, flüsterte ich in ihr Haar und musste meine eigenen Tränen zurückhalten.

»He, kann ich mitmachen?«, scherzte Stuart.

Simone drückte mich ein letztes Mal und wich dann zurück.

»Hi, Süße.« Stuart setzte sich neben mich aufs Bett. Ich sah Tränen in seinen Augen schimmern. Bei diesem Anblick konnte ich meine eigenen nicht länger zurückhalten. Stuart nahm mein Gesicht zwischen seine Hände und küsste mich voll auf den Mund. »Du hast mir eine Heidenangst eingejagt, Chica. Mach das nie wieder«, flüsterte er dicht an meinen Lippen.

»Versprochen.« Ich lächelte und hob die Hand zum Schwur.

»Braves Mädchen.« Mit den Daumen wischte er meine Tränen ab, dann rutschte er vom Bett und setzte sich auf einen der Stühle.

»Wo ist JJ?«, fragte Simone und sah sich um.

»Jake hat ihn für seine Untersuchung in der Neugeborenenstation nach unten gebracht.«

»Geht es dem kleinen Kerl gut?«, fragte Stuart.

»Es geht ihm großartig.« Wie immer zauberte mir der Gedanke an JJ ein Lächeln auf die Lippen.

»Stuart und ich wollten dich gestern Abend wirklich besuchen kommen, aber Jake hat gesagt, du seist erschöpft vom Besuch deiner Eltern und all den Untersuchungen. Deshalb mussten wir bis heute Morgen warten«, erklärte Simone.

»Ich war ziemlich fertig«, bestätigte ich.

Ich war tatsächlich kaputt gewesen, aber ich glaube, Jake hat sie vertröstet, weil er Zeit mit mir allein verbringen wollte, nachdem er mich den größten Teil des Tages über hatte teilen müssen. Ehrlich gesagt war es mir umgekehrt genauso gegangen.

»Hast du die Blumen bekommen, die ich gestern geschickt habe?«, fragte Simone und warf einen Blick auf die zahlreichen Sträuße mit Grußkarten, die überall im Raum verteilt standen.

»Ja – und deine auch«, setzte ich hinzu und sah Stuart an. »Sie sind wunderschön. Danke.«

Stuart winkte auf seine typische Art und Weise ab.

»Sieht aus, als bräuchtest du keine weiteren, du hast ja tonnenweise Grünzeug«, bemerkte Simone und erhob sich. Sie begann, sich die Sträuße anzusehen und die Karten zu lesen. »Heilige Scheiße!«, rief sie aus, wirbelte herum und schwenkte eine Karte. »Hast du wirklich einen Blumenstrauß vom Präsidenten bekommen?«

Ich lachte. Genau das war meine Reaktion gewesen, als die Blumen am Morgen als Allererstes gekommen waren.

»Offenbar erwirbt man ein Anrecht auf reichlich Blumen, wenn man die Verlobte von Jake Wethers ist und einen schweren Autounfall hat. Ich bezweifle ernsthaft, dass er sie selbst bestellt hat, aber es ist trotzdem wirklich nett.«

»Ach was! Meine Fresse«, murmelte sie. »An deiner Stelle würde ich mir diese Karte rahmen lassen.«

»Oh, das werde ich. Ich hab Jake schon gebeten, mir einen Rahmen zu bestellen.« Ich lachte. Aber das war kein Witz gewesen.

Ich sah zu, wie sie die Karte wieder in den Strauß schob und sich auf den Stuhl neben meinem Bett setzte.

»Also, wie geht es dir?«, fragte ich, warf einen Blick auf den Verband an ihrem Handgelenk und registrierte die gelb verblassenden Blutergüsse in ihrem Gesicht.

»Gut.« Sie lächelte. Es wirkte ein wenig gezwungen.

»Simone …«, bohrte ich.

»Mir geht es wirklich gut. Im Vergleich zu deinen waren meine Verletzungen nicht so schlimm …«

In diesem Augenblick strich sie sich die Haare aus dem Gesicht.

»Heilige Scheiße!«, rief ich und ergriff ihre linke Hand. »Ist das das, was ich denke?«

»O mein Gott!«, fiel Stuart ein und entzog mir Simones Hand, um sich den fetten Klunker an ihrem Finger anzusehen.

»Wie zum Teufel konnte mir das entgehen? Ich glaube, ich kriege Alzheimer!« Er kratzte sich am Kopf.

»O mein Gott! Ihr heiratet!«, quietschte ich. Es war mir egal, dass mir das im Hals wehtat. »Du und Denny!«

»Ja.« Sie wirkte ein wenig peinlich berührt. »Gestern Abend hat er mich gefragt.«

»Aaahh!«, riefen Stuart und ich unisono. »Das ist ja wunderbar!«

»Ja.« Sie schaute auf ihre Hände hinunter und begann, an ihren Fingernägeln zu knibbeln. Das tut Simone nur, wenn ihr etwas Sorgen bereitet.

»Was ist los?«, fragte ich teilnahmsvoll. »Du willst Denny doch heiraten, oder?«

»Natürlich. Ich fühle mich nur …« Sie stieß einen Seufzer aus. »Ich fühle mich nur ziemlich beschissen.« Sie blickte zu mir auf. »Du liegst hier im Krankenhaus und erholst dich, nachdem du eine Woche im Koma gelegen hast, und ich komme dich besuchen … Ich schäme mich nur, weil ich mich so darauf freue.«

»Red keinen Quatsch«, schalt ich sie. »Genau solche Nachrichten brauche ich jetzt. Du warst auch in diesen Unfall verwickelt, Simone – du verdienst Glück mehr als jeder andere, den ich kenne. Also komm schon, erzähl. Wie war der Antrag?«

Sie machte ganz große Augen, und ich wusste, ich hatte sie. »Nachdem Jake uns nicht zu dir gelassen hatte, war ich ein bisschen enttäuscht, deshalb hat Denny vorgeschlagen, Abend essen zu gehen.« Sie verbiss sich ein Lächeln, und ich sah, wie glücklich sie war. »Wir waren bei einem Italiener in der Nähe seiner Wohnung, und den ganzen Abend über hat er sich so seltsam benommen, aber ich hab mir nichts dabei gedacht. Dann, auf dem Rückweg zu ihm, hat er vorgeschlagen, noch in Echo Park spazieren zu gehen. Das haben wir auch eine Weile gemacht, dann hat er mich am See gebeten, stehen zu bleiben, ist niedergekniet, hat die Schachtel mit dem Ring hervorgezogen und gesagt: ›Ich habe diesen Ring vor einem Monat gekauft und trage ihn seither mit mir herum, weil ich versuche, den richtigen Augenblick zu finden, um dich zu bitten, meine Frau zu werden. Am Tag des Unfalls wollte ich dich fragen, nachdem ich dich beinahe verloren hätte, aber angesichts all dessen, was um uns herum vor sich ging, fand ich es unangemessen. Doch jetzt ist Tru wach, und ich warte nicht mehr länger.‹

Er holte tief Luft und sagte: ›Willst du meine Frau werden?‹ Dann hat er die Schachtel geöffnet und den Ring hervorgeholt. Ich bin in Tränen ausgebrochen und hab Ja gesagt.«

»Guter Junge«, lobte Stuart, nachdem wir beide einen verträumten Seufzer von uns gegeben hatten.

»Bedeutet das, du ziehst hierher?«, fragte ich hoffnungsfroh.

Sie grinste. »Wir haben noch nicht wirklich alles durchgesprochen, aber ja, ich schätze, ich werde hierherziehen.«

Deshalb kriege ich Simone dank des unvergleichlichen Denny jetzt praktisch jeden Tag zu sehen.

Durch Jakes Kontakte ist es ihm gelungen, Simone zu einem Vorstellungsgespräch bei einer der führenden PR-Firmen in L. A. zu verhelfen, und natürlich hat sie die Stelle bekommen.

In ihrer früheren Firma hat sie gekündigt und ist vor zwei Wochen offiziell hierhergezogen.

Sie und Denny heiraten im Dezember. Eine Winterhochzeit. Ich kann es kaum erwarten! JJ wird Blumenkind sein und ich die Brautjungfer.

Wie es aussieht, werden Simone und Denny vor Jake und mir heiraten.

Komisch, wie die Dinge manchmal laufen.

Jake und ich haben noch nicht über einen Hochzeitstermin gesprochen. Um ehrlich zu sein, drücken wir uns um dieses Thema seit Wochen herum, und ich bin mir nicht wirklich sicher, warum.

Dabei ist Reden das Einzige, was Jake und ich seit meiner Entlassung aus dem Krankenhaus getan haben. Wir haben uns seit vor dem Unfall nicht mehr geliebt.

Jake hat keine Anstalten gemacht. Ich auch nicht.

Ich schätze, nach dem Unfall und JJs Geburt schäme ich mich ein bisschen für meinen Körper.

Im Krankenhaus war Sex schlicht unmöglich. Zuerst war ich rekonvaleszent, und später, als ich fast wieder gesund war … na ja, da passierte es einfach nicht. Jetzt sind wir seit zwei Wochen wieder zu Hause. Wir küssen einander, aber weiter ist es noch nicht gegangen.

Ich weiß nicht so recht, warum. Also meine Gründe kenne ich, aber eben nicht Jakes.

Ich würde lügen, wenn ich sagte, dass mir das keine Sorgen bereitet.

Andererseits hat Jake alle Hände voll damit zu tun, sich um mich und JJ zu kümmern.

Sicher werden wir bald wieder in diesen Bereich unserer Beziehung vorstoßen.

Ich habe viele Gründe, glücklich zu sein. Ich bin mit dem Mann zusammen, den ich liebe, dem Mann, mit dem ich schon immer zusammen sein sollte, und wir haben den schönsten Sprössling der Welt.

Apropos Sprössling, im Augenblick vermisse ich ihn.

Er ist bei meinen Eltern. Ich bin im Auto, unterwegs zu einem unbekannten Ziel.

Jake hat eine Überraschung für mich, und Dave bringt mich hin. Natürlich ist klar, was das bedeutet … Jawohl, eine Augenbinde.

Dave ist immer noch mein Leibwächter und Fahrer.

Als ich erfuhr, dass Dave den Großteil meiner Zeit im Koma damit verbracht hatte, mein Zimmer zu bewachen, bat ich Jake, ihn zu mir zu bringen.

Wir haben lange geredet.

Dave gab sich die Schuld an dem Unfall, was Unsinn war, und das habe ich ihm auch gesagt. Er hätte den Unfall genauso wenig verhindern können wie Simone oder ich. Der Einzige, der ihn hätte verhindern können, ist inzwischen tot und begraben.

Ich würde Dave jederzeit mein Leben anvertrauen, und tatsächlich tue ich es ja gerade.

Das bedeutet nicht, dass es im Augenblick einfach für mich ist, in einem Auto zu sitzen – das ist es keineswegs.

Es ist eine Herausforderung, der ich mich tagtäglich stelle.

Meine erste Autofahrt nach dem Unfall war grauenhaft. Es war am Tag meiner Entlassung aus dem Krankenhaus. Ich zitterte vor Angst. Auch wenn ich mich an den eigentlichen Unfall nicht mehr erinnere, reichte es, zu wissen, dass ich in einen verwickelt gewesen war.

Ich brauchte fast zwanzig Minuten, um den Mut zum Einsteigen aufzubringen.

Gemeinsam mit JJ, der in seinem Kindersitz war, saß ich hinten, während Jake uns heimfuhr. Ich konzentrierte mich die ganze Zeit auf JJ. Es kam mir vor wie die längste Autofahrt meines Lebens.

Ich kann mich nicht erinnern, je zuvor solche Angst gehabt zu haben.

Aber ich musste es tun. Ich kann nicht den Rest meines Lebens Angst davor haben, in einem Auto zu sein.

Langsam gibt sich das. Oh, keine Frage, angespannt bin ich immer noch jedes Mal. Genau wie jetzt. Aber es wird besser.

»Wie lange noch?«, frage ich Dave vom Rücksitz aus, die Finger um den Rand des Sitzes gekrallt, während mein Fuß ängstlich im Rhythmus auf die Fußmatte unter meinen Ballerinas klopft. Ich weiß, ich klinge wie ein quengeliges Kind auf dem Rücksitz seiner Eltern, aber Dave ist meine Angst gewohnt. Er kann sie nachvollziehen. Außer Simone ist er der einzige Mensch, bei dem das so ist.

»Noch höchstens fünf Minuten«, erwidert er.

»Wie lang fahren wir schon?«

»Eine halbe Stunde. Wir sind wirklich gleich da, versprochen. Versuch, dich zu entspannen. Ich fahre ganz defensiv und halte mich an die Geschwindigkeitsbegrenzung. Weißt du noch, was ich dir gesagt habe?«

»Dass der Blitz nicht zweimal an derselben Stelle einschlägt.« Ich atme aus. Es ist ein Motto, das mir Dave fürs Autofahren empfohlen hat.

»Es ist alles bestens, Tru. Versprochen.«

»Okay.« Ich höre auf, mich in den Sitz zu krallen, und versuche, mich zu entspannen. »Du darfst mir ganz sicher nicht sagen, wo wir hinfahren?«

Er lacht sein tiefes Lachen. »Ich bin doch nicht lebensmüde.«

»Na toll«, knurre ich und verschränke die Arme vor der Brust.

Ich will endlich herausfinden, worum es sich bei dieser Überraschung handelt, und dann zurück zu JJ.

Jake habe ich den ganzen Tag noch nicht gesehen, und Stuart auch nicht. Seit unserer Ankunft in Manchester sind sie beide ziemlich von der Bildfläche verschwunden. Aber mir macht das nichts aus. Ich weiß, dass Jake wegen seiner Geschäfte hier ist, also habe ich mich mit JJ befasst und Zeit mit meinen Eltern verbracht.

Eigentlich dachte ich, die beiden wären zum Abendessen zurück, aber dann kam nachmittags um drei diese kryptische SMS von Jake, in der er mir mitteilt, dass er eine Überraschung für mich hat. Ich sollte JJ bei meinen Eltern lassen, zu Dave ins Auto steigen, diese verdammte Augenbinde umlegen, und dann würden wir uns bald sehen.

Hier bin ich also, auf dem Weg zu meiner Überraschung, wo immer das auch sein mag.

Ich lehne den Kopf gegen die Nackenstütze und lege die Hände in den Schoß, spiele mit meinem Verlobungsring.

»Kannst du ein bisschen gute Musik auflegen? Dieses Stück macht mich wahnsinnig.« Es ist irgendeine nervige Boygroup, von der ich noch nie gehört habe. »Oh, aber nicht Pearl Jam«, setze ich hinzu. »Fordern wir das Schicksal nicht heraus, sonst schlägt der Blitz doch noch ein zweites Mal ein.«

»Siehst du, das war ziemlich witzig.« Ich kann hören, dass er grinst. »Es wird doch.«

Ich berühre die Narbe an meinem Kopf. »Man schafft es nur durch den ganzen Mist, indem man darüber lacht, stimmt's?«

»Stimmt.«

Ich höre zu, wie er einen passenden Radiosender sucht.

»Schalte zurück zum Ersten«, bitte ich ihn.

Dave schaltet einen Sender zurück, und Jakes Stimme erfüllt das Auto.

»Through It All«, das Lied, das er in Kopenhagen für mich gesungen hat, in der Nacht, in der wir zum ersten Mal miteinander geschlafen haben.

Diese Nacht sehe ich immer als Anfang unserer Beziehung, aber in Wirklichkeit hat das zwischen uns viel früher begonnen: als wir einander vor all den Jahren durch den Gartenzaun hindurch sahen.

Wir haben nur sehr lange gebraucht, um das zu begreifen.

KAPITEL 25

As Jakes Lied endet, spüre ich, wie der Wagen anhält.

Meine Tür öffnet sich. »Du siehst wunderschön aus.«

Bei Jakes Worte muss ich unwillkürlich lächeln.

»Ich würde das Kompliment ja erwidern, aber dazu müsste ich dich sehen können.« Ich tippe mit dem Finger gegen die Augenbinde.

»Oh, du kennst mich doch, Baby. Ich sehe immer rattenscharf aus.«

Ich lache.

»Komm.« Ich spüre, wie er meine Hände nimmt und mir aus dem Auto hilft.

Die warme Luft des späten Nachmittags umgibt mich. Der Boden unter meinen Füßen ist hart, aber ich stehe definitiv auf Gras. Jake legt mir den Arm um die Hüfte und führt mich weiter.

Bald höre ich fließendes Wasser.

Ich glaube, ich weiß, wo ich bin.

Schnell verkneife ich mir das Lächeln, das sich bei diesem Gedanken auf meinem Gesicht breitmachen will, damit Jake nicht merkt, dass ich es erraten habe. Ich weiß, wie wichtig es ihm ist, mich zu überraschen.

Nach weniger als einer Minute Fußmarsch lässt Jake mich anhalten. Ich spüre, wie er hinter mich tritt und die Augenbinde löst. Gespannt halte ich den Atem an.

Heilige Scheiße.

Ich keuche auf.

Ja, ich bin an den Lumb Falls, aber das ist … wow. Einfach nur wow.

Höchstens fünfzehn Meter vor mir steht am Ufer oberhalb der Wasserfälle etwas, das man nur als hölzernen Altar bezeichnen kann.

Um die Säulen winden sich Lichterketten, die mit weißen und rosa Blüten verziert sind und ihn einfach wunderschön aussehen lassen.

Dutzende von Laternen hängen in den Bäumen ringsum. Links und rechts von uns stehen ein paar Stuhlreihen, und es gibt einen Mittelgang, der mit rosa und weißen Rosenblättern bestreut ist.

Ich wende mich zu Jake um. Vor Staunen und Begeisterung steht mit der Mund offen. »Wa… Ich … Hast du das alles arrangiert?«

Seine Mundwinkel heben sich, als er die Hände in die Jeanstaschen steckt. Lässig zuckt er die Achseln. »Ich will dich heiraten, Tru.« Er kommt einen Schritt näher. Mein Herz beginnt zu pochen. »Aber wenn ich mich geirrt habe und heute nicht der richtige Tag ist – wenn das nicht deinen Vorstellungen von unserer Hochzeit entspricht –, dann ist das auch in Ordnung, dann werde ich warten. Wenn du eine große, kirchliche Hochzeit willst, dann will ich das auch. Ich will einfach nur dich, wie, ist mir egal. Aber heute … Nun, ich wollte wenigstens ausprobieren, ob mein Mädchen mich an unserem ganz speziellen Ort heiraten würde. Das Mädchen, das heute auf den Tag genau vor vierundzwanzig Jahren mit seinen großen braunen Augen, den Zöpfen und einem

Lolli im Mund in mein Leben getreten ist, mich durch den Gartenzaun angestarrt und gefragt hat: ›Ich bin Trudy, willst du einen Lolli?‹«

Ich lache auf, während mir Tränen in die Augen steigen, als mir klar wird, welches Datum wir haben: den 31. August. Der Tag, an dem Jake und ich einander das erste Mal begegnet sind.

»Stimmt das? Ist heute dieser Tag?«, fragt er und legt mir die Hände an die Wangen.

»Ja«, hauche ich, beuge mich vor und presse die Lippen auf seinen Mund. »Ja.«

Zärtlich berühre ich sein Gesicht. Mein schöner Jake.

Unglaublich, dass er all das ohne mein Wissen arrangiert hat. Ich hatte überhaupt keine Ahnung davon.

Ich bin ganz aufgeregt.

Wir heiraten heute!

Ich schaue hinunter auf meine Jeans und mein T-Shirt, das einen Fleck hat, weil JJ mich vorhin angespuckt hat.

Das ist definitiv kein Hochzeits-Outfit.

Ich weiß nicht einmal, ob ich ein Kleid dabeihabe, in dem ich heiraten könnte. Im Geiste gehe ich rasch mein Gepäck durch.

Nein, definitiv nichts Hochzeitstaugliches.

»Jake, ich finde das alles wunderbar, und deshalb will ich dich auf der Stelle heiraten.« Ich verziehe die Mundwinkel. »Aber das hier ist nicht gerade ein Brautkleid, und ich habe auch nichts anderes mit. Ich könnte schnell nach Manchester fahren und ein passendes Kleid kaufen, schätze ich, aber dann …«

»Tru, sei still.« Er legt mir einen Finger auf den Mund. »Glaubst du wirklich, ich würde dich hierherbringen und erwarten, dass du mich in Jeans heiratest?« Leise lachend hebt er den Kopf und schaut links am Altar vorbei. Ich folge seinem Blick, kann aber durch die Bäume nichts erkennen.

»Da hinten haben wir eine Art Umkleidekabine für dich gebaut. Dort ist alles, was du brauchst, inklusive Simone, die dort auf dich wartet. Und wenn du so weit bist«, er sieht wieder mich an und streichelt meine Wange, »werde ich hier draußen am Altar auf dich warten. Deine Eltern sind mit JJ auf dem Weg hierher. Stuart, Ben und Dave sind schon da. Tom, Denny, Josh, Smith, Carly, meine Mutter, Dale und Vicky kommen auch gleich.«

»Vicky kommt?«, vergewissere ich mich strahlend. Ich habe sie so lange nicht gesehen. Jake hat mir erzählt, dass sie im Krankenhaus war, während ich im Koma lag, und seit meinem Erwachen haben wir uns ein paarmal per Skype unterhalten, aber das ist nicht dasselbe, wie sie persönlich zu treffen.

»Ja.«

Ich schmiege mein Gesicht in seine Hand. »Ich kann nicht glauben, dass du das alles unbemerkt arrangiert hast. Wieso hab ich nichts davon mitbekommen?«

»Leicht war das nicht. Du bist furchtbar neugierig.« Er berührt meine Nasenspitze mit seiner. »Aber ich wollte dich überraschen, und ich wollte eine Hochzeit im ganz kleinen Kreis. Keine Presse. Nur du, ich, JJ und die Menschen, die wir lieben.«

»Ich liebe dich.«

»Ich dich auch. Jetzt geh, und schieb deinen sexy Hintern in dein Brautkleid, damit ich dich heiraten kann«, kommandiert er und gibt mir einen kleinen Klaps auf den Po.

Er küsst mich noch einmal auf die Lippen, dann schiebt er mich in Richtung Simone.

Ich gehe am Altar vorbei zwischen den Bäumen hindurch. Auf einer Lichtung steht ein hohes Zelt von der Sorte, in der man aufrecht stehen und eine kleine Familie unterbringen kann. Es ist weiß. Perfekt für eine Hochzeit.

Die Zeltklappe ist zur Seite gebunden, und im Inneren sehe ich Simone, die auf einem Hocker sitzt und auf ihrem Handy herumtippt. Neben ihr steht ein Tisch voller Schminkutensilien.

Sie blickt auf, und als sie mich sieht, lächelt sie breit. Sie legt das Handy weg und kommt mir entgegen.

»Du heiratest!«, trällert sie.

»Offenbar«, entgegne ich grinsend. »Wie lange weißt du es schon?«

»Ein Weilchen.« Sie grinst schuldbewusst. »Seit ich nach L. A. gezogen bin, hat Jake mich durch die Gegend geschickt, um alles einzukaufen, was du brauchen könntest. Er hat mich sogar gebeten, ein Hochzeitskleid für dich auszusuchen.«

An ihrer Miene kann ich ablesen, wie viel ihr das bedeutet hat. Auch mir bedeutet es viel.

»Und hast du was Schönes für mich gefunden?«, necke ich und stupse sie in die Rippen.

»Klar.« Sie sieht mich mit gespielter Entrüstung an. »Ich habe einen Blick auf die Kleider geworfen, die du in deinen Hochzeitszeitschriften markiert hattest – Jake hat sie mir gegeben. Dann hab ich die drei gekauft, neben die du Herzchen gemalt hattest. Ich kenne dich doch. Herzchen kriegen nur Dinge, die dir wirklich gefallen. In unserem Next-Katalog machst du das seit Jahren, da dachte ich, so kann ich nichts falsch machen.«

Ich hatte ja keine Ahnung, dass ihr diese Angewohnheit aufgefallen ist. Nicht einmal mir war das bewusst.

»Sehr gerissen. Ich bin beeindruckt.« Ich grinse sie an.

Sie macht einen kleinen Knicks. »Ich habe hier drin alles, was du brauchen wirst: die Hochzeitskleider natürlich, dazu Schuhe, Schleier, Tiaren, Kosmetik … Unterwäsche.« Sie zwinkert mir zu. »Es ist quasi dein ganz persönlicher Brautmodenladen.«

»In einem Zelt.«

Sie begegnet meinem Blick und lacht.

»Ich finde das unglaublich, wirklich«, sage ich und lege ihr den Arm um die Taille. Sanft drücke ich sie.

Dann sehe ich mich im Zelt um und erkenne, dass sie wirklich an alles gedacht und alles für mich bereitgelegt hat. Inmitten der weißen Roben, die auf einer Kleiderstange hängen, entdecke ich ein blassrosa Kleid. Sofort habe ich ein aufgeregtes Kribbeln im Bauch.

»Und du willst weiterhin meine Brautjungfer sein, ja?«

»Natürlich, ich hab schon mein Kleid.« Grinsend stößt sie mich mit der Hüfte an.

»Gut.«

»Na komm.« Sie hakt sich bei mir unter. »Machen wir dich bereit, Mrs Wethers zu werden.«

* * *

Ich betrachte mein Spiegelbild. Jetzt kann ich den Mann heiraten, den ich liebe. Andererseits bin ich schon sehr lange bereit, Jakes Frau zu werden.

Simone hat mir beigestanden. Sie hat mich geschminkt und dabei darauf geachtet, dass das Make-up natürlich aussieht, mit zartrosa Lidschatten, Mascara und Lipgloss. Das Haar trage ich offen. Zum Glück ist es frisch gewaschen und gelockt, deshalb musste sie nur ein paar winzige Diamantblüten hineinstecken, um ein paar Strähnen aus meinem Gesicht zu halten.

Als Schmuck trage ich mein Tiffany-Medaillon und die passenden Ohrringe, mein Bettelarmband und natürlich meinen wunderschönen Verlobungsring. Vor allem aber trage ich mein Freundschaftsarmband.

Doch der eigentliche Hammer ist das Kleid.

Ich wusste sofort, welches der drei ich tragen wollte. Es war das, zu dem ich schon die ganze Zeit tendiert hatte, als ich mir die Zeitschriften angeschaut hatte.

Es ist ein Jenny-Packham-Kleid, weiß und fließend, mit tiefem V-Ausschnitt und Kristallperlen an Taille, Schultern und Rückenausschnitt. Es ist wunderschön. Das perfekte Kleid, um Mrs Jake Wethers zu werden.

Ich kann immer noch nicht glauben, dass ich heute hier an den Lumb Falls heiraten werde. Es ist so unwirklich, dass ich mich ständig kneifen muss. Alles ist so unglaublich perfekt. Ich kann nicht glauben, dass mir nicht selbst eingefallen ist, hier zu heiraten.

Andererseits ist Jake mir und allen anderen immer einen Schritt voraus. Das macht ihn aus.

»Hey, Kleines.«

Als ich die Stimme meines Vaters höre, drehe ich mich um. Die Stimme, die mich immer zum Lächeln bringen kann, egal, was gerade los ist – nicht, dass ich dabei ausgerechnet heute Hilfe bräuchte. »Hey, Daddy.« Strahlend wende ich mich ihm zu.

»Du siehst …« Mit ausgestreckten Armen kommt er zu mir. »Du siehst wunderschön aus, Tru.« Ich sehe den Stolz in seinen Augen.

»Du siehst auch ziemlich gut aus, Daddy.« Ich mache einen Schritt auf ihn zu und zupfe ihm einen Fussel vom Jackett. Er trägt einen dunkelgrauen Anzug mit weißem Hemd und blassrosa Krawatte.

»Weint Mum noch?«, frage ich.

»Na klar.« Er lächelt.

Meine Mutter ist hereingekommen, während ich mich fertig gemacht habe, und wiederholt in Tränen ausgebrochen. Zum Glück waren es Freudentränen. Seit dem Unfall scheint sie ihre Haltung Jake gegenüber völlig geändert zu haben. Sie sind sich irgendwie nähergekommen. Außerdem ist sie natürlich total vernarrt in JJ, was durchaus hilfreich ist.

»Bist du bereit, da rauszugehen und zu heiraten?«

»Ja. Lass mich nur meine Blumen holen.« Ich nehme den kleinen Strauß, den Stuart mir kurz zuvor gebracht hat. Er ist wundervoll: zartrosa Rosen, in der Mitte zwei etwas dunklere. Als stünden sie für Jake und mich.

»Wie geht es Jake?«, frage ich und wende mich ihm wieder zu.

»Gut. Er ist überraschend ruhig für einen Bräutigam.«

»Was ist mit JJ?«

»Der schläft zurzeit an Jakes Schulter.«

Ich lache. »Wie ich JJ kenne, wird er wahrscheinlich die gesamte Hochzeit verschlafen. Nicht dass er sich daran erinnern würde, wenn er wach wäre.«

»Wir werden einfach einen Haufen Fotos machen müssen, die er sich ansehen kann, wenn er älter ist.«

Ich beuge mich vor und küsse ihn auf die Wange.

»Wofür war der denn? Nicht, dass dein alter Herr sich beklagen würde, wenn ihn sein kleines Mädchen küsst.«

»Nur ein Dankeschön … für alles, Daddy.«

Er sieht mir lange in die Augen. »Du musst mir für gar nichts danken. Du bist die beste Tochter, die ein Vater sich nur wünschen kann. Wirklich, ich habe jeden Grund zur Dankbarkeit, dafür, dass du jetzt so hier vor mir stehst.« Ihm entweicht ein Schluchzen, und er presst sich die Faust an den Mund.

»Fang jetzt bloß nicht an zu weinen.« Ich lege meine Hand auf seine. »Dann mache ich nämlich direkt mit, und Simone dreht durch, wenn mein Make-up verläuft.«

Mit einem leichten Nicken nimmt er die Hand vom Mund.

Ich umarme ihn, drücke ihn an mich.

»Weißt du, wie sehr ich dich liebe?«, fragt er in mein Haar.

»Ja, Daddy. Ich liebe dich ganz genauso.«

Er rückt ein Stück von mir ab und legt mir die Hände auf die Schultern. »Ich habe immer schon gewusst, dass ich dich eines Tages zum Altar führen und dass dort Jake stehen würde, der darauf wartet, dich heiraten zu dürfen.«

»Wirklich?« Ich schlucke meine Tränen hinunter.

Er nickt. »Wie ihr einander immer angesehen habt … Daran führte kein Weg vorbei.« Sein Lächeln kehrt zurück. »Komm.« Er hält mir den Arm hin. »Zeit, mein Mädchen unter die Haube zu bringen.«

Ich hake mich bei ihm unter, lege die Finger um seinen Arm und halte mich am Stoff seines Jacketts fest.

Wir verlassen das Zelt, und draußen wartet schon Simone, um sich hinter mir einzureihen.

Es wird langsam Nacht, doch Laternen erhellen unseren Weg.

Simone richtet von hinten mein Kleid. »Bereit?«, fragt sie.

Ich werfe zuerst ihr und dann meinem Vater einen Blick zu. »Seit vierundzwanzig Jahren«, antworte ich lächelnd.

Mein Vater legt die Hand auf meine, die auf seinem Arm ruht, und wir machen uns auf den kurzen Weg zu Jake.

Als wir zwischen den Bäumen hindurchgehen, höre ich die leisen Klänge von »You Started« die Luft erfüllen.

Wir treten zwischen den Bäumen hervor auf die Lichtung. Sofort spüre ich Jakes Blick, doch ich sehe ihn nicht an.

Ich will warten bis zum Beginn des Mittelgangs, denn ich will ihn ganz sehen, ohne dass mir etwas die Sicht verstellt. Sein Anblick in diesem Augenblick wird mir für immer im Gedächtnis bleiben, und ich will, dass er vollkommen ist.

Dad führt mich bis zum Mittelgang. Dann sehe ich Jake an.

Er sieht genauso wunderschön aus, wie ich es erwartet habe.

Er trägt den gleichen dunkelgrauen Anzug wie mein Vater, nur dass Jakes Krawatte dunkelrosa ist, genau wie die beiden Rosen in der Mitte meines Straußes.

Dann verblasst die Welt, und es gibt nur noch ihn. Es hat immer nur ihn gegeben.

An der Art, wie er mich jetzt mit seinen schönen Augen anschaut, sehe ich, dass er genau dasselbe empfindet.

Dad drückt mir ganz leicht die Hand und beginnt, mich durch den Mittelgang zu Jake zu führen, den ich keinen Augenblick aus den Augen lasse.

»Du siehst atemberaubend aus«, flüstert Jake mir zu, als wir ihn erreichen.

»Du auch.«

Ich kann den Blick nicht von ihm wenden. Ich bin wie hypnotisiert.

Jake sieht meinem Vater in die Augen. »Danke, Billy«, sagt er.

Ich küsse Dad auf die Wange, ehe ich mich von ihm losmache und Jakes Hand nehme.

Mein Vater beugt sich vor und sagt Jake etwas ins Ohr. Der schaut ihm in die Augen und nickt. Nach einem letzten Schulterklopfen geht Dad zu meiner Mutter, die den noch immer schlafenden JJ auf den Armen hat.

Stolz lächelt sie mich an und formt mit den Lippen die Worte: *Du siehst wunderschön aus.*

Ich erwidere das Lächeln und flüstere: »Du auch.«

Ich sehe Jake an und will gerade fragen, was mein Vater eben zu ihm gesagt hat, als die Musik verstummt und der Standesbeamte zu sprechen beginnt.

»Ich heiße Sie alle heute hier herzlich willkommen bei der Hochzeit von Jacob David Wethers und Trudy Consuela Bennett …«

Ich höre zu, den Blick unverwandt auf Jake gerichtet, und er hat nur Augen für mich – beide wollen wir nicht voneinander wegsehen.

»Ich glaube, Jake will Trudy noch etwas sagen, ehe wir das offizielle Ehegelöbnis sprechen«, erklärt der Beamte und lächelt Jake zu.

Mein Gesicht kribbelt, und meine Wangen röten sich in Vorfreude auf das, was jetzt kommt.

Jake räuspert sich und fährt sich mit dem Finger unter den Hemdkragen. Er ist nervös. Dieser Mann kann vor hunderttausend Leuten auf einer Bühne stehen und sich die Seele aus dem Leib singen, aber hier, vor mir, ist er nervös. Das finde ich wunderbar.

Er kommt einen Schritt näher. »Weißt du noch, was ich in der ersten Nacht in unserem neuen Haus gesagt habe? Was du mich als mein Ehegelöbnis zu sagen gebeten hast?«

»Ja«, flüstere ich.

»Es gilt immer noch, Tru. Es wird immer gelten. Meine Liebe für dich ist endlos, sie kennt keine Grenzen. Du bist mein Leben. Ich gehöre dir … Ich habe dir schon immer gehört, und ich werde dir immer gehören.« Er holt tief Luft. »Du wirst immer meine June sein, Tru.«

Sofort schweifen meine Gedanken zurück zu diesem prägenden Augenblick zwischen Jake und mir, der uns definiert und mir verraten hat, wie tief Jake für mich empfindet, wie er mich schon immer gesehen hat.

»Reznors Version oder die von Johnny Cash?«, fragte ich leise und versuchte, den Schmerz in meiner Stimme zu verbergen.

»Johnny Cash.«

»Warum?«

Er schloss kurz die Augen. »Weil ich ein paar Dinge mit ihm gemeinsam habe«, antwortete er und öffnete sie wieder.

»Zum Beispiel?«

»Die Drogen … die Frauen … dass ich auf das Mädchen meiner Träume gewartet habe.«

Ich holte scharf Luft. Sofort standen mir Tränen in den Augen.

Sanft berührte er mein Gesicht, fuhr mir mit dem Daumen über die Lippen. »Du bist meine June, Tru.«

Mit Tränen in den Augen sage ich zum ersten Mal zu ihm: »Dann bist du mein Johnny Cash, Jake.«

Er lächelt breit, und dann kann ich mich nicht mehr beherrschen. Ich werfe ihm die Arme um den Hals und küsse ihn innig.

In diesem Augenblick gibt es nur noch Jake und mich.

Als wir uns atemlos voneinander lösen, sehe ich das Feuer in seinen Augen und weiß, woran er gerade denkt … weil ich genau dasselbe denke.

»Nun«, sagt der Standesbeamte und räuspert sich. »Zeit für das Ehegelöbnis. Jake, haben Sie die Ringe?«

Jake greift in sein Jackett und holt zwei Eheringe hervor.

Der kleinere ist aus Platin und mit drei rosa Diamanten besetzt, die zu denen auf meinem Verlobungsring passen. Jakes ist ebenfalls aus Platin und trägt drei Saphire.

Ich nehme ihm seinen Ring aus der Hand und frage: »Warum Saphire?«

Er presst die Lippen zusammen. »Blau. Das ist männlicher als Rosa, Baby.«

Er hebt die Brauen, und ich lache.

Dann höre ich mit angehaltenem Atem zu, wie Jake sein Ehegelöbnis spricht. Behutsam steckt er mir den Ring an und macht mich zu seiner Frau.

Anschließend tue ich das umgekehrt bei ihm, und meine Hand und meine Stimme zittern die ganze Zeit.

»Hiermit erkläre ich euch zu Mann und Frau. Sie dürfen die Braut jetzt küssen – noch einmal.«

Endlich. Es hat lange gedauert, es war harte Arbeit, und wir mussten schwere Zeiten durchstehen, aber wir haben es geschafft, und es war jeden einzelnen Augenblick wert.

Mein Herz ist voller Glück, als Jake mir die Hände an die Wangen legt, die Lippen auf meine presst und mir den atemberaubendsten Kuss aller Zeiten gibt.

Meinen ersten Kuss als seine Frau.

»Endlich gehörst du mir, Mrs Wethers«, flüstert er ganz dicht an meinen Lippen.

Ich versinke in seinen blauen Augen, den Augen, in die ich von nun an für den Rest meines Lebens sehen werde. »Ich habe immer dir gehört, Jake.«

»Ja, das hast du.« Er lächelt und küsst mich erneut.

EPILOG

Irgendwo in meiner großen Tasche beginnt Adele zu singen. Ich wühle nach ihr.

Verdammter Mist, ich habe viel zu viel Zeug in der Tasche. Ich hole ein paar Windeln und Lätzchen heraus und lege sie auf den Tisch, dann meine Schminktasche, eine von JJs Rasseln und einen Saftbecher. Schließlich, als Adele gerade bei »Rolling in the Deep« angekommen ist, finde ich mein Handy und nehme den Anruf an.

Am anderen Ende höre ich Jakes Stimme: »Das hat ja gedauert.«

»Du rufst mich an? Du bist nebenan, du fauler Sack!« Ich grinse.

»Hör auf, mich zu nerven«, entgegnet er und lacht leise. »Ich wollte dir nur sagen, wir sind aufbruchbereit.«

»Wir kommen gleich.« Ich lege mein Handy auf den Tisch und ziehe mir die Schuhe an.

»He, mein Schöner, komm zu Mama.« Ich strecke die Arme nach JJ aus. Er tut in seiner sitzenden Position auf dem Boden das Gleiche, und ich hebe ihn hoch. »Zeit für Onkel Stuarts Hochzeit«, sage ich und gehe zur Tür.

Zurzeit befinden wir uns wegen Stuarts und Joshs Hochzeit in New York, einem der wenigen US-Staaten, in denen die gleichgeschlechtliche Ehe möglich ist. Jake ist Stuarts Trauzeuge, ich bin Brautjungfer, und JJ ist das Blumenkind.

Ja, richtig, Stuart und Josh heiraten!

Josh hat ihn am Tag nach Jakes und meiner Hochzeit gefragt. Es war so süß. Wir haben gerade zusammen gefrühstückt, als Josh plötzlich vor Stuart niedergekniet ist und ihm einen Antrag gemacht hat.

Ja, ich habe geweint. Genau wie alle anderen Frauen am Tisch. Die Männer waren dafür zu männlich, aber ich weiß, sie waren gerührt, besonders Jake.

Es war die perfekte erste Erinnerung für unser neues Haus.

Ja, richtig gehört, unser *neues* Haus.

Nach unserer Hochzeit fuhr Jake uns nach Littleborough, das mit dem Auto eine Viertelstunde von Lumb Falls und eine halbe von Manchester entfernt liegt. Er hatte uns ein Haus am Hollingworth-See gekauft. Wenn ich »Haus« sage, darf man nicht vergessen, dass hier von Jake die Rede ist. Es ist ein Landsitz mit sieben Schlafzimmern, gesichert durch einen bewachten Zugang. Es ist wunderschön.

Dort haben wir unsere Hochzeit gefeiert. Jake und Stuart hatten das Fest schon vorbereitet. Dank Carly war das Haus geschmückt.

Es ist ein herrlicher Zweitwohnsitz. Wir haben eine lange Hochzeitsnacht damit verbracht, unser großes neues Bett auszuprobieren und die Zeit nachzuholen, die uns der Unfall geraubt hatte. Jake hatte mir gesagt, er habe nur deshalb seit meiner Entlassung aus dem Krankenhaus nicht mehr mit mir geschlafen, weil er wollte, dass unsere Hochzeitsnacht etwas ganz Besonderes würde.

Unter anderem hat er unser neues Haus auch deswegen gekauft, weil er wollte, dass wir sowohl in Großbritannien als auch in L. A. einen Wohnsitz haben, damit wir das Beste von beiden Welten genießen können.

Könnte ich diesen Mann noch mehr lieben? Für mich ist er vollkommen.

Meine Eltern sind in das neue Haus eingezogen. Sie leben jetzt dort, und wir kommen regelmäßig hin, doch unser Hauptwohnsitz ist immer noch L. A.

Zwei Tage nach unserer Hochzeit sind wir in die Flitterwochen gefahren.

Als die Presse erst einmal davon Wind bekommen hatte, dass Jake und ich heimlich geheiratet hatten, drehten sie erwartungsgemäß durch, deshalb war die Hochzeitsreise eine gute Möglichkeit, Jakes schrägem Leben, das ich jetzt teile, mal für eine Weile zu entkommen.

Unsere Flitterwochen dauerten lang – wir waren vier Wochen unterwegs, nur Jake, JJ und ich. Na ja, und natürlich Dave und Ben.

Unseren ursprünglichen Flitterwochenplan, nach Turtle Island zurückzukehren, haben wir verworfen. Wir hatten Sorge, JJ würde die Hitze dort nicht gut vertragen, und reisten stattdessen überallhin, wo Jake und ich noch nie gewesen waren. An all die Orte, die er nur mit mir zusammen hatte sehen wollen.

Eines Tages in naher Zukunft werden wir nach Turtle Island zurückkehren, aber erst mal werden Stuart und Josh dort ihre Flitterwochen verbringen. Sie wissen es noch nicht – es ist unser Hochzeitsgeschenk an sie.

Jake, JJ und ich sind nach Venedig geflogen, um die Kanäle zu sehen und Gondel zu fahren. Wir sind nach Pisa gereist, um den schiefen Turm zu bewundern. Nach Rom zum Kolosseum. Nach Barcelona zur *Sagrada Familia*. Wir waren einfach überall. Es war die schönste Reise meines Lebens, und ich werde sie nie vergessen.

Schließlich sind wir nach L. A. zurückgekehrt. Jake hat die Arbeit im Label wieder aufgenommen, und TMS haben ihr neues Album fertiggestellt.

Die geplante Herbsttournee wurde verschoben, sie findet jetzt Anfang nächsten Jahres statt. Natürlich werden JJ und ich mitkommen, und mein Vater auch. Er ist schon total aufgeregt.

Ich arbeite ebenfalls wieder. Mein Buch ist endlich erschienen. Die Buchpremiere wurde nach L. A. verlegt, um es mir leichter zu machen, und sie lief super. Die Biografie bekam wirklich tolle erste Rezensionen, und die Verkäufe gingen durch die Decke.

Jeder will ein kleines Stück Jake Wethers haben, will alles über ihn wissen, und natürlich am liebsten aus der Feder der Frau, die ihn am besten kennt.

Mir ist das recht, denn ich habe das Komplettpaket, den echten Mann hier bei mir.

Ich schreibe noch immer meine Kolumne für Vicky. Dank Jakes Buch läuft das Magazin super.

Mancher fragt sich wahrscheinlich, warum ich noch für Vicky arbeite. Schließlich brauche ich den Job nicht und habe jetzt JJ. Aber es macht mir Spaß. Ich schreibe gern und liebe Musik, und Vicky verdanke ich alles. Ich kann sie jetzt, wo das Magazin gerade so richtig abgeht, unmöglich im Stich lassen.

Sie redet dauernd davon, mich zu ihrer Partnerin zu machen. Eines Tages wird das vermutlich passieren. Aber im Moment habe ich mit JJ alle Hände voll zu tun, und wir bekommen ja auch noch ein Kind.

Oh, hatte ich nicht erwähnt, dass ich wieder schwanger bin? Im sechsten Monat. Es wird wieder ein Junge. Wir haben ihn in den Flitterwochen gezeugt.

Die Namenswahl werde ich diesmal Jake überlassen.

Simone ist auch schwanger, und das ist toll! Denny grinst ständig wie ein Kater, der an der Sahne genascht hat.

Sie haben an Weihnachten geheiratet, und es war wie verzaubert. Ich war Brautjungfer und JJ das Blumenkind – wir machen das in letzter Zeit häufig –, und Jake und Tom waren die Trauzeugen. Dann stellte Simone während ihrer Flitterwochen fest, dass sie schwanger war. Als sie geheiratet hatten, war sie schon schwanger gewesen, ohne es zu wissen. Wenigstens kann man ihnen keine Mussehe vorwerfen.

Vielleicht fragt sich manch einer auch, ob Tom noch immer der neue Tom aus dem letzten Jahr ist oder ob er wieder so durch die Betten hüpft, wie man es von ihm kennt. Dazu sage ich nur: Tom ist derzeit sehr glücklich. So glücklich habe ich ihn noch nie gesehen.

Ich öffne die Tür zu Stuarts Suite und finde Jake und ihn am Tisch sitzend vor. Sie lachen und trinken Whiskey.

»Bisschen früh für harten Alkohol, oder?«, scherze ich.

»He, sei nachsichtig mit mir, meine Schöne! Ein Mann heiratet nicht jeden Tag. Ich muss mir Mut antrinken.«

»Dada!«, ruft JJ und streckt die Ärmchen nach Jake aus.

»He, Kleiner. Komm her, ich hab dich vermisst.« Jake nimmt ihn in die Arme und zaust ihm das schwarze Haar, während JJs Patschehändchen nach dem Gesicht seines Vaters greifen, was Jake zum Lachen bringt.

Jake war nur den Morgen über von JJ getrennt. Zu sagen, er hinge an JJ, wäre untertrieben, und das beruht auf Gegenseitigkeit: JJ betet Jake an.

Jakes Liebe zu unserem Sohn bricht mir tagtäglich auf die schönste nur mögliche Weise das Herz.

Ich liebe es, sie zusammen zu sehen. Davon bekomme ich nie genug. Ich weiß, wie glücklich ich mich schätzen kann, die beiden zu haben, und genieße jeden Augenblick mit meinen Jungs.

Ich fasse Stuart an die Schulter und frage: »Bist du bereit für die Ehe?«

Er steht auf und legt den Arm um mich. »Chica, um die weisen Worte unseres Jake hier zu zitieren: Scheiße, ja, aber so was von!«

»Keine Vulgärsprache, wenn JJ anwesend ist!«, schimpft Jake.

Ich kann mir das Lachen nicht verkneifen. Ich hätte nie gedacht, dass ich einmal hören würde, wie Jake jemanden fürs Fluchen zurechtweist. Aber das tut er jetzt regelmäßig.

»Tut mir leid«, entschuldigt sich Stuart und wirft mir einen Blick zu, der »Er nun wieder« sagt.

»Das hab ich gesehen«, warnt Jake.

»Solltest du auch«, erwidert Stuart.

Manchmal sind sie wie die Kinder, und ich liebe es.

Wir fahren mit dem Aufzug nach unten und treffen Josh zusammen mit Dan, seinem Bruder und Trauzeugen, draußen.

Bei der Art, wie Stuart und Josh einander ansehen, schmilzt mein Herz dahin. Ich bin so froh, dass Stuart seinen Mr Right gefunden hat. Er hat es wirklich verdient, genauso glücklich zu sein wie Jake und ich.

Stuart und Josh nehmen einander bei der Hand und betreten den Raum, in dem sie heiraten werden und in dem bereits ihre Familien und all unsere Freunde warten.

Und was für eine Familie wir sind! Die Mighty-Storm-Familie.

Wenn unsere Kinder einmal groß sind und nach der Geschichte von Mummy und Daddy fragen – wie wir einander begegnet sind, wie die Band gegründet wurde und welchen Sturm wir überstanden haben –, werde ich mich mit ihnen hinsetzen und ihnen erzählen, wie einmal vor langer Zeit in Manchester ein Mädchen neben einem Jungen einzog …

DANKSAGUNGEN

Jenny, wir begleiten Jake und Tru jetzt schon seit einer ganzen Weile. Es war ein Höllentrip, und ich habe jede einzelne Minute davon geliebt! Du weißt, ich liebe dich. Danke für alles. Und jetzt auf zu neuen Ufern mit Toms Buch!

Der größte Dank gilt meinem Mann und meinen Kindern. Nicht nur dafür, dass sie mit der neurotischen Schriftstellerin in mir zurande kommen, sondern auch dafür, dass sie mir die Zeit gegeben haben, dieses Buch zu schreiben, ohne sich auch nur ein einziges Mal zu beschweren, wenn ich wieder einmal mit den Gedanken ganz woanders war. Es gibt keine Worte, die beschreiben könnten, wie wichtig ihr drei mir seid. Mein Herz gehört euch.

Danke auch an meine »Brit Girls«: Trish, Rachel M., Rachel F., Jenny und Gitte – ich liebe es, täglich mit euch allen zu sprechen. Ich glaube, wenn unsere Unterhaltungen je an die Öffentlichkeit gerieten, würde sich der ein oder andere wundern! Dir, Gitte, danke ich außerdem für das Feedback zu diesem Buch – es hat mir sehr viel bedeutet.

Sali Benbow-Powers – Niemand bringt mich so zum Lachen wie du, und ich meine das wörtlich! Danke fürs Lesen und für deine Kommentare, deine Meinung ist von unschätzbarem Wert für mich. Ich ändere hiermit meinen Namen offiziell in »Spunky Muffin«.

Jenn Sterling. Ich liebe dich. Mehr ist nicht zu sagen.

Renae Porter von Social Butterfly Creative danke ich für die unglaublich schöne Umschlaggestaltung! Du bist unfassbar talentiert, meine Liebe, und ich kann es kaum erwarten, dein nächstes Cover für mich zu sehen.

Großer Dank geht an all die Blogger, die den ersten Band besprochen und rezensiert haben – Totally Booked, Aestas Book Blog, Maryse's Book Blog, Angie's Dreamy Reads, Three Chicks and Their Books, Shh Moms Reading, C&C Book Blog, Smardy Pants Book Blog, Love N. Books, Rock Stars of Romance (es tut mir furchtbar leid, wenn ich jemanden zu erwähnen vergessen habe). Ihr alle arbeitet unermüdlich und helft unabhängigen Autorinnen wie mir, ihre Bücher an die Leser zu bringen. Wir wissen das wirklich zu schätzen. Fühlt euch alle ganz fest gedrückt!

Meine Tru Bennett bei Twitter, du weißt, wer du bist – vielen Dank für all die harte Arbeit, die du Tag für Tag leistest.

Dank auch an all die Damen, die die Jake-Gruppen gegründet haben und dort ihre Beiträge schreiben. Ich liebe es, bei euch vorbeizuschauen und zu sehen, was ihr gerade in Sachen Jake und Tru zu besprechen habt, und mir die neuesten Jake-Bilder anzuschauen, die ihr gepostet habt. Das wiederum bringt mich zu einem besonderen Dank an die Königin der Fotos, America Matthew!

Riesigen Dank schulde ich meiner Agentin Kimberly Whalen von Trident Media. Dank auch an Adrienne Lombardo.

Ebenso dankbar bin ich meinem Verlag Montlake, Kelli Martin, dass sie den ersten Band geliebt und in Rekordzeit einen Vertrag aufgesetzt hat, und meiner Lektorin Lindsay

Guzzardo, die geholfen hat, aus diesem Band das bestmögliche Buch zu machen.

Zu guter Letzt danke ich Ihnen, ja, Ihnen, die Sie gerade diese Widmung lesen. Hätten Sie mein Werk nicht gekauft, gelesen und unterstützt, könnte ich diese Zeilen jetzt nicht schreiben. Danke. Ich danke Ihnen wirklich von ganzem Herzen.

5342600R00248

Printed in Germany
by Amazon Distribution
GmbH, Leipzig

ROSTOCK UND WARNEMÜNDE

Bildende Kunst im Stadtbild

Reiner Mnich ■ Lutz Nöh

HINSTORFF

Herausgeberin: Hansestadt Rostock, Kulturamt

Wir danken für die Unterstützung bei der Arbeit an diesem Buch: Egon Fischer, Anette Handke, Gesine Karge, Karin Ohde, Karin Peuker, Thomas Werner sowie dem Arbeitsamt der Hansestadt Rostock.

Abbildung auf dem Umschlag: Fische – Detail aus dem »Brunnen der Lebensfreude«, Universitätsplatz. Jo Jastram, 1980. (Titelbild)

Bildnachweis: Seite 21, Archiv des Verlages

Die Deutsche Bibliothek – CIP-Einheitsaufnahme
Mnich, Reiner: Rostock und Warnemünde : bildende Kunst im Stadtbild / Reiner Mnich ; Lutz Nöh. - 1. Aufl.. - Rostock : Hinstorff, 2000
ISBN 3-356-00850-1

1. Auflage 2000
Druck und Bindung: Druck- und Verlagshaus Erfurt GmbH
Printed in Germany
ISBN 3-356-00850-1

Inhaltsverzeichnis

Einleitung 7

1. Rundgang: Die Innenstadt 9

Ein Abstecher zum Kabutzenhof –
das Matrosendenkmal 43

2. Rundgang: Auf dem Lichtenhäger Brink 47

3. Rundgang: Warnemünde 53

Karte der Ortsteile 71

Werkverzeichnis bildender Kunst
im öffentlichen Außenraum der
Hansestadt Rostock 73

Künstlerverzeichnis 101

Das Rostocker Blücherdenkmal.
In der Darstellung Schadows mit deutlichem Bezug auf die körperlichen und geistigen Fähigkeiten der griechischen Sagengestalt Herakles (lat. Herkules). Wie dieser trägt Blücher ein Löwenfell. Bei der ersten seiner berühmten zwölf Taten besiegte Herakles den nemeischen Löwen. Er zog sich dessen Fell über, das ihn unverwundbar machte.
 Gottfried Schadow, 1819

Einleitung

Im Stadtbild der Hansestadt Rostock finden sich in allen Stadtteilen, von Warnemünde bis zur Gartenstadt und von Toitenwinkel bis zur Innenstadt, mehr als 250 Kunstwerke und bildkünstlerische Denkmale, die von etwa 120 Künstlerinnen und Künstlern in den Jahren von 1819 bis 1999 geschaffen worden sind. Anliegen dieses Buches ist es, einen Überblick zu geben über die Vielzahl dieser Kunstwerke und über ihre Standorte, ihre Entstehungszeiten und über die Schöpfer, die sie geschaffen haben.

Im ersten Teil des Buches wird für die Innenstadt und die beiden Stadtteile Lichtenhagen und Warnemünde jeweils ein ausgewählter Rundgang vorgestellt, der exemplarisch an möglichst vielen Kunstwerken und bildkünstlerischen Denkmalen vorbeiführt. Ein weiterer Abschnitt ist dem monumentalen Matrosendenkmal in seiner exponierten Lage am Kabutzenhof gewidmet. Außer an den hier vorgestellten Rundwegen konzentrieren sich die Standorte vor allem in den Stadtteilen Südstadt, Gartenstadt, im Zoo und bei der Kunsthalle am Schwanenteich.

Mit einem Werkverzeichnis und dem alphabetischen Verzeichnis aller Künstlerinnen und Künstler im Anhang ist die Möglichkeit gegeben, jedes aufgelistete Kunstwerk zielgerichtet aufzusuchen. Damit schließt das Buch eine große Informationslücke. Das Werkverzeichnis strebt Vollständigkeit an, die aber nicht garantiert werden kann.

Auf eine Wertung einzelner Kunstwerke wird ganz bewußt verzichtet. Bekanntermaßen sind die Grenzen zwischen Kunst und Scharlatanerie sowie Kunst und Kunsthandwerk fließend. Und auch Experten haben sich schon in ihrem Werturteil sehr häufig geirrt. Darum ergeht hier die Ermunterung an alle, sich selbst eine Meinung zu bilden.

Denn über Kunst läßt sich bekanntlich streiten, und es wird immer wieder gestritten, so auch in Rostock.

Eine wichtige Grundlage für dieses Buch bildet eine Datenbank, deren Erstellung in erheblichem Umfang vom

Arbeitsamt der Hansestadt Rostock unterstützt wurde. Neben dem Arbeitsamt sei an dieser Stelle auch besonders den Investoren und Sponsoren gedankt, die sich für Bildende Kunst im Stadtbild Rostocks und Warnemündes engagieren.

Für Hinweise, Ergänzungen und Kritiken sind wir dankbar: Hansestadt Rostock, Kulturamt, Warnowufer 65, 18057 Rostock, Telefon: 0381–20 85 249.

Postanschrift: Hansestadt Rostock, 18050 Rostock

1. Rundgang:
Die Innenstadt

Der längste unserer Rundgänge führt im wesentlichen durch die historische Altstadt innerhalb der Stadtmauer. Wir beginnen ihn am Glatten Aal. Dieser Platz ist mit dem Pkw und auch von der Straßenbahn aus, Haltestelle Steintor oder Rathaus, gut zu erreichen.

Von der Gründung der Stadt Rostock

Nach der Zuerkennung des lübischen Stadtrechts durch Fürst Heinrich Borwin I. am 24. Juni 1218 an den Marktflecken Roztoc, entwickelte sich der Ort im Gefolge seiner gewährten wirtschaftlichen und juristischen Privilegien sehr schnell. Es bildeten sich Siedlungskerne mit eigenen Kirchgemeinden heraus: die Altstadt um die Petrikirche (1218), die Mittelstadt um die Marienkirche (1232) und die Neustadt (1252) um die Jakobikirche. (Die Jakobikirche wurde, obwohl erhaltenswert, bis 1960 vollständig abgetragen).

1265 erfolgte der Zusammenschluß der drei Städte unter Einbeziehung des von wendischer Bevölkerung bewohnten Gebietes um die Nikolaikirche und des um 1265 entstandenen Bereiches nördlich der Langen Straße sowie der am Stadtrand neu entstehenden Klöster. Bald danach wurde mit der Errichtung der Stadtmauer begonnen, die bis weit in das 19. Jahrhundert hinein die Stadt umschloß.

An der Nordseite des Glatten Aal befindet sich am Giebel des Gebäudes der Volksbank eG Rostock, Ecke Garbräter-/Buchbinderstraße 18/19 ein Relief, das den berühmten dänischen Astronomen und Mathematiker TYCHO BRAHE zeigt.

Tycho Brahe und die goldene Nase

Tycho Brahe (1546–1601) wurde als Wissenschaftler vom dänischen König Friedrich II. gefördert. Nach seinen detaillierten Plänen baute man auf der Insel Ven im Sund die Sternwarten »Uranienborg« und »Stjerneborg«. Brahe wurde 1599 Kaiserlicher Mathematiker und Hofastronom Rudolfs II. in Prag. Nach seinen Beobachtungen der Himmelsplaneten leitete sein Mitarbeiter und späterer Nachfolger am

Tycho Brahe verlor seine Nase bei einem Duell und ersetzte sie durch eine Nase aus einer Gold-Silber-Legierung. Jo Jastram, Relief 1996.

Prager Hof, der Mathematiker und Astronom Johannes Kepler (1571–1630) die Gesetze ihrer Bewegung ab.

Brahe studierte eineinhalb Jahre in Rostock und kehrte während seiner Reisen durch Europa mehrfach hierher zurück. In Rostock duellierte er sich zu Weihnachten 1566 mit einem Landsmann und verlor dabei seine Nase. Daraufhin ließ er sich eine Nasenprothese aus einer Gold-Silber-Legierung anfertigen, die er seitdem trug.

Anläßlich des 450. Geburtstages des international anerkannten Astronomen und Mathematikers gab die Volksbank eG Rostock 1996 bei dem Bildhauer Jo Jastram eine Reliefplastik des Wissenschaftlers und eine Sonnenuhr in Auftrag. Bei der Sonnenuhr versuchte der Künstler, das astronomische Weltbild Tycho Brahes so exakt wie möglich nachzuempfinden, denn nach Brahes Erkenntnissen umkreiste die Sonne noch die Erde, war aber gleichzeitig das Zentrum der Planetenumläufe.

Wir verlassen nun den Glatten Aal in der Verlängerung der Garbräterstraße durch die Rostocker Heide und folgen der sich anschließenden Rungestraße nach links. An der Ecke Rungestraße/Wallstraße befindet sich die Plastik »Hommage à Blücher« von Reinhard Buch (Bronze, 1992), die anläßlich des 250. Geburtstages des Marschalls Gebhard Leberecht von Blücher aufgestellt wurde.

»Marschall Vorwärts«

Gebhard Leberecht von Blücher, (16.12.1742 in Rostock, † 12.09.1819 in Krieblowitz in Schlesien) kämpfte als preußischer Generalfeldmarschall gegen Napoleon. In die Geschichtsbücher ging er als »Marschall Vorwärts« vor allem durch die siegreichen Schlachten gegen die französischen Truppen 1813 an der Katzbach, der Völkerschlacht bei Leipzig und 1815 bei Waterloo (Belle Alliance) ein.*

Der Bezug zu Blücher wird durch den Titel, den Standort (in der Rungestraße stand sein Geburtshaus) und die symbol-

Hommage à Blücher. Die Zahnräder stehen für Kontinuität, Genauigkeit und Unbestechlichkeit – Hinweis auf Eigenschaften Blüchers. Reinhard Buch, 1992.

hafte Darstellung – in ihrer Formensprache auf Charakterzüge Blüchers verweisend – hergestellt. Die ineinandergreifenden Zahnräder deuten auf Kontinuität, Genauigkeit und Unbestechlichkeit hin.

Nachdem wir nun die Wallstraße überquert haben, befinden wir uns im Rosengarten. Im westlichen Teil des Rosengartens steht das »Pogge-Denkmal«. Bereits 1885 wurde das erste Denkmal für den deutschen Afrikaforscher Paul Pogge, eine Arbeit des Bildhauers Ludwig Brunow, aufgestellt.

Nach 1945 entfernte man das Denkmal, und es blieb unauffindbar. 1995 wurde die im Auftrag der Volksbank eG Rostock von Jo Jastram nach altem Vorbild geschaffene Porträtbüste Pogges eingeweiht.

Paul Pogge – deutscher Afrikaforscher im 19. Jahrhundert und sein Erbe in heutiger Zeit

Paul Pogge (1838 in Zierstorf/Mecklenburg, † 1884 in Luanda) studierte von 1858–1860 Rechtswissenschaften. 1874 schloß er sich der Kassanga-Expeditionsreise des Ornithologen Alexander von Homeyer an, trennte sich aber später von ihm und gelangte so weit ins Innere Afrikas wie kein anderer Deutscher vor ihm.*

Paul Pogge. Das Denkmal für den bekannten Afrikaforscher wurde 1995 eingeweiht. Jo Jastram, 1995.

1880–1884 unternahm er eine zweite Afrika-Expedition, die ihn so schwächte, daß er an den gesundheitlichen Folgen verstarb.

Zwischen seinen beiden Afrika-Expeditionen wohnte Paul Pogge wahrscheinlich in der Rostocker Großen Mönchenstraße.

Um die Wiederaufstellung des »Pogge-Denkmals« entbrannte ein heftiger Streit, der sich bis in die Bürgerschaft der Hansestadt hineinzog. Die Gegner der neuerlichen Aufstellung eines Denkmals warfen Pogge Rassismus vor und beriefen sich dabei auf verschiedene Zitate aus seinen Schriften. Die Befürworter wiesen die Vorwürfe zurück, indem sie erwiderten, daß die heute rassistisch anmutenden Passagen in der damaligen Zeit durchaus üblich waren. Weiterhin führten sie an, daß Paul Pogge bei der einheimischen Bevölkerung sehr beliebt gewesen sei.

Wir wenden uns nun nach Westen, überqueren die Schwaansche Straße. Etwas zurückgesetzt im Grünen, vor dem Hintergrund der Wallanlagen, steht die »Trinkende«, eine Plastik von Victor Seifert aus dem Jahre 1922. Die Ausgewogenheit der Proportionen der weiblichen Figur wird ergänzt durch das ruhig fließende Wasser, das aus einer Trinkschale rinnt. Dabei entsteht eine Harmonie von plastischer Gestaltung und Wasserspiel.

Die Trinkende und ihre Schwestern

Die Arbeit von Professor Seifert hatte ursprünglich den Titel »Trinkerin« und wurde erst später, als man die negative Assoziation des Titels bemerkte, in »Trinkende« umbenannt.

Bei der heutigen Plastik handelt es sich um einen Nachguß, der der Hansestadt Rostock von der Volksbank eG Rostock geschenkt wurde. Das Original wurde im Winter 1993/94 gestohlen. Glücklicherweise fanden sich in der Gießerei Lachmann noch die Originalformen, so daß die »Trinkende« bereits im Sommer 1994 ihren angestammten Platz im Rosengarten wieder einnehmen konnte.

»Die Trinkende«. Das Original wurde im Winter 1993/94 von Unbekannten gestohlen. Der Nachguß erfolgte in Originalformen. Victor Seifert, 1922.

Da die »Trinkende« ursprünglich in einer Kleinserie gegossen worden war, erhielten Polizei und das Kulturamt der Hansestadt nach dem Diebstahl viele Hinweise. Aufmerksame Rostocker hatten die Plastik in verschiedenen deutschen Städten entdeckt. Das gestohlene Exemplar war jedoch nicht darunter.

Unser Weg führt uns weiter durch die Schwaansche Straße Richtung Norden zum Universitätsplatz. Harmonisch in das Stadtzentrum eingepaßt, bildet der »Brunnen der Lebensfreude« (Jo Jastram/Reinhard Dietrich, 1980) den Mittelpunkt des Platzes. Besonders deutlich wird die »Lebensfreude« in der zentral gelagerten Familienplastik. Die verschiedenen Tiergestalten ordnen sich räumlich den Menschendarstellungen zu.

Die Wirkung des brausenden und sprudelnden Wassers, das aus sechsundzwanzig Sprudlern und achtzehn Fontänen hervortritt, bildet ein wichtiges Element der Gesamtkomposition, die ein in sich abgeschlossenes Ensemble von Plastik, Raum, Licht und Wasser schafft.

Für den Brunnen gestaltete Reinhard Dietrich die Schwäne, das Wildschwein und die figürlichen Darstellungen mit Ausnahme der Mittelgruppe. Jo Jastram schuf die Familienplastik in der Mitte des Brunnens sowie die Hunde, Vögel, Krabben und Fische. Eine Fassung der begehbaren Brunnenanlage wurde 1997 im Rahmen der Umgestaltung des Boulevards vorgenommen.

Wenn wir nun in Richtung Breite Straße weitergehen, stößt man auf zwei markante Gebäude jüngeren Datums. Die rechte Eckbebauung der Kröpeliner Straße/Breite Straße aus dem Jahre 1979/80 war das für Rostock erste Giebelhaus, das aus vorgefertigten Teilen montiert wurde. Es beherbergte vor allem gastronomische Einrichtungen, wobei besonders das Café Rostock bis zum Anfang der 90er Jahre auch mit seiner künstlerischen Ausgestaltung (verschiedene Holzplastiken von Lothar Sell mit maritimen Motiven) ein beliebter Anziehungspunkt für viele Rostocker und ihre Gäste war. Der ursprüngliche Charakter ist leider durch die zwischenzeitlich durchgeführten Umbauten verlorengegangen.

Das Gebäude stellt durch die Architektur (Staffelgiebel) und durch verschiedene bauplastische Elemente den Bezug zu den mittelalterlichen Bauten Rostocks und Warnemündes her. Ähnlich wie beim Kerkhoff-Haus hinter dem Rathaus (erbaut um 1470 und nach seinem Bauherren benannt) wurden die Giebel mit Keramikmedaillons verziert.

Der »Brunnen der Lebensfreude« ist der Mittelpunkt des Rostocker Universitätsplatzes. Jo Jastram und Reinhard Dietrich, 1980.

Neben dem Eingang befinden sich drei Keramikmedaillons und im oberen Teil des Giebels an jeder der fünf Stufen eines, jeweils mit Darstellungen regionaler Berufe (Reinhard Dietrich 1980). Auf den Medaillons neben dem Eingang ließen sich, ähnlich den Fürsten in vergangenen Jahrhunderten, die damaligen Stadtoberen Rostocks als Auftraggeber porträtieren. Die Klinkerreliefs zur Breiten Straße hin stammen ebenfalls von Reinhard Dietrich.

Auch das 1986 eingeweihte »Fünfgiebelhaus« auf der linken Seite der Breiten Straße bildete ein Ensemble von Architektur, Kunst am Bau und Innenarchitektur. Während des Umbaus 1996/97 wurde die gesamte Innenarchitektur stark verändert.

Glücklicherweise sind die Fassadengestaltungen erhalten geblieben. Von Jo Jastram finden wir hier das Relief »Harlekin und Columbine«. Reinhard Dietrich schuf die »Frau am Fenster« sowie die Kleinplastiken Katze, Eule und Maus im mittleren sowie den großen »Greif« im oberen Teil der Fassade.

Stadtgeschichtliche Motive an der Eckbebauung Kröpeliner Straße/Breite Straße. Das Medaillon neben dem Eingang schuf Reinhard Dietrich 1980.

»Harlekin und Columbine« am Fünfgiebelhaus sind ein immer wiederkehrendes Motiv von Liebe und Traurigkeit. Jo Jastram, 1988.

Fische, Detail aus dem »Brunnen der Lebensfreude«, sie spiegeln die Beziehung zu Wasser und Meer wider. Jo Jastram, 1980.

Von den Passanten werden besonders aufmerksam betrachtet das Glockenspiel von Peter Schilling sowie die »Rostocker Stundenuhr« von Lutz Holland, die mit dem Figurenumlauf von Wolfgang Friedrich zusammenwirken.

Der Figurenumlauf – im Zeichen der Vergänglichkeit

Seit 1988 schmückt die Fassade des »Fünfgiebelhauses« eine Monduhr, die sowohl die Uhrzeit als auch die Mondphase anzeigt. 1989 entstanden die Bronzefiguren, die zur Mittagsstunde mit dem Glockenschlag den Umlauf nach draußen vollziehen. Die Figurenwagen symbolisieren den Tagesablauf.

Die erste Figur symbolisiert den Morgen, der den Gong schlägt. Die zweite Figur zeigt den Mittag mit Sonnenhut und Fächer. Der dritte Wagen steht als Symbol für die Zeit. Die beiden Hände symbolisieren den Auf- und Niedergang. Der vierte Wagen zeigt den Tod als gefiederte Schlange. Der fünfte Wagen zeigt den Abend als weibliche Figur. Der sechste Wagen zeigt das Symbol des Hermes, den Wanderer der Nacht.

Gleich neben dem Eingang zum Gastronomiebereich steht eine Keramiksäule zum Thema »Fische« von Lothar Sell.

Wenn wir vom Universitätsplatz aus an der Pädagogienstrasse vorbeigehen, sehen wir den »Bücherturm« von Peter Makolies (Kalkstein, 1985).

Jetzt wenden wir uns dem 1867–1870 im Stil der Neorenaissance erbauten Universitätshauptgebäude zu und gehen an dessen Haupteingang vorbei nach links auf den Weg durch die Grünanlagen. Rechts am Weg, von Bäumen und Sträuchern umgeben steht das »Blücher-Denkmal« vom Preußischen Hofbildhauer Gottfried Schadow (1764–1850) aus dem Jahre 1819.

Das Denkmal wurde am 26. August 1819, dem Jahrestag der Schlacht an der Katzbach und zwei Wochen vor Blüchers Tod, auf dem Universitätsplatz feierlich enthüllt. Es entstand in einer intensiven Zusammenarbeit von Schadow und Johann Wolfgang von Goethe (1749–1832). Von ihm ist der Text

»In Harren und Krieg,
in Sturz und Sieg,
bewußt und groß,
so riß er uns von Feinden loß«,

der das Relief des Sockels ziert.

Das »Blücher-Denkmal« in Rostock – eine Zeitungsente mit Folgen

Ein wenig kurios ist schon die Entstehungsgeschichte des Denkmals, das keineswegs eine Idee der Rostocker Stadtväter war, sondern auf eine Zeitungsente der damals in Nord-

Schadows Kupferplatte am Blücherdenkmal auf dem Universitätsplatz. Gottfried Schadow, 1819.

deutschland viel gelesenen »Hamburgischen unparteiischen Correspondenz« zurückgeht. Die Zeitung hatte im Juli 1814 berichtet, daß die Stadt Rostock sich mit dem Plan trage, ihrem großen Sohn ein Denkmal zu setzen und daß dieses Vorhaben auch bei der Bevölkerung auf eine breite Zustimmung gestoßen sei. Allerdings war, wie sich später dann herausstellte, die Meldung frei erfunden.

Auch Blücher las diesen Artikel und nahm das Vorhaben durchaus ernst. Im August schrieb er an den Senat der Hansestadt Rostock, bedankte sich für die Ehre, die ihm zuteil werden sollte und sagte zu, nach Kräften an der Entstehung des Denkmals mitzuwirken. Derart in der Klemme, wandte sich der Rat Hilfe suchend an die Landesherren von Mecklenburg-Schwerin und Mecklenburg-Strelitz sowie an die Landesversammlung, die schließlich der Errichtung eines Denkmals zustimmten und sich auch um die Finanzierung bemühten.

Für die Schaffung des Denkmals wurde dann Gottfried Schadow gewonnen, in dessen Berliner Werkstatt das Denkmal in der damals neuen Monumentalerzgußtechnik hergestellt wurde. Der Kopf Blüchers ist die Nachbildung einer Büste und stammt von dem Bildhauer Christian Daniel Rauch (1777–1857).

An dieser Stelle lohnt sich ein kleiner Abstecher in die Anlagen des ehemaligen »Klosters zum Heiligen Kreuz«. Es beherbergt heute das Kulturhistorische Museum der Stadt, das jederzeit einen Besuch wert ist. Die Anlagen des Zisterzienserklosters stammen aus dem frühen 14. Jahrhundert und sind weitgehend erhalten geblieben. Im Klosterhof finden wir den sogenannten »Nonnenstein« von Walter Howard (1980). Hierbei handelt es sich um einen Kubus aus Terrakotta mit jeweils 140 cm Seitenlänge auf dessen vier Außenseiten Szenen aus dem Leben der Nonnen in Form von Reliefs dargestellt sind. An der Universitätskirche vorbei, gelangt man über den Kleinen Katthagen auf die Kröpeliner Straße.

Folgt man der Straße in Richtung Kröpeliner Tor, sieht man auf der linken Straßenseite, vor dem Haus Nr. 37 ein sitzendes Paar aus Klinker von Dörte Michaelis (1989).

»Sieben stolze Schwestern küßt das eine Meer«. Die Figurengruppe ist eine Interpretation der Verbundenheit der damals sieben Ostseeanrainerstaaten. Reinhard Dietrich, 1970.

Nahe dem Kröpeliner Tor, im Aufgangsbereich zu den Wallanlagen, steht das »Mädchen mit Blumenstrauß« von Ada Madssen (Bronze, Aufstellung 1972), ein Geschenk skandinavischer Gäste an die Bürger Rostocks.

Dem »Mädchen« fast gegenüber, auf der anderen Seite des Platzes, sitzt die »Sinnende« von Siegfried Krepp (Bronze, 1979).

Wir gehen auf der linken Seite weiter am Kröpeliner Tor vorbei und gelangen zu einer Treppe, von der aus wir bereits das Wasserspiel »Sieben stolze Schwestern küßt das eine Meer« (in Anlehnung an die damals sieben Ostseeanrainerstaaten) von Reinhard Dietrich (Bronze, 1970) sehen können.

Wir steigen die Treppe hinab und gehen an der Fensterfront des Hotelerdgeschosses vorbei, halten uns rechts, passieren den Hoteleingang, bis wir zu einer Fußgängerampel in Höhe der Kuhstraße gelangen. Dort überqueren wir die Lange Straße, gehen ein paar Schritte nach links und sehen rechts im Platzbereich das »Hermann-Duncker-Denkmal« von Walter Howard (Beton, 1976).

Hermann Duncker

Hermann Duncker (1874 in Hamburg,† 1960 in Berlin) war Mitbegründer der Kommunistischen Partei Deutschlands und wurde weithin bekannt als Lehrer in der marxistischen Arbeiterbildung. 1935 mußte Duncker Deutschland verlassen. Nach der Rückkehr aus dem Exil (Dänemark, England, Frankreich, USA) wurde er im Jahre 1947 mit dem Aufbau der Gesellschaftswissenschaftlichen Fakultät an der Universität Rostock betraut, deren Dekan er bis 1949 blieb.*

Von 1949–1960 war Duncker der Direktor der Gewerkschaftshochschule »Fritz Heckert« beim Bundesvorstand des Freien Deutschen Gewerkschaftsbundes (FDGB) in der DDR.

Vom Platz vor dem »Haus der Schiffahrt« hat man einen wunderschönen Blick auf die Warnow und das gegenüberliegende Warnowufer in Gehlsdorf.

Von hier aus gehen wir wieder zurück, begeben uns ein Stück weit nach Osten in die Lange Straße hinein und biegen dann an der Badstüberstraße nach links ab in die sogenannte »Nördliche Altstadt«, die das Gebiet nördlich der Langen Straße bis zum Stadthafen umfaßt.

Während des Zweiten Weltkrieges gab es hier die schwersten Zerstörungen. Viele Straßenzüge wurden ausgelöscht. Nach mehrfach geänderten Plänen, die bis in die sechziger

Das Hermann-Duncker-Denkmal in der Langen Straße.
Walter Howard, 1976.

Jahre zurückreichen, wurden weitere Straßenzüge abgerissen, um in den Jahren von 1983–1986 ein neues Wohnviertel zu errichten. Der zu dieser Zeit vorherrschende Plattenbau wurde so abgewandelt, daß er sich der für Norddeutschland charakteristischen Architektur durch die Einbindung beispielsweise von Klinkerfassaden annäherte.

Vor der Einmündung Badstüberstraße/Auf der Huder reitet »Kasper-Ohm up sin Roß«, geschaffen von Jo Jastram

John Brinckman, Rostocks bedeutendster niederdeutscher Dichter. Jo Jastram, 1988.

(Bronze, 1988). Die Plastik entstand in Anlehnung an John Brinckmans bekannteste niederdeutsche Erzählung »Kasper-Ohm un ick«. Derb norddeutsch und liebevoll bis ins Detail (die Spatzen auf den Pferdeäpfeln) bietet Jo Jastram seine Sicht auf Kasper-Ohm, im Volksmund auch spöttelnd »das scheißende Pferd« genannt.

John Brinckman – ein bedeutender niederdeutscher Schriftsteller aus Rostock

John Brinckman wurde 1814 in Rostock in der Schnickmannstraße geboren († 1870 in Güstrow). Er studierte von 1834–1837 an der Rostocker Universität Jura und Philosophie und war neben Fritz Reuter (1819–1874) und Klaus Johann Groth (1819–1899) der bedeutendste niederdeutsche Schriftsteller des 19. Jahrhunderts. Brinckman verfaßte politisch progressive, humorvolle und satirische Literatur auf niederdeutsch. Zu seinen bekanntesten Werken gehören neben »Kasper-Ohm un ick« auch »Uns Herrgott up Reisen« und »Vagel Grip«.

Wir setzen unseren Weg durch die Badstüberstraße fort, bis wir an die Strandstraße gelangen. Von dort gehen wir nach rechts bis zum unteren Teil der Schnickmannstraße und sehen die Metallplastik »Segel im Wind« von Achim Kühn (1988). Die kleinen Metallplatten bewegen sich im Wind. Ein besonderes Bild bietet sich dem Betrachter, wenn die Sonne auf die »Segel« scheint und diese in der Bewegung das Sonnenlicht reflektieren. Von hier aus gehen wir die Schnickmannstraße hinauf in südliche Richtung.

Die »Segel im Wind« sind besonders im Sonnenlicht schön anzusehen. Achim Kühn, 1988.

»Quelle«. Dargestellt wird die Beziehung von Mann und Frau oder auch Faun und Satyr. Karl-Heinz Appelt, 1988.

Eine Brunnenanlage mit Wasserlauf, die maßgeblich von Wolfgang Friedrich gestaltet wurde, führt uns von den Speichern »Auf der Huder« und der Schnickmannstraße Nr. 14 zur Langen Straße. Am Ende des Wasserlaufs steht eine Steinsäule, aus deren Mitte das Wasser nochmals hervorquillt. Bei dieser Säule handelt es sich um eine alte Erdwalze, die der Bildhauer Wolfgang Friedrich bei Schmarl aus der Warnow geborgen und in die Brunnenanlage integriert hat.

Im oberen Teil des Wasserlaufes, in der Nähe des Wasseraustritts steht die weiße Marmorplastik »Quelle« von Karl-Heinz Appelt (1988). Sie stellt die Beziehungen zwischen Mann und Frau oder auch den altrömischen bzw. griechischen Sagengestalten Faun und Satyr dar. Beim ersten Hinschauen entsteht der Eindruck, daß es sich bei dieser halbplastischen Arbeit um mehrere Figuren handelt, die sich ineinander winden. Doch tatsächlich sind nur zwei Figuren dargestellt. Der Eindruck der Vielfigurigkeit entsteht durch den Versuch des Künstlers, mehrere Phasen der Bewegung zu zeigen.

Im Eingangsbereich von der Langen Straße zur Schnickmannstraße ist die »Liegende« (Bronze, 1988) von Reinhard Buch zu sehen.

Die Lange Straße wurde während des Zweiten Weltkriegs im April 1942 durch gezielte Flächenbombardements der englischen Luftwaffe fast völlig zerstört. Mit dem Neuaufbau der Langen Straße als Magistrale in den Jahren 1953–1960 entstand hier das erste DDR-Prestigeobjekt in Rostock.

»Liegende«. Die Skulptur lädt ein zum Besuch der Nördlichen Altstadt. Reinhard Buch, 1988.

In Größe und Monumentalität sind die Ähnlichkeiten mit der stalinistischen Bauweise unübersehbar. Allerdings wurde das äußere Erscheinungsbild durch Elemente der norddeutschen Backsteingotik wie Rosetten, Maßwerk und Blenden verfeinert, gelockert und der vorhandenen norddeutschen Architektur angepaßt.

Im Zusammenhang mit der künstlerischen Ausgestaltung der Langen Straße schuf Jo Jastram 1962 das zur damaligen Zeit stark umstrittene zweiseitige Durchbruchrelief »Menschen am Wasser« als Brunnenplastik.

»Menschen am Wasser« – ein Brunnenrelief. Kunst und Politik Anfang der sechziger Jahre

Das Brunnenrelief »Menschen am Wasser« wurde 1962 eingeweiht, fand aber erst 1963 nach dem VI. Parteitag der SED, auf dem der damalige Generalsekretär Walter Ulbricht (1893–1973) auch zur »Entwicklung der sozialistischen Nationalkultur« gesprochen hatte, eine größere Beachtung. Daraufhin griff Harry Tisch, (1927–1995) der damalige 1. Sekretär der Bezirksleitung der SED Rostock, den Bildhauer Jo Jastram und sein Kunstwerk polemisch an. Fast gleichzeitig begann in der von der Bezirksleitung der SED herausgegebenen Ostsee-Zeitung eine Leserdiskussion, in deren Verlauf sich vor allem die Architekten der Langen Straße, aber auch viele Bildhauerkollegen hinter Jastram stellten. Das Echo in der Bevölkerung wurde jedoch mit der vorherrschenden Einschätzung der SED-Funktionäre in Übereinstimmung gebracht, daß die auf dem Relief vom Künstler dargestellten Menschen nicht dem sozialistischen Menschenbild entsprechen würden.

Mit der klaren rechteckigen Gliederung paßt sich das Relief den umliegenden massigen Baukörpern an. Humorvoll wird die Verbindung des Lebens der Menschen mit dem Wasser in verschiedenen Szenen gestaltet. Die derb-kräftige Körperlichkeit der Figuren und die detailreiche Gestaltung unterstützen diesen Eindruck.

»Menschen am Wasser«. Jo Jastram, 1962. Das Anfang der sechziger Jahre umstrittene Relief.

Etwas weiter östlich in der Langen Straße, an der Ecke zum Burgwall sehen wir das »Paar« von Anne Sewcz (Naturstein, 1991). Auf den ersten Blick sehr kompakt, kann sich das »Paar« bei näherer Betrachtung durch die Positionen des Sitzenden und der Liegenden erschließen. Die Figuren sind so zueinander angeordnet, daß eine Harmonie zwischen beiden nicht zu erkennen ist.

Im Zuge der Umgestaltung der Langen Straße in den Jahren 1997/98 konnte sich der Bildhauer Reinhard Buch mit dem Projekt von Stelen und Licht einbringen. Vierundzwanzig Leuchtstelen bilden entlang der Langen Straße in etwa fünf Metern Höhe eine horizontale Ebene mit grünlichem Licht. Sie sind aus Corten-Stahl, dessen Oberfläche eine braune Korrosionsschicht bildet. Der Rost ist also beabsichtigt. Die Leuchtstelen markieren die sechs historischen Querungen der Langen Straße.

In Höhe Burgwall überqueren wir die Lange Straße und gehen in Richtung Marienkirche. Im Bereich der Faulen Grube befindet sich ein 24 Meter langer Balken aus Edelstahl auf einem Natursteinsockel, der symbolhaft für den verschütteten Wasserlauf in der »Faulen Grube« steht. Diese

Die »Afrikanische Bergziege« am Ziegenmarkt wird von Kindern gern als Klettermöglichkeit genutzt. Gerhard Rommel, 1959/79.

Arbeit ist ebenfalls Bestandteil des erwähnten Projektes von Reinhard Buch in der Langen Straße.

An der Marienkirche treffen wir zunächst auf die »Spielenden Kinder« (Bronze, erstmalige Aufstellung 1979) von Lore Plietzsch. Die Plastik stand bis 1999 in der Nähe des Rathauses. Im Zuge der Veränderung der Straßenbahntrasse wurde sie hierher umgesetzt.

Auf dem Ziegenmarkt steht die »Afrikanische Bergziege« von Gerhard Rommel (Bronze, 1959 – Aufstellung 1979). Die Ziege ist sehr beliebt und wird häufig von Kindern als Klettermöglichkeit genutzt.

Die Marienkirche wurde von der Mitte des 13. Jahrhunderts bis zur Mitte des 15. Jahrhunderts in mehreren Phasen erbaut. Sie ist die größte und prächtigste Rostocker Kirche.

Von hier aus gehen wir zum Neuen Markt. Dort, wo bis zum Zweiten Weltkrieg eine Wasserkunst stand, wird im Jahr 2000 der »Möwenbrunnen« nach Entwürfen von Waldemar Otto geschaffen.

Der »Möwenbrunnen»

Eine hohe Bronzesäule von 40 cm Durchmesser, aus der Wasser in ein Auffangbecken sprudelt, bildet die Mitte eines etwa sieben mal sieben Meter großen begehbaren, gepflasterten Granitquadrates, dessen Ecken von je zwei rechtwinklig zueinander gestellten Granitblöcken markiert werden. Die Säule erinnert äußerlich an die Siegessäule, doch steht anstelle der Siegesgöttin einfach eine Möwe auf der Spitze. An den vier Seiten wachsen jeweils in der Mitte Granitsockel aus dem Pflaster, die bronzene Gestalten antiker Meeresgötter als Symbole des Meeres tragen: Neptun (Poseidon) mit dem Dreizack, der in Längsrichtung des Platzes blickt; Triton auf der krummen Muschel zur Rathausseite hin blasend; der alte und leidgebeugte Neräus der Nordseite sitzend zugewandt und Prothäus, der sich Wandelnde, zur Kröpeliner Straße gekehrt. Der Möwenbrunnen wird im Schnittpunkt mehrerer Sichtachsen stehen. Ab Ziegenmarkt wird er von der

Kröpeliner Straße aus ebenso gut sichtbar sein wie von der Steinstraße aus.

Wenden wir uns nun dem Rathaus zu, dessen Ursprung in der Mitte des 13. Jahrhunderts liegt. Die An- und Umbauten reichen bis in die jüngste Zeit hinein.

Am Rathausvorbau windet sich zwischen dem linken Säulenpaar des mittleren Bogens eine »Schlange«. Sie wurde von Erhard John im Auftrag der Volksbank e. G. neu entworfen und gegossen und anläßlich des 780. Stadtgeburtstages am 24.06.1998 feierlich an die Hansestadt Rostock übergeben.

Die erste Schlange wurde in der ersten Hälfte des 18. Jahrhunderts für das Rathaus geformt. Bis 1997 zierten verschiedene Schlangen eine der Säulen des Vorbaues, wurden aber immer wieder gestohlen oder zerstört. Die letzte Schlange, ebenfalls ein Bronzeguß, war 1997 spurlos verschwunden.

Eine Schlange, viele Geschichten

Eine Geschichte über die Existenz der Schlange besagt, daß sie vom Baumeister als Spaß angebracht wurde, da die Schlange auch Weisheit und Wachsamkeit symbolisiert, also Eigenschaften, die Ratsherren zu jeder Zeit besitzen sollten.

Eine andere Geschichte erzählt, daß es Brauch war, daß wandernde Handwerksburschen zum Nachweis, daß sie in verschiedenen Städten gewesen waren, über bestimmte seltene Wahrzeichen Bescheid wissen mußten, so auch über die Schlange am Rostocker Rathaus.

Eine weitere, wenn auch unwahrscheinliche Interpretationsmöglichkeit reicht bis zur Mitte des 19. Jahrhunderts zurück. Danach gibt es die Sage, daß während der Sturmflut 1841 das Wasser bis zum Fuß der Säule gestanden haben soll und ein Aal nach oben gekrochen sei. Aus dem Aal ist dann schließlich eine Schlange geworden.

Die »Schlange« am Rostocker Rathaus. Die neugeschaffene »Schlange« mit einem lebenden Vorbild nach der »Taufe«. Erhard John, 1998.

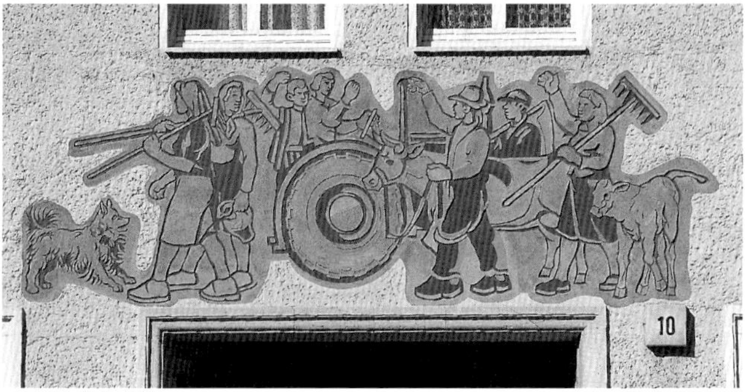

Erntegruppe – Sgraffito – ein typisches Gestaltungselement für die »Kunst am Bau« in den frühen fünfziger Jahren. Heinz Becker.

Vom Rathaus aus begeben wir uns über den Vogelsang in die Krämerstraße. Hier können wir über den Eingängen der Häuser Nr. 7–10 die Sgraffiti »Szenen aus dem Arbeitsleben« von Heinz Becker in der Reihenfolge »Fischfang«, »Kultur und Gesundheit«, »Aufbau und Handwerk« und »Erntegruppe« betrachten. Diese Sgraffiti waren ein typisches Gestaltungselement der Architektur der fünfziger Jahre und sind häufiger in Rostock anzutreffen. Die Arbeiten in der Krämerstraße wurden Anfang der neunziger Jahre bei der Sanierung der Gebäude restauriert und kommen seitdem gut zur Geltung.

Nach dem Haus Nr. 10 folgt eine Lücke in der Bebauung, die uns einen Blick in den Hofbereich dieses Quartiers erlaubt. Auf der rechten Seite des Innenhofes sehen wir »Gebautes und Gewachsenes«. Diese Arbeit aus gebrannter Eiche von Susanne Rast und Dirk Wunderlich ließ die Landesbank Schleswig Holstein 1998 vor der Hofseite ihres Gebäudes Grubenstraße Nr. 19 aufstellen.

Wir gehen die Krämerstraße weiter hinunter, überqueren die Grubenstraße und sind in der Harten Straße. Am Giebel des Hauses Seidenstraße Nr. 5/Harte Straße sehen wir einen Fischer, der sein Netz auswirft. Das Relief aus den fünfziger Jahren wird ebenfalls Heinz Becker zugeschrieben.

Über Wollenweberstraße und Amberg gelangen wir zum Alten Markt mit der St. Petri Kirche und befinden uns nun sozusagen an der Geburtsstätte Rostocks. Die älteste Stadtgründung erhielt am 24. Juni 1218 das lübische Stadtrecht. Die Petrikirche war als Pfarrkirche der Altstadt zwischen dem zweiten Viertel des 14. Jahrhunderts und dem Ende des 15. Jahrhunderts errichtet worden. Während der alliierten Bombenangriffe im April 1942 wurde die Kirche stark beschädigt. Der Helm des bis zu 117 Metern Höhe aufragenden Turms, der durch seine sichtbare Höhe auch der Schifffahrt als Landmarke diente, wurde ebenfalls zerstört. Erst im November 1994 konnte der Turmhelm wieder aufgesetzt und später auch der Turm als Aussichtsturm nutzbar gemacht werden.

1999 erhielt die Kirche ein neues Westportal, das vom Bildhauer Jo Jastram mit Motiven aus dem Alten Testament gestaltet wurde.

Die Arche Noah, Jona und der Wal

Der Künstler wählte die Geschichten von Jona und dem Wal sowie von der Arche Noah wegen ihres Bezuges zum Meer. Auf diese Weise wird auch ein konkreter Zusammenhang zur Fischer- und Hafenstadt Rostock hergestellt.

Mit dem Bild der Arche Noah steht das Sinnbild für die Rettung aus großer Not, für Geborgenheit und Hoffnung, für die Kirche, die zur Arche werden kann. Gleichzeitig weckt die Arche auch Assoziationen an den Schiffbau und die Schiffahrt.

Im linken Türflügel wird die Arche dargestellt, während im rechten Türflügel die Sintflut mit Wolken, Regen und Blitz zu sehen ist.

Die Reliefplatte im Spitzbogen gestaltet 1. Mose, 8. Kapitel, Vers 22: »Solange die Erde steht, soll nicht aufhören Saat und Ernte, Frost und Hitze, Sommer und Winter, Tag und Nacht.«

Die Wolken sind hier die freundlichen Regenspender mit Getreidebündel und der Taube als Hoffnungskünder und Lebensbote Noahs, aber auch als Symbol des Friedens.

Hoffnung spricht auch aus der Geschichte vom Propheten Jona und dem Wal. Danach hatte Gott Jona den Auftrag er-

Jona und der Wal. Biblisches Motiv aus dem Alten Testament am Westportal der St. Petri Kirche. Jo Jastram, 1999.

teilt, den Feinden Israels in Ninive das Gericht zu verkünden. Doch Jona hatte Angst, floh zu Schiff übers Meer und geriet dabei in einen Sturm. Jona bekannte sich zu seinem Ungehorsam gegenüber Gott, und riet den Seeleuten, ihn über Bord zu werfen. Widerstrebend folgten sie diesem Rat. Der Sturm legte sich, während Jona von einem großen Fisch, der als Wal gedeutet wird, verschlungen wurde. Drei Tage und drei Nächte mußte Jona im Bauch des Wales bleiben. Er betete zu Gott und dankte ihm für die Rettung vor dem Ertrinken. Auf Gottes Geheiß spie der Wal ihn wieder an Land, und Gott erteilte Jona den Auftrag ein zweites Mal.

Der Künstler hat das Motiv von Jona und dem Wal in die Türgriffe vom Haupt- und Nebenportal eingearbeitet. Am Hauptportal steht der große Fisch, der Wal, für Rettung, Klausur und Umkehr. Im alten Rom war der Fisch auch das geheime Erkennungszeichen für die verfolgten Christen. Sie hatten aus den griechischen Anfangsbuchstaben von Jesus,

St. Petri Kirche. »Arche Noah«. Jo Jastram, 1999.

Christus, Sohn Gottes, Retter das Wort »ichtys« gebildet, das im Griechischen »Fisch« bedeutet. Der Fisch erinnert auch an Petrus, den Fischer und Namenspatron der Kirche. Im Türgriff des Nebenportals gestaltete der Künstler Jona als einen Auswegsuchenden im Maul des Wals, der selber bei seiner Rettung nicht untätig bleibt.

Der nördliche Aufgang zur Petrikirche von der Slüterstraße aus wird ebenfalls seit 1999 durch eine Plastikgruppe (Bronze) von Wolfgang Friedrich betont. Mit dieser Arbeit war Friedrich 1994 im Zusammenhang mit dem Neubau des Schleswig-Holstein-Hauses Alter Markt Nr. 19 Preisträger eines künstlerischen Wettbewerbs, für dessen Durchführung und Realisierung die Innenministerien von Schleswig-Holstein und Mecklenburg-Vorpommern die finanziellen Mittel bereitstellten. Für die Gestaltung nahm der Künstler das für diesen Ort naheliegende Thema der Stadtgründung auf.

St. Petri Kirche. Gewandfigur. Wolfgang Friedrich, 1999.

Die lagernde weibliche Figur steht im Kontrast zur stehenden männlichen Gewandfigur. Sie ist die Offene, die das Sinnlich-Harmonische verkörpert. Die männliche Figur symbolisiert in ihrer Geschlossenheit und der Öffnung im Kopfbereich den geistigen Ort, die Christianisierung als Voraussetzung für die Stadtgründung.

Wir setzen unseren Rundgang durch die Lohgerberstraße bis hin zur Nikolaikirche fort, die als Pfarrkirche eines südlich der Altstadt gelegenen selbständigen Siedlungskernes mit vorwiegend slawischer Bevölkerung um die Mitte des 13. Jahrhunderts gegründet wurde. Auch die Nikolaikirche wurde während der Luftangriffe 1942 mit Ausnahme des Chores zerstört. Bis heute sind umfangreiche Rekonstruktionen durchgeführt worden. Der Kirchenraum selbst wird vorwiegend für Ausstellungen und Konzerte genutzt.

Der Bereich um die Nikolaikirche wird in nächster Zeit ebenfalls zum Kunststandort, so daß die Altstadt insgesamt auch durch die bildende Kunst an Anziehungskraft gewinnt.

Von der Nikolaikirche führt uns der Weg weiter über die Straße Am Wendländer Schilde in Richtung Große Wasserstraße. In Höhe An der Viergelindebrücke überqueren wir wieder die Grubenstraße und wenden uns nach rechts, und gehen die Große Wasserstraße hinauf. Auf der rechten Seite, Ecke An der Hege steht das Kerkhoff-Haus, das als gotisches Wohnhaus um 1470 für den Bürgermeister Bertold Kerkhoff errichtet wurde. Im 16. Jahrhundert wurde es umgebaut. Aus dieser Zeit stammen auch die Schmuckterrakotten am Blendenstaffelgiebel. Heute beherbergt das Kerkhoff-Haus das Standesamt und das Stadtarchiv.

Gegenüber dem Kerkhoff-Haus, auf der linken Seite der Großen Wasserstraße steht das »Hotel Sonne«. Links neben dem Haupteingang ist ein 1997 von Thomas Jastram geschaffenes Porträtrelief aus Bronze angebracht, das Hugo Grotius darstellt.

Hugo Grotius

Hugo Grotius (eigentlich Huig de Groot) war niederländischer Jurist, Philosoph, Historiker und Staatsmann (1583 in Delft). Mit seinem Werk »Drei Bücher vom Recht des Krieges und des Friedens« (1625) wurde er zum Begründer des neueren Völkerrechts. In seiner Arbeit »Mare liberum« formulierte er die Grundsätze des Seerechts. Grotius verstarb am 28. August 1645 auf der Durchreise in Rostock. An der*

Stelle seines Sterbehauses, des Ballmanschen Gast- und Logierhauses, später Fürstenherberge in der Großen Wasserstr. Nr. 17, steht heute das Hotel »Sonne«.

Die »Sonne« (Manfred Kandt 1967/68), die die Spitze des Giebels schmückt und dem Hotel seinen heutigen Namen gab, wurde im Jahr 1997 restauriert.

Nun überqueren wir die Steinstraße an der Ampelanlage und sind an unserem Ausgangspunkt angelangt.

Das »Hugo-Grotius-Relief« am »Hotel Sonne« ehrt den Begründer des See- und neueren Völkerrechts. Thomas Jastram, 1998.

Ein Abstecher zum Kabutzenhof – Das Matrosendenkmal

Zum Kabutzenhof gelangt man am günstigsten mit dem Auto, das auf dem Parkplatz des Portcenters abgestellt werden kann. Aber auch von der Straßenbahnhaltestelle (Linien 2 und 12) Kabutzenhof in der Doberaner Straße ist der Be-

Das Matrosendenkmal am Kabutzenhof ist Rostocks gewaltigstes Mahnmal. Wolfgang Eckardt, 1977.

reich um den Fähranleger Am Kabutzenhof gut zu erreichen. Hier erhebt sich das gewaltigste Mahnmal der Hansestadt Rostock: die Gedenkstätte für die revolutionären Matrosen (auch »Ehrenmal der Revolution der Matrosen«).

Die Platzgestaltung, das Relief und die Plastik bilden als Einheit das einzige künstlerische Ensemble politischen In-

Matrosendenkmal am Kabutzenhof – Detail aus dem Relief. Reinhard Dietrich, 1970.

halts aus der DDR-Zeit in Rostock. Die Gestaltung des Platzes wurde 1999 allerdings verändert, indem Bäume gepflanzt wurden.

Die Gedenkstätte ist nicht nur, wie oftmals angenommen, den Teilnehmern des Matrosenaufstandes in Kiel im November 1918, sondern auch deren Vorkämpfern gewidmet: den Anführern der Meuterei in der Hochseeflotte der deutschen Kriegsmarine vor Wilhelmshaven im August 1917: Max Reichpietsch (* 1894, hingerichtet am 5. September 1917) und Albin Köbis (* 1892, hingerichtet am 5. September 1917). Deshalb ist in den Archivunterlagen auch häufig vom »Reichpietsch/Köbis-Denkmal« die Rede.

Die Situation in Deutschland im August 1917

Arbeiter und Soldaten in Europa wenden sich gegen den Krieg. In Rußland hat die Februarrevolution den Zar abgesetzt, in Frankreich meutern im April 1917 Tausende von Soldaten, in Deutschland demonstrieren und streiken vor allem die Arbeiter gegen die schlechte Versorgungslage. In Kiel gehen 20 000 Menschen für mehr Lebensmittel auf die Straße. Auch in der kaiserlichen Hochseeflotte nimmt die Unzufriedenheit zu.
In dieser Situation kommt es Anfang August 1917 vor Wilhelmshaven, neben Kiel Deutschlands zweiter großer Kriegshafen, zur offenen Meuterei. Auf einigen Schiffen der deutschen Kriegsmarine verweigern die Matrosen den Gehorsam. Anführer der Aktion sind der Oberheizer Max Reichpietsch auf dem Flaggschiff »Friedrich der Große« und der Matrose Albin Köbis auf der »Prinz Luitpold«. Sie wollen ein erneutes Auslaufen der Flotte in eine sinnlose Seeschlacht verhindern. Doch die Operation ist schlecht vorbereitet und wird niedergeschlagen. Reichpietsch und Köbis werden von einem Kriegsgericht wegen Meuterei zum Tode verurteilt und beide am 5. September 1917 hingerichtet. Weitere 76 Matrosen werden zu zum Teil hohen Freiheitsstrafen verurteilt.

Bereits 1970 wurde der Sockel mit dem von Reinhard Dietrich geschaffenen Relief szenischer Darstellungen des Matrosenaufstandes von 1918 eingeweiht. Als Thema für das Relief diente der Ausspruch Karl Liebknechts: »Und ob wir dann noch leben werden, wenn es erreicht wird – leben wird unser Programm, es wird die Welt der erlösten Menschheit beherrschen. Trotz alledem!«.

Der Sockel selbst ist eine unterkellerte Terrasse, die ein Traditionskabinett beherbergte, in dem unterschiedliche

Zielgruppen die Tradition der Revolutionären Matrosen pflegten. Heute wird der Keller nicht mehr genutzt, weil die baulichen Voraussetzungen eine öffentliche Nutzung nicht mehr zulassen.

Beeinflußt von der sowjetischen monumentalen Bildhauerei schuf Wolfgang Eckardt 1977 zwei männliche Akte, die einen stürzenden und einen aufstrebenden Matrosen darstellen.

Die etwa neun Meter hohe Bronzeplastik wiegt insgesamt fast 40 Tonnen. Sie wurde im Leningrader Werk für Monumentalplastiken gegossen und am 14. September 1977 eingeweiht.

Das Denkmal wurde in der DDR-Zeit offiziell interpretiert als »symbolhafte Überhöhung der gewaltigen Revolution der Menschen«, und reizte wegen seines übertriebenen Pathos natürlich auch zum Spott. »Die gestreckte Faust nach Osten, die offene Hand nach Westen« ist nur eine der geläufigen Varianten.

Doch letztendlich gehört auch dieses Denkmal zur Stadt, auch wenn nach der Wende Stimmen laut wurden, die es wegen seines politischen Inhalts beseitigen wollten. Im Umgang mit historischen Zeugnissen hat sich jedoch die Auffassung durchgesetzt, daß sich Geschichte weder »bewältigen« noch »entsorgen« läßt.

2. Rundgang: Auf dem Lichtenhäger Brink

Der kürzeste unserer drei Stadtrundgänge führt uns durch Lichtenhagen. Der neue Stadtteil soll hier exemplarisch für die Neubaugebiete des Rostocker Nordwestens stehen.

Brunnen am Lichtenhäger Brink. Einer von sieben Brunnen, die seit September 1999 wieder sprudeln. Anneliese Zintler.

Lichtenhagen wurde im wesentlichen in den Jahren 1972–1976 um eine 1942 entstandene Holzhaussiedlung errichtet und nach dem nur wenige Kilometer südwestlich gelegenen Dorf Lichtenhagen (»lichte Stelle im Wald«) benannt.

An die im Mittelalter verwendete Quartierbauweise angelehnt, bilden die Wohnblöcke mäandernd Straßenzüge, die wiederum meist rechteckige Karrees schaffen.

Lichtenhagen galt in den siebziger und achtziger Jahren in der DDR als ein Musterbeispiel für gelungenen Städtebau in Großplattenbauweise. Anders als in den schon bestehenden Neubaugebieten wollte man nicht nur eine Schlafstätte für 20 000 Menschen schaffen, sondern einen lebendiges Stadtviertel mit verschiedenen Angeboten für Kunst, Kultur und Sport.

Zentrum dieses Entwurfs ist der Lichtenhäger Brink. Ein wesentliches Ziel der Gesamtkonzeption, die auch den künstlerischen Aspekt beinhaltete, war es, eine Verbundenheit der Bewohner mit ihrem Stadtteil und mit ihrer mecklenburgischen Heimat zu entwickeln. Dabei soll nicht vergessen werden, daß nicht nur gebürtige Rostocker diesen Stadtteil bezogen, sondern daß Menschen aus allen Teilen der DDR nach Rostock kamen, um vor allem auf der Warnemünder Werft zu arbeiten. Auch sie sollten sich natürlich mit ihrem Kiez identifizieren.

So wurden beispielsweise die am Lichtenhäger Brink gelegene Gaststätte »Lichtenhäger Krug« und das Café »Möweneck« künstlerisch mit Arbeiten wie »Mecklenburgische Schwänke« (neun Tafeln mit Wandbildfunktion, Öl auf Hartfaser, 1975/76) von Heinz Wodzicka und »Lichtenhäger Wald« (zwei Wandbilder, Tempera und Acryl auf Putz, 1976) von Inge Jastram ausgestaltet.

Zum Lichtenhäger Brink gelangt man entweder mit dem Städtischen Nahverkehr (S-Bahn-Haltepunkt Lichtenhagen, dann in Richtung Güstrower Straße oder mit dem Bus, Linie 36 Haltepunkt Güstrower Straße) oder mit dem Pkw, den man auf dem Großparkplatz gegenüber dem S-Bahn-Haltepunkt Lichtenhagen abstellen kann.

Dann geht man zunächst in Richtung Güstrower Straße. Gleich wenn man von der Stadtautobahn bzw. vom S-Bahn-

Haltepunkt nach Lichtenhagen herein kommt, fällt die Klinkergiebelgestaltung »Sonnenblumen« (1979) von Reinhard Dietrich auf, die dem sogenannten »Sonnenblumenhaus« in der Mecklenburger Allee seinen Namen gab.

Den Lichtenhäger Brink betritt man aus Richtung des neuen Einkaufszentrums Güstrower Straße. Im Eingangsbereich des Brinks findet man die Gruppenplastik »Der Friede bewahrt das Leben« von Bernd Goebel (Bronze, Aufstellung 1980). Der Titel ist im gesellschaftlichen Kontext der siebziger und achtziger Jahre in der DDR zu sehen. Drei männliche Figuren heben hier eine weibliche spielerisch empor. Wie in anderen Kunstwerken auch, sollte hier die Lebensfreude im real-existierenden Sozialismus zum Ausdruck gebracht werden.

Unweit der Gruppenplastik findet man auf der linken Seite des Boulevards die sieben Wasserspiele der Architektin Anneliese Zintler. Es handelt sich dabei um quadratische Becken, deren Böden mit Mosaiken zum Thema »Leben im Wasser« geschmückt sind. In den Wasserbecken bilden jeweils zwölf Fontänen einen Kreis.

Warum die Brunnen wieder sprudeln

Bis zu ihrem Defekt Anfang der neunziger Jahre sprudelten die sieben Wasserspiele vom 1. Mai bis zum 1. September und waren damit in den Lauf der Jahreszeiten eingebunden. Nachdem sie erst einmal kaputt waren, keiner für die Reparatur aufkommen wollte und die völlige Zerstörung drohte, sollten die Brunnen sogar in Blumenbeete verwandelt werden. Daraufhin schlossen sich der Ortsbeirat Lichtenhagen, Sponsoren und die »Norddeutschen Neuesten Nachrichten« zu einer Initiative für die Erhaltung der Wasserspiele zusammen. Seit 1996 wurden jährlich Brunnenfeste veranstaltet, um zumindest einen Teil der Sanierung mit zu finanzieren.

Schließlich übernahm die Stadtverwaltung den größten Teil der Kosten. Im September 1999 war es endlich soweit: die Brunnen sprudeln wieder, nachdem auch die Bodenmo-

Der »Liegende Knabe« am Lichtenhäger Brink betrachtet versonnen die vorübergehenden Passanten. Wilfried Fitzenreiter, 1978/79.

Die »Handschuhanziehende« am Lichtenhäger Brink verkörpert eine zarte Anmut. Fritz Cremer, 1961.

Der »Bauernbrunnen« am Lichtenhäger Brink wurde 1998 saniert. Er ist jetzt wieder ein beliebter Treffpunkt für jung und alt. Erich Nitzsche, 1978.

saiken von Erich Nitzsche, dem Schöpfer des Bauernbrunnens, repariert worden waren.

Läuft man den Boulevard weiter in Richtung Möllner Straße findet man rechts den »Liegenden Knaben« von Wilfried Fitzenreiter (Bronze 1978/79), der die Vorübergehenden ein wenig versonnen betrachtet. Nicht weit vom »Knaben« entfernt, ebenfalls auf der rechten Seite steht die zierlich-anmutige »Handschuhanziehende« von Fritz Cremer (Bronze, 1961).

Danach erschließt sich ein Platzbereich, der von Erich Nitzsches »Bauernbrunnen« dominiert wird (farbige Keramik und Klinker, 1978).

Der keramische Baum mit seinen Tieren bildet einen angenehmen Kontrast zu den nüchternen Fassaden der Wohnhäuser und des (mittlerweile teilweise leergezogenen) Versorgungskomplexes mit Einkaufsmarkt, Gaststätte und Schülergaststätte. 1998 wurde der Bauernbrunnen saniert und ist nun wieder ein beliebter Treffpunkt für jung und alt.

Jetzt sind wir auch schon am Ende unseres Spaziergangs über den Lichtenhäger Brink angelangt. Nun kann man entweder zu seinem Auto zurück gehen oder mit dem Bus von der nicht weit entfernten Haltestelle Schleswiger Straße in die Innenstadt oder nach Warnemünde fahren.

Wenn man möchte, kann man aber auch noch weiter in Richtung Möllner Straße gehen, wo auf dem Gelände der Juristischen Fakultät der Universität Rostock weitere Plastiken zu sehen sind, so die »Kugelstoßerin« von Arnd Wittig (Bronze, o. J.), die »Pfiffige Göre« von Hans-Peter Jäger (Bronze, 1976) oder ein »Mädchen« von Jenny Mucchi-Wiegmann (Bronze, o. J.).

3. Rundgang: Warnemünde

Warnemünde entstand im 13. Jahrhundert als eine Fischersiedlung und wurde 1323 zur Kontrolle der Warnow-Mündung von der Stadt Rostock gekauft. Bis heute fühlen sich deshalb viele Warnemünder nicht als Rostocker.

In Warnemünde treffen wir auf ein ganz besonderes Spannungsverhältnis zwischen der Kunst der siebziger Jahre auf der Seepromenade und der Kunst der neunziger Jahre »Am Strom«.

Ausgangspunkt für unseren Rundgang in Warnemünde ist der Kirchenplatz. Dieser Platz liegt zentral und ist sowohl von der S-Bahn aus als auch mit dem Auto gut zu erreichen. Derjenige, der mit der S-Bahn kommt, kann in den Grünanlagen gleich hinter dem Bahnhof den John-Brinckman-Gedenkstein aus dem Jahre 1914 finden. Der Gedenkstein wurde, wie auch der Brinckman-Brunnen in Rostock, anläßlich des 100. Geburtstages des niederdeutschen Dichters errichtet. Der Gedenkstein wurde von Wilhelm Wandschneider geschaffen und besteht aus rotem schwedischen Granit, auf dem eine Porträtreliefplakette angebracht ist.

Vom Kirchenplatz aus gehen wir ein Stück die Heinrich-Heine-Straße entlang und biegen dann nach links in die Wachtlerstraße ein. Auf der rechten Seite befindet sich nun der Kurpark. Hier steht in Höhe der Dänischen Straße, etwas zurückgesetzt, ein Mädchenakt aus Bronze von Karl-Heinz Schamal (1962/68).

Das unbekannte »Mädchen«

Um die Herkunft des Mädchenaktes wurde lange gerätselt. Bis zur Schließung des Kurhauses stand die Plastik wohl im Kurhausgarten, wurde dann im Kurhaus untergestellt und 1995 auf neuem Sockel in den Kurpark gestellt. Zunächst vermutete man, daß es sich um eine Arbeit des Doberaner

Der »Mädchenakt« im Warnemünder Kurpark wurde 1995 wieder aufgestellt. Karl-Heinz Schamal, 1968.

Bildhauers Reinhard Schmidt handelt. Seine Witwe konnte dies jedoch nicht bestätigen, fand aber heraus, daß Karl-Heinz Schamal die Plastik geschaffen hat und daß das Modell 1968 während eines Symposiums im Zoo gestanden hat. Später hat die Stadt die Plastik angekauft.

Am Ende des Kurparks biegen wir rechts in die Kurhausstraße ein und laufen in Richtung Hotel »Neptun« und die Seepromenade. Auf der linken Straßenseite, vor dem Haus Nr. 4 , dem »Kurparkhotel«, findet der Besucher die um ein Wasserspiel angeordnete Plastikgruppe »Archetypen Mann-Frau« von Reinhard Buch (Aufstellung 1995), die abends, wenn sie angestrahlt wird, ihren besonderen Reiz entwikkelt. Das Hotel »Neptun« sehen wir auf der linken Seite bereits vor uns.

An der Fassade des Hotels befindet sich rechts auf der Höhe des Haupteingangs eine strukturierte Wandgestaltung in Schiefer von Jo Jastram aus dem Jahre 1971, die auch in die Neugestaltung des Hotels einbezogen wurde.

Der Vollständigkeit halber soll noch erwähnt werden, daß in der Parkanlage hinter dem Hotel und dem früheren Meeresbrandungsbad seit den siebziger Jahren zwei bronzene Tierplastiken von Heinrich Drake, »Hochlandstier« (1938/61)

»Archetypen Mann–Frau«. Abends angestrahlt, haben sie einen besonderen Reiz. Reinhard Buch, Aufstellung 1995.

Die Schieferfassaden-Gestaltung am Hotel »Neptun« stammt aus dem Jahr 1971. Jo Jastram.

und »Pony« (1938/61), ihren Platz hatten. Mit dem Beginn der Bauarbeiten für das neue Spaßbad wurden diese Arbeiten eingelagert.

Nach Fertigstellung des neuen Bades sollen sie zumindest in der Nähe ihres alten Standortes wieder aufgestellt werden. Die Tierplastiken waren sehr beliebt, denn aufgrund ihrer geringen Höhe sind sie besonders für Kinder sehr gut begreif- und besteigbar, was man den blankgeschliffenen Rükken der Tiere auch in positivem Sinne ansieht.

In Richtung Westen, aber noch in Höhe des Hotels »Neptun« steht auf der Seepromenade die Plastik »Möwenflug« von Reinhard Dietrich. Der Bildhauer stellt hier den Moment des Auffliegens einer Möwenschar dar, in dem sie sich zu einer Flugformation zusammenfindet.

Um den Rundgang fortzusetzen, wenden wir uns nun nach rechts und gehen auf der Seepromenade in Richtung Leuchtturm wie auf einer Achse von West nach Ost.

Zunächst schauen wir jedoch nach rechts, in die parallel zur Seepromenade verlaufende Seestraße. Am Westgiebel des Instituts für Ostseeforschung ist ein Mosaik zum Thema »Meeresforschung« von Otto Manigk aus dem Jahre 1966 zu sehen. Bis 1996 befand es sich noch über dem Eingangsbereich des Instituts auf der Hofseite, wo es allerdings kaum

Der »Möwenflug« auf der Warnemünder Seepromenade symbolisiert das Auffliegen einer Möwenschar. Reinhard Dietrich, 1971.

Windspiel als Windrichtungsanzeiger auf der Warnemünder Seepromenade. Otto Büttner, 1979.

Das »Liebespaar« auf der Warnemünder Seepromenade symbolisiert Lebensfreude und Liebesglück. Wilfried Fitzenreiter, 1979 (Aufstellung).

57

wahrgenommen wurde. Während der Sanierung wurde durch die Umsetzung an den Westgiebel des Gebäudes eine günstige Variante gefunden, das Mosaik der Öffentlichkeit zugänglich zu machen.

Auf der rechten Seite der Seepromenade folgt nun ein Windspiel aus Metall von Otto Büttner (1979). Dabei handelt es sich um ein Mobilé, das aus verschiedenen Ringen und Ringteilen zusammengesetzt ist und die Windrichtung mittels eines Windzeigers angibt.

Einige Meter weiter, auf der linken Seite steht die Plastik »Liebespaar« von Wilfried Fitzenreiter (Bronze, 1979), als Ausdruck von Lebensfreude und Liebesglück. Die Seepromenade mündet jetzt in den Platzbereich vor dem mehr als hundert Jahre alten Leuchtturm.

Auf der rechten Platzseite erhebt sich überlebensgroß die Plastik »Lotsenehrung« (auch »Rettung aus Seenot« oder »Männer im Boot«) von Reinhard Dietrich (Beton, 1976), die durch ihre künstlerische Gestaltung die Gefährlichkeit und Schwere der Lotsenarbeit in der Vergangenheit verdeutlicht und besonders dem Warnemünder Lotsen Stephan Jantzen gewidmet ist. Damit trägt diese Plastik auch Denkmalscharakter.

Auf der linken Seite steht der »Teepott«. Für den Reisenden, der sich von der See aus mit dem Schiff nähert, bildet der »Teepott« im Ensemble mit dem alten Leuchtturm eine unverwechselbare Silhouette. Der Teepott entstand 1967/68 an der Stelle des 1928 erbauten und 1945 abgebrannten alten »Teepavillons« und ist in Rostock einer der drei Hyparschalenbauten des von der Insel Rügen stammenden Architekten Ulrich Müther. Der Metallgestalter Achim Kühn strukturierte den unteren Fassadenbereich des Bauwerkes am Haupteingang mit Metallelementen. Wir gehen nun am Leuchtturm vorbei und wenden uns der Westmole zu, die 1997/98 komplett saniert und umgestaltet wurde.

Nach Abschluß der Arbeiten konnte dort, in exponierter Lage zum Wasser, auf dem Fundament des ehemaligen Molenhäuschens im Juli 1998 die »Große Stehende« von Werner Stötzer aufgestellt werden. Die Plastik aus weißem bulgarischen Sandanski-Marmor fordert seine Betrachter zur Aus-

Lotsenehrung auf der Warnemünder Seepromenade zum Gedenken an Stephan Jantzen. Reinhard Dietrich, 1976.

einandersetzung heraus, regt zu widersprüchlichen Emotionen an und strahlt gleichwohl eine gewisse Ruhe und Ausgeglichenheit aus.

Der Streit um die »Große Stehende«

Eigentlich sollte die »Große Stehende« schon im Jahr 1989 zum 40. Jahrestag der DDR aufgestellt werden. Der Rat der Stadt Rostock hatte dem Künstler 1986 den Auftrag erteilt, eine überlebensgroße weibliche Figur als Gedenkstein für die auf See Gebliebenen zu schaffen. Als Material diente ein bei den Arbeiten am Marx-Engels-Forum in Berlin übrig gebliebener Marmorblock. Stötzer konnte jedoch den vereinbarten Termin nicht einhalten, weil, wie er selber sagte, die Schaffung eines Kunstwerkes sich nicht nach Jahrestagen richtet, sondern nach dem Fortschreiten der künstlerischen Auseinandersetzung mit dem Thema und dem Material.

Nach der Wende ließ Werner Stötzer die Arbeit ruhen, bis die Hansestadt Rostock ihm versicherte, daß seine Arbeit unabhängig von der veränderten politischen Situation wegen der zu erwartenden künstlerischen Qualität auf dem vorgesehenen Platz aufgestellt werden sollte.

Als Ende 1995 die Warnemünder Bürger über die geplante Aufstellung des Gedenksteins mit dem Arbeitstitel »Trauernde« informiert wurden, erhob sich ein allgemeiner Sturm der Entrüstung. Die Argumente und Gegenargumente vertieften sich. Hinzukam, daß zwischenzeitlich im Stephan-Jantzen-Park auf dem alten Warnemünder Friedhof eine Gedenkstätte für die auf See Gebliebenen eingerichtet worden war. Dieser Sachverhalt nahm viele gegen das Kunstwerk ein.

Schwerer wog jedoch das Argument, es handele sich hierbei um ein sogenanntes »kommunistisches« Auftragswerk. Und weil dieses angebliche kommunistische Machwerk so gar nicht den am Realismus eingeübten Sehgewohnheiten entsprach, wurde in Abrede gestellt, daß das Werk ein Kunstwerk sei.

Stötzers Plastik stieß jedoch in Warnemünde nicht nur auf Ablehnung. Die Befürworter wiesen auf ihren künstlerischen Eigenwert hin und aus dem Argument, daß das Kunstwerk, wäre es zu DDR-Zeiten aufgestellt worden, ja auch zum Gedenken an die auf See gebliebenen Republikflüchtlinge geeignet gewesen sei, wurde unversehens eine neue Legende gezimmert. Der Künstler sei wegen des subversiven Charakters des Kunstwerkes an dessen Fertigstellung gehindert

Die »Große Stehende« auf der Warnemünder Westmole fordert den Betrachter zur Auseinandersetzung mit dem Kunstwerk heraus. Werner Stötzer, 1998.

worden. Werner Stötzer hat diese Aussage als unrichtig zurückgewiesen. Aber vielleicht hat die Legende mit dazu beigetragen, daß auch die Gegner der Plastik sich öffneten für den Eigenwert der Kunst und für Stötzers internationales Ansehen. Es blieb jedoch bei der Haltung, einen zweiten Gedenkort für die auf See Gebliebenen nicht in Warnemünde einzurichten. Deshalb einigte man sich auf den Kompromiß, die »Trauernde« in »Große Stehende« umzubenennen.

Das Kunstwerk konnte wegen der Sanierungs- und Umbauarbeiten der Hafenmole erst 1998 aufgestellt werden und ließ danach kurzzeitig den alten Streit wieder aufflammen, der sich nun aber gegen die angebliche Unförmigkeit der Plastik richtete.

Die Auseinandersetzung, die auch durch die örtliche Presse ging, gipfelte in einem Anschlag auf das Kunstwerk. Mit blutroter Farbe beschmierten Unbekannte die weiße Marmorskulptur von oben bis unten und schrieben »Molenmonster« auf den Sockel. Das war nun auch dem letzten Warnemünder zu viel, war doch aus dem Stein des Anstoßes ein Schandfleck für Warnemünde geworden.

Inzwischen haben sich die meisten mit der »Großen Stehenden« nicht nur abgefunden, sondern, wie es scheint, sogar ein bißchen angefreundet. So hatte der Streit neben all dem Ärger doch auch sein Gutes.

Von der Mole aus gehen wir auf einer Nord-Süd-Achse in südlicher Richtung den Alten Strom hinunter bis zum Zollamt. Während sich an der Seepromenade die bereits erwähnten Kunstwerke aus den siebziger Jahren befinden, gab es Am Strom bis zum Jahr 1997 keine bildkünstlerische Gestaltung. Im Rahmen der Planungen für die Umgestaltung des Alten Stroms wurde der Bildhauer Wolfgang Friedrich mit der bildkünstlerischen Konzeption beauftragt, die inzwischen weitgehend umgesetzt worden ist.

Thematisch geht es bei allen Kunstwerken um das Fischerdorf Warnemünde im weitesten Sinn.

Wir treffen zunächst auf das »Nördliche Firmament«, das Inge Jastram und Susanne Rast schufen und das im Juni 1998 in Höhe der »Fischerklause« eingeweiht wurde.

»Nördliches Firmament« am Alten Strom – ein Firmament zum Anfassen. Inge Jastram und Susanne Rast, 1998.

Auf einem Granitsockel ruht eine Bronzekugel, in der die Darstellung der Sternzeichen reliefhaft ausgeformt ist. Die beiden Künstlerinnen erzählen damit Geschichte und Geschichten der Astronomie und der griechischen Mythologie. Das Kunstwerk regt damit einerseits dazu an, diese Geschichten weiterzuverfolgen, andererseits lädt sie dazu ein, das »Firmament« anzufassen und über die Berührung zu erfahren.

»Die Welle«, eine Interpretation aus Granit.
Anne Sewcz, 1997.

»Möwen« – ein für Warnemünde typisches Motiv.
Regina Lange, 1999.

»Insel der Frauen« – das Werk erschließt sich bei einer näheren Betrachtung. Wolfgang Friedrich, 1999.

»Drei Klaashahns« – noch heute werden die Warnemünder scherzhaft auch »Klaashahns« genannt. Christian Wetzel, 1999.

Weiter südlich, in Höhe des Hauses Nr. 63 an der dritten Querstraße wurde im Mai 1997 die Plastik »Welle« der Bildhauerin Anne Sewcz aufgestellt.

Mit der Weiterführung der Baumaßnahmen im südlichen Bereich des Alten Stromes, fanden 1999 weitere Kunstwerke hier ihren Standort.

So beleben zwei Bronze-Möwen der Bildhauerin Regina Lange eine Aussichtsplattform in Höhe Am Strom Nr. 54/ 55.

Zwischen der »Seekiste Zur Krim« und dem Alexandrinenplatz in Höhe der 1. Querstraße steht ein steinerner Tisch mit der Plastik »Insel der Frauen« von Wolfgang Friedrich. Während auf den ersten Blick Frauenköpfe das Bild beherrschen, erschließt sich bei näherer Betrachtung eine Verbindung von Frauenkörpern, die diese Insel schaffen. Besonders anregend wirkt die Plastik im wechselnden Sonnenlicht, das oft nur mit wenigen Strahlen durch die Bäume hindurchbricht und durch diesen Lichteinfall immer wieder andere Körperformen eröffnet.

Im weiteren Verlauf des Alten Stromes gelangen wir zum Alexandrinenplatz.

Für die künstlerische Gestaltung des Alexandrinenplatzes wurde 1998 ein Wettbewerb zum Thema »Warnemünde als Fischerort« ausgelobt. Wettbewerbssieger wurde der Bildhauer Christian Wetzel. Seine »Drei Klaashahns« stehen nun auf einem Sockel aus Gotländer Kalkstein auf dem Alexandrinenplatz.

Klaashahns

Die »Klaashahns« sind Eisenten. Sie wurden früher im Winter von den Warnemündern gejagt und von den Fischfrauen auf dem Markt in Rostock verkauft. Aus diesem Grund werden die Warnemünder noch bis heute »Klaashahns« genannt.

Wahrscheinlich bedeutet der Name »Klaashahns« nichts anderes als Nikolausenten. Andere Entenarten wurden auch als »Kriaene«, »Piwhaene« und »Knarraene« bezeichnet. Da liegt die Vermutung vom Rostocker Universitätsprofessor Ragnar Kinzelbach sehr nahe, daß aus »Klaashaene« später die »Klaashahns« wurden. Das stimmt auch mit der Tatsache, überein, daß die Vielzahl der früher an der Ostseeküste überwinternden Eisenten stets um den 6. Dezember, dem Nikolaustag, hier eintraf.

In Höhe des Zollamtes wird das Pendant zum »Nördlichen Firmament« aufgestellt werden: das »Südliche Firmament«. Diese Arbeit soll in etwa die gleichen Maße haben wie das »Nördliche Firmament«, wird allerdings eine andere künstlerische Handschrift, nämlich die der schwedischen Künstlerin Helmtrud Nyström, tragen.

Hansestadt Rostock
Ortsteile

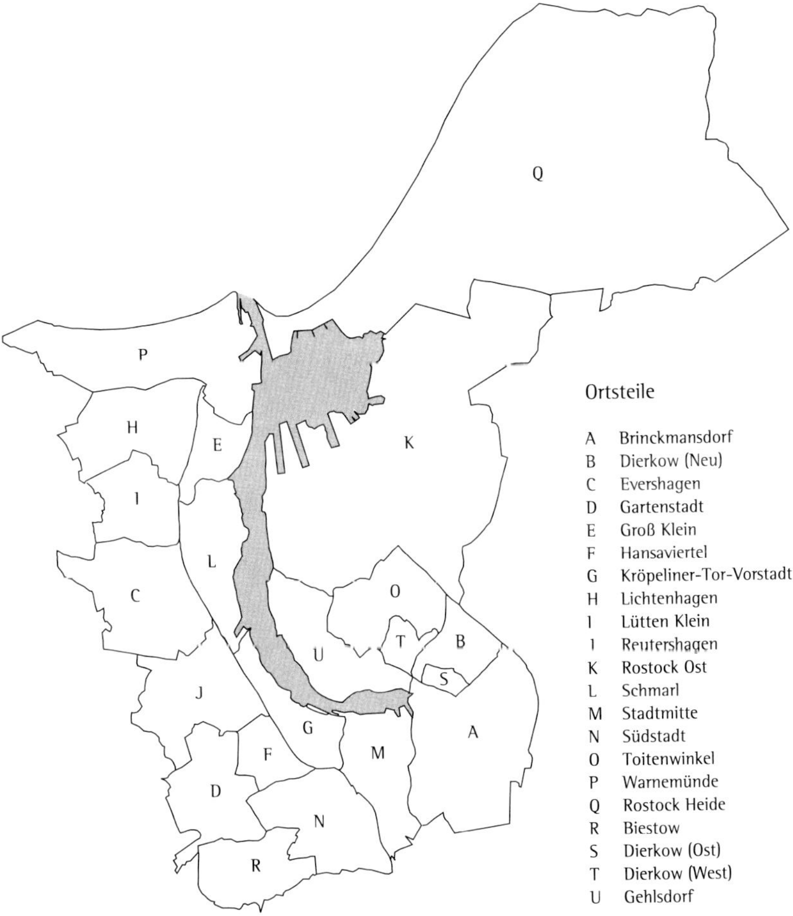

Werkverzeichnis bildender Kunst im öffentlichen Außenraum der Hansestadt Rostock

Brinckmansdorf, 18055 Rostock

Tessiner Straße Nr. 103
unbekannter Künstler: »Die Ruhende« (1980, Plastik, Beton, H 128 cm)

Tessiner Straße Nr. 121, Weißes Kreuz
Wallat, Paul: »Brinckman-Brunnen« (1914, Brunnen, als Oktogon angelegt mit szenischen Darstellungen, Wasserspeiern und Portraitrelief, schwedischer Granit, Bronze, Mosaiken, ø 640 cm, H 550 cm), Freifläche an der Kreuzung Mühlendamm/Tessiner Straße

Dierkow (Neu), 18146 Rostock

Kurt-Schumacher-Ring Nr. 94/111
Biebl, Rolf: Reliefwand (1986, Beton, 295 x 150 x 42 cm); Hauptgrünraum

Evershagen, 18106 Rostock

Aleksis-Kivi-Straße Nr. 1
Nitzsche, Erich: Wasserspiel (1977/79, Keramik, bemalt); Innenhof

Bertolt-Brecht-Straße Nr. 17
Dietrich, Reinhard: »Luftfahrt«(1976/77, Klinkergiebelgestaltung, farbige Klinker, 3080 x 1200 cm); Südgiebel

Bertolt-Brecht-Straße Nr. 21
Dietrich, Reinhard: »Drachen« (1976/77, Klinkergiebelgestaltung, farbige Klinker, 3080 x 1200 cm); Nordgiebel

Bertolt-Brecht-Straße Nr. 23, Am Scharren
Paris, Ronald: »Von der Verantwortung des Menschen« auch »Arbeit-Leben-Kämpfen« (1974/76, Wandbild auf Putz, 630 x 1395 cm); Fassade, Ostgiebel

Dörner, Rainer: Schriftbandgestaltung (1974/76, auf Putz); Fassade, Ostgiebel

Fridtjof-Nansen-Straße Nr. 1-5
Dietrich, Reinhard »Luft« (1974, Klinkerrelief, 1520 x 1080 cm); Nordgiebel

Knud-Rasmussen-Straße Nr. 9-12
Dietrich, Reinhard: »Sonne« (1976/77, Klinkerrelief, 3080 x 1200 cm); Ostgiebel

Park Evershagen/Lütten-Klein
Hoffmann, Gustav-Martin: »Flamingo und Kranich« (1976, Bronze, H 120 cm); Freifläche, am Hauptweg

Strindbergstraße Nr. 1-14
Dietrich, Reinhard: »Wasser« (1974, Klinkerrelief, 1520 x 1080 cm); Nordgiebel

Strindbergstraße Nr. 15-24
Dietrich, Reinhard: »Erde« (1974, Klinkerrelief, 1520 x 1080 cm); Nordgiebel

Gartenstadt, 18059 Rostock

Am Westfriedhof Nr. 2
Hennig, Hans-Detlev: »Giraffen« (1979/80, Bronze, unterlebensgroß); Freifläche vor dem Eingang zur Verwaltung

Lemke, Karl: Weibliche Gewandfigur (1995, Bronze, überlebensgroß, H ca. 220 cm); Aschestreuwiese

 List, Heinrich: Farbglasfenster (1975, Bleiglasfenster); Feierhalle

Rommel, Gerhard: »Angora-Ziegenbock« (1983, Bronze, lebensgroß); Freifläche vor dem Eingangsbereich zur Verwaltung

Rommel, Gerhard: »Mädchenakt« (1979, Bronze, lebensgroß) Freifläche vor dem Eingang zur Verwaltung

Satower Straße Nr. 16, Neuer Friedhof

Bauer, Roland: »Dynamik des Lebensablaufs« (1978, Edelstahl, Emaille, H ca. 160 cm); steht vor der Urnengemeinschaftsanlage

Schmiedel, Edelgard: Gedenktafel für die KZ-Opfer von Barth (1971, Bronze, 95 x 120 cm); vor dem Eingang zum Krematorium

Rennbahnallee Nr. 21, Zoo Rostock

Ahrens, Renata: »Darwin und unser Weltbild« auch »Darwin Memorial« (1977, Metallgestaltung, Edelstahl, Kupfer, 400 x 1800 cm); Fassade Aquarium

Cremer, Fritz: »Schwimmerin« (1959/60, Bronze, unterlebensgroß)

Cremer, Fritz: »Stehender Mädchenakt« (1967, Bronze, H 200 cm)

Drake, Heinrich: »Schreitende« (1975, Bronze, H 210 cm)

Drake, Heinrich: »Besinnung« (1976/77, Bronze, H 210 cm)

Eckardt, Wolfgang: »Afrikanerin« (1983, Bronze, unterlebensgroß); Nähe Dromedargehege

Eckardt, Wolfgang: »Junger Hahn« (1959, Bronze, H 40 cm); Pflanzbeet am Flamingohaus

Eckardt, Wolfgang: »Liegende« (1974, Bronze, lebensgroß) im Zoogelände

Grzimek, Sabina: »Peter« (1972, Bronze, H 180 cm)

Grzimek, Waldemar: »Stehende mit Tuch« (um 1958, Bronze, H 134 cm)

Hennig, Hans-Detlev: »Känguruh« (1983, Beton, H 120 cm) im Zoogelände

Herrmann, Detlef: »Frauenakt« (1979, Beton, 40 x 166 x 50 cm); am Ententeich

Horota, Stephan: »Fuchs und Rabe« (1966, Bronze, lebensgroß); Weg über dem Ententeich

Howard, Walter: »Sterngucker« (1989, zweifigurige Gruppenplastik, Bronze, unterlebensgroß); vor dem Vogel- und Reptilienhaus

Jastram, Jo: »Jüngling« (1961, Bronze, H 169 cm); Rhododendronhain

Jastram, Jo: »Schildkröten« (o. J., Kletter- und Spielplastik, Beton, überlebensgroß)

Keramikzirkel, Neptunwerft: Keramikwand (1975, Fassadengestaltung, Keramikplatten, glasiert 250 x 900 cm); Dahlienquartier

Kulikowa, Olga: »Eisbärin mit Jungtier« (1989, Sandstein, lebensgroß); vor dem Eingang Barnstorfer Ring, außerhalb des Zoogeländes

Kulikowa, Olga: »Leopardenpaar« (1988, Sandstein, 260 x 110 x 115 cm); Rhododendronhain innerhalb des Zoogeländes

Kulikowa, Olga: »Junger Kranich« (1989, Bronze, 90 x 57 x 23 cm); Nähe Café Tordalk

Löber, Wilhelm: »Moschusochsen« (1961, Bronze, Keramik, H 135 cm); am Flamingoteich

Matthies, Hans: »Pinguine« (1967, Bronze, H 107 cm); Aufgang Bärenburg

Middell, Margret: »Männlicher Akt« (1967, Bronze, überlebensgroß); Eichenallee

Nitzsche, Erich: »Pflanzkopf« (1982, Klinkerton, H 160 cm); Aufgang Bärenburg

Petersen, Alwin: »Eisbärenwanderung« (1964, Fassadengestaltung, Metall, ca. 200 x 200 cm); Eisbärenanlage

Scholz, Lothar: »Pfau« (1966, Keramik, Glas, Mosaik, H etwa 145 cm); Grünfläche gegenüber der Pinguinanlage

Tilke, (Vorname nicht bekannt): »Schimpansengruppe« (o. J., Kunststein, H 66 cm); zwischen Pinguin- und Menschenaffengehege

Wysocka-Jonczak, Antonina: »Entstehung des Lebens« (1978, Sandstein, H etwa 230 cm); Grünfläche Eingang Trotzenburg

Groß Klein, 18109 Rostock

Fritz-Meyer-Scharffenberg-Weg Nr. 7
Middell, Margret: »Aufbrechende Frucht« (1995, Kunststein, 80 x 53 x 48 cm); Freifläche vor dem Haus

Gerüstbauerring Nr. 17
Mannewitz, Lothar: »Flaggen, Seezeichen« (1982/83, Klinker, z. T. farbig glasiert, 2475 x 1300 cm); Ostgiebel

Schiffbauerring Nr. 36
Mannewitz, Lothar: »Vegetabiles« (1982/83, Klinker, z. T. farbig glasiert, 3080 x 1200 cm); Westgiebel

Schiffbauerring Nr. 59, Klenow Tor
Jastram, Jo: »Eulen-Mond-Mann« (1996, Brunnenplastik, Metall oberflächenbehandelt, H etwa 280 cm); Innenhof

Hansaviertel, 18057 Rostock

Schillingallee Nr. 26/28
Scheel, Margarete: »Fische« (1935, Wasserspeier, Beton, je 15 x 55

x ca. 15 cm); Brunnenrand; 1999, Bronze, Rekonstruktion von *Erhard John*

Scheel, Margarete: »Geistesschaffender« – »Fabrikarbeiter« – »Maurer« – »Landmann« (1935, vier Reliefmedaillons, Zementguß, ø etwa 60 cm); an der Fassade über dem Haupteingang

Schillingallee Nr. 35, Universitätskliniken
Schmidt, Reinhard: »Arzt – Patientin« (1961, Betonwerkstein, 260 x 140 x 90 cm); Haupteingang

Schmidt, Reinhard: »Lehrer – Student« (1961, Betonwerkstein, 260 x 140 x 90 cm); Haupteingang

Wittig, Arnd: Relief (1956/57, Kunststein), über dem Haupteingang

Kröpeliner-Tor-Vorstadt, 18057 Rostock

Am Kabutzenhof
Dietrich, Reinhard: »Revolutionäre Matrosen« auch «Ehrenmal der Revolution der Matrosen« (1970, Betonrelief, 400 x 2000 cm, mit einem Textzitat von *Karl Liebknecht*, Schriftrelief 48 x 405 cm); an der Anlegestelle der Fähre nach Gehlsdorf

Eckardt, Wolfgang: »Revolutionäre Matrosen« (1977, Gruppenplastik, Bronze, 960 x 525 x 900 cm); Anlagestellle der Fähre nach Gehlsdorf

Jaeger, Hans-Peter: Gedenkplatte mit Sowjetstern (1977, Bronze, 190 x 390 cm); Freifläche vor der Plastik

Am Vögenteich Nr. 18
PGH »Neue Form«, Hoyerswerda: »Seesterne« (1977, technisches Wasserspiel, Metall, H 150 cm); vor dem Gebäude

Doberaner Straße Nr. 1
Jastram, Thomas: Gewandfigur (1987, Sandstein, 120 x 50 x 40 cm); Fassade

Doberaner Straße Nr. 21
Möller, Rolf: »Baum mit Vögeln« (1977, Glasfenster, Glas, farbig, 200 x 200 cm); Eingangsbereich

Möller, Rolf: »Sonne« (1977, Glasfenster, Glas, farbig, 200 x 200 cm); Eingangsbereich

Möller, Rolf: »Stilleben« (1977, Glasfenster, Glas, farbig, 200 x 200 cm); Eingangsbereich

Doberaner Straße Nr. 142, Universitätsklinik
Hennig-Hennings, Willi: »Sitzende« (1936, Bronzeplastik, H 95 cm); Eingangsbereich

Friedrichstraße Nr. 23
Wolf, Erika: »Stehende« (1975, Betonplastik, 230 x 55 x 55 cm); Schulhof-Haupteingang

Häktweg Nr. 4-6, Christuskirche
Mannewitz, Lothar: »Brennender Dornbusch« (1971/72, Betonglasfenster, etwa 200 x 110 cm); Fassade Schwesternkapelle

Margaretenplatz, Heiligen Geist Kirche
Mannewitz, Lothar: Fenstergestaltung (1958, figürlich und ornamental, Bleiverglasung, farbig)

Maßmannstraße Nr. 14/15
unbekannter Künstler: Allegorische Figuren (1937, sechs Plastiken, Kunststein, überlebensgroß; je drei Figuren auf der Ost- und Westseite)

Parkstraße Nr. 6, Universitätsgebäude
Scheel, Margarete: »Erholung« (1926, zweifigurige Plastik, Kunststein, 100 x 57 x 63 cm); Innenhof

Scheel, Margarete: »Farbe« – »Eisen« – »Holz« – »Stein« (1926, vier überlebensgroße Figuren, Kunststein); über dem Haupteingang

Scheel, Margarete: »Kunst« – »Alte Handwerkszunft« – »Industrie«

(1926, drei Maskenreliefs, Kunststein); am Mittelbau über den Saalfenstern

Scheel, Margarete: «Arbeit« (1926, zweifigurige Plastik, Kunststein, 114 x 50 x 66 cm); Innenhof

Patriotischer Weg Nr. 33
Jastram, Jo: »Theater« (1976, sechs Türgriffreliefs, Bronze, je 26 x 70 cm; von den ursprünglich sechs vorhandenen Türgriffreliefs ist ein Griff demontiert)

Ulmenstraße Nr. 69
Schmiedel, Wieland: »Fiete Schulze« (1969, Kubus mit Porträtrelief, roter Granit, 250 x 67 x 70 cm); auf der Freifläche im Hofbereich

Lichtenhagen, 18109 Rostock

Elmenhorster Weg Nr. 36
Rommel, Gerhard: »Böcklein« (1979/83, Bronze, lebensgroß); Zufahrt Elmenhorster Weg

Lichtenhäger Brink
Cremer, Fritz: »Handschuhanziehende« (1961, Bronze, H 130 cm)

Fitzenreiter, Wilfried: »Liegender Knabe« (1978/79, Bronze, unterlebensgroß)

Goebel, Bernd: »Der Friede bewahrt das Leben« (1980, vierfigurige Gruppenplastik, Bronze, überlebensgroß)

Nitzsche, Erich: Bauernbrunnen (1978, Brunnen, farbige Keramik, Klinker, ø 600 cm, H 290 cm)

Zintler, Anneliese: »Leben im Wasser« (1978, Brunnenanlage mit sieben Wasserbecken, die Glasmosaiken haben eine Abmessung von je etwa 450 x 450 x 50 cm)

Mecklenburger Allee Nr. 19

Dietrich, Reinhard: »Sonnenblumen« (1979, Klinkergiebelgestaltung, farbige Klinker; 3080 x 1200 cm); Ostgiebel

Möllner Straße Nr. 10

Jaeger, Hans-Peter: »Pfiffige Göre« (1976, lebensgroß); Pausenhof

Mucchi-Wiegmann, Jenny: »Mädchen« (o.J., Bronze, lebensgroß); Pausenhof

Wittig, Arnd: »Kugelstoßerin« (o. J., Bronze, überlebensgroß)

Ratzeburger Straße Nr. 6

Mannewitz, Lothar: »Tiere und Pflanzen« (1976/77, Hauszeichen, Glasurmalerei auf Keramikplatten, je 100 x 100 cm; weitere sieben Kindertagesstätten in Lichtenhagen mit verschiedenen Motiven)

Lütten Klein, 18107 Rostock

Ahlbecker Straße Nr. 7

Wirth, Leonie: »Sprühender Baum« auch »Pusteblume« (1976/77, Kugelwasserspiel, Nirosta, Sockel Naturstein, ø etwa 400 cm, H etwa 400 cm)

Boulevard Lütten Klein

Sewcz, Anne: »Meditation« (1998, Granit, 100 x 47 x 43 cm); Freifläche vor dem Haus in der Warnowallee Nr. 31b

Helsinkier Straße Nr. 90

Fitzenreiter, Wilfried: »Stehender Jüngling« (1975, Bronze, lebensgroß); Freifläche vor Wohngebäude

Kopenhagener Straße Nr. 3

Dietrich, Reinhard: »Sozialistische Wehrertüchtigung« (1975, Beton, 420 x 226 cm); Freifläche

Möllner Straße Nr. 13

Schmidt, Reinhard: »Voranschreitende« auch »Die Partei« (1972,

Gruppenplastik, Bronze, 430 x 210 x 230 cm); Freifläche des Eingangsbereichs

Rigaer Straße Nr. 21
Wetzel, Martin: »Liebespaar« (1978, Bronze, H 240 cm); vor dem Eingangsbereich

Turkuer Straße Nr. 58
Zill, Hilmar: »Spielzeug« (um 1977, Außenwandgestaltung, auf Klinker, 236 x 600 cm); Giebel

Reutershagen, 18069 Rostock

Beethovenstraße Nr. 23/24
Wallat, Paul: »Fischerjunge« (1938, Reliefplastik, Knabenfigur vollplastisch, Sandstein, 80 x 210 cm); Nordgiebel

Beethovenstraße Nr. 31
Wossidlo, Ernst: »Arbeiter« [Flugzeugbauer] (1938, Reliefplastik, Sandstein, 315 x 110 cm); Nordgiebel

Beethovenstraße Nr. 37
Wallat, Paul (vermutlich): »Lyra« Sinnbilder der Musik (1937, Relief, Klinker, 315 x 210 cm); Fassade am Südgiebel

Bernhard-Bästlein-Straße Nr. 6
unbekannter Künstler: Sonnenuhr mit Taube (o. J., Keramik, 120 x 220 cm); Südgiebel

Eikbomweg Nr. 32a
Holtz, Ewald: Fritz-Reuter-Gedenkstein (1914, Bronze-Plakette auf Findling, 170 x 200 x 100 cm); Freifläche in Verlängerung des Hanne-Nüte-Weges

Ernst-Thälmann-Straße Nr. 7
Eckardt, Wolfgang: »Ernst Thälmann« (1982, Porträtrelief, Gedenktafel, Beton und Bronze gespritzt, 250 x 150 x 48 cm); Freifläche vor Gebäude

Hamburger Straße Nr. 28, Botanischer Garten
Guttenberg, Hertha von: »Hermann von Guttenberg« (50er Jahre, Porträtbüste, Bronze, überlebensgroß)

Hamburger Straße Nr. 40, Kunsthalle
Cremer, Fritz: »Aufsteigender« (1966/67, Bronze, H 296 cm); vor der Kunsthalle

Poulsen, Eric: »Bellevue« (1979, Gruppenplastik, Beton, 120 x 120 x 210 cm)

Jastram, Jan: Zwei Stühle, eine Bank (1988, gefertigt aus Ulmenholz)

Woyski, Jürgen von: »Der Taubenbaum« (1969, Keramik, H etwa 400 cm)

Heinrich-Schütz-Straße Nr. 2
Wallat, Paul: »Wolfgang Amadeus Mozart« [Sinnbilder der Musik] (1937, Porträtrelief, Kieler Kunstkeramik, 325 x 110 cm); Südgiebel

Holbeinplatz Nr. 14
Eckardt, Wolfgang: »Fischer im Gespräch« (1965, dreifigurige Gruppenplastik, Bronze, 230 x 212 x 124 cm); Freifläche des Eingangsbereichs

John-Schehr-Straße Nr. 2-4/15-17
unbekannter Künstler: ornamentale Fassadengestaltung (50er Jahre, Sgraffiti)

Krischanweg Nr. 6, St. Andreas Kirche
Mannewitz, Lothar: Fenstergestaltung (1981, Betonglasfenster)

Park am Schwanenteich
Förster, Wieland: »Aufblickender Akt« (1963/64, Bronze, lebensgroß)

Goebel, Bernd: »Liegender Akt« (1975, Beton, lebensgroß)

Grzimek, Sabine: »Sinnende« (1973/75, Bronze, 155 x 80 x 105 cm)

Schamal, Karl-Heinz: »Turnende Knaben« (o. J., Bronze, H 155 cm)

Middell, Margret: »Große Sitzende« (1969, Bronze, überlebensgroß)

Rommel, Gerhard: »Eselreitender Junge« (1969, Bronze, H 165 cm)

Tschaikowskistraße Nr. 65
Wallat, Paul: »Ludwig van Beethoven« [Sinnbilder der Musik] (1937, Porträtrelief, Kieler Kunstkeramik, 325 x 160 cm); Südgiebel

Ulrich-von-Hutten-Straße Nr. 30-34/35-37
Becker, Heinz: Fische, Anker, Vögel, Blumen (50er Jahre, Fassadengestaltung, Sgraffiti)

Vorwedener Weg, Kleingartenanlage
Holtz, Ewald: »Hanne Nüte« auch »Der ruhende Wanderer« (1914, Fragment des »Fritz-Reuter-Brunnens«, Muschelkalk, überlebensgroß); Grünraum im Eingangsbereich der Kleingartenanlage

Walter-Stoecker-Straße Nr. 1
PGH »Neue Form«, Hoyerswerda: Brunnen (1978, technisches Wasserspiel, Metall, 650 x 1400 cm); Freifläche vor dem Südeingang des Gebäudes

Rostock Ost, 18147 Rostock

Am Seehafen Nr. 1
Dietrich, Reinhard: »Adam« (um 1985, Keramik, 60 x 45 x 35 cm); Freifläche vor dem Südeingang zum Rostocker Seehafen

Dietrich, Reinhard: »Drei Männer im Boot« (um 1985, Kunststein, 47 x 66 x 30 cm); Freifläche vor dem Südeingang des Gebäudes

Dietrich, Reinhard: »Eva« (um 1985, Keramik,150 x 150 x 60 cm); Freifläche vor dem Südeingang des Gebäudes

Kaden, Günter: Schiffahrtssymbol (1979, Vrazza Marmor, 230 x 140 x 220 cm); vor dem Verwaltungsgebäude

Ost-West-Straße Nr. 32
unbekannter Künstler: Hans-Beimler-Gedenkbüste (o. J., Portraitbüste, Beton, 190 x 39 x 30 cm); vor dem Gebäude

Schmarl, 18106 Rostock

Adam-J.-Krusenstern-Straße Nr. 12
Gentsch, Jürgen: »Kinderspiele« (o.J., Fassadengestaltung, Keramik, 825 x 500 cm)

Fischerweg
Eckardt, Wolfgang: Gedenkstätte für die auf See gebliebenen Hochseefischer (1962, Beton, 300 x 120 x 66 cm)

Hundsburgallee 10
Büttner, Feliks: Märchenbrunnen »Das tapfere Schneiderlein« (1984, Brunnen, Keramik); Hof

Liegeplatz Schmarl, Traditionsschiff
Jastram, Jo: »Schweißer« (1961/62, Bronze, überlebensgroß); Freifläche vor dem Schiffbaumuseum

Schmarler Landgang
Dietrich, Reinhard: »Seemanns Landgang« (1986, Figurengruppe, Keramik)
»Fisch» (H 260 cm)
»Liegende Frau« (Stele, H 350 cm)
»Seemann« (H 350 cm)
»Tiger« (H 170 cm, 1998 zerstört)
»Wind« (H 350 cm)

Stephan-Jantzen-Ring Nr. 2
Jastram, Inge: »Zahlen« (1978, Giebelgestaltung, farbige Klinker, Beton); Westgiebel

Vitus-Behring-Straße Nr. 5
Fachschule für Angewandte Kunst Heiligendamm: »Krake« (1978, Fassadengestaltung, Keramikfliesen)

Vitus-Bering-Straße Nr. 30/Kolumbusring Nr. 2
Jastram, Inge: »Seefahrtszeichen« (1979, Giebelgestaltung, farbige Klinker); Südgiebel

Stadtmitte, 18055 Rostock

Alter Markt, St. Petri Kirche
Jastram, Jo: Biblische Szenen (1999, Türgestaltung im Westportal, Kupfer, Bronze, Glas, 650 x 320 x 32 cm); Hauptportal

Mannewitz, Lothar: Petrusgeschichte (1962, drei bleiverglaste Chorfenster, farbig, H 1750 cm)

Am Bussebart Nr. 10
Hintzelmann, Ludwig: »Die Fleißige und die Faule« (1913/16, Fassadenrelief, Kunststein, H 95 cm); Westfassade des Wohngebäudes

Am Ziegenmarkt
Rommel, Gerhard: »Afrikanische Bergziege« (1959/1979, Brunnenplastik, Bronze, lebensgroß)

August-Bebel-Straße Nr. 31
Friedrich, Wolfgang: »Brunnen im Brunnenhof« (1999, roter Mainsandstein, Bronze, 160 x 800 x 200 cm); Innenhof

August-Bebel-Straße Nr. 112
Hennig, Hans-Detlev: »Reihergruppe« (1980, Brunnenplastik, Bronze, lebensgroß, ø 240 cm H 120 cm); Freifläche am Steintor

Augustenstraße Nr. 16, (Paul-Friedrich-Scheel-Haus)
Scheel, Margarete: weibliche Gestalt mit Tier (nach 1916, zwei Reliefs, Kunststein?); je ein Relief links und rechts des Eingangs

 Scheel, Margarete: Vier weibliche Gestalten (nach 1916, vier Reliefs, Kunststein?, lebensgroß); neben den Fenstern im 1. Obergeschoß

Scheel, Margarete: Drei Masken (nach 1916, drei Reliefs, Kunststein?); zwei Reliefs links und ein Relief rechts neben dem Balkon

unbekannter Künstler: Paul-Friedrich-Scheel-Gedenktafel (o. J., Porträtrelief, Kunststein?); rechts neben dem Eingang

Augustenstraße Nr. 101
Mehnert, Peter: Gedenkstele am Standort der ehemaligen jüdischen Synagoge (1988, Gedenkstele, Schrifttafel, Beton, Bronze, 240 x 100 x 40 cm)

Badstüberstraße
Jastram, Jo: »Kasper-Ohm up sin Roß« (1988, Bronze, 220 x 50 x 320); Gehwegbereich

Bei der Marienkirche Nr. 2
Plietzsch, Lore: »Spielende Kinder« (1979, Bronze, H etwa 50 cm); Gehwegbereich

Blücherstraße Nr. 62
Scheel, Margarete: Tympanongestaltung (nach 1926, dreifiguriges Relief, Keramik, etwa 70 x 110 cm); Eingangstür

Breite Straße
Maroske, Dorothea: »Fluß«, – »Welle« (1999, zwei Plastiken, Bronze, H etwa 100 cm, H etwa 70 cm); die Plastiken stehen an der östlichen und westlichen Straßenseite am nördlichen Ende der Straße

Breite Straße Nr. 16
Dietrich, Reinhard: »Stadtgeschichtliche Motive« (1980, Keramik, farbig glasiert, 3 x etwa 120 x 120 cm); Fassade, Eckbebauung Kröpeliner Straße/Breite Straße

Dietrich, Reinhard: »Berufe« (1980, fünf Reliefmedaillons, Keramik, farbig glasiert, ø etwa 50 cm); Fassade, Eckbebauung Kröpeliner Straße/Breite Straße

Buchbinderstraße Nr. 18
Jastram, Jo: »Tycho Brahe« (1996; Portraitrelief mit Sonnenuhr, Bronze, z. T. vergoldet, Relief: 140 x 100 x 30 cm, Sonnenuhr: ø 150 cm, Gedenktafel: 27 x 36 cm); Giebel Garbräterstraße

Burgwall Nr. 10/11
Sewcz, Anne: Zwei Reliefmedaillons (1987, Betonstuck, ø etwa 50 cm); Fassade

Ernst-Barlach-Straße
Wossidlo, Ernst: »Greif« (30er Jahre, Bronze, 95x 155 x 25 cm); Brückengeländer-Element

Faule Grube
Buch, Reinhard: »Wasserbalken« (1999, Edelstahl, Granit, 60 x 2400 x 23 cm); Lange Straße/Eingang Faule Grube

Fischbank Nr. 6
Becker, Heinz: »Frauen mit spielenden Kindern« (50er Jahre, Sgraffito, etwa 250 x 445 cm); Giebel

Gerhard-Hauptmann-Straße Nr. 13
Mannewitz, Lothar: »Rostock« (1960, dekorative Wandgestaltung, emailliertes Stahlblech und Aluminium, 900 x 300 cm); Fassade

Große Wasserstraße Nr. 30
Scheel, Margarete: Portalschmuck mit Wappen (um 1938, Terrakotta); angebracht um die Eingangstür des Gebäudes

unbekannter Künstler: Löwenkopf (der Löwenkopf stammt vermutlich aus dem 19. Jahrhundert, Wasserspeier, Gußeisen, 55 x 35 x 35 cm); Rückfront der ehemaligen Likörfabrik, An der Viergelindenbrücke/ Grubenstraße

Grubenstraße Nr. 19
Rast, Susanne; Wunderlich, Dirk: »Gebautes und Gewachsenes« (1998, Pergola, Sitzelement, Eiche, gebrannt; 420 x 1100 x 350 cm); Hofseite des Gebäudes

Hopfenmarkt

Wiechmann, Frank: Brunnen (1995, begehbare Anlage, Granit, Feldsteine, Holz,Edelstahl)

Klosterhof, Kloster zum Heiligen Kreuz

Friedrich, Wolfgang: »Wasserschale mit drei Figuren« (1999, Bronze, Steinsockel Serpentin Anfang 19. Jahrhundert, ø 75 H 100 cm); Klosterinnenhof

Howard, Walter: »Nonnen« (1978, vier Türgriffe, Bronze; H etwa 30 cm); die Tür im Eingangsbereich zum Museum

Howard, Walter: »Nonnen« (1980, Plastik, Terrakotta, 140 x 140 x 140 cm)

Krämerstraße Nr. 7

Becker, Heinz: »Szenen aus dem Arbeitsleben – Fischfang« (etwa 1957, Fassadenelement, Sgraffito, 160 x 400 cm)

Krämerstraße Nr. 8

Becker, Heinz: »Szenen aus dem Arbeitsleben – Kultur und Gesundheit« (etwa 1957, Fassadenelement, Sgraffito, 160 x 400 cm)

Krämerstraße Nr. 9

Becker, Heinz: »Szenen aus dem Arbeitsleben – Aufbau und Handwerk« (etwa 1957, Fassadenelement, Sgraffito, 160 x 400 cm)

Krämerstraße Nr. 10

Becker, Heinz: »Szenen aus dem Arbeitsleben – Erntegruppe« (etwa 1957, Fassadenelement, Sgraffito, 160 x 400 cm) über den Hauseingängen

Kröpeliner Straße Nr. 37

Michaelis, Dörte: »Paar« (1989, Klinkerplastik, lebensgroß) vor dem Aufgang

Kröpeliner Straße, Kröpeliner Tor

Kühn, Achim: Türgestaltung (1968, Eisen, Bronze, geätzt, geschweißt, 222 x 190 x 24 cm)

Kröpeliner Straße
Krepp, Siegfried: »Sinnende« (1979, Bronze, lebensgroß, 85 x 50 x 100 cm); vor dem Kröpeliner Tor

Lagerstraße Nr. 17
Mannewitz, Lothar: »St. Georg, der Drachentöter« (1990, Tympanonbemalung, etwa 100 x 480 cm)

Nitzsche, Erich: Wandgestaltung für Kinder (o. J., Keramik, 190 x 230 cm); Fassade Hofseite

Lange Straße
Buch, Reinhard: »Lichtstelen« – »Lichtlöcher« (1997, Cortenstahl, 24 Stelen je 500 x 40 x 40 cm, 9 Bodenleuchten)

Jastram, Jo: »Menschen am Wasser« (1962, Brunnenplastik, Postaer Sandstein, 140 x 755 x 40 cm)

Sewcz, Anne: »Paar« (1991, zweifigurige Plastik, Sandstein, 225 x 330 x 200 cm); Burgwall/Lange Straße

Lange Straße Nr. 1
Howard, Walter: »Hermann Duncker« (1976, Beton, H 350 cm); Freifläche vor dem Gebäude

Lange Straße Nr. 6
Dietrich, Reinhard: »Möwenzug« (1966, Giebelgestaltung, Klinker)

Lange Straße Nr. 40
Dietrich, Reinhard: »Sieben stolze Schwestern küßt das eine Meer« (1970, Figurenbrunnen, Bronze, 240 x 250 x 250 cm); Freifläche westlich vor dem Gebäude

Leibniz-Platz
Heider, Wilfried: Sonnenuhr (1977, Metall, H 150 cm); Grünanlage

Neuer Markt
Otto, Waldemar: »Möwenbrunnen« (die Anlage entsteht im Jahr 2000, Brunnenanlage, Bronze, Granit, etwa 600 x 700 x 700 cm)

Neuer Markt Nr. 1, Rathaus

John, Erhard: Rathausschlange (1998, Bronze, lebensgroß); am Sockel der Doppelsäule des Rathausvorbaus

Neuer Markt Nr. 2, Hotel »Haus Sonne«

Jastram, Thomas: »Hugo-Grotius-Relief« (1998, Portraitrelief mit Schriftplatte, Bronze, Porträt: 77 x 57 x 5 cm; Schrift: 25 x 57 x 2 cm); angebracht an der Fassade Große Wasserstraße

Kandt, Manfred: Giebelzierden (1967/68, Giebelgestaltung, Metall, vergoldet)

Pädagogienstraße Nr. 20

Makolies, Peter: »Lesen und Studieren« (1985, bulgarischer Kalkstein, 168 x 70 x 46 cm); Fußgängerbereich

Reiferbahn

Schmidt, Reinhard; Dietrich, Reinhard; Jastram, Jo: »Turm vom kleinen Lebensglück« (1981, vielfigurige Stele, Beton); auf der Grünfläche

Schillerplatz Nr. 2

unbekannter Künstler: »Mutter mit Kind« (o.J., Beton, überlebensgroß); Gartenfläche

Schnickmannstraße

Appelt, Karl-Heinz: »Quelle« (1988, Gruppenplastik am Wasseraustritt, Marmor, 180 x 58 x 100 cm); Schnickmannstraße/Lange Straße

Buch, Reinhard: »Ufer« auch »Liegende« (1988, Bronze, 118 x 180 x 105 cm); steht im Eingangsbereich von der Langen Straße

Friedrich, Wolfgang: »Quelle, Wasser, Ufer« (1987, Brunnenanlage, Künstlerische Konzeption in Zusammenarbeit mit Rostocker Architekten)

Kühn, Achim: »Segel im Wind« (1988, Metallgestaltung, 1100 x 675 x 780 cm); Uferbastion

Kühn, Achim: Geländer an der Bastion (1988, Metall, geschmiedet); Uferbastion

Seidenstraße Nr. 5
unbekannter Künstler: »Fischer« (50er Jahre, Fassadenrelief, etwa 200 x 140 cm); Giebel Harte Straße

Slüterstraße
Friedrich, Wolfgang: zweifigurige Plastik (1999, Bronze, Liegende: 95 x 180 x 60 cm, Stehender: 215 x 60 x 60 cm); Nordaufgang zur Petrikirche

St.-Georg-Straße Nr. 104
Scheel, Margarete: »Jugend« (1953/55, Reliefplastik, Kunststein); Tympanon

Universitätsplatz
Dietrich, Reinhard; Jastram, Jo: »Brunnen der Lebensfreude« (1980, vielfigurige Brunnenplastik, Bronze, 1,5fache Lebensgröße)

Schadow, Johann Gottfried: Blücher-Denkmal (1819, Bronzefigur auf Sockel mit Relief und Inschrift, überlebensgroß)

Universitätsplatz Nr. 7, Fünfgiebelhaus
Friedrich, Wolfgang: Figurenumlauf (1989, sechs plastische Figuren für Figurenumlauf, Bronze gespritzt, H 80 cm); Uhrenstube 1. Obergeschoß

Holland, Lutz: »Rostocker Stundenuhr« (1986, Kupferrelief, getrieben, teilweise vergoldet, etwa 200 x 120 cm, Anschlagfigur für die Glocke, Bronze, H etwa 60 cm); Fassade Breite Straße

Schilling, Peter: Glockenspiel mit Carillon (1986, Bronze, Stahl, Holz); Fassade/Innenraum Erdgeschoß

Sell, Lothar: »Fische« (1985, Keramiksäule, H etwa 400 cm), Eingangsbereich Gastronomie

Universitätsplatz Nr. 8, Fünfgiebelhaus
Sell, Lothar: »Fisch« (1986, Keramik); Innenhof

Universitätsplatz Nr. 9, Fünfgiebelhaus
Jastram, Jo: »Harlekin und Columbine« (1988, Vrazza-Kalkstein, 200 x 180 x 27 cm); Fassade

Universitätsplatz Nr. 14, Fünfgiebelhaus
Dietrich, Reinhard: »Frau am Fenster« (1986, Keramik, 98 x 96 cm); zweiter Giebel

Dietrich, Reinhard: »Greif« (1985, Keramik, H. etwa 150 cm); zweiter Giebel

Dietrich, Reinhard: »Katze und Eule« (1986, Keramik, H etwa 30 cm); Sims, Schlußstein, zweiter Giebel

Wallanlagen
Buch, Reinhard: »Reife« (1993, Bronze, 130 x 75 x 90 cm)

Madssen, Ada: »Mädchen mit Blumenstrauß« (1972, Bronze, 120 x 37 x 24 cm); am Kröpeliner Tor

Michael, Peter: »Sitzende Frau« (1981, Sandstein, 158 x 90 x 100 cm); Oberwall

Seifert, Victor: »Trinkende« (1922, Brunnenplastik, Bronze, H 114 cm); im Grünflächenbereich an der Schwaanschen Straße

Wilcken und Saniter: Gefallenen-Gedenkstein 1870/71, (1872, Obelisk, Sandstein mit Bronze-Namenstafeln, 600 x 400 x 300 cm); an der Schwaanschen Straße

Wallstraße
Buch, Reinhard: »Hommage à Blücher« (1992, Plastik, Bronze, 135 x 135 x 123 cm); steht auf der Freifläche Wallstraße/ Rungestraße

Wallstraße Nr. 2
Matthies, Hans: Zwei Matrosen und ein Segelschiff (1954, drei

Reliefs, Sandstein, H je etwa 100 cm), Segelschiff über der Eingangstür, Figuren jeweils am oberen Abschluß der die Tür umrahmenden Pilaster

Wallstraße, Rosengarten

Jastram, Jo: »Paul-Pogge-Denkmal« (1995, Büste, Bronze auf Granitsockel, 94 x 76 x 40 cm, Gesamthöhe 276 cm); Westseite des Rosengartens

Stridde, Hans: Ehrenmal für die Opfer des Faschismus (1946, Kubus mit Opferschale, grauweißer Granit, Stufen roter Granit, Schale Metall, 276 x 310 x 310 cm); Ostseite des Rosengartens

Wilhelm-Külz-Platz Nr. 1

Dietrich, Reinhard: »Wilhelm Külz« (1985, Portraitbüste, Bronze, überlebensgroß); Freifläche vor dem Gebäude

Wilhelm-Külz-Platz Nr. 2

Nitzsche, Erich: Giebelrosette (1986/87, Baukeramik glasiert, ø 90 cm)

Wokrenter Straße Nr. 29

Lamberz, Christiane: »Töpfer« (1982, Reliefmedaillon, Putzkeramik, 80 x 75 x 5 cm); Fassade neben dem Eingang

Wokrenter Straße Nr. 40, Hausbaumhaus

Voß, Michael: Gitterabdeckung für Brunnen (1990, Metall, ø 240 cm, H 60 cm); Hof

Südstadt, 18059 Rostock

Albert-Einstein-Str. Nr. 2

PGH Glasgestaltung, Magdeburg: »Schiffahrt einst und jetzt« (1958/61, zwei Glasfenster, Ätztechnik, 8000 x 430 cm, Klebeglas 1072 x 400 cm); Seminargebäude, Treppenhaus

PGH Glasgestaltung, Magdeburg: »Motive aus Schiffbau und Schiffahrt« (1958/61, fünf Glasfenster, Klebeglas 170 x 150 cm); Hörsaalgebäude

Maletzke, Helmut: »Fischfang« (1958/61, Fassadengestaltung); Strömungshalle

Erich-Schlesinger-Straße Nr. 35
Jastram, Thomas: »Unterwegs« (1998, Relief, Sandstein); Eingangsbereich vor dem Gebäude

Justus-von-Liebig-Weg Nr. 6
Mannewitz, Lothar: »Wachstum« (1966, Schnittmosaik, 1000 x 400 cm); Fassade

Robert-Koch-Straße Nr. 10
Jastram, Inge: »Blutspenden« (1965, Glasfenster, 185 x 256 cm)

Wodzicka, Heinz: Fenstergestaltung (1965, Glasapplikation, 256 x 185 cm)

Satower Straße Nr. 6
Kuhn, Karlheinz; Mannewitz, Lothar: »Vier Jahreszeiten«, »Vier Elemente« (1968, Bleiverglasung mit Antikglas, dreizehn Fenster 165 x 65 cm, dreizehn Fenster 75 x 65 cm)

Südring Nr. 75, Universitätsklinik
Nitzsche, Erich: Zierbrunnen mit floralen Motiven (1986, keramische Brunnengestaltung, Klinker, Steinzeug, z. T. farbig glasiert); Eingangsbereich

Südring Nr. 81, Klinikum
Jastram, Inge: »Märchen« (1961, Fenstergestaltung, Glasapplikation, 250 x 600 cm); Eingang zur Kinderklinik

Jastram, Thomas: »Familie« (1999, dreifigurige Bronzeplastik, Figuren lebensgroß, gesamt 230 x 770 x 595 cm); Grünfläche im vorderen Klinikgelände

Mannewitz, Lothar: »Vegetation« (1966, Glasfenster, Beton, Glas, 260 x 900 cm); Halle

Südring Nr. 90

Dietrich, Reinhard: »Badende« (1978, Metallguß, H 60 cm, L 100 cm); Lichthof der Stadthalle

Dietrich, Reinhard: »Partnerschaft« (1989, Sandstein, 240 x 120 x 75 cm, Internationales Sandstein-Plenair); auf der Freifläche

Dietrich, Reinhard: »Gedenkblock zum Internationalen Sandstein-Pleinair 1989« (1989, Sandstein, 236 x 95 x 73 cm, Internationales Sandstein-Plenair); auf der Freifläche

Dobichins, Igors: »Dangava« (1989, Sandstein, 230 x 340 x 170 cm, Internationales Sandstein-Plenair); Freifläche

Helenius, Simo: »Frau am Meer« (1989, Sandstein, 275 x 87 x 98 cm, entstanden beim Internationalen Sandstein-Plenair); Freifläche

Jastram, Jo: »Ringer« (1980, Gruppenplastik, Bronze, 210 x 140 x 155 cm) auf der Freifläche

Kirkegaard, Laurids: »Tanz in den Wolken« (1989, Sandstein, 172 x 165 x 110 cm, Internationales Sandstein-Plenair); auf der Freifläche

Lewinski, Jakub: »Sonnenmädchen« (1989, Sandstein, 160 x 110 x 65 cm, Internat. Sandstein-Plenair); Freifläche

Müller, Hans: o. T. (1989, Sandstein, 200 x 130 x 68 cm, Internationales Sandstein-Plenair); Freifläche

Roald, Olaf Leon: o. T. (1989, Sandstein, 220 x 105 x 50 cm, Internationales Sandstein-Plenair); Freifläche

Schols, Lieve: »Hände« (1989, Sandstein, 200 x 210 x 72 cm, Internationales Sandstein-Plenair); Freifläche

Wenzhe, Liu; Qi Lu, Li: »Mädchen mit Tragetuch« (1989, Sandstein, 240 x 100 x 85 cm, Internat. Sandstein-Plenair); Freifläche

Wulcan, Lars: »Thor« (1989, Sandstein, 200 x 100 x 90 cm, Internationales Sandstein-Plenair); Freifläche

Zenichowski, Heinrich: »Jugend – unsere Zukunft« (1980, Betonguß, 240 x 180 x 145 cm); Freifläche

Südring
Eckardt, Wolfgang: »Matrose« (1975, Bronze, 220 x 85 x 63 cm); Grünraum Höhe Ziolkowskistraße Nr. 11

PGH »Neue Form«, Hoyerswerda: Wasserspiel (1975, technisches Wasserspiel, Metall, ca. 520 x 390 cm); Ecke Nobel-Straße

Toitenwinkel, 18147 Rostock

Albert-Schweizer-Straße Nr. 23/24
Dietrich, Reinhard: »Greif«, »Löwe« (1993, Wasserspeier, Metall, Kunststoff farbig, je 500 x 300 x 50 cm); Traufbereich

Am Friedensforum
Jastram, Thomas: »Stehendes Mädchen« (1988, Bronze, 175 x 48 x 60 cm); hinter der Albert-Schweizer-Straße Nr. 17a,

Joliot-Curie-Allee Nr 47, City-Blick
Buch, Reinhard: »Mädchen mit Apfel« (1989, Bronze, 200 x 62 x 72 cm); Fußgänger-Boulevard

Olof-Palme-Straße Nr. 23
Rathke, Udo; Zahra, Miro: Dekorative Wandgestaltung (1989, Wandmalerei, etwa 60 m^2); Süd- und Westfassade des Gebäudes

Warnemünde, 18119 Rostock

Alexandrinenplatz
Wetzel, Christian: »Drei Klaashahns« (1999, dreifigurige Plastik auf Sockel mit Inschrift, Bronze, Gotländer Kalkstein, 150 x 108 x 48 cm); Freifläche

Am Bahnhof

Wandschneider, Wilhelm: John-Brinckman-Gedenkstein 1914, (Gedenkstein mit Portraitrelief, Bronze auf rotem schwedischen Granit, 240 x 110 x 45 cm); der Gedenkstein steht in den Grünanlagen in der Nähe des Bahnhofs, Ostufer des Alten Stroms

Am Strom Nr. 1

Nyström, Helmtrud: »Südliches Firmament« (1999, Bronzereliefkugel, ø 60 cm); steht auf der Freifläche beim Warnemünder »Alten Zollamt»

Am Strom Nr. 44

Friedrich, Wolfgang: »Insel der Frauen« (1999, steinerner Tisch mit Bronzeskulptur, 97 x 110 x 80 cm); im Gehwegbereich

Am Strom Nr. 54, Bahnhofsbrücke

Lange, Regina: »Möwen« (1999, Skulpturengruppe, Bronze, lebensgroß); südliche Bastion

Am Strom Nr. 63

Sewcz, Anne: »Welle« (1997, Plastik, Granit); Gehwegbereich

Am Strom Nr. 123

Jastram, Inge und Rast, Susanne: »Nördliches Firmament« (1998, Bronzereliefkugel, ø 60 cm); Gehwegbereich

Kirchenplatz, Kirche Warnemünde

Mannewitz, Lothar: Strukturen (1964; Altarfenster und Querschiffrosetten, Bleiverglasung, farbig)

Kurhausstraße Nr. 4

Buch, Reinhard: »Archetypen Mann–Frau« (1995, unterlebensgroß); Freifläche vor dem Gebäude

Kurpark

Schamal, Karl-Heinz: »Frauenfigur« (1962/68, Bronze, H 190 cm); steht am Weg in Verlängerung der Wachtlerstraße

Richard-Wagner-Straße Nr. 30/31
unbekannter Künstler: Farbglasfenster (o. J., Hüttenglas, Beton, 700 x 200 cm); Eingangsbereich

Richard-Wagner-Straße Nr. 31
Zahra, Miro: »NAVIGARE NECESSE EST, VIVERE NON EST NECESSE.« (1998, Bodengestaltung, schwedischer Granit); Freifläche vor dem Geländezugang

Seepromenade
Büttner, Otto: »Windspiel« (1979, Nirosta-Stahl, H 380 cm); Höhe Heinrich-Heine-Straße

Dietrich, Reinhard: »Lotsenehrung« (1976, Beton, 400 x 170 x 360 cm); Am Leuchtturm

Dietrich, Reinhard: »Möwenflug« (1971, Bronze, H etwa 150 cm); vor dem Hotel »Neptun«

Drake, Heinrich: »Ponny« (1938/61, Bronze, H 65 cm); südliche Freifläche zum Erlebnisbad

Drake, Heinrich: »Hochlandstier« (1938/61, Bronze, H 65 cm); südliche Freifläche zum Erlebnisbad

Fitzenreiter, Wilfried: »Liebespaar« (1979, Bronze, 190 x 70 x 60 cm); Höhe Seestraße Nr. 9

Seestraße Nr. 15
Manigk, Otto: »Meereskunde« (1966, Außenwandgestaltung, Mosaiken, vier Felder je 130 x 500 cm); Westgiebel

Seestraße Nr. 19, Hotel »Neptun«
Jastram, Jo: o. T. (1971, Strukturwand, Schiefer); Fassade Eingangsbereich

Westmole
Stötzer, Werner: »Große Stehende« (1998, Sandanski-Marmor, überlebensgroß)

Künstlerverzeichnis

Ahrens, Renata *75*
Appelt, Karl-Heinz *28, 29, 91*

Bauer, Roland *75*
Becker, Heinz *36, 84, 88, 89*
Biebl, Rolf *73*
Buch, Reinhard *11, 12, 29, 32, 33, 55, 88, 90, 91, 93, 97, 98*
Büttner, Feliks *85*
Büttner, Otto *58, 60, 99*

Cremer, Fritz *50, 52, 75, 80, 83*

Dietrich, Reinhard *16, 17, 19, 23, 24, 44, 45, 49, 56, 57, 60, 61, 73, 74, 78, 81, 84, 85, 87, 90-94, 96, 97, 99*
Dobichins, Igors *96*
Drake, Heinrich *55, 75, 99*
Dörner, Rainer *74*

Eckardt, Wolfgang *43, 46, 75, 78, 82, 83, 85, 97*

Fachschule für Angewandte Kunst Heiligendamm *(heute Hochschule Wismar, Fachhochschule für Technik, Wirtschaft und Gestaltung, Fachbereich, Design/ Innenarchitektur) 86*
Fitzenreiter, Wilfried *50, 52, 58, 60, 80, 81, 99*
Förster, Wieland *83*
Friedrich, Wolfgang *20, 28, 39, 40, 64, 67, 68, 86, 89, 91, 92, 98*

Gentsch, Jürgen *85*
Goebel, Bernd *49, 80, 83*
Grzimek, Sabina *75, 84*
Grzimek, Waldemar *75*
Guttenberg,Hertha von *83*

Heider, Wilfried *90*
Hennig, Hans-Detlev *74, 76, 86*
Hennig-Hennings, Willi *79*
Helenius, Simo *96*
Herrmann, Detlef *76*
Hintzelmann, Ludwig *86*
Hoffmann, Gustav-Martin *74*
Holland, Lutz *20, 92*
Holtz, Ewald *82, 84*
Horota, Stephan *76*
Howard, Walter *22, 24, 25, 76, 89, 90*

Jaeger, Hans-Peter *52, 78, 81*
Jastram, Inge *48, 64, 65, 85, 86, 95, 98*
Jastram, Jan *83*
Jastram, Jo *4, 10, 11, 13, 16, 17, 19, 25, 26, 30, 31, 37-39, 55, 56, 76, 77, 80, 85-88, 90-94, 96, 99*
Jastram, Thomas *41, 42, 78, 91, 95, 97*
John, Erhard *34, 35, 78, 91*

Kaden, Günter *85*
Kandt, Manfred *42, 91*
Keramikzirkel Neptunwerft *76*
Kirkegaard, Laurids *96*
Krepp, Siegfried *23, 90*
Kuhn, Karlheinz *95*
Kulikowa, Olga *76*
Kühn, Achim *27, 60, 89, 91, 92*

Lamberz, Christiane *94*
Lange, Regina *66, 68, 98*
Lemke, Karl *74*
Lewinski, Jacub *96*
List, Heinrich *74*
Löber, Wilhelm *76*

Madssen, Ada *23, 93*
Makolies, Peter *20, 91*
Maletzke, Helmut *95*
Mannewitz, Lothar *77, 79, 81, 83, 86, 88, 90, 95, 98*
Manigk, Otto *56, 99*
Maroske, Dorothea *87*
Matthies, Hans 76, 93
Mehnert, Peter *87*
Michael, Peter *93*
Michaelis, Dörte *22, 89*
Middell, Margret *76, 77, 84*
Möller, Rolf *79*
Mucchi-Wiegmann, Jenny *52, 81*
Müller, Hans *96*

Nitzsche, Erich *51, 52, 73, 77, 80, 90, 94, 95*
Nyström, Helmtrud *69, 98*

Otto, Waldemar *33, 90*

Paris, Ronald *74*
Petersen, Alwin *77*
PGH »Glasgestaltung«, Magdeburg *94*
PGH »Neue Form«, Hoyerswerda *78, 84, 97*
Plietzsch, Lore *33, 87*
Poulsen, Eric *83*

Qi Lu, Li *96*

Rast, Susanne *36, 64, 65, 88, 98*
Rathke, Udo *97*
Roald, Olaf Leon *96*
Rommel, Gerhard *32, 33, 75, 80, 84, 86*

Schadow, Johann Gottfried *20-22, 92*
Schamal, Karl-Heinz *53-55, 84, 98*
Scheel, Margarete *77-80, 86-88, 92*
Schilling, Peter *20, 92*
Schmiedel, Edelgard *75*
Schmiedel, Wieland *80*
Schmidt, Reinhard *55, 78, 81, 91*
Schols, Lieve *96*
Scholz, Lothar *77*
Seifert, Victor *14, 15, 93*
Sell, Lothar *16, 20, 92, 93*
Sewcz, Anne *32, 66, 68, 81, 88, 90, 98*
Stötzer, Werner *60, 62-64, 99*
Stridde, Hans *94*